범도

범도

2

봉오동의 그들

방현석 장편소설

문학동네

차례

10장

신화와 전설

1

소문으로만 들었던 13도창의군의 통문을 내게 들고 온 것은 뜻밖에도 달음이었다.

"어떻게 된 거야?"

"13도창의군이 일만인데, 그중에 삼천이 해산된 대한제국 군인이야. 나도 대한제국 군인인데 당연히 참여를 해야지."

13도창의군은 원주를 거점으로 거병한 '관동창의부대'가 유림의 거두인 이인영을 총대장으로 추대하면서 만든 전국 단위 의병대였다.

"아직도 전령이야?"

"13도의 군영을 나보다 더 잘 아는 전령이 없잖아. 그래도 군사장 전령이야."

"허위?"

"응, 왕산."

왕산은 영남 유림의 거두인 허위의 호였다. 군사장 허위는 총대장 이인영 다음가는 13도창의군의 이인자였다. 달음이가 가져온 건 통문 한 장과 13도창의군의 조직도였다. 이인영의 통문은 지금까지 보았던 어떤 격문보다 더 내 심장을 뛰게 했다.

> 고립분산은 필패요, 일치단결은 필승이다. 각 도의 의병은 둑을 무너뜨리는 강물과 같은 기세로 경기도로 달려오라. 전국의 의병이 힘을 합쳐 한 줌도 되지 않는 왜적을 쓸어버리자! 13도창의대진소로 집결하여 한양으로 진공하자. 대한의 땅에서 태어나 대한의 하늘 아래 살아온 우리가 대한의 강산을 지키지 못한다면 대체 무엇을 지킬 수 있단 말인가.

하지만 통문의 뒷장에 붙은 13도창의군의 조직도를 보는 순간 내 심장은 얼어붙었다. 총대장 이인영, 군사장 허위, 관동의병대장 민긍호, 호서의병대장 이강년, 호남창의대장 문태수, 교남의병대장 박정빈, 경기황해의병대장 권중희, 관서의병대장 방인관, 관북의병대장 정봉준…… 양반 유림이 아닌 이름은 단 하나도 없었다.

"교남의병대장은 신돌석이 아니었나?"

나는 신돌석이 영남지방을 관할하는 교남의병대장인 줄로 알고 있었다. 울진에서 의병을 일으켜 영덕군청을 습격한 그는 영남지방의 일본군을 공포에 사로잡히게 한 맹장으로 소문이 자자했다. 신돌석의 소문을 먼저 들은 사람은 나를 함경도의 신돌석이라고 했고, 내 소문을 먼저 들은 사람은 그를 경상도의 홍범도라고 불렀다.

"그랬었지."

"그런데?"

"다른 지방 대장들은 모두 유림 거두들인데, 격이 맞지 않잖아."

나는 숨이 막혔다. 호좌의진의 유인석도 이렇게까지 하지는 않았다.

"그래서 우리더러 항일연합포연대를 이끌고 관북의병대장인 정봉준 양반 밑으로 들어와라, 이건가?"

나는 이인영이 관북의병대장으로 임명한 정봉준이 함경도에서 일본군과 싸웠다는 얘기를 들어본 적이 없었다. 충청도에서 의병을 일으킨 그는 관북의병대가 관할하는 함경도와는 아무런 인연이 없는 인물이었다. 나는 어이가 없어서 물었다.

"정봉준 대장께서는 그래 군사를 얼마나 이끌고 가서 관북창의대장이 되셨던가?"

"칠십."

달음이가 왔다는 소식을 듣고 달려온 남창일이 헛웃음을 터뜨렸다.

"미쳤구나."

"현창하가 백번 낫겠네."

"현창하가 누군데?"

"우리 저격여단의 명지휘관이 있어. 왜놈들과 싸워서 오전 오승을 거둔 청년저격대장, 열여섯 살이야. 개도 팔십은 더 거느리고 있어."

달음이는 난처한 눈빛으로 내게 물었다.

"13도창의군에 참여하지 않을 거야?"

"이 추운 함경도에서 밤낮으로 싸워온 우리 대원 이천을 이끌고 가서, 달랑 칠십을 거느린 듣도 보도 못한 정모라는 양반 밑으로 기어들어가라고?"

그렇게 대답한 건 내가 아니라 남창일이었다.

"한양 진공 작전이 중요하잖아?"

달음이의 반문에 남창일의 표정이 시뻘겋게 달아올랐다.

"이 개새끼, 당장 꺼져. 다른 놈이 와서 이딴 개소리를 했으면 내가 벌써 모가지를 날려버렸을 거야."

치솟는 화를 억누르지 못한 남창일이 등에 멘 칼의 손잡이를 잡고 달음이를 노려보았다. 달음이는 입을 다문 채 자리에서 일어섰다. 힘없이 발걸음을 돌리는 녀석에게 물었다.

"이번에 하세가와는 전선에 나올까?"

"안 나오면 하세가와가 아니겠지. 하급 무사에 불과했던 그가 대리 소위로 시작해 어떻게 일본 육군의 이인자가 되었겠어. 다섯 번의 전쟁에 참전해 서른일곱 번의 전투를 승리로 이끌면서 단 한 번도 2선으로 물러서지 않았다는 하세가완데, 이번에도 불사조를 이끌고 최일선에 서겠지."

"불사조라니?"

"하세가와가 거느린 저격수들. 하세가와가 최전선에서 싸우면서도 목숨을 지킨 비결이 그의 옆에 포진한 저격수들 때문이라는 걸 몰랐어?"

신화가 된 하세가와의 용맹은 수없이 들었다. 하지만 그가 거느린 저격수 이야기는 들은 적이 없었다.

"넌 그걸 어떻게 알았어?"

"정파총님이 제일 부러워하신 게 하세가와의 저격수들이었으니까. 하세가와 부대의 모든 전투단위에는 하세가와가 양성해서 심어둔 저격수들이 있거든."

떵. 맹포와 김수협을 낙명시킨 섬뜩한 총성의 비밀을 나는 비로소 깨달았다.

"정파총님도 대한제국 무관학교에서 그런 저격수들을 양성하고 싶어했는데, 이젠 다 끝나버렸지……"

달음이는 말끝을 흐리며 고개를 떨어뜨렸다. 하세가와의 신화는 하세가와가 양성한 저격수들이 만든 신화라는 것을 어렴풋이 깨달았다. 나는 고개를 떨어뜨린 채 발길을 돌리는 달음이의 어깨를 껴안으며 증표 한 장을 쥐여주었다.

"이거면 우리 쪽은 무사히 통과할 거야."

내 수표가 들어가 있는 통행 증표를 받아 넣으며 달음이는 미안한 표정을 지었다.

"네가 진짜 대장감인데……"

남창일은 다시 발끈했다.

"대장감이 아니고 대장이야, 새끼야."

나는 남창일에게 눈을 흘기고 나서 달음이의 등을 두드려주었다.

"한양 진공 작전 날짜가 정해지면 알려줘."

달음이는 고개를 끄덕이고 발길을 떼어놓았다. 멀어지는 달음이를 바라보는 내게 남창일이 물었다.

"정말 한양 진공 작전에 참여할 작정이야?"

"가야지."

"무슨 개소리야?"

"우리가 벼슬하려고 싸우는 거 아니잖아. 한양, 다시 빼앗아야지."

"하세가와와 직접 붙어보고 싶어서가 아니고?"

남창일이 의심에 찬 눈빛으로 나를 쳐다봤다.

2

나는 작전회의를 다시 시작하기 전에 임창근에게 13도창의군에서 보내온 통문에 대해 보고했다.

"한양 진공이 가능하겠는가?"

임창근은 내게 물었다.

"가능한지를 함경도에서 한번 확인해보려고 합니다."

"진이와 젊은 참모들이 주장하는 삼수성 점령 작전을?"

"네."

삼수성에는 변방수비관구 사령부 기지 건설 공사가 한창이었다. 변방수비관구 사령부 건설 공사는 조선주차군 사령관 하세가와의 특명 사업이었다. 삼수성을 거점으로 우리를 섬멸하고 국경지대를 완전히 장악하려는 이 특명 사업은 혹한에도 계속되었다. 하세가와의 책략을 물거품으로 만들기 위해 삼수성을 점령하자는 주장을 선도하는 참모가 진포였다.

"차도선의 반대가 완강한 작전이지 않은가?"

"차부총대장은 이 작전이 아니라 진포를 반대하지요."

차도선이 가진 진포에 대한 반감은 나에 대한 반감과 연결되어 있었다. 직책으로는 부총대장인 그가 총참모장인 나보다 위였지만 부대는 작전권을 가진 나를 중심으로 움직일 수밖에 없었다. 더구나 떨거지들이라고 여겼던 내 직할의 저격여단이 정규 지대보다도 더 큰 활약을 하면서 내가 차지하는 비중은 더 커졌고, 차도선은 그것을 불편하게 여겼다. 청년저격대의 참모에 불과한 진포를 총참모부의 참모로 발탁한 것을 두고는 내놓고 싫은 소리를 했다. 오늘도 차도선이 반대한 것은 삼수성 점령 작전이 아니었다. 진포와 젊은 참모들을 비호하는 나를 반대하는 것이었다. 차도선을 달랠 사람은 임창근밖에 없었다.

"죄송하지만, 총대장님께서 차부총대장의 마음을 좀 돌려주십시오."

임창근은 피식 웃으며 내게 되물었다.

"죄송은 무슨. 이런 데 써먹으려고 싫다는 나를 기어코 이 자리에 앉힌 것 아닌가?"

"어떻게 아셨어요?"

나도 웃으며 되물었다.

"나이 칠십을 노름으로 딴 줄 아나, 이 사람아."

"이진을 총참모부에 발탁한 걸 차부총대장이 많이 못마땅하게 여기는 건 아시지요?"

"그러게, 그럴 줄 알면서 왜 그렇게 했나?"

"아니, 임명을 한 건 제가 아니고 총대장님이십니다."

물론 진포를 총참모부의 참모로 천거한 것은 나였다. 내가 진포를 총참모부에 발탁한 것은 그녀의 개인적인 능력 때문만은 아니었다. 항일연합포연대에서 가장 젊은 청년들의 사기를 높여주고, 그들의 활기를 부대 전체로 확산시키려는 포석이었다. 각 집단과 단위 부대의 사기도 염두에 둔 인사였다. 그래서 나는 해산 군인을 대표하는 송재원도 총참모부에 발탁했다.

"그렇지. 임명한 내가 책임져야지."

"잘 부탁합니다."

"그런데 자네 말이야, 진이를 총참모부에 발탁한 다른 이유는 없나?"

임창근이 나에게 총참모장도 포연대장도 아닌 자네라고 부른 건 속마음을 털어놓으라는 신호였다.

"있죠."

"뭔가?"

"전설로 만들려고요."

"전설?"

"제가 오래 살지는 않았어도 겪고 본 건 좀 됩니다. 머슴살이도 해보고, 양반들 노는 꼴도 보고, 임금이 행세하는 것도 봤어요. 청나라놈, 왜놈, 서양놈, 로씨아놈들이 하는 짓도 봤지요. 갑신변란도 겪고 민란도 치르고, 범 사냥도 다니고, 왜놈들 잡으러도 다녀봤는데…… 그 모든 시작과 끝에 있는 것이 말과 글, 선전이었어요. 모든 변란과 전쟁은 다 말과 글로 시작해서 말과 글로 남았고, 거기에 뛰어들었던 사람들의 값어치를 매기는 것도 말과 글이었어요."

나는 차이경의 값을 서캐만도 못한 것으로 매긴 글을 잊을 수가 없었다. 그를 부리며 갑신변란을 주도했던 양반집 도련님들은 일본으로 도망갔다 다시 돌아와 내각의 대신이 되었다. 고종의 측근이었던 그들은 한때 역도가 되었다가 다시 공신이 되었다. 하지만 참형을 당한 차이경은 여전히 서캐만도 못한 인간으로 남았다.

"말과 글이야 다 양반들의 것 아닌가?"

"그랬지요. 그들의 마음대로 값을 매기고, 그들의 입맛에 맞게 고치고, 가르치면서 신화를 만들었지요. 그래서 세상은 신화를 만든 그들의 것이 되었지요. 일본의 지배자들도 그렇게 하더군요. 한낱 칼잡이에 불과한 하세가와를 신화로 만들어서 일본 군대의 값을 한없이 올려 매겼지요."

"그런데?"

"그들의 말과 글로 만든 신화로 붙들어둘 수 없는 것이 딱 하나 있었지요."

임창근은 물끄러미 나를 쳐다보며 다음 말을 기다렸다.

"양반들의 입맛대로 붙들어둘 수 없었던 것들이 전설이 되었지요. 서산대사와 홍길동이 그랬지요. 임꺽정과 장길산을 도적으로 값을 매긴 양반들의 말과 글을 이긴 것이 백성들이 만든 전설이었잖아요. 우리 항일연합포연대는 무엇으로 신화가 된 하세가와를 이길 수 있을까요? 포수장 임창근과 포연대장 차도선, 총대장 임창근과 부총대장 차도선, 아니면 제가 전설이 될 수 있을까요?"

나는 고개를 저었다.

"진포와 현창하, 안국환이 전설입니다. 일격필살의 여성 저격수이자 작전참모 진포, 열여섯 살의 청년저격대장 현창하, 하루에 백 개의 적정을 탐지하는 도주 안국환, 이들은 지금까지 어느 전쟁에서도 보지 못한 영웅이었어요…… 제가 삼수성 점령 작전을 통해 얻고 싶은 것은 왜놈들의 모가지도, 총기도, 식량도 아닙니다. 저는 일본 육군의 신화가 된 하세가와의 직할 부대를 이긴 진포와 현창하, 안국환의 이름을 양반들이 말과 글로 깎아내릴 수도, 고쳐 쓸 수도, 지워버릴 수도 없는 전설로 만들고 싶습니다."

"젊은 그애들을 전설로 만들어 하세가와의 신화를 무너뜨리고 우린 죽자, 이 소리지?"

"네."

하세가와는 자기가 양성한 저격수들의 전공을 가로채 신화가 되었지만 나는 나의 대원들을 전설로 만들고 싶었다.

"차도선이만 동의하면 그렇게 된다는 것이지?"

"해주시겠습니까?"

"안 하면 내가 이쾌한테 혼나지. 곧 만나게 될 텐데."

오래전에 죽은 이쾌를 떠올리는지 임창근의 이마를 가로지른 주름살이 깊어졌다.

차도선을 부른 임창근은 말을 돌리지 않았다.

"부총대장의 눈에 진포가 많이 거슬리지?"

"아니라고는 말하지 못하겠습니다."

"그렇지. 새파란 여자애가 당돌하게 구니까?"

차도선이 임창근의 눈을 마주보았다.

"차포, 그런데 말일세, 진포는 여자가 아니네."

차도선은 의아한 눈길로 임창근을 쳐다보았다. 임창근이 그를 '차포'라고 부른 것은 계급장 떼고 포수 대 포수로 얘기하자는 뜻이었다.

"차포가 보진 못했겠지만 이름은 들어봤을 거야. 이쾌라는 전설적 포수가 있었지. 그 이쾌에게 아들 하나와 딸 하나가 있었어. 아들은 연전에 왜놈들하고 싸우다 열아홉 살에 죽고 딸 하나만 남았는데, 이름이 이진이야."

차도선이 흠칫했다.

"그걸 왜 지금에야 얘기하십니까?"

"제 스스로 제 이름값을 다하는 애가 왜 지 애비 이름 팔려고 하겠나?"

"여자가 아니란 말씀은?"

"이쾌는 제 아들과 딸을 똑같이 포수로 키웠네. 진이를 포수로 키웠지 여자로 키우지 않았단 말이네. 이 늙은 포수의 눈에는 이쾌의 딸이 지금도 수포수로만 보이는데, 차포가 보기엔 그렇지 않은가?"

차도선은 대답을 않고, 고개를 들어 멀리 겨울 산을 타고 넘어가는 구름을 바라보았다.

"만약에 말일세, 자네 딸을 포수로 키웠는데, 자네가 낙명하고 나서 수포수로 자란 자네 딸을 여자란 이유만으로 다른 포수들이 지금의 자네처럼 대하면 자네의 마음이 어떠하겠는가?"

"죄송합니다."

차도선은 다시 시작한 회의를 단 몇 마디로 시원하게 정리해주었다.

"우리 젊은 참모들이 역시 나보다 선견지명이 있소. 때마침 13도 창의군에서 한양 점령 작전을 준비한다는데 더 무슨 말이 필요하겠소? 조선 13도에서 최강인 우리 항일연합포연대가 먼저 점령 작전을 어떻게 하는지 본때를 보여줍시다. 포수 중에서도 갑포수인 갑산 포수들이 선봉에 서겠소."

진포는 갑자기 돌변한 차도선의 말에 어리둥절한 표정을 지었고, 젊은 참모들은 요란하게 박수를 쳤다. 차도선이 완전히 돌아선 마당에 삼수성 점령전을 반대할 사람이 남아 있을 리 없었다.

"역시 우리 차도선 부총대장은 그릇이 크외다. 선임 부총대장이 젊은 참모들의 뜻을 받아들여 앞장서기로 하였으니, 총참모장은 지금부터 차부총대장이 염려했던 주민 피해가 없도록 점령 작전 계획을 철저히 세우시오."

임창근이 나서서 차도선의 낯을 한껏 세워주는 한편으로 내게 부여된 작전권을 재확인시켜주었다.

3

삼수성 점령 작전의 선봉대는 차도선이 이끄는 1지대가 맡았다. 심야에 예기치 않은 포위 습격을 당한 적은 두 식경도 버티지 못했다. 그동안 우리에게 연전연패당한 동부수비관구를 비웃었던 하세가와의 직할대는 한 번도 당해본 적이 없는 점령전에 속수무책이었다. 두만강 대안의 청나라와 마주보고 있는 삼수성에 변방사령부를 건설하던 하세가와 직할대는 우리보다 무장이 훨씬 막강했지만 아무 소용이 없었다. 차도선은 선두에 서서 저항하는 하세가와의 직할대를 용맹하게 격파하고 가장 먼저 삼수성에 진입했다.

아군의 승전에는 열흘 넘게 이어진 한파도 한몫했다. 용산의 조선주차군사령부에서 따뜻하게 지내다 삼수성에 파견된 하세가와 직할대는 계속된 혹한을 견디지 못해 외곽 방어 병력을 줄이고 근접방어체제로 전환했다. 우리는 연락도감을 통해 그들의 동태를 정확하게 파악하고 있었다.

근접방어로 수비 형태를 전환한 하세가와 직할대는 차도선이 이끄는 제1지대가 삼수성에 접근할 때까지도 코를 골며 수면중이었다. 자다 일어난 일본군은 정신없이 헛총질만 해댔다. 헛총질에 낙명하기란 벼락 맞아 죽는 것만큼이나 어려웠다. 그럼에도 불구하고 아군도 아홉 명이나 전사했다. 하세가와가 양성한 저격수들 때문이었다.

아군의 전사는 뼈아팠지만, 전과는 혁혁했다. 사살한 적은 이백육십오 두였고, 노획한 적의 총기는 이백구십사 정이었으며 탄환은 백육십 상자였다. 단일 작전으로 거둔 최대의 전과였다. 그것도 살아있는 일본 육군의 신화, 조선주차군 사령관 하세가와의 직할대를 상대로 거둔 승리였다.

하세가와 직할대와 경찰서, 일본인의 목재창, 삼수군 관아에 있던 양곡은 군량도감에서 모두 군량미로 접수했다. 노획한 일본 돈과 은화의 절반은 군량도감에서 비축하고, 나머지 절반은 도검사 책임 아래 주민들에게 나눠주도록 했다. 도검사는 곤궁한 주민들에게 일본 돈과 은화를 풀면서 항일연합포연대의 포고문을 성내에 내붙였다.

> 일호. 그간 왜놈에게 붙어 동족을 괴롭힌 민족 반역자는 엄중히 처단한다. 다만, 항일연합포연대 총참모부로 자진 출두하여 죄를 자복하고 반성할 경우 죄질의 경중을 가려 최대한 선처한다.
>
> 이호. 항일연합포연대는 선량한 조선인의 생명과 재산을 철저히 보호하며, 곡기를 잇기 어려운 주민은 총참모부 군량도감을 찾아오면 지원한다.

삼호. 항일연합포연대의 장졸을 포함하여 누구라도 선량한 조선인을 겁탈, 폭행, 약탈하는 등의 비법 행위를 저지를 경우에는 항일연합포연대의 법도에 따라 포살 또는 징벌한다.

포고령 1호에 따른 첫번째 처단의 대상은 삼수부의 부사와 삼수읍의 군주사였다. 삼수성 성루 앞에 무릎을 꿇은 삼수 부사를 향해 내가 물었다.

"이름이 무엇이냐?"

"유등입니다."

"현양사의 앞잡이 노릇을 해온 네놈의 죄는 네놈이 누구보다 잘 알 것이다."

현양사는 고급 친일파의 집결처였다. 미개한 아시아가 개화한 일본을 중심으로 단결해 대아시아를 건설하자는 후쿠자와 유키치의 서책을 읽고 지지하는 자들과 출세에 눈이 먼 고급 관료들이 현양사에 줄을 섰다.

"용서해주시오. 살려만 주면 무엇이든 시키는 대로 하겠소. 하지만 나는 현양사 조직원은 절대 아니오."

유등은 현양사 조직원이란 사실을 완강하게 부인했다. 비밀 정보 조직인 현양사의 조직원 명부는 공개되지 않는다는 걸 잘 아는 자였다. 명성황후 살해 사건이 일본 내각의 결정에 따라 실행되었다는 사실이 드러나기 시작하자 일본은 이 사건에 연루된 현양사 낭인들을 뒤늦게 살인죄로 체포하는 것으로 꼬리를 잘랐다. 현양사는 잠시 타격을 입었지만 명성황후를 살해한 낭인들이 이 년 만에 전원 석방되어 당당하게 조선에 돌아오며 더욱 위세를 떨쳤다.

"현양사의 하수인이 아니라면서, 무엇을 잘못했기에 용서해달라는 것이냐?"

"모두 잘못했습니다."

유등은 이마가 땅에 닿도록 머리를 조아렸다. 양심이 없는 놈이 자존심이라고 있을 리 없었다. 나는 눈살을 찌푸리며 도검사 조강록을 불렀다.

"이자의 주요한 죄상을 분명히 하시오."

조강록은 유등을 노려보며 죄상을 확인했다.

"일본의 간첩 조직 현양사의 앞잡이가 되어 하세가와의 특명 사업인 변방사령부 건설 공사에 주민을 강제 동원한 놈이 너 유등이란 걸 인정하느냐?"

"그건 대한제국의 군권을 가진 하세가와 사령관의 명령일 뿐만 아니라 대한제국 내각 총리부의 하명 사항이기에 부사의 소임을 맡은 자로서 어찌할 수 없이 시행한 일이지 현양사가 시켜서 한 일은 아닙니다. 용서해주십시오."

"하긴 했는데, 내각의 하명이어서 시키는 대로 했다? 그럼 주민들을 강제 동원해 노역을 시키고 왜 노임은 지급하지 않았느냐? 일본군 군영 건축비로 내각에서 내려보낸 국비는 왜 네놈이 모두 꿀꺽했느냐 말이다."

가난한 백성들로부터 짜낸 혈세를 일본군 군영 건축비로 배정한 대한제국의 내각이나 그것을 받아 착복한 삼수 부사나 도적놈이긴 매일반이었다.

"그건 억울합니다. 내각에서 내려온 국비 삼천오백원을 모두 군주사에게 내려보냈을 뿐 한푼의 노임도 제가 착복한 일은 없습니다."

저런 뻔뻔한 놈, 쳐죽일 놈…… 몰려나온 주민들이 유등을 향해 욕설을 퍼부으며 돌멩이를 던지기도 했다. 내가 나서서 주민들을 제지한 다음 직접 유등에게 물었다.

"군주사에게 내려보냈다?"

"네."

"그럼, 군주사를 부르면 되겠군."

군주사를 부르겠다는 말에 유등이 당황하며 주변을 살폈다.

"도검사, 박기남이를 데리고 오시오."

대기하고 있던 삼수 군주사 박기남이 포승에 묶인 채 끌려나왔다. 박기남이 이미 잡혀와 있는 줄 몰랐던 유등의 얼굴이 하얗게 질렸다.

"네놈이 현흑상단의 폭력배들과 한패가 되어 주민들을 핍박한 삼수 군주사 박기남이 맞느냐?"

"잘못했습니다. 한 번만 용서해주십시오."

박기남은 자신이 현흑상단의 일원이라는 사실을 부인하지 않았다. 현흑상단은 현양사 산하의 폭력조직으로 현양사에 끼지 못한 하급 관리와 친일 무뢰배들의 집결처였다. 그래도 온갖 잡동사니 친일파를 긁어모은 일진회보다는 자기들이 위라는 우월감을 가진 자들이 현흑상단의 조직원들이었다.

"삼수 부사가 왜놈 군영 건축비 삼천오백원을 모두 네놈에게 내려보냈다는데 어찌해서 네놈은 그걸 다 혼자서 착복하고 주민들에게 노임을 한푼도 주지 않았느냐?"

삼수 군주사 박기남은 고개를 세차게 흔들었다.

"아니옵니다. 다른 것은 몰라도 저는 부당하게 제 주머니를 채우는 치사한 짓을 한 적은 맹세코 없습니다. 부사님으로부터 받은 천오백원에 저는 단 한푼도 손대지 않았습니다. 오백원은 노임으로 내려보내고 오백원은 부사님이 시키신 대로 현양사에 보냈습니다. 남은 돈 오백원도 현흑상단의 운영비로 보탰을 뿐 제가 사사로이 착복한 돈은 한푼도 없습니다."

돈을 밝히기로 유명한 유등과 달리 우두머리 노릇을 좋아하는 박기남은 제 손에 들어온 돈을 부하들에게도 곧잘 풀어서, 받들며 따르는 패거리가 만만치 않다는 건 연락도감의 사전 보고를 받아 나도 알고 있었다. 낡아서 기운 사랑채를 아전들이 고쳐주려고 해도 거절한 청백리에다가 부하들의 어려운 사정을 들으면 주머니에 있는 돈을 몽땅 꺼내주는 의리 있는 상관이란 소문도 나돈다고 했다.

"그러니까, 부사가 이천원을 삼키고 네놈은 천오백원만 받았다?"

"네. 저는 돈을 밝히는 탐관오리가 아닙니다."

박기남은 사뭇 당당했고, 궁지에 몰린 유등은 모가지를 움츠린 채 눈알을 굴리며 나와 도검사의 눈치를 살폈다.

"그러니까, 부사께서는 삼천오백원 중에 이천원을 꿀꺽하시고 내려보낸 돈 중에 오백원도 현양사에 보내게 하셨다, 현양사 조직원이 아니란 분이 왜 그러셨소?"

"아닙니다, 저놈이 하는 말은 모두 거짓입니다."

믿는 도끼에 발등이 찍힌 유등은 박기남을 향해 눈을 부라리며 부인했고, 일본의 폭력배들과 어울려온 박기남은 유등의 눈을 피하지 않고 반박했다.

"저는 있는 그대로 사실을 말씀드린 것입니다. 저는 돈과 관련해서 떳떳합니다."

"뭐? 사실 그대로? 네놈이 노역을 나온 주민들에게 점심조차 주지 않고, 도리어 주먹밥을 팔아 이문까지 뜯어먹은 걸 내가 모를 줄 아느냐!"

현양사의 앞잡이 유등의 역공에 현흑상단과 한패거리인 박기남이 반박했다.

"그건 현흑상단과 일진회가 한 일일 뿐 나는 한푼도 받아 챙긴 일이 없습니다."

"그게 현흑상단의 조직원이고, 일진회의 우두머리인 네가 한 일이 아니고 무엇이냐?"

내가 박기남에게 묻고 싶은 걸 유등이 대신 물어주었다.

"현양사의 지시 없이 현양사의 산하 조직인 현흑상단과 현양사의 외곽 조직인 일진회가 어찌 그런 일을 할 수 있다고, 저에게 그 책임을 돌리십니까."

이번에는 현양사의 조직원인 유등에게 내가 묻고 싶은 걸 박기남이 물어주었다. 양심이 없는 도적놈들에게 의리인들 있을 리가 없었다. 그 부사에 그 군주사였다. 해먹은 크기와 방법, 돈의 사용처만 다르지 저지른 죄는 다를 것이 없었다.

"네놈들의 양심은 대체 어디에 붙어 있는 것이냐. 주먹밥과 같이 다 팔아먹은 것이냐?"

내 마지막 물음에 둘은 대답하지 못했다.

유등과 박기남은 주민들을 강제 동원해 일본 군영을 건설하고 일본인 목재창의 도로를 닦아준 이적죄에 더해 여염집 여자를 겁간한 죄와 일진회를 앞세워 의병에 나간 집을 쑥밭으로 만든 반역죄가 추가되었다. 효수된 삼수 부사 유등과 삼수 군주사 박기남의 머리는 삼수성에 사흘 동안 내걸렸다.

4

대원들이 오랜만에 혹한을 피해 휴식을 취하는 동안 나는 하세가와가 양성한 저격수들의 동태 파악에 나섰다. 최대의 전과를 거둔 삼수성 점령전이었지만 아군의 피해가 없었던 것은 아니었다. 패퇴하는 적을 쫓던 중대장 둘과 수포수 셋을 잃었다. 전과에 비교하면 작은 희생이라고 할 수도 있었지만 치르지 않아도 될 희생이어서 더 뼈아팠다.

나는 전사한 중대장의 곁에 있었던 수포수들을 불러 당시의 상황을 꼼꼼히 조사했다. 삼수성 진입 과정에서 당한 전사자는 없었다. 모두 패퇴하던 하세가와의 직할대를 추격하다 당한 것이었다.

"지휘관을 노린 정확한 저격이었습니다."

"총성이 달랐습니다."

수포수들은 한결같이 무라타 총성이 아니었다고 증언했다. 떵. 한결같이 아군의 지휘관을 노린 하세가와의 저격수들에게 당한 것이었다. 하세가와의 직할대마다 저격수들이 배치되어 있다는 것이 확실해졌다. 삼수에 파견한 대대급 부대에 배치된 저격수는 둘로 판단되었다. 하세가와의 저격수 둘에게 당한 희생자가 나머지 희생자 전부보다 많았다.

나는 등이 서늘했다. 그나마 아군의 피해가 덜했던 것은 적 저격수들이 경계 근무에 투입되지 않았기 때문이었다. 취침중이었던 그들은 패퇴하는 과정에서 추격하는 아군을 상대로 한 전투에서만 저격에 나선 것이었다.

나는 은밀하게 하세가와의 저격수들에 맞설 수포수대 편성에 착수했다. 저격수는 저격수가 상대해야 했다. 나는 수포수 중의 수포수들로 편성한 수포수대의 훈련을 진포에게 맡겼다.

"사격술은 우리가 얼마든지 능가할 수 있습니다. 하지만 우리가 능가할 수 없는 것은 하세가와의 저격수들이 가진 총기입니다. 그들의 저격용 소총은 우리의 소총과 성능 자체가 다릅니다."

첫 훈련의 결과를 보고하면서 진포가 제기한 문제는 총기였다. 하세가와의 저격수들이 사용하는 총기는 스프링필드1903이었다. 스프링필드1903은 얀코프스키가 세계 최고로 꼽은 독일산 게베어88과 영국산 리엔필드보다도 성능이 더 뛰어났다. 얀코프스키가 사용하던 게베어88보다도 사정거리가 더 길고 정확한 스프링필드1903을 내가 손에 넣을 수 있는 방법은 없었다.

그렇다고 우리 저격수에게 사정거리가 백 보나 짧은 총기를 들고 적 저격수와 맞상대하라고 할 수는 없었다. 저격수 대 저격수의 대결에서는 먼저 방아쇠를 당긴 자가 살아남는 법이었다. 사정거리가 백

보 짧다면 적보다 위험을 감수해야 할 거리가 백 보 늘어나는 것이었다. 그건 치명적인 거리였다.

"다섯 정만 구할 수 있다면 좋을 텐데……"

"어떻게든 방법을 찾아볼게."

나는 얀코프스키의 얼굴을 떠올렸다. 그래도 내가 기대를 걸어볼 만한 사람은 그가 유일했다.

"네. 우선 백 보의 약점을 조금이라도 만회할 방법을 찾아보겠습니다."

얀코프스키에게 전령을 파견하기 위해 안국환을 부르려는데 때마침 도검사 조강록과 함께 안국환이 참모부에 들어섰다. 내가 얀코프스키 얘기를 꺼내기도 전에 조강록이 들고 온 격문을 펼쳐 보였다. 삼수성 승전을 알리는 격문이었다. 연락도감 감원들과 상의해서 조강록이 쓴 격문에는 임창근과 나, 차도선과 태양욱의 이름이 들어가 있었다.

"이 이름들 빼."

조강록은 난감한 표정을 지으며 대답했다.

"총참모장 이름 하나만 들어가는 게 가장 깔끔하고 확실한데, 총참모장님이 자꾸 그렇게 하지 말라고 하시니까 어쩔 수 없이 총대장님과 부총대장님의 이름을 같이 넣은 것입니다."

"그러니까, 다 빼라고."

옆에 섰던 안국환이 입술을 삐쭉 내밀며 투덜거렸다.

"다 빼면 누구 이야기를 넣습니까? 눈과 귀에 확 들어오는 장군님 이름이 들어가야 격문이 약발을 받는다니까요."

어떻게 쓴 격문이 호응을 받는지 가장 잘 아는 사람이 격문을 돌리고 소문을 퍼뜨리는 데 도가 튼 연락도감 감원들이었다. 나는 조강록에게 진포와 현대, 조감 이야기를 쓰라고 했다.

"다 너무 어리잖아요."

"나이로 싸우나? 일격필살의 여성 저격수이자 삼수성 점령 작전을 주도한 작전참모 진포, 열여섯 살의 청년저격대장 현창하, 삼십 리 길을 하루에 세 번씩 오가며 삼수성의 적정을 낱낱이 알아낸 연락도감의 조감…… 난 얘들의 이야기에 훨씬 구미가 당기는데, 아니야?"

"그럼, 양순이도 넣어야죠."

"안 돼."

"청년저격대에서 사격술은 진포 다음이 양순입니다. 이번 전투에서도 수훈 갑입니다."

삼 년을 넘게 나를 따라 사냥터를 누비며 사격술을 익힌 양순이었다.

"들어온 지 며칠이나 됐다고 전공을 따지나? 빼."

조강록은 대답을 않고 버텼다.

"빼. 빼고 내 말대로 해봐. 맞을 거야."

나는 그렇게 해서 만들어진 격문을 양주의 13도창의군 대장 이인영에게도 보냈다. 상놈인 신돌석 대신 양반인 박정빈을 교남의병대장으로 내세운 13도창의군의 거룩한 유림들이 삼수성을 함락시킨 이 평범하고 어린 영웅들을 어떻게 여길지 나는 궁금했다.

얀코프스키에게는 러시아말을 할 줄 아는 권감찬을 보내 스프링필드1903 다섯 정을 부탁했다.

5

꼬리가 몸통을 흔들었다. 조선의 최북단에 있는 삼수성이 한양을 뒤흔들 줄은 나도 몰랐다. 온 나라의 눈길이 삼수성으로 쏟아졌다.

"통감부가 발칵 뒤집힌 거 알아?"

13도창의군 군사장 허위의 밀서를 가지고 온 달음이가 내게 물었다.

"좀 놀랐겠지."

"좀 놀란 정도가 아니야. 이토 통감이 뒤집어졌지. 하루이틀이면 탈환할 줄 알았는데, 두 번이나 더 완패를 당했다는 소문이 조선 13도에 퍼졌으니까. 일본군이 이런 수모를 당한 적이 없잖아."

우리가 이토 히로부미를 뒤집어놓았다니까 기분이 나쁘진 않았다.

"포상금이라도 왕창 내걸었나?"

"이건 포상금 내거는 그런 급의 사건이 아니야. 이토 통감이 하세가와 사령관을 불러서 경을 쳤다던데. 삼수성을 탈환해서 대일본제국의 치욕을 씻지 못하면 할복으로 책임을 지라고. 청나라와 로씨아군을 박살낸 하세가와가 이런 수모를 당한 건 처음일 거야."

"그래서 하세가와가 직접 여기로 온대?"

하세가와란 이름이 나를 긴장시켰다. 그자가 무서워서가 아니었다. 청나라가 자랑하던 북양함대의 기지를 함락시킨 전공이 새롭지도 않았다. 근위사단장으로 진남포에 상륙해 단숨에 평양을 점령하면서 러일전쟁의 전세를 결정지은 자여서도 아니었다. 나를 긴장시킨 것은 하세가와 부대의 저격수, 불사조들이었다. 그들에게 맹포와 김수협을 잃었고, 이번 삼수성 점령전에서도 중대장 둘과 수포수 셋을 빼앗겼다.

"13도창의군이 경기도로 집결하고 있는데 어떻게 한양을 비우겠어? 전화에다 대고 동부수비관구 사령관 마루이 소장에게 삿대질을 했겠지."

"뭐라고?"

"뻔하잖아. 삼수성을 통째로 불태워서라도 토벌하고 네 목을 가져오라고 지시했겠지."

적과 부하 모두에게 무자비하기로 유명한 하세가와가 삼수성을 빼앗기고 두 번이나 완패를 당한 삼수 파견 직할대 대장과 동부수비관구 사령관을 어떻게 질책했을지는 짐작하기 어렵지 않았다. 그가 압록강을 사이에 두고 러시아군과 벌인 전투를 지켜본 나였다. 그가 지나간 자리에는 주검과 잿더미만 남았다.

"내 목 하나로 된대?"

"거기다 비적의 목도 같이 가져가야 하세가와의 앞길에 재를 뿌린

마루이 소장이 제 모가지를 보존할걸."

"우리가 그자의 앞길에 재를 뿌려?"

"조선 통감 자리를 노리는 하세가와야. 그런데 네가 진폰가 현댄가를 영웅으로 만들어놓았으니, 새파란 애들한테 당한 꼴이 된 하세가와의 허파가 뒤집어졌겠지."

"하세가와가 벌써 일본 정치 원로인 이토 통감의 자리를 노릴 만큼 큰 거야?"

"초대 통감도 실제는 이토 히로부미가 아니라 하세가와였어. 조선주차군 사령관 겸 임시 조선 통감을 맡아 통감제의 기틀을 마련한 하세가와의 자리를 넘겨받은 게 이토였으니까. 이토가 워낙 거물이어서 통감 자리를 내줬지만 하세가와로서는 그 자리를 되찾고 싶겠지."

"그럼 다음 통감은 하세가와라는 거네?"

"같은 조슈군벌 출신인 일본 육군의 일인자 데라우치와 경쟁을 벌이는 중인데 이번에 삼수성을 빼앗겨서 어떻게 될지 모르겠네."

삼수성을 점령한 우리가 연락도감을 통해 조선 13도의 포연대와 의병대로 띄운 격문은 오십 장에 불과했다. 그런데도 진포와 현창하의 무용담은 입에서 입으로 옮겨가며 삽시간에 조선의 밥상을 점령했다. 하세가와가 그들의 목에 건 현상금은 항일연합포연대의 무용담에 날개를 달아주었다.

"개들 값이 그렇게 올랐어?"

"조금만 더 있으면 네 값보다 개들 값이 더 나갈 거 같던데. 근데 그 전설적인 영웅들이 진짜 있긴 한 거야?"

녀석은 지나가는 말처럼 내게 물었다.

"궁금해?"

"당연히 궁금하지."

"네가? 아니면 너희 군사장이?"

"우리 군사장도 궁금해하지 않을까?"

군사장의 관심 사항이란 말을 녀석은 그렇게 했다. 전령의 태도가 몸에 밴 녀석이었다. 자신이 모시는 상관의 의중을 감추면서 상관이 원하는 정보를 정확하게 파악해 조심스럽게 전달하는 것이 이십 년 동안 녀석이 한 일이었다.

"여전하구나. 지금도 너희 군사장이 묻는 것에는 무엇이든 대답할 준비가 되어 있고 묻지 않는 것은 어떤 것도 말하지 않냐?"

"그게 내 소임이니까."

정파총이 자신에게 가르쳐준 전령이자 참모로서의 철칙이라며 녀석이 오래전에 내게 해준 말이 떠올랐다.

"찾지 않을 때는 눈에 띄지 않고 찾을 때는 언제라도 나타나는 거리에서 군사장을 모시고 있겠네."

"그게 내 소임의 특징이니까."

"네 소임을 다하려면 그 비적들이 진짜인지 가짜인지 한번 봐야겠네."

나는 진포와 현창하, 조감을 호출했다.

6

소문이 13도를 한 바퀴 돌면서 셋의 무용담은 눈덩이처럼 불어났다. 우리가 일격필살의 저격수이자 작전참모라고 격문에 쓴 이진은 어느새 세간에서 부참모장 겸 항일연합포연대의 실세가 되었다.

"어이쿠, 부참모장님. 어서 오시오."

참모부에 들어서는 진포에게 내가 먼저 고개를 숙였다. 진포는 입을 벌리며 손사래를 쳤다.

"우리 항일연합포연대의 실세께서 왜 이러시나."

내가 다시 놀리자 진포의 얼굴이 새빨갛게 달아올랐다. 나는 뒤따라 들어오는 현창하에게 물었다.

"어이쿠, 우리 청년대장님. 해가 바뀌면 남들은 나이를 한 살씩 먹는데 혼자만 나이를 두 살이나 거꾸로 먹는 비결이 무엇이오?"

"저는 절대 그런 거짓말을 한 적이 없습니다."

소문은 청년저격대장 현창하의 나이를 열네 살로 내리고, 삼수성 점령 작전의 선봉대도 제1지대가 아닌 청년저격대로 바꾸어놓았다.

진포 뒤로 숨으며 나를 피하려는 연락도감 감원 조석보에게 내가 물었다.

"이 모든 소문은 축지법을 쓰는 조천리가 하룻밤 새 천리를 돌아다니며 퍼뜨린 것이겠지?"

조천리는 조석보의 별명이었다.

"제가 어떻게 감히 그런 거짓말을 퍼뜨리겠습니까. 전 정말 격문과 통문만 돌렸을 뿐 있는 전과를 한마디도 줄여 말한 적이 없고, 없는 전과를 부풀려 말한 적도 없습니다. 제가 축지법을 쓰는 조천리라는 말은 더더욱 한 일이 없습니다."

나는 빙긋이 웃으며 세 사람을 물끄러미 쳐다보았다.

"저희는 억울합니다."

진포가 세 사람을 대변하고 나섰다. 나머지 두 사람은 고개를 끄덕이며 진포를 쳐다봤다.

"억울하다?"

"네. 저희는 저희의 공적을 과장해서 떠벌린 적이 결단코 없습니다. 터무니없는 소문은 저희 책임이 아닙니다."

"아니 땐 굴뚝에 연기가 날 리 있나?"

"괜히 저희 셋의 이름을 격문에 올려 불을 땐 건 저희가 아니고 총참모장님이십니다."

역시 천하무적의 진포였다. 나는 폭소를 터뜨렸다.

"맞아. 내가 이렇게 연기가 나라고 아궁이에 불을 땠지. 고작 격문 오십 장으로 불을 땠는데 이렇게 연기가 조선 천지를 뒤덮고, 하세가와의 출셋길까지 막을 줄이야."

나는 엄지를 치켜세우고 활짝 웃어 보이며 덧붙였다.

"저는 적을 백삼십삼 두 잡은 적도 없고 범을 잡았던 범포도 아닌데…… 정말 난감합니다."

현창하가 정말 난감한 표정을 지었다.

"아니야. 현포란 이름은 현포 혼자의 것 아니고 우리 포수들 모두의 이름인 거야. 우리 항일연합포연대는 이번 작전에서 이백육십오 두의 적을 잡았고, 우리 안에는 범포가 즐비해. 그러니 사실이 아닌 것도 틀린 것도 없어. 현포가 현포라는 이름을 자기만의 것이라고 여기지 않는다면 말이야."

"명심하겠습니다."

현창하가 눈시울을 붉히며 고개를 숙였다. 나는 눈길을 조석보에게 돌렸다.

"조천리가 이 혹한을 뚫고 밤낮없이 적정을 탐지하고, 우리의 전과를 백성들에게 알린 감원 모두의 이름이란 것 알고 있지? 우리 연락도감 감원들이 하루에 뛰어다닌 거리를 합치면 어떤 축지법을 쓰는 도사도 따라오지 못하지."

"그래도 사실이 아닌 건 아니잖아요. 제가 어떻게 부총참모장이에요?"

진포는 내게 따지듯 물었다.

"난 그게 진포라는 이름으로 살고 싶어하는 수많은 사람이 진포를 총참모장으로 선임하라는 요구로 들리던데. 이렇게 퍼진 진포의 이름이 더 많은 다른 진포를 만들어내면 좋지 않을까?"

진포는 내 눈을 똑바로 바라보며 꽉 쥔 두 주먹을 들어 보였다.

"네, 범포."

나는 두 주먹을 진포의 두 주먹에 마주치고 나서 옆에 앉은 달음이를 돌아보았다.

"진짜냐고 물었잖아? 직접 물어보셔."

녀석은 고개를 저었다.

"가짜는 아닌 것 같네."

진포와 현창하, 조석보가 돌아간 다음 달음이는 내게 물었다.

"항일연합포연대가 한양 진공 작전에 합류한다고 군사장께 보고해도 되는 거야?"

"가긴 반드시 간다. 얼마가 갈지는 몰라도."

한양 진공 작전에 참가하기로 했던 항일연합포연대의 애초 결정을 원점으로 되돌려놓은 건 남창일이었다. 녀석이 13도창의군의 통문 뒷장에 붙은 조직도를 흘렸고, 차도선과 태양욱은 양반들의 총알받이를 하지 않겠다며 참여를 거부했다.

"우리에게 관북의병대장을 내준다고만 하면 반대할 사람이 아무도 없어…… 난 절대 안 할 거니까, 임창근 총대장이나 차도선, 태양욱 중에서 시켜줄 수는 없는 거야?"

달음이는 대답하지 않았다. 나는 도무지 이해할 수 없었다.

"그까짓 게, 뭐가 대단하고 뭐가 어려워?"

"우리 군사장 왕산이 결정할 수 있는 일이면 그렇게 했을 것도 같아. 그런데 이건 13도창의군 이인영 총대장의 권한인데, 그는 하지 않을 거야."

달음이는 불경스럽게 군사장 허위의 이름을 부르는 일이 없었다. 오직 왕산이라는 호만 입에 올렸다.

"왜?"

"밀지를 받은 인물이 이인영이니까."

"밀지?"

"왕이 보낸 밀서, 몰라? 이인영은 고종이 보낸 그 밀지의 명분과 힘으로 총대장을 하는 거야. 지금 일만 의병이 이인영을 보고 양주에 집결한 것 같아? 밀지의 힘이지. 나이도 한참 위에다 관직도 훨씬 높았던 왕산이 군자금까지 다 대면서도 이인영 총대장의 밑에서 군사장을 하는 이유를 한번 생각해봐. 그런데 이인영 총대장이 격에 맞지 않는 인사로 대의명분을 잃는 일을 하려 들까?"

나는 비로소 이해했다. 고종의 밀지를 받드는 신하들의 군대가 13도창의군이었다. 관북의병대장은 신하 될 자격이 없는 자에게 내줄 수 있는 자리가 아니었다.

나라는 망했는데 왕은 있었다.

나는 망한 나라의 왕이 아니라 내가 싸워야 할 적에 대해서 물었다.

"하세가와는 확실히 나오겠지?"

"나오지 않으면 일본 육군의 신화가 끝나겠지."

"나와도 끝이 날 거야."

나는 달음이에게 우리 수포수대가 어떻게 훈련을 하고 있는지 말하지 않았다.

7

혜산과 장항, 북청에서 출발한 일본군 토벌대가 삼수로 다가오고 있다는 연락도감의 보고가 이어졌다. 적은 삼면에서 조여오고 한양 진공 작전은 엿새 앞으로 다가왔는데 나는 차도선과 태양욱을 설득하지 못했다. 고작 칠십 명의 의병을 거느린 듣도 보도 못한 양반 밑으로 들어갈 수 없다는 그들의 주장을 나는 무슨 말로도 이기지 못했다. 총참모장이라고 해서 결정되지 않은 작전에 작전권을 행사할 수는 없었다.

안국환 도주는 지금의 이동 속도에 비추어 일본군이 신시 안에 삼수에 도착할 것이라고 귓속말로 보고했다. 나는 속이 탔다. 한양 진공 작전에 참전하려면 오늘 아침에는 삼수성을 출발했어야 했다. 나는 마지막으로 호소했다.

"삼수성을 점령한 우리 연합포연대에서 아무도 가지 않으면, 단순히 가지 않는 것이 아니라 13도창의군의 한양 진공 작전에 찬물을 끼

없는 결과가 되오. 그러니까……”

차도선이 내 말을 중간에 자르고 들어왔다.

“우리가 그렇게 필요하면 우리한테 이렇게 하면 안 되지 않소.”

차도선은 목소리를 더 높였다.

“그자들이 대체 우리한테 해준 게 뭐가 있다고 상전질이오, 상전질은.”

“우리도 그들의 덕을 본 건 있소……”

차도선이 다시 내 말을 끊었다.

“있긴 뭐가 있소?”

나는 화가 났지만 참았다.

“지금까지 삼수성이 우리만의 힘으로 지켜진 것 같소? 13도창의군이 한양 진공 작전을 선포하고 양주에 집결하지 않았으면 벌써 하세가와가 한양에서 달려왔을 것이오. 13도창의군이 무너지는 순간 이를 갈던 하세가와가 득달같이 여기로 달려오게 되어 있소. 그자가 여기로 오기를 기다리는 것보다 기회가 왔을 때 우리가 한양으로 가서 그자와 싸우는 것이 더 낫지 않소?”

태양욱은 차도선과 달리 차분하게 내게 되물었다.

“총참모장의 말은 충분히 알았으니 서로 같은 말을 되풀이하지 말고 다수결로 결정하면 어떻겠소?”

나는 대답하지 못했다. 표결에 부치면 부결될 것이 뻔했다. 하세가와와 일전을 치르려면 저격여단만이라도 이끌고 가야 했다. 곤경에 처한 나를 바라보던 임창근 총대장이 나섰다.

“이보오. 차포, 태포. 총참모장과 수포수대가 하세가와와 한번 붙어보겠다지 않소. 가겠다는 부대는 보내줍시다."

차포, 태포를 호명하고 나서는 임포수장의 말을 그들도 감히 거역하기는 어려웠다. 그들도 포수였다. 임창근은 마지못해 고개를 끄덕이는 그들과 나를 번갈아 바라보며 말했다.

"나는 남아서 우리 부총대장들과 같이 싸울 테니 총참모장은 한양에 가서 조선의 포수가 어떤 사람들인지를 보여주고 오시오."

북청 포연대가 주축인 3지대와 내 직할의 저격여단만 따라나설 줄 알았는데 제5지대도 참전을 선택했다. 지휘부 회의에서 처음부터 끝까지 침묵을 지킨 5지대장 이강백은 무덤덤하게 내게 말했다.

"한양이 어떻게 생겼는지 구경 한번 해봅시다."

그사이 연락도감을 통해 들어오는 적의 동향은 시시각각 변화했다. 지도 위에 열두 개의 점으로 흩어져 있던 작은 돌들이 삼수성으로 다가오면서 거리를 좁혔다. 시간이 지날수록 열두 개의 돌이 세 개로 뭉쳐지는 흐름이 뚜렷해졌다. 감원들의 보고가 거듭되면서 일본군의 작전은 점점 명확해졌다. 지도 위의 돌들이 삼수성 남쪽과 동쪽, 북쪽의 세 지점으로 모여들며 포위망을 강화했다.

우리는 삼수성을 비우기로 합의했다. 남기로 한 부대가 먼저 삼수성을 빠져나가 갑산과 혜산을 치기로 했다. 갑산과 혜산 주둔 일본군 전투 병력은 삼수성 탈환 작전에 모두 동원된 상태였다. 적의 허를 찌르는 역습으로 동부수비관구 병력의 발을 함경도에 묶어두기 위한 작전이었다.

나는 한양 진공 작전에 참전하기로 한 3지대와 5지대, 저격여단을 집합시켜 출정식을 열고 13도창의군 총사령관 이인영 명의의 군령을 하달했다. 참전을 결정한 이상 이인영은 우리의 총대장이었고, 우리는 그의 군령에 따라야 했다.

"한양을 되찾는 것만이 나라를 되찾는 길이다."

내가 건네준 군령의 마지막 줄을 읽는 진포의 목소리는 짜랑짜랑했고, 검은 눈동자는 반짝였다.

출정식을 끝낼 무렵 적 선발대가 한 식경 뒤에 도착한다는 보고가 들어왔다. 나는 3지대와 5지대, 청년저격대를 차례로 출발시켰다. 이인영이 우리를 어떻게 대접하든 선봉에서 하세가와와 그의 불사조를 상대할 부대는 우리였다

철수 작전의 생명은 기밀이었다. 나는 모든 지대가 다 빠져나갈 때까지 기밀 유지를 위해 위력 시위를 멈추지 않았다. 송재원이 대한제국 군복을 입은 기동저격대 대원들을 이끌고 위력 시위를 하는 동안 연락도감의 감원들은 성을 돌아다니며 도검사 조강록이 쓴 격문을 붙였다. 철수를 알리는 격문의 마지막은 경고였다.

'내일 아침해가 밝을 때까지 누구도 성을 벗어나서는 아니 되며, 성을 벗어나는 자는 적의 첩자로 간주하여 포살한다.'

"이치야마가 이끄는 적 선발대가 도착했습니다."

적 선발대 대장 이치야마는 하세가와가 용산 사령부에서 직접 파견한 자였다. 조선 주둔군 작참모인 이치야마는 하세가와의 분신으로 불렸다. 안국환은 삼수성을 빠져나간 두 개 지대와 청년저격대가 모두 적 포위망을 무사히 벗어났다는 보고도 함께 했다. 적은 아군의 주력이 이미 완전히 빠져나가고 삼수성에는 총참모부와 기동저격대

오십칠 명만 남아 있다는 사실을 전혀 알지 못했다.

나는 어제부터 삼수성 출입을 철저히 통제했다. 총참모부와 기동저격대가 빠져나갈 퇴각로는 연락도감에서 벌써 확보해둔 상태였다. 나는 기동저격대에 마지막 구보 순찰을 지시하고 북문과 동문 사이의 경계 막사에서 대기했다.

무슨 일 먼저 하랴 왜적을 물리쳐라—

물리쳐! 대원들의 노래 끝마디를 받아내는 송재원의 호령이 쩌렁쩌렁했다. 다음 소절을 부르는 대원들의 목소리는 더 높아졌다.

나가자 싸우자 우리는 조선의 범포수—

범포수! 다음 소절의 끝마디를 받는 송재원의 호령은 더 쩌렁쩌렁했다. 저격가를 이어가는 기동저격대원들 노랫소리가 삼수성을 흔들었다.

남녀노소 동심동력으로 이 나라 이 백성 지켜라—

지켜라! 김수협은 죽었지만 김수협이 만든 '저격가'는 메아리가 되어 내 마음을 흔들었다. 기동저격대가 저격가를 부르며 내가 대기 중인 막사로 다가왔다.

"기동저격대, 구보 순찰 완료했습니다."

송재원이 하얀 입김을 내뿜으며 막사에 들어섰다.

"수고했소. 출발합시다."

연락도감 감원들이 막사 바닥의 통판을 옆으로 밀었다. 송재원의 뒤를 이어 들어온 기동저격대 대원들이 차례차례 막사 바닥으로 사라졌다.

8

새벽부터 몰아치던 거친 눈보라는 그쳤지만 바람은 여전히 매서운 오후였다. 하세가와의 분신 이치야마가 텅 빈 삼수성에 진입하고 있을 시각에 나는 갑산을 우회하며 남하했다. 함경산맥을 타고 먼저 남하를 시작한 3지대와 5지대는 이미 낭림산맥을 통과했을 시각이었다. 3지대는 벌써 장진을 지나 황초령을 넘었을 것이고 5지대는 함경산맥의 끝자락인 북수백산을 넘었을 시각이었다. 임창근 총대장이 갑산에서 적을 끌고 다니는 사이 나는 기동저격대를 이끌고 전속력으로 남하했다.

연락도감의 전설이 된 조천리가 합류한 것은 갑산에서 육십 리 남쪽에 있는 풍서였다. 항일연합포연대의 한양 진격로 삼십 리마다 배치되어 있던 연락도감 감원들은 마지막으로 남하하는 기동저격대에 합류해 함께 이동했다. 대한제국의 정규군 출신인 기동저격대와 발꾼들이 모인 연락도감의 주력은 대단했다.

하루 먼저 출발한 5지대를 추월한 것은 황초령 남방 칠십 리에 있는 요덕에서였다. 단 한 번도 패전한 적이 없다는 하세가와와 벌일 일전이 눈앞으로 다가왔다. 일본 육군의 신화가 조선에서 신화가 되도록 내버려둘 수는 없었다.

저격여단이 3지대를 만난 것은 주금산 자락을 타고 철마산과 천마산 사이를 통과한 다음이었다. 연락도감원들의 사전 보고대로 천마산에서 호평으로 이어지는 산자락은 아침 안개로 자욱했다. 동대문 공략을 위해 망우산으로 진격중이라던 3지대가 안개 자욱한 천마산 자락에서 우리를 기다렸다.

"왜 망우산으로 진격하지 않고 여기서 이러고 있소?"

"망우산 인근까지 진격했다가 퇴각했습니다."

망우산은 동대문 삼십 리 밖에 있는 경기도 땅이었다. 나는 망우산에서 동대문에 이르는 길이 눈에 선했다. 내가 박한 밑에서 근무했던 친군우영의 군영이 동대문의 턱밑이었다.

"공격 개시일이 내일인데 퇴각이라니 무슨 소리요?"

"일본군의 선제공격을 받았습니다."

"하세가와가 공격한다고 일만이나 되는 병력이 퇴각했단 말이오?"

13도의 의병대에 총집결 통문을 돌렸는데 보안이 유지될 리 없었다. 일본군의 공격은 당연한 일이었다.

"망우산까지 진출한 선발대는 이천이었습니다. 우리가 갔을 때는 이미 패퇴하는 중이었습니다."

"그러면 대오를 정비해서 반격에 나서야지 여기서 이러고 있으면 어쩌자는 것이오?"

3지대장 유기운은 난감한 표정을 지었다.

"뜻밖의 일이 생겼습니다."

"왜, 우리에게 선봉을 내주지 못하겠다고 하오?"

"13도창의군 총대장의 아버님이 돌아가셨답니다."

"이인영 총대장이 상을 당했단 말이오?"

"그렇습니다."

"안된 일이오. 한데, 그것과 진공 작전과 무슨 상관이 있소?"

"진공 작전 중지령이 내려왔습니다. 총대장은 문경으로 낙향해 상을 치르고 나서 복귀하겠다고 공표했습니다."

"그 상을 치르는 데 시일이 얼마나 걸린다는 거요?"

"삼년상을 치른답니다."

"뭐요? 그럼 삼 년 뒤에 복귀하겠다는 거요?"

"네."

어이가 없었다. 전국에서 집결시킨 일만의 병력을 두고 총대장이 아버지 장례를 치르러 가겠다는 것만으로도 대단했다. 거기다 삼년상이라니 참으로 대단한 양반이었다.

"황제의 밀지를 받고 거병을 했다는 양반이 죽은 부모에게 효를 다하려 진공 작전을 내팽개치고 낙향을 한다…… 그러면 임금에 대한 충은 어찌되는 거요?"

유기운은 고개를 가로저으며 품속에서 간찰을 꺼내 내게 내밀었다. 이인영의 간찰이었다.

'나라에 대한 불충은 어버이에 대한 불효요, 어버이에 대한 불효는 나라에 대한 불충이다. 그러므로 나는 삼년상을 치른 뒤 다시 의병을 일으켜 일본을 소탕하고 나라를 지키겠다.'

13도창의군 총대장 이인영의 간찰은 개인의 서신이 아니라 군령이었다. 한양 진공 작전 참여를 독려하며 보냈던 그의 문장이 내 손에 들린 어이없는 간찰 위에 겹쳐졌다.

'한양에 쇄도하여 통감부를 쳐부수고 항복을 받아 저들이 강제한 소위 신협약을 파기하는 대대적 활동을 기도함이라. 충과 의가 있는 자 진공 작전에 생사를 같이 할지니……'

나는 그를 믿은 것이 아니라 그의 문장을 믿었다. 나는 양반을 지지한 것이 아니라 그가 하려는 한양 진공을 지지했다. 그런데, 부모형제를 남겨두고 목숨을 내걸고 여기까지 달려온 일만의 군병들은 대체 그에게 무엇이란 말인가? 왜적과 싸우다 이름도 무덤도 남기지 못하고 죽은 그들은 대체 무엇이란 말인가? 하나뿐인 아들 임승조와 한날 한 언덕에서 낙명한 임헌근은 제사는커녕 울어줄 핏줄 하나 남기지 못했다.

나는 물어볼 수 없었다. 총대장 이인영은 누구의 승인도 받지 않고 이미 문경으로 떠난 다음이었다. 나는 도무지 알 수 없었지만, 그에게는 내가 지키려는 나라와는 다른 나라가 있는 게 분명했다.

하세가와가 지키는 한양으로 진공할 기회는 허망하게 사라졌다. 나보다 더 실망한 이들은 하세가와의 저격수들과 겨눌 날을 기다리며 비밀 훈련을 거듭해온 수포수대였다.

11장

금희 동생 은희

1

하세가와도 내 목을 가져가겠다는 확신에 차서 출진하겠지만 나도 태백준령에 발을 들인 하세가와를 걸어서 돌려보내지 않을 자신이 있었다. 내가 먼저 그가 양성한 저격수들의 표적이 되면 내가 죽을 것이고, 그가 먼저 내가 훈련한 수포수들의 표적이 되면 그가 죽을 것이었다.

조선주차군 사령부가 항일 의병이 여전히 강성한 함경도와 전라도에 투입한 병력은 엄청났다. 대규모 수색 작전을 펼치는 일본군의 누런 군복이 태백준령을 뒤덮었다. 하세가와는 함경도에 주둔한 동부수비관구 예하 부대와 용산에서 파견한 직할대를 순시하며 토벌 작전을 독려했지만 성과는 거의 없었다.

하세가와의 주특기인 초토화 작전을 예견한 나는 유격전으로 적을 돌파하며 하세가와를 노렸다. 단천을 습격해 일본군과 일진회 간부들을 처단한 것을 시작으로 금창과 혜산진, 장항리, 거산, 청지평, 붉은별, 상농과 하농에 이르기까지 아홉 번의 전투를 거듭하며 적의 허를 찌른 것도 하세가와를 전투에 끌어내기 위해서였다. 하세가와가 나타나기만 한다면 아무리 뛰어난 저격수들이 그를 둘러싸고 방어해도 잡을 자신이 있었다.

하지만 나의 기대와 달리 하세가와는 한 부대에 상주하지 않았고, 전투 현장에 나타나지도 않았다. 연락도감이 획득한 그의 동선 정보는 모두 그가 지나간 다음의 것들이었다.

"하세가와가 어제 삼수성을 방문해 변방사령부 건설 작업을 독려하고 갔다고 합니다."

오늘 작전회의에서 안국환이 한 보고도 사후약방문이었다. 하세가와는 여전히 암행을 이어갈 뿐 토벌 작전의 전면에 나설 기미를 보이지 않았다.

"우리가 작살을 낸 변방사령부를 봤으면 꼭지가 돌아서 덤빌 만도 한데 여전히 숨어 다닌다는 거요? 완전 겁쟁이네, 이거. 단 한 번도 제일선에서 물러나지 않았다는 말이 다 뻥인 거 아니오?"

실망스러워하는 남창일의 말을 받은 것은 도검사 조강록이었다.

"하세가와가 무모한 용맹만으로 일본 육군의 이인자가 되었겠습니까. 본때 있게 이길 수 있는 순간에만 자신을 지켜줄 저격수들을 거느리고 전면에 나섰겠지요."

"조선 통감 자리를 눈앞에 두고 몸을 사리는 것이오?"

나는 조강록을 바라보며 물었다. 일본 육군의 일인자인 데라우치 마사타케를 제치고 조선 통감이 되려는 하세가와였다.

"하세가와는 자신이 한양 진공 작전을 분쇄한 것으로 조선의 항전은 완전하고도 최종적인 종말을 고했다고 선전해왔습니다. 그로서는 우리와의 전투가 크게 알려지는 것 자체가 부담일 겁니다. 완전히 제압했다는 게 다 거짓말이고 홍장군님과 우리 부대가 여전히 건재하다는 사실이 드러나니까요."

조강록의 말대로 하세가와는 요란하지 않았다. 그는 물을 없애서 물고기를 잡는 조용한 전쟁을 벌였다. 하세가와의 방침에 따라 우리에게 협조한 주민들이 살해되고, 마을은 불탔다.

지난 두 달 동안 치른 아홉 번의 유격전에서 우리는 한 번도 패한 적이 없었다. 함경도는 여전히 항일연합포연대의 수중에 있었다. 일본군은 사단 병력을 투입하고도 우편 행랑조차 운송하지 못했다. 전황을 주도한 것은 늘 우리였다. 하지만 하세가와는 늘 우리보다 더 많은 전과를 올렸다.

하세가와의 조용한 전쟁은 오늘도 계속되었고, 그의 전과가 된 상대는 우리가 아닌 무고한 주민들이었다.

"적 저격수들이 중곡리에 나타났습니다."

정평 산간의 하곡리에 이어 중곡리가 불탔다는 연락도감 감원의 보고를 듣던 나는 자리에서 벌떡 일어섰다.

"저격수라는 걸 어떻게 확인했나?"

"삼백 보 밖에서 도망치는 주민 둘을 정확히 저격했고, 총소리도 달랐습니다."

나는 즉시 수포수대를 데리고 상곡리로 달려갔다. 적 저격수들이 나타났다는 것은 하세가와가 나타났다는 뜻이었다. 하곡리와 중곡리를 불태운 적이 상곡리를 그냥 두고 갈 리 없었다. 수포수대와 상곡리 오른쪽 언덕에 포진한 지 얼마 지나지 않아 마을에 들이닥친 적들은 닥치는 대로 쏘고 불을 질렀다. 천리경을 들고 하세가와를 찾고 있던 내 눈에 아이 둘이 들어왔다.

"주민들 모두 피신하라고 통보하지 않았소?"

나는 화를 내며 연락도감 감원을 질책했다.

"분명히 통보했는데 저 아이들이 왜 마을에 남아 있었는지 모르겠습니다."

다행히 일본군은 아이들을 우리가 포진한 반대편 언덕으로 내쫓았다. 안도의 한숨을 내쉬며 천리경을 들고 다시 하세가와를 찾던 내가 깜짝 놀란 건 잠시 후였다. 조금 전 아이들을 내쫓던 일본군 중에서 키 큰 놈이 이백오십 보 밖으로 나간 아이를 겨냥하고 있었다. 내가 더 놀란 건 일본군이 든 총에 부착된 천리경이었다.

떵. 저격수였다. 아이 하나가 쓰러졌고, 천리경을 부착한 소총을 든 적 저격수 두 놈은 낄낄거리며 서로 뭔가를 주고받았다. 남은 아이가 겁에 질려 저격수들을 바라보며 뒷걸음질치자 놈들은 어서 도망가라는 손짓을 했다. 살아남은 아이가 삼십 보 남짓 더 멀어지자 키 작은 적 저격수가 개머리판을 오른쪽 어깨에 붙이고 사격 자세를 취했다. 놈들은 아이들을 사냥감으로 삼아 내기를 하는 중이었다.

내 총으로는 사정거리 밖에 있는 적이었다. 사정거리가 긴 스프링필드1903이어야 했다.

"쏴."

내 말이 떨어지기 무섭게 진포가 방아쇠를 당겼고, 아이를 향해 방아쇠를 당기려던 적 저격수가 나뒹굴었다. 총소리에 놀란 아이는 돌아서서 언덕을 향해 마구 달려갔다.

탕, 수포수 중에 나이가 가장 많은 탄포의 탄환이 먼저 아이를 쏘았던 키 큰 저격수를 쓰러뜨렸다. 나는 그 순간을 놓치지 않고 천리경으로 적정을 살폈다. 비상 상황에서 병사들을 지휘하고 나서는 자가 지휘관이고, 그가 하세가와일 것이었다.

하지만 나는 하세가와를 찾지 못했다. 저격수들이 저격당한 비상상황인데도 나서서 지휘하는 자가 아무도 없었다. 하세가와는 우리를 잡지 못했지만 주민들을 잡았고, 우리는 저격수를 잡았지만 하세가와를 잡지 못했다.

2

가지 않는 겨울은 없고, 오지 않는 봄도 없었다. 태백준령의 얼음도 녹기 시작했다. 한낮의 햇살은 제법 따사로웠다. 지휘소로 올라오는 도검사 조강록의 상체가 햇살에 반짝였다. 구름 한 점 없는 하늘을 올려다보던 나는 윗도리를 벗은 조강록에게 눈길을 옮기며 물었다.

"사대부께서 맨몸을 이리 내놓고 다녀도 되는 것이오?"

조강록은 함흥의 양반집 아들이었다. 장원으로 진사에 올랐던 조부에게 한학을 배우고 한양에 문을 연 양정의숙 전문부에서 법률을 공부한 조강록은 한학과 신학문에 두루 밝았다.

"오늘의 전투 복장이 이러하니, 저도 따라야지요. 그리고 저는 사대부가 아니고 항일포연대의 엄연한 도검사입니다."

나는 빙긋이 웃으며 스물여섯 살의 도검사 조강록을 바라보았다.

"전투복장이라…… 그래 소탕전은 잘되어가오?"

그렇게 물은 건 훈련대장 남창일이었다. 조강록은 나와 남창일을 번갈아 쳐다보며 되물었다.

"네. 직접 한번 둘러보시겠습니까?"

"가봅시다."

나는 조강록을 앞세우고 계곡으로 내려갔다. 얼음이 녹아내리기 시작한 계곡에서는 대대적인 소탕 작전이 펼쳐지고 있었다. '오늘의 전투 복장'이란 조강록의 말대로 대원들 모두 벌거숭이였다. 나는 조강록이 왜 윗도리를 벗었는지 금방 눈치챘다. 아랫도리까지 다 벗고 물건을 덜렁거리며 몸을 말리는 대원들 사이를 지나가려면 윗도리라도 벗어야 서로 민망하지가 않았다. 나도 윗도리를 벗어들었다. 남창일도 따라 벗었다.

한양 진공 작전에서 돌아와 열번째로 펼치는 이번 작전의 적은 일본군이 아닌 이였다. 날개도 없는 깨알만한 이는 왜놈들보다 더 지독했다. 겨우내 빨래를 하지 못한 대원들은 틈틈이 옷을 벗어 이를 잡았지만 중과부적이었다. 옷 솔기마다 들러붙어 피를 빨아대는 놈들은 잡는 속도보다 몇 배 빠르게 서캐를 쳤다. 이가 까는 알은 하루에 무려 열 개에 달했다. 날개도 없는 납작한 놈들은 잘 보이지도 않았다. 밝은 낮에 자세히 보아야 겨우 까맣게 반짝이는 적이 이였다. 대원들은 날마다 양쪽 엄지손톱으로 이를 터뜨려 죽였다. 피를 잔뜩 빨아먹고 배가 발그레하게 부풀어오른 놈들을 화형시키기도 했다. 타닥타닥, 화형을 당하는 이의 배가 터지는 소리는 깨 볶는 소리와 흡사했다. 하지만 냄새는 깨의 고소함과는 반대였다. 그렇게 부지런히 눌러 죽이고 태워 죽여도 이는 도무지 줄어들지 않았다.

밤낮없이 대원들을 괴롭히는 이 때문에 대원들은 적에게 총구를 겨눈 채 겨드랑이와 사타구니를 벅벅 긁기 일쑤였다. 놈들은 아군의 명중률을 떨어뜨리는 주범이었다. 물린 자리의 가려움 때문에 긁어댄 손톱자국으로 살이 짓무르고, 밤잠을 설친 대원들의 눈은 게슴츠레했다. 이는 일진회만큼이나 박멸하지 않으면 안 될 적이었다.

아직 날이 쌀쌀했지만, 이 소탕 작전을 더 미룰 수 없었다. 전 대원의 모든 옷가지를 잿물에 빨고, 목욕 전투를 벌이자고 채근한 것이 남창일이었다. 어떤 훈련으로도 이를 이기지는 못한다는 것이었다.

청년저격대 대원들이 아직 덜 녹은 얼음을 깨고 계곡에 첨벙첨벙 뛰어들었다. 아무리 무심하려고 해도 핏줄이 당기는 것은 어쩔 수 없었다. 한결같은 벌거숭이인 그들 사이에서 양순이가 눈에 박혔다. 장항리 전투에서 어깨에 총상을 입은 녀석이었다. 뼈가 상하지 않은데다 진포의 침이 주효해서 상처는 아물었다. 하지만 빼내지 못한 탄환이 박혀 있는 어깨가 온전할 리 없었다.

"어깨가 성치 않은데 내려보내는 게 어때?"

내 눈빛을 귀신같이 읽은 남창일이 불쑥 물었다. 내가 못 들은 척하자 남창일은 조강록에게 물었다.

"도검사, 부상자는 귀환 조치가 원칙 아니오?"

"쓸데없는 소리."

남창일의 말을 자른 나는 고개를 돌리고 청년저격대를 지나쳤다. 내 뒤통수에 달라붙는 양순이의 눈길이 느껴졌지만 나는 돌아보지 않았다.

계곡의 맨 아래쪽 소에 이르러 나는 들고 있던 윗도리를 잿물에 집어넣은 다음 바지도 벗었다. 잿물에 헹군 옷가지를 들고 나는 계곡으로 성큼성큼 걸어들어갔다. 남창일이 뒤따랐다. 도검사 조강록은 아랫도리까지 몽땅 벗은 우리를 외면했다. 나는 당황하는 조강록을 돌아보며 따라 들어오라고 손짓했다.

"모든 대원에게 소탕전을 명령했으면 도검사도 따라야지."

"그래도 어떻게……"

조강록은 얼굴을 붉히며 말끝을 흐렸다.

"왜, 이럴 때는 엄연한 항일포연대의 도검사가 아니고 사대부인가?"

나는 머뭇거리며 주변의 대원들을 살피는 조강록을 놀렸다.

"왜놈이 반상을 가리던가, 이가 반상을 가리던가. 군령에는 예외가 없네. 도검사든 참모장이든."

주저하던 조강록이 바지춤을 풀었다. 후다닥 바지를 벗어던진 조강록은 덜렁거리는 물건을 손바닥으로 가리고 쏜살같이 계곡으로 뛰어들어왔다. 양반은 양반이었다. 얼음이 녹아들어가는 차가운 물보다 체면이 먼저였다.

"심장이 얼겠습니다."

얼음조각 사이로 머리만 내놓은 조강록이 턱을 덜덜 떨며 말했다.

"이도 얼겠네. 그럼 머릿니도 얼려 죽여야지."

나는 그렇게 대답하고 머리를 물속에 집어넣었다. 한참 동안 숨을 참고 견딘 다음 머리를 물 밖으로 내미는 나를 향해 조강록이 고개를 설레설레 흔들었다.

"도검사가 다닌 그 한양의 학교에는 상놈도 입학을 하오?"

"상민 학생을 본 적은 없었지만 입학을 금한다는 규정은 없습니다. 양순이를 양정의숙에 보내시게요?"

왜놈들을 물리치고 나면 양순이를 한양으로 보내 제대로 공부시키고 싶었다.

"돈이 많이 드오?"

"돈 걱정은 할 필요 없고."

조강록의 대답을 가로챈 것은 남창일이었다. 뜨악하게 쳐다보는 나에게 남창일이 호기를 부렸다.

"큰아버지가 돼서 조카 하나는 책임져야지."

동학에 들었다가 아내와 아이를 모두 잃은 남창일은 양순이와 용환이를 제 자식처럼 아꼈다.

"작은아버지겠지."

흘겨보는 내 눈을 피하며 남창일이 불쑥 수경과 용환이 얘기를 꺼냈다.

"제수씨와 용환이를 더 멀리 피신시켜야 하지 않을까……"

"네 형수와 용환이는 이미 피신시켰잖아?"

"함경도 밖으로 내보내야 안심하지. 평양으로 보내는 게 어때?"

남창일이 뜬금없이 평양을 입에 올렸다.

"평양에 갈 곳이 어디 있어?"

남창일은 대답 대신 단도로 상투를 자르는 시늉을 했다.

"싹둑."

백무아를 얘기하는 거였다. 나는 바로 고개를 저었다. 그럴 수는 없었다. 나와 남창일 사이에 흐르는 침묵을 깬 건 조강록이었다.

"어디든 다른 곳으로 피신시키는 것은 맞습니다. 하세가와가 총참모장님을 잡으려고 혈안이 되어 있습니다."

그렇게 말하는 조강록의 목 옆에 떠 있는 얼음조각 위로 햇빛이 파고들었다. 흔들리는 얼음조각 사이로 부서지는 햇빛을 멍하게 바라보는 내게 남창일이 무심한 목소리로 물었다.

"나처럼 되고 싶어?"

그럴 수는 없었다.

남창일과 조강록은 양순이를 보내 수경과 용환이를 더 안전한 곳으로 피신시키는 것으로 결론을 내렸다. 나는 반대하지 못했다. 저녁으로 귀밀밥 반 그릇을 먹은 양순이는 밤길을 타고 떠났다.

3

가쁜 숨을 몰아쉬며 달려온 안국환의 얼굴은 사색이었다.

"총대장님이…… 당했습니다."

"당하다니?"

안국환은 움켜쥔 두 손을 부들부들 떨며 겨우 대답을 했다.

"저격당했습니다."

보급 작전을 펼치며 분산활동을 하는 예하 부대를 순회하던 임창근 총대장이 상남에서 적 저격수에게 걸려든 것이었다. 임창근 총대장은 세 발의 탄환을 맞았고, 그중 한 발은 심장에 박혔다. 즉사였다.

적 저격수는 함께 이동하던 다른 노포수들과 교전을 벌이지 않고 자취를 감추었다. 정확히 총대장을 노린 저격이었다. 나는 임창근 총대장의 심장을 관통한 탄환을 확인했다. 스프링필드1903 전용 탄환이었다. 하세가와의 저격수였다. 나를 더 뼈아프게 한 것은 임창근이 포수로서 가장 불명예스러운 보급 작전에 나섰다 최후를 맞이했다는 사실이었다.

하세가와가 온 다음 나날이 나빠진 것은 우리의 무장과 보급이었다. 일본군은 전투에서 패하면서도 우리에게 탄환을 빼앗기지 않았다. 우리의 식량 보급선이던 산간마을은 모두 잿더미로 변했다. 우리는 이기고도 승자가 되지 못했다. 보리밥은커녕 귀밀밥도 양에 차게 먹는 날이 드물었다.

이러한 우리의 사정을 정확하게 간파한 하세가와는 '상화정책'이란 기만책을 내놓고 대원들을 유혹했다. 하세가와가 내놓은 '상화정책'은 앞으로 석 달의 특별 '상화기간' 동안 '상화협상'에 응하는 의병들에게는 일체의 죄를 묻지 않겠다는 것이었다. 일진회는 활판으로 인쇄한 조선주차군 사령관 하세가와 요시미치 명의의 '상화 권고문'을 의병들이 오갈 만한 길목에 뿌리고 다녔다. 상화 권고문에는 등급에 따라 귀순자에게 제공할 관직과 농토를 비롯한 달콤한 미끼의 종류도 열거되어 있었다.

의병장급: 고위 관직과 작위 하사
지식 있는 간부급: 지방관청 관리 등용
포수 출신 의병급: 순사 및 헌병 보조원 특채
농민 출신 의병급: 농사를 짓고 살 농토 제공
기타 정보 제공 공로급: 상금 오백원에서 이천원

처음에는 대원들도 나와 임창근 총대장과 마찬가지로 왜놈의 상화 권고문을 보고 코웃음을 쳤다. 하지만 굶는 날이 이어지고 탄환이 없어 눈앞의 적을 보고도 피해 다닐 지경이 되자 흔들리는 대원이 늘어났다.

임창근 총대장은 동요하는 대원들을 다독이고 격려하기 위해 흩어져 있는 부대를 순회했다. 대원들이 소나무 껍질을 벗겨 먹고 있는 부대에 총대장이 빈손으로 갈 수는 없었다. 한 끼 국거리라도 마련해 가자면 사냥의 방법을 가릴 수가 없었다. 임창근 총대장 장례의 조사를 맡은 조강록은 대원들을 굶기지 않기 위해 임창근이 한 일을 열거했다.

"올무와 함정을 쓰면서까지 우리 대원들을 먹이고, 우리 부대를 지키려고 했던 총대장님의 그 마음을 포수인 우리가 어찌 잊을 수 있겠습니까……"

대원들은 이 대목에서 모두 눈물을 훔쳤다. 조강록이 한 이 말의 의미를 모르면 포수가 아니었다. 임창근은 항일연합포연대를 지키기 위해 포수장으로 살아온 범포의 마지막 자존심을 포기한 채 올무를 놓고 함정을 팠다. 탄환을 아끼고 적에게 아군의 위치를 노출하지 않으면서 사냥을 하려면 달리 방법이 없었다. 임창근을 아버지처럼 따르며 살아온 안국환의 뺨에는 눈물이 비 오듯 흘러내렸다.

"총대장님께 경례!"

나는 대원들과 함께 임창근 총대장에게 마지막 경례를 했다. 탕 탕 탕. 예포로 쏘아올린 세 발의 탄환이 하늘을 갈랐다. 탄환이 부족해 아홉 발을 쏘지 못했다. 평소에는 2선에서 조용히 지냈지만, 위기가 닥치면 언제나 몸을 사리지 않고 나서서 중심을 잡아주던 임창근 총대장의 급서는 우리에게 엄청난 타격이었다. 포수장 임창근의 이름

석 자 앞에서 고개를 숙이지 않을 포수가 함경도에서는 없었다. 내가 지금까지 총참모장으로 맘껏 작전을 펼칠 수 있었던 것도 그가 든든하게 뒤를 받쳐주고 밀어주었기 때문이었다.

그의 빈자리가 얼마나 큰지는 그의 무덤의 흙이 마르기도 전에 드러났다.

4

하세가와를 한낱 칼잡이 출신의 무장으로 여겼는데, 아니었다. 하세가와는 단순히 잔인하고 집요한 인간이 아니었다. 치밀하고 영리할 뿐만 아니라 인내할 줄도 알았다. 고기가 살 수 있는 물을 모두 퍼냈다고 판단한 그가 내세운 상화정책은 우리 내부의 분열을 불러일으켰다. 임창근이 사라지자 항일연합포연대에서 금기어였던 '상화정책'을 입에 올리는 지휘관들이 나타났다. 차도선이 가장 먼저 일본군과 휴전하자는 주장을 입에 올렸다.

"이대로 버티는 것은 무모한 일이오. 왕의 밀지를 받고 일어선 양반의 우두머리도 부친상을 구실로 내빼는 마당에 우리에게 달리 무슨 방도가 있겠소. 당당하게 휴전을 합시다."

차도선의 말은 하세가와가 내세운 상화정책을 받아들이자는 것이었다.

"하세가와가 무엇 때문에 우리에게 그런 시혜를 베풀겠소? 그건 우리를 무너뜨리려는 기만책에 불과하오."

나의 말에 차도선은 전혀 예상치 않은 일격을 날렸다.

"그러는 참모장은 왜 아들을 집으로 돌려보냈소?"

그가 내 자식을 걸고 들리라고는 생각지도 못했다. 그와 의견을 달리한 것은 여러 번이었지만 그가 야비해 보이기는 처음이었다.

"돌려보낸 것이 아니오."

그렇게 대답한 것은 내가 아니라 남창일이었다. 도검사 조강록도 거들었다.

"양순 대원은 총상으로, 귀환 대상인 대원이었습니다. 그럼에도 총참모장님은 귀환을 승인하지 않았고, 이번에 나간 것도 귀환이 아니라 가족 피신 작전에 따른 것입니다."

"그렇다면 왜 보름이 넘도록 복귀하지 않는단 말이오?"

차도선의 반격에 조강록은 대답을 찾지 못했다. 그건 나도 마찬가지였다. 수경과 용환이에게 간 양순이는 보름이 되도록 소식이 없었다. 복귀 예정일을 벌써 닷새나 넘기고 있었다.

"탈영이 아니라는 어떤 근거가 있소?"

차도선은 양순이를 탈영병으로 단정하는 투였다. 나를 치려고 내 자식을 걸고 드는 것이었다.

남창일이 발끈했다.

"그 말 당장 취소하시오. 양순이는 열여섯에 제 발로 찾아와 모든 전투에서 수훈을 세운 대원이오. 총상을 당하고도 포연대를 떠나지 않은, 수훈 갑의 청년대원에게 그게 할 소리요?"

"잘하면 날 치겠소."

"벨 수도 있소."

남창일은 등에 멘 쌍검을 좌우로 돌아보며 덧붙였다.

"누구든 총참모장과 양순이를 건드리는 자는 내 손에 죽을 거요."

남창일은 당장이라도 검을 뽑아들 기세였다.

"이것들이 감히!"

차도선이 허리에 차고 있던 단총을 뽑아들었다.

"뭐, 이것들?"

남창일도 지지 않고 등에 멘 쌍칼을 뽑아들었다. 차도선과 남창일의 성격을 아는 나는 더 두고 볼 수 없었다.

"그만들 하시오."

나는 차도선과 남창일을 차례로 노려보며 덧붙였다.

"그 총과 칼 집어넣으시오. 홍양순 대원이 임의 탈영한 것으로 확인되면 모든 책임은 내가 지겠소."

남창일이 칼을 집어넣는 동작에 맞춰 차도선이 단총을 거두며 내게 물었다.

"어떻게 책임을 진다는 것이오?"

"내 목을 내놓겠소."

"아들을 너무 믿는 것 같소."

"나는 내 아들이 아니라 우리 대원을 믿는 것이오. 그런데 부총대장께서는 우리 대원보다 하세가와가 뿌린 종이쪼가리를 더 믿는 것 같소."

"말 함부로 하지 말고, 휴전을 않고 버틸 대안이나 있으면 내놓아 보시오."

나는 잠시 눈을 감고 생각했다. 차도선이 양순이를 걸고 드는 순간부터 간신히 통제해온 감정을 제어하기가 쉽지 않았다. 하지만 감정으로 일을 그르칠 수는 없었다.

"내가 어떤 방법으로든 로씨아에서 탄환을 구해오겠소."

"그게 언제요?"

"보름이오."

차도선은 코웃음을 치면서 태양욱을 돌아보았다.

"잘들 들었소? 분명 보름이라고 했소. 그때까지 탄환을 확보하지 못하면 당당하게 휴전에 들어갈 테니 딴소리하지 마시오."

'당당하게'를 유난히 강조한 차도선은 자리를 박차고 일어나 지휘소를 빠져나갔다. 태양욱이 그의 뒤를 따랐다. 남창일은 등에 멘 칼자루를 매만지며 그들의 뒷모습을 노려봤다.

5

얀코프스키에게 보낸 이정재와 권감찬은 열흘 만에 돌아왔다. 저격용 소총 스프링필드1903 다섯 정을 구해주었던 얀코프스키는 이번에도 베르단 소총의 탄환 오백오십사 발을 보내주었다. 겨울 사냥을 마친 얀코프스키가 가진 탄환을 모두 내준 것이라고 했다. 탄환값으로 가져간 돈도 돌려보냈다.

"총참모장님이 보낸 선물 이외에는 아무것도 받지 않겠다고 했습니다."

내가 얀코프스키에게 보낸 선물은 대호의 피륙 한 장이었다. 안국환과 이정재를 따라 얀코프스키에게 다녀온 권감찬은 보고와 함께 종이 한 장을 내밀었다. 내게 보낸 얀코프스키의 답장에는 러시아어 한 단어만 쓰여 있었다.

Дружба

나는 편지를 펼쳐 권감찬의 눈앞으로 내밀었다.

"드루즈바. 우정이란 말입니다."

다섯 살 되던 해에 부모를 따라 연해주로 건너갔던 권감찬은 우리말보다 러시아말을 더 잘했다. 권감찬과 함께 두만강 유역의 국경지대를 넘나들며 활약하던 의병대 대원들이 항일연합포연대에 합류해 온 것은 지난해 여름이었다. 베르단 소총을 가지고 찾아온 다섯 명의 대원 중에서 러시아어를 읽고 쓸 줄 아는 것은 권감찬 하나였다.

"야코프스키는 우정만 받겠다고 했고, 탄환도 우정으로 주는 것이라고 했습니다."

'우리는 동무'라고 했던 야코프스키의 콧수염이 떠올랐다. 라플라시뇨, 허무하다는 소리를 입에 달고 살던 알료나는 올해도 그와 같이 왔을까. 풍산개 무산과 혜산. 러시아 개 라이카와 고리드는 아직도 야코프스키와 함께 사냥터를 누빌까. 주을에서 야코프스키와 함께 보냈던 겨울이 아득했다. 하지만, 그런 감상에 젖을 때가 아니었다. 나는 권감찬에게 물었다.

"울라지보스토크에 가서 탄환을 더 구해달라고 한 부탁은?"

"그건 할 수 없다고 했습니다."

"왜?"

"제국의 귀족인 자신은 로씨아 제국과 일본이 체결한 협약을 더는 위반할 수 없다고, 조선 사람끼리 해결하라고 했습니다."

"조선 사람끼리?"

"리범윤과 교섭하라고."

고종이 임명한 간도 관찰사였던 리범윤은 러일전쟁 때 오백 명의 부대를 이끌고 일본군과 싸운 조선 왕실의 측근이었다. 을사늑약을 체결한 조선 왕실이 일본의 요구대로 그를 소환했지만, 리범윤은 소환 명령을 거부하고 연해주의 연추로 근거지를 옮겨 항일 투쟁을 계속해온 인물이었다.

"그 왕실의 관리께서 우리 포연대를 도와줄 것 같은가?"

"그 휘하의 안중근, 엄인섭 부대를 통하면 가능할 것입니다."

안중근과 엄인섭은 황병길 부대와 함께 백 명 안팎의 소부대를 이끌고 두만강을 넘어와 갑산과 혜산진, 무산, 회령의 일본 기관을 습격해서 우리를 당황시키곤 했다. 갑산과 혜산진, 무산은 항일연합포연대의 작전 구역이었다. 우리가 치려던 혜산진 적 기관을 한 식경 앞서 친 것도 안중근 부대였다. 러시아령에서 활동하는 그들은 모두 리범윤의 지원을 받고 있었다.

"자금만 있으면 리범윤은 울라지보스토크에서 총기와 탄환을 얼마든지 구할 수 있는 인맥을 가지고 있으니까요."

리범윤의 형이 법부대신을 지낸 주러시아 공사 리범진이었다. 조선 왕실과 러시아제국 양쪽에 든든한 배경을 가진 리범윤은 연해주 조선인 사회의 최고 세력가였다. 그만 도와준다면 총기와 탄환을 확보하는 것이 가능했다. 희망이 있었다. 하지만 탄환을 분배받은 차도선은 강하게 반발했다.

"고작 백 발의 탄환으로 무엇을 할 수 있소?"

나는 얀코프스키가 준 오백오십사 발의 탄환을 지대별로 공평하게 백 발씩 분배하고, 남은 오십사 발을 저격여단에 지급했다. 많지 않았지만 소규모 작전은 가능했다. 그러나 차도선은 받아들이지 않았다.

“이걸로 탄환을 확보했다는 건, 말이 되지 않소. 우리는 휴전 협상을 진행하겠소.”

“이것으로 조금만 버티면 울라지보스토크에서 더 조달해오겠소.”

나는 인내심을 가지고 설득했지만 차도선은 듣지 않았다. 차도선은 이튿날 아침 자신과 태양욱이 이끄는 1, 2지대를 이끌고 떠나겠다고 내게 통보했다. 차도선이 이미 하세가와의 전권특사인 야마모토와 협상을 벌이고 있다는 사실을 알고 있던 나는 놀라지 않았다. 내가 놀란 것은 그가 다시 내 아들 양순이를 걸고 나온 것이었다.

“총참모장은 아들이 아직도 돌아오지 않은 걸 알고 있소?”

그는 내 인내심을 거듭 시험했다. 내 자식을 내 입으로 변호하고 싶지도 않았지만 대답하지 않을 수 없었다.

“나는 우리 청년대원 하나와 그 가족의 생사를 아직 알지 못한다는 보고는 들었소만, 부총대장은 내 아들이 돌아오지 못한 결과만 중요한 모양이오.”

차도선은 빤히 쳐다보는 내 눈길을 피하며 말했다.

“어쨌거나 우리는 이미 얘기했던 대로 휴전하겠소.”

돌아서는 그의 앞을 가로막고 선 것은 조강록이었다.

“떠나는 것은 자유이지만 적에게 투항하고 무기를 넘기려는 자는 처형입니다. 도검사로서 말하는데, 그가 누구라도 항일연합포연대의 군율에 예외는 없습니다.”

차도선이 코웃음을 치며 조강록의 어깨를 밀치고 지휘소를 나가려는 순간이었다.

“포박해!”

조강록이 명령했고, 대기시켜두었는지 검사원들이 뛰어들며 차도선과 태양욱을 겨누었다. 순식간에 벌어진 상황에 차도선과 태양욱이 당황했다.

"이것들이 감히……"

"감히? 감히 투항을 하겠다는 것은 당신이고, 나는 도검사로서 군령에 따라 당신을 처분할 의무와 권한이 있소."

쌍검을 빼든 남창일은 교관들을 거느리고 지휘소 앞을 지키며 차도선의 부하들과 대치했다. 지휘소 안에는 팽팽한 긴장이 흘렀다. 긴 침묵 끝에 차도선이 나를 바라보며 입을 열었다.

"이건 좀 심하지 않소?"

나는 그가 던지는 눈길을 받아 조강록에게 넘겼다. 나에게서 차도선의 눈길을 넘겨받은 조강록이 그에게 대답했다.

"내 분명히 항일연합포연대의 군율에는 예외가 없다고 말했소."

"그럼, 우리가 항일연합포연대로부터 떠나면 되겠군. 우리가 독립하면 되겠소?"

갑작스러운 차도선의 제안에 조강록은 대답을 하지 못했다. 차도선은 내게 눈길을 돌리며 다시 물었다.

"그러면 되겠소? 우리가 독립해서 떠나면 항일연합포연대의 군율과도 무관한 일 아니오."

나는 차도선과 태양욱을 차례로 응시했다. 그들과 함께 치른 전투가 예순일곱 회였다. 누구보다 용감하고 유능했던 동지들이었다.

"그렇게 서로 갈 길을 갑시다. 우리가 일본에 진짜 귀순하는 것이 아니라 잠시 시간을 벌어보려 한다는 건 총참모장도 잘 알지 않소."

그렇게 말한 것은 태양욱이었다. 나는 두 사람을 한참 동안 물끄러미 바라보며 눈으로 물었다. 하세가와가 그렇게 허술하오? 그들에게 이용당할 하세가와가 결코 아니었다. 하지만 나는 천천히 고개를 끄덕였다.

"그럽시다."

그들을 항일연합포연대로부터 출군하고 그들이 지녔던 부총대장과 지대장 직책을 박탈하는 조치를 두 사람은 받아들였다. 항일연합포연대와 남은 대원들에 관한 정보를 누설할 경우 처단한다는 조건도 받아들였다. 그들이 항일연합포연대의 이름으로 투항하는 걸 막는 선에서 나는 물러선 것이다.

차도선에 이어 서약서에 수결한 태양욱은 부하들을 이끌고 떠나기 전에 분배받은 탄환 백 발을 반납했다. 탄환 반납은 부대 독립의 조건이 아니었다.

"왜 반납을 하는 거요?"

"우리가 이걸 가지고 여길 무사히 떠나면 이게 일본군의 손에 들어갈 것 아니오."

"여길 무사히 빠져나가지 못하면, 우리가 쏘면 어떻게 할 거요?"

"우리가 그 정도도 믿지 못할 사이라면, 그 또한 어쩔 수 없지 않소?"

나는 눈길을 태양욱에게서 그가 반납한 탄환으로, 다시 차도선에게로 옮겼다. 차도선은 내 눈길을 태양욱에게 넘기며 고개를 저었다.

"나는 믿지 못하오."

차도선은 1지대가 보유한 탄환을 모두 가지고 떠났다. 남창일은 분을 삭이지 못하고 씩씩거렸다.

"대체, 저런 자식들을 왜 살려서 보내는 거야?"

"아니면 내전을 벌이자고? 저 둘만이 아니라 저들을 따르는 대원들까지 다 죽여? 왜놈들에게 그렇게까지 좋은 일을 시켜주자고?"

나는 차도선과 태양욱이 이끄는 부대가 산허리를 돌아, 꼬리를 감추는 것을 지켜보았다. 그들은 이미 항일연합포연대 제1지대와 제2지대가 아니었다.

탕타탕, 난데없는 총성 세 발이 울린 것은 그들이 산등성이 너머로 사라진 다음이었다. 그리고 얼마 뒤 그들의 행로를 감시하던 연락도감에서 탄환 한 상자를 들고 왔다. 항일연합포연대의 기지를 완전히 빠져나간 차도선이 놓고 간 탄환이었다. 세 발의 총성은 탄환을 찾아가라는 신호였을까, 아니면 항일연합포연대를 떠나는 차도선의 작별인사였을까.

"개새끼. 그래도 마지막 양심은 남았네."

남창일이 그들이 넘어간 산등성이를 바라보며 중얼거렸다.

항일연합포연대를 떠난 차도선과 태양욱은 일본군이 주둔한 신풍리로 갔다. 그들은 그들을 따르는 대원 오백삼십칠 명의 명단을 하세가와의 전권특사 야마모토 대좌에게 넘기고 '가면죄증' 오백삼십칠 장을 발급받았다. 일 개월 안에 오백삼십칠 정의 총기를 반납하면 일본군이 하세가와 명의의 '가' 자를 뗀 '면죄증'을 차도선에게 발급하기로 했다는 보고가 내게 올라온 건 다음날 오후였다.

6

차도선과 태양욱의 이탈로 항일연합포연대는 최대의 위기를 맞았다. 흔들리는 부대를 다잡고 약화된 전력을 보강하는 것이 급선무였다. 위기에 직면한 것은 항일연합포연대만이 아니었다. 우리와 협력하며 싸워온 관북지역의 독립 의병대들도 식량과 탄환이 바닥난 상태였다. 하지만 위기 뒤에는 반드시 기회가 숨어 있기 마련이었다.

나는 이 위기를 기회로 바꾸어야 했다. 위기는 절박함이었다. 절박함은 정말 중요한 것이 아닌 나머지를 과감하게 버리도록 했다. 나는 그동안 이런저런 이유로 뿔뿔이 흩어져 활동하던 관북지역의 모든 의병대에 연락도감 감원을 파견했다.

산이 온통 초록으로 물든 오월의 연화산에 관북지역의 의병대가 총집결했다. 항일연합포연대 총대장 홍범도의 이름으로 소집한 이날 회의에는 아주 이상한 의병대 하나가 참여했다. 이름만 들었던 대한협회였다.

대한협회는 조선 통감 이토 히로부미에 의해 강제 해산당한 대한자강회의 맥을 이어받은 항일단체였다. 한양 탑동에 본부를 둔 대한협회는 서른일곱 개의 지회에 오천 명의 회원을 거느린 큰 조직이었다. 내가 놀란 것은 대한협회란 이름이 아니었다. 대한협회의 대표로 온 사람은 아홉이었고, 그중 다섯은 복면이었다. 복면을 하지 않은 대표들이 차례로 자기를 소개할 때까지도 나는 무덤덤했다. 검은 보자기로 눈 아래를 가린 특별대원들이 차례로 자신을 1호, 2호, 3호, 4호라며 인사를 할 때까지만 해도 나는 큰 관심이 없었다. 내 몸을 굳게 만든 것은 마지막 한 사람, 젊은 여성이었다.

"5호 대원입니다."

복면을 한 그녀의 눈빛이 너무나 익숙했다. 어디서 보았던 눈빛일까. 나는 제압하듯 복면의 눈빛을 노려보았다. 5호 대원, 그녀의 눈빛은 조금도 흔들리지 않았다. 내 눈빛을 정면으로 받아내는 사람은 많지 않았다. 예사롭지 않은 저 눈매, 내 뇌리에 눈빛을 남긴 이들의 눈매를 불러내며 빠르게 비교해나갔다. 나는 곧 내 눈앞에 서 있는 복면의 눈매와 겹치는 한 사람을 찾아냈다.

왼쪽만 가는 쌍꺼풀이 져 깜빡이기만 해도 웃는 것 같은 그녀의 눈매는 틀림없는 금희네의 것이었다. 하지만 스무 해 전, 총령의 조지서에서 목을 맨 금희네가 지금 내 눈앞에 있을 수는 없었다. 설사 살아 있다고 해도 마흔이 훌쩍 넘었을 금희네였다.

5호 대원, 그녀는 누구인지 물어서는 안 되는 복면이었다. 나는 내가 누구인지 물어볼 수밖에 없었다.

"내가 아는 어떤 사람과 아주 흡사한데, 나를 아오?"

"홍장군님을 모르는 사람이 누가 있겠어요?"

그녀의 눈이 생긋 웃었다. 금희네가 그랬듯이 가는 쌍꺼풀이 진 눈을 깜빡였을 뿐인지도 몰랐다.

"그것 말고는?"

"더 알아야 할 것이 있나요?"

"금희네를 모른단 것이오?"

그녀의 눈빛이 비로소 흔들렸다.

"제 언니의 이름이 금희였습니다."

그렇다면 금희네의 둘째딸 은희라는 것인가, 아니면 젖먹이였던 셋째 말희인가.

"그런데도 내가 누군지 모른단 것이오?"

그녀의 눈우물에 물기가 어른거렸다.

"개밥을 좋아하지 않아서 막걸리를 사먹는 이상한 아저씨는 알지요. 우리 엄마의 목숨값을 계산한 그분의 이름은 백무철이었다지요."

그렇게 말한 다음에야 그녀가 내 품에 뛰어들었다. 금희네의 딸이 자라 이렇게 대범한 처녀가 되었구나. 나는 그녀를 품에 안은 채 안도의 한숨을 내쉬었다.

"둘째냐, 막내냐?"

복면을 한 그녀의 이름을 물을 수는 없었다.

"둘째요."

은희였다.

"그런데 어떻게 나를 기억해?"

"우리에게 자기 밥그릇을 내어준 사람인 걸요. 엄마 아닌 누군가로부터 받아본 첫번째 사랑이었고, 저는 네 살이었어요. 제 기억의 맨 앞자리에 언제나 그 밥그릇이 있지요."

"그 밥그릇……"

은희가 기억하는 그 밥그릇은 어떤 밥그릇일까. 유임생에게 빼앗긴 엄마의 밥그릇일까, 내가 주고 도망친 밥그릇일까. 하긴 어느 쪽이라 한들 덜 쓰라렸을까.

"내가 백무철인 건 몰랐을 텐데?"

"언니가 말해줬으니까요."

"금희?"

"아뇨. 장군님의 누나요."

백무아, 은희는 그 이름을 그렇게 돌려 말했다.

"우린 장진 이모 덕분에 살았고, 큰언니 덕분에 모두 공부했어요."

나는 대한협회의 선임대표인 이원창에게 자리를 피해달라고 부탁했다. 이원창이 일행을 데리고 밖으로 나갔고, 남창일과 조강록도 따라나갔다.

은희가 복면을 벗었다. 금희네가 살아서 돌아온 것 같았다.

"장하구나."

"우리 자매는 아저씨의 은혜를 잊은 적이 없어요."

"금희와 말희도 잘살고?"

"금희 언니는 결혼했고, 말희는 큰언니 밑에서 일해요."

"큰언니?"

"무아 언니요."

은희가 비로소 꺼낸 그 이름이 내 명치에 걸렸지만 나는 그녀의 안부를 묻지 않았다.

"공부는 어디서 했어?"

"한양의 정신여학당을 나왔어요. 작년에 함흥으로 돌아와 지금은 영생여학교에서 영어 선생으로 일해요."

영생여학교는 캐나다 여성 선교사 서덜랜드가 세운 함흥 최초의 여학교였다. 대한협회는 교육과 자립정신의 함양을 내세웠지만, 목적은 항일운동이었다. 매달 대한협회보를 내는 그들의 활동을 통감부가 용인한 것은 조선의 식자층이 항일 무장투쟁에 뛰어드는 것을 예방하기 위해서였다. 이토 히로부미 통감은 일본을 배척하는 식자층이 통감부 체제 안에서 어느 정도 떠들며 활동할 숨통을 터주는 것이 일본에 이익이라고 판단한 것이다. 그것이 조선주차군 사령관 하세가와와 조선 통감 이토의 차이였다.

통감부는 현양사가 만든 친일 단체 일진회를 앞세워 조선 침략에 박차를 가하는 한편으로 대한협회를 통해 항일 사상을 가진 식자층이 통감부의 통치 제도 밖으로 벗어나지 않게 관리했다. 숨은 항일 분자들을 합법적인 틀 안으로 불러들이고 그들이 떠들어대는 것을 지켜보면서 성향을 파악한 다음 친일파로 길들여나가는 것이 이토 히로부미의 계략이었다.

이토 히로부미의 계략대로 제법 강단 있게 항일을 외치며 대한협회에 앞장섰던 자 중에서도 한양에서는 벌써 슬금슬금 일진회로 넘어가는 자들이 생겨났다는 소문이 내 귀에까지 들렸다. 하지만 한양과 달리 지방에서는 아직 친일파로 둔갑하는 자들이 아주 드물었다.

특히 함경도 지역의 대한협회는 부자들로부터 출연금을 강제할 정도로 힘이 셌다.

"일심단에 여자 대원이 있는 줄은 몰랐는데, 뜻밖이구나."

대한협회에서 교육진흥과 학교 설립을 내세워 출연금을 거둬들이는 비밀 행동조직이 일심단이었다. 공개 활동을 하는 대한협회 회원들과 달리 일심단 단원들은 복면을 하고 활동했다.

"언니도 하는 걸 저라고 왜 못하겠어요?"

"금희도 일심단이야?"

"큰언니요."

"거기……"

내가 왜 그녀, 백무아의 이름을 입에 올리지 못하는지는 나도 알 수 없었다.

"거기는 전도사잖아?"

"저는 교원이에요."

"그렇구나."

"언니는 장군님이 어떻게 지내는지를 다 알고 있는데, 어떻게 장군님은 큰언니가 뭘 하는지 모를 수가 있어요?"

"난 산에 있잖아."

"언니는 산 밖에 있는데요."

"그렇구나."

그랬다. 그녀는 나를 아는데 나는 그녀를 모르는 채 살아왔다. 나에게는 수경과 두 자식이 있었다. 그녀에 대해 내가 알려고 하는 것은 옳지 않았다. 나는 자리를 피한 대한협회 대표들을 불러들였다.

"협회에 이리 훌륭한 인재가 있는지 미처 몰랐소이다."

나는 다시 복면을 한 은희를 가리키며 이원창에게 말했다.

"항일연합포연대에 비하면 우리는 아무것도 아니지요."

"무슨 말씀이오. 우리한텐 군자금 한푼 내놓지 않는 부자들이 협회에는 출연금을 선뜻 내놓지 않소."

"그것도 장군님의 부대가 있으니까 가능하지요."

"협회와 우리가 무슨 상관이오?"

"협조하지 않으면 좋지 않다. 당신이 민족 교육에는 돈 한푼 내놓지 않으면서 친일을 한다는 게 홍장군 부대에 알려지면 어떻게 되겠는가, 그러면 없다던 돈도 나오지요."

"그럼 그 돈 우리한테 좀 내놓아야겠소."

"그러려고 왔습니다. 우리가 총을 들고 싸우기를 하겠습니까, 경찰서를 폭파시키기를 하겠습니까."

"여기 있지 않소."

나는 은희와 나란히 선 복면들을 가리켰다.

"아직 자위 수준입니다."

이원창은 가지고 온 군자금을 내놓았다. 내가 한 번도 만져보지 못한 거금이었다.

"이건 학교를 만든다고 출연받은 자금이 아니오?"

"적과 싸우는 현장보다 더 훌륭한 학교가 없지요."

이원창은 일심단과 함께 보급 투쟁에 나설 것을 제안했다. 내가 마다할 이유가 없었다.

7

군자금을 확보했다는 소문이 삽시간에 퍼졌다. 작당을 해 반은 사냥꾼에 반은 의병으로, 반은 산적에 반은 의적으로 떠돌던 부대들까지 연화산에 모여들었다. 차도선과 태양욱이 데리고 빠져나간 병력을 채우고도 남았다. 식량이 확보되자 부대에 활력이 넘쳤다.

나는 러시아와 만주에 근거지를 둔 의병대에 사람을 보냈다. 러시아의 연추에는 권감찬을 보내고 울라지보스토크에는 김충열과 조화여를 파견했다. 국경에 인접한 연추는 조선에서 넘어간 동포들이 터를 잡은 가장 큰 촌락이었다. 규모는 작지만 전투력이 뛰어난 부대들이 연추에 근거지를 두고 두만강을 넘나들며 활약했다. 특히 안중근이 이끄는 대한의군의 무장은 국내에서 가장 앞선 우리보다 훨씬 나았다. 권감찬에게는 안중근 부대와 국경지대에서 연합작전을 도모하는 임무를 주었다. 김충열과 조화여에게는 무기와 탄환 조달 임무를 맡겼다. 그들은 권감찬처럼 읽고 쓰지는 못했지만 러시아 말은 막힘

없이 할 줄 알았다. 만주에는 임재춘과 정일환, 변해룡을 무기 구매단으로 파견했다. 나는 은희를 통해 백무아가 은밀히 보내온 군자금을 그들에게 내주었다. 어느 한쪽만 성공해도 전황을 뒤집을 수 있었다.

하세가와가 특사란 자를 보내 나에게 귀순을 권유해온 것은 은밀하게 만든 무기창에서 최초의 생산물을 내놓은 날이었다. 러시아와 만주에서 탄환 조달에 실패할 것에 대비해 세운 무기창에서 성공한 첫번째 생산물은 무라타 소총의 탄환이었다. 총기는 가장 많고 탄환은 제일 부족한 것이 무라타였다. 그동안의 전투에서 일본군으로부터 노획한 무라타는 항일연합포연대의 주력 소총이었다. 하지만 일본군이 탄환을 사수하면서 우리의 무라타 소총은 무용지물이 되었다.

세번째 실패 끝에 처음으로 생산에 성공한 탄환은 스무 발이었다. 한 달을 밤낮으로 애쓴 병기창의 감원들에게 사냥한 멧돼지 고기를 올려보냈다. 윤기가 나는 황동 탄환을 매만지고 있던 나를 찾아온 건 안국환이었다.

"일본군이 사람을 보내왔습니다."

"일본군에게 사람이 있소?"

"네?"

"살쾡이겠지."

"아, 네. 살쾡이가 상화협상을 하자는 북청수비대장의 친서를 가지고 왔답니다."

나는 총을 들지 않고 찾아온 자를 죽이고 싶지는 않았다.

"돌려보내시오. 이번에는 처음이니까 살려서 돌려보내는 거라고,

다음에 다시 오는 놈은 누구든 반드시 처단한다고 분명하게 전하라고 하시오."

차도선과 태양욱을 회유하는 데 성공한 하세가와는 나까지 투항시키겠다는 야무진 희망을 버리지 않았다. 나의 분명한 경고에도 일본군은 다시 일진회 간부 나호현을 보냈다. 놈은 북청의 일진회 회원 중에서도 악명이 높았다. 놈이 이번에 들고 온 친서는 북청수비대장의 상급자인 동부수비관구 사령관의 것이라고 했다.

"소멸해."

나는 경고한 대로 도검사 조강록에게 일본군의 악질 앞잡이인 나호현을 처단하라고 명령했다. 그래도 일본군은 나를 투항시키려는 헛된 꿈을 버리지 않았다. 세번째 온 놈은 조선주차군 사령관 하세가와 요시미치가 직접 수결한 친서를 가져온 윤응순이었다. 윤응순은 한양에서도 배포가 큰 친일파로 알려진 일진회 수괴였다. 나는 지금까지 그랬던 것처럼 적의 친서란 걸 받지도 않았다. 소멸.

윤응순을 처단하러 갔던 조강록이 잠시 후 되돌아왔다. 표정이 굳어 있었다.

"윤응순을 한번 만나보셔야겠습니다."

"왜?"

"그놈이 양순 대원과 양순 대원의 어머니를 걸고 나왔습니다."

"양순이가 어디 있다는데?"

"총대장님이 아니면 말할 수 없답니다."

윤응순을 만난 나는 먼저 못을 박았다.

"내 아내와 아들을 가지고 흥정할 생각은 하지 마시오. 당신이 뭐라고 하든 당신이 저지른 반역죄는 달라지지 않을 것이오. 지금이라도 말하고 싶지 않으면 하지 않아도 되오."

"말하겠소. 조건 따위는 없소."

윤응순은 알려진 대로 제법 배포 있게 나왔다.

"다만, 이 이야기는 단둘이 해야 할 이야기요."

윤응순은 옆에 서 있던 조강록과 남창일을 눈길로 가리켰다.

"나가 있겠습니다."

내가 뭐라고 하기 전에 조강록이 서둘러 대답했다. 내가 놈의 제안을 거절해서 놈이 입을 닫은 채 소멸당하지 않도록 하려는 것이었다. 조강록은 내가 대답을 하기도 전에 남창일의 팔을 잡아끌고 나갔다.

"개수작했다가는 각을 뜰 줄 알아."

남창일이 조강록을 따라나가며 윤응순에게 경고했다.

"홍대장, 우리 솔직하게 얘기합시다."

말해봐, 나는 윤응순에게 턱짓을 했다.

"이미 천하가 일본의 것이 되었소. 이 나라의 주군인 임금이 포기한 나라를 누가 무슨 수로 지킨단 말이오. 양반이 팔아넘긴 양반의 나라를 포수들이 되찾겠다는 것이 과연 가당한 일이오? 언제 한 번 조선이 일본을 이긴 적이 있었소? 아니 조선과 일본이 싸운 적이나 있었소? 언제나 일본과 명·청의 싸움이지 않았소. 일본이 명나라에 져서 명나라를 받들고, 명·청에 조공을 바치고 살아온 것이 조선이었소. 청나라가 일본에 졌으니 조선이 일본을 받들고 사는 것 또한 당연하지 않소? 솔직하게 말해봅시다. 청나라를 받들고 사는 것이나 일본을 받들고 사는 것이나 조선 백성들에게 다른 것이 무엇이오. 더 솔직하게 말해봅시다. 일본이 지배하는 나라에는 양반이 없소. 일본 하나만 받들면 되오. 나나 홍장군이나 일본만 인정하면 얼마든지 떵떵거리며 살 수 있는 나라가 되었단 말이오. 홍장군과 같은 실력이면 능히 병조판서를 하고도 남을 세상이 온 것 아니오. 하지만 일본을 물리치고 다시 청나라가 지배하는 나라가 되면 어떻게 되오? 손가락 하나 까딱하지 않고 권력과 부귀를 다 누리는 양반들이야 좋겠지요. 하지만 우리에게는 다시 무능하고 탐욕스러운 양반들 밑에서 짐승 취급이나 당하면서 사는 길 이외에 다른 무슨 길이 있소? 이순신, 이순신 하지만 임진전쟁에서 조선은 졌어야 하는 거요. 그 전쟁에서 일본이 지는 바람에 조선은 명·청을 떠받들며 지금까지 살아왔고, 우리 같은 상민은 양반들에게 개 취급을 받으며 살아온 거 아니오?"

윤응순의 얼굴은 자신의 말에 취해 붉게 달아올랐다. 소문대로 언변이 뛰어난 자였다. 입을 다문 채 무표정하게 그의 얼굴을 쳐다보던 내가 물었다.

"다 했소?"

"그러니 홍장군, 나와 손을 잡고 한양으로 가서 하세가와 사령관과 담판을 지읍시다. 조선의 판서는 물론이고 일본국 천황이 내리는 자작 작위도 받을 수 있소. 일본의 하급 무사 하세가와도 받은 작위를 홍장군이 받지 못할 이유가 어디에 있소. 홍장군이 원하는 나라가 뭐요? 하세가와 사령관과 손잡고 탐관오리가 없는 나라, 그런 새 나라를 같이 만듭시다."

"이만큼 들어줬으면 됐소? 왜놈을 떠받드는 그런 새 나라는 당신이나 만들고, 당신이 하겠다던 얘기나 해보시오."

"홍장군의 부인과 아들은 일본군이 보호하고 있소."

"보호?"

"홍장군이 나와 함께 가기만 하면 홍장군의 부인도 조선의 병조판서 부인이 되는 것이오. 자식들도 판서의 자식이 되는 것이지요."

"그 더러운 입 닥치고 내 아들과 그 어마이가 어디 있는지만 말하시오."

"장평리에 주둔한 일본군 군영이오."

8

일본군이 윤응순 다음으로 보내온 것은 내 아들 양순이었다.

"누구든 왜군의 협잡 문서를 지니고는 우리 지휘소의 문턱을 넘지 못하오."

내 말에 도검사 조강록은 난처한 표정을 지었다.

"양순 대원이 가지고 온 것은 일본군의 친서가 아니라고 합니다."

"아니면?"

"숙부인의 것이라고 합니다."

"숙부인?"

"양순대원의 어머니 말입니다."

"아이 어마이가 서찰을 보냈다…… 그런데 숙부인은 또 뭐요?"

수경이 서찰을 보냈다는 것도 뜻밖이었지만 '숙부인'이란 말도 뜬금없었다. 숙부인은 정삼품 당상관의 부인에게 주어지는 호칭이었다.

"총대장님의 부인이니 숙부인이 합당치 않겠습니까? 의암 총대장 밑에서 의병대 선봉장을 한 김백선이 절충장군 첩지를 받았는데 총대장이시니 그보다 낮을 수는 없지요."

의암은 유인석 의병대장의 호였다.

"아주 관직이 풍년이오. 왜놈들은 자작에다 병조판서를 준다더니, 도검사는 나를 양반들이 팔아먹은 나라의 당상관 관리로 만들 셈이오? 다시는 절충장군이니 숙부인이니 그따위 소리 입에 올리지 마시오."

"그럼, 숙부인을 뭐라고 부르면 되겠습니까?"

"그 말 입에도 올리지 말라고 하지 않았소. 나는 그냥 포수일 뿐이고, 포수의 안까이는 안까이일 뿐이오. 그런데 그놈이 왜 제 어마이의 서찰을 가지고 왔다는 것이오?"

"연유는 모르겠습니다. 총대장님께 직접 말씀드리겠답니다."

지휘소에 들어서는 양순이의 얼굴을 보는 순간 나는 녀석이 어떤 서찰을 들고 왔는지 단박에 알 수 있었다. 녀석의 몰골은 형편없었다. 제 어미와 함께 일본군에 끌려가서 그동안 얼마나 혹독하게 당했는지 사람 꼴이 아니었다.

"어마이의 서찰입니다."

허깨비가 된 것 같은 녀석이 품에서 서찰을 꺼내 내게 내밀었다.

"읽지 않겠다. 그 서찰, 불에 태우고 네 중대로 복귀해라."

양순이는 서찰을 움켜쥐고 중얼거렸다.

"어마이가 죽습니다."

"나가라 이놈아. 나더러 항복하라는 소리를 들으라는 것이냐."

"아바지, 제발……"

"내가 항복한다고 한들 그놈들이 네 어마이를 살려줄 것 같으냐?"

양순이 간절한 눈빛으로 나를 바라보았다.

"투항을 권고하는 자, 그 심부름을 하는 자, 모두 처형이다. 이 서찰을 뜯어서, 투항을 권고하는 말이 한 줄만 나와도 너는 죽어야 한다."

"그래도 어마이의 서찰을 전하겠습니다. 이대로 어마이를 죽게 할 수는 없습니다. 아바지가 없던 시절에 어마이가 저를 어떻게 키웠는지 아바이는 절대 모르실 겁니다."

"정 그렇다면 네 입으로 읽어보아라."

양순이 수경의 서찰을 펼쳐들었다.

"당신이 귀순하면 일본 천황이 공작 벼슬을 줄 것입니다……"

더 들을 것이 없었다.

"닥쳐라."

나는 단총을 빼들고 녀석을 겨누었다. 넋이 나간 듯한 녀석은 그래도 제 어미의 서찰을 계속 읽었다.

"당신이 공작 벼슬을 하면 나도, 당신 자식들도 귀한 사람이 될 것입니다……"

나는 방아쇠를 당겼다.

탕. 녀석이 머리통을 감싸쥐며 주저앉았다. 차마 녀석을 내 손으로 죽일 수는 없었다. 녀석의 오른쪽 귓불이 날아갔을 것이었다. 나는 다시 녀석에게 단총을 겨누었다. 녀석은 원망에 찬 눈빛으로 나를 바라보며 말했다.

"쏘세요."

남창일이 달려들며 내 총구 앞을 가로막았다.

"대장, 미쳤습니까!"

그렇게 소리친 건 양순이가 왔다는 소식을 듣고 달려온 진포였다.

"어찌 자식에게 이런단 말입니까?"

"포연대의 군율에 예외는 없어."

"군율이 먼전가요, 사람이 먼전가요? 사람이 없으면 군율이 무슨 소용이 있어요?"

"우리 포연대는 군대고, 군인은 군율을 지켜야 해."

"대장은 군율을 지키십시오. 저는 사람을 지키겠습니다."

진포는 내 앞에서 파르르 떨기까지 했다.

"대원의 징벌은 중대장이 청구하고, 도검사가 심판합니다. 양순 대원은 우리 중대원이고 저는 징벌을 청구한 적이 없습니다. 우리 중대원은 우리가 데리고 가서 판단할 것입니다."

진포와 함께 달려온 현창하 청년중대장이 양순이를 일으켜 데리고 나갔다. 피비린내 나는 전투를 겪으며 열여섯 살을 통과한 현창하는 이미 여느 열일곱 살이 아니었다. 남창일이 내 총구를 가로막고 서지 않았다면 내가 녀석의 인중을 겨눈 방아쇠를 당길 수 있었을까. 비키라고, 내 손으로 녀석을 죽이겠다고 소리쳤지만 남창일과 진포, 현창하가 고마웠다.

"대장, 우리가 왜 싸웁니까. 사람답게 살자고 하는 짓 아닙니까. 이건 사람이 할 일이 아닙니다."

"내게 투항을 권고하는 안까이는 내 안까이가 아니고, 그런 서찰을 들고 온 자식은 내 자식이 아니야……"

그렇게 말하는데 나도 모르게 눈물이 왈칵 치솟았고, 나는 얼른 돌아섰다.

"대장님, 지금 우는 겁니까?"

"난 눈물 같은 거 없어……"

"그럼 발등에 떨어지는 그것은 뭐란 말입니까."

강단 있는 수경이 얼마나 고문을 당했으면 저런 글을 썼을까. 고문 당하는 제 어미의 비명을 들어야 했을 양순이의 마음이 어떠했을까. 녀석이 저렇게 넋이 나갈 정도가 되었으면 수경도 만신창이가 되었을 것이다. 나는 양순이가 떨어뜨리고 간 수경의 서찰을 집어들었다. 흐려진 시야에 서찰의 글씨체가 눈에 들어왔다.

"이건 양순이 어마이 서찰이 아니야."

수경이 쓰는 모든 서찰의 마지막에는 언제나 붙어다니는 두 글자가 있었다. 여의, 뜻대로 되기를. 낙관이 없는 그녀에게 낙관과 수결 같은 것이 '여의'였다. 그 두 글자가 없다는 것은 수경이 쓴 서찰이 아니라는 뜻이었다.

"가짜라는 건가요?"

진포가 고개를 뽑아 서찰을 들여다보며 물었다. 나는 고개를 끄덕였다. 나는 비로소 서찰의 글씨도 수경의 것이 아님을 알았다. 수경은 어떤 획에서도 중간에 붓을 멈추는 법이 없었다. 서체는 수경과 비슷했지만 붓질이 달랐다. 붓이 중간에 멈추면서 먹이 번진 글자가 수두룩했다. 모사한 흔적이었다.

수경은 놈들이 요구하는 서찰을 내게 쓰지 않은 것이었다. 하지만 나는 조금도 기쁘지 않았다. 끝내 버티면서 그녀가 당했을 고문이 어떠했을지 생각하니 가슴이 더 미어졌다. 차라리 그녀가 서찰을 쓴 것으로 알았을 때가 덜 괴로웠다.

9

관직을 얻어 한양으로 갔다는 소문이 나돌던 차도선이 기지로 돌아온 것은 이틀 뒤였다.

"미안하오. 내가 어리석었소."

차도선이 내 앞에 머리를 숙인 건 처음이었다.

"어찌된 일이오?"

"왜놈들에게 속았소."

"태부총대장은 어떻게 되었소?"

그들은 이미 항일연합포연대와 무관한 사람들이 되었지만, 나는 태양욱에게 부총대장이란 직책을 붙였다. 쏠 테면 쏘라며 탄환을 반납하고 떠났던 태양욱이었다.

"총살당했소."

"하세가와와 협상을 한다고 하지 않았소?"

차도선은 힘없이 고개를 저었다.

"그건 우리가 총기를 지니고 있을 때까지였고, 막상 총기를 내놓은 다음에 놈들이 내민 건 투항 문서였소."

"거기에 수표를 하지 않았다고 총살했다는 거요?"

"놈들이 원한 건 우리가 아니었소."

"두 사람이 아니면 누구란 말이오?"

그는 퀭한 눈으로 나를 쳐다봤다. 하세가와가 원한 건 나였다.

"태양욱이는 홍대장과 대원들을 팔아넘기길 거부하고 총살을 선택했소. 모든 것이 다 나 때문이오. 태양욱이도 나를 따라 협상에 나섰다 이리된 것이오."

차도선은 하세가와가 자신을 태양욱과 함께 죽이지 않은 것은 나를 잡기 위해서라고 했다. 하세가와는 차도선과 태양욱을 비밀 감옥에 가둬두고 관직을 얻어 한양으로 갔다는 소문을 퍼뜨린 것이었다.

차도선이 탈옥할 수 있었던 것은 옥사를 지키던 헌병보조원 이양한 덕분이었다. 이양한은 차도선으로부터 불질을 배운 포수 출신이었다. 그는 어차피 제 것이 아니던 나라를 지켜야 할 이유가 없어 헌병보조원이 되었지만 돌림병에 식구를 모두 잃은 자신을 거둬 포수로 만들어준 은인을 지킬 정도의 의리는 남아 있는 청년이었다.

"나를 당장 처단해도 좋소. 하지만 내 손으로 태양욱의 원수는 갚고 죽게 해주시오. 그건 양순이 어마이의 원수를 갚는 일이기도 하오."

"양순이 어마이의 원수라 했소?"

"몰랐소?"

나는 가슴이 철렁했다.

"양순이 어마이도 죽었소."

"언제?"

"열흘 전이오."

왜놈들은 이미 죽은 수경의 필체를 조작한 서찰을 만들어 양순이 손에 들려 보낸 것이었다.

"양순이 어마이는 우리가 들어갔을 때 이미 붙들려 와 있었소. 가장 깊숙한 옥사에 갇힌 채 지독하게 당했소. 발가락 사이에 끼운 심지에 불을 달고, 인두로 지지고……"

수경은 끝내 나에게 항복을 권하는 서찰을 쓰지 않고 혀를 깨물었다고 했다. 나는 숨을 쉬기 어려웠다. 수경이 외롭게 견뎠을 그 시간을 생각하자 눈앞이 아득했다.

"내가 마지막으로 들은 양순이 어마이 말이 귀에 쟁쟁하오. 내 서방은 흉악한 짐승을 잡으러 나선 포수이거늘, 내 어찌 그런 짐승에게 목숨을 구걸한단 말이오……"

수경의 시신을 어떻게 처리했는지는 차도선도 몰랐다.

"그런 이를 내가 세 치 혓바닥으로 욕을 보였으니 무슨 할말이 있겠소."

나는 차도선이 놓고 간 탄환을 돌려주고 훈련도감에 남은 총기를 내주었다.

"항일연합포연대로부터 떠났으니 이제 우리와 함께 싸울 수는 없소. 하지만 차부총대장이 일본군과 싸우는 것은 자유요."

차도선은 떠나기 전에 죽여야 할 자들의 이름을 말했다. 나는 받아 적지 않았다. 태양욱과 수경을 죽인 왜놈과 그 앞잡이들의 이름을 내 뇌리의 가장 깊숙한 곳에 새겨넣었다.

그날 밤 나는 양순이를 불렀다. 제 어미가 죽은 방향으로 절 두 번을 올리게 했다.

"네 어마이의 제삿날은 열흘 전이니까, 이달 열여드레다. 잊지 말아라."

오른쪽 귓바퀴가 떨어져나간 양순이가 물기 그득한 눈으로 나를 쳐다보며 물었다.

"왜 그걸 제게 기억하라고 하십니까?"

"내 제삿날은 기억할 필요가 없다."

10

양순이가 돌아가지 않자 동부수비관구에서 내게 최후통첩이란 걸 보내왔다.

최후의 기회다. 귀순하면 한양의 관직과 전답이 기다린다. 하세가와 사령관께서는 귀하가 군인으로 살고 싶다면 조선인 최고의 지위를 주겠다고 약조하시고 현지 교섭 대표 삼 인을 지명했다. 교섭에 응하지 않으면 아내를 참형하고 비적들의 근거지를 불바다로 만들겠다.

놈들이 제시한 기한은 닷새였다. 탈옥한 차도선이 나를 찾아오리라고 생각지 못한 놈들은 아직도 내가 태양욱과 수경의 죽음을 모르는 줄 아는 모양이었다. 내 눈을 번쩍 뜨이게 한 것은 하세가와가 현지 교섭 대표로 지명한 자들의 이름이었다. 북청수비대 사령관 야마모토 대좌와 김원홍, 임재덕이었다. 수경의 발가락 사이에 낀 심지에 불을 붙이고 허벅지에 인두질을 하며 내게 서찰을 쓰라고 한 야차들이었다.

나는 최후통첩이란 걸 가지고 온 전령에게 바로 교섭 대표를 보내겠다고 했다. 목숨을 떼일 줄 알고 사색이 되었던 전령은 만세를 부르고 싶은 것을 참는 발걸음으로 돌아갔다.

"키가 제일 큰 대원 일곱 명을 뽑아오게."

"정말 교섭 대표를 보내려고 그래?"

남창일이 걱정스러운 눈빛으로 나를 바라보았다.

"내가 가려고."

"뭐?"

나를 말리던 남창일은 군이 가겠다면 자기가 특별훈련을 시킨 대원을 데리고 같이 가겠다며 나섰다. 나는 한사코 뿌리쳤다. 내게 필요한 것은 경호원이 아니었다.

나는 변복을 하고 하세가와가 지명한 현지 교섭 대표인 김원홍의 집으로 향했다. 더덕장거리에 있는 김원홍의 집은 일본군 지휘부의 임시 숙소이기도 했다. 나와 키가 엇비슷하거나 더 큰 대원 셋은 내 앞에 서고 넷은 뒤를 따랐다. 어디서나 사람들의 시선을 끄는 껑충한 내 키가 그들 사이에서는 조금도 도드라지지 않았다.

대문을 지키는 일본 군복을 입은 자들에게 가로막힌 나는 뒤에 선 대원 넷을 남겨두고 앞에 선 대원 셋만 데리고 김원홍의 집 마당에 들어섰다. 나란히 선 키 큰 대원들 덕분에 놈들은 내 키를 전혀 주목하지 않았다.

나는 내 명의로 쓴 서찰을 내밀었다. 일본의 첩보공작 기관 현양사의 앞잡이인 김원홍의 입꼬리가 길게 찢어졌다. 나를 투항시키면 관직과 엄청난 포상금은 따놓은 당상이었다. 서찰을 선 자리에서 읽어본 김원홍은 나를 바라보며 물었다.

"홍범도가 흙다리까지 와서 기다리고 있단 말이냐?"

"네. 장군님이 와 계십니다."

장군이라는 내 말에 김원홍은 잠시 얼굴을 찌푸렸다.

"거기까지 왔으면서 왜 홍범도가 직접 오지 않는다는 것이냐?"

의심스러운 눈빛으로 나를 쳐다보는 김원홍에게 나는 다시 한번 염장을 질렀다.

"장군님께서는 흙다리를 사이에 두고 담판을 지으시겠답니다."

"그 듣자 듣자 하니, 자꾸 장군, 장군 할 거야?"

"그럼 장군님을 장군님이라고 하지 않고 무어라고 하겠습니까, 참령님."

김원홍은 해산된 북청진위대의 참령 출신이었다. 참령과 장군은 하늘과 땅 차이였다. 나는 붉으락푸르락하는 김원홍을 자극했다.

"참령님이 마땅찮게 여기시면 우리 장군님께서는 야마모토 사령관과 담판을 지으시겠다고 했습니다."

주저하던 김원홍이 화들짝 놀라며 손을 내저었다.

"아니다. 가자."

자신에게 덩굴째 굴러들어온 호박을 야마모토 사령관에게 넘겨주다니, 있을 수 없는 일이었다. 조선 군대의 녹을 받아먹다가 하루아침에 왜놈 군대에 빌붙은 기회주의자가 이 좋은 기회를 놓치려 들 리 없었다. 평생에 두 번 다시 오지 않을 기회에 김원홍은 몸이 달았다.

김원홍이 더덕장거리에 주둔하고 있던 일본군 두 개 중대를 데리고 막 출발하려는데 임재덕이 순사 한 무리를 이끌고 따라붙었다. 예상했던 대로였다. 내가 은희에게 미리 연락해둔 대로 일심단에서 사람을 시켜 일본군의 출동을 바로 순사대에 알린 것이다. 사냥개처럼 코가 발달한 순사대장 임재덕은 김원홍이 문 먹잇감을 같이 뜯어먹으려고 먼지를 일으키며 달려왔다.

혼자 먹으려던 먹잇감을 임재덕과 나눠먹게 된 김원홍은 입이 튀어나와서 내 뒤에 바짝 따라붙었다. 임재덕도 질세라 나와 김원홍 사이에 끼어들었다. 홍범도를 귀순시킨 공을 차지하려고 서로 어깨를 밀쳐내고 내게 달라붙는 놈들의 신경전이 가관이었다.

그렇게 달라붙던 놈들이 발걸음을 멈춘 것은 흙다리 앞이었다. 좁은 흙다리목을 건넌 다음에 공격을 당하면 퇴각하기 어려운 지형이라는 것은 놈들도 알았다. 김원홍은 진위대 전직 참령이었고 임재덕도 명색이 순사대장이었다.

"이 다리에서 담판을 하기로 되어 있잖나?"

김원홍이 물었고, 내가 돌아서며 천천히 대답했다.

"그랬지."

갑작스러운 내 반말에 김원홍이 험악하게 인상을 쓰며 다시 물었다.

"이 새끼가, 홍범도 어디 있어?"

"여기 있잖아."

내가 키를 낮추며 두 놈의 눈앞에 번갈아 얼굴을 들이밀자 놈들의 몸이 나무토막처럼 굳었다. 내 주먹이 뻣뻣하게 굳은 두 놈의 명치를 가격했다. 그걸 신호로 내 옆에 서 있던 대원 일곱이 맨 앞에 선 일본군의 허파에 단검을 박아넣으며 몸을 숙였다. 이어서 사격이 개시되었다.

탕. 타다당탕…… 김원홍과 임재덕, 일본군 지휘관 이시하라는 흙다리 너머 저쪽을 두려워했다. 내가 김원홍의 집에 가기 전에 흙다리 너머가 아닌 이쪽의 길 양편에 두 개 중대를 배치해둔 줄은 까맣게 모른 그들이었다.

승부는 한 식경도 넘기지 않고 끝났다. 일본군 두 개 중대와 순사대 하나를 완전히 소멸시켰다. 흙다리 밑에 뛰어내려 숨었던 일본군 대위 이시하라는 참나무에 묶었다. 내게 명치를 맞고 졸도했던 김원홍과 임재덕은 이시하라의 양쪽에 있는 가죽나무에 묶었다.

"이시하라, 너는 총살이다."

"포로를 죽이는 것은 야만이다."

"그래서 네놈은 휴전하자고 상화협상을 하러 간 태양욱을 총살시켰느냐? 그것도 일곱 발씩이나."

태양욱의 총살을 현장에서 지휘한 놈이 바로 이시하라였다.

"소멸해."

탕, 타탕…… 탄환이 아까웠지만 태양욱이 맞은 숫자대로 놈에게 돌려주었다. 일곱 발의 총알을 맞고 고개를 떨군 이시하라의 양옆에 묶인 김원홍과 임재덕은 사색이었다. 얼마나 떨어대는지 가죽나무 여린 잎이 흔들렸다. 두 놈의 바짓가랑이에서는 오줌이 흘러내렸다.

"네놈들은 총살하지 않는다."

내 말에 김원홍이 반색하며 소리쳤다.

"그렇소. 홍장군, 우린 왜놈이 아니고 같은 조선 사람이오."

내가 조선 동포의 처리에 관대하다는 소문을 들은 놈은 내게 '조선 사람'을 내세웠다.

"네놈은 백성들이 입에 풀칠도 하지 못할 때 진위대 참령으로 나랏돈을 다달이 받아 처먹은 놈이 아니냐. 그런데, 나라가 망할 지경에 처하면 나가 싸워 마땅하고, 용기가 없으면 산속에 들어가 감자나 지어먹고 살 일이거늘 어찌 왜놈의 앞잡이 노릇을 한단 말이냐."

"한 번만 용서해주면 산속에 들어가 감자를 지어먹으며 살겠소."

"이 더러운 놈아, 산 사람의 발가락 사이에 불을 놓으며 그토록 겁박하고도 살기를 바라느냐."

김원홍은 비로소 고개를 숙였다. 이번에는 임재덕이 주둥이를 열었다.

"나는 발가락에 사이에 불을 놓지 않았소."

"그래서 인두로 허벅지를 지져 혀를 물게 했느냐, 이 더러운 놈아. 그렇게 죽이고, 그 죽은 이의 이름으로 서찰을 만들어 보내고서도 살기를 바란단 말이냐."

놈도 아니란 소리를 하지 못했다.

"마지막 하나만 묻겠다. 태양욱 부총대장과 내 안까이의 시신은 어떻게 했느냐?"

"잘 묻어주었소."

임재덕이 내 눈을 피하며 말했다. 거짓말이었다.

"어디에?"

나는 김원홍에게 물었다. 놈들은 자신들이 죽인 수경의 주검을 누가 어떻게 처리했는지, 관심도 없었고 알지도 못했다.

"소멸해."

남창일이 직접 김원홍의 머리꼭지에 기름통을 부었다. 놈이 얼마나 떠는지 놈의 몸통만한 가죽나무가 흔들렸다. 기름으로 목욕을 한 임재덕은 엉엉 울었다.

"네놈이 불지르고 지진 사람이 얼마나 뜨거웠는지는 네놈도 알고 죽어야지. 네놈의 죽음을 겁내지 말고 네놈이 저지른 죄를 두려워해라."

11

탄환이 우리 손에 넘어오는 것을 가장 두려워하는 일본군도 이번에는 별수없었다. 노획해온 탄환은 서른여섯 상자였다. 일본군은 탄환을 폭파할 틈도 없이 우리의 유인 공략전에 당했다. 환호성이 터져 나와야 마땅한 전과였지만 대원들의 분위기는 무거웠다.

우리도 더덕장거리의 일본 군영을 습격했던 청년중대 대원 넷을 잃었다. 군영의 마지막 막사 안에서 기관총을 걸고 기다리던 왜놈에게 선두에 섰던 대원들이 불의의 반격을 당한 것이었다. 전사한 네 명의 대원 중에는 현창하도 포함되어 있었다. 전설적인 열여섯 살 청년중대장으로 이름을 날린 현창하가 그렇게 허망하게 낙명했다는 것이 믿기지 않았다.

그날 저녁, 청년중대 부중대장 이정재가 찾아왔다.

"새 중대장을 선출했습니다."

다른 중대와 마찬가지로 청년중대도 중대의 최고 지휘관인 중대장은 대원들이 선출했다. 포수들의 우두머리인 포연대장도 포수들이 뽑는데 청년대원들이 자신의 중대장을 뽑지 못할 이유가 없었다. 임창근도 나도 대원들의 추대를 받아 총대장이 되었다.

"누가 뽑혔는가?"

"홍양순 대원입니다."

"그 아이가 몇 살인데?"

"현창하 중대장은 열여섯 살에 중대장이 되었습니다. 양순 대원은 지금 열일곱입니다."

내가 대꾸하지 않자, 이정재가 덧붙였다.

"양순이만한 사격술과 신망을 지닌 대원이 없습니다."

나는 아무 대꾸도 하지 않았다. 승인할 것인가, 반대할 것인가. 어느 쪽도 내가 바라는 바가 될 수 없었다. 양순이 중대장이 되면 적들은 열일곱 살짜리 자기 자식을 중대장에 앉혔다며 상놈이 양반들보다 더 자리 욕심을 부린다고 헐뜯을 것이 뻔했다. 그렇다고 청년중대의 결정을 거부할 수도 없었다. 양순이를 중대장으로 승인하지 않으면 대원들은 내가 제 자식을 감싸는 것으로 여기게 되어 있었다. 항일연합포연대의 지휘관은 죽음에 가장 가까이 다가가 있는 자였다. 언제 어느 전투에서든 가장 앞에 서는 자가 항일연합포연대의 지휘관이었다. 내가 청년중대의 결정을 거부하면 양순이를 적의 총구 맨 앞에 세우지 않으려는 심산으로 비칠 게 뻔했다. 진퇴양난은 전장에만 있는 것이 아니었다.

양순이 중대장을 맡은 청년중대는 맹활약을 했다. 청년중대가 선봉을 맡은 장진 능골 전투에 이은 다랏치 골짜기 전투의 전과는 화려

했다. 두 전투에서 잡은 적만 아흔한 두였다.

"총알을 두려워하지 않는 중대장이라고?"

나는 다랏치 골짜기의 금전을 지키던 일본군 수비대를 괴멸시키고 귀환한 양순이에게 물었다.

"아닙니다."

대답은 그렇게 했지만 녀석의 어깨에는 힘이 들어가 있었다.

"아니면 총알을 피하는 중대장?"

"총알을 어떻게 피하겠……"

내 질문이 칭찬이 아니란 걸 비로소 눈치챈 녀석이 말끝을 흐렸다.

"우리 항일연합포연대가 여느 의병대와 다른 게 뭔 줄 알아?"

"가장 많이 싸우고, 가장 크게 이겼지요."

나는 고개를 저었다.

"가장 적게 지고, 가장 적게 죽었다."

일본군과 싸웠던 의병 부대는 하나같이 일본군보다 더 많은 희생자를 냈다. 일본군과 가장 많이 싸운 항일연합포연대만 오직 적보다 훨씬 적은 희생자를 냈다.

"우리 대원 하나의 목숨이 적의 목숨 열 개보다 귀하다."

"하나에 열이 넘게 이겼습니다."

두 전투에서 잃은 아군의 전사자가 일곱이었고 잡은 적은 아흔한 두였으니 녀석의 말이 맞았다.

"어이, 양순 중대장. 우리가 누군가?"

양순은 대답하지 않고 나를 바라보았다.

"우린 포수야. 포수는 포수의 목숨을 사냥감의 숫자와 견주지 않아.”

여전히 말이 없는 양순이에게 나는 다시 물었다.

“요즘 내가 제일 듣기 싫은 말이 뭔지 알아?”

녀석은 역시 대답이 없었다.

“그 아버지에 그 아들이다.”

나는 말을 끊고 양순이의 눈을 쳐다보며 덧붙였다.

“그 아버지의 그 아들…… 그 말에 속지 마라. 나는 이미 마흔이 넘었고 넌 아직 열일곱 살이다. 누구도 열일곱 살에 마흔을 살 수는 없다.”

내 말을 듣는 녀석의 얼굴에 섭섭함이 서렸다. 녀석은 내가 청년중대의 전과를 추어줄 줄 알았겠지만, 나는 그러지 않았다. 어떤 일을 해도 녀석은 내 아들이란 그늘에서 벗어나기 어려웠다. 모든 것에서 전임 중대장인 현창하와 비교당하는 일도 열일곱 살이 감당하기에 너무 벅찬 짐일 터였다. 녀석이 그 짐에서 벗어나기를 바라는 마음으로 한 말이었는데, 녀석의 얼굴에 드리운 그늘은 더 짙어졌다.

“다음 작전에서는 적을 더 잡으려고 하지 말고 대원 하나를 더 지키는 데 집중하면 좋겠구나.”

“예정한 대로 모레 출진합니까?”

나는 고개를 끄덕였다.

“이번 작전은 알고 있듯이 연합전투를 위한 유인전이다. 적을 소멸하는 게 목표가 아니다. 그러니 더욱이나 무리해서 안 된다.”

러시아령 연추에 파견했던 권감찬이 대한의군의 답장을 가지고 돌아온 건 사흘 전이었다. 안중근이 이끄는 대한의군 병력은 삼백 안팎이었지만 무장이 뛰어나고 투지가 높았다. 올해는 두만강변의 일본 군영을 크게 격파하고 경흥까지 진출해서 나를 놀라게 했다. 참모중장 안중근의 명의로 된 답신에서 대한의군은 이달 십육일에 경원을 통해 국내로 진공한 다음 회령으로 진출하겠다며 십팔일에 맞춰 회령에 주둔한 일본군 국경수비대를 협공하자고 했다.

회령에서 일본군의 주력을 격파하고 여세를 몰아 파죽지세로 함경북도 전역을 탈환하자는 안중근의 계획은 담대했다. 대한의군이 충분한 탄환만 가지고 와준다면 얼마든지 함경도 전역을 해방시킬 자신이 있었다. 무기와 탄환의 공급이 어려워 늘 작전을 자제해야 했던 우리가 목마르게 기다리던 소식이었다.

나는 내 직할인 저격여단 산하 두 개 중대를 제외한 아홉 개 중대를 함경도 전역에 전개했다. 원창복이 이끄는 1중대는 청산령에 포진시켰다. 청산령은 북수백산 줄기에서 세번째로 높은 영마루였다. 개마고원의 서쪽을 따라 남북으로 뻗은 북수백산은 내가 신포수에게 사냥을 배웠던 바로 그 산자락이었다.

“원대장, 개마고원으로 가려는 적을 책임지고 분쇄해야 하오.”

“개마고원은 저에게 맡겨두시고, 신경 끊으십시오.”

텁수염과 구레나룻이 산적처럼 험상궂은 원창복 중대장은 자신만만했다.

노회한 최학선이 이끄는 2중대는 매덕령에 포진시켰다. 매덕령은 혜산과 갑산으로 드나드는 제1관문이었다. 꾀쟁이 이창호가 이끄는 3중대는 안장령에 포진시켰다. 안장령을 거치지 않고서는 함흥과 장진을 오갈 수 없었다.

"함흥과 장진의 일본군이 서로 지원할 수 없도록 철저히 차단하고, 공격 개시 명령이 떨어지면 거침없이 장진으로 쇄도해야 하오."

"장진이고 함흥이고 우리 손바닥 안에 있으니까, 탄환만 충분히 가지고 오라고 하십시오."

이창호 중대장은 꾀쟁이라는 별명답게 눈을 반짝이며 생글생글 웃는 게 어린아이 같았다.

목소리가 걸걸한 조병영 중대장이 이끄는 4중대는 조개령에 포진시켰다. 조개령은 삼수와 단천을 잇는 길목이었다. 삼수를 치면 지원에 나설 단천의 일본군을 격퇴시키는 것이 4중대의 임무였다. 유기운이 이끄는 5중대는 새일령에 배치했다. 새일령은 갑산과 북청을 드나드는 일본군의 이동로였다. 키가 작았지만 날렵하기 이를 데 없는 김용수가 이끄는 6중대는 후치령에 포진시켜 북청과 풍산을 오가는 일본군 이동로를 차단토록 했다. 송상윤이 이끄는 7중대는 부걸령에 배치했다. 그들의 임무는 길주와 갑산을 오가는 적을 소탕하는 것이었다. 압록강 국경지대에 밝은 우영창이 이끄는 8중대는 삼수와 압록강 사이에 있는 신갈파능선에 포진시켰다.

"우대장, 압록강 국경의 신갈파진을 적이 넘보지 못하도록 확실하게 장악해야 하오."

안중근이 이끄는 대한의군과 협공을 하기 위해 회령으로 가는 우리의 교두보가 바로 신갈파능선이었다. 이번 작전에서 8중대의 역할이 그만큼 중요했다. 하지만 나는 그런 사실을 우영창에게 말할 수 없었다. 우리 항일연합포연대가 대한의군과 조우하기로 한 장소와 날짜는 철저한 보안에 부치고 있었다.

"압록강은 걱정하지 마십시오."

"좋소. 우대장을 믿소."

정도익이 이끄는 9중대는 통팔령으로 보냈다. 통팔령을 근거지로 삼아 홍원과 원산 일대로 기동하면서 적의 정보망을 교란하는 것이 9중대의 임무였다. 내 직할인 저격여단 산하의 청년중대와 기동중대에 부여한 임무는 안중근의 대한의군이 함경도 최북단에서 국내로 진공하는 모레 저녁에 맞추어 함경도 남단의 일본군을 기습하는 일이었다. 10중대와 11중대는 훈련대장 남창일에게 맡겼다. 남창일은 함경도 남단에서 임무를 마친 저격여단과 함께 십팔일에 맞춰 회령으로 이동할 준비를 은밀하게 진행했다.

일심단의 은희가 찾아온 것은 저격여단의 청년중대와 기동중대가 기습전을 위해 함경도 남단의 정평으로 출발한 다음날이었다.

"정평의 일본 주둔군을 습격하기로 하셨습니까?"

"무슨 소리야?"

나는 시침을 뗐다.

"연추의 안중근 부대가 내일 경원으로 진공하지 않는단 말입니까?"

나는 더 시침을 뗄 수 없었다.

"어디서 나온 얘기야?"

"한양의 주차군 사령부에서 나온 정보입니다."

"뭐?"

"당장 작전을 멈춰야 합니다."

어떻게 멈춘단 말인가. 청년중대와 기동중대는 이미 정평에 진입하고 있을 시각이었다. 연추의 안중근도 대한의군을 이끌고 경원으로 접근하고 있을 터였다.

12

안국환은 연락도감에 숨겨둔 세 필의 말을 동원했다. 말잔등에 오른 조일갑과 조이갑이 동시에 채찍을 휘둘렀다. 두 필의 흑마는 지휘소 앞마당을 박차고 달려나갔다. 안중근에게 보내는 급서를 품에 지닌 조일갑과 조이갑은 말과 한 몸이었다. 조일갑과 조이갑 형제는 진위대의 기마병 출신이었다. 그들은 일본군으로부터 탈취한 군마를 잘 길들이고 관리했다. 안국환은 촌각을 다투는 급보를 띄울 때만 그들을 동원했다.

"일갑이 형제가 저녁까지는 로씨아 국경으로 달려갈 겁니다."

안국환은 북으로 멀어지는 흑마 두 필의 뒷모습을 지켜보던 눈길을 내게로 돌리며 말했다. 몸을 말 등에 밀착시킨 두 기마병의 모습은 이미 보이지 않았다.

연락도감의 기밀병기인 비마도 갈색 깃털을 휘날리며 남으로 질주했다. 비마를 탄 기수는 양을용이었다. 만주의 마적단 출신인 양을용은 연락도감에서 몸이 가장 가볍고 날랬다. 제 몸보다 말을 더 아끼는 양을용이 평소에 비마를 얼마나 잘 관리했는지, 윤기가 흐르는 말총이 좌우로 춤출 때마다 햇빛을 받아 반짝였다.

"저 속력 그대로 새일령과 후치령을 거쳐 정평까지 달려갈 겁니다."

갑산과 북청을 잇는 새일령에는 유기운이 이끄는 5중대가, 북청과 풍산을 잇는 후치령에는 김용수가 이끄는 6중대가 진출해 있었다. 양을용은 조일갑 형제들과 달리 상체를 반듯하게 세운 채 전속력으로 시야에서 멀어져갔다. 말에서 내리지 않고 이틀 밤낮을 거뜬하게 달리는 것이 마적들이라고 했던 양을용의 말이 뇌리를 스쳤다.

뒤이어 남창일이 10중대를 이끌고 경원으로 출발했다. 나는 11중대를 이끌고 정평을 향했다. 총기와 탄환만 휴대한 비상 전투군장이었다.

"나가자!"

내가 외치는 선창을 대원들이 받았다.

"달리자!"

11중대는 최고 속도로 달렸다. 나는 대오의 앞뒤로 오가며 대원들을 독려했다. 대원들은 가쁜 숨을 몰아쉬며 달리고 또 달렸다. 초인적인 전투행군이었다.

11중대가 정평에 진입했을 때 저격여단은 혈투를 벌이고 있었다. 해는 서산마루에 걸렸고, 저녁노을은 초록으로 물든 유월의 능선을 붉게 물들였다. 바배기골로 밀린 청년중대와 기동중대는 적의 집중사격에 맞서 조준 사격으로 대응했다. 나는 적이 눈치채지 못하도록

11중대를 적의 배후에 대기시켰다. 유월의 우거진 숲은 한 개 중대의 병력쯤은 감쪽같이 숨겨주었다.

피아가 주고받는 총성만으로도 전황과 전술은 명확했다. 적의 화력은 압도적이고 아군의 탄환은 거의 바닥난 상태였다. 자신들의 피해를 최소로 줄이고 저격여단의 탄환을 완전히 바닥내는 것이 적의 전술이었다.

적의 함정에 걸려든 청년중대와 기동중대의 전술은 해가 지고 어둠이 짙어질 때까지 버틴 다음 야음을 틈타 포위망을 돌파하려는 것이었다. 그걸 모를 리 없는 일본군은 어둠이 짙어지기 전에 저격여단의 탄환을 바닥내기 위해 더욱 거세게 집중사격을 퍼부었다. 저격여단의 선택은 둘 중 하나였다. 투항하거나, 견디지 못하고 돌파를 시도하거나.

적이 원하는 것은 당연히 투항이었다. 한바탕 집중사격을 퍼부은 적은 선무공작에 나섰다.

"총을 버리고 항복하라! 항복하면 살려준다!"

하지만 투항할 저격여단이 아니었다. 사방에서 퍼부어대는 적의 집중사격이 더 거세질수록 저격여단의 대응 사격은 점점 뜸해졌다. 응사하지 않는 저격여단을 향해 적은 선무공작을 재개했다.

"지금도 늦지 않았다. 항복하면 집으로 돌아갈 수 있다. 살 수 있는 마지막 기회다. 가족의 품이 그립지 않은가……"

선무 연설을 하는 목소리가 귀에 익었다.

"저 소리 저거 어디서 듣지 않았나?"

나는 옆에 붙어선 연락도감의 안국환 도주에게 물었다.

"누구……"

미간을 모으며 귀를 세우던 안국환의 입이 벌어졌다.

"저놈이 저거……"

"고재구가 틀림없지?"

"네…… 기동중대에 있어야 할 저놈이 어떻게……"

기동중대의 참모인 고재구는 산평 포수계 출신이었다. 산평 포수계 계주였던 유기운이 일본군에게 속아 계원들의 총을 빼앗기자, 그 책임을 물어 유기운을 처형시키라고 항일연합포연대에 발고한 자였다.

"사람의 말은 감추고 속일 수 있지만, 행동은 숨길 수가 없네."

임창근 총대장이 내게 했던 말이 배반자 고재구의 목소리 위로 겹쳐졌다. 어깨를 건들거리며 멀찌감치 지나가는 고재구의 걸음걸이마저 못마땅해했던 임창근 총대장이 눈살을 찌푸리며 했던 말이 지금에야 뼈에 사무쳤다.

"사람이 하는 행동이란 마치 날아가는 탄환과 같은 것일세. 탄환이 가던 방향을 바꾸어 날아가는 걸 본 적이 있는가. 사람의 행동도 그런 것이네. 지금까지 그가 해온 행동이 그가 앞으로 할 행동이네."

산평 포수계의 총기를 되찾는 작전에서도 고재구는 발을 뺐고, 유기운은 목숨을 걸었다. 나는 그때도 유기운의 그런 특별한 용기를 신임했을 뿐 고재구를 배척하지 않았다. 유기운의 중대원이었던 고재구를 기동중대 참모로 발탁한 것도 나였다. 그때까지도 나는 고재구가 자리 욕심이 조금 많기는 해도 포수로서는 그런대로 쓸 만한 자로 여겼다. 임창근 대장의 눈 밖에 난 줄 알고 늘 눈치를 살피는 그에게 신임을 보여주면 고마워하고 더 열심히 할 줄 알았다. 실제로 고재구는 대원들의 불만을 살 만큼 기동중대의 살림을 깐깐하게 챙겼고, 임창근과 달리 자신을 믿어주는 나에게 지나칠 정도의 충성심을 표시했다.

역시 대장님은 대단하십니다, 내가 별것 아닌 얘기를 해도 언제나 그렇게 감탄하며 제일 먼저 호응하던 고재구였다. 그러던 고재구가 내 이름을 입에 올리며 선무공작을 계속했다.

"항복하지 않으면 죽음뿐이다. 그렇게 죽는 것은 절충장군으로 출세하려는 홍범도의 흑심만 채워주는 개죽음일 뿐이다."

놈의 입에서 내 이름이 나오자 안국환이 어쩔 줄 모르고 내 눈치를 살폈다.

"저놈이 저거, 감투에 환장을 해서 절충장군을 입에 달고 살더니……"

"그랬어?"

"저놈의 시커먼 속을 누가 모릅니까."

놈이 노린 것은 절충장군이었다니, 놀라웠다. 지나간 변란이 다 그랬듯이 일본군도 언젠가는 물러갈 것이고, 그러면 전공이 많은 의병대의 지휘관에게 '절충장군'이란 첩지는 충분히 내려올 법했다. 과거를 볼 자격도 없는 포수가 군수와 어깨를 나란히 하고 앉을 수 있는 최고의 감투가 절충장군이었다.

"절충장군 첩지가 내려온들, 중대 참모에게 어떻게 그게 돌아가나?"

"그러니까 그렇게 중대장이 되려고 안달을 했죠."

"중대장인들 그게 되나?"

"저런 놈은 된다고 생각하죠. 언제나 목숨을 내놓고 싸우는 분들은 어차피 오래가지 못하고 낙명할 걸로 믿을 테니까요. 실제로 임창근 총대장과 태양욱 부총대장도 그렇게 갔잖아요. 홍대장님도 그렇게 갈 거라고 기대하겠죠…… 중대장만 되어서 몸을 사리며 기다리면 절충장군 첩지를 받을 기회가 자신에게 온다고 믿었을 거예요."

나는 유기운을 발고할 때부터 싹이 보였던 고재구의 야심에 드리운 위험성을 너무나 과소평가했던 것이다.

"조선은 벌써 끝났다. 홍범도는 절충장군이 되지 못하면 자기만 만주로 도망가려고 지금까지 강탈한 돈을 몰래 숨겨둔 도둑놈이다. 홍범도에게 속아서 배만 곯다가 개죽음당하지 말고 어서 항복해라."

고재구는 못하는 소리가 없었다. 점잖은 안국환의 입에서 험한 육두문자가 튀어나왔다.

"저 개자식의 아가리를 확……"

"개자식이라니, 듣는 개가 기분 나쁘겠네."

나는 안국환의 옆에 붙어선 정찰견 백구를 내려다보며 쓴웃음을 지었다.

"저격여단을 팔아넘긴 게 저 개놈이라는 건 드러났는데, 안중근 대장의 대한의군을 팔아넘긴 개놈은 또 누굴까요?"

"개 중에 저런 놈 없다니까 그러네."

"지금 농담이 나오세요. 저 개, 저 인간 말종 때문에 저격여단과 대한의군이 끝장나게 생겼는데……"

내가 얼마나 빠른 속도로 다른 밀정 하나를 찾기 위해 머릿속을 뒤지는 중인지 모르는 안국환이었다.

기동중대의 작전참모인 고재구가 아는 것은 정평 습격 작전뿐이었다. 대한의군의 국내 진공 작전의 경로와 일정은 중대 참모는 물론 중대장들도 알지 못했다. 안중근 부대와의 연합작전 정보는 대체 어디에서 샜을까. 내가 아니면 안중근의 가장 가까이에 밀정이 있는 건 분명한데, 나는 짐작이 되지 않았다.

나는 생각을 멈추고 적진을 살폈다. 당장 중요한 건 눈앞의 저격여단을 구출하는 일이었다.

13

천리경을 들고 적 저격수를 찾고 있던 내 귀로 한 방의 총성이 파고들었다.

떵. 나는 등줄기가 서늘했다. 저격여단 대원 하나가 당했을 게 분명했다. 나는 재빨리 발사 원점을 찾았다. 천리경이 부착된 총기를 든 적 저격수는 이번에도 둘이었다.

적 저격수에게 걸려들지 않으려면 절대 노출 사격에 나서지 말아야 한다는 걸 저격여단에 알려야 하는데, 방법이 없었다. 지원군이 도착한 줄 모르는 저격여단이 서둘러 돌파에 나서는 것도 막아야 했다. 어둠이 짙어지기 전에 돌파에 나서는 것은 자폭을 의미했다.

그렇다고 전투력이 저격여단보다 떨어지는 11중대 하나로 당장 적의 배후를 공격할 수도 없었다. 사방으로 포위당한 저격여단에 전령을 보내는 것 역시 불가능했다.

"제가 비마를 타고 돌파해보겠습니다."

5중대와 6중대가 진출한 새일령과 후치령에 급보를 전하고 정평으로 달려온 양을용이 나섰다.

"저 기관총탄을 뚫고 적진을 가로질러서?"

"비마가 사람보다는 빠릅니다."

"저격수의 총알보다도 빨라?"

"제가 저격여단의 가시권까지만 들어가서 쓰러지면, 지원군이 왔다는 것을 짐작하지 않겠습니까."

양을용은 자신을 희생시키겠다는 것이었다. 나는 고개를 저었다.

"제가 가겠습니다."

그렇게 말한 건 연락도감 도주 안국환이었다.

"어떻게?"

"아무리 포위를 해도 사슴 한 마리 다닐 구멍은 있기 마련입니다."

"그 구멍을 찾아 들어갈 때까지 저격여단이 버틸까?"

"먼저 백구를 풀고, 제가 파고들어가겠습니다."

나는 안국환의 옆에 붙어선 풍산개 백구를 내려다보았다. 안국환이 가장 아끼는 정찰견이 백구였다.

"들어가는 건 들어간다고 해도 나오는 건?"

"그건 들어간 다음에 생각하겠습니다."

살아 나오지 않겠다는 각오였다.

"다른 방법이 없습니다."

어쩔 수 없었다. 그의 말대로 다른 방법이 없었다. 나는 적들끼리 서로 싸우게 만드는 작전을 안국환에게 설명했다. 내가 이끌고 온 11중대의 작전 개시 신호와 야습의 방법, 저격여단의 탈출 경로를 머리에 새긴 안국환은 내게 출발 신고를 했다. 그의 양손에는 탄환이 한 상자씩이 들려 있었다.

"총은?"

"저기 들어가면 임자 잃은 총이 있을 겁니다."

"가다가 저격수에게 걸리면?"

"제 임무는 저기 들어가는 것입니다. 가다 걸리면 어차피 임무는 실패입니다."

실패하면 그냥 죽겠다는 소리였다. 탄환 한 상자를 더 가져다주기 위해 자신을 지킬 총을 포기한 안국환의 마음이 내 등을 서늘하게 만들었다.

"성공해야 하네."

나는 죽지 말라는 말을 그렇게 했다. 안국환은 백구를 데리고 적의 포위망 뒤쪽으로 우회했다.

얼마 지나지 않아 다시 선무 작업에 나선 고재구의 개소리를 덮는 백구의 울음소리가 계곡에 메아리쳤다. 백구를 누구보다 예뻐했던 양순이와 이정재, 진포가 그 소리를 알아듣지 못할 리 없었다. 백구가 왔다는 것은 안국환이 왔다는 뜻이었다. 안국환이 왔다는 건 전달할 내 지령을 가져왔다는 뜻이었다.

서산마루에 걸렸던 해가 완전히 사라지고 계곡을 물들였던 붉은 노을도 어둠에 밀려났다. 바배기골에 드리운 어둠이 점점 짙어졌다.

탕. 내가 발사한 첫 발은 작전 개시를 위한 헛총이 아니었다. 바배기 골짜기 우측 능선을 맡은 적 저격수 하나를 정확하게 저격했다. 거의 동시에 11중대의 수포수가 남은 적 저격수를 저격했다. 다행히

적 저격수의 총기에 부착된 천리경 유리에 반사된 달빛이 탄착점을 분명히 해주었다.

두 발의 총성을 신호로 적의 배후에 접근해 있던 11중대가 능선을 타고 내려가며 야습을 감행했다. 우리의 습격을 당한 우측 능선의 일본군은 양쪽으로 흩어지며 도망쳤고, 갑자기 옆에서 달려드는 병력이 자기편이라고는 생각지도 못한 일본군 포대가 기관총탄을 퍼부었다. 우리에게 쫓겨가던 일본군도 죽지 않기 위해 좌우에 포진한 일본군 포대를 향해 마주 총질을 해댔다.

좌우에서 퍼붓는 일본군 포대의 기관총탄을 피해 바배기골로 내려서던 한 무리의 일본군은 야음을 방패 삼아 필사의 탈출을 감행하던 저격여단과 충돌했다. 시야를 확보하지 못한 일본군은 어림짐작으로 바배기골에다 야포까지 마구 쏘았다. 일본군의 야포와 기관총탄은 아군보다 훨씬 더 많은 총성을 내는 일본군에게 집중되었다. 기관총탄에 쓰러지고 야포에 날아가는 것은 대부분 적군이었다.

그 틈을 타고 11중대는 바배기골까지 밀고 내려갔다. 선두에 서서 바배기골로 내려서던 내 눈에 양순이가 들어왔다. 피투성이가 된 녀석이 피투성이가 된 대원 하나를 업고 바배기골을 빠져나오고 있었다. 녀석의 등에 업힌 건 부중대장 이정재였다. 왼쪽 옆구리와 팔에 관통상을 입고 양순이의 등에 업힌 이정재는 이미 몸이 경직되어 있었다.

피아가 뒤엉킨 바배기골 전투는 두 식경이 지나서야 끝났다. 우리는 발에 밟히는 즐비한 적의 시신을 피해가며 아군 전사자를 업고 퇴각했다. 아군 전사자 일곱 명 중에는 청년중대장과 부중대장이 포함

되어 있었다. 청년중대장은 내 아들 양순이었고 부중대장은 호좌의진 시절 내 전령이었던 이정재였다. 선두에서 저격여단 대원들의 돌파로를 안내하던 안국환 도주는 다리에 관통상을 입었다. 중상이었다.

14

어이없는 승리였다. 어림잡아 적 일백 두가 바배기골에서 낙명했다. 적들의 오인 사격 덕분이었다. 자신들의 정보를 확신하고 토벌 작전의 정석을 보여주려던 적은 적진 사이를 파고든 우리의 야습을 받고 자기들끼리 맹렬하게 쏘아 죽였다.

괴멸당할 위기에 처했던 저격여단의 피해는 예상보다 적었다. 청년중대의 중대장 양순이와 부중대장 이정재, 참모 진포는 너무도 훌륭하게 대원들을 지켜냈다. 기동중대의 중대장 송재원도 노회한 진위대 포군 출신답게 잘 싸워주었다. 무엇보다 포위망을 뚫고 들어간 안국환의 용기와 수완이 있었기에 저격여단은 포위망을 돌파할 수 있었다.

아군은 일곱 명이 전사하고 여덟 명이 중상, 열다섯 명이 경상을 입었다. 나는 양순이와 이정재를 비롯한 전사자 일곱 명을 묻고 돌아와 전투일지 하단에 한 줄을 따로 적어두었다.

내 아들 양순이 죽었다. 오월 십팔일 열두시였다.

나는 탁상 위에 놓인 작은 목각 토끼 두 마리를 내가 쓴 문장 위에 올려놓았다. 양순이의 주머니에서 꺼낸 목각 토끼에 새겨진 글자들이 아프게 내 가슴을 파고들었다.

어마이. 조금 큰 목각 토끼에 새겨진 글자였다.

용환이. 조금 작은 목각 토끼에 새겨진 글자였다.

양순이가 틈틈이 단검으로 목각 토끼를 깎는 모습을 보았지만 거기 새겨진 글자가 '어마이'와 '용환이'일 줄은 몰랐다. 총을 잡는 자는 누군가를 죽여야 하고, 그 일은 언젠가 자신 또한 누군가의 총에 죽어야 끝이 난다. 양순이에게도 이런 날이 오리라는 것을 어찌 몰랐을까. 원산학사에서 공부하게 되었다고 했을 때 그렇게 좋아하던 녀석의 모습이 떠올랐다. 후회해봐야 소용없는 일이 되었지만, 총을 잡겠다고 산으로 찾아온 녀석을 원산학사로 돌려보내지 않은 것을 처음으로 후회했다.

이정재의 주검을 업으려고 바랑에 든 모든 걸 내던지면서도 양순이가 챙긴 유일한 물건, 녀석의 유품이 된 목각 토끼를 나는 여러 날, 오래 바라보았다.

"또 그거 보고 있어?"

남창일이 지휘소에 들어서며 한숨을 내쉬었다. 경원 방면으로 갔던 남창일이 되돌아온 건 그제였다.

"보긴 뭘 본다고 그래……"

남창일은 더 말을 않고 내 눈치를 살폈다.

"무슨 일 있어?"

"나쁜 일부터 들을래, 아니면 더 나쁜 일부터 들을래?"

"좋은 소식은 없어?"

"응, 나쁜 소식부터 말할게. 임재춘이와 정일환이, 그놈들이 만주에서 계집들한테 홀려 아편과 노름으로 돈을 다 탕진하고 도망쳤다네……"

임재춘과 정일환은 한 달 전에 피 같은 군자금 육백원을 가지고 탄환을 사러 만주로 간 자들이었다. 동지들의 피가 묻은 군자금으로 그런 한심한 짓을 했다는 사실이 나는 도무지 믿기지 않았다.

"양심에 털이 난 놈들이구나."

"마적단에 들었던 놈을 믿는 게 아니었어."

나도 모르게 한숨이 터져나왔다. 만주의 사정에 능하고 청나라 말을 잘해서 믿고 보낸 놈들이었다. 한때 오갈 데 없어 마적단에 들었다던 그들의 과거를 나는 별로 괘념치 않았었다.

"임창근 어른이 한 말 생각 안 나? 물건은 고쳐 써도 사람은 고쳐 쓰는 게 아냐. 고재구도 그랬고, 이번 건도 그렇고, 넌 사람을 너무 쉽게 믿어."

남창일이 사람을 잘 믿는 나를 나무란 건 이번이 처음이 아니었다. 임창근 포수장과 남창일의 말을 내가 흘려들은 것은 경솔해서가 아니었다. 세상에 결점 없는 사람이 어디 있는가. 어떤 사람이나 장점과 결점을 함께 가지고 있기 마련이었다. 결점보다는 장점을 크게 보고, 그 장점을 발휘할 수 있도록 해주어야 한다고 믿었던 나였기에 사람을 믿지 말라는 임창근 포수장과 남창일의 말을 듣는 척하면서도 내심으로는 강하게 저항했다. 사람에 대한 그러한 안이한 믿음이 불러온 뼈아픈 결과가 고재구의 배반이었고, 임재춘과 정일환의 배신이었다.

고재구에 대한 안이한 판단이 저격여단을 사지에 몰아넣고, 내 아들 양순이를 죽인 것이나 다름없었다. 임재춘과 정일환에게 유혹당할 기회를 주어 탄환 상자로 돌아와야 할 군자금을 노름판에 쏟아붓고 아편 연기로 날려보내게 만든 것도 나였다.

"미안해. 나는 그냥 포수로 살았어야 하나봐."

적을 잡고 싸우는 일에 자신감을 잃은 적은 한 번도 없었다. 하지만 사람을 의심하고, 견제하면서 충성하게 만드는 일은 나에게 맞는 일이 아니었다.

"총대장은 정파총같이 피눈물도 없는 양반들한테 맞는 건데……"

임창근 포수장을 총대장으로 모시고 총참모장으로 수행한 어떤 작전도 잘못했던 적은 없었다. 하지만 사람을 판단하고 역할을 맡기고, 다루는 일에서 나는 잇따라 실패했다. 돌이켜보니 차도선과 태양욱의 이탈까지도 내가 유능하게 그들을 관리하지 못했기 때문이라는 생각이 들었다.

"다 그렇진 않아. 양을용이를 봐. 같은 마적단 출신이지만 걔는 얼마나 훌륭해. 네가 믿고 걔를 발탁해주지 않았으면 저격여단을 구출해내지 못했을 거야."

남창일은 양을용이 지난 작전에서 한 역할을 상기시키며 깊은 자책에 빠진 나를 위로하려 들었다. 양을용은 비마와 함께 바람의 속도로 달려 5중대와 6중대에 급보를 전하고, 내가 11중대를 이끌고 바배기골로 치고 내려가는 사이 적의 배후를 교란하는 작전을 완벽하게 수행하도록 5중대와 6중대 사이를 오가며 조율해주었다. 그가 어깨에 총상을 입고도 말에서 내리지 않고 질주를 계속하며 임무를 완수해주었기에 저격여단은 포위망을 뚫고 나올 수 있었다. 하지만 남창일이 말한 양을용의 활약이 고재구의 배반과 임재춘, 정일환의 배신으로 드러난 내 잘못과 책임을 덜어주지는 못했다.

"그런데 왜 이 보고를 도검사가 하지 않고 네가 해?"

"조강록이 자기 입으로 도저히 보고하지 못하겠다고 나보고 얘기하래."

요즘 들어 도검사 조강록은 여간한 일은 자신이 처리하려고 애썼다. 양순이를 잃은 나에 대한 그 나름의 배려였다. 아내 수경에 이어 양순이마저 잃은 나는 자주 넋을 잃고 멍하니 앉아 양순이가 남긴 목각인형을 바라보았다. 숨쉬기도 어려울 때가 많았다. 조강록은 도검사 선에서 처리할 수도 없고, 보고하지 않을 수도 없는 일이 생기면 남창일을 내게 보냈다.

"더 나쁜 소식은?"

"왜놈 토벌대가 정평 바배기골 인근의 네 마을을 불바다로 만들었어."

"또 귀야?"

남창일은 고개를 끄덕였다. 바배기골에서 자기들끼리 오인 사격을 벌여 예기치 않은 참사를 당한 일본군은 전과를 만회하기 위해 비열하기 짝이 없는 짓을 서슴지 않았다. 산간마을 주민의 귀를 모조리

'비적'의 귀로 둔갑시켰다. 여전히 암행을 계속하는 하세가와는 가만 앉아서 정평의 마을들을 통째로 불태우고 아무 죄도 없는 아이와 노인들까지 살육하며 귀를 베도록 만들었다.

"죄 없는 주민들에게 저 지랄을 하는 미친놈들을 어떻게 해?"

나는 대답 대신 길게 한숨을 내쉬었다. 요즘 들어 생긴 버릇이었다. 이것도 다 내 책임인 것만 같았다. 내 긴 한숨에 남창일은 눈빛을 바꾸었다.

"혹시 유인석 그 영감한테 가려는 건 아니지?"

호좌의진 총대장을 지낸 유인석은 나에게 만주로 오라는 서찰을 두 차례나 보내왔다. 전국적인 무장투쟁의 불길이 사그라든 상황에서 우리만의 항전은 무모하다는 것이었다. 그는 만주로 와서 세력을 키우며 결정적인 기회를 기다리라고 내게 충고했다.

"갈까?"

힘없는 나의 반문에 남창일은 정색을 했다.

"난 절대 안 가. 내가 왜 양반놈들 종노릇을 하러 만주까지 가?"

"그 영감도 이제 옛날의 그 양반이 아니겠지. 많이 바뀌었을 거야."

"사람 바뀌지 않는다고 했잖아. 사람 고쳐 쓰는 거 아니라고. 고재구를 보고도 그래?"

"아무리 그래도 넌 어째 유인석 대장을 그 더러운 인간 말종과 비교를 하냐?"

"난 양반 싫어, 싫다고."

"조강록 도검사하고는 잘 지내면서 왜 그래."

“거긴 네 부하잖아.”

나도 내 나라를 두고 만주로 넘어갈 생각은 조금도 없었다. 백무아가 은희를 통해 하루빨리 함경도에서 벗어나라고 재촉했지만 듣지 않아온 나였다. 나는 최악의 상황이 닥치면 대원들을 이끌고 백두산으로 들어갈 작정이었다.

15

하세가와의 토벌 작전은 우리의 보급선과 아무 관계도 없는 주민들을 살해하는 공포전으로 바뀌었다. 우리가 해산할 때까지 동포들을 끝없이 죽이겠다는 인질극이었다. 끔찍한 나날이 이어졌다. 우리를 괴롭힌 것은 적만이 아니었다. 우리 대신 양민을 잡는 하세가와의 '대토벌 작전'이 조용히 태백준령 전역으로 확대되면서 민심이 이상한 방향으로 흘러갔다.

처음에는 민간인을 학살하는 일본군의 범죄 행위에 분노한 민심이 찌는 여름 날씨처럼 들끓었다. 하지만 그런 민심에도 아랑곳하지 않고 일본군의 학살이 계속되자 우리 항일연합포연대 때문에, 홍범도 때문에 무고한 백성들이 희생된다는 일진회의 선동이 먹히기 시작했다.

민간인의 희생을 막으려면 일본군을 자극하는 무장 부대를 당장 해산해야 한다—

그렇게 떠들며 무장투쟁 반대 연판장에 지장을 받으러 다니는 일진회의 말도 되지 않는 말이 힘을 얻었고, 그동안 우리에게 협조했던 농민들마저 등을 돌리기 시작했다. 당황스러웠다. 왜놈들에 맞서 총을 든 이래로 지금처럼 난감하기는 처음이었다.

자신이 감당할 수 없는 적이 나타나면 엉뚱한 대상에게 분노의 화살을 돌리는 것이 사람인가 싶었다. 목숨을 내놓고 무장투쟁을 계속해온 우리가, 하루가 멀다고 벌어지는 민간인 학살의 원인 제공자로 몰렸다. 항변할 격문 한 장 찍어낼 조직도 가지지 못한 우리는 속수무책이었다.

우리 대원들이 가진 건 총 한 자루뿐이었다. 탄환도 제대로 채우지 못한 총을 들고 민간인을 살육하는 왜군과 싸우면서 도리어 민간인 학살의 원흉으로 몰리는 대원들을 바라보는 내 마음은 쓰라렸다.

밤사이 사라지는 대원들까지 생겼다. 억지로 막을 수 있는 상황이 아니었다. 주린 배를 참아내며 싸워온 대원들도 양민 학살의 원흉으로 몰리는 것을 참아내지는 못했다. 지금까지 목숨을 내놓고 싸워온 그들을 배반자로 만들지 말아야 할 의무가 내게 있었다.

총대장의 자격으로 나는 전 대원 앞에서 선언했다.

"부대를 떠나고 싶은 대원들은 누구나 떠나도 좋소. 남기를 원하는 대원만 남고, 산에서 내려가고 싶은 대원은 내일 아침까지 떠나시오. 남든 떠나든 이미 여러분은 충분히, 훌륭하게 싸웠소. 다만 어떤 선택을 하든 이 태백준령에 먼저 뼈를 묻은 동지들을 잊지 말기를 바라오. 그들을 가슴에 묻고 살아가다보면 언젠가는 우리가 다시 함께 싸우게 될 날이 반드시 돌아올 것이오."

나는 남은 대원들을 데리고 백두산으로 갈 작정이었다. 이미 정찰대를 백두산으로 보내두었다. 다음날 아침 인원 점검을 했다. 떠난 대원이 절반에 가까웠다. 나는 남은 대원들로 부대를 재편성했다.

일심단의 은희가 찾아온 것은 백두산으로 떠난 정찰대가 돌아오기 전이었다.

"끝내 만주로 가지 않기로 했다면서요?"

나는 고개를 끄덕였다.

"무아 언니가 얼마나 애를 태우는지는 조금도 생각하지 않으시는군요. 하세가와의 저격수들이 턱밑에까지 다가왔어요. 언니 말대로 어서 만주로 넘어가셔야 해요."

벌써 몇 차례나 은희가 백무아의 서찰을 들고 와 만주행을 재촉했지만 듣지 않은 나였다. 나는 백무아의 이름 앞에서 잠시 흔들렸다. 그녀를 더는 내 마음에 담아두어선 안 된다고 늘 생각했지만, 그렇게 된 적은 한 번도 없었다. 그녀는 나에게 어떤 존재일까. 아니 그녀에게 나는 무엇일까. 문득 그녀가 내게 준 단총에 새겨진 서양 글자가 떠올랐다.

"영어 선생이니까 서양 글자를 잘 알겠네?"

갑작스러운 내 말에 은희는 의아한 눈빛으로 나를 쳐다봤다. 나는 대수롭지 않은 듯이 단총을 꺼내 은희 앞으로 내밀었다.

"이게 어쨌다는 거예요?"

나는 손가락으로 단총의 손잡이에 새겨진 서양 글자 세 개를 가리켰다. WFJ.

"이게 무슨 뜻이야?"

"이걸 누가 새겨준 건데요?"

"그건 몰라도 돼."

"누군가의 이름, 인이셜인데 이름을 모르고 어떻게 알아요."

"그래…… 그럼 이게 혹시 백무아야?"

"아뇨."

나는 단총을 뒤집어 반대쪽 손잡이에 새겨진 글자를 보여주었다. WFR.

"그럼 이게 백무아야?"

은희는 고개를 저으며 되물었다.

"이거 무아 언니가 대장님께 준 거예요?"

나는 눈만 껌뻑였다.

"그렇구나. 백과 홍, 삐 엔 에이찌? 아니면 홍과 백, 에이찌 엔 삐? 아닌데……"

"진짜 영어 선생 맞아?"

은희는 나를 흘겨보고 나서 손가락으로 허공에 글씨를 써가며 고개를 연신 갸웃거리다 갑자기 손뼉을 쳤다.

"맞다. 화이트 뽀 레드, 홍을 위한 백? 아니면 화이트 뽀에버 레드, 영원한 백과 홍?"

은희가 장난기 가득한 눈빛으로 내 눈을 째려보며 물었다.

"둘이 사귄 거예요?"

"무슨 헛소리야."

은희가 단호하게 고개를 가로저으며 권총을 뒤집었다.

"이건 아닐 수가 없어요. 더불유 뽀 제이, 화이트 뽀…… 지저스! 하느님을 위한 백! 딱이네요. 홍을 위한 백, 하느님을 위한 백."

"아니라니까."

"아닌데 왜 대장님 얼굴이 빨개지세요?"

나를 놀리던 은희는 떠나기 전에 다른 부탁이 있다며 내게 정색을 했다.

"대원들 사진을 찍게 도와주세요."

"왜?"

"일본군이 저지르는 양민 학살을 바깥세상에 알리겠다는 불란서 신문기자가 찾아왔어요. 그 기자가 의병들의 이야기도 직접 듣고 사진도 찍고 싶대요."

"불란서 신문에 나는 게 무슨 소용이 있어?"

"그렇지 않아요. 일본이 제일 무서워하는 것이 아미리가와 불란서, 영국이에요. 청나라로부터 빼앗은 랴오동반도를 돌려준 것도 그 나라들의 압력 때문이었잖아요. 끔찍하게 불타 죽은 주민들의 사진이 불란서 신문에 실리면 외교 문제가 될 거예요. 총을 든 의병들의 사진까지 함께 실리면 일본의 주장과 달리 조선 사람들이 여전히 일본과 싸우고 있다는 사실도 알려질 거예요."

불란서 기자는 조강록이 만나기로 하고, 사진은 보복당할 가족이 없는 대원들이 찍기로 했다.

16

내가 가장 고통스러운 순간에 백무아가 나타났다. 포수 부대가 잘못한다, 홍범도가 잘못한다는 원망이 날마다 들려오던 초가을의 이른 새벽이었다. 악몽에서 깨어난 나는 다시 잠들지 못하고 서성거렸다. 꿈에서 보았던 수많은 귀 없는 시신들이 뇌리를 떠나지 않았다. 꿈에 나타난 시신들은 그제 낮에 보았던 외동골 주민들이었다. 일본군에게 참혹하게 살육당한 외동골 주민들의 시신에서는 단 하나의 귀도 남아 있지 않았다.

팔짱을 끼고 막사 안에서 서성거리던 나는 갑자기 치솟는 구역질을 막으려고 손바닥으로 입을 가렸다. 눅눅한 바닥에서 차오르는 습기가 시신을 태우는 노린내처럼 내 속을 뒤집었다. 일본군이 철수하면서 태우다 만 외동골 주민들의 시신을 본 대원들은 모두 두 손바닥으로 코와 입을 가리며 돌아섰었다. 구역질이 계속 났지만, 어제 하루 먹은 것이 아무것도 없어서 목구멍을 타고 올라오는 것이 없었다.

"일어나셨습니까?"

손기척과 함께 들려온 목소리의 임자는 마영권이었다. 무장대원들을 대동하고 보급 투쟁을 나갔던 마영권은 연락도감의 부도주였다. 나는 문을 열어주며 물었다.

"성과는 좀 있었나?"

마영권은 고개를 가로저었다. 이번에도 군량 확보에 실패한 것이다.

"민심이 좀 좋지 않습니다."

마영권이 '좀' 좋지 않다는 것은 '대단히' 나쁘다는 의미였다. 내 수표가 들어간 항일연합포연대의 증표를 내보이면 살림이 어려운 주민들도 보리쌀 한 됫박씩은 내놓았었는데, 요즘은 아니었다. 많이 주지 못해 미안하다던 사람은 사라지고 노골적인 원망을 내놓는 사람만 점점 늘어난다는 사실을 나는 잘 알고 있었다.

"홍범도가 잘못한다고 하던가?"

"그건 아니고, 우리 때문에 불안해서 살기가 좀 어렵다고……"

"살기가 좀 어렵다가 아니고, 살 수가 없다겠지. 홍범도가 죽어야 끝난다는 말도 들었을 텐데?"

"죄송합니다."

"자네가 왜 죄송한가. 내가 죄송하지."

이처럼 참담하고 대원들에게 낯이 서지 않은 적은 없었다. 다른 모든 것은 감수해도 일본군이 날마다 저지르는 양민 학살의 책임을 나에게 돌리는 민심만큼은 받아들이기 어려웠다. 대체 지금까지 우리는 누구를 위해 싸웠나. 그 많은 동지는 무엇을 위해 죽어간 것인가.

김수협과 임창근, 현창하 그리고 수경과 내 아들 양순이의 죽음은 다 개죽음에 불과했던 것일까.

"부도주 자네도 그렇게, 내가, 우리가 잘못한다고 생각하나?"

"전혀 아닙니다. 산에서 내려가지 않고 남은 대원 중 그렇게 생각하는 대원은 아무도 없습니다."

"군량은 얼마나 남았나?"

"아직 하루치는 충분합니다."

낙천적인 마영권다웠다. 다른 사람이었으면 틀림없이 어두운 얼굴로 하루치뿐이 없다고 했을 텐데, 마영권은 하루치는 충분하다며 양쪽 입꼬리를 치켜올렸다. 바배기골에서 다리에 관통상을 입은 안국환 도주 대신 연락도감을 총괄하는 마영권은 언제나 낙천적이었다.

"고생했네. 가서 쉬게."

"밖에 손님이 와 있습니다."

"누구?"

"보급 투쟁 갔다가 돌아오는 길에 만나서 같이 왔습니다."

"그게 누군데?"

부도주 마영권이 대답 대신 왼손바닥으로 자신의 눈 아래를 가렸다. 은희가 다시 온 모양이었다. 연락도감에서는 복면을 한 일심단을 그렇게 표시했다.

"이 새벽에?"

심상치 않았다. 은희가 이런 새벽에 온 건 처음이었다.

"이 새벽에 여기로 오게 만든 게 대체 누구같습네까?"

그렇게 물은 건 은희가 아니었다.

17

나는 온몸이 얼어붙었다. 은희를 따라 막사 안으로 들어선 그녀의 눈길에 내 심장이 멈췄다. 은희와 마찬가지로 검은 복면을 한 그녀의 눈빛, 내 심장에 박혀 있던 눈빛이 빠져나가 지금 내 눈앞에 서 있었다. 방금 내 귀를 흔든 건 내 심장 안에서만 자주, 잔잔한 파동을 일으키던 바로 그 목소리였다.

"어째서 대답이 없습네까."

백무아는 이렇게 다시 내 앞에 나타났다. 복면을 한 채. 나는 완전히 무방비 상태였다. 나를 흔드는 그녀의 대담하고 거침없는 눈빛은 여전했고, 나는 바보처럼 서 있기만 했다.

"이 누나를 잊기라도 했습네까?"

나는 마영권을 내보낸 다음에야 겨우 백무아와 은희에게 자리를 권했다. 여전히 어찌할 바를 모르는 내게 그녀는 복면을 벗고 물었다.

"이보라요. 무얼 믿고서 일본군과 더 싸우려고 든단 말입니까?"

그녀의 말이 귀에 들어오지 않았다. 섭섭했다. 그녀는 마치 연합작전을 협의하러 온 사람 같았다. 아득한 눈빛으로 그녀를 바라보기만 하는 내게 그녀는 다시 물었다.

“연추의 안중근 부대 말입네까? 거긴 이번에 아주 치명상을 입었단 말입니다. 아니라면, 만주의 유인석 부대? 이미 흘러간 강물이고, 벌써 꺼진 불이란 말입니다. 사정이 이런데 무기와 탄환을 어디에서 확보한단 말임? 연해주로 보낸 조화여와 김충열이 돌아올 것 같습네까?”

리범윤을 통해 탄환을 구매하려고 내가 극비리에 연해주로 보낸 대원이 조화여와 김충열이었다. 나는 처음으로 되물었다.

“당신이 그들의 이름을 어떻게 아오?”

“중요한 거는 그들이 지금 로씨아 감옥에 갇혀 있다, 이 말입니다. 만주로 보낸 임재춘과 정일환이, 그 한심한 스나이들이 무슨 짓을 했는지는 잘 알잖습네까.”

“그건 또 당신이 어떻게 아오?”

“그 두 자와 함께 만주로 갔던 변해룡이 지금 어디 있는지 모릅네까? 홍원경찰서에 붙잡힌 그자가 나불댄 항일연합포연대의 모든 정보를 하세가와 사령관이 틀어쥐고 있고, 총력전에 나선 일본군 참모본부가 두 개 사단 병력을 군함에 싣고 태백준령으로 몰려오고 있는데 대체 어떻게 하자는 것입네까.”

백무아는 우리의 정보뿐만 아니라 주차군 사령부와 하세가와 사령관의 동향까지 꿰고 있었다.

“그동안 아무 전투도 없는 것처럼 하면서 양민들을 학살하던 하세가와가 어째서 갑자기 떠들썩하게 몰려오는 것이오? 그리고 조선주차군 사령부 병력은 이미 함경도와 전라도에 다 투입했는데, 더 빼올 병력이 남았소?"

"하세가와가 아니고 일본군 참모본부가 나섰다고 하지 않았습네까. 요코하마에서 일본군 두 개 사단을 태운 함선이 원산항과 함흥항으로 들어온단 말입니다."

그녀가 내 눈앞에 펼쳐 보인 건 일본군 주둔지가 정확히 표시된 작전지도였다. 그 지도에는 조선 주둔 일본군만이 아니라 일본군 참모본부의 병력과 화력까지 명시되어 있었다. 지도 위에 놓인 검지를 요코하마에서 원산으로 옮기며 그녀가 덧붙였다.

"불란서 신문에 학살당한 양민들 사진과 총을 든 의병들 사진이 대문짝만하게 실리면서 일본 내각이 발칵 뒤집혔고, 위신에 먹칠을 당한 일본군 참모본부가 대반격에 나선 겁네다."

"외국에 알려지면 하세가와가 무차별 토벌 작전을 멈출 수밖에 없을 거라고 하지 않았나?"

나는 백무아의 옆에 선 은희에게 물었다. 고개를 떨구는 은희 대신 백무아가 대답했다.

"하세가와는 어떻게든 이 사건을 덮고 지나가보려 했지요. 하지만 일본 군부의 일인자인 데라우치가 의병을 가장한 비적들을 이번 기회에 완전히 소탕하겠다며 전면전을 선포한 겁네다. 자신의 자리를 넘보는 하세가와를 눈엣가시처럼 여기던 데라우치가 하세가와를 칠 절호의 기회로 삼았단 말입니다."

은희는 고개를 떨군 채 말끝을 흐렸다.

"죄송해요. 결과가 이렇게 반대로 될 줄은 몰랐어요……"

"죄송하긴, 잘된 일이야."

나는 은희의 어깨를 두드려주고 백무아에게 물었다.

"그럼 이번엔 곤경에 처한 하세가와가 전면에 나서지 않겠소?"

총력전을 선포했다면 하세가와가 전면에 나서지 않을 수 없을 것이다. 그가 전면에 나서기만 한다면 불사조로 불리는 그의 저격수들이 아무리 강하다고 해도 그를 잡을 자신이 있었다.

"하세가와가 바봅네까. 아무도 보아주지 않는 이 산속에서 왜 포수들의 표적이 되려고 한단 말입네까. 아무리 당신이라고 해도 일본군 참모본부 원정대를 이길 수 없단 걸 왜 모릅네까."

"나도 여기서 지금처럼 버티려는 건 아니오. 떠나기 전에 한 번은 하세가와와 겨뤄보고 싶소."

나는 백두산 깊숙이 들어가 밀영을 꾸리려는 계획을 그녀에게 털어놓지 않을 수 없었다. 백무아는 고개를 저었다.

"하세가와는 이제 가만히 둬도 데라우치가 제거해준단 말입다. 그런데 왜 당신이 그놈을 잡는 데 목숨을 겁네까. 일본군 참모본부가 당신들과 주민들을 비적으로 규정하고 완전히 소탕하겠다는 건 당신이 부대를 해산하지 않으면 무고한 동포들을 떼로 살육하겠다, 그런 선언이란 말입다. 당신을 상대로 한 일본군의 인질극은 당신이 있는 곳이 백두산이든 지리산이든 변하지 않을 거인데, 기걸 원합네까? 아니면 그 주민들을 지켜낼 자신이 있다, 이겁네까?"

이미 우리를 지원해준 주민들조차 지켜내지 못한 나였다. 그녀는 일본군 참모본부의 작전 계획과 함께 우리가 조선을 떠나지 않으면 주민들이 치를 대가가 얼마나 가혹한지를 차근차근 나열했다. 나는 누구에게도 말하지 않았던 내가 선택할 수 있는 마지막 방법을 꺼냈다.

"만주로 가느니 난 차라리 부대를 해산하고 단독여단이 되겠소."

악몽에서 깨어난 새벽마다 나는 혼자서 태백준령을 넘나들며 왜적과 친일파를 처단하던 시절을 떠올리곤 했다. 칭송도 원망도 듣지 않고 내가 정한 적을 차례차례 정확하게 지워나가기만 하면 되는 일이었다. 사람을 의심하고 경계하며 다루고 책임져야 할 일도 없었다. 총 한 자루와 더불어 싸웠던 그 시절의 사무친 외로움이 요즘처럼 그리울 수 없었다.

"당신이 혼자서든 아니든, 당신이 일본군 하나를 죽이면 일본군이 조선 사람 백을 죽이는 건 같단 말입니다."

나는 오래 침묵했다. 그녀도 더는 말을 않고 나를 지켜보기만 했다. 침묵 속에서 동이 텄다. 백두산으로 가려던 나는 생각을 바꾸지 않을 수 없었다. 조선을 떠나겠다고 내가 말하고 나서야 백무아의 표정이 조금 풀렸다. 나는 백무아에게 물었다.

"그런데 당신은 대체 그 많은 정보를 어디서 얻는 거요? 일심단이 이런 정도의 정보력을 가지고 있진 않을 텐데."

"기만 거 알려고 하지 말라요."

"아니오. 나도 내가 앞으로 어떻게 할 것인지를 말했으니 당신도 당신이 무슨 일을 하려는 것인지, 당신의 뒤에 누가 있는지 말해야 하오."

"거저 일본보다 훨씬 힘이 센 나라가 내 뒤에 있다는 것만 알아두라요."

그 나라가 어딘지 짐작하는 건 어렵지 않았다.

"그 힘센 나라가 아미리가요?"

"꼭 알고 싶단 말이오?"

"그래야 공평하지 않겠소? 당신은 나에 대해 모르는 게 없지 않소."

"정히 그렇다면, 당신의 입을 믿기에 내 말하겠습니다."

내가 아니라 내 입을 믿는다는 그녀의 말이 내게는 상처가 되었다. 그걸 말하면 보이지 않는 상처가 보이는 상처로 될 것 같아 나는 입을 다물고 그녀의 눈을 바라보기만 했다.

"내 아미리가합중국 해군성 정보국 요원이란 말입니다."

"윌리엄이란 자도 선교사가 아니고 아미리가 해군성 정보국 요원이오?"

"그는 아미리가 감리교 선교사고, 그리고 아미리가 해군성 정보국 장교입네다."

미국에서 신학 공부를 하면서 해군성 정보국에서 훈련을 받았다고 한 그녀는 은희도 곧 자기와 같은 길을 갈 거라고 했다.

"은희도 해군성 정보국에서 훈련을 받고, 신학을 공부하고 전도사가 되어 돌아오는 것이오?"

백무아는 고개를 저었고, 뒤로 묶은 머리가 말총처럼 흔들렸다.

"은희는 신학이 아닌 영문학을 공부한단 말입니다."

"당신은 같이 가지 않소? 내가 보기에 조선에 남아 있으면 나보다 더 위험한 사람이 당신 같은데……"

"난 여기서 일을 해야 하잖겠습네까."

"당신이 여기서 하는 그 일은 누구를 위해서요? 당신의 뒤에 있다는 그 힘센 나라, 아미리가? 아니면 당신을 버린 나라 조선이오?"

그녀는 입술을 사려물며 한참 동안 내 눈을 빤히 들여다보다 되물었다.

"그게 당신이라면 믿갔습네까?"

달아오르는 내 얼굴을 본 그녀가 가지런한 이를 드러내며 웃었다. 그녀가 오늘 내게 처음으로 보여준 웃음이었다.

"누나가 해본 농담에 그렇게 놀라지 말라."

그녀는 누나를 내세울 때만 내게 말을 놓았다. 그런데 나는 왜 그녀 앞에만 서면 늘 이렇게 쩔쩔매는지 알 수 없었다. 오늘도 나는 또 바보처럼 그녀를 따라 어정쩡하게 웃었다.

18

가을이었다. 바람의 방향이 바뀌었다. 눈측백과 잣나무 가지가 서풍에 흔들렸다. 유난히 무더웠던 지난여름을 식혀주던 마파람이 빠져나간 연화산에 하늬바람이 불었다. 백무아와 나는 말없이 연화산을 걸어내려갔다. 침엽수림 사이로 떨어지는 초가을의 햇살이 따사로웠다. 우리는 빠르지도 느리지도 않게 걸었다.

긴 침묵을 깬 것은 그녀의 발길질이었다. 나와 나란히 걷던 그녀가 길 위에 구르는 눈측백 방울을 장난스럽게 발로 찼다. 나는 한 걸음 앞서 걸어가 그 눈측백 방울을 가볍게 걷어찼다. 공중으로 날아오른 방울은 멀리 날아갔다. 이번에는 백무아가 한 걸음 앞서 걸어갔다. 그녀는 길 위에 어지럽게 널린 비슷비슷한 눈측백과 잣나무 방울들 사이에서 내가 찬 방울을 정확하게 찾아내, 다시 앞으로 찼다.

"키도 크지 않은데 그게 보였소?"

머리가 내 어깨에 오는 그녀에게 물었다.

"당신은 키로 제 것을 알아봅네까?"

그녀가 내 눈을 올려다보며 되물었다.

"눈으로 알아보오."

나는 무릎을 접고 그녀에게 눈높이를 맞추며 장난스럽게 대답했다. 그렇게라도 돌아가는 그녀의 발걸음을 조금이나마 가볍게 만들어주고 싶었다. 나를 바라보는, 복면 위로 드러난 그녀의 눈빛에 웃음이 맺혔다. 하지만 곧 그녀는 고개를 저었다.

"난 내 것을 그렇게 알아본 적이 없습다."

"그럼 뭘로 아오?"

"내 것, 내 사람은 이것이 먼저 안단 말입니다."

그녀는 손바닥으로 자신의 가슴을 짚었다. 내 것, 내 사람. 나는 또다시 무방비 상태로 그녀에게 심장을 저격당하고 말았다. 그 순간 내 다리가 얼마나 심하게 휘청거렸는지 그녀는 몰랐을 것이다. 나는 마치 그녀의 말을 못 들은 것처럼 한 걸음 앞서 걸어가 그녀가 찬 눈측백 방울을 힘껏 걷어찼다.

"어떻게 제 것 하나 옳게 지키지를 못합네까?"

후들거리는 다리로 눈측백 방울을 길섶으로 차낸 나를 나무라는 그녀의 눈빛이 무슨 대답을 원하는지 나는 알지 못했다. 그녀는, 허둥대며 길섶에 떨어진 방울을 찾으려는 내 팔을 잡아끌었다.

"제 것을 찾으라고 하지 않았소?"

나는 되물었고, 그녀는 고개를 갸웃하며 내 소매를 움켜쥔 자신의 손으로 눈길을 옮겼다.

"내 것은 여기 있단 말입니다."

그녀는 내 팔을 잡은 손을 놓지 않은 채 물었다.

"당신 것은 어디 멀리 있습네까?"

나는 아찔했고, 곧 눈앞이 아득했다. 어떻게 걸어내려왔는지 어느새 가문비와 전나무, 잎갈나무가 빽빽했다. 7부 능선까지 내려온 것이었다. 7부 능선에 이르면 8부 능선 상부에만 군락하는 눈측백과 눈잣나무는 자취를 감추었다. 우리는 다시 입을 다문 채 연화산을 걸어내려갔다.

점점 줄어들던 가문비와 전나무가 사라지고 잎갈나무 사이로 사스래와 피나무 같은 활엽수가 섞여들었다. 조선에서 열번째 높은 산맥이었지만 겹겹이 가파르게 이어진 연화산맥은 백두산 못지않게 깊고 험준했다. 고도에 따라 수종도 다양하고 숲도 울창했다. 사스래와 피나무는 6부 능선 아래에 서식했다. 잎갈나무가 다 사라지고 사스래와 피나무 사이로 자작과 단풍나무가 끼어들면 4부 능선이었다. 거기가 우리가 작별해야 하는 인연의 높이였다.

"지난번에 보낸 『월남망국사』는 읽어보았습네까?"

나는 고개를 끄덕이며 덧붙였다.

"나만 읽은 게 아니라 우리 대원 모두가 읽었소."

"대원들이 다 글을 안단 말입네까?"

"글을 아는 대원들이 모르는 대원들에게 가르치오."

"군대가 아닌 학교를 차린 것입네까?"

"틈틈이 제 이름 석 자라도 쓰게 가르치오."

"옳게 했습다. 그래도 그렇게 배워 읽을 수 있는 책은 아니란 말입니다."

"들을 줄은 아오."

『월남망국사』는 월남이 불란서의 식민지가 된 과정과 이에 맞선 독립운동가들의 이야기를 담은 책이었다. 한양의 보성사에서 활판으로 찍어냈는데 하도 많이 팔려 장안의 종잇값을 올려놓았다고 소문이 난 이 책을 내게 보내준 것이 백무아였다. 다른 나라의 독립투쟁 이야기를 처음으로 읽고 들은 대원들은 모이기만 하면 월남 이야기를 했다. 월남이 망한 과정이 망해가는 지금의 조선과 너무나 흡사했기 때문이었다. 불란서와 월남이란 이름만 일본과 조선으로 바꿔놓으면 바로 우리의 이야기였다.

"『파란말년전사』도 잘 읽었소."

백무아가 『월남망국사』와 함께 보내준 『파란말년전사』는 폴란드 왕국 말년의 치열했던 독립전쟁사였다. 『파란말년전사』는 우물 안 개구리처럼 눈앞의 일본군과 싸우는 것에만 몰두해온 내 눈을 번쩍 뜨게 해주었다. 나라와 나라가 싸우는 전쟁은 전투와는 차원이 다른 것임을 나는 『파란말년전사』를 보고서야 비로소 깨달았다.

전쟁은 나라와 나라가 하는 것이었다.

하지만 우리에게는 전쟁을 벌여야 할 상대인 일본이란 나라는 있었지만, 정작 그 일본과 전쟁을 할 주체인 우리나라가 없다는 사실을 나는 생각지도 못했다. 대한제국으로 이름을 바꾼 조선은 일본에 선전포고를 하고 전쟁의 주체로 나서기는커녕 일본을 상대로 싸우는 우리를 '비적'으로 규정했다.

"난 우리가 여든 번 넘는 전투에서 승리를 거두고서도 왜 몰리기만 했는지를 『파란말년전사』를 읽고 나서야 어렴풋이 알 것 같았소."

"기런데도 왜 조선을 떠나라는 말을 아이 들었습네까. 전투에 이긴 숫자로 전쟁의 승패가 나지 않는단 말입니다. 일본은 당신과 전쟁을 하는데, 당신은 일본군과 전투만 해왔단 걸 이제 아시겠습네까?"

"전투가 아닌 전쟁을 하라고, 그래서 조선을 떠나라고 한 것이오?"

"분명한 건 당신에게 지켜야 할 조선의 강토는 있는지 모르지만, 당신이 되찾아야 할 조선이란 나라는 이미 없습네다. 나라를 지키려면, 백성들이 지키고 싶어하는 그런 나라부터 만들어야 하는데 이 조선에서는 불가능하단 말입니다."

19

나는 오래전부터 궁금했던 걸 그녀에게 물었다.

"당신의 뒤에 있는 힘있는 나라, 그 아미리가는 백성들이 지키고 싶어하는 그런 나라요?"

"아미리가도 백이십오 년 전에는 지킬 나라가 없었던 영국의 식민지였습니다. 아미리가도 지켜야 할 나라를 스스로 만들어서 지키는 것이란 말입니다."

"그래서 『화성돈전』을 내게 준 것이오?"

그녀는 고개를 끄덕였다.

"이 누나가 준 그 와싱톤 전기에 아미리가합중국의 독립선언서가 있으니 읽어보라."

누나를 내세우며 말을 낮춘 그녀는 걸음을 늦추며 책을 읽듯 덧붙였다.

"모든 사람은 평등하게 태어났고, 인간은 누구나 자신의 안전과 행복을 보장하는 정부를 조직할 권리를 가진다, 근사하지 않네?"

그녀는 고개를 들어 울창한 활엽수림을 둘러보았다.

"그럼 아미리가에서는 왕도 백성들이 뽑으오?"

"왕이 아니고 대통령. 왕정이 아니고 공화정이란 말임."

"그 대통령은 백성들이 뽑으오?"

"기럼."

"그건 뭐 우리 포수계가 옛날부터 해온 것과 같네. 우리 포연대도 중대장이고 총대장이고 다 대원들이 뽑으니까."

나는 우리 포수들도 그 정도는 옛날부터 해왔다고 뻐기듯이 말하며 입꼬리를 치켜올렸다.

"여자는 아니겠지."

나는 고개를 저었다. 백무아가 미심쩍은 표정으로 물었다.

"여자도?"

"기럼."

나는 백무아의 말투를 흉내내며 대답하고 나서 되물었다.

"아미리가, 그 공화정에서도 여자에게는 몫이 없는 거요?"

백무아가 고개를 끄덕였다.

"그건 우리 포연대보다 못하네. 우린 다 같은 한몫인데……"

"여자에게도 같은 몫을 준 게 당신이오?"

갑자기 그녀가 말을 올렸다.

"주긴 누가 주오? 모든 사람은 평등하게 태어났다, 고 아미리가합중국 독립선언서에도 써 있다고 당신이 말하지 않았소."

"옳게 했소."

"지금 나에게 칭찬한 거요?"

"그렇소. 내 동생이면 기렇게 해야지."

나는 진짜 누나에게 칭찬받은 아이처럼 활짝 웃으며 왼쪽 무릎을 꿇고 그녀에게 등을 내밀었다.

"업히시오. 칭찬받은 값을 해야 하잖겠소?"

눈앞에 있는 개울을 바라보며 나는 그녀에게 내 등에 업히라고 손짓했다. 돌다리가 없는 개울과 나를 번갈아 쳐다보던 그녀가 내 등에 몸을 얹었다.

"내가 때맞춰 옳게 칭찬을 한 것 같소."

이번에는 등에 업힌 그녀가 내 말투를 흉내냈다. 내 귀에 대고 말하는 그녀의 따뜻한 숨결이 귓바퀴를 통해 온몸으로 밀려들어왔다. 팔딱이는 그녀의 심장은 내 어깨를 두드렸다. 개울이 장진강만큼 넓었으면 좋으련만, 메물리강으로 이어지는 작은 개울은 너무나 좁았다. 개울을 건너 그녀를 내려놓은 나는 달아오른 얼굴을 감추려고 돌아보지도 않은 채 물었다.

"아미리가에는 상놈도 남자면 다 권리의 몫이 있소?"

"아미리가에는 상놈이 없단 말입니다. 인디언 원주민과 흑인을 제하고 백인 남자는 누구나 권리가 있소."

"인디언과 흑인이 아미리가의 상놈이군. 그럼 우리 같은 조선 사람은 어떻게 되오? 나같이 이렇게 새카맣게 타면 흑인이고 당신처럼 하야면 백인인가?"

백무아의 얼굴은 이제 전도하러 다니던 예전처럼 까무잡잡하게 반짝이지 않았다.

"지금은 내 잘 모르겠습다."

"지금은 잘 모르다니?"

"지금, 당신 얼굴은 새카맣지도 하얗지도 않고…… 빨갛단 말입니다."

그녀는 나를 놀리며 깔깔 웃었다. 그녀의 웃음소리에 놀란 나뭇잎이 흔들렸다. 햇살을 머금고 흔들리는 사스래와 자작 나뭇잎 사이로 피나무와 단풍나무가 빼곡했다. 잎갈나무는 어느새 사라지고 없었다. 5부 능선까지 내려온 것이었다.

"이제 곧 4부 능선이오."

나는 우리가 헤어져야 할 높이라는 말을 그렇게 했다. 연락도감 감원의 안내를 받아 먼저 내려간 은희와 일심단의 대원들이 대기하고 있을 메물리강 발원지는 연화산의 서남쪽 4부 능선과 5부 능선의 경계였다.

자작나무 사이로 걸어내려가는 우리는 아무도 입을 열지 않았다. 바람마저 잦아든 자작나무 숲에서 들리는 건 우리의 발소리와 매미의 울음뿐이었다.

쏴아르— 새애액—

쏴아르— 새애액—

맴맴맴, 하고 우는 참매미가 사라진 초가을의 연화산에는 말매미와 늦털매미의 울음만 요란했다. 땅속에서 칠 년이란 기나긴 유충생활을 끝내고 날개와 함께 보름간의 삶을 얻은 매미들의 노래를 들으며 나는 발걸음을 점점 늦췄다. 토벌군도 쉽게 범접하지 못하는 연화산의 첩첩 산길이 이리 짧기는 처음이었다.

"이제 언제 다시 만날지 모르는데, 그렇게 할말이 없습네까?"

백무아는 발걸음을 멈추고 내게 물었다.

"당신이 하오."

"저 매미들에게 물어보란 말입니다. 가슴의 절반이 텅 빈 수컷이 노래하지, 가슴이 꽉 찬 암컷이 노래한단 말입니까."

매미는 몸통의 절반이 소리통인 수컷만 울었다.

"내래 매미가 아니란 말입니다."

나는 백무아의 말투를 흉내내며 초조한 마음을 감추었다. 그녀가 다시 천천히 발걸음을 떼어놓았다. 이제 모퉁이 하나만 돌아가면 메물리강의 발원지였다. 점점 느려지던 우리의 발걸음이 함께 멈춰 섰다.

"아내와 큰아이를 잃은 일은 참 아이됐습다. 작은아이는 어떻게 하갔습네까? 맡길 곳이 마땅치 않으면 내래 맡아주갔단 말입니다."

나는 고개를 저었다.

"내가 데리고 떠날 거요."

나는 팔짱을 낀 채 발끝만 내려다보았다. 이제 또 언제 다시 만날지 알 수 없었다. 그녀도 오래 말이 없었다. 시간과 함께 깊어진 침묵은 내 숨소리마저 너무 크게 만들었다.

"이리 오라."

엉거주춤하게 다가가는 나를 향해 그녀는 두 팔을 펼쳐 보였다.

"이 누나가 한번 안아줘야 하지 않캈네."

보통강변에서 그랬듯이, 총령의 조지서에서 그랬듯이 나는 다시 그녀의 두 팔에 안겼다. 내 명치 아래에서 그녀의 심장이 파닥파닥

뛰었다. 그 뛰는 심장으로 그녀가 내게 가만히 속삭였다.

"살아 있으라."

12장

하늘의 해도 빛을 잃다

1

요코하마에서 출진한 일본군 참모본부 원정토벌대가 원산에 입항할 날이 닷새 앞으로 다가왔다. 우리에게 주어진 시간은 짧았고, 우리가 해야 할 일은 많았다. 조선을 떠나기 전에 우리가 해야 할 마지막 작전의 목표는 세 가지였다. 응징과 보상 그리고 경고.

응징 대상을 추리는 작업은 도검사의 몫이었다. 도검사 조강록은 은희와 함께 일심단이 수집한 첩보를 바탕으로 응징 대상을 선별했다. 그들이 추린 최종 명단에 남은 자들은 최악의 인간들이었고, 제1순위는 한상두였다.

열흘째 작전을 중지했던 우리는 이틀을 더 움직이지 않았다. 참모본부 원정토벌대의 출진을 공표한 효과라고 여긴 적은 의기양양했다. 우리가 노린 것이 바로 그런 적의 오판이었다. 원정토벌대의 압도적인 화력과 돌아선 민심 앞에서 항일연합포연대가 전의를 상실한 것으로 판단한 적들의 허를 찌르며 우리는 마지막 작전을 번개같이 감행할 작정이었다. 그러려면 얼마 남지 않은 탄환도 최대한 아껴야 했다.

참모본부 원정토벌대를 실은 일본군 함정이 원산항에 들어오기 사흘 전 새벽, 우리는 작전을 개시했다. 응징 대상 제1호인 한상두는 내가 직접 맡았다. 홍원의 제3순사대장인 한상두는 제가 지은 죄를 아는지 대문에 보초까지 세웠다. 보초를 서는 자들은 악질 중에서도 악질로 소문난 한상두의 심복들이었다. 아직 첫닭이 울지 않은 이른 새벽, 나는 단검을 잘 쓰는 김창옥을 데리고 대문으로 다가갔다. 대문에 기대 졸고 있던 순사는 내가 어깨를 툭툭 치자 화들짝 놀라 눈을 떴다.

내 손에 들린 단도가 놈의 갈비뼈 사이로 파고들었다. 칼끝이 허파에 닿는 순간 나는 단도를 쥔 손목을 비틀었다. 비명도 지르지 못했다. 이미 비튼 칼날을 타고 허파의 바람이 빠져나온 다음이었다. 칼솜씨가 여간하지 않은 김창옥도 반대편에 기대선 순사를 간단하게 주저앉혔다.

"일어나시지."

나는 이불을 허벅지에 걸치고 잠든 한상두의 옆구리를 툭툭 찼다. 놈은 눈도 뜨지 않고 귀찮은 듯 내 발길을 손으로 걷어냈다. 먼저 일어난 건 옆에서 자던 벌거벗은 여자였다. 놀란 여자는 한 손으로 몸을 가리고 한 손으로는 자신의 입을 가리며 우리를 올려다보았다.

"일어나라."

내가 한상두의 머리통을 찼다. 비로소 벌거벗은 상체를 일으키며 소리를 지르려는 놈의 주둥이에 김창옥이 단검을 집어넣었다.

"당장 죽고 싶으면 소리를 질러라."

한상두는 벌벌 떨며 치켜든 두 손바닥을 내저었다. 한상두의 입안에서 단검을 꺼낸 김창옥이 놈을 내게 맡기고 여자의 입에 재갈을 물렸다.

"이 집이 누, 누구의 집인 줄이나 아, 알고 가, 감히 이러는 것이냐?"

한상두는 부들부들 떨면서도 명색이 순사대장이라고 나에게 하대를 했다.

"이게 누구 집인데?"

"여기가 수, 순사대장의 집이야. 모르고 들어왔으면 요, 용서할 테니 어서 도, 돌아가라."

"여기가 네 집이야?"

"그, 그렇다."

"어째서 이 집이 네놈의 집이냐? 이 집터는 오경주가 대대로 물려받은 것이고, 이 집은 오경주가 재작년에 지은 집이다."

오경주는 홍원에서 유명한 의원이었다. 왕실의 의관이었던 4대조 오동윤이 낙향해 홍원에 자리를 잡은 이후로 대를 이어 의원으로 살아온 오씨 집안이었다. 일찌감치 의원이 된 오경주도 의술이 뛰어나 함흥과 원산에서도 환자들이 찾아들었다. 대대로 내려온 전답이 많은데도 위세를 부리지 않고 가난한 환자도 내치지 않아 신망을 얻은 오경주를 정작 유명하게 만든 것은 그의 연애와 혼인이었다.

오경주와 백정의 딸인 채일희의 혼인은 함경도에서 일대 사건이었다. 양반과 부자들이 백정의 딸을 본처로 맞아들인 전례가 없었다.

삼대독자인 오경주가 백정의 딸을 아내로 들이겠다고 했을 때 그의 아버지가 결사반대한 것은 말할 나위도 없었다. 하지만 자식 이기는 부모 없었다. 더구나 하나뿐인 아들이 자진하겠다고 드는데야.

혼인한 다음에도 오경주는 채일희에게 지극정성을 다했다. 오경주는 해바라기처럼 오로지 채일희 하나만 바라보았다. 백정의 딸로 자신을 기억하는 사람들을 만나지 않으려 바깥출입을 삼가는 채일희를 위해 오경주가 넓은 정원이 딸린 서른두 칸짜리 이 집을 새로 지은 것이 재작년이었다. 채일희가 어쩌다 외출을 하면 혹시라도 백정의 딸이 사내 하나 잘 물어서 팔자 고쳤다는 놀림을 당할까, 오경주는 겸종처럼 늘 붙어다녔다. 누구든 목숨이 경각에 달렸을 때 오의원의 신세를 져야 했기에 아무도 오경주 앞에서 채일희를 업신여기지 못했다. 오경주는 사내들이 등신 중에도 상등신이라고 뒤에서 쑥군거리는 줄 잘 알면서도 아랑곳하지 않았다. 그런 사내들과 달리 여자들 사이에서 오경주는 최고의 남자로 손꼽혔고, 채일희도 질시의 대상에서 선망의 대상이 되었다.

그런 오경주를 잡아 가두고 가산을 모두 빼앗은 자가 한상두였다.

“이 집을 짓는 데 서까래 하나, 문고리 하나라도 네놈의 것이 들어간 것이 있느냐?”

한상두는 오경주가 채일희를 위해 지은 이 집과 전답만 차지한 것이 아니었다. 왜놈을 등에 업은 한상두는 오경주가 우리 항일연합포연대의 군자금을 댔다는 누명을 씌워 한양으로 압송시킨 다음 예전부터 눈독을 들였던 채일희까지 차지한 것이었다.

“이 지, 집은 버, 법으로 저, 정당하게 내가 권리를 취, 취득한 것이다."

"네놈이 무슨 돈을 주고 취득했다는 것이냐?"

"비, 비적에게 구, 군자금을 댄 이적죄, 죄인의 귀속 재산을 저, 절차에 따라 불하받은 거이다."

"어떤 비적에게 군자금을 댔다는 것이냐. 항일연합포연대?"

"그렇다."

"홍범도에게?"

"그, 그렇다."

"난 받은 적이 없는데."

놈은 불에 덴 것처럼 놀랐다. 오경주는 항일연합포연대에 군자금을 내놓은 적이 없었다. 오경주가 일심단의 배후 조직인 대한협회에 준 삼만원은 학교 설립 기금이었다. 그것을 우리에게 군자금으로 주었다고 모함한 것이 한상두였다. 정작 한상두는 노무하라에게 당하고 들것에 실려나온 나를 몰래 치료해준 의원이 오경주라는 사실은 까맣게 몰랐다. 시키기도 전에 내 앞에 무릎을 꿇은 한상두는 시키는 대로 집안에 있는 돈 이만삼천팔백원을 내놓았다.

"그, 그저 사, 살려만 주십시오."

한상두는 비열하게 살아온 놈답게 체면 따위는 살피지 않고 내 앞에 머리를 조아렸다.

"네놈이 자른 우리 대원과 양민들의 귀가 몇 말이냐."

"돈을 어, 얼마나 주면 되겠소? 지금이라도 다, 당장 나가면 십만원도 더 구해올 수 있소."

"일어서라."

다리를 후들후들 떨며 일어서는 놈이 바지춤으로 오줌을 쌌다.

"네놈의 목숨이 중한 줄 알면 남의 목숨도 중한 줄 알았어야지. 죽여도 몹시 죽여야 마땅하건만 한 번밖에 죽일 수 없는 게 원통할 뿐이다."

내 말이 끝나기 전에 김창옥의 단검이 놈의 옆구리를 파고들었다. 벌어지는 놈의 입이 아니라 김창옥이 비튼 단검 사이로 허파에서 바람 빠져나오는 소리가 들렸다. 허파의 바람이 빠지면 당장 숨이 끊어지지는 않지만 아무 소리도 내지 못했다. 앗 소리도 내지 못한 채 즉사시키려면 숨골을 끊어버리면 되었다. 하지만 김창옥은 놈의 허파를 땄다. 버둥거리며 천천히, 고통스럽게 제 죽음을 지켜보게 만드는 방법이었다. 공포와 고통에 사로잡힌 채 나무토막처럼 넘어가는 한상두를 보고 재갈을 입에 문 여자는 몸을 덜덜 떨었다.

"당신이 채일희냐?"

"저는 어쩔 수 없이……"

"당신이 저놈과 한패가 되어 감옥에서 업혀 나온 오경주를 해친 것을 홍원에서 모르는 사람이 없는데 그따위 거짓말을 해?"

"저는 그저, 다시 백정의 딸로 손가락질 받으며 비참하게 사는 것이 두려워……"

채일희는 방바닥에 엎드려 내 앞에 조아렸다.

"저는 그저 무서워…… 시키는 대로 했을 뿐, 왜를 위해 한 짓은 없습니다……"

"왜놈이 나쁜 것은 왜놈이어서가 아니고 사람이 해서는 안 될 흉악한 짓을 했기 때문이다. 당신이 한 짓이 왜놈보다 덜한가."

채일희는 사시나무 떨듯 몸을 떨며 머리를 더욱 조아렸다.

"너와 오의원은 한날한시에 같이 죽자는 맹세로 사람들의 심금을 울리지 않았더냐. 헌데, 오의원은 그 맹세대로 너를 사랑하여 모든 것을 바쳤거늘, 어찌 인간의 탈을 쓰고 저런 더러운 원수와 붙어먹는단 말이냐."

여자는 무릎걸음으로 기어와 내 발목에 매달리며 애걸했다.

"살려만 주시면 무엇이든 하겠습니다."

"무엇이든 해서 지켜야 할 건 더러운 목숨이 아니다. 사람이 짐승과 다른 것은 의리를 알고 신의를 지키기 때문이다. 일어나서 저놈이 남긴 젖값을 나누어 받아라."

나는 고통스럽게 마지막 숨을 몰아쉬는 한상두를 턱으로 가리켰고, 여자는 한상두를 외면하며 애원했다.

"제발 용서해주십시오."

"용서는 내가 아닌, 저세상에 가서 네가 맹세했던 그 사랑 앞에서 구해라."

나는 발에 매달린 여자를 뿌리쳤다. 김창옥의 칼끝이 방바닥에 엎드린 채 일어나지 않는 여자의 맨 등을 뚫고 들어갔다. 나는 여자의 심장에 담갔던 칼을 빼내는 김창옥에게 떠나자는 손짓을 하며 방문을 나섰다. 김창옥은 방을 나서기 전에 한상두의 양쪽 귀를 베어 마당에 내던졌다.

2

함경도가 발칵 뒤집혔다. 내가 한상두를 처단하는 시각에 장진과 정평. 북청, 풍산, 네 곳에서도 왜놈의 앞잡이들을 응징했다. 첫닭이 울기 전에 첫 응징 작전은 모두 끝났고, 우리의 손에 들어온 군자금은 육만이천삼백원이었다.

날이 밝기 무섭게 소문이 사방으로 퍼져나갔고, 사태의 전말을 파악하지 못한 일본군은 정신없이 허둥댔다. 일본군과 순사대는 각지의 상황을 확인하기 위해 전화기를 붙들고 안달했지만 아무 소용이 없었다. 우리의 마지막 작전이 개시되기 직전에 연락도감은 무려 스물다섯 개 지점의 전신선을 걷어냈다. 지난여름의 그 거칠었던 태풍과 홍수에 전신선이 끊기고 전주가 떠내려갔을 때도 통화 구간이 일부는 남았었다. 하지만 이번에는 함경도의 일본군 부대와 순사대, 우편국의 전화가 완전 불통이었다. 사흘 안에 놈들이 파손된 전신선을 복구하는 것은 불가능했다.

우리가 지난밤 처단한 함경도 최악의 친일파 5적은 하나같이 양민을 살육하고 남의 재물을 약탈하는 데 앞장선 악명 높은 자들이었다. 한동안 항일연합포연대에 등을 돌렸던 주민들도 그들의 처단만큼은 더없이 통쾌하게 받아들였다.

"삼 년 묵은 체증이 다 내려갔다고 야단입니다."

주민들의 반응을 보고하는 연락도감 부도주 마영권의 목소리가 오랜만에 밝았다.

"적들은?"

"전신선 복구 작업을 나온 일본군 두 개 군조가 청년중대에 당하고 나서는 밖으로 기어나오지 않고 있습니다. 참모본부 원정대가 도착하기만을 기다리는 것 같습니다."

마영권이 나가자 기다리던 도검사 조강록이 들어섰다. 확보한 군자금으로 보상 작업에 착수한 도검사 조강록은 전사자와 부상자 대장을 펼치며 내게 물었다.

"직위와 복무 기간을 따져 차등을 두는 1안과 모두 같은 기준으로 지급하는 2안, 두 안 중에서 어느 쪽으로 할까요?"

"직위와 복무 기간에 따라 고통과 슬픔에 차이가 나오?"

대답을 못하는 조강록에게 나는 묻지 말아야 할 것을 묻고 말았다.

"양반인지 쌍놈인지에 따라 슬픔에 차이가 나오?"

아차 싶었다. 부러울 것 없는 세도가의 집을 뛰쳐나와 우리와 함께해온 그에게 해선 안 될 말이었다. 조강록은 아주 낯선 눈빛으로 나를 한참 동안 바라보다 고개를 저었다. 나는 어쩔 수 없이 남은 말을 마저 하지 않을 수 없었다.

"세상에 가장 나쁜 차별이 뭔지 아오? 고통과 슬픔을 차별하는 거요."

그 순간, 속절없이 죽어가던 아비를 살리기 위해 장진사의 집 마당에 무릎 꿇었던 내 아홉 살이 마흔 살의 내 무릎을 얼마나 시리게 만들었는지를 조강록이 알 리는 없었다.

"네. 그럼 2안을 기준으로 하겠습니다."

조강록은 펼쳐놓았던 대장에서 눈길을 떼며 말을 이었다.

"직위와 관계없이 부상의 정도에 따라 부상자를 세 등급으로 나눈 것입니다. 회복한 다음 노동이 가능한 삼등급은 삼십원, 거동은 가능하지만 중노동이 어려운 이등급은 육십원, 회복하고 나서도 거동이 어려운 일등급은 백이십원씩을 지급하고, 전사자 가족에게는 백원씩 지급하면 아귀가 맞아떨어집니다."

조강록은 부상자와 전사자 대장을 보지도 않고 계산해둔 지급액을 정확하게 보고했다.

"좋소. 즉시 집행하시오."

보상금을 지급하던 도검사 조강록이 진포와 함께 다시 나를 찾아온 건 오후였다.

"진포는 좀 쉬지, 왜 왔소?"

진포는 화난 사람처럼 꽉 다문 입을 열지 않았다.

"제가 데리고 왔습니다."

조강록이 진포와 나를 번갈아 쳐다보며 말을 이었다.

"전사자 보상금을 받지 않겠다고, 끝까지 고집을 부려서 말입니다."

나는 진포의 화난 얼굴을 한참 동안 물끄러미 바라보다 물었다.

"왜?"

"정재와 저는 혼례를 올린 일이 없습니다."

"혼례를 치러야만 부부인가?"

진포가 고개를 떨궜다.

"이거, 정재가 들으면 많이 섭섭하겠는데. 혼인한 어떤 사람들보다 아끼고 귀하게 여기는, 누구도 떼어놓을 수 없는 부부라고 여겼던 내가 틀렸었나?"

진포의 두 볼을 타고 주르르 흘러내린 눈물이 바닥으로 떨어졌다.

"대장님은 돈으로 계산하면 안 되는 것이 없으셨나봅니다."

대답을 않는 나에게 진포가 물었다.

"대장님은 받으셨습니까, 백원?"

"내가 왜?"

"양순이가 들으면 많이 섭섭하겠습니다. 저는 대장님이 누구보다 아끼고 귀하게 여기는 아들이 양순 중대장인 줄 알았었는데, 제가 틀렸었나봅니다."

진포는 울먹이면서도 내가 했던 말을 한마디도 빼놓지 않고 그대로 돌려주었다. 나도 모르게 눈물이 치솟았다. 나는 조강록과 진포에게 들키지 않으려고 얼른 돌아서며 눈물을 훔쳤다. 나는 전사자 보상을 계획하고 집행하면서 신기하게도 양순이를 보상 대상자로 한 번도 떠올리지 않았다. 진포에게 정재가 어떤 존재였는지도 깊이 생각하지 못한 나였다.

호흡을 고른 나는 천천히 돌아서며 조강록에게 손을 내밀었다.

"줘."

조강록이 고개를 저었다.

"없는데요."

"왜 없어?"

"죄송합니다. 양순 중대장의 몫은 저도 미처 생각지 못했습니다. 한푼도 남기지 말고 집행하라고 해서 딱 맞춰 집행했습니다."

나는 눈물을 멈춘 진포에게 눈길을 돌리며 웃어 보였다.

"들었지? 양순이 몫은 군자금이 더 들어오면 받을 테니까 정재 몫부터 받아."

진포도 쓸쓸한 웃음으로 내 말을 받았다.

"기어코 주시려면 이백원을 주십시오."

"모두가 백원인데 왜 두 배야?"

진포는 엄지손가락으로 자신의 가슴을 가리켰다.

"제 몫까지요."

나는 더 웃을 수 없었다.

"저는 죽기 전에 포연대를 떠나지 않을 거고, 제 몫은 받을 사람이 없으니 제가 미리 받아 쓰지요."

조강록이 이기지 못한 진포에게 나도 졌다. 진포는 끝내 돈을 받지 않았고, 그래서 전사자들의 몫이 조금 늘어났다.

진포로 끝난 줄 알았던 보상금 문제가 다시 불거졌다. 이번에는 부상자들이었다.

"보상을 거부하는 부상자가 한둘이 아닙니다."

조강록이 난감한 얼굴로 내게 보고했다.

"무엇 때문이오?"

"부대를 떠나지 않고, 끝까지 포연대와 함께하겠답니다."

가장 완강하게 하산을 거부하는 부상자가 연락도감의 도주 안국환이었다. 허벅지에 관통상을 입은 그는 회복 후에도 왼쪽 다리를 쓸 수 없는 중상자였다.

"대장님과 함께 싸우다 이 산에서 죽게 해주십시오."

"우리는 내일 어떻게 될지 모르는 사람들이오. 이 다리로 산에서 살 수 없다는 건 안도주가 잘 알지 않소. 그동안 너무 고생이 많았소. 저 돈이면 화전 몇 두락은 장만해, 굶지는 않고 살 수 있을 거요."

"전 여기서 대장님과 같이 일하는 동안 처음으로 사람이 된 것 같았습니다. 내일 죽더라도 여기서 죽게 해주십시오."

안국환은 눈물을 뿌렸다. 나도 눈시울이 뜨거워져 끝없이 높고 푸른 가을하늘을 올려다보았다.

"저도 여기서 죽겠습니다."

비스듬히 누운 안국환의 옆에 서 있던 양을용도 떠나지 않겠다고 나섰다.

"전 여길 약간 다쳤지만, 말을 타는 데에는 아무 문제가 없습니다."

양을용은 관통상을 입은 제 오른쪽 어깨를 내려다보며 우겼다.

"그 팔로 총을 어떻게 쏴?"

"사격은 왼손을 익혀서 하면 됩니다."

끝내 산을 떠나지 않겠다는 부상자 일곱 명은 내가 밀영을 꾸리려 했던 백두산으로 떠났다. 일본군의 눈길이 닿지 않는 밀림이었고, 척박하지만 화전으로 자급자족이 가능한 곳이었다. 안국환과 양을용이 백두산으로 가는 것에 동의한 가장 큰 이유는 조선을 떠난 우리와 가장 근접한 밀림이 그곳이었고, 우리가 국내 진공을 하면 가장 먼저 호응할 수 있는 곳이기도 했기 때문이었다.

백두산으로 떠나는 부상자 일곱 중 안국환처럼 걸을 수 없는 중상자는 셋이었다. 나머지 넷도 걸을 수는 있었지만 당장 전투는 불가능했다. 나는 일곱 명의 부상자를 안전하게 백두산으로 후송하기 위해 연락도감 감원 두 명과 한 개 소대의 전투 병력을 투입했다.

"우리가 백두산에 밀영을 만들고, 기다리겠습니다. 꼭 돌아오십시오."

안국환은 못내 아쉬워 잡은 내 손을 놓지 못했다.

"그럼, 우리가 왜 내 나라를 두고 남의 땅에 뼈를 묻겠나. 약은 잘 챙겼지?"

"네, 받았습니다."

안국환은 종이로 정성스럽게 싼 가루약을 내보였다. 백무아가 주고 간 아스피린은 독한 고뿔에서부터 총상에 이르기까지 듣지 않는 증상이 없는 신묘한 약이었다. 나는 귀환하는 부상자들에게 부상의 정도와 통증에 따라 콩알 하나 분량에서 대추 하나 분량의 아스피린 가루를 나눠주게 했다.

안국환은 들것에 누운 채 내게 마지막 경례를 붙이고 기지를 떠났다. 오른쪽 어깨를 동여맨 채 비마에 뛰어오른 양을용은 내게 왼손으로 경례를 붙였다. 마적단 특유의 기마법대로 녀석은 오늘도 허리를 꼿꼿이 세우고 왼손으로 고삐를 당겼다.

3

마지막 작전의 두번째 목적은 대민 보상이었다. 가족을 잃은 주민들의 보상금은 양민 학살을 도운 친일파들에게 물리기로 했다. 양민 학살에 직접 나서지 않았지만 토벌대를 지원하고 이득을 챙긴 자들이 작전 대상자 명단에 올랐다.

연락도감의 정탐조직인 유사대와 대한협회의 비밀조직인 일심단이 각각 작성한 두 개의 명단에서 모두 가장 앞자리를 차지한 인물이 함흥 좌수를 지낸 이영택이었다. 이영택은 함흥 주둔 일본군 사령관에게 뇌물과 여자를 바치고 함경도에서 가장 큰 이득을 얻은 자였다.

이영택이 피신한 곳은 신흥 면장 박춘성의 집이었다. 면장의 집을 지키던 순사들은 우리가 대문 앞에 다다를 때까지 멀뚱멀뚱 쳐다보기만 했다. 청년중대가 입은 옷은 누런 군복이었다. 일본군으로부터 노획한 군복을 입은 우리의 정체를 뒤늦게 알아차린 순사들은 혼비백산했다. 맨 앞에 섰던 순사 조장이 늘어뜨렸던 소총을 치켜드는 순간 진포의 소총이 먼저 불을 뿜었다. 선두에 선 대원들의 소총도 불을 뿜었다. 순사들은 제대로 총 한 방 쏘아보지 못한 채 순식간에 넘어갔다.

사랑채에는 주인인 박면장과 이영택 말고도 한 놈이 더 있었다.

"넌 누구냐?"

"지, 지나던 과객이오."

"과객이라? 조선에 과가가 있는 줄은 미처 몰랐소."

내 말이 끝나기 전에 옆에 선 진포가 노리쇠를 잡아당겼다. 철컥. 우리가 들어서기 전에 이미 사색이 되었던 이영택과 박면장이 소스라치게 놀라며 과객이라는 자를 향해 소리쳤다.

"누구를 죽일 참이오, 말을 하시오!"

때릴 듯이 팔을 치켜드는 이영택 좌수와 나를 번갈아 쳐다보던 과객이란 자가 이름을 댔다.

"홍일만이오."

"아, 군수님. 그러잖아도 일일이 찾아뵈려고 했는데, 이렇게 한자리에서 기다려주시니 고맙소이다."

홍일만은 홍원 군수였다. 홍원의 순사대장 한상두가 처단당했다는 소식을 듣고 기겁한 홍일만이 도망쳐온 곳이 신흥의 박면장 집이었다.

"그래도, 심복인 순사대장이 낙명을 했는데 장례도 치러주지 않고 이리로 오신 것은 의리가 아니지 않소?"

양민 살육에 직접 나선 순사대장 한상두의 배후가 홍일만이었다. 홍일만도 당연히 작전의 대상이었지만 상위 5순위 안에는 들지 않았는데, 제 발로 호랑이굴에 기어들어온 것이다. 군수인 홍일만이 면장에 불과한 박춘성의 집으로 피신한 것은 박춘성의 아들이 일본군 장교였기 때문이었다.

박춘성은 봄에 장리 준 보리쌀을 가을에 백미로 받아 철이 두 번 바뀌는 사이에 재산을 두 배로 불리는 재주로 유명했다. 그 아들이 일본군 장교가 된 다음에는 일본군의 위세를 등에 업고 농민들이 장리 먹은 쌀을 갚지 못하면 바로 전답을 빼앗았다. 놈의 전답은 철마다 쑥쑥 불어났고 그나마 작은 땅뙈기라도 가지고 있던 소농들은 소작농으로 전락했다.

농민들은 지난해에는 가뭄으로 가슴을 시커멓게 태우고 올해는 태풍으로 가슴이 갈가리 찢기는 아픔을 겪었지만, 박면장은 환호작약했다. 이태 거듭된 흉년은 박면장에게 장리를 갚지 못한 농민들의 땅을 헐값에 제 것으로 만들 절호의 기회였다. 견디다못한 농민들의 야반도주가 비일비재했다. 내놓을 전답도 없는 소작농들은 장리를 갚을 길이 없어지자 한밤중에 밥솥을 짊어지고 만주로, 연해주로 도망쳤다. 원성이 하늘을 찔러도 아들을 일본군 소대장으로 둔 박면장은 눈도 깜짝하지 않았다. 밤낮으로 순사들이 집을 지켜주니 두려울 것이 없었다.

"일본군 소대장인 아들 하나가 조선의 정승, 판서 열보다 낫다고?"

박춘성이 비굴하게 방바닥에 손을 짚은 채 머리를 숙였다.

"음해입니다. 제가 어찌, 그런 망령된 생각을 하겠습니까?"

"아니다…… 올해 천석꾼이 되었다고?"

평야가 드문 함경도에서 천석지기는 대단한 부자였다.

"그렇지 않습니다. 팔백 석이 겨우 됩니다."

"이 년 전에는 몇 석이었소?"

"사백 석 남짓했습니다."

"두 해 사이에 무슨 신통술로 전답을 두 배로 불렸소?"

"잘못했습니다."

"진심이오?"

"예."

"그럼 그 땅을 주인들에게 돌려주겠소?"

내 말이 끝나기 전에 콩 볶는 소리가 들렸다. 기동중대가 일본군 신흥분견대를 두드리는 소리였다. 격렬한 총성에 기겁한 박춘성이 방바닥에 납작 엎드리며 소리쳤다.

"도, 돌려주겠습니다. 돌려주고말고요."

이영택과 홍일만 군수도 납작 엎드리기 시합이라도 하듯이 방바닥에 들러붙으며 합창을 했다.

"살려만 주시면 무엇이든 다 하겠습니다."

"일본군과 싸우는 우리를 위해 군자금을 내놓겠소?"

"예."

"물론입니다."

이영택과 홍일만 군수는 이번에도 경쟁적으로 대답을 했다.

"그러면 가진 것부터 다 내놓으시오."

이영택과 홍일만 군수가 들고 온 현금은 이만이천원, 금괴는 여섯 개였다. 박춘성 면장이 내놓은 돈이 만사천원, 금괴가 넷이었다. 이영택 좌수의 집을 급습해서 받아내려 했던 것의 두 배 이상이었다.

"이건 당신들의 뜻대로 왜놈을 때려 부수는 군자금으로 잘 쓰겠소. 그런데, 좌수 영감과 군수 양반이 살육한 백성들에게 진 죄는 어떻게 갚을 것이오?"

"저희가 가진 것은 한푼 숨기지 않고 다 내놓았습니다. 말미를 주시면 얼마든지 더 마련해드리겠습니다."

"지난밤 한상두도 지금과 똑같은 소리를 했는데, 그가 어떻게 되었는지는 들었소?"

한상두의 최후를 모를 리 없는 놈들은 사지를 덜덜 떨었다. 제발 살려만 달라는 박면장과 홍군수에 이어 이영택도 애걸했다.

"한 번만 기회를……"

"기회라…… 좋소. 내가 당신들에게 단 한 번의 기회를 주면, 따르겠소?"

꼼짝없이 한상두처럼 죽임을 당할 줄 알았던 놈들은 처박았던 고개를 쳐들며 반색했다.

"물론입니다."

박면장과 홍군수가 합창을 했고, 이영택 좌수가 내 눈치를 살피며 물었다.

"언제까지 얼마나 해드리면 되겠습니까?"

이영택은 살려준다는 내 말이 정말인지를 그렇게 물었다.

"좌수 영감, 우리에게는 오늘 낸 군자금으로 충분하오. 그러니 도륙당한 백성들에게 진 죄는 백성들에게 직접 갚으시오. 함흥 관내의 양민 희생자 일인당 백원씩을 닷새 안에 그 가족들에게 직접, 빠짐없이 지급하시오."

"함흥 관내에 죽은 자의 숫자가 얼마나 많은데…… 그 많은 수대로 백원을 주겠습니까……"

"좌수 영감, 영감도 얼마나 많은 양민을 도륙했는지를 알기는 아는 모양이오. 헌데 목숨값 하나에 백원은 비싸다?"

나는 복면을 하고 단총을 든 채 진포 옆에 서 있는 은희에게 서탁 위에 놓인 돈뭉치를 가리키며 말했다.

"좌수 영감 가지고 가시도록 백원 내주오."

은희가 돈 뭉치에서 백원을 헤아렸고, 진포는 총구를 이영택에게 겨누었다. 타다탕. 이영택이 머리를 감싸쥐며 방바닥에 뒹굴었다.

"일어나 앉으시오."

이영택은 머리를 감쌌던 제 손을 펼쳐들고 피가 묻었는지 확인했다. 총성은 진포의 소총에서 난 것이 아니었다. 일본군 분견대의 저항이 완강한지 다시 시작된 총성이 멈추지 않았다. 정신을 차린 이영택이 체면도 내팽개치고 두 손바닥을 비볐다.

"아이쿠, 왜 이러십니까. 백원씩 닷새 안에 모두 지급하겠습니다."

"진정이오?"

"예."

나는 눈길을 홍일만에게 돌렸다.

"군수 양반도 홍원 관내에서 도륙당한 양민 일인당 백원씩을 닷새 안에 지급하겠소? 그게 많다면 군수 양반에게 내 백원을 바로 드리겠소."

"아닙니다. 하겠습니다."

마지막은 오늘 뜻하지 않게 이영택과 홍일만 군수를 한자리에 모아준 박면장이었다. 그는 양민 살육에 개입한 죄과가 없었다. 양민을 도륙한 아들의 죄를 아비에게 묻는 것은 옳지 않았다. 박면장에게는 농민들을 사지로 내몬 탐욕의 죄만을 묻기로 했다.

"박면장, 당신은 경주 최부잣집 가훈을 아오?"

박면장은 대답을 못하고 나를 올려다보았다.

"내 비록 배운 것도, 가진 것도 당신보다 없으나 최부잣집 가훈 여섯 가지는 아오. 그중 하나가 흉년 든 해에 전답을 사들이지 말라는 것이오. 남의 고통과 불행을 내 배를 채울 절호의 기회로 악용하지 말라는 것 아니겠소. 다른 하나는 사방 백 리 안에 굶어죽는 사람이 없게 하라는 것이오. 흉년이 들면 고방을 열어 굶주린 이웃을 먹여 살리는 것을 부자의 의무로 여겼소. 헌데, 당신은 어떠했소?"

"죽을죄를 졌습니다."

"내 죽이지는 않겠소. 대신, 지난 삼 년 동안 장리로 받은 쌀과 보리를 장리 줄 때의 양만 제하고 모두 농민들에게 돌려주시오. 그리고 지난 두 해 동안 사들인 전답도 사들인 그 값으로 돌려주시오."

장리로 강탈당한 쌀과 보리를 돌려받으면 소농들이 헐값에 빼앗긴 전답을 되찾는 것이 가능했다.

"약조하겠소?"

"예."

"기한은 닷새요."

내가 박면장에게 다짐을 받는 도중에 연락도감 부도주 마영권이 방안에 들어섰다. 마영권은 내 귀에 대고 목소리를 낮춰 보고했다.

"분견대를 완전히 소멸했습니다. 함흥에서 지원 오던 일본군 한 개 소대도 소멸시켰습니다. 소대장 박대웅이도 잡았습니다. 놈을 어떻게 처리할까요?"

박춘성 면장의 아들이 박대웅이었다. 박대웅은 왜놈보다 한술 더 뜨는 놈으로 악명이 높았다.

"아비가 진 죄는 아비가 지면 되고, 아들이 진 죄는 아들이 지면 될 일이오."

"알겠습니다. 군율대로 처리하겠습니다."

양민을 학살한 자는 언제 어디서, 누구나 처단할 수 있다. 항일연합포연대 군율 13조였다.

"좌수 영감, 군수 양반, 면장 나리. 셋 다 명심하시오. 기한은 닷새요. 닷새 안에 약조를 이행하지 않으면 어떻게 되는지는 한상두를 보면 잘 알 것이오. 내가 당신들에게 백원씩을 지불하는 일이 없기를 바라오."

4

천불산에서 마지막 군회를 열었다. 항일연합포연대의 낡은 깃발이 가을바람에 펄럭였다. 깃발에 새겨진 글자는 단 하나였다, 격. 그 글자의 앞과 뒤, 위에서 나란히 날아가고 있는 탄환 세 개는 처음 연합을 했던 삼수와 갑산, 북청 포연대를 상징하는 동시에 조선의 산하와 백성, 우리 자신의 총을 지키기 위해 왜적을 격멸하겠다는 포수들의 결의이기도 했다.

"우리 항일연합포연대는 지금까지 백삼십일 회의 크고 작은 전투를 치렀습니다. 일본군 대대급 기지 여섯 개소와 중대급 기지 다섯 개소, 분견대 스물한 개소와 경찰서 네 개소, 주재소 아홉 개소를 비롯한 마흔일곱 개소의 적 무장기관을 격파하고 장악했으며 삼수성과 갑산성을 완전히 점령하여 적의 간담을 서늘하게 만들었습니다. 그 과정에서 우리는 적 삼천이백이십사 두를 격멸하고 육백십오 두를 생포했습니다. 불퇴전의 정신과 일발일격, 일격필살의 실력으로 적을 압도해온 우리는……"

나는 팔짱을 끼고 지그시 눈을 감은 채 조강록의 전과 보고를 들었다. 감은 내 눈 앞에 어른거리는 것은 조강록이 열거하는 수많은 승리의 순간이 아니라 죽어간 동지들의 얼굴이었다. 나는 숫자가 이백에 이를 때까지 모든 전사자의 이름과 얼굴을 기억했다. 삼백이 넘어서면서부터는 전사자의 이름을 잊지 않기 위해 매일 저녁 점호를 하듯이 전첩을 꺼내 명단을 확인했다.

"단호하게 말씀하셔야 합니다."

바위에서 내려온 조강록이 나에게 올라가라는 손짓을 하며 말했다. 부대 해산에 반대하지 못하게 쐐기를 박으라는 얘기였다. 바위 위에 올라서자 중대별로 집결한 대원들이 한눈에 들어왔다. 중대의 깃발은 한결같이 서책을 펼쳐놓은 것만큼 작았다. 나는 항일연합포연대의 깃발도 보자기 크기 하나만하게 만들도록 했고 중대의 깃발은 그것의 절반으로 크기를 제한했다. 나는 그토록 크고 어마어마하게 많던 호좌의진의 깃발을 잊지 않았다. 그 길고 긴 깃발의 행렬을 보노라면 애도와 슬픔으로 포장한 양반집 상여 행렬의 화려한 허세가 떠올라, 나는 마음이 불편하고 싫었다. 전투는 깃발로 하는 것이 아니었다. 허세가 통하는 전장도 아니었다. 오직 준비된 실력과 두려움을 이겨내는 기세만이 승리를 안겨주었다. 중대 깃발의 크기는 항일연합포연대 깃발의 절반이었지만 글씨는 하나가 더 붙었다. 격1, 격2, 격3…… 청년중대는 '격ㅊ'이었고 기동중대는 '격ㄱ'이었다.

"이미 들어서 알겠지만, 오늘 우리는 우리의 깃발을 내리려 하오."

나는 말을 멈추고 바람에 펄럭이는 낡은 명주 깃발들을 차례로 둘러보았다. '격'자가 새겨진 깃발들이 때마침 불어온 바람에 격하게 펄럭였다. 허리원의 산채에서 삼수와 갑산, 북청의 포연대가 일본군에 맞서 싸우기로 결의한 이래로 언제나 함께했던 항일연합포연대의 깃발, '격'이었다. 서풍에 격하게 나부끼는 깃발 위로 먼저 간 얼굴들이 어른거렸다. 저 깃발을 가장 먼저 치켜들었던 임창근 포수장은 하세가와의 저격대에 걸려 저세상으로 떠났다. 하세가와의 술책에 넘어간 태양욱은 적의 병영에서 야비하게 참살당했고, 간신히 탈옥한 차도선은 항일연합포연대를 떠났다. 노포저격대의 김삼곤과 김춘진, 리문엽, 임헌근, 정해영, 이사존은 청년중대 대신 후치령에 뼈를 묻었다. 청년중대의 이정재와 내 아들 양순이는 바배기골에서 전사했다.

나는 조강록이 말하지 않은 패배와 전사한 아군을 이야기하기로 했다.

"우리는 칠백육십사 명의 동지들을 이 태백준령에 묻었소. 우리는 이제 태백준령 어디에서도 함부로 발을 굴러서 안 되오. 함부로 노래를 불러서도 안 되오. 우리 동지들의 피와 눈물이 스민 골짜기를 건너지 않고, 우리 동지들의 뼈가 묻힌 언덕을 밟지 않고서 넘어갈 수 있는 산마루는 이제 단 하나도 남지 않았소."

우리 대원들이 뿌린 피로 이 가을의 단풍은 더욱 짙게 물들 것이고, 오는 봄의 진달래는 더욱 붉게 피어날 것이었다. 천불산 정상에서부터 능선을 타고 내려가는 단풍을 바라보며 나는 말을 이었다.

"이제 우리의 깃발을 내려야 할 시각이오. 다행히도 내리고 거둬들이기 쉽게 우리의 깃발은 아주 작소. 그 많던 양반들의 그 큰 깃발들이 사라지는 동안 우리는 이 작은 깃발을 지키며 가장 많이 싸우고 가장 크게 이겼소. 이제 우리는 여기서 멈추지만, 전투는 계속될 것이오. 저격여단이 국내 진공 전쟁에 나서는 그날 다시 만나 더 크게 싸우고 완전하게 이깁시다."

미리 대원들에게 해산 결정을 통보한 덕분인지 반발은 없었다. 하지만 여기저기서 터져나오기 시작한 흐느낌만큼은 막기 어려웠다. 걷잡을 수 없는 흐느낌이 물결처럼 일렁이며 번져나갔다. 나는 1중대부터 차례로 돌며 대원들과 일일이 악수를 나누었다. 땅바닥에 털썩 주저앉아 있던 대원들이 눈물을 훔치며 일어나 내게 손을 내밀었다.

"다시 부르실 거죠, 대장님."

"그럼, 그래야지."

악수를 주고받을 때마다 대원들은 같은 말을 다르게 물었고, 나는 같은 대답을 다르게 했다.

"언제까지 기다리면 되나요?"

"기지를 건설하면 통문을 띄울 것이오."

목숨을 내놓고 함께해온 그들에게 하지 않을 수 없는 약속이었다.

"저는 돌아갈 집이 없습니다."

"끝내 정착할 곳이 없고 견디기 어려우면 그때 연해주로 건너오시오."

내 평생을 두고 감당하기 어려운 약속을 했다. 이 약속을 지켜내기 얼마나 어려운지, 내가 이 약속을 감당해야 할 시간이 얼마나 긴지를 알았다면 결단코 하지 않았을 약속이었다.

반드시 다시 만나, 함께 끝까지 싸우자.

나는 이 한마디의 약속을 수백 가지로 하며 대원들과 작별했다. 해산 대원들에게는 어제 작전으로 거둬들인 군자금으로 일인당 이십원씩의 여비를 지급했다.

항일연합포연대와 함께했던 일심단과도 작별 인사를 나누었다. 대원들에게 여비를 지급하고 남은 돈은 학교 건립과 교육에 사용하도록 일심단에 모두 넘겨주었다. 우리의 마지막 군회에 참석한 은희를 비롯한 일심단 단원 이군심과 정기창, 한계갑은 조선을 떠나는 저격여단이 쓰라며 돈을 받으려 들지 않았다.

"이제 우리가 떠나면 일심단이 자금을 모으는 일도 어려울 거요. 학교를 세워 조선의 아이들을 잘 가르쳐야 하오."

"다 주시면 저격여단의 군비는 어떻게 합니까?"

복면을 한 은희는 손을 내저으며 내게 물었다.

"우리의 군비는 내일 작전에서 확보할 것이니 걱정하지 말고 받으시오."

해산 군회가 모두 끝난 다음 나는 은희와 도검사 조강록을 따로 불렀다.

"언제 아미리가로 가나?"

"다음달 학교가 끝나면 바로 떠나요."

"공부 많이 하고 돌아와."

"저희만 전장을 빠져나가서 죄송해요."

은희는 옆에 선 도검사 조강록을 바라보며 입술을 깨물었다.

"이제부터 두 사람은 공부가 전투야, 나라를 되찾는 공부 전투."

조강록은 억울한 표정으로 나를 쳐다봤다.

"절 정말 내치시겠습니까?"

"내가 내치는 것이 아니오. 항일연합포연대는 해산했고 저격여단에는 도검사의 자리가 없소."

연해주로 가는 저격여단에는 마흔다섯 명의 수포수급 저격수만 남기기로 했다. 나는 수포수가 아니면 누구도 저격여단에 남을 수 없다고 못박았다. 그러지 않으면 떠나지 않겠다고 버티는 대원들을 감당할 방법이 없었다. 그래야 조강록도 은희와 함께 미국으로 유학 보낼 수 있었다.

"끝내 저더러 아미리가로 가라는 말씀입니까?"

저격여단에 잔류하겠다는 그에게 미국 유학을 강권한 것은 나였다.

"왜 하필 아미리가입니까? 차라리 제가 청국이나 로씨아로 유학 가면 되지 않겠습니까. 거기로 가야 언제든 다시 대장님과 만나지요."

"왜놈한테 형편없이 진 청국과 로씨아에서 뭘 배우겠소. 왜놈들보다 앞선 나라에 가야 왜놈들을 이길 방도를 배워 오지 않겠소."

"참 매정하십니다."

"가서 민주공화정이라는 아미리가는 어떤 나라인지 좀 배워 오시오. 유학을 떠난다면 집안의 어른들도 좋아할 것 아니오."

대를 이을 하나뿐인 아들이 의병대, 그것도 포수들이 만든 의병대에 뛰어들었으니 그 부모의 걱정이야 짐작이 가고도 남았다. 한양의 양정의숙을 나온 조강록이 항일연합포연대의 도검사가 되었다는 소문은 이미 파다했다. 그의 부모들이 돈으로 막아서 공식적인 비적의 명단에 오르지 않았을 뿐 대한제국의 관헌들은 물론 일본군도 조강록이 산에서 활약한다는 사실을 모르지 않았다. 아무리 조강록 집안의 위세가 대단해도 하산한 그가 전향 선언을 하고 친일파로 둔갑하지 않는 한 조선 땅에서 무사하기는 어려웠다.

"대장님이 가서 직접 배우고 오시지요."

"우리 아버지가 부잣집 양반이었으면 내가 벌써 세계를 한 바퀴 돌았겠지 이렇게 산중에서 나이를 먹었겠소. 이제 떠나시오."

나는 두 사람의 등을 떠밀었다. 발걸음을 떼어놓지 못하는 그들에게 나는 말했다.

"어떤 어려움이 닥치더라도 서로에 대한 의리를 저버리지 마시오."

은희와 도검사가 주고받는 눈빛이 예사롭지 않다는 것을 눈치챈 것은 벌써 여러 달 전이었다. 나는 그들을 지켜주고 싶었고, 그들이 나와는 다른 전투를 할 기회를 만들어주고 싶었다.

"무운을 빌어요."

그렇게 말한 은희가 내 눈을 빤히 쳐다보며 덧붙였다.

"무아 언니가 전하는 인사예요. 언니에게 전할 말 없어요?"

나는 아무 대답도 하지 못하고 은희와 나란히 걸었다. 선바위 모퉁이에서 일심단 단원들과 차례로 작별의 악수를 주고받았다. 마지막으로 내게 손을 내미는 은희에게 나는 겨우 한마디를 했다.

"무운을 빌어."

"잘 전해드릴께요."

은희는 복면 위로 드러난 눈으로 억지웃음을 지어 보이며 돌아섰다. 나는 가을 저녁의 노을을 등지고 단풍 사이로 멀어져가는 은희의 뒷모습을 지켜보며 평양의 보통강가에서 보았던 백무아의 뒷모습을 떠올렸다.

5

나는 수포수급으로 재편성한 저격여단을 이끌고 북상했다. 우리는 단풍이 타내려오는 북수백산 줄기를 거슬러올라갔다. 저격여단이 갑산에 들어선 건 가을이 깊어가는 시월의 끝자락이었다.

어제저녁, 원산항으로 입항할 예정이었던 일본군 참모본부 원정토벌대는 홍원항으로 입항했다. 일본 내각의 육군장관 데라우치 마사타케가 동원한 참모본부의 원정토벌대가 홍원항으로 입항한 것은 우리가 천불산에 주둔하는 줄 알았기 때문이었다. 우리가 흘린 역정보에 넘어간 원정토벌대가 홍원과 함흥 사이에 있는 천불산을 포위하느라 요란을 떠는 사이 우리는 유유히 갑산의 상남에 진입했다.

항일연합포연대가 마지막 작전의 최후 대상으로 남겨둔 상남은 저격여단과 함께 내가 지난해 잠시 주둔했던 지역이었다. 친일파가 득실거렸지만 우리는 열세 명의 일진회 간부들만 처단하고 나머지를 관대하게 처리했었다. 다시는 왜놈을 등에 업고 양민을 괴롭히지 않겠다는 그들의 맹세를 받아들인 조치였다. 그런데 우리가 떠난 다음, 그들은 맹세를 저버리고 일본군을 끌어들여 우리를 도왔던 주민들을 무참하게 학살하고 상남을 친일파의 아성으로 만들었다.

정탐을 나갔던 유사대의 대원은 상남의 참상을 보고하며 고개를 설레설레 흔들었다.

"차마 눈뜨고 볼 수가 없었습니다. 왜놈들이 일진회가 손가락질하는 주민은 모두 난자했는데 노인과 아이, 여자를 가리지 않고 죽였답니다. 평소에 놈들과 감정이 좋지 않았던 주민들을 우리와 내통했다고 뒤집어씌워 죽인 것도 한두 건이 아닙니다."

내가 벌써 보고받은 이 죄과만으로도 반드시 응징해야 마땅했는데, 더욱 용납할 수 없는 그들의 죄과를 일심단이 나에게 알려온 것은 며칠 전이었다. 일심단의 정보에 따르면 얼마 전 임창근 총대장 저격 작전의 공로자들에 대한 성대한 시상식이 열렸고, 그 자리에서 상남의 친일파 원길수와 박일출이 표창장과 거액의 포상금을 받았다. 분산 포진한 항일연합포연대 예하 중대를 순회하던 임창근 총대장의 행로를 알아내 저격하게 만든 공로자가 원길수와 박일출이었던 것이다.

"마을 입구와 뒷산에 보초가 하나씩 있습니다."

방물장수를 가장하고 먼저 원길수의 마을에 들어갔던 유사대 대원이 돌아와 보고했다. 세번째 보는 대원이었지만 나는 그의 이름을 몰랐다. 정탐조직인 유사대는 점조직으로 운영되었고, 유사대장과 연락도감 도주 이외에는 종으로도 횡으로도 연결되지 않았다. 대원들끼리도 서로 얼굴을 몰랐고 총대장인 나도 그들의 이름조차 몰랐다.

"보초막에 징을 매달아두고 수상쩍은 사람이 나타나면 징을 쳐서 마을 사람들에게 알리는 것 같습니다."

방물장수로 가장한 유사대 대원을 따라 마을 입구의 초소로 다가간 나는 보초를 서던 놈을 맨손으로 간단히 처리했다. 머리를 잡고 반 바퀴만 단번에 감아돌리면 누구든 목뼈가 부러지며 악 소리도 못 내고 숨골이 끊겼다. 뒷산의 초소를 지키던 놈은 약초꾼으로 가장한 남창일이 같은 방법으로 해치웠다. 한 놈도 도망가지 못하게 마을을 포위한 다음에 나는 먼저 원길수의 집으로 갔다.

"세월이 좋소이다."

담뱃대를 물고 마루에 누워 볕바라기를 하던 원길수가 일어나며 나를 바라보았다. 바로 알아보지 못하고 눈을 껌뻑이던 놈이 화들짝 놀랐다.

"아, 아니 어인 일로 여기를 다시……"

"내가 반드시 다시 온다고 하지 않았소. 한 해도 지나지 않았는데 벌써 잊었단 말이오?"

원길수가 허둥지둥했다.

"저것이 임창근 총대장의 목을 가져다 바치고 왜놈들에게 받은 표창장이오?"

나는 툇마루에 걸린 표창장을 턱으로 가리켰다. 조선주차군 사령관 하세가와 요시미치의 붉은 직인이 찍힌 표창장이었다.

"한 번은 용서하지만 두 번은 용서하지 않는다고 내 분명히 말했는데 기억이 나지 않소? 나는, 다시는 그런 일이 없을 거라며 당신이 눈 쌓인 타작마당에 엎드려서 한 맹세를 생생하게 기억하는데 말이오."

"한 번만 더 용서를 해주시면 결초보은하겠습니다."

"결초보은하기 전에 포상금으로 받은 임창근 대장의 목숨값부터 내놓아보시오."

원길수가 내놓은 지폐는 내가 한 번도 본 적이 없는 것이었다.

일원짜리와 오원짜리 할 것 없이 지폐 앞면의 오른쪽 동그라미 안에는 모두 일본 제일은행 총재인 시부사와 에이치의 얼굴이 들어가 있기 마련이었다. 그런데 원길수가 내놓은 돈은 색깔과 도안이 다 달랐다.

"이게 뭐요?"

나는 조선글로 앞면에 '일원'이라고 큼직하게 찍혀 있는 지폐를 가리키며 물었다. 일본이 조선 왕실을 위협해 부산항을 개항하던 삼십 년 전에 제 마음대로 부산에 지점을 개설했던 일본의 제일은행이 대한제국의 허가도 없이 대한제국의 화폐를 찍어내기 시작한 것은 육 년 전이었다. 지금까지 그들이 찍은 화폐에서 조선글은 뒷면 귀퉁이 몇 자를 제외하고는 찾아볼 수 없었다.

"이게 정말 귀한 일원입니다. 두 달 전에 처음 나온 신권입지요."

원길수가 말한 신권에는 구권과 달리 제일은행 총재 시부사와 에이치의 얼굴도 보이지 않았다. 대신 나도 아는 화홍문 그림이 커다랗게 찍혀 있었다. 화홍문은 화성에 있는 수원천 북쪽 수문이었는데, 여느 수문과 달리 일곱 개의 아치로 된 석조 수문이 독특할 뿐만 아니라, 석조 수문 상단의 웅장한 누각은 어디에서도 보기 어려운 건축물이었다. 정파총을 따라 화성민란을 진압하면서 한 번 보았을 뿐인 나도 그 그림을 보는 순간 금방 화홍문임을 알아볼 수 있었다.

"같은 일원이지만 값어치가 다릅지요. 일본 사람 얼굴이 아니고 조선 누각이 들어가고, 더구나 조선글까지 있지 않습니까."

원길수는 갑자기 애국자라도 된 양 조선글이 들어간 신권의 가치를 떠벌렸다. 대한제국의 화폐를 쓰지 못하게 하고 일본의 한낱 은행 지점이 발행한 지폐를 쓰라는 강요에 조선인들이 거세게 반발하자 왜놈들이 낸 잔꾀가 일본인 총재의 얼굴을 빼고 조선글 두 글자를 넣은 것이었다. 하지만 내게 중요한 것은 신권인가 구권인가가 아니었다. 그가 내놓은 돈이 고작 팔십삼원에 불과했다.

"지금 장난하는 것이오?"

"나머지 포상금은 원산의 제일은행 지점이 맡아 가지고 있으니 당장 가서 찾아오도록 하겠습니다. 살려만 주십시오."

살려만 달라, 무고한 양민들을 살육한 놈들이 한결같이 하는 소리였다.

"죄를 조금이라도 씻고 죽으려면 임창근 총대장을 저격한 저격수가 어떤 자들인지 대라."

"저는 그저 아무것도 모르고 박일출이 가자는 대로 따라가 한양에서 내려온 하세가와 부대의 군인을 보았을 뿐입니다."

"그랬소? 그럼 박일출이에게 물어보면 알겠군."

마을 앞 타작마당으로 끌려나온 박일출도 원길수와 똑같은 말을 했다.

"저는 그저 원길수가 하자는 대로 따라가서 한양에서 내려온 일본 군인 한 명을……"

"저격수가 한 놈이었다는 것이야?"

"아닙니다. 두 분, 아니 두 놈이었습니다."

놈들도 더는 아는 것이 없었다.

"저는 그저 박일출이 뒤에서 지켜보기만 했습니다."

조선주차군 사령관 하세가와 요시미치와 조선 통감 이토 히로부미의 큼직한 직인이 찍힌 표창장 액자를 목에 건 두 놈이 서로 죄를 떠넘기며 다투는 꼴을 더 두고 볼 시간이 없었다.

"아무래도 여기서는 다툼이 끝나지 않을 듯하니 결판은 저세상에 가서 둘이 내시오."

나는 양민 살육에 가담한 상남의 친일파 아흔여섯 명 중에서 죄질이 무거운 절반을 처단했다. 살아남은 절반의 친일파와 주민들에게 나는 다시 경고했다.

"내가 지난겨울에 했던 말을 잊은 사람들이 있는 것 같아 다시 한 번 되풀이하오. 왜놈의 앞잡이 노릇을 하는 살쾡이, 무고한 조선 동포를 괴롭히는 들개는 반드시 우리가 돌아와 응징할 것이오. 나는 빈말을 좋아하지 않소."

내가 지난겨울처럼 그들을 관대하게 처리하지 않은 것은 이미 그들이 저지른 잔악한 죄과도 죄과였지만 적 참모본부의 원정토벌대가 들어온 다음에 벌어질 친일파의 발호와 양민의 희생을 예방하기 위해서였다. 마지막 작전의 최종 목표대로 동포들의 양민 학살을 방지하려면 반드시 돌아와 응징한다는 우리의 경고가 빈말이 아니라는 것을 확실하게 보여주어야만 했다. 그래야 마지막 작전의 대상이었던 이영택 좌수와 홍일만 군수, 박춘성 면장 같은 자들도 나와 한 약조를 저버리지 못할 것이었다.

항일연합포연대의 이름으로 수행한 최종 작전은 절반의 성공이었다. 예방을 위한 응징은 철저하게 완수했지만, 저격여단의 연해주행에 필요한 군자금을 마련하는 데는 실패했다. 상남에서 우리가 수중에 넣은 군자금은 고작 이백팔십원이었다. 연해주에 근거지를 마련하기는커녕 연해주까지 갈 여비조차 빠듯했다. 그렇다고 더 지체할 수도 없었다. 천불산에서 허탕을 친 일본군 참모본부 원정대가 내일이면 우리의 뒤를 바짝 쫓아올 것이 뻔했다.

6

용환이가 저격여단에 합류한 것은 허천강 상류의 밀림에서였다. 녀석은 연락도감 부도주 마영권의 손을 잡고 서 있었다. 지난해 여름 인필골의 고만네에 녀석을 맡겨두고 산으로 들어온 나였다. 녀석은 일 년도 더 지나 만나는 아비의 모습을 낯설어하며 쭈뼛거렸다. 선뜻 내게 다가오지 못하는 용환이 대신 녀석의 옆에 섰던 똘이가 풀쩍풀쩍 뛰며 내게 달려들었다. 진돗개의 혈통이 섞여 귀가 쫑긋한 똘이는 내가 손을 내밀어 앞발을 받아주자 신나서 난리였다. 좋아서 어쩔 줄 모르는 똘이의 앞발을 내려놓고 용환이에게 다가갔다.

녀석은 그새 키가 훌쩍 큰 것 같았다. 나는 무릎을 꿇고 녀석을 품에 안았다. 녀석이 참았던 울음을 터뜨렸다. 나는 어깨를 들썩이며 우는 녀석의 울음이 잦아들기를 기다렸다.

"형은요?"

제 어미의 죽음만 알고 제 형의 최후를 모르는 녀석이었다. 나는 대답 대신 인필골에 살던 시절처럼 녀석을 번쩍 들어 목말을 태우고 껑충껑충 뛰며 장난을 쳤다.

“우리 집사는 그동안 어찌 지냈소?”

나는 눈물을 그친 녀석을 내려놓으며 물었다.

소인은 잘 지냈소이다, 아비는 그동안 어찌 지냈소? 예전 같으면 이렇게 대답이 나와야 했다. 하지만 녀석은 입을 다문 채 고개를 가로저을 뿐이었다. 나는 등에 짊어진 바랑을 벗어 양순이가 남긴 토끼 두 마리를 꺼내 녀석에게 건네주었다.

“우와, 예쁘다.”

“형이 너 주려고 만든 거야.”

“여기 내 이름 있다.”

“그래, 양순이 형이 새긴 거야.”

“이건 엄마 토끼네.”

“그래, 그것도 형이 너한테 주려고 새긴 거야.”

“형은 언제 와?”

나는 차마 양순이가 앞서갔다는 말을 할 수 없었다.

“곧 따라올 거야.”

옆에 섰던 마영권이 눈가를 훔치며 슬며시 돌아섰다. 휴식을 취하며 우리 부자의 재회를 지켜보던 대원들도 눈시울을 붉혔다. 다들 두고 온 부모 형제와 자식, 고향이 떠올랐을 것이다. 허천강에 발을 씻은 대원들이 다시 발감개를 할 동안 나는 용환이가 양순이에 대해 더 묻지 못하도록 이것저것 질문을 했다.

“반아바이가 잘해줬어?”

수경과 앙순이가 일본군에게 잡혀간 다음 혼자가 된 용환이를 지금까지 돌보아준 사람이 얀코프스키의 산채지기 반영감이었다. 안국환이 은밀하게 주을의 관모산으로 용환이를 데려갔고, 얀코프스키의 산채를 지키던 반영감은 두말없이 녀석을 맡아주었다.

"응, 아바지 훌륭한 사람이라고 했어."

"그래?"

"오마니도 훌륭한 사람이라고 했어."

"그렇지. 반아바이는 요즘도 덫 놓아?"

포수가 가장 경멸하는 덫사냥 전문가가 반영감이었다.

"그럼요."

반영감은 나에게 다시는 덫사냥을 하지 않겠다고 맹세했었다.

"노루도 잡아 구워줬어요."

반영감이 내게 한 약속을 알 리 없는 용환이는 자랑스럽게 덧붙였다. 나는 피식 웃고 말았다.

"훌륭하구나."

허천강 맑은 물에 발을 씻고 감발을 한 대원들이 출발 준비를 마쳤다.

"여단 출발!"

재편한 저격여단의 1지대장을 맡은 김용수가 군령을 내렸다. 그 순간 갑자기 용환이가 울음을 터뜨렸다.

"형하고 같이 가야지. 곧 온다고 했잖아."

"곧 뒤따라올 거야."

"싫어. 오마니도 없는데 형 혼자 두고 가면 어떻게 해?"

"다른 아재비들하고 같이 올 거니까 걱정 마."

"싫어. 난 형하고 같이 갈 거야."

녀석의 그 한마디에 대원들은 양순이의 최후를 떠올리며 다시 눈시울을 붉혔다. 용환이는 쉽게 고집을 꺾으려 들지 않았다. 남창일이 억지로 들어올려 목말을 태웠지만 녀석은 목말을 탄 채로 옆에 선 가문비나무를 껴안고 놓지 않았다.

"누굴 닮아서 고집이 이다지 세냐?"

하는 수 없이 녀석을 내려놓은 남창일이 용환이와 나를 번갈아 쳐다보며 웃었다.

"누구 아들인데요, 이 정도 고집은 있어야지요."

남창일의 말을 받은 진포가 용환이를 얼렀다.

"역시 장군감이야. 저격여단의 군령을 멈춰 세운 건 네가 처음이야."

진포가 녀석을 겨우 어르고 달래서 허천강을 건넌 우리는 개마고원 협곡을 따라 행군을 계속했다. 북수백산과 백산, 대덕산, 검덕산으로 이어지는 고산 준봉에 둘러싸인 허천강 유역의 침엽수림 지대는 대낮인데도 저녁처럼 어두컴컴했다. 아직 압록강과 두만강 유역처럼 러시아와 일본의 손을 타지 않은 허천강 유역의 원시림은 하늘이 보이지 않게 울울창창했다. 우리는 척후로 앞서가는 연락도감 대원들이 남긴 표식을 따라 인적을 피해 가며 굽이치는 허천강을 끼고 압록강을 향해 북상했다.

7

우리가 예정한 월경 경로는 허천강 하류에서 평풍봉을 넘어 풍양리에서 압록강을 건너는 것이었다. 허천강이 압록강과 합류하는 지점에 포진한 일본군 수비대를 피해 내리막길을 버리고 평풍봉을 넘은 우리의 진로를 갑자기 바꾸게 만든 것은 정찰을 맡은 연락도감 대원이 가지고 온 정보였다.

"지금 신갈파진에 압록강을 건너려던 조선 동포 백이십여 명이 일본군에게 잡혀 있습니다."

"유민들이야 며칠 괴롭히다가 가진 것을 빼앗고 돌려보내지 않는가?"

"그게 그렇지가 않은 게, 경상도에서 서간도로 가는 의병들의 가족이 많은 모양입니다."

"그래서?"

"내일까지 자복을 하거나 누가 의병 가족인지를 발고하지 않으면 모두 사살한답니다."

백두산에서 발원한 압록강의 상류는 강폭이 좁아 화물선이 오르내리지 못했다. 강폭이 넓어지고 유속도 느려지는 신갈파진이 윤선이 올라올 수 있는 압록강의 최상류였다. 백두산 일대에서 벌채한 목재를 뗏목으로 옮겨 화물선에 선적하는 신갈파진은 뱃사람과 떼꾼, 벌목장 인부, 만주와 조선을 오가는 장사치들로 번성했다. 그 사이로 조선에서 견디지 못해 만주로 떠나는 의병들과 유민들이 섞여들었다.

"일본군은?"

"한 개 중대 병력입니다."

우리의 병력은 적의 절반이었고, 남은 탄환도 얼마 되지 않았다. 신갈파진에서 전투를 벌이면 흔적을 남기지 않고 종적을 감추려 한 우리의 계획도 틀어졌다. 선택의 순간이었다.

"유민들이라 해도 그렇지만 의병들의 가족이 많다지 않습니까. 우리가 구해야지요."

진포였다.

"더구나 갓난아이부터 노인들까지 있다는데, 우리가 외면해서야 되겠소?"

관군에게 아내와 자식을 모두 잃은 남창일이 진포의 말에 찬동하고 나섰다. 대원들의 눈길이 진포와 남창일을 거쳐 지쳐 잠이 든 용환에게로 모아졌다.

"합시다."

1지대장 김용수의 말에 만주의 철도 공사장을 떠돌았던 김창옥과 머슴 출신인 이근욱이 거의 동시에 오른팔을 들었다. 뒤따라 모두 팔을 치켜들었다. 내가 마지막으로 거머쥔 주먹을 천천히 들어올렸다. 그렇게 해서 벌어진 것이 신갈파진 의병 가족 구출작전이었다.

우리는 한 식경 전까지 생각지도 않았던 작전에 돌입했다.

신갈파진으로 가는 행군의 선두는 2지대장 권감찬이 맡았다. 주력 하나는 그를 따를 대원이 없었다. 늘 어려운 일을 찾아가며 하는 이근욱이 나와 번갈아가며 잠든 용환이를 업고 뛰었다.

꿈에도 상상하지 못했던 기습을 당한 적은 참호에 몸을 숨긴 채 기어나올 엄두를 내지 못했다. 두 식경 만에 백이십육 명의 의병 가족을 구출한 우리는 윤선을 타고 압록강을 건넜다. 신갈파진 너머 만주 땅에 발을 디딘 것은 백이십육 명의 의병 가족과 유민들, 용환이, 나를 포함한 저격여단 대원 마흔세 명이었다.

우리가 탄 윤선을 엄호하기 위해 신갈파진에 남았던 두 대원은 뒤늦게 반격에 나선 일본군에 맞서 장렬하게 최후를 마쳤다. 김용수와 이근욱, 나는 또 두 개의 이름을 내 가슴에 새겨넣어야 했다. 1지대장 김용수는 배에 오르기를 거부했다.

"여긴 제가 맡습니다."

작고 다부진 체구에 누구보다 날렵한 김용수는 단호했다. 우리가 탄 윤선을 지키기 위해서였다.

"그럼, 발이 빠른 내가 남겠소."

2지대장인 권감찬이 나섰지만 소용없었다.

"물위를 달리오? 제1지대장인 내가 남습니다. 선임 지대장의 자리를 함부로 넘보지 마시오."

이근욱은 자신의 중대장이었던 김용수가 끝내 배에 오르지 않자 막 출발하는 배에서 뛰어내렸다. 머슴 출신인 이근욱은 항일연합포연대에 들어와서 수포수가 된 세 명의 대원 중 하나였다. 무엇이든 열심히 배웠고, 어렵고 험한 일에 언제나 앞장섰던 그였다.

그해 십일월 이일이었다. 나는 김용수와 이근욱을 두고 떠나온 그날 밤의 압록강을 잊지 못한다.

8

의병 가족들의 목적지는 서간도의 유하현이었다. 갈 곳을 정해두지 않은 유민들도 그들을 따라가겠다고 했다. 북간도를 거쳐 곧장 연해주로 가려던 우리와는 반대 방향이었다. 우리는 고심 끝에 이동 경로를 변경했다. 유하현으로 가는 길목인 통화까지 그들을 데려다주고 길림을 거쳐 연해주로 가는 길을 선택했다. 두만강을 끼고 연해주로 직진하는 것보다 거리가 세 배로 늘어났지만 어쩔 수 없었다.

아이와 노인이 태반인 의병 가족과 유민들의 걸음은 더디고 더뎠다. 걷고 또 걷는데도 거리는 좀처럼 줄어들지 않았다. 늘어나는 이동 시간보다 더 큰 걱정은 줄어드는 군자금이었다. 의병 가족과 유민들의 끼니를 모두 우리의 군자금으로 해결했다. 일본군에게 가진 것을 몽땅 빼앗긴 그들은 돈 한 푼, 양식 한 줌 가진 게 없었다. 산에서 살아온 우리에게 한두 끼 정도 거르는 일은 다반사였고, 행군중에는 두 끼만 먹어도 큰 호사였다. 하지만 아이와 노인, 임산부까지 있는 의병 가족과 유민들의 끼니를 거르게 할 수는 없었다. 그들이 점심을 먹는 동안 대원들은 말라빠진 청미래덩굴 열매를 뜯어먹고 물로 배를 채우며 시간을 때웠다.

"왜 대원들은 먹지 않아예?"

아픈 아이를 등에 업은 여인이 빨간 열매만 소복하게 매달린 겨울 청미래덩굴을 에워싸고 있는 대원들과 자신의 손에 들린 만주 떡을 번갈아 쳐다보며 물었다.

"군자금이……"

만주 떡을 가족들에게 나눠주던 대원의 대답을 진포가 가로챘다.

"우린 원래 행군중에는 한두 끼만 먹어요. 세 끼 먹으면 몸이 무거워서요."

떡을 베어물며 대원들과 나를 번갈아 쳐다보는 여인의 눈빛이 흔들렸다.

"참말로 미안합니데이……"

하루가 다르게 해는 짧아지고 날씨는 나날이 싸늘해졌다. 통화에 도착한 날 저녁에는 눈이 내리고 바람마저 거칠었다.

청나라 말을 몇 마디라도 하는 대원들이 만주족의 집으로 뛰어다니며 잠자리를 얻었다. 아이들과 여인들은 집안에, 우리 대원들과 사내들은 창고와 처마 밑에서 눈을 피했다. 가마니라도 얻어 덮으면 다행이었다. 이집 저집 흩어져 잠을 청하는 동포들과 번을 서는 대원들을 돌아보는 내 마음도 만주의 밤바람처럼 스산했다. 마지막 집을 살펴보고 돌아나오는데 누군가가 불렀다.

"이보라예."

아픈 아이를 업고 온 엄마였다. 아이를 등에 업었다 품에 안았다 하며 열하루를 걸어온 여인의 얼굴은 그사이 반쪽이 되었지만, 강렬한 눈빛만큼은 여전했다.

"목숨을 건져준 것도 고맙고예, 여기까지 데려다준 것도 참말로 고맙지예. 홍장군님이 아니면 우리가 어떻게 살아서 여기까지 올 수 있었겠어예?"

"방금 홍장군이라고 했소?"

우리는 의병대라고만 했을 뿐 내 이름은 물론 부대의 이름도 말한 적이 없었다. 나 또한 그들의 신원을 물은 적이 없었다. 알아서 서로에게 좋을 일이 없었다.

"아니라고 해도 괜찮아예."

"그러는 당신들은 왜 이 고생길에 들어섰소?"

그녀는 말없이 저고리 소매에서 딱지처럼 작게 접힌 신문 한 장을 꺼내 보였다. 나는 전나무 뿌리에 불을 단 등잔 밑으로 가 신문을 차근차근 펼쳤다. 지난달 이십사일자 대한매일신보의 한 면이었다. 제목은 '天日無光(천일무광)'. 하늘의 태양도 빛을 잃었다는 뜻이었다.

> 의병대장 허위씨의 사형을 집행하기 전에 검사가 유언이 있으면 하라고 하자 허위씨는 너무나 태연하게 '나라를 지키려다 불행히 체포되어 사형을 당하게 되었는데 달리 할말이 있을 리 없다'고 한즉, 다시 검사가 시신을 수거할 가족은 있느냐고 묻자 허위씨는 또 이렇게 대답하얏다더라. '죽은 뒤에 시신을 어떻게 하든지 내 어찌 신경쓰리오. 이 형장에서 썩어도 아무 상관 없으니 어서 사형이나 시행하라.'

한양 진공 작전에 실패하고 임진강 유역에서 항전을 계속하던 허위가 지난여름에 체포되었다는 소식은 나도 진작에 들었다. 내게 달음이를 전령으로 보내 참전을 권했던 그는 대한제국의 최고위직을 지낸 드문 의병대장이었다. 자신이 원장을 지냈던 대한제국의 최고재판소, 바로 그 평리원에서 사형선고를 받은 허위의 최후는 참으로 비감했다.

"그래서, 왕산의 시신은 누가 모셨소?"

허위의 이름이 아닌 왕산이란 호를 쓴 것은 그의 장엄한 죽음 앞에 바치는 나의 경의였다. 왕산은 한 번도 권력에 아부하지 않고 대한제국의 최고재판소 원장에 올랐던 인물이었다. 황실의 적폐를 척결하고 국정을 혁파하라는 상소를 거듭했던 그의 주장과 행동은 관직에 들어가기 전이나, 재직할 때나, 물러난 다음이나 조금도 변하지 않았다. 나와 같이 아무 가진 것이 없는 자들, 미관말직 하나 차지하지 못한 유림 양반들이 개혁을 떠들기는 쉬웠다. 하지만 가만히 있기만 해도 재물이 나날이 늘어나고 권세가 저절로 굳건해지는 질서 안에 들어선 자들은 입으로는 그럴싸하게 정의를 주장하면서도 막상 자신에게 털끝만큼이라도 손해가 나는 일에는 나서는 법이 없었다. 참으로 드문 예외가 허위였다.

"어른의 가족들도 모두 도망다니는 신세라, 그 어른의 제자인 박상진씨가 모셨지예."

"박상진이 사람 구실을 하였구료."

"박상진씨를 알아예?"

내게 박상진의 얘기를 해준 것은 내가 떠나보내고 온 도검사 조강록이었다. 나는 한때 공부를 갈망하는 양순이를 조강록이 다녔다는 양정의숙에 보내고 싶어했다. 그걸 눈치챈 조강록은 가끔 양정의숙 얘기를 꺼내곤 했다. 그는 울산 출신으로 일찍이 허위의 문하에서 한학을 익힌 박상진을 양정의숙의 가장 걸출한 수재로 꼽았다.

"허씨 문중의 사람이오, 박씨 문중의 사람이오?"

부르트고 갈라진 그녀의 입술이 파르르 떨렸다. 허위나 박상진의 가문과 관련이 없는 여인이 일본군에게 몸수색을 당하면서도 이 위험한 신문을 간직했을 리 없었다.

"대답하지 않아도 괜찮소."

돌아서려는 내게 그녀가 손을 내밀었다. 그녀가 내 손바닥에 올려놓은 건 금가락지였다.

"우리가 군자금을 보태주지는 몬하고 축만 내서 참말로 미안해예. 왜놈들에게 다 뺏들리고 남은 패물이 이것 하나뿐입니더."

나를 외면하는 그녀의 쪽진 머리가 눈에 들어왔다. 금비녀나 은비녀가 꽂혀 있었을 쪽진 머리에 꽂힌 나뭇가지가 신산했다. 내가 돌려줄 틈도 없이 그녀는 몸을 돌려 방으로 돌아갔다.

다음날 아침, 눈은 그쳤는데 바람은 더 매서웠다. 만주는 어느새 겨울이었다. 밤새 고뿔에 걸린 아이들이 늘었다. 아끼고 아낀 아스피린 가루를 조금씩 나누어주었다.

의병 가족과 유민들은 유하로, 우리는 길림으로 가야 했다. 우리에게 남은 군자금 이십일원을 모두 그들에게 털어주었다. 어느새 우리와 정이 든 아이들이 눈물을 찔끔거렸다. 제 또래의 아이 하나와 어느새 친해진 용환이도 울상이었다.

나는 아픈 아이를 업은 여인에게 마지막 남은 아스피린 가루를 내어주며 인사를 건넸다.

"아이를 잘 키우시오."

열이 오르내리는 아이를 등에 업은 여인은 한참을 머뭇거리다 약을 받았다.

"구국이라예."

갑자기 구국을 말하는 그녀에게 나는 의아한 눈빛을 던졌다. 이마가 반듯한 여인은 등에 업은 아이를 돌아보며 말했다.

"아이의 이름이 구국입니더. 지 아부지가 지어주고 떠난 이름이지예."

"딸이 아니었소?"

"딸은 구국을 몬합니꺼?"

"아니, 그게 아니고…… 흔한 여자 이름은 아니어서……"

나는 하던 말을 얼버무리며 그녀의 등에 업힌 아이에게 작별 인사를 했다.

"구국아, 꼭 나아서 다시 만나자."

나는 아이 엄마의 눈을 피해 끈에 매단 금가락지를 아이의 목에 걸어주었다.

9

돈 한푼 없이 통화에서 길림까지 가는 길은 참으로 비참했다. 열흘을 걸식하며 행군했다. 같은 굶주림도 조국 산천에서와는 달랐다. 아무리 주려도 조선에서 우리는 거지가 아니었다. 하지만 만주 땅을 밟은 지 보름 만에 우리는 거지가 되었다. 대원들에게 미안하고 용환이에게 부끄러웠다. 누구와도 눈을 맞출 수 없었다.

우리가 응징하고 재물을 강탈할 적조차 없는 남의 나라를 까마귀 떼처럼 떠도는 거지가 우리였다. 다만 우리는 다른 거지와 달리 총을 가지고 있었다. 총을 가진 자가 거지 노릇을 면하는 길은 단 하나밖에 없었다. 나는 처음으로 왜 인간의 탈을 쓴 자들이 비적과 마적이 되는지 알 것 같았다. 우리가 한 발짝만 옆으로 발을 옮기면 그들이 가는 길이었다.

"저거 하나만 빼앗아 먹었으면 원이 없겠네."

대원들은 김이 모락모락 나는 만주 떡을 보며 마른침을 삼켰다. 나도 그 떡을 강탈해 대원들과 용환이를 배불리 먹이고 싶은 유혹에 자주 사로잡혔다. 굶어보지 않으면 인생을 모른다는 말이 새삼 뼈를 때렸다. 저들에게는 남아도는 저 먹을거리를 사흘 동안 아무것도 먹지 못한 우리가 빼앗아 먹는 게 과연 죄인가. 당장에라도 저 모든 것을 빼앗을 총이 우리의 어깨에 걸려 있었다. 하지만 나와 마흔두 명의 대원, 용환이는 마적이 아닌 거지로 길림에 도착했다. 비참했다. 그 비참은 기분이 아니었다. 대원들이 살고 죽는 일이었다.

대원 여럿이 앓았다. 다리가 퉁퉁 붓고 열이 났는데 풍토병에 걸린 것인지 얻어먹은 음식이 잘못된 것인지 종잡기 어려웠다. 백무아가 준 만병통치약 아스피린은 의병 가족들에게 다 줘버렸고, 진포의 침으로도 낫지가 않았다.

길림성 외곽의 버려진 집에서 나는 대원 둘을 잃었다. 통화까지 오는 동안 주저앉은 아이들을 가장 많이 업어 날랐던 왕세용은 먹은 것을 다 토해내고 아랫배를 싸안고 뒹굴다 하루를 넘기지 못하고 숨을 거두었다. 그가 토한 것을 살펴보던 진포는 고개를 설레설레 저었다.

"비상을 먹은 것 같아요."

피처럼 새빨갛게 그가 토해놓은 것은 청미래덩굴 열매였다. 만주 사람들은 먹지 않는지, 그걸 먹을 정도로 궁하지 않은지 철 지난 청미래덩굴 열매는 어디서나 흔했다. 말라비틀어져 수분이 없는데다 씨를 뱉고 나면 입안에 남는 것이 거의 없었지만 우리는 그보다 만만한 먹을거리를 찾을 수 없었다.

"조선에서도 덫 사냥꾼들이 청미래덩굴 열매에 비상을 넣어 꿩 사냥을 하잖아요. 꿩고기 좋아하는 만주 사람들이 그런 짓을 안 할 리 없죠."

청미래덩굴 열매의 씨앗을 빼내고 비상을 넣어 매를 독살하는 사냥은 주을의 반노인이 즐기는 사냥법 중 하나였다. 거담제와 학질 치료제로 쓰는 비상은 지독한 독성 때문에 조금만 많이 먹으면 사람은 물론 곰도 쓰러졌다.

온몸이 퍼렇게 부풀어오른 대원 하나는 고통을 참지 못하고 빨리 죽여달라며 비명을 지르다 고개를 꺾었다. 사인을 알 수 없었다.

거지처럼 얻어먹으며 대원 둘을 잇달아 잃은 나는 원조를 청하려고 길림에 사는 조선 사람을 백방으로 수소문했다. 하지만 우리를 찾아온 것은 조선 사람이 아니라 길림성의 관군이었다. 무장한 조선 비적들이 출몰했다는 신고를 받은 그들은 우리를 잡아갔다.

내가 아무리 비적이 아니고 청국의 적인 일본과 싸우는 조선의 의병이라고 설명해도 도무지 믿지 않았다. 길림성의 통사로 나온 조선인도 마찬가지였다. 청나라 말이 조선말처럼 유창한 그는 청국 관헌의 편을 들며 우리를 비적으로 몰아붙였다. 어쩔 수 없이 나는 신분을 밝혔다.

"내가 홍범도요."

하지만 돌아온 건 비웃음이었다.

"그런 소리 하지 마우다. 자기가 홍범도라는 사람이 벌써 열 명도 더 이 길림을 지나갔수다."

"아니오. 이분은 진짜 그 유명한 홍범도 장군이고, 우리는 장군님을 따라 연해주에 무기를 구하러 가는 길이오."

권감찬이 나서 우리가 진짜 홍범도 부대라고 했지만 아무 소용도 없었다.

"무기를 구하러 가는 부대가 돈은 어디에 두고 걸식을 하고 다닌단 말입네?"

"먼저 돈을 가지고 무기를 사러 간 대원들이 연해주에서 기다리고 있소."

"핑계 없는 무덤은 하나도 없단 말입니다."

믿지 않는데야 도리가 없었다. 모두 입을 다물고 있는데 2지대 참모 구근모가 슬며시 나섰다.

"거 우리더러 걸식을 하고 다닌다고 했습네까?"

"아니란 말입네?"

"고조 바로 고거이 우리가 홍범도 부대란 증거외다. 걸식을 할지언정 량민들에게 총을 아이 들이대는 건 우리 홍범도 부대 아이고서는 세상천지에 없단 말입네다."

통사가 구근모의 입을 빤히 쳐다봤다. 나는 구근모의 말이 먹혀든 줄 알았다. 구근모는 그래도 서당에서 소학, 대학이나마 뗀 잔반이었다. 그런데 통사는 엉뚱한 걸 물었다.

"림자, 거 어드메 출신임메?"

"내래, 녕변이외다."

"고래? 녕변 어임메?"

"약산동대 아래 서부동임메."

"햐 이거, 약산의 진달래, 이거 이거, 내래 바로 서부동 아니간. 서부동이면 양반입네다."

"내래 구가, 구근몹네다."

"내래 길가, 길성익이외다."

두 사람은 바로 끌어안을 기세였다. 그들은 곧장 서로의 족보를 들추고 서인, 남인 하며 따지더니 세 다리를 건너가지 않고 두 집안의 혼맥과 서당의 학맥을 찾아내 고구마 덩굴 캐듯이 이름을 캐나갔다.

"진작 왜 말을 아이 했습메."

금방 십년지기는 된 듯이 길림성 성청의 통사 길성익은 구근모를 데리고 유치장을 나갔다. 돌아오는 구근모의 품에는 먹을 것이 한아름 들려 있었다. 모두 구근모의 활약을 치켜세웠다. 나도 그를 치하했다. 하지만 마음 한편은 착잡했다. 쇠락한 양반 하나의 족보가 나와 우리 대원 모두의 능력보다 나았다. 비록 잔반이었지만 구근모는 내가 죽었다 다시 태어나기 전에는 될 길이 없는 양반이었다. 조선의 양반은 조선 땅을 떠나도 양반이었다. 항일연합포연대를 무은 이래 처음으로 양반이 부러웠다.

"나가자요."

두 식경 뒤에 다시 돌아온 길성익의 말에 엉덩이를 떼고 일어선 것은 나뿐이었다. 다른 대원은 아무도 기대앉은 벽에서 등을 떼려고 하지 않았다. 용환이마저 유치장에서 나가기 싫은 표정으로 나를 올려다봤다.

"엎어진 김에 쉬었다 간다는 말도 있잖소. 이왕 들어왔는데 하룻밤이라도 따뜻하게 자고 나갑시다."

남창일의 말에 모두 고개를 끄덕였다. 나가봐야 우리를 기다리는 건 한데나 다름없는 헛간뿐이었다. 유치장이 그보다는 백배 나았다. 유치장에서 자면 내일 아침까지 얻어먹을 것 같기도 했다.

"내래 누추하지만 려관 하나를 얻어두었습네다. 걱정 말고 나가자요."

우리는 구근모의 고향 양반 길성익 덕분에 여관에서 이틀을 쉬며 호사를 누렸다. 국경을 넘은 이래 한 번도 갈아입지 못한 속옷을 벗어 빨래도 했다. 여전히 앓고 있는 대원 넷의 속옷은 나와 지대장 셋이 나누어 빨았다.

온기가 있는 방에서 이틀 밤을 잔 우리에게 다시 작별의 시각이 다가왔다. 우리는 지난밤 전체 군회를 열어 나와 권감찬, 김창옥 그리고 용환이만 연해주로 가고 남은 대원들은 돌아가기로 결정했다. 돈 한푼 없이 마흔 명 넘는 인원이 만주 벌판을 횡단해 연해주로 가는 것은 자살행위나 다름없었다. 이미 대원 둘을 잃은 우리였다. 남은 길이 지나온 길보다 더 끔찍하면 끔찍했지 덜할 리 없었다.

권감찬이 남은 것은 발이 누구보다 빠른데다 러시아말을 할 줄 알았기 때문이었다. 김창옥은 젊고 체력이 좋은데다 단칼을 쓰는 솜씨가 단연 최고였다. 만주 철도 공사장에서 일한 적이 있는 그는 청나라 말을 제법 했다.

나머지 대원은 남창일이 인솔해 왔던 길을 따라 되돌아가기로 했다. 나는 통사 길성익이 마련해준 여비 사십원을 모두 남창일에게 주었다.

"대장, 다시 만나는 겁니다."

진포는 입술을 사려물며 내게 손을 내밀었다.

"그럼, 몸조심하고."

진포는 내 말을 흘려들으며 용환이에게 손을 내밀었다.

"우리, 다시 만나는 거야."

용환이 손을 마주 내밀며 대답했다.

"네, 아즈마이."

"아즈마이 아니고 누나!"

"네, 누나."

남창일은 나에게 먼저 출발하라고 했지만 나는 기어코 그들부터 출발시켰다. 그들을 위한 배려가 아니었다. 내 초라한 뒷모습을 보여주고 싶지 않았다.

서른여덟 명의 대원이 여기까지 온 보람도 없이 두 대원을 낯선 이국땅 언덕에 묻어둔 채 통화로 발길을 돌렸다. 나는 흩날리는 눈을 맞으며 멀어지는 그들의 뒷모습이 시야에서 완전히 사라질 때까지 길림성 성문 앞에 말없이 서 있었다.

10

나와 권감찬, 김창옥, 용환이는 걸식과 굶기를 반복하며 난림창과 우라개, 우수현을 거쳐 아시허까지 걸어갔다. 아시허역에는 만주 대륙과 러시아령 연해주를 오가는 동청철도가 정차했다. 하얼빈의 목단강 근처에 있는 역사를 지키던 러시아 역무원에게 우리는 하나의 목적지를 세 가지로 말했다.

"소왕령."

"쐉청쯔."

"우수리스크."

나와 김창옥, 권감찬이 하는 조선말과 청나라 말, 러시아 말까지 들은 역무원은 손을 내밀었다.

"젠기."

"니히익쏘. 돈 없다구."

권감찬의 말이 끝나기도 전에 역무원은 우리의 가슴을 떠밀었다.

씩씩거리며 물러서는 권감찬과 달리 김창옥은 자신의 배를 두드리며 역무원에게 호소했다.

"우리 이틀 동안 아무것도 못 먹었어. 저거 하나만 줘."

김창옥은 창문 너머로 보이는 난로를 가리켰다. 난로 위에는 주전자와 함께 러시아 흑빵 세 덩이가 보였다. 황금색 견장이 달린 제복을 입은 역무원은 고개를 저었다. 자신의 배를 두드리던 김창옥이 얼른 용환이의 배를 두드리며 불쌍한 표정을 지었다. 역무원의 눈길이 용환이에게 향하자 김창옥은 얼른 난로 위의 빵과 용환이의 입을 번갈아 가리키고 나서 검지를 들어 보였다.

"하나, 하나만."

용환이는 어깨를 더 움츠리고 눈을 깜빡이며 역무원을 바라보았다. 아무도 시키지 않았는데도 용환이는 이런 순간에 자신이 어떻게 해야 하는지 알았다. 통화에서 길림, 길림에서 다시 목단강까지 오는 동안 내가 녀석을 정말 거지로 만들어버린 것만 같아 빈창자가 끌려 올라오는 듯이 쓰라렸다.

김창옥과 용환이의 협동작전은 이번에도 성공이었다. 어깨를 오들오들 떨며 서 있는 용환이를 잠시 애처롭게 내려다보던 역무원이 러시아 흑빵 한 덩이를 가져다주었다. 우리는 추운 대합실에 웅크리고 앉아 권감찬이 '흘레브'라고 알려준 그 흑빵을 뜯어먹었다. 한 조각을 뜯어 입에 넣었지만 목에 넘어가지 않았다. 손을 놓고 있는 나에게 용환이가 흘레브 한 조각을 뜯어 내 입에 억지로 밀어넣었다.

"아바지도 먹어. 먹어야 살아."

내가 거친 먹을거리를 내밀면서 녀석에게 했던 말을 이제 녀석이 나에게 하고 있었다.

"난 목에 걸려서……"

용환이는 역무원에게 가서 손짓 발짓으로 김이 모락모락 피어오르는 더운물을 얻어왔다. 그렇게 이틀 만에 흘레브 한 조각과 따뜻한 물을 얻어먹고 역사를 나섰다.

돈만 있으면 타고 갈 수 있었던 기차가 눈앞에서 멀어져갔다. 우리는 철길을 따라 다시 눈을 맞으며 걷고 또 걸었다. 동청철도 보수공사를 하던 조선인 노동자들을 만난 것은 길림을 떠난 지 엿새 만이었다. 이번에도 김창옥과 용환이의 협동작전은 실패하지 않았다. 조선인 노동자들이 싸온 도시락을 나누어주어 만주에서 처음 간이 맞는 식사를 했다.

러시아령 연해주까지 걸어서 간다는 우리의 얘기를 들은 중년 노동자가 연신 용환이의 머리를 쓰다듬으며 혀를 찼다.

"다 못난 나라, 읎는 조상을 둔 탓이라지만 이 어린것이 무슨 죄래유. 이 엄동설한에……"

옆에 앉은 젊은 노동자가 고개를 설레설레 흔들며 거들었다. 그들은 모두 충청도 당진에서 왔다고 했다.

"그러게유. 소왕령까지는 걸어서 못 가유. 여기서 횡도하자까지 가면, 거기 조선 사람들이 많으니께 차비를 좀 얻어 기차를 타유. 안 그러면 애 잡어유."

"횡도하자까지는 얼마나 걸리오?"

"여기서 철길 따라 가면 백 리 길인데, 지름길로 가면 칠십 리 길이에요."

"그 지름길 좀 알려주시오."

"에이, 그건 안 되여."

중년 노동자가 고개를 저었다.

"삼십 리나 짧은 지름길이 있다면서요?"

"빠르기야 혀. 혀도 그 길로 가다가 마적들에게 당한 사람이 한둘이 아니여."

아무리 거지꼴이 되었지만 마적 따위를 두려워할 우리가 아니었다. 삼십 리면 한나절을 더 걸어야 할 거리였다. 아무것도 빼앗길 게 없는 우리가 두려워할 이유가 없었다. 더구나 일행 중에 여자도 없었다. 우리는 철길을 버리고 그들이 알려준 지름길로 들어섰다.

마적단을 만난 것은 두번째 고갯마루에서였다.

"부준둥."

소총을 겨누며 세 놈이 우리의 앞을 가로막고 섰다. 예상 못했던 일이 아니었기에 나는 태연하게 김창옥에게 물었다.

"뭐라는 거냐?"

"서랍니다."

"섰잖아."

나는 빠르게 주변을 살폈다. 눈에 들어오는 총구만 열다섯이었다. 눈에 보이지 않게 우리를 둘러싼 총구가 몇 개 더 있는지는 알 수 없었다.

"서우쥐치라이."

그중 우두머리로 보이는 가운뎃놈이 우리를 가리키며 총구를 아래위로 흔들었다.

"손 들랍니다."

손을 든 우리를 향해 세 놈이 다가왔다. 우리가 잊은 것이 있었다. 빼앗길 게 있었다. 단총. 총을 빼앗길 수는 없었다. 우두머리로 보이는 가운데 선 마적이 내 허리춤의 단총을 떼어내려는 순간 나는 놈의 소총을 쳐내고 팔을 비틀었다. 거의 동시에 김창옥도 자신의 단총을 떼내려던 마적을 제압했다. 마지막 작전으로 한상두를 처단하면서 나와 손발을 맞춘 김창옥이었다.

"아악."

"으아악."

어깨뼈가 뽑혔을 두 놈이 비명을 질렀다. 우리는 뽑아든 단총을 두 놈의 뒤통수에 들이댔다.

"물러서."

내 말을 받아 김창옥이 소리쳤다.

"투이허우!"

김창옥의 말이 끝나기 전에 뒤에서 용환이의 목소리가 들렸다.

"이거 놔!"

어느새 마적 한 놈이 용환이의 목을 감아쥐고 있었다. 다른 한 놈은 소총으로 용환이의 머리를 겨눴다. 김창옥이 먼저 잡고 있던 놈을 놓아주며 단총을 발 앞으로 던졌다. 나도 어쩔 수 없었다. 꼼짝없이 마적들의 산채로 끌려갔다.

11

마적들의 근거지는 짐작과 달리 번듯했다. 잡아온 사람을 가둬두는 옥사까지 마련되어 있었다. 우리를 옥사에 가둔 놈들은 잔뜩 인상을 쓰며 욕을 퍼부었다. 내게 어깨가 뽑힌 놈은 가뜩이나 험상궂은 얼굴을 일그러뜨리며 마구 소리쳤다.

"저놈이 뭐라는 거냐?"

나는 김창옥에게 물었다.

"내일 아침에 죽일 거니까, 세상에서 마지막 밤이 될 거니까, 실컷 처자랍니다."

실컷 처잘 수가 없었다. 옥사에는 온기라곤 없었다. 흙바닥에 덜덜 떨며 움츠린 용환이의 아랫니와 윗니 부딪치는 소리가 내 귀를 때렸다. 마적들은 덮을 가마니 한 장 주지 않았다. 나는 마고자를 벗고 용환이를 품에 안았다. 벗은 마고자로 녀석의 시린 등을 덮었다. 만주의 밤은 길고 추위는 지독했다.

그래도 오지 않는 아침은 없었다.

"너희 셋은 처단하고, 아이는 돌려보낸다."

꼭지의 머리만 길러 뒤로 땋은 마적단 두령의 목소리는 차분했다. 눈동자도 함부로 굴리지 않았다. 예사롭지 않았다. 어제 우리를 잡아 온 무리의 우두머리도 무뢰배라기보다는 샌님 같아 보이는 그를 몹시 어려워하였다.

"어찌 아무런 죄도 없는 사람의 목숨을 빼앗는단 말이오?"

김창옥이 내 말을 청나라말로 옮겼다.

"우리는 강도가 아니다. 인근의 주민을 보호하고 질서를 지킨다. 다만, 우리가 관리하는 이 산을 통과하는 자들에게 통행세를 받고, 불필요하게 많이 가진 자들의 것을 거두어 나눠 가진다. 사람을 함부로 죽이지도 않는다."

"그런데 어째서 우리를 죽이겠다는 것이오?"

"너희들은 총기를 가지고 다니며 사람을 해쳤다. 저들의 어깨뼈도 부러뜨렸다."

마적단의 두령이 나와 김창옥이 어깨를 뽑아버린 두 놈에게 눈길을 주었다.

"저자들이 먼저 총을 들이댔고, 어깨는 뽑아놓은 것이지 부러뜨린 것이 아니다."

"그게 그것 아니냐?"

"뽑힌 어깨는 바로 맞춰놓을 수 있다."

두령은 물론 어깨가 빠진 자들도 믿지 않는 표정이었다.

"지금 바로 뼈를 맞춰주겠다."

내가 가까이 오라고 손짓을 하자 어깨가 빠진 두 놈은 내가 남은 한쪽 어깨마저 뽑아버리기라도 하는 양 고개를 도리도리 흔들었다.

"거짓말이면?"

마적단의 두령이 물었다.

"두말없이 나를 죽여라."

어깨가 빠진 두 놈이 겁에 질려 내 앞에 드러누웠다. 나는 나한테 당했던 놈부터 몸을 틀지 못하게 내 왼쪽 무릎으로 등을 꽉 찍어누른 채 탈골된 부위를 손으로 눌러 확인한 다음 단박에 어깨뼈를 밀어넣었다.

"으악."

팔을 뽑았을 때보다 더 죽을 듯이 비명을 지르는 놈을 일으켜세워 팔을 들어보라고 했다. 조금 전까지 늘어져 있던 팔이 멀쩡히 올라갔다.

"이놈은 자네가 뽑았으니 자네가 맞춰줘야지?"

나는 남은 한 놈을 가리키며 김창옥에게 물었다. 김창옥은 손을 내저었다.

"아휴. 실수하면 이건데 대장님이 해주세요."

김창옥은 손으로 제 목을 치는 시늉을 하며 고개를 저었다. 나는 지담스님에게 배운 탈골술과 정골술을 김창옥에게 전해주었다. 손이 빠르고 야무진 김창옥은 내게 배운 대로 금방 탈골술은 익혔는데 정골술은 아직 허술했다. 내가 두번째 놈의 어깨도 간단히 맞추어놓자 마적단 두목의 눈빛이 바뀌었다.

"당신들은 무엇을 하는 자들이오?"

"우리는 조선의 포수고, 의병이오."

"정말 그렇다면 총도 제법 쏘겠구려."

마적단 두령은 미심쩍은 눈빛으로 나를 쏘아보았다. 나는 대답 대신 그의 등뒤에 걸린 두 장의 호피를 바라보았다.

"왼쪽의 범을 두령께서 잡고, 오른쪽의 범은 다른 이가 잡은 모양입니다."

"그걸 어떻게 알았소?"

"왼쪽은 일격에 급소를 저격했는데, 오른쪽은 몰사격을 퍼부어 범을 고통스럽게 잡았지 않습니까. 두령 같은 분이 저렇게 잡았을 리는 없지요."

호랑이는 죽으면 가죽을 남기고, 가죽은 탄흔을 남겼다. 마적단 두령은 사뭇 흡족한 표정으로 내게 물었다.

"그걸 아는 것 보니 당신도 예사로운 의병은 아닌 것 같소. 총은 좀 쏠 줄 아오?"

"조금 쏘지요."

"그럼 우리 솜씨나 한번 겨뤄봅시다."

세 발씩 쏘았다. 마적단 두령의 사격 실력은 수포수급 이상이었다. 세 발 모두 표적의 중앙에 들어갔다. 그래도 나에게는 상대가 되지 않았다. 나는 세 발 모두를 그의 탄착점 안에 집어넣었다. 정중앙이었다. 두령은 호쾌하게 웃으며 다시 세 발을 먼저 쏘았다. 권감찬이 내게 한쪽 눈을 껌뻑거리며 눈치를 주었다. 우리를 지켜보고 있는 마적들의 눈이 백 개도 넘었다. 나는 두 발을 그의 탄착점 옆에 심고, 나머지 한 발을 그의 탄착점 바깥으로 내보냈다. 푸근한 결과였다.

"정말 의병이 맞소. 조선 최고의 포수요. 지금까지 나와 겨뤄서 이긴 자는 없었소."

"나도 이기지는 못했소."

"지지도 않았잖소."

"그렇구료. 참으로 반갑소. 우린 막상막하의 동지요."

마적단 두령은 사람을 함부로 죽이고 재물을 약탈하는 비적들과 자기네는 다르다며 손을 내밀었다. 머뭇거리는 내게 그가 덧붙였다.

"우린 정의로운 홍호적이오."

내가 보기에는 여느 마적과 다름없었지만 그의 손을 뿌리칠 수는 없었다. 그는 잡은 내 손을 흔들며 덧붙였다.

"나도 일본과 싸웠고, 싸울 것이오. 내 이름은 정협이오."

마적단 두령 정협이 내게 손을 내밀었다. 산동성 출신의 정협은 구 년 전 벌어진 의화단운동에 참전해 청나라를 삼키려 드는 외세에 맞서 싸웠다고 했다. 부청멸양, 청조를 받들고 외세를 격멸한다는 기치를 들고 서태후와 연합하여 한때 승승장구하다 일본과 독일, 영국을 비롯한 여덟 개국 연합군에게 패퇴한 의화단이었다. 조선의 동학농민군과 닮은 데가 많은 의화단 출신의 마적단 두령 정협은 아주 박식했다.

"의화단의 적은 말이 여덟 개국 연합군이었지 실제는 일본군이었소. 그들이 제일 많은 군대를 파견하고, 가장 앞장서서 의화단을 죽였소. 가장 많이 양민을 능욕하고 약탈한 것도 일본군이었소. 의화단의 대사형이었던 내 아버지도 일본놈의 손에 죽었소. 그러니 일본은 내 철천지원수요."

하마터면 죽을 뻔했던 우리는 그날 진수성찬을 대접받았다. 그런데 내내 굶다가 갑자기 기름기가 철철 흐르는 음식을 잔뜩 먹어서였는지 용환이가 먹은 것을 다 토하고 설사까지 했다. 다음날에는 온몸에 열이 펄펄 나서 사경을 헤맸다. 정협이 청해 온 의원이 침을 놓고 환약을 써서 겨우 목숨을 건졌다. 용환이는 나흘이 지나서야 원기를 회복했다.

정협은 돌아가라고 했는데도 기어코 산마루 너머까지 우리와 동행했다. 그는 산채에서 점점 멀어지는데도 시종 여유롭고 자신만만했다.

"관군이라도 들이닥치면 어쩌려고 이리 멀리 나오시오?"

"관군에 우리 편이 더 많소."

정협은 이 지역의 질서는 자신들이 유지한다고 했다. 자신의 영토였던 연해주를 맥없이 러시아에 떼어주고, 일본과의 전쟁에서 치욕스럽게 패배한 청나라는 이미 나라가 아니었다. 드넓은 대륙을 차지하고 지배하는 것은 각 지역에 할거하는 마적과 군벌들이었다. 군벌과 마적의 차이는 세력의 크고 작음뿐이었다. 청나라가 철도 부설권을 러시아에 넘겨준 북만주 대륙은 청나라의 법도 러시아의 법도 미치지 않는 무법천지였다. 만주에서는 강도떼와 의적을 자처하는 홍호적과 군벌, 청나라의 관헌을 구별하는 것 자체가 불가능했다. 두번째 산마루를 넘어 작별 인사를 하며 정협이 말했다.

"친구와 석별의 정을 나누는 데는 산마루 하나가 필요하오."

"하나가 아니고 둘을 넘었소."

"범도, 우린 친구가 아니고 의형제요. 형제가 석별의 정을 나누는 데는 산마루 두 개가 필요하오."

횡도하자에서는 다행히 유인석의 호좌의진에서 의병을 했다는 사내가 자기 집으로 청해서 압록강을 건넌 이래 처음으로 뜨끈한 온돌방에서 편히 잤다.

"사실, 저는 철원의 마지막 전투에서 도망을 쳤습니다."

지정환이라는 사내는 러시아령 소왕령까지 가는 기차표를 끊어 내 손에 쥐어주며 고개를 떨어뜨렸다. 나는 김수협을 잃었던 호좌의진의 마지막 전투에서 도망쳤다는 사내의 어깨를 두드려주었다.

"살아 있어주어 고맙소. 거기서 죽은 의병들을 잊지 않으리라 믿소."

눈이 펄펄 내리는 십이월 하순, 우리를 태운 기차는 수분하를 지나 국경을 넘었다. 나는 끝없이 이어지는 자작나무숲 사이로 멀어지는 눈 덮인 만주 벌판을 돌아보았다.

러시아령 연해주의 국경도시 소왕령은 온통 하얗게 눈에 덮혀 있었다. 수이푼강변에 있는 소왕령을 청나라 사람들은 쌍성자라고도 불렀다. 러시아 사람들은 니콜스크 우수리스크라고 불렀다. 소왕령에는 조선 사람의 마을이 네 개나 있었다. 우리는 여기서 비로소 거지꼴을 벗었다.

길림을 떠나 연해주까지 오는 동안 내가 겪은 비참은 다시 떠올리고 싶지 않았다. 그것이 나라 없는 백성이 나날이 겪는 삶이었고, 전선을 떠난 저격수의 운명이었으며, 부대를 지키지 못한 총대장에게 내려진 형벌이었다.

13장

연해주의 그들

1

연해주의 심장인 울라지보스토크에 내린 우리 일행을 향해 신문팔이 소년이 다가오며 소리쳤다.

"조선주차군 사령관 본국 소환! 하세가와가 일본으로 쫓겨갔소!"

권감찬이 활판으로 찍은 신문 한 부를 샀다. '대동공보'라는 큼직한 한글 제호를 단 신문의 일면에 조선주차군 사령관 교체 기사가 실려 있었다. 무고한 양민을 학살한 사실이 불란서 신문에 실려 국제적 공분을 불러일으킨 하세가와가 마침내 조선을 떠났다는 내용이었다.

우리가 마지막 작전을 끝내고 퇴각한 태백준령에 뒤늦게 발을 디딘 일본군 참모본부 원정토벌대도 단 한 건의 변변한 전과를 거두지 못하고 철수한 모양이었다. 하세가와의 반대를 물리치고 원정토벌 작전을 밀어붙인 건 육군 장관 데라우치였지만, 그 실패의 책임은 하세가와에게 모두 돌아갔다. 백무아가 예견한 대로였다.

"그 개자식이 가긴 갔네요."

함께 신문을 들여다보던 권감찬이 나를 바라보며 쓴웃음을 지었다. 내 마음도 착잡했다.

내 손으로 하세가와를 제거하지 못한 아쉬움과 그래도 잔악한 그가 조선을 떠났다는 안도감이 교차했다. 하지만 후임 사령관이 그보다 덜 잔인하리라는 보장도 없었다.

나는 다음 면에 실린 사설을 읽었다. 조선주차군 사령관으로 있으면서 사 년 넘게 하세가와가 저지른 악행을 조목조목 비판하는 사설이었다. 사설을 쓴 기자는 '강'으로만 표기되어 있었다.

나는 이튿날 권감찬과 함께 울라지보스토크 시내에 있는 대동공보사로 가 강기자를 찾았다. 대동공보사에 강씨 성을 가진 기자는 없었다. '강'은 대동공보사 주필 이강이었다.

"어제 신문에 쓴 글을 믿고 당신을 만나러 왔소. 우리는 항일연합포연대에서 무기를 사러 왔던 조화여와 김충열을 찾고 있소. 도와주시오."

나는 서릿발같이 준열한 글을 쓴 그에게 말을 돌리지 않았다.

"그 사람들을 찾는 당신들은 누구요?"

이강이 나에게 물었다.

"우리는 그들을 여기로 보냈던 항일연합포연대에서 왔소."

대답하는 나를 바라보던 이강의 눈이 커졌다.

"그럼 혹시 홍범도 장군입니까?"

나는 대답하지 않았고, 그는 더 묻지 않았다. 우리에게 대동공보를 찍는 활판인쇄소를 보여주고 저녁을 대접한 이강은 사흘 뒤 조화여와 김충열이 갇혀 있는 감옥을 알려주었다.

나는 러시아 말을 하는 권감찬을 앞세우고 감옥과 검찰소를 찾아갔지만 아무 소용이 없었다. 내 재주와 능력으로는 조화여와 김충열을 구할 길이 보이지 않았다. 러시아 관헌들이 하는 말은 매번 똑같았다.

"리관리에게 물어보시오."

리관리는 간도 관리사를 지낸 리범윤이었다. 간도의 맹호로 불리던 그의 영향력은 연해주에서도 대단했다. 내가 조화여와 김충열을 울라지보스토크로 보낸 것도 연해주 조선인 사회의 최고 실력자인 리범윤을 믿었기 때문이었다. 고종의 임명장을 들고 간도 관리사로 부임했던 리범윤은 현지에서 조직한 사포대를 이끌고 러일전쟁에 뛰어들어 일본군과 싸웠다. 러시아가 패배한 다음 일본과 청나라의 압력을 받은 고종이 그에게 소환령을 내렸지만, 왕명을 거부한 리범윤은 군사를 이끌고 러시아 군대와 함께 러시아령 연해주로 넘어와 대일 항쟁을 계속했다. 러시아군을 도와 일본과 싸운 리범윤을 러시아도 함부로 하지 못했다. 더구나 법부대신을 지낸 형 리범진이 현직 주러시아 대한제국 공사였다. 만주에서 연해주에 이르는 접경지대에 리범윤이 거느린 의병부대가 몇 개이며 병력이 얼마인지는 아무도 몰랐다. 가장 호쾌한 의병대로 알려진 안중근과 엄인섭 부대도 모두 리범윤의 휘하였다. 무기를 구하려는 나에게 러시아 귀족인 얀코프스키가 추천한 인물 역시 리범윤이었다.

나는 한 달을 울라지보스토크에 머물며 리범윤을 만나려 했다. 하지만 그를 만나기는커녕 그가 있는 곳조차 알기 어려웠다. 이강이 수소문 끝에 리범윤이 소왕령에서 멀지 않은 추풍에 머물고 있다는 사실을 알아내주었다. 나는 용환이를 신한촌에서 하숙을 치는 유수훈의 집에 맡겨두고 추풍으로 향했다.

"어찌해서 대감을 찾아간 조화여와 김충열이 감옥에 가 있는 것입니까?"

나는 여러 말 하지 않고 물었다. 조화여와 김충열은 군자금을 리범윤에게 맡겼는데 무기는 주지 않고 자신들을 일본의 밀정으로 몰아 감옥에 보냈다는 편지를 밖으로 내보냈다. 울라지보스토크에는 홍범도가 보낸 군자금을 리범윤이 자기 부대를 키우는 데 사용했다는 소문이 파다했다. 하지만 리범윤은 모르쇠로 일관했다.

"비새기에 잘못이 있어 그리된 걸로 얼핏 들었소만."

비자를 핑계 대는 리범윤을 나는 뚫어지게 쳐다보았다. 연해주에 러시아 비자를 온전히 갖춘 조선 사람이 대체 몇이나 있을 것인가. 나도 없었다.

"비새기로 감옥에 집어넣자면 온 연해주를 감옥으로 만들어야 하지 않겠습니까."

"그것이야 로씨아 당국이 하는 일이니, 나한테 물을 일이 아니오."

"일본의 밀정으로 몰려 감옥에 갇혀 있다는 그들의 말이 거짓이란 것입니까?"

"그들의 사정을 난들 어찌 알겠소."

"대감님을 믿고 보낸 사람인데, 대감께서 모르신다고 하면 대체 누가 안단 말입니까?"

"지금 나한테 따지는 것이오?"

"네."

리범윤이 나를 노려보았다. 짙고 검은 눈썹이 꿈틀거렸지만 얼굴이 붉으락푸르락하지는 않았다. 듣던 대로 그는 허술한 양반이 아니었다. 미간에 점이 큼직하게 박힌 그의 얼굴을 나는 무표정하게 마주 바라보았다. 팽팽한 침묵을 먼저 깬 것은 리범윤이었다.

"게 누구 없느냐."

실망이었다. 가장 우아한 양반짓이 상것과 말을 섞지 않는 것이었다. 비위가 상한 그가 하인을 불러들여 나 따위는 말을 섞을 상대가 아니라는 것을 일깨워주는 방법은 간단했다.

'이분을 밖으로 뫼시게.'

그 한마디면 되었다. 나는 그가 양반짓을 하기 전에 자리에서 일어섰다.

"피곤한 하인에게 수고를 끼칠 것까지 없습니다."

양반짓을 할 기회를 주지 않으려는 나를 바라보며 그가 빙그레 웃었다.

"성질이 급하시오."

나보다 먼저 방문을 열고 들어선 하인에게 리범윤이 일렀다.

"술상을 내오너라."

겸상으로 대작을 하겠다는 것은 나를 상대로 인정하겠다는 의미였다.

"울라지보스토크의 호사가들이, 리관리가 홍범도의 군자금을 가로채고 심부름 온 부하들을 잡아가뒀다고 하였소?"

술상을 사이에 두고 리범윤이 물었다.

"아니라고 하지 않겠습니다."

"부하들에게 다시 확인해보시오. 그들은 리범윤의 얼굴을 한 번도 본 적이 없을 거요."

"대감께 군자금을 주었다는 그들의 말도 거짓이라는 것입니까?"

"나는 홍대장이 능히 절충대장의 그릇은 넘어서는 인물로 들었소만, 귀가 좀 얇소이다."

절충장군, 그는 추어올리는 말로 했는지 모르지만 나는 비위가 상했다. 무관의 가장 높은 관직인 절충장군이라고 해봐야 정삼품으로 종이품 문관보다 아래여서가 아니었다. 단 한 번도 양반들의 벼슬놀음에 끼어들 생각을 해본 적이 없는 나였다. 이미 무너진 왕조와 함께 사라진 알량한 품계, 그는 그것이 여전히 소중하고 다시 위세를 되찾을 날이 올 것으로 여기는지 몰랐으나 나는 관심 없었다. 아무 반응이 없는 나에게 그가 물었다.

"왕명을 받아 간도의 영유권을 되찾았던 이 리범윤이 고작 그 돈 몇 푼을 탐내 홍대장의 부하를 러시아 것들에게 팔아넘겼을 것 같소? 이 리범윤이 간도 관리사로 어떻게 일해왔는지, 이 리범윤이 지금껏 어떻게 살아왔는지를 알고서 그리 말하는 것이오?"

나는 잠시 혼란스러웠다. 칠 년 전 청나라와 영유권을 다투던 간도에 정착한 우리 농민을 보호하기 위해 고종이 파견한 관리가 리범윤이었다. 간도에 부임한 리범윤은 청나라 관청의 간섭을 차단하고 조선 호적부를 만들어 간도를 조선 행정체계에 편입시켰다. 청나라 관헌의 횡포와 마적들로부터 조선 농민을 보호하기 위해 고종에게 군대를 보내달라는 요청도 했다. 청나라와의 마찰을 두려워한 고종이 군대를 보내주지 않자 리범윤은 장정들을 모아 자위조직인 '사포대'를 편성해 마적을 소탕했다. 간도 관리사 리범윤은 청나라 관헌과 마적들에게 시달리던 조선인들에게 문무를 겸비한 영웅이고 은인이었다.

"아마, 홍대장의 부하들은 리범윤이 아니고 리범윤의 사람이라고 하는 자들에게 그 자금을 넘겨주었을 것이오. 만주와 연해주에 리관리의 사람이라 내세우고 다니며 제 주머니를 불리는 자들은 부지기수요."

그랬을 수도 있을 듯했다. 조화여와 김충열을 직접 만나보지 못한 나는 혼란스러웠다. 만주의 조선 백성을 지킨 관리사 리범윤의 명성은 가난하고 힘없는 북방의 농민들에게 등불 같은 존재였다. 그 등불을 쫓아 두만강을 건너 만주로 간 사람만도 헤아릴 수 없이 많았다.

"우선 한잔하시오."

내가 머뭇거리는 틈을 놓치지 않고 리범윤이 잔을 권하며 물었다.

"그래 홍대장이 원하는 것이 무엇이오?"

"조화여를 보내 사려고 한 기관총과 탄환이지요."

"그럼 우리 의군에 들어오시오. 우리에게 오면 다 있는 것인데 따로 구하려 애쓸 일이 무엇이오."

의군은 리범윤이 거느린 사포대의 다른 이름이었다. 리범윤이 만주와 연해주에 조직한 사포대는 대한의군으로도 불렸다. 줄여서 의군이라 부르기도 했다. 의군으로 들어오라는 리범윤의 말은 자기 밑으로 들어오라는 요구였다.

"고종황제로부터 관리사로 명받은 이 리범윤에게는 황실에 충의를 다할 군사를 모으고 관리할 책무가 있소."

하지만 나는 그의 말이 어딘가 미심쩍었다. 고종으로부터 간도 관리사로 임명받은 것은 맞지만 그 권한이 연해주에 미치는 것이 아닌데다, 고종이 소환령을 내리면서 그에게 주어진 간도 관리사의 권한은 이미 사라졌다. 더구나 이제 일본에 의해 쫓겨난 고종은 왕도 황제도 아니었다. 무엇보다 내 귀에 거슬린 것은 자신을 '나'라고 하지 않고 거듭 '리범윤'이라고 칭하는 말투였다.

"조화여와 김충열이가 나오면 의논해보겠습니다."

대답을 미루고 사랑채를 나서는 내 뒤통수에 대고 리범윤이 말했다.

"홍대장이 이리 걱정을 하니 이 리범윤이 두 사람이 속히 방면될 방도를 알아보겠소."

2

리범윤의 속을 헤아리기 어려웠다. 연해주에서 만난 사람들의 그에 대한 평판은 극과 극이었다. 조선 왕실에 가장 충직하고 백성들에게 선정을 베푸는 관리가 리범윤이라고 칭송하는 사람이 있는가 하면 자신의 세력을 키우는 데 방해가 되는 인물은 누구든 냉혹하게 제거하는 야심가라고 그를 비난하는 사람도 적지 않았다. 오늘 내가 그를 만나 확인한 사실은 하나였다. 조화여와 김충열을 감옥에 집어넣은 것이 그인지 아닌지는 분명치 않았지만, 그들을 감옥에 그냥 내버려둔 것이 그라는 사실만은 분명했다.

리범윤에 대한 궁금증을 풀어준 것은 이튿날 최의관의 집으로 나를 찾아온 안중근이었다.

“리대감이 애국자고, 왕실과 연을 가지고 있는 것도 맞습니다. 연해주에서 의군을 조직한 것도 리대감이고 지난해 우리 부대의 국내진공 작전도 리대감이 뒤를 보아주어서 가능했습니다.”

안중근은 내가 품고 있는 의구심을 곧바로 파악하고 간명하게 말했다.

"그럼, 안대장도 리대감의 사람이오?"

"그런 셈이지요. 제가 명색이 리대감 의군의 우영장이니까요. 지금 내게 남은 부대는 없지만 말입니다."

"부대가 없다니오?"

"홍대장님과 연합작전을 펼치기로 한 지난해 여름 작전에서 우리 부대는 완전히 괴멸당했습니다."

우리의 연합작전 정보가 하세가와에게 완전히 넘어가 내 아들 양순이가 이끌던 청년중대가 포위망에 갇힌 그 시각에 안중근의 부대도 두만강 강변의 영산에서 적의 매복에 걸려 치명상을 입은 것이었다.

"포시예트항에서 뗏목을 타고 핫산강을 건너 경흥군의 홍의동에 있는 일본군 수비대를 칠 때까지는 좋았습니다. 우리 부대의 단독 작전이었던 거기까지는 괜찮았는데, 연합작전에 참여한 의군들이 집결하기로 한 회령을 눈앞에 두고 영산에서 박살이 났지요. 그 작전에는 엄인섭이 이끄는 부대와 김팔균이 이끄는 부대, 신형우, 고한수가 이끄는 부대까지 다섯 개의 부대가 각기 다른 방면에서 회령으로 진격했는데 작전대로 이동한 부대는 다 당했습니다."

회령에서 간신히 살아나온 안중근은 밀림을 헤치고 걸어서 연추로 돌아왔다고 했다.

"장맛비는 또 왜 그렇게 지겹게 내리던지. 보름 동안 단 두 끼를 얻어먹고, 뼈만 남은 귀신이 되어 연추로 돌아왔을 때 아무도 저를 알아보지 못했습니다."

나는 양순이를 묻었던 지난해 여름의 무더위와 장마가 떠올랐다. 안중근도 지금이니까 웃으며 작년 얘기를 할 수 있었을 터였다.

"리대감이 뭐라고 하던가요?"

콧수염이 늠름한 안중근이 내게 물었다.

"무장은 갖춰져 있으니까 의군에 들어오라고 하였소. 울라지보스토크 감옥에 있는 두 사람의 방면을 위해 손을 써보겠다고도 했는데, 그게 내가 자기의 밑으로 들어가는 것이 조건인지 아닌지는 모르겠소."

"들어가시지요."

"들어가라니, 리범윤 의군의 우영장이라고 하지 않았소?"

"제가 의군의 우영장, 참모중장이지요. 허나 전 이제 단독 작전에 나설 작정입니다. 홍대장님이 들어가면 리대감이 매우 반길 것입니다."

나는 고개를 저었다.

"왜 싫다는 것입니까?"

안중근이 곧바로 내게 물었다. 그의 별명이 왜 번개인지 알 것 같았다. 안중근은 말을 돌리거나 뜸을 들이는 법이 없었다. 그의 사격술도 번개처럼 빠른 것으로 소문이 자자했다. 나는 안중근에게 되물었다.

"밀정이 누구인지는 찾아냈소?"

안중근은 고개를 저었다. 해가 바뀌도록 밀정을 밝혀내지 못했다는 것은 의외였다. 습격을 주전술로 하는 유격대의 생명은 기밀성과 기동성이었다. 기밀이 보장되지 않는 기동성은 아무런 소용이 없었다.

"밀정을 안에 둔 양반들의 부대에 들어갈 생각은 없소."

리범윤이 왜 자신의 거처를 숨기고 자주 바꾸는지 충분히 짐작이 갔다. 연해주 의군의 핵심부에서 여전히 암약하고 있을 밀정은 울라지보스토크를 거쳐 추풍으로 온 나의 행적도 이미 파악했을 터였다.

"연해주에서 무언가를 도모하려면 어차피 두 사람 중 한 사람의 도움을 받을 수밖에 없습니다."

"두 사람이라면, 리대감 말고 다른 사람이 또 있다는 거요?"

내가 묻자, 안중근은 벽에 걸린 초상화로 시선을 돌렸다. 내가 머무르는 이 집의 주인은 추풍에서 농장을 제법 크게 하는 최의관이었다.

"저분을 모르세요?"

최의관의 집 사랑에 걸린 초상화는 눈에 익은 것이었다. 안중근보다 콧수염을 조금 더 길게 길러 끝을 치켜올리고, 깃을 세운 하얀 셔츠에 넥타이를 맨 인물이 우리를 내려다보았다. 내가 들른 집 중에서 저 초상화가 걸려 있지 않았던 집은 리범윤이 머무르는 러시아식 이층 가옥뿐이었다.

"페티카요. 리대감이 도무지 내키지 않으면 페티카를 만나보시지요."

3

나는 리범윤의 밑으로 들어가지 않았고, 리범윤은 조화여와 김충열을 빼내주지 않았다. 연해주의 봄은 짧았다. 어느새 여름이 왔고, 추풍의 산야는 온통 파랗게 변했다. 최의관의 농장으로 올라오는 언덕길도 녹음으로 우거졌다. 나는 경비견 세 마리가 달려내려가는 언덕길을 굽어보았다.

언덕길 아래로 모습을 드러낸 사람은 셋이었다. 시베리안허스키가 맹렬하게 으르렁대는 것으로 보아 낯선 손님이 오는 모양이었다. 최의관을 따라온 사람은 안중근과 엄인섭이었다. 시베리안허스키들은 주인인 최의관과 안중근에게 꼬리를 치면서도 뒤에 선 엄인섭을 향해서는 여전히 으르렁댔다.

"애들은 왜 나한테만 이럽니까?"

엄인섭은 옆에 선 안중근을 바라보며 억울하다는 표정을 지었다. 경비견들은 안중근보다 자주는 아니더라도 가끔 들르는 엄인섭에게 이상하게 적의를 드러냈다.

"얘들은 마음씨가 나쁜 사람에게만 짖는다오. 보시오, 나한테는 짖지 않지 않소."

안중근이 엄인섭을 놀렸다.

"제가 이거 아무래도 사람을 잘못 소개한 것 같습니다."

엄인섭이 안중근을 흘겨보며 내게 말했다. 안중근보다 나를 먼저 찾아온 사람이 엄인섭이었고, 안중근을 데려와 인사를 시킨 것도 엄인섭이었다.

"이 동무는 도통 위아래가 없단 말입니다."

두 사람은 서로 너나들이를 하며 동무로 지냈지만 엄인섭이 네 살 위였다. 안중근은 엄인섭의 말을 못 들은 양 농장을 에워싼 산을 둘러보며 말했다.

"범 사냥이나 가시지요."

범 사냥 가자는 말은 그가 올 때마다 나에게 하는 인사였다. 그는 내가 가장 기다리는 방문객이었고, 그도 나와 함께 산을 타고 다니며 시간을 보내는 걸 즐겼다.

"범을 손으로 잡을 작정이오?"

나는 그의 빈 어깨에 눈길을 주며 물었다. 오늘은 늘 메고 오던 소총이 보이지 않았다.

"이걸 가지고 왔지요."

안중근이 웃으며 저고리 안에서 단총을 꺼냈다. 위로 치켜올라간 그의 콧수염이 눈보다 먼저 웃었다.

"단총으로 범을 잡는다? 예사 범이 아닌 모양이오."

나는 경비견을 한 마리씩 차례로 쓰다듬어주며 따라오지 말고 자리를 지키라고 일렀다.

"자, 그럼 내가 다녀올 동안 경비를 잘 부탁하오."

최의관의 농장에 출몰하는 맹수와 너구리들로부터 닭을 지켜주고 밥을 얻어먹는 식객으로 되어 있는 나는 녀석들의 대장이었다. 영민한 시베리안허스키는 대장의 지시를 잘 따랐다. 나는 어깨에 멘 베르단 소총을 바로잡으며 앞장섰다.

"지난봄에 담근 두견주는 넉넉하게 챙겨왔소."

최의관이 어깨에 멘 바랑을 돌아보며 안중근과 함께 따라왔다. 봄철 진달래꽃을 말려 담근 두견주는 고향을 떠나온 조선 사람들이 향수를 달래며 마시는 술이었다.

안중근이 가지고 온 단총은 38구경 리볼버였다. 38구경 리볼버는 미국에 갔던 백무아가 내게 가져다준 기종이었다. 단총을 들고 사냥에 나서는 멍청한 포수는 없었다. 안중근은 단총을 연습하러 온 것이었다.

붉은사슴을 발견한 나는 안중근에게 선방권을 주었다. 안중근이 발사한 리볼버 탄환 두 발은 완전히 빗나갔다. 당연했다. 움직이는 표적을 대상으로 단총의 사격 감각을 익히라고 내준 선방권이었다. 나는 일격으로 체장이 육 척이나 되는 붉은사슴을 주저앉혔다. 안중근도 소총이었다면 마찬가지였을 것이다. 내가 오기 전까지 연해주 최고의 명사수로 꼽힌 안중근이었다.

"일격으로 끝내야 하는 범 사냥인데 말입니다."

열다섯 보 앞에서 발사한 여섯 발 중에 세 발을 표적에 집어넣은 안중근은 낙담했다. 총신을 꺾어 회전식 약실에 장전을 마친 그는 스무 보 앞에서 다시 여섯 발을 쏘았다. 표적은 열다섯 보 앞에서와 마찬가지로 장정의 상체 형상이었다. 표적에 들어간 것은 여섯 발 중 단 한 발이었다. 처음 잡은 리볼버로는 이 정도 명중률도 대단한 것이었다.

"꼭 단총으로 잡아야 하는 범이오?"

"네."

나는 고개를 저었다. 단총은 표적이 조금만 멀어져도 파괴력뿐만 아니라 명중률도 급격히 떨어졌다. 더구나 회전식 약실이 총열과 분리된 리볼버는 발사 순간의 반동을 제어하기가 다른 단총보다 훨씬 까다로웠다. 격발 순간에 총구가 튀어오르는 반동을 제어하려고 리볼버의 총신을 감싸쥐었다가는 실린더 틈새로 터져나온 가스와 화약 조각에 손가락이 날아가버릴 수도 있었다.

"오소리라면 몰라도 범을 잡으려면 리볼버로는 어렵소."

나는 리볼버를 쥔 오른손 위에 얹힌 안중근의 왼손을 내려다봤다. 새끼손가락과 길이가 같은 약지가 눈에 들어왔다. 나는 옆에 선 최의관의 왼손으로 눈길을 옮겼다. 그의 약지도 새끼손가락과 길이가 같았다. 잘라낸 약지에서 흘러나온 피로 '대한독립' 네 글자를 태극기에 쓴 그들이 정한 제1과업이 대한의 원수 이토 히로부미와 하세가와 요시미치의 처단이었다. 삼 년 안에 그들을 처단치 못하면 자결로 동포에게 사죄할 것을 태극기에 뿌린 피로 맹세한 그들이었다.

안중근이 십일 인 맹원의 동의를 받았다며 무명지를 자르지 않은 나에게 그들의 비밀을 공유한 것은 지난봄이었다. 나는 비밀을 알았으니 나도 무명지를 잘라야겠다고 했다. 안중근은 빙그레 웃으며 대답했다.

"대장님은 예비대로 남겨두겠습니다."

"나도 총은 좀 쏘는데, 본대에 들어가기에는 자격이 도저히 모자라오?"

"모자라서가 아니고, 제가 천주쟁이지 않습니까. 천주께서 산정에 올라 밤새 기도하시고 열두 제자를 불러 하늘의 뜻을 온 세상에 전할 사도가 되라 명하셨습니다. 십이는 하늘과 땅을 잇는 완전수여서 여기에 하나를 더할 수도 뺄 수도 없습니다."

"내 얼핏 듣기로 열두 제자 중에 배반자도 하나 있다던데?"

"은화 삼십전에 천주를 배반한 유다가 종국에는 어찌되었습니까. 후회하며 돈을 돌려주고 목을 매 죽지 않았습니까."

같은 대답일 텐데, 최의관은 고개를 끄덕이고 엄인섭은 고개를 가로저었다. 사람은 같은 뜻을 이렇게 반대로 표시하는 수도 있구나, 하며 나는 안중근에게 물었다.

"그러니 미리 하나를 보충해두는 것이 어떻소?"

"저희가 장군께 우리의 맹약과 비밀을 공유한 이유를 모르셨습니까. 우리 모두 실패한다고 해도 능히 혼자서라도 우리의 뜻을 이뤄내고야 말 단 한 사람의 예비대는 남겨두어야 하지 않겠습니까."

안중근이 단총을 꺼내 보이는 순간 나는 이미 그가 기어코 단독 작전에 착수했음을 직감했다. 단총 저격은 근접전이었다. 몸을 빼서 살아 돌아오기 어려운 작전이었다. 그런데도 안중근은 태연자약했다. 선비 출신의 천주쟁이라고는 믿기지 않는 배포였다.

"남은 범 하나도 바다 건너 갔다고 들었는데, 사냥감이 남았소?"

일본 총리를 네 번이나 역임하고 조선 통감을 맡아 대륙 침략을 진두지휘하던 이토 히로부미가 하세가와에 이어 일본으로 소환당한 것은 지난달이었다. 추밀원 원장으로 자리를 옮기는 모양을 갖췄지만 2선으로 밀려난 것이었다. 추밀원은 실권이 없는 이름만 거창한 천황의 자문기관이었다.

"우리로 들어간 줄 알았던 그 늙은 범이 다시 기어나오는 모양입니다."

"다시 조선으로 돌아온다는 것이오? 조선 통감은 그의 수족인 소네 아라스케에게 넘어가지 않았소."

이토에 이어 조선 통감 자리를 물려받은 것은 데라우치도 하세가와도 아닌 이토가 부통감으로 데리고 있던 소네 아라스케였다. 데라우치와 하세가와가 다투는 틈바구니에서 소네 아라스케가 어부지리로 2대 통감이 된 것이었다.

"이번에는 그 늙은 범이 만주와 연해주까지 먹어치우려 드는 모양입니다. 그러면 우리가 설 땅은 어디에 남겠습니까."

안중근이 잡으려는 범은 분명했다. 말하지 않는 것은 묻지 않는 것이 비밀결사의 철칙이기에 나는 에둘러 물었다.

"범 사냥이 오래 남았소?"

"첫눈이 오기 전에는 끝내야지요."

가을이 가기 전에 실행한다면 리볼버를 익힐 시간으로 넉넉지 않았다. 아무리 사격술을 타고난 안중근이라고 해도 총기가 몸의 일부처럼 익숙해지려면 시간이 필요했다. 정확한 조준이 가능한 장총 저격이 아닌 단총은 더욱 그랬다.

"그럼 브라우닝을 쓰는 것이 좋겠소."

"브라우닝이 리볼버와 많이 다릅니까?"

"물론이오."

회전식 약실을 가진 리볼버와 달리 총열이 앞뒤로 왕복하며 격발의 충격을 흡수해내는 브라우닝의 반동은 한 손으로도 너끈히 받아낼 수 있었다. 반동을 한 손으로 받아낼 수 있다는 건 단총 저격에서 대단히 중요했다. 나는 그의 리볼버를 받아들고 표적을 조준했다.

"가늠쇠 위에 표적을 올려두고 조준선을 정렬한 다음 이렇게 팔을 앞으로 쭉 뻗으면, 조준선은 작아지는데 표적은 그 크기 그대로 아니오. 조준의 정확도가 그만큼 올라가는 것이오."

나는 방아쇠를 당겼다.

탕. 탄환은 표적의 심장에 박혔다. 스무 보 앞이었다. 최의관은 입을 벌렸고 안중근은 콧수염이 말려들도록 입술을 꽉 사려물었다. 엄인섭은 눈을 껌뻑였다.

"이건 내가 잘 쏘아서가 아니오. 한 손으로 반동을 받아내려면 이 단총을 신체의 일부로 만들어야 하오. 그러려면 세월이 필요하오."

WFR, WFJ. 백무아가 손잡이 양쪽으로 새겨둔 그 서양 글자가 희미해지도록 내 손아귀에 머문 단총이 리볼버였다.

"브라우닝을 구하시오. 브라우닝은 한두 번만 쏘아보면 한 손으로 얼마든지 반동을 받아낼 수 있소"

반동을 어떻게 받아내느냐에 따라 승부가 갈리는 것이 단총 사격이었다.

"어쩔 수 없이 페티카를 만나야겠군요."

안중근은 내가 돌려주는 리볼버를 받아들며 물었다.

"페티카를 만나보셨습니까?"

나는 고개를 저었다.

"오늘 저와 같이 가시죠."

"오늘 당장 말이오?"

"오늘밤에 하면 될 일을 내일로 미룰 이유가 뭐란 말입니까."

안중근이 괜히 번개라는 별명을 얻은 게 아니었다.

"저는 브라우닝이 필요하고, 대장님은 부하들을 옥에서 꺼내야 하지 않습니까. 리대감 밑으로 들어가기 싫으시면 페티카에게 부탁하는 수밖에 없다고 하지 않았습니까?"

안중근은 내 대답을 듣지 않고 엄인섭에게 물었다.

"엄대장도 같이 가시겠소?"

엄인섭은 고개를 저었다.

"그래도 외삼촌이지 않소?"

"나는 페티카에게 부탁할 것이 없소."

나는 페티카가 엄인섭의 외숙부라는 사실을 처음 알았다.

4

안중근을 따라 페티카의 러시아식 저택에 도착한 것은 해질녘이었다. 감색 벽돌로 지은 본채는 중후하고 회색 벽돌로 지은 별채는 소박했다. 본채의 가파른 지붕 중간에 뚫린 삼각형 창문 세 개에 불이 들어왔다. 별채에는 없는 지붕의 창문에서 새어나온 불빛이 땅거미가 지는 정원을 비췄다.

정원을 가로질러 걸어오는 페티카를 라이카 두 마리가 양쪽에서 호위했다. 늑대처럼 깊고 평평한 근육질의 가슴을 가진 라이카는 얀코프스키가 아끼던 사냥견과 같은 품종이었다. 새하얀 인중 아래와 가슴을 제외한 몸 전체가 진회색인 씨비리 사냥개 라이카는 지능이 뛰어나고 민첩했으며 충성심도 강했다.

"오늘은 어쩐 일로 이 녀석들이 짖질 않습니다."

진회색 꼬리를 흔들며 나를 탐색하는 라이카 두 마리의 귀는 짧고 쫑긋했다. 창문을 밝힌 불빛을 등지고 있어서인지 녀석들의 눈빛은 늑대와 더욱 흡사했다.

"귀한 손님을 모셔온 줄 아나봅니다. 여긴 홍범……"

"반갑소, 홍장군. 최재형이오."

나를 소개하는 안중근의 말이 끝나기 전에 페티카가 내게 손을 내밀었다. 작은 키에 어깨가 넓은 그는 초상화로 보아와서인지 낯설게 느껴지지 않았다. 그는 자신을 페티카라고 하지 않고 최재형이라고 했다. 연해주의 사람들은 아무도 그를 최재형이라고 부르지 않았다. 연해주에서 도헌을 지낸 페티카를 어쩌다 최도헌으로 부르는 사람은 있었다. 도헌은 러시아 지역 행정단위의 막강한 권력자였다. 나는 목례를 하며 그에게 마주 손을 내밀었다.

"어떻게 아셨습니까?"

내가 묻고 싶었던 걸 안중근이 물었다. 그는 나를 탐색하고 있는 두 마리의 라이카를 내려다보며 대답했다.

"이 녀석들도 알아보는 홍장군을 나라고 못 알아보겠소."

그가 데리고 들어간 일층 거실은 요란하지 않았다. 정면에 보이는 넓은 벽면 가운데에는 러시아 황제의 초상화가 걸려 있었다. 그 옆의 벽면은 페티카의 초상화와 가족사진, 훈장들로 장식되어 있었다. 페티카와 아내, 아들 둘, 딸 다섯이 함께 찍은 사진은 거실을 환하게 만들 만큼 모두 표정이 밝았다.

"저녁을 준비하려면 시간이 조금 걸릴 텐데, 차를 한잔 하겠소? 아니면 술을 한잔 하겠소?"

번개 안중근이 바로 대답했다.

"그야 당연히 술이죠."

"좋소. 내 아무래도 안대장의 다른 부탁은 들어주지 못할 듯한데 술이라도 양껏 대접해야지 않겠소."

페티카는 우리가 온 용무를 알고 있다는 듯이 웃으며 미리 선을 그었다. 어려운 부탁을 불쾌하지 않게 거절하는 방법을 터득하고 있는 사람처럼 보였다.

"제가 무슨 부탁을 할 줄 알고 그러십니까?"

"안대장이 하려는 일이 언제 여러 가지였소?"

집안일을 하는 처녀가 술상을 준비하는 동안 나는 벽에 붙은 사진을 구경했다. 내 눈길을 붙잡은 건 러시아 황제를 알현하는 페티카의 사진이 아니었다. 교실에서 찍은 단체사진 한 장 앞에서 나는 발을 멈췄다. 사진 속에는 러시아 아이들 사이에 낀 키 작은 조선 아이 하나가 있었다. 나는 그 아이의 눈빛에서 눈길을 떼지 못했다. 그 사내아이의 눈빛은 서양 유학을 꿈꾸던 차이경과 원산학사로 공부하러 떠나던 내 아들 양순이의 눈빛에 닿아 있었다.

"별스럽지도 않은 사진을 뭘 그렇게 뚫어지게 바라보시오?"

나는 복잡한 내 시선을 들키고 싶지 않아 그를 돌아보지 않고 되물었다.

"이 아이가 큰아들인가요?"

"아니오. 나요."

"아, 로씨아 학교를 다녔습니까?"

"내가 아마 로씨아 학교에 다닌 첫 조선 아이였을 거요."

페티카의 고향은 함경북도였다. 우리는 서로의 나이와 고향을 따져보았다. 나이는 페티카가 나보다 여덟 살 위였다. 안중근은 나보다 열한 살 아래였다. 고향도 페티카는 함경도 경원이고 나는 평안도 평양, 안중근은 황해도 해주로 모두 달랐다. 페티카의 아버지는 노비였고 내 아버지는 상민이었으며 안중근의 아버지는 양반이었다. 식탁에 앉은 페티카가 나와 안중근의 잔에 보드카를 채웠다.

"세상이 나빠지기만 한 것은 아닌 모양이오. 이렇게 노비의 자식과 상민의 자식, 양반의 자식이 마주앉아 대작하는 시절이 되다니 말이오."

내가 태어난 이듬해, 아홉 살이었던 페티카는 가족들과 함께 살길을 찾아 연해주로 도망쳐왔다고 했다. 두만강을 넘은 그의 가족은 핫산 티진헤에 움막을 짓고 버려진 황무지를 개간했다. 할아버지와 부모, 누나는 물론 어린 동생들까지 매일 나무를 캐내고 돌을 주워내며 밭을 일구었다. 조선인 최초로 러시아 학교에 들어간 그도 학교에서 돌아오면 어두워질 때까지 일했다. 종일 온 식구가 일했지만 흉작이 이어졌다. 그는 열한 살에 가출했다. 그렇게 살아서는 노비로 살아온 할아버지와 아버지보다 낫게 살 수 없다는 것이 너무나 자명해서였다. 입 하나를 줄여주는 것만으로도 가족의 부담을 덜어주는 효도였기에 그는 망설이지 않았다. 가출한 그는 외항선을 타고 떠돌아다니며 온 세상을 구경하고 싶었다.

무작정 외항선이 정박하는 포시예트 항구로 찾아간 그를 받아주는 배는 없었다. 굶주림에 지쳐 쓰러진 그를 업어다 길러준 사람이 러시아인 선장 표트르 세묘노비치였다. 그는 세계를 누비는 세묘노비치 선장을 따라다니며 세상의 흐름과 물정에 눈떴다. 세묘노비치의 부인은 배에서 내린 그에게 러시아어를 가르치고 고등실업학교에 보내주었다. 러시아정교회에 입문한 그는 세묘노비치 부부의 양자가 되어 러시아 국적을 얻었다.

"그래서 이름이 페티카가 된 것이군요?"

"내 로씨아 이름은 표트르 세묘노비치 2세요."

"그런데 왜 사람들이 페티카라고 부릅니까?"

페티카는 대답 대신 웃으며 안중근을 바라보았고, 안중근은 옆에 붙은 벽난로를 가리켰다.

"저기 있잖습니까. 저 벽난로가 페티캅니다. 그걸 여태 몰랐습니까."

한 벽면의 일부로 내장된 러시아의 벽난로는 벽돌이 흡수한 복사열로 집안 전체를 데우는 대용량 난방기였다. 가난한 집에서는 취사용 화덕의 구실도 겸했다. 노비의 아들이었던 그는 어떻게 겨울이 길고도 매서운 연해주에서 조선 사람들의 벽난로가 되었을까.

"운이 좋았소."

페티카는 내가 짐작했던 것보다 훨씬 겸손했다. 사람을 은근히 어르는 한편으로 대놓고 구슬리는 리범윤과는 결이 달랐다. 리범윤이 풍겼던 야심가의 느낌이 페티카에게는 전혀 없었다.

페티카의 첫번째 행운은 울라지보스토크 항만 건설 공사였다. 겨울에 얼지 않는 항만이 없었던 러시아제국의 지상과제는 부동항 건설이었다. 울라지보스토크 부동항과 내륙을 연결하는 씨비리 횡단철도 건설 공사도 이어졌다. 페티카는 이 공사에 뛰어들었고 조선인 노동자들은 일자리를 얻었다. 그는 노동자들에게 따뜻한 잠자리를 제공하고 다른 업자들보다 노임을 후하게 지급했으며 다친 노동자들을 끝까지 보살폈다. 러시아는 물론 청나라와 일본의 노동자까지 동원된 공사장에서 그가 고용한 조선인보다 열심히, 일을 잘하는 노동자는 없었다.

서른의 나이에 연해주 최고의 사업가로 발돋움한 그는 부와 함께 명예와 권력을 얻었다. 부동항 개발에 총력을 기울였던 러시아 황제로부터 다섯 개의 훈장을 받고, 니콜라이 2세의 황제 대관식에 초대받는 중앙권력자의 반열에 올랐다. 러시아어를 자유자재로 구사하는 유일한 조선 출신의 러시아 사업가인 그는 러시아 황실과 관료, 군부의 절대적인 신임을 얻으며 승승장구했다.

러일전쟁은 그에게 두번째 기회였다. 그보다 더 전쟁터가 된 연해주와 조선, 만주의 사정에 밝고 대담한 사업가는 없었다. 전시 군납사업에 뛰어든 그는 러시아 군대에 의복과 식품을 납품하고 연해주의 군사시설 공사를 독점하다시피 했다.

노비의 아들이 이국땅에서 거둔 대단한 성공이었다. 그러나 정말 대단한 것은 그가 혼자 성공하지 않았다는 사실이었다. 그는 자신이 소유한 드넓은 토지를 개간해 부를 독점하는 길을 선택하지 않고 조선 사람들에게 기회를 나누어주었다. 조선에서 온 가난한 농민들에게 선금을 주어 소와 돼지, 닭을 길러 납품하게 길을 열어주었다. 해안가에 사는 조선 어민들에게 연어를 잡아 살과 알을 납품해서 기존의 세 배가 넘는 수입을 올리게 해주었다. 나와 안중근에게 거처를 제공해주는 최의관과 이기태의 농장도 페티카가 뒤를 보아주었다.

조선인 마을마다 학교를 세운 것도 페티카였다. 도헌으로 임명된 그는 연봉 삼천 루블을 모두 연해주의 조선인 학생들을 러시아제국의 수도 상트페테르부르크로 유학 보내는 데 썼다. 연해주에서 직접이든 간접이든 페티카의 온기를 쬐지 않은 조선 사람은 없었다.

5

"단총 몇 자루가 필요합니다."

보드카 한 병이 거의 바닥날 무렵 안중근이 용건을 꺼냈다.

"총보다 펜이 강하단 사람도 있던데, 왜 대동공보 기자 일이 재미없소?"

안중근이 기자로 적을 걸어두고 있는 신문이 대동공보였다. 경영난으로 문을 닫았던 조선어 신문 대동공보를 복간시켜 발행 비용을 모두 대고 있는 것이 페티카라는 것은 나도 알고 있었다.

"어느 쪽이 강한지 한번 시험을 해보려니 단총이 필요합니다."

"단총이고 장총이고, 안대장이 다 가지고 있지 않소?"

안중근이 내게 눈길을 돌리며 저고리 왼쪽을 열어 리볼버를 페티카에게 보여주었다.

"조선 제일의 저격수께서 이걸로는 너구리밖에 못 잡는다고 해서 말입니다."

"안대장, 나는 지금과 같은 무장투쟁에는 협조하지 않겠다고 벌써 공표하지 않았소. 지금 정세가 어떻소? 무장투쟁으로 얻을 득은 별로 없고 실은 분명하오. 러시아가 일본으로부터 얼마나 압력을 받고 있는지 잘 알지 않소? 우리가 계속 일본군을 공격하면 러시아가 더는 견디지 못하고 우리를 탄압할 거란 말이오. 우리의 공격으로 일본이 무너지는 것이 아니라 이 연해주 조선 사람들의 생활 기반이 모두 무너진단 말이오. 그건 곧 조선 독립운동의 연해주 기반이 무너진다는 것이오. 연해주를 지키려면 조직과 교육에 힘쓰면서 기회를 기다려야만 하오."

안중근은 그럴 줄 알았다는 듯이 빙긋이 웃으며 벽에 붙은 페티카를 바라보았다. 연해주 의군의 영수가 리범윤으로 되어 있지만 그 의군을 무장시키고 유지하는 비용의 대부분은 페티카가 댄 것이라고 내게 알려준 것이 안중근이었다.

안중근은 자신의 요청을 거절하는 페티카에게 불쾌한 표정을 짓지도, 따지지도 않고 지나가는 말처럼 한마디 던졌다.

"여름이라 그런가 페티카가 너무 식은 것 같습니다."

"겨울이 오려면 멀었으니, 그 얘기는 그만하고 술이나 드시오. 달랄 때는 언제고 왜 마시지 않소?"

보드카 한 병이 다 빌 동안 정작 안중근은 한 잔도 마시지 않았다.

"전 우리의 과업을 끝내기 전까지는 술을 마시지 않기로 맹세했습니다. 저하고는 더 할 얘기가 없을 것 같으니 이제 두 분이 얘기하시지요."

안중근은 차례를 내게 넘겼고, 페티카는 이번에도 미리 쐐기를 박았다.

"홍장군, 무장투쟁에 관한 이야기라면 하지 않는 것으로 합시다. 정 하시겠다면 그걸 좋아하는 다른 분과 얘기하는 편이 좋을 것 같소. 그거야 제가 어떻게 말리겠소."

"그 다른 분이 리대감입니까?"

페티카는 대답하지 않았다. 그렇다는 뜻이었다. 나는 연해주에 국내 진공 작전을 도모할 무장기지를 만들고 싶다는 얘기는 꺼내지 않았다. 무기와 탄환을 구하려고 어떻게 만주를 횡단해 연해주까지 왔는지도 말하지 않았다. 나는 다만 조화여와 김충열을 꺼내달라는 부탁을 했다.

"그건 하겠소. 조국을 위해 일한 애국자를 밀정으로 몰아 감옥에 가두는 건 옳지 않지."

그는 의외로 시원하게 대답했다. 해보겠다가 아니라 하겠다였다. 리범윤과 같이 내가 자기 밑으로 들어와야 한다는 조건도 달지 않았다.

"고맙습니다. 믿고 기다리겠습니다."

"다른 건 없소?"

"없습니다."

페티카는 가족들의 저녁 식탁에 나와 안중근의 자리를 마련해주었다. 러시아정교회 신도들인 페티카의 가족과 천주쟁이 안중근은 모두 수저를 들기 전에 성호를 그었다. 나는 수저를 든 채 어정쩡하게 그들의 기도가 끝나기를 기다렸다. 식탁에 둘러앉은 두 아들과 네 딸은 모두 밝고 예의발랐다. 큰아들 표트르는 법률을 공부해 아버지와 같은 훌륭한 사업가가 되겠다고 했고, 아홉 살인 파벨은 해군 함장이 되겠다고 했다.

"왜 육군 대장이 아니고 해군 함장이야?"

대한의군의 참모중장답게 안중근이 번개같이 파벨에게 물었다.

"육군으로는 대한 독립 못해요. 함정을 끌고 일본에 쳐들어가 대본영을 쳐부숴야 독립할 수 있어요."

안중근을 따라 나도 박수를 쳤다.

"파벨 함장, 아주 멋져!"

칭찬을 받은 파벨은 방으로 달려가 나무로 만든 모형 함정을 들고 와 자랑했다. 둘째 딸 나데즈다는 가을에 혼례를 치르고 남편과 함께 러시아의 수도 상트페테르부르크로 갈 거라고 했다. 열한 살인 셋째 딸 류보프는 소설가가 꿈이라고 했고, 넷째 딸 소피야는 피아니스트가 되겠다고 했다. 다섯 살짜리 막내딸 올가는 선생님이 되겠다고 했다. 젖먹이 막내아들을 품에 안은 페티카의 아내는 조선의 부잣집 부인들처럼 눈을 내리깔지 않았다.

페티카에게 거절당하고 돌아오면서도 안중근은 어깨를 출렁이며 즐거워했다.

"보기 좋게 거절을 당하고서 뭐가 그리 좋소?"

"거절을 당하다니요. 저야 원래 밑밥이었고 홍장군님의 목적은 완전히 달성하지 않았습니까. 제 부탁을 거절하고 나서 홍장군님의 부탁마저 거절할 재간은 없죠. 하하하."

안중근은 자신이 쓸 단총을 구해야 한다는 구실로 페티카를 찾아간 것처럼 꾸몄지만, 실은 나를 위한 것이었다.

"아, 파벨 그놈 아주 기특하지 않습니까. 대본영을 쳐부순다. 하하."

나는 걸음을 멈추고 창문으로 불빛이 흘러나오는 페티카의 이층 저택을 돌아보았다. 부러운 평화와 따뜻함이었다. 나는 패티카의 가족이 누리는 저 평화롭고 따뜻한 저녁 식탁을 지켜주고 싶었다.

"브라우닝은 어떻게 구하려 하오?"

"다 방법을 생각해뒀으니 아무 걱정 하지 마십시오."

"시간이 없지 않소?"

"제가 안중근, 번갭니다."

6

역시 단거리 저격에는 브라우닝이었다. 총열이 전후로 이동하며 격발하는 브라우닝은 회전식 약실을 가진 리볼버보다 격발 충격이 훨씬 작았다. 사격 감각이 뛰어난 안중근은 세 발째부터 모두 표적에 명중시켰다. 한 손으로 격발 반동을 가뿐하게 받아내며 스무 보 앞에 세워놓은 표적에 네 발의 탄환을 연속으로 박아넣었다. 대단한 솜씨였다.

그가 구해온 브라우닝 단총 두 자루를 익히는 데는 탄창 하나씩으로 충분했다. 훈련용으로 준비한 탄창 세 개 중에서 하나는 쓸 필요도 없었다.

"이거, 이거…… 좋습니다, 이거."

안중근은 어린아이처럼 좋아하며 한 손으로 감아쥔 브라우닝을 내려다보았다.

"어디서 두 정씩이나 살 돈을 구했소?"

"이석산이한테 좀 얻었습니다."

이석산은 안중근과 같은 황해도 출신의 젊은 의병장이었다. 황해도 구월산과 예성강 일대에서 맹활약하다 부하들을 데리고 나보다 먼저 연해주로 건너온 이석산은 힘이 장사였다. 내가 부하들이 먹는 것도 아까워할 만큼 인색하기로 소문난 그를 만난 것은 지난달이었다. 울라지보스토크로 유인석을 찾아가던 길에 만난 이석산은 부하들과 함께 부두에서 막노동을 하며 군자금을 모으고 있었다. 그는 부하들과 하루 두 끼를 먹으며 한 달 동안 일한 노임으로 마련했다는 기관총을 내게 보여주었다.

"이 기관포를 보고 있으면 종일 굶고 일해도 배가 부릅네다."

이석산은 러시아제 기관총을 쓰다듬으며 눈물을 글썽였다. 우박처럼 쏟아지는 적의 기관총탄에 쫓기며 탄환 한 발 남지 않은 빈총을 들고 매 만난 꿩처럼 비참하게 도망다녀보지 않으면 모르는 심정이었다. 그가 부하들을 굶긴다는 소리까지 들어가며 총기를 사들이는 마음을 나는 충분히 알 수 있었다. 한이 맺혀 군자금을 모으는 이석산이 안중근에게라고 쉽사리 군자금을 내놓았을 것 같지 않았다.

"이석산이 어쩐 일로 돈을 내놓았소?"

"좋은 말로 빌려달라고 했는데 듣지 않길래 이걸 들이댔죠."

안중근은 왼손으로 오른쪽 허리춤에 차고 있던 리볼버를 뽑아들었다. 거침이 없는 번개다웠다.

"아무리 그래도 동무한테 그건 너무한 것 아니오. 막무가내로 빌려달라고 할 게 아니라 쓰임을 잘 설명하지 그랬소?"

안중근은 빙그레 웃으며 대답했다.

"제가 왜 그랬는지, 나중에 알게 되겠지요."

의미심장한 웃음 뒤로 감춘 그의 말이 무슨 뜻인지 나는 정확히 알지 못했다. 나중에 그의 거사가 세상에 알려지면 강탈해간 돈의 용도를 이석산이 저절로 알게 될 거라는 뜻으로만 받아들인 나는 말머리를 돌렸다.

"브라우닝이 아무리 좋아도 단총은 단총이오. 장총을 쓰는 것이 어떻소?"

근접 작전을 펼쳐야 하는 단총 저격은 퇴각이 거의 불가능했다. 장총 저격은 퇴각이 가능했다. 나는 이 호쾌한 사나이를 잃고 싶지 않았다.

"장총은 쓰면 장애물이 늘어나고, 그만큼 무고한 희생자가 늘어납니다."

"퇴로는 확보해야 하지 않소?"

"퇴로는 필요치 않습니다."

"수괴 한두 두를 잡는다고 전세가 달라지겠소?"

내 질문이 끝나기 무섭게 안중근이 되물었다.

"왜군 수백 두를 잡으면 전세가 달라집니까?"

나는 말문이 막혔다.

"제가 적의 수괴 한 두를 잡는다고 해서, 장군님께서 일본군 수백, 수천 두를 잡는다고 해서 물러날 일본이 아니겠지요. 그걸 몰라서 우리가 지금까지 싸운 건 아니지 않습니까? 싸우면 어떻게 되는지를 몰라서가 아니라 아무도 싸우지 않으면 어떻게 되는지를 아니까 싸우는 것이지요."

천주쟁이의 번개 입을 이길 재주는 내게 애초에 없었다.

"그래도 혼자 다니면 좀 심심하지 않소. 나와 함께 이 연해주에서 부대를 키워 두만강을 넘나들며 싸우고, 훤칠한 저격수도 넘실넘실 키우면 좀 좋소?"

"그건 장군님이 잘하시는 일이니 장군님이 하십시오. 저는 제가 잘할 수 있는 일을 할 것이고, 우리는 우리가 해야 할 일을 하겠습니다."

안중근은 '우리'라는 말을 하면서 왼손을 슬쩍 들어보였다. 새끼 손가락과 길이가 같은 그의 약지가 멀쩡한 내 왼손 약지를 시리게 했다. 잘라낸 그들의 손가락 한 마디씩을 누가 되돌릴 수 있겠는가.

최의관이 챙겨온 술을 꺼내 한 잔을 숲의 정령에게 흩뿌린 다음 세 개의 잔을 채웠다. 지금까지 술을 입에 대지도 않았던 안중근이 잔을 받아들었다.

"작별주가 될 것 같으니 이 한 잔은 하겠습니다."

우리 셋은 함께 잔을 들었다. 아무도 거창하거나 거룩한 말을 입에 담지 않았다. 안중근과 최의관은 내게 무슨 말이든 해보라는 눈빛을 보냈다.

"무운을 비오."

나는 짧게 한마디만 하고 잔을 비웠다. 안중근은 자신이 말한 대로 한 잔으로 끝냈고, 나와 최의관도 더 마시지 않았다. 오늘 토끼 한 마리도 잡지 않은 우리였다. 농장의 인부들이 실망한다며 안중근이 붉은사슴을 겨눴지만, 최의관이 그의 총구를 걷어냈다.

"오늘은 어떤 피도 안 되오."

최의관은 단호했다. 안중근이 산에서 빈손으로 내려가기는 처음이었다. 최의관은 남은 술을 천천히 사방으로 뿌렸다. 내 눈길은 숲의 정령이 안중근을 지켜주기를 바라는 최의관의 떨리는 손끝에 오래 머물렀다.

안중근이 내게 말을 붙인 건 산골짜기를 거의 빠져나왔을 때였다.

"혹여 섭섭하게 여기실까, 말씀드리면 제가 장군님과 같이하지 않는 건 장군님께도 전혀 도움이 되지 않기 때문이기도 합니다. 제가 함께한다고 하면 아마 그동안 장군님이 애써 모아둔 병력마저 떨어져나갈 겁니다."

"그건 또 무슨 엉뚱한 소리요?"

그의 말을 의례적인 겸양으로 여기고 물었던 것인데 최의관이 대답을 맡고 나섰다.

"평화주의자로 소문이 났는데 못 들으셨나보오."

"동양평화론인가 하는 그것 말이오? 그거야 원래 우리한테 찍소리 하지 말고 평화롭게 자기네의 지배를 받으라고, 이토와 하세가와가 총칼을 들이대며 하던 개수작 아니오."

"그런데 이 대장님께서는 진짜 평화주의를 주창하시는 것으로도 모자라 실행을 해버린단 말이오."

"진짜 평화를 실행하는데 그게 뭐가 문제란 말이오?"

"작년 연합작전에 참여한 부대가 모두 일본군에 당한 건 첩자를 막지 못해서였지만, 유독 우리 안대장 부대가 더 심하게 당한 건 포로들을 풀어준 탓이었소."

최의관은 안중근 부대가 지난해 연합작전에서 포로 여덟 명을 잡왔는데 안중근이 모두 풀어주었다고 했다.

"그럼 포로를 죽인단 말입니까?"

안중근이 아주 진지하게 덧붙였다.

"우리가 만국공법을 어기고 포로를 죽이는 야만을 저질러서야 되겠습니까? 공자님도 하늘에 죄를 지으면 빌 데가 없다고 하였거늘 일본인이라고 해도 일단 무기를 버리고 항복한 포로는 죽여서는 안 되는 것이지요."

"글쎄, 그래서 어떻게 되었소. 그놈들이 일본군 추격대를 끌고 쫓아와서 박살이 난 거잖소. 그런데도 지금까지 만국공법을 내세우니 작년 연합작전에 참전했던 대원들이 하나같이 다시는 안대장하고 같이 안 한다고 손을 내젓는 것 아니오."

최의관은 처음으로 일러바칠 사람을 만났다는 듯이 자기 손을 내저었다.

"헌데 최의관께서는 왜 그런 안대장과 붙어다니오?"

"그야 정이 들다보니까, 그리고 뭐…… 아주 틀린 말은 아니잖소."

나는 웃고 말았다. 그러는 사이에 우리는 최의관의 농장까지 내려왔다. 안중근이 리볼버를 꺼내 총열을 쥐고 내게 손잡이를 내밀었다.

"제가 드리는 마지막 선물입니다."

나는 받지 않았다.

"선물은 이미 페티카에게 받아주지 않았소."

"이건 내가 좀 써야 하는데, 이걸 탐내시는 건 아니시지요?"

안중근은 왼쪽 저고리를 열어 브라우닝을 보여주며 농담을 했다.

“안대장, 리볼버도 꼭 가지고 있어야 하오.”

“이렇게 좋은 브라우닝이 두 정이나 있는데 리볼버가 무슨 필요가 있겠습니까.”

“아니오, 브라우닝의 성능이 뛰어나긴 해도 한 발이 걸리면 그다음 발을 쏠 수가 없소. 하지만 리볼버는 한 발이 걸려도 다음 발을 쏠 수가 있소.”

탄환을 한 발씩 스프링으로 밀어올리는 브라우닝 탄창은 위에서 한 발이 걸리면 나머지 탄환도 올라가지 않는 것이 치명적인 단점이었다. 하지만 탄창이 회전식인 리볼버는 한 발에 문제가 생겨도 탄창을 돌리면 다음 발을 계속해서 발사할 수 있었다.

“단독 저격전에서는 엄호해줄 사람이 없지 않소. 이 리볼버로 비상 상황에 대비해야 하오.”

“조선 제일의 범포께서 그렇다니 그렇게 하겠습니다.”

안중근은 왼손으로 뽑아들었던 리볼버를 자신의 오른쪽 허리춤에 다시 꽂고 돌아섰다. 그것이 그와의 마지막이었다. 스산한 연해주의 가을, 저녁노을을 등지고 그가 내 눈앞에서 멀어져갔다. 노을 사이로 희미해져가는 그의 머리 위로 씨비리에서 날아온 기러기떼가 아직도 낯설기만 한 하늘을 가르고 남으로 날아갔다. ㅅ 자 모양의 안행진을 이룬 기러기떼의 선두처럼 그의 앞과 옆에는 아무도 없을 것이었다. 홀로 가며 홀로 가는 것을 아는 자, 홀로 가는 자를 홀로 가게 하라. 오직 그가 가는 방향이 길이었다. 꺼우꺼우, 검붉은 하늘을 검게 덮으며 남으로 남으로 날아가는 기러기 무리는 선두를 좇아 오늘밤 태백준령을 넘어갈 것이다.

홀로 먼길을 떠나는 안중근을 지켜보는 최의관의 뺨을 타고 눈물이 흘러내렸다. 두 자루의 브라우닝과 한 자루의 리볼버를 품고 떠난 안중근이 오늘밤 어느 지붕 아래 깃들게 될지 나는 알 수 없었다.

7

울라지보스토크에 다녀온 조화여가 나를 보자마자 대동공보를 내밀었다. '안중근, 이등박문을 쏘다.' 시커먼 글자가 내 눈에 가득 들어왔다. 나와 함께 연추에 다녀온 권감찬이 깜짝 놀랐다.

"안대장이 정말 잡았다는 겁니까?"

권감찬이 신문에 코를 박았다.

"이등박문, 이토 히로부미를 말입니까?"

대한의군 참모중장 안중근이 조직한 비밀결사대가 제1호 작전을 깨끗하게 완수한 것이다. 1면과 2면을 몽땅 안중근의 단독 작전으로 채운 대동공보를 읽어내려가는 내 심장이 뜨거워졌다. 안중근은 첫 세 발을 이토 히로부미의 심장과 복부에 잇따라 박아넣었다. 남은 세 발은 이토 히로부미의 수행비서 모리 야스지로와 하얼빈 주재 일본 총영사 가와카미 도시히코, 남만주철도 이사 다나카 세이지로에게 차례로 한 방씩 먹였다.

러시아 의장대 사이로 다가가 순식간에 여섯 발을 명중시킨 안중근이었다. 실전은 훈련과 다르다. 훈련에서 여섯 발을 쏘아 여섯 발을 명중시키는 것은 저격수에게 어렵지 않은 일이다. 하지만 실전에서 여섯 발을 쏘아 여섯 발을 모두 명중시키는 것은 강철 심장을 가진 저격수만 가능하다. 안중근은 조금도 흔들리지 않고 여섯 번에 걸친 브라우닝의 반동을 한 손으로 침착하게 받아낸 것이다.

꼬레아 우라—

안중근은 여섯 발을 명중시킨 다음 권총을 던지고 두 손을 번쩍 들어 만세삼창을 했다. 대한독립 만세. 대동공보의 기사가 맞는다면 안중근은 탄창에 한 발을 남긴 것이었다. 브라우닝의 탄창에는 일곱 발의 탄환이 장전되었다. 안중근은 왜 한 발을 남긴 채 멈춘 것일까. 잡을 적을 다 잡았는데 왜 퇴각을 시도하지 않고 단총을 내려놓았을까.

"산 채로 잡혀 작전의 정당성을 당당하게 세계만방에 알리겠다고 계획했을 거랍니다."

조화여가 새삼 흥분하며 내게 말했다. 그건 나도 몰랐던 사실이었다.

"그걸 자네가 어떻게 아나?"

"대동공보에서 들었습니다."

더 묻지 않아도 안중근의 동지인 대동공보 편집장 이강에게 들었을 것이 분명했다. 이강은 안중근과 가장 가까운 동무 중 하나였다.

"세상이 발칵 뒤집혔답니다. 조선과 일본은 물론, 로씨아와 청국도 온통 난리랍니다. 서양 신문에도 크게 나고요."

일본이 뒤집힌 건 당연했다. 이토 히로부미는 초대 총리를 시작으로 네 차례나 총리를 지낸 현직 추밀원 의장이자 귀족원 의장이었다. 일본의 근대정치 체제를 완성하고 청나라와 러시아, 조선과 전쟁을 벌이며 대륙 침략 정책을 주도해온 그가 청나라와 러시아, 조선 사람들이 공존하는 북만주 장악 공작에 나섰다가 조선 군인에게 사살당한 것이다.

일본의 침략과 핍박에 시달려온 조선 동포를 격동시킨 것은 말할 나위도 없었다. 조선의 국권을 강탈하고 초대 통감으로 군림하며 조선주차군 사령관 하세가와 요시미치를 앞세워 수만 명의 조선인을 참살한 적의 수괴가 이토 히로부미였다. 영국 유학파로 서양에까지 동양의 대표적인 근대 정치가로 널리 이름을 알린 이토 히로부미의 최후는 세계의 이목을 집중시켰다.

> 영국에서 배운 지식으로 조선을 병탄한 일본 침략자가 러시아 재무장관 코콥초프와 회담한 기차에서 내리다 청나라의 하얼빈역에서 대한의군 참모중장 안중근에게 사살당한 이 사건은 오늘날 아세아의 문제를 한눈에 보여주는 상징적인 사건이다.

대동공보 사설의 이 한 문장은 안중근 작전의 배경과 이유, 목적을 모두 설명해주었다. 이 사설은 마치 안중근이 미리 써두고 간 것 같았다. 자기는 자기의 일을 할 테니 나는 나의 일을 하라고 했던 안중근의 목소리가 귓가에 맴돌았다.

나의 일은 무엇인가.

나는 권감찬과 김창옥, 감옥에서 나온 조화여, 김충열과 함께 추풍에 자리를 잡고 소왕령과 울라지보스토크, 연추를 오가며 군자금을 모으려고 밤낮으로 애썼지만 소득은 형편없었다. 페티카가 자신의 이름을 내세워 군자금을 모금하는 일에 협조하지 말라고 대동공보에 공표한 상태에서 내게 돈을 내놓을 재력가는 없었다. 페티카가 겨냥한 것은 리범윤이었지만 연해주의 재력가들에게는 누구에게든 어떤 군자금도 내지 않을 훌륭한 명분이 되어주었다. 그렇다고 리범윤을 따르는 양반들이 나에게 군자금을 나눠줄 리도 없었다.

손에 들었던 대동공보를 내려놓고 등잔불을 껐다. 눈을 감고 누웠는데도 대동공보의 큼직한 글자가 자꾸만 눈앞에 어른거렸다. '안중근, 이등박문을 쏘다.' 밤바람은 쉬지 않고 농막의 허술한 문짝을 흔들었다. 나는 밤이 깊도록 잠들지 못한 채 몸을 뒤척였다. 두만강을 넘고 어느새 한 해가 지나갔다.

그동안 내가 연해주에서 한 일은 조화여와 김충열을 감옥에서 빼내고 나와 함께 싸우겠다는 대원 아흔두 명을 규합한 것이 전부였다. 더 머무른다고 해서 군자금이 나올 구멍이 보이는 것도 아니었다. 차라리 조선으로 돌아가 친일파를 응징하고 군자금을 강탈하는 게 훨씬 쉬운 일 같았다. 죽더라도 조선으로 돌아가 싸우다 죽자. 나는 그렇게 마음먹고 잠을 청했다.

8

이튿날 아침 방문을 열고 나왔을 때 세상은 온통 하얗게 변해 있었다. 첫눈이었다. 골짜기를 타고 불어오는 추풍의 바람은 차고 거셌다. 연해주는 어느새 겨울이었다. 첫눈이 오기 전에 범 사냥을 끝내겠다던 안중근의 목소리가 귓전에 맴돌았다.

권감찬과 김창옥, 조화여, 김충열도 조선으로 돌아가는 것에 찬동했다. 떠나기 전에 그동안 우리와 함께 싸우기로 서약하고 소집령이 떨어지기를 기다리던 대원들에게 우리가 먼저 조선으로 돌아갈 수밖에 없는 사정을 통보해야 했다.

권감찬과 김충열을 소왕령으로 보낸 뒤 나는 조화여와 김창옥을 데리고 울라지보스토크와 수청에 다녀오기로 했다.

우리가 불러줄 날만을 손꼽아 기다리던 청년들의 실망은 이만저만이 아니었지만 어쩔 수 없었다. 사흘 동안 울라지보스토크에서 청년들을 찾아다니며 무기한 소집 연기를 통보한 다음 나는 유인석을 찾아갔다.

"아무리 살펴보아도 제가 연해주에서 할 수 있는 일은 없어 보입니다."

예상했던 대로 유인석은 내가 조선으로 돌아가는 것을 완강하게 반대했다.

"여천이 지금까지 어느 한 사람의 편에 서지 않고 중심을 잘 잡고 견딘 게 얼마나 중요했는지를 몰라서 하는 말이오?"

연해주에서 만난 유인석은 나를 '여천汝千'이라 불렀다. 여천은 나를 다시 만나면 주려고 그가 미리 지어둔 나의 자라고 했다. 유인석은 조선에서처럼 나에게 하대를 하지도 않았다. 그를 따라 연해주로 온 유림 출신의 양반들이 놀란 것은 화서학파의 수장인 그가 상민인 나에게 자를 내려서가 아니라 여汝 자 때문이었다. 나의 자 여천은 유인석의 자인 여성汝聖과 같은 여汝 돌림이었다. 유림은 이를 여성이 나를 자신의 의형제, 아우로 공표한 파격으로 받아들였다. 유인석의 자 여성은 그의 이름 가운데 글자 인麟이 지닌 밝음을 뒷받침하는 '스스로 슬기롭고 뛰어나라'는 뜻이었다. 그 여성이 내게 붙여준 자가 내 이름 가운데 글자 범範이 지닌 빽빽함을 뒷받침하는 여천이었다. 스스로 초목처럼 무성하라.

대답을 않는 내게 여성이 덧붙였다.

"여천, 이제 곧 두 사람이 힘을 합치게 될 것이니 조금만 더 참고 기다려보시오."

여성이 말한 두 사람은 말할 나위도 없이 리범윤과 페티카였다. 그 두 인물 중 어느 쪽에도 서지 않겠다는 나를 가장 지지하고 신뢰를 보내준 사람이 안중근과 유인석이었다.

"지금까지 기다렸지만 달라진 것이 없지 않습니까?"

"이 시기의 중차대함을 직시해야 하오. 나라의 운명이 풍전등화인 이 엄중한 시기에 힘을 하나로 모아야지 여천이 이탈해서는 아니 되오."

"조선이 이 지경이 된 것이 어제오늘의 일은 아니지 않습니까?"

"그렇지가 않소. 한 나라가 지탱되는 것은 다섯 개의 기둥이 있기 때문인데, 마지막 남은 기둥 하나마저 위태로우니 참으로 사태가 중차대하오."

일본이 허울만 남은 대한제국의 현판마저 떼어내 섬나라로 가져가려 한다는 것이야 이미 모르는 사람이 없었다.

"마지막 하나 남은 기둥이라 하심은 무엇을 가리키는 말씀인지요?"

"한 나라를 지탱하는 것은 인의예지신이오. 어질지 않은 정치는 나라를 어지럽게 만들고, 의로움이 없는 정치는 나라를 시끄럽게 만들며, 도리를 모르는 정치는 나라를 기울게 만드는 법이오. 지혜와 능력마저 잃어버린 무능한 정치는 나라를 넘어뜨리오. 하여, 인의예지가 무너진 지금의 조선은 장군의 말대로 이미 넘어졌소이다. 허나, 아직 조선에는 마지막 하나, 신이 남아 있소. 신은 백성들이 서로를 지켜 더불어 다시 일어서려는 믿음의 힘인바, 이 가물거리는 믿음의 마지막 불씨를 우리가 여기서 어떻게든 지켜나가야 하오. 여기에 남은 항일의 마지막 불씨마저 꺼트리면 아니 되오."

나는 아무 대답도 하지 않았다. 환갑이 훨씬 넘도록 전선을 지켜온 노병이 이렇게까지 말하는데 면전에서 따르지 않겠다고 하는 것은 도리가 아니었다. 한때 유림의 거두로 상것을 내려다보던 그의 멸시에 찬 눈빛에 몸서리를 친 나였지만 지금의 그는 그때의 그가 아니었다. 지나간 세월과 함께 그도 변했다. 그리고 무엇보다 을미년에 의병을 일으킨 이래 지금까지 십오 성상을 풍찬노숙하며 한결같이 항전의 일선에서 물러서지 않은 유인석이었다.

"내 가진 게 아무것도 없어 여천에게 줄 수 있는 것이라고는 이것밖에 없소."

유인석은 손수 먹을 갈아 붓을 적셨다.

仁義禮智信. 조금 전에 그가 나라의 다섯 기둥이라고 말한 인의예지신을 써내려가는 그의 손등이 앙상했다. 낱낱의 글자는 부드러웠지만 전체로 보면 강한 힘을 뿜어내는 서체였다. 나는 새삼 내가 머무는 추풍의 농막보다 별로 나을 것이 없는 그의 초라한 거처를 둘러보았다. 조선을 호령하던 화서학파 거두의 서탁 옆에 개켜놓은 얇은 이부자리가 눈에 밟혔다.

'기유년 겨울, 로령에서 여천을 맞아 여성이.'

붓끝을 세워 가늘게 나와 그의 자를 차례로 쓴 유인석이 붓을 내려놓았다.

"글공부를 한 집에 들르면 술 한잔은 내줄지 모르겠소."

인주를 지그시 먹인 낙관을 찍으며 하는 그의 목소리가 흔들렸다. 그는 그걸 들고 유림의 집에 들고 가면 밥 한 끼는 얻어먹을 수 있다는 말을 그렇게 했다. 여성, 유인석. 나는 선명하게 찍힌 피처럼 붉은 두 개의 낙관을 바라보았다.

"마음에 새기고 잘 간직하겠습니다."

나에게 밥 한 끼 사주지 못하는 그의 마음이 나를 쓰라리게 했다.

9

나는 울라지보스토크를 떠나기 전 마지막으로 이석산에게 들렀다.

“듣자하니 큰 강도를 당했다고 하던데 무사하오?”

잠시 흠칫하던 이석산이 시침을 뗐다.

“어떤 놈이 기런 헛소리를 했시까?”

“범 사냥을 떠난 어떤 포수한테 들었던 것도 같은데……”

이석산이 주변에 듣는 사람이 있는지 살피고 나서 목소리를 낮추며 물었다.

“중그니가 그랬시까?”

“돈을 강탈해간 강도가 누군지 벌써 알았던 모양이오?”

“복면을 헌다고 내래 기놈 눈빛을 모르겠시까, 기놈 목소리를 모르겠시까. 총 쥔 자세 하나만 봐도 압네다.”

“그럼 왜 가만히 당했소?”

“완력으로 하면야 기놈이 저한테 되겠시까. 우리 애들 깨워서 쫓아가도 데까닥 잡았습네다…… 기놈이 기럴 때 기럴 만한 이유가 있지 않았겠시까."

"사정이 다급하고, 미안해서 그랬을 것이니 이해하시오."

"장군님은 증말 중그니 기놈이 기래서 제게 총을 들이댔다고 믿으시는 겁네까?"

이석산이 씁쓸하게 웃으며 내게 물었다.

"아니면?"

"저를 지켜주려고 기런 것이갔지요. 기놈의 군자금을 댄 것이 드러나면 제가 어떻게 되갔시까?"

힘만 장사인 줄 알았던 이석산이 나보다 영민했다. 그것은 영민함이 아니라 우정의 깊이와 신뢰의 두께인지도 몰랐다.

"강도를 당한 놈이야 무슨 죄가 있갔시까…… 기런데 기놈은 어더러케 되갔시까?"

"각오를 하지 않고서야 장총이 아닌 단총을 들고 갔겠소."

"모지라는 놈, 기러면 돈이라도 좀 많이 빼어갈 것이지……"

"얼마를 강탈당했소?"

"백원 가지고 갔수다. 기걸로는 단총값밖에 되지 않았을 텐데, 밥이나 제대로 처먹고 다닌 건지 모르겠시다."

연해주를 떠난다는 말을 하지 않고 돌아서는 나에게 이석산이 농담을 했다.

"군자금 없다고 강도하기 없시다. 기놈이니까 봐준 거지, 장군님도 봐주지 않습네다."

"걱정 말고 기관포나 더 장만해서 왜군 잡으러 오시오."

"오라니요, 어데 갑네까?"

의아한 표정으로 나를 바라보는 그에게 웃어 보이며 나는 발걸음을 돌렸다.

수청을 거쳐 추풍으로 돌아왔을 때 뜻밖의 손님이 기다리고 있었다. 소왕령의 청년 사업가 최원세였다. 한양의 동대문시장에서 포목점 점원으로 일하다 연해주로 건너온 최원세는 만주와 연해주를 오가는 국경무역으로 제법 자리를 잡은 청년이었다. 소왕령으로 간 권감찬과 김충열로부터 우리의 귀환 소식을 전해들은 최원세는 만주 출장을 취소하고 달려왔다고 했다.

"이건 아닙니다. 장군님을 빈손으로 조선으로 돌려보내면 조선에 있는 동포들이 연해주에 사는 우리를 사람으로 여기겠습니까. 두 달만 말미를 주시면 제가 얼마라도 무장을 마련해서 돌아갈 수 있도록 모금을 하겠습니다."

10

최원세는 약조한 두 달을 사흘 남겨두고 군자금 사천구백팔십 루블을 모아왔다.

"저는 겁 많은 장사꾼인지라 열심히 사업을 일으켜 군자금을 대겠습니다. 전투에 함께 나서지 않는다고 너무 나무라지는 마십시오."

나는 고개를 저었다.

"전투에 나서지 않겠다니, 그건 안 되오."

짐짓 준엄한 내 말투에 최원세는 얼굴을 붉히며 대꾸를 하지 못했다.

"전투를 해도 아주 치열하게 해야 하오. 최대장은, 사업이 전투요."

나는 그 자리에서 최원세를 보급대장으로 임명했다.

"탄환 한 상자가 우리 대원 열을 지키고, 기관포 한 정이 우리 대원 백을 지키오. 저격수가 아무리 뛰어나고 많은들 총 없고 탄환 떨어지면 무슨 소용이겠소. 최대장은 밤낮없이 사업 전투를 벌여야 하오."

"후방에서 장사나 하는 저에게 그리 말씀해주시니 몸 둘 바를 모르겠습니다."

"후방이 아니고 사업하는 그곳이 바로 최전선이오."

빈말이 아니었다. 나는 남의 주머니에 든 돈을 꺼내는 게 얼마나 어려운지를 연해주에 와서 더 뼈저리게 느꼈다. 최원세가 오천 루블 가까운 군자금을 모으기 위해 겪었을 고생은 보지 않아도 짐작이 되었다.

최원세는 아까와는 다르게 상기된 얼굴로 내게 작별 인사를 했다.

"그럼 저는 먼저 최전선으로 떠나겠습니다."

최원세가 홀연히 떠난 다음 나는 저격여단의 소집령을 내리고 무기 구매에 나섰다. 우리에게 필요한 무장은 소총 일흔여섯 정과 기관포 두 문, 탄환 만오천 발이었다. 저격여단의 대원은 아흔두 명이었고 보유한 총기는 열여섯 정이었다. 권감찬과 김창옥, 조화여와 김충열은 신이 나서 연해주를 날아다니며 대원들에게 소집령을 통보했다. 저격여단의 소집일은 오는 보름이었다.

국내 진공 작전을 통보받은 대원들은 보름이 차기도 전에 추풍으로 모여들었다. 그런데 손에 들어와야 할 무기가 오지 않았다. 무기 구매를 맡은 박기만은 이런저런 핑계를 대며 자꾸 시간을 끌었다.

연해주에서 제법 성공한 장사꾼으로 번듯한 미곡상까지 가진 박기만은 대원들의 집결 날짜가 이틀 앞으로 다가왔는데도 베르단 소총 서른 정과 탄환 삼천팔백 발만 겨우 구해왔다. 더 어처구니없는 것은 남은 돈이 없다는 것이었다.

나는 수이푼의 깊은 산간 마을 자피거우에서 참모부 회의를 열고, 박기만을 추궁했다.

"고작 베르단 서른 정과 철 삼천팔백 개를 사고서 돈이 떨어졌다는 것이 말이 되오?"

"요즘 들어 갑자기 단속이 심해져서 예전의 서너 배를 주어도 총기 구하기가 어렵소. 이마저도 간신히 구한 것이오."

"그래서 고작 이걸 사는 데 사천구백팔십 루블을 다 썼다는 것이오?"

"그렇소. 베르단 서른 정에 이천백팔십 루블, 탄환 삼천팔백 개에 천백 루블을 주었고 나머지는 대원들 비새기 내는 값으로 썼소."

박기만은 뒷거래만 가능한 무기 시장의 사정을 이용해 나를 바보 취급하려 들었다. 뇌물로 받아내는 비자값도 터무니없었다. 나는 피가 역류하는 걸 참고 박기만의 앞으로 걸어갔다.

"죽고 싶지 않으면 다시 말해보시오."

"비새기는 팔백 루블을 주고 남은 돈은 내가 급한 곳이 있어 잠시 통용했소."

세상에는 별 도둑놈이 다 있었다. 최원세가 구해온 돈은 부자들의 주머니에서 나온 것이 아니었다. 성공한 큰 사업가들이 내놓은 돈도 아니었다. 양반들이 보태주지도 않았다. 가난한 노동자와 농민, 어떻게든 돈을 벌어보겠다는 일념으로 목숨을 내걸고 마적이 들끓는 만주와 연해주를 누비고 다니는 청년 사업가들의 피땀이 묻은 군자금이었다. 그걸 가로채 제 주머니에 넣으려는 이놈의 속에는 대체 뭐가 들었는지 알 길이 없었다.

"그래서 구백 루블만 슬쩍했다는 것이오?"

"내가 언제 슬쩍했다고 했소? 잠시 통용, 돌려썼다고 하지 않았소."

나는 뻔뻔스럽기 짝이 없는 놈의 면상에 주먹을 날렸다.

"당신이 나에게 이러고도 무사할 것 같소. 리관리와 우리 사포대가 가만두지 않을 것이오."

역시나 놈이 믿는 것은 리범윤의 사포대였다. 사포대는 참으로 묘한 조직이었다. 리범윤이 이끄는 항일 무장조직인가 싶다가도 어느 순간에 보면 일찍이 연해주에 들어와 토지를 차지한 조선인 지주의 이익을 지키는 사병이기도 했다. 박기만도 추풍을 끼고 흐르는 수이푼강 유역의 조선인 마을에서 손꼽히는 지주였다. 러시아 국적을 취득한 지주들은 러시아 정부로부터 불하받은 토지를 자기보다 늦게 이주해온 동포에게 소작을 주었다. 그런 지주들은 조선 왕실의 후광을 업은 리범윤을 후원하며 자신들의 이익을 지키는 데 사포대를 이용했다.

"의병들은 먹을 것이 떨어져 며칠을 굶고, 탄환이 없어 속수무책으로 왜놈의 밥이 되는 판인데, 세상에 가로챌 게 없어 군자금을 가로채 재물을 불린단 말이오?"

"잠시 통용했을 뿐이라고 하지 않았소."

박기만의 도둑질보다 더 용서할 수 없었던 것은 부끄러움을 모르는 뻔뻔함이었다. 나는 놈의 가슴 중앙, 명치 바로 위를 가격했다. 흉골이 부러진 놈이 그 자리에 풀썩 주저앉았다.

박기만의 말대로 추풍의 조선인 지주들은 이백오십 명의 사포대를 앞세우고 자피거우 마을로 나를 잡으러 왔다. 마을을 포위한 사포대는 내가 머물던 박문길의 집으로 쳐들어왔다. 나는 피하지 않았다. 내가 피하면 그동안 나를 보살펴준 박문길의 식구들과 이미 그들에게 잡혀 있는 권감찬이 화를 면할 수 없었다.

나는 사지가 묶인 채 열나흘 동안 거의 죽을 정도로 맞았다. 그들이 나를 아예 죽이지 못한 것은 리범윤의 승인을 받지 못했기 때문이었다. 리범윤은 나를 풀어주라고 하지 않았지만 죽이라고도 하지 않았다. 그는 자신의 통제 밖에 있는 내가 몹시 불편했지만 나를 죽인 책임까지 지고 싶지는 않았던 모양이었다.

나를 풀어준 것은 소왕령에 주둔하고 있던 러시아군 사단장이었다. 추풍에서 양록장을 경영하던 러시아 사냥꾼 야코프스키는 나의 무장활동을 도와주지 않았지만, 위기에 처한 나를 구하기 위해 코사크족 사단장을 움직여주었다. 그것이 야코프스키가 말한 사냥꾼의 우정이었다.

풀려난 내 몰골을 본 대원들은 왜놈들을 잡기 전에 사포대부터 죽이겠다며 흥분했다. 나를 따르는 저격여단이 병력과 무장에서는 턱없이 열세였지만 기세만큼은 사포대를 압도했다. 내가 사포대에 당했다는 소식을 들은 이석산도 울라지보스토크에서 부하들을 이끌고 추풍으로 달려왔다. 황해도를 주름잡았던 의병장인 그가 연해주에 와서 겪은 설움은 나 이상이었다. 만신창이가 되도록 얻어맞고 죽음 직전에 풀려난 나를 본 이석산은 자신이 당한 것처럼 분개했다. 국내에서 왜놈들과 혈투를 벌여왔던 그와 내가 지닌 동병상련의 발로였다. 이석산은 부대원들과 함께 노동으로 벌어 장만한 기관포 2문까지 공개했다.

"사포대고 뭐고, 쫑간나 새끼들 싹 긁어버리갔시다."

함경도 출신이 대부분인 저격여단과 황해도 출신의 이석산 부대가 집결하면서 사포대의 근거지인 추풍은 일촉즉발이었다. 여기다 안중근의 동지인 엄인섭까지 우리에게 합류했다. 엄인섭과 함께 합류한 숫자는 열셋에 불과했지만 어느 한 명도 연해주에서 무시할 수 없는 면면들이었다. 그중 열한 명은 새끼손가락과 약지의 길이가 같은 이들이었다.

마지막 순간에 사포대와 충돌을 가로막고 나선 것은 유인석이었다.

"여천, 이 무슨 정신 나간 짓들이오. 이 중차대한 시기에 동족상잔의 유혈극이라도 벌이겠다는 것이오?"

"그건 제가 아니고 저쪽에 물어보아야 할 말씀 같습니다."

사포대에 당한 것이 나 하나가 아니었다. 이미 조화여와 김충열이 일본 밀정으로 몰려 러시아 감옥에서 한 해 가까이 고생했다. 리범윤의 이해하기 어려운 행태와 사포대의 횡포를 따지는 나를 바라보는 유인석의 눈빛이 쓸쓸했다.

"여천, 지금 나라의 운명이 최후에 이른 이 중차대한 고비를 정녕 모른단 말이오? 일본과 싸움에 나서려면 대소 동포들의 힘을 다 끌어모아도 모자라오. 지금, 국내외 어디에도 사포대만한 세력이 없소. 힘을 합쳐야 하오."

"저는 참을 수 있습니다. 하지만 대원들의 사기를 생각하지 않을 수 없습니다. 군대는 기셉니다. 기세가 꺾인 대원들을 데리고 전투에서 이기는 방법이 없다는 걸 잘 아시지 않습니까."

"우리가 곧 국내외에서 총궐기를 할 것이오. 대원들의 기세는 우리가 다 같이 일어서 왜구들과 싸우게 되면 절로 불타오를 것이오. 그러니 조금만 더 참고 기다려주시오."

"지난해에도 그리 말씀하셨습니다."

"여천……"

유인석은 한참 말끝을 흐린 다음 내게 물었다.

"내가 살면 얼마나 살 것 같소?"

잔기침이 터져나오는 입을 가리는 유인석의 여윈 손등이 애잔했다.

"내 나이 내년이면 일흔인데 지금 죽은들 무엇이 아깝겠소. 하지만 눈앞에 닥친 일본의 병탄을 막지 못하면 내 저세상에 가서 어찌 고개를 들 수 있겠소. 이번이 내 마지막 건곤일척의 거병이오. 내게 남은 실낱같은 마지막 인연 하나까지 다 동원해서 일본의 병탄을 막아볼 참이요."

"그 거병이 얼마나 걸립니까?"

"석 달이오. 석 달 안에 국내외에 모든 항일 세력을 하나의 전선에 묶어세우겠소."

"그럼 그 준비를 하시는 동안 저는 국내 진격로 정찰을 다녀오겠습니다."

이건 유인석도 말리지 못했다. 사포대와 충돌을 피하기 위해서라도 내가 대원들을 이끌고 추풍을 떠나는 수밖에 없었다. 총기가 없는 대원들을 돌려보내고 국내 진공 작전에 나섰다. 나는 만신창이가 된 몸을 이끌고 마흔다섯 명의 대원과 함께 핫산을 거쳐 두만강을 건넜다.

그리던 조국 땅에 다시 발을 디딘 저격여단은 갑산으로 넘어가는 북사령과 무산의 왜가림, 종성으로 이동하며 일본군과 전투를 거듭했다. 두 차례 대승을 거두고 한 차례의 참패를 당한 다음 안국환이 자리잡고 있는 백두산 밀영까지 가지 못한 채 길림을 거쳐 울라지보스토크로 철수했다. 울라지보스토크에는 우리를 앞질러 북상한 진달래꽃이 만개해 있었다. 하지만 진달래가 피고 철쭉이 핀다고 봄은 아니었다.

11

일본이 이름만 남은 대한제국을 곧 완전히 병합할 것이라는 소문이 연해주에 파다했다. 국내에서는 일본의 정보공작 조직 현양사의 사주를 받은 일진회가 한일합병 지지 백만 명 서명운동에 열을 올렸다. 유인석은 임박한 일본의 조선 병탄을 저지하기 위해 통합군단의 창건과 함께 대일항전을 선포했다.

내게 총궐기를 확언했던 유인석의 말은 허언이 아니었다. 통합군단의 이름은 13도의군이었다. 도총재로 추대된 유인석은 창의총재에 리범윤을 임명했다. 도총소 의원에는 나와 이석산, 안창호, 이갑을 임명했다. 무장투쟁을 벌여온 나와 이석산과 달리 안창호와 이갑은 국내의 비무장 독립운동 조직 신민회를 이끌었던 지도자였다. 헤이그에 고종의 밀사로 갔던 이상설은 외교대원으로 참여했다. 13도의군은 군사조직인 동시에 하나의 임시정부였다. 이 정부의 수장이 유인석이라면 군사부장은 리범윤이었고, 나는 사령관이었으며 이석산은 참모중장이었다. 내무부장은 안창호였고 외무부장은 이상설이었다.

유인석은 유림 조직을 통해 국내의 각 고을로 동포들에게 보내는 포고문을 띄웠다. 국내에서 신민회를 이끌었던 안창호와 이갑이 함께 나서 국내외의 고을 단위까지 13도의군의 하부조직을 편성해나갔다. 발톱 빠진 호랑이로 알았던 유인석의 포고문은 조선 13도에 미치지 않는 곳이 없었다.

> 적을 물리치고 원수를 없앤 다음 벼슬하는 관료와 선비, 농업과 공업, 상업에 종사하는 동포들이 다 함께 평화와 행복을 누리는 나라를 만들기 위해 일치단결해 항일구국의 일전을 벌이자!

유인석이 쓴 포고문은 그가 호좌의진을 창건하며 썼던 십오 년 전의 격문과는 달랐다. 조선 팔도의 각 읍으로 보내는 '격고팔도열읍'에서 그가 호명하며 궐기를 촉구하고, 영예와 포상을 약속한 대상은 유림의 선비들이었다. 하지만 유인석은 이번 포고문에서 관료와 선비, 농업과 공업, 상업에 종사하는 동포들을 나란히 호명하며 다 같이 누리는 평화와 행복을 약속했다. 유인석의 포고에 따라 13도의군의 국내 지역조직이 곳곳에서 설립되었다. 금방이라도 일본의 행정체계를 대체할 기세였다.

방심하던 일본은 예상치 못한 13도의군의 조직력에 놀라 무능한 2대 통감 소네 아라스케를 소환하고 즉각 일본 육군의 일인자 데라우치를 3대 통감으로 투입했다. 경쟁자였던 하세가와를 제압하고 조선 통감이 된 데라우치 마사타케가 한양에 입성하던 칠월 이십삼일, 연해주에서는 긴급 대책회의가 열렸다. 13도의군의 수뇌부가 모인 회의장에는 팽팽한 긴장이 감돌았다.

"데라우치의 임무가 조선의 완전 병합임은 일왕의 발령장으로 분명해졌습니다."

외무부장 이상설이 일본 내각의 동향 보고를 이어갔다.

"데라우치는 조선 통감을 겸직으로 발령받았습니다. 일본 내각의 육군장관 직을 그대로 유지한 채 조선 통감으로 왔다, 이게 무얼 뜻하겠습니까. 데라우치가 일본군 전체를 언제든지 마음대로 동원할 수 있는 권한을 가지고 조선으로 왔다, 왜겠습니까?"

내무부장 안창호가 어두운 표정으로 고개를 끄덕였다.

"조선의 완전한 병합이 임박했다는 신호군요."

"데라우치는 일본 내각을 장악하고 있는 조슈군벌의 차기 총리 주잡니다. 조슈군벌이 경쟁 군벌인 사츠마군벌에게 총리 자리를 빼앗기지 않으려면 삼 개월 안에 끝장을 보려고 할 겁니다."

"조슈군벌이 일본 군부와 내각을 모두 장악할 정도로 여전히 힘이 셉니까?"

안창호의 물음에 이상설이 고개를 끄덕였다.

"지금까지 조선을 주무른 초대 통감 이토 히로부미와 2대 조선주차군 사령관 하세가와 요시미치, 이번에 통감으로 오는 데라우치 마사타케, 이 세 사람의 공통점이 무엇일 것 같습니까? 모두 야마구치현 출신이고, 야마구치는 조슈군벌의 본거지입니다. 총리와 육군장관, 참모본부의 총장은 모두 조슈군벌의 차지였습니다."

나는 오래전부터 궁금했던 것을 이상설에게 물었다.

"그런데 왜 지난번에는 데라우치가 하세가와를 치고 일본으로 소환했소?"

"서로 이토 히로부미를 잇는 조슈군벌의 대표주자가 되려고 싸운 것이고, 그 싸움에서 데라우치가 이기고 하세가와는 무릎을 꿇었습니다. 지면 무릎을 꿇고 무조건 복종하는 게 일본인의 습성이고, 사무라이들의 질섭니다. 서열이 분명해진 그들이 이제 힘을 합쳐 공동의 적인 사츠마군벌을 제압하고 조슈군벌의 패권을 지켜나가려 할 겁니다. 그러려면 조선이라는 확실한 전리품이 필요하지요."

"일본 육군장관에 참모본부 총장까지 다 조슈군벌 기넘들이 깔고 앉아 있으믄 사츠마군벌은 뭘 믿고 기래 덤빈답네까?"

참모중장 이석산이 물었다.

"일본은 육군과 해군이 완전히 분리되어 있습니다. 육군을 완전히 장악하고 있는 군벌이 조슈군벌이고 해군을 확실히 틀어쥐고 있는 군벌이 사츠마군벌입니다. 육군이 해군보다 우위에 있기는 하지만, 그렇다고 해서 최상층에서 최하층까지 사츠마군벌의 무사들로 꽉 차 있는 해군을 조슈군벌이 어떻게 해보지는 못합니다."

"일본 군벌은 원래부터 그 둘이었시까?"

"많았지요. 여러 군벌이 이합집산하며 수없는 내전을 치르면서 두 군벌이 육군과 해군을 나눠먹은 거고, 패배한 나머지 군벌의 무사들은 들개들처럼 떠돌지요. 조선과 만주에 나와 일본군의 앞잡이 노릇을 하는 사무라이, 현흑상단의 폭력배들이 그런 폐번의 무리들입니다. 패권을 빼앗기면 그들처럼 된다는 걸 조슈군벌과 사츠마군벌의 무사들은 잘 알지요."

"기렇게 자기들끼리 치고받아온 한습한 놈들이 지금까지 조선의 당파싸움을 비아냥댔단 말입네까."

참모중장 이석산이 콧김을 뿜었고, 지금까지 골똘히 생각하며 듣고만 있던 유인석이 이상설에게 물었다.

"조슈군벌이 패권을 지키기 위해 조선 병탄을 서두를 것이고, 조슈군벌의 맹주를 노리는 데라우치는 머뭇거리지 않을 것이며, 우리에게 주어진 시간이 길어도 삼 개월이란 것이 아니오?"

"저의 판단으로는 그렇습니다."

유인석이 좌중을 둘러보며 말했다.

"천추의 한을 남기지 말아야 하오. 국내 진공 작전을 최대한 앞당길 방안을 강구하고, 13도에서 호응하여 총궐기하도록 서둘러야겠소."

13도의군은 팔월의 마지막날을 기해 국내 진격 작전을 감행하기로 결정했다. 나는 권감찬과 김창옥을 국내로 파견했다. 연락도감부터 다시 소집해 13도의군이 진격해들어가면 항일연합포연대가 즉각 호응할 수 있도록 준비하는 것이 그들의 임무였다.

12

군자금을 모으고 무기를 확보하는 리범윤의 능력은 눈부셨다. 일본의 대한제국 강제 병탄을 눈앞에 둔 급박한 상황에서 유인석이 깃발을 들고 전면에 나서자 최재형도 더는 무장투쟁을 반대하지 못했다. 의병들을 편재하고 훈련시키며 진공 작전을 짜는 것은 나와 이석산의 몫이었다.

추풍으로 몰려든 의병은 삽시간에 사천오백 명을 넘어섰다. 13도의군 자원자들을 재우기 위해 동포들은 앞다퉈 안방과 창고까지 내놓았다. 누가 시키기도 전에 집마다 마당에 솥을 내걸고 대원들의 밥을 해 날랐다. 탕탕, 타당탕탕…… 사격훈련을 하는 대원들의 총소리가 골짜기마다 요란했다. 며칠새 추풍 전체가 거대한 군영으로 바뀌었다. 일본의 병탄에 대한 불안과 분노, 국내 진공 작전을 앞둔 흥분이 뒤엉킨 연해주의 여름밤이었다.

"대장님, 손님이 찾아왔습니다."

훈련대장 이석산과 함께 종일 쉴 틈 없이 대원들의 훈련장을 점검하고 돌아온 나는 저녁도 거른 채 등잔 아래 놓인 작전지도를 들여다보던 중이었다.

방문을 열던 나는 깜짝 놀랐다. 13도의군의 도검사 엄인섭의 옆에 진포와 남창일이 서 있었다.

"어떻게 여기까지 왔어?"

"권감찬이를 만났지."

등에 쌍칼을 멘 남창일이 나를 껴안았다. 남창일과 인사를 나눈 나는 진포에게 눈길을 돌리며 손을 내밀었다.

"이거, 사람 차별하는 겁니까?"

진포는 내가 내민 손을 무시하고 나를 껴안았다. 엉거주춤 서 있는 나를 보고 웃음을 터뜨리는 엄인섭의 양쪽 콧수염 끝이 치켜올라갔다.

"국내에서 기다리지 않고서."

"마음이 급해서 기다리고 있을 수가 있어야지요."

"국내의 대원들은 어떻게 하고?"

"백두산 밀영으로 집결령은 내렸습니다. 마영권과 조천리가 연락도감 감원들과 뛰어다니는 중이고, 유기운 지대장은 이미 백두산 밀영으로 갔습니다."

엄인섭이 손수 러시아 흑빵과 수쉬끼, 카샤 두 그릇을 들고 왔다.

"저녁도 못 먹었을 텐데, 이거라도 좀 드세요."

"이게 뭐요?"

낯선 음식을 내려다보며 묻는 남창일에게 엄인섭이 대답했다.

"이 검은 빵은 호밀과 잡곡을 섞어 만든 흘레브고, 하얀 빵은 밀가루로 만든 수쉬낍니다. 그리고 이 그릇에 담긴 건 카샤라는 로씨아 죽입니다."

나는 남창일과 진포를 먼저 엄인섭에게 소개하고, 엄인섭을 두 사람에게 소개했다.

"여긴 우리가 안중근 부대와 연합작전을 펼치려고 했을 때 함께 참전했던 엄인섭 대장이오."

내가 지난 삼월 뤼순 감옥에서 전사한 안중근과의 관계를 먼저 말한 것은 그를 믿어도 좋다는 뜻이었다.

"안중근 참모중장이 대한의군의 우영장을 할 때 좌영장을 지낸 바로 그 엄인섭 참모중장이오?"

안중근의 의형제인 엄인섭은 항일연합포연대 지휘부에도 알려진 이름이었다.

"네, 변변치 않은 사람을 알아주셔서 고맙습니다."

엄인섭은 영민한 눈빛을 반짝이면서도 흐트러짐 없는 자세로 남창일에게 다시 고개를 숙여 보였다.

"지금은 13도의군의 군기와 기밀 취급을 총괄하는 도검사요. 내가 사포대에 붙들려 곤욕을 치를 때도 우리 엄대장이 동지들을 데리고 달려와주었소."

"당연한 일을 한 걸 가지고 그러십니다."

엄인섭은 겸손하게 자신을 낮추며 진포와 남창일에게 빵을 권했다.

"이거 이빨 부러지겠습니다."

하얀 빵을 베어물던 진포가 인상을 찡그렸다.

"좀 딱딱하지요? 수쉬끼는 원래 그렇습니다. 부러뜨려 먹듯이 한 입 베어물고 있으면 입안에서 부드러워집니다. 기다리기 어려우면 이 카샤, 죽을 한 숟갈 같이 떠먹으세요. 그러면 수쉬끼가 더 빨리 부드러워져요."

진포와 남창일은 흘레브와 수쉬끼, 카샤를 먹으며 국내 대원들의 이야기를 전해주었다. 백두산 밀영의 안국환이 지팡이를 짚고 혼자 조금씩 걸을 정도로 좋아졌다는 소식이 가장 반가웠다. 내 옆에 앉은 엄인섭은 모르는 사람이 하는 모르는 사람들의 이야기에 귀기울여주며 함께 기뻐하고 안타까워해주었다.

이튿날 나는 리범윤을 찾아갔다. 남창일과 진포의 자리를 마련해주기 위해서였다. 도총재는 유인석이었지만 부대의 인사권은 창의총재인 리범윤에게 있었다.

"부대 지휘관 몇 명을 바꾸려고 합니다."

"그걸 왜 내게 묻소?"

"창의총재님이 부대의 인사권자입니다."

리범윤이 다시 내게 물었다.

"지난번에 홍장군이 내게 내 사람이라고 하지 않았소?"

"네, 그랬습니다."

유인석은 나를 도총소 의원으로 임명하는 자리에서 리범윤의 지휘를 받으라고 했다. 분란을 만들고 싶지 않았던 나는 배석했던 리범윤에게 잘 모시겠다고 했다. 자기 휘하의 사포대 대장이 아닌 나를 도총소 의원으로 임명한 유인석을 못마땅하게 여기던 리범윤이 내게 물었다.

"나는 내 사람하고만 일하오. 내가 홍장군을 내 사람으로 믿어도 되오?"

뜬금없는 질문이었지만 나는 바로 대답했다.

"군대는 명령체계가 여일하고, 저는 창의총재의 명을 받들어 부대를 지휘하는 일을 맡은 사람입니다."

리범윤은 만족스러운 미소를 지으며 내게 말했다.

"그럼, 내 사람으로 믿고, 내 홍장군에게 전권을 주겠소."

리범윤은 그날 내게 했던 말을 다시 되풀이했다.

"홍장군은 내 사람이고, 나는 내가 믿고 맡기면 전권을 주는 사람이오. 누구를 어디에 쓰던 그건 홍장군이 알아서 하시오."

그렇게 말하는 리범윤의 목소리는 호쾌했다. 그것이 리범윤이 사람을 자기편으로 만들고, 다루는 방법이었다. 사람들은 곧 아무 의심없이 나를 리범윤의 사람으로 분류했다.

나는 남창일을 13도의군의 선봉대장에 임명하고, 진포를 훈련대장에 임명했다. 이석산은 우영장으로 자리를 높였다. 이 인사에서 가장 주목을 받은 사람은 단연 진포였다. 여자를 모든 대원의 훈련을 총괄하는 자리에 앉혔다고 부대가 술렁거렸다. 하지만 그 술렁거림은 이틀을 넘기지 못했다.

부대별 사격훈련의 첫 세 발은 훈련대장 진포가 쏘았다. 세 발 모두 표적의 정중앙을 관통했다. 단 한 발도 정중앙에서 벗어나는 것을 보지 못한 대원들은 하나같이 벌린 입을 다물지 못했다. 진포가 장악한 훈련장은 대원들을 사기충천하게 만드는 진원지였다. 훈련장에서 시작된 대원들의 투지가 온 추풍을 뒤덮었고, 결전의 날이 임박했다.

13

얀코프스키의 집사 이바노비치가 내게 달려온 것은 이른 새벽이었다.

"피신해야 한답니다."

어둠을 가르고 달려온 이바노비치가 말에서 뛰어내리며 한 말을 엄인섭이 내게 옮겼다.

"왜?"

"날이 밝으면 로씨아군이 체포하러 온답니다."

"로씨아군이 왜?"

리범윤의 사포대에 잡혀 죽을 고비에 놓인 나를 구출해준 것이 러시아 황제의 군대였다. 러일전쟁에서 일본 군신 노기 마레스케에게 패배하고 생환한 장년의 카자크족 사단장 스트로가노프는 일본군이라면 이를 갈았다. 얀코프스키가 어떻게 얘기를 했는지 그는 나를 항일전쟁의 영웅으로 여기며 깍듯이 대우했다.

"장군님만이 아니라 13도의군 지휘부 전체에 대한 체포령이 떨어졌답니다."

나는 말을 타고 러시아정교회당을 향해 질주했다. 도총재 유인석은 러시아정교회당 울타리 안에 있는 하신부의 집을 거처로 썼다. 수이푼 강변의 야트막한 언덕에 자리잡은 하얀 교회는 자욱한 안개에 잠겨 있었다. 하신부는 유인석이 쓰는 숙소가 아닌 정교회 예배당 구석에 붙은 기도실로 나를 안내했다. 기도실에는 리범윤과 이갑이 벌써 와 있었다.

"어찌 된 일입니까?"

내 질문에 대답한 것은 리범윤이었다.

"울라지보스토크의 한심한 건달들이 기어코 화를 불렀소."

일본이 파견한 조선 통감 데라우치 마사타케가 대한제국의 총리 이완용과 짜고 이름뿐인 순종황제를 겁박하여 조선을 완전히 병탄한다는 소문에 흥분한 울라지보스토크의 조선인들이 일본인 시설을 습격한 것은 그제였다. 13도의군의 통제 밖에 있는 조선인들이 벌인 예상치 않은 사건이었다. 러시아 정부를 곤란하게 만들 일을 어떻게든 피해보려고 애써온 13도의군의 방침과 반대되는 과격 행위를 몹시 우려하던 참이었는데, 결국 일이 터진 것이었다.

"왜놈들이 연해주에 발을 들여놓을 빌미를 주지 말아야 한다고 그렇게 말했건만 한심한 놈들이 기어코 미친 짓을 해서…… 이 기회를 놓칠 리 없는 왜놈들이 짜르에게 일본인이 입은 피해를 배상하라고 거세게 압박했고, 결국은 짜르가 일본에게 굴복한 것이오."

예기치 못한 일로 발목을 잡힌 13도의군 지휘부는 분통을 터뜨렸다.

"이불을 뒤집어쓰고 만세를 불러도 유분수지, 싸우려면 의군에 들어와서 총을 들지 않고서 후방에서 저런 이적 행위를 하는 자들은 대체 어떤 개자식들이오."

이갑이 탄식을 했지만 이미 늦은 일이었다. 돌이킬 수 없는 지난 일을 왈가왈부하며 시간을 끌 상황이 아니었다.

"지휘부 체포령과 함께 13도의군의 무장해제와 해산령도 내렸다는 것이 사실입니까?"

나의 물음에 리범윤은 고개를 끄덕였다.

"그리된 것 같소. 로씨아를 우리 편에 붙들어두려고 백방으로 공을 들였는데, 기분으로 애국하는 망동주의자들이 일을 다 망쳐놓고 말았소."

리범윤의 대답에 모두 할말을 잃었다. 연해주에서 러시아 황실과 정부의 사정을 리범윤과 최재형보다 더 잘 아는 사람은 없었다. 리범윤의 형 리범진은 아직도 러시아 황실과 외무부로부터 대한제국 공사로 인정을 받았다. 이미 오 년 전에 대한제국의 외교권을 빼앗은 일본은 주러시아 공사 리범진의 직위를 박탈하고 귀환령을 내렸지만 간도 관리사였던 동생 리범윤이 그랬던 것처럼 리범진도 지금껏 귀환령을 거부하고 버텼다. 러시아 황실은 상트페테르부르크에서 공사 업무를 계속하는 리범진에게 오 년째 매달 백 루블씩의 유지비를 지원했다. 그런 리범진을 형으로 둔 리범윤의 정보가 틀릴 리 없었다.

비록 러일전쟁에서 패배했지만 온갖 일본의 압력에도 우리의 편을 들어온 러시아였다. 가장 큰 충격을 받았을 리범윤은 팔짱을 낀 채 굳게 다문 입을 더는 열지 않았다. 기도실의 긴 침묵은 내무를 책임진 안창호와 외무대원 이상설이 도착할 때까지 계속됐다.

"울라지보스토크의 일본인 시설 습격을 일본 밀정들이 부추겼다는 정보가 나돌고 있습니다."

외무대원 이상설의 얘기는 러시아 헌병대에서 흘러나온 정보가 분명했다. 이상설은 러시아 헌병대 하바롭스크 정탐부의 촉탁이라는 소문이 나돌 정도로 자주 그쪽과 접촉했다. 우리는 그것을 외무대원인 그가 해야 할 일로 당연하게 받아들였다.

"13도의군을 해산시키지 않으면 연해주에 즉각 일본군을 주둔시키겠다고 통보해온 모양입니다."

리범윤과 이상설의 정보와 판단을 합치면 상황은 분명했다. 지금까지 듣고만 있던 유인석이 물었다.

"어떻게 하는 것이 좋겠소?"

창의대장 리범윤은 입을 여전히 열지 않았다. 내가 나섰다.

"무장해제를 당하기 전에 당장 핫산으로 가서 국경을 넘지요."

모두의 눈길이 리범윤에게 향했다. 리범윤은 천천히 고개를 저었다.

"일본군 하나도 벅찬 판국에 로씨아군과 총질을 하면 어찌되겠소?"

"그런다고 가만히 앉아서 무장을 넘겨주고 저 많은 대원을 해산시킬 순 없지 않습니까?"

추풍에 집결한 병력만 육천오백이었다. 만주에 집결중인 대원들이 이천을 헤아리고 백두산 밀영에 집결한 국내 대원들도 천오백이 넘었다. 일만의 대병력을 언제 다시 모을 수 있겠는가.

"이미 핫산으로 로씨아군이 이동을 시작했을 것이오."

리범윤의 대답은 침울했다. 핫산은 두만강으로 가는 길목이었다.

"그럼, 우선 로씨아령을 빠져나가 청국령인 간도로 가면 어떻겠습니까?"

나와 리범윤을 번갈아 쳐다보며 엄인섭이 물었다.

"그쪽도 사정이 다르지 않을 것이오. 우리가 여기 있으니 로씨아 군대가 나서는 것이지, 우리가 청나라로 가면 청나라 군대가 나설 것이오. 청국이 안중근 참모중장을 왜놈들에게 내주는 걸 이미 보지 않았소. 로씨아든 청나라든 어차피 지금은 일본의 요구를 거부하지 못할 것이오."

"페테르부르크의 리공 부자에게라도 도움을 청해보아야 하지 않겠소?"

외무대원 이상설이 말한 리공 부자는 리범진과 리위종이었다. 리범진의 아들이자 리범윤의 조카인 리위종도 러시아에서 영향력이 대단했다. 아미리가와 불란서, 오스트리아, 러시아 공사를 지낸 아버지를 따라다니며 열 살 때부터 서양에서 공부한 리위종은 일곱 개국어에 능통했다. 불란서에서 고등학교와 육군사관학교를 졸업한 그는 상트페테르부르크에서 러시아 남작의 딸 옐리자베타 놀켄과 혼인했고, 그의 장인은 토볼주의 총독이었다.

대답이 없는 리범윤을 바라보며 이상설이 말했다.

"창의총재께서 전화하기 곤란하다면 제가 리위종 공에게 전화를 넣어보겠습니다."

외무대원 이상설과 리위종은 각별한 사이였다. 고종의 밀명을 받은 이상설이 이준과 함께 대한제국의 특사로 네덜란드의 수도 헤이그에서 열린 만국평화회의에 참석했을 때 부사로 맹활약한 인물이 리위종이었다. 외국어가 뛰어난 리위종은 특사인 이상설과 이준의 부사로 모든 문서의 작성과 기자회견을 전담했다. 강대국들에 의해 만국평화회의장에 입장하지도 못한 대한제국의 특사단에게 세계의 이목을 집중시킨 것도 백오십 명의 기자단을 사로잡은 리위종의 회견과 연설이었다. 입으로는 만국의 평화를 내세우면서 뒤로는 자국의 이익을 챙기는 데만 몰두할 뿐 일본의 침략 행위를 철저히 외면하는 외교무대에서 강대국들을 향해 던진 그의 질타는 커다란 파장을 불러일으켰다.

차라리 총칼이 유일한 법전이고, 강한 자는 무슨 짓을 해도 처벌받지 않는다고 왜 솔직하게 고백하지 않는가.

강대국의 위선과 만국평화회의의 이중성을 촌철살인의 문장으로 폭로한 대한제국의 스물두 살 청년 외교관 리위종에게 세계의 기자들이 매료되었다. 쏟아지는 질문에 일곱 개국어로 거침없이 대답하던 리위종의 모습을 회상하는 이상설의 눈빛은 언제나 꽉 찬 보름달빛처럼 기꺼움으로 그득했다. 우리에게 틈날 때마다 리위종을 격찬하면서도 이상설은 단 한 번도 열다섯 살이나 아래인 리위종의 이름을 함부로 부르지 않았다. 리공. 이상설이 조국의 미래라고 주저없이 말하는 이가 바로 리위종이었다.

리위종에게 전화하겠다는 이상설을 한참 동안 물끄러미 바라보던 리범윤이 입을 떼었다.

"리공사 부자가 막을 수 있는 일이었으면 이런 사달이 났겠습니까?"

이상설이 리범윤에게 대답을 하기 전에 문창범이 기도실로 뛰어들었다.

"카자크 기병대가 부대를 포위했습니다."

나는 리범윤에게 보고하는 문창범을 물끄러미 쳐다보았다. 군자금을 떼어먹은 박기만을 징벌한 나를 열나흘간 잡아 가두고 죽도록 두드려 팬 사포대의 두목이 문창범이었다. 지나간 일을 떠올릴 순간이 아니었지만, 마음이 편치는 않았다.

"짜르의 결정을 따라야 합니다."

모두의 눈길이 리범윤에게 향했다.

"여기는 로씨아령입니다. 짜르의 명을 정면으로 거부하고 로씨아군과 충돌하면 다시는 우리가 연해주에 발을 붙이지 못합니다. 로씨아라고 왜놈들이 좋을 리 있겠습니까. 다음을 생각하지 않을 수 없습니다."

리범윤은 도총재인 유인석을 바라보며 덧붙였다.

"지금은…… 짜르도 견디다못해 취한 일시적인 조치일 테니, 일단 받아들이시지요?"

리범윤과 나, 안창호, 이갑, 엄인섭…… 문창범과 하신부까지 차례로 둘러본 다음 유인석이 입을 열었다.

"창의총재의 말대로 합시다. 나는 살날이 얼마 남지 않아 여기서 끝을 보아도 그만이지만 살날이 많은 여러분은 남은 길을 마저 가야지 않겠소."

말을 마친 유인석은 깊게 들이마신 숨을 길게 내뱉었다. 처음 듣는 그의 한숨이었다. 자기 생애 마지막 건곤일척의 거병이라고 했던 유인석의 말이 내 귓전에 맴돌았다.

"그럼 부대에는 도총재와 창의총재님의 결정대로 하달하겠습니다. 어른들께서는 어서 몸을 피하십시오."

도검사 엄인섭이 문창범을 데리고 일어섰다. 나는 자리에서 일어서며 엄인섭의 어깨를 눌러 앉혔다.

"전권을 위임받은 사령관은 나요. 내가 갈 것이오."

나는 나를 죽도록 때렸던 문창범의 어깨도 눌러 자리에 도로 앉혔다. 죽기로 각오하고 모인 육천오백이나 되는 대원들을 해산시키면서 사령관이 숨는다는 것은 있을 수 없는 일이었다. 현장에서 사살당한다고 해도 내가 가야 마땅했다.

"부대를 해산시키는 건 나 하나면 충분하오."

인사를 하고 문을 나서려는 나를 불러세운 건 유인석이었다.

"여천, 여천은 아직 할일이 너무 많이 남았고 나는 한 일 없이 너무 오래 살았소. 뒷날의 남은 일은 내가 맡을 수 없으니 이 일은 내가 매듭을 짓겠소."

나는 물러서지 않았다. 내년이면 일흔인 유인석을 내세워 해산 결정을 공표하게 만들 수는 없었다. 체포의 위험 때문만은 아니었다. 십오 성상을 풍찬노숙하며 싸워온 노인이 건곤일척의 마지막 거병이라며 스스로 명명한 '13도의군'의 해산을 명령하게 만드는 것은 너무나 잔인한 일이었다. 명예를 목숨처럼 여기며 살아온 그를 산 채로 죽이는 것과 다름없는 일을 그에게 맡길 수는 없었다. 그럼에도 유인석은 물러서지 않았다. 하지만 결국 부대를 해산시키고 체포당하기로 한 사람은 나도 유인석도 아닌 리범윤이었다.

"부대의 인사권은 창의총재인 이 리범윤한테 있다는 것을 기억하셔야지요. 해산은 전 대원에 대한 인사 명령인데 그걸 창의총재도 아닌 분들이 넘보시면 월권이 됩니다."

"전권을 저에게 위임했다는 걸 잊으셨나봅니다."

"아, 홍장군. 장군은 이 리범윤의 사람이지 않소. 내 사람은 내가 지키오."

리범윤은 호탕하게 웃고 나서 나에게 악수를 청하며 덧붙였다.

"누군가 하나는 잡혀줘야 하는데, 로씨아에서 해치기가 그래도 쉽지 않은 사람이 이 리범윤일것이오."

리범윤은 예의 자신을 저나 나가 아닌 '이 리범윤'으로 불렀다. 리범윤은 그렇듯 권력 의지가 누구보다 강했다. 하지만 그만큼의 책임도 질 줄 아는 인물이었다.

그날 수이푼강변은 아침이 밝은 다음에도 안개가 걷히지 않았다. 세 개 중대가 해산을 거부하며 러시아 기병대에 저항했다. 등뒤에서 울리는 총성이 안개를 헤치고 추풍을 떠나는 내 발걸음을 몇 번이고 멈춰 세웠다.

14장

그 여자 김알렉산드라

1

오늘은 선적 작업이 일찍 끝났다. 내가 종일 사다리를 타고 영국 상선 프린스호에 옮겨 실은 간절임 연어가 천사백사십 상자였다. 상자를 짊어졌던 어깨가 시큰거렸다. 제2도크를 빠져나가는 프린스호를 바라보며 나도 부두를 나섰다.

부두를 따라서 늘어선 가로등에 불이 들어오기 시작했다. 러시아와 청나라, 조선 글로 된 상점들에도 전깃불이 들어왔다. 이른 저녁인데도 항구의 바람은 스산했다. 대리석이 두부모처럼 촘촘히 박힌 보도를 따라 걷는 내 발걸음은 무거웠다.

사람들의 발길에 닳아 반질반질한 보도의 대리석은 내가 이국의 도시를 걷고 있다는 사실을 걸음걸음 일깨웠다. 종소리를 딸랑거리며 지나가는 전차도 여전히 낯설었다. 물결처럼 보도를 따라 흘러가는 사람 열의 아홉은 청국과 조선 사람이었다. 그 사람들 사이를 가르고 지나가는 전차에 탄 사람들은 거의 피부가 하얀 러시아인들이었다.

“저긴 뭘 만드는 공장이야?”

울라지보스토크가 처음인 남창일이 부두의 반대편 연안을 가리켰다. 높이 치솟은 세 개의 굴뚝에서 빠져나온 시커먼 연기가 바람의 방향을 알려주었다.

“서풍이네……”

“정신을 간절임 해서 양놈들 배에 실어 보냈어?”

남창일이 짜증을 내며 다시 물었다.

“저거 무슨 공장이냐구?”

“아, 전기 공장.”

남창일이 전깃줄과 가로등을 차례로 가리키며 물었다.

“저기서 만든 전깃불이 저 줄을 타고 와 여기 옮겨붙는 거야?”

나는 고개를 끄덕였다. 무엇도 설명하기가 귀찮았다. 때마침 검은 승용차 한 대가 연기를 뿜으며 지나갔다. 뒤이어 경편 마차 한 대가 경쾌한 발굽소리를 내며 우리 옆을 지나쳤다. 마차를 끌고 가는 갈색 말 두 마리가 늘씬한 다리를 옮겨 뛸 때마다 경편이 도로에 박힌 대리석에 부딪히며 번쩍번쩍 불이 튀었다. 남창일은 아직도 울라지보스토크 시내의 길바닥에 빈틈없이 심어진 대리석과 길가에 늘어선 삼층, 사층짜리 러시아식 건물이 신기한 모양이었다.

“로씨아가 청국보다 좋긴 좋네.”

나와 함께 통화를 거쳐 길림까지 갔다가 죽을 고생만 하고 귀환했던 녀석은 만주라면 치를 떨었다. 종일 선적과 하역 작업을 했지만 세 끼를 꼬박꼬박 먹고, 합숙소에 가면 누울 방이 있었다.

"어떤 사람이 서찰을 놓고 갔습니다."

합숙소 주인아주머니가 내민 서찰에는 '숙부가 편찮으시니 오늘 저녁 들러다오'라고 쓰여 있었다. *汝汝*. 여여. 끄트머리에 작게 적은 두 글자는 유인석이 나에게 보낸 글이라는 암호였다. 여가 여에게. 앞의 여는 유인석의 자 여성의 앞글자고 뒤의 여는 나의 자 여천의 앞글자였다.

나는 방으로 들어가지도 않고 개척촌에 있는 유인석의 거처로 갔다. 유인석의 방에는 먼저 온 이상설과 안창호, 이갑, 엄인섭이 둘러앉아 있었다. 표정은 하나같이 어둡고 방의 공기는 어느 때보다 무거웠다. 비린내에 전 작업복을 입은 내가 방에 들어서면 으레 코를 틀어막으며 삼 년은 생선을 먹지 않아도 될 것 같다고 너스레를 떨던 이갑도 오늘은 입을 떼지 않았다. 내가 인사를 마치기도 전에 엄인섭이 품에서 활판으로 찍은 신문 한 장을 꺼내 들었다.

"이것이 조선총독부 관보 1호입니다. 앞면은 일본어로 찍었고, 뒷면은 조선어로 찍었습니다."

러시아어는 유창하지만 일본어는 읽을 줄 모르는 엄인섭은 뒷면을 펼쳐들었다.

"그럼, 다 모이셨으니 읽겠습니다."

대한제국의 황제 폐하와 일본제국의 황제 폐하는 두 나라 사이의 특별히 친밀한 관계를 고려하여 상호 행복을 증진시키며 동양의 평화를 영구히 확보하자면 대한제국을 일본제국에 병합하는 것이 낫다는 것을 확신하고 이에 두 나라 사이에 합병조약을 체결하기로 결정하였다.

이를 위하여 대한제국 황제 폐하는 내각 총리대신 이완용을, 일본제국 황제 폐하는 통감인 자작 데라우치 마사타케를 각각 그 전권위원으로 임명하여 아래에 적은 모든 조항을 협정하게 한다.

제일조. 대한제국 황제 폐하는 대한제국 전체에 관한 일체의 통치권을 완전히 또 영구히 일본제국 황제 폐하에게 양여한다.

유인석은 엄인섭이 제일조를 읽을 때부터 눈물을 쏟았다. 마를 대로 마른 그의 몸 어디에 그렇게 많은 눈물이 숨어 있었는지 놀라웠다. 왜놈들의 오만방자함은 이조와 삼조로 이어졌다.

제이조. 일본제국 황제 폐하는 앞 조항에 기재된 양여를 수락하고, 대한제국을 완전히 일본제국에 병합하는 것을 승낙한다.

제삼조. 일본제국 황제 폐하는 대한제국의 황제 폐하, 태황제 폐하, 황태자 전하와 그들의 황후, 황비 및 후손으로 하여금 각기 지위에 응당한 존칭, 위신과 명예를 누리게 하는 동시에 이것을 유지하는 데 충분한 세비 공급을 약속한다.

엄인섭이 팔 개조의 조약 전문을 다 읽고 나서도 유인석의 뺨을 타고 흘러내리는 눈물은 그치질 않았다. 안창호와 이상설, 이갑의 한숨과 탄식이 이어졌다. 엄인섭도 목이 메어 읽기를 멈추곤 했다. 눈물 한 방울 흘리지 않은 것은 오로지 나 하나였다. 이미 을사조약과 정미조약으로 국권을 모두 내주고 군대마저 해산시킨 지 오래인 조선 왕실이었다. 저 종잇조각 한 장으로 더 달라질 것은 아무것도 없었다.

달라진 것은 하세가와를 누르고 조선 통감으로 왔던 데라우치가 초대 조선 총독이 되었다는 사실뿐이었다. 군대를 동원할 필요도 없이 단 한 달 만에 조선을 전리품으로 챙기는 데 성공한 육군장관 데라우치 마사타케는 차기 총리 자리를 굳혔고, 조슈군벌은 사츠마군벌을 제압하고 내각을 확실하게 완전히 장악했다.

나는 슬프지 않았다. 오만방자하기 그지없는 데라우치와 듣는 내가 부끄러워 견딜 수 없게 만드는 대한제국 황제라는 자의 비굴함에 치가 떨렸을 뿐이었다. 듣는 내내 욕이 목구멍까지 차올랐을 뿐, 눈물 따위는 나지 않았다.

"홍장군은 아무렇지도 않은 모양이오?"

13도의군 외교대원 이상설이 언짢은 표정으로 내게 물었다. 이상설은 나보다 두 살 아래였지만 일찍이 과거에 급제하여 법부협판과 의정부참찬을 지낸 고위 관리 출신이었다. 문신임에도 을사늑약의 무효 선언을 통촉하는 상소를 올리고 초석에 머리를 찧어 자결을 기도한 강골이기도 했다.

"이공에게 극형을 선고할 때 이미 조선왕조는 사라지고 없었던 것이 아니었는지요?"

나의 반문이 뜻밖이었는지 언변이 뛰어나기로 안창호와 버금가는 이상설이 어이없는 표정을 지으며 아무 대꾸도 하지 않았다. 헤이그 밀사로 네덜란드에서 일본의 침략 범죄를 국제사회에 폭로한 그를 대한제국 검찰은 법원에 기소했고, 궐석재판을 진행해 그에게 사형을 선고한 것이 대한제국 법원이었다. 헤이그 현지에서 이미 생을 끝내버린 이준에게 종신형을 선고하는 어처구니없는 짓을 한 것도 대한제국의 법원이었다. 부사로 활약한 스물셋의 출중한 청년 외교관 리위종에게 종신형을 선고한 것 역시 대한제국 법원이었다.

"그것이 통감부의 짓이라는 것을 몰라서 하는 소리는 아닐 테지요."

이상설이 아랫입술을 깨물었다. 그가 하는 인내의 표시였다. 하지만 나는 무시했다. 나라를 팔아먹으면서 고작 자신들에 대한 비루한 예우를 구구절절 써놓은 그따위 역겨운 조약에 나는 새삼 어떤 의미도 부여하고 싶지 않았다.

"이공의 사형을 최종적으로 용인한 것도 대한제국 황제이시고, 이 병합조약을 최종적으로 승인한 것도 대한제국 황제이시지요."

배운 것 없는 포수 출신인 나에게 면박당하는 이상설을 보며 안창호가 피식 웃었다. 신민회 출신의 안창호는 서북파의 지도자였고 관료 출신의 이상설은 기호파의 지도자였다. 나는 아무 파도 아니었다. 더 상대하고 싶지 않다는 눈빛을 내게 보낸 이상설이 유인석을 향해 고개를 돌리며 물었다.

"도총재님께서는 어떻게 여기시는지요?"

유인석은 어느새 옷깃을 가다듬고 표정을 바로잡았다. 유인석이 대답을 하기 전에 내가 끼어들었다.

"나는 고종과 순종이 우리의 왕이라고 여겼으면 벌써 총을 내려놓았을 것이오. 그런 왕을 믿고 왜 싸운단 말이오. 을사년 이후로 그들을 왕으로 여긴 적이 없는 나는 그들이 무슨 문서에 어떤 도장을 왜 찍었는지 아무 관심이 없소."

내 말은 이상설이 아니라 유인석을 향한 것이었다. 내가 이상설에게 먼저 도발을 했던 것도 모두 유인석이 선택할지 모를 자진이 조금도 비장하지 않은 부질없는 일임을 주장하려는 의도였다. 유인석은 비감한 표정으로 천천히 입을 열었다.

"세상을 지탱하는 데는 다섯 개의 도가 필요하오. 인의예지신. 어질고 바르며, 예를 알고 지혜가 있어야 하며, 무엇보다 신의를 지켜야 하는 것이오. 무릇 필부라 하더라도 이 다섯 개의 도를 지켜야 하는즉, 더구나 군왕이 제 백성에게 지켜야 할 마지막 신의마저 저버리면 군왕이라 할 수가 없소. 그러니 여천의 말이 그르다 하기 곤란하오."

뜻밖의 말에 이상설의 표정이 어두웠다. 유인석은 적과 간신들의 반간계에 빠져 나라를 끝장낸 명의 마지막 황제 숭정제의 최후를 상기시켰다. 명의 가장 충성스러운 명장 원숭환을 산 채 저잣거리에 묶어두고 온몸의 살점을 발라내 죽이는 책형에 처한 숭정제도 자신의 잘못으로 나라를 빼앗기자 자결로 마지막 책임은 졌다.

"이것으로 이십칠 대에 걸친 조선왕조 오백십구 년은 완전하게 끝이 났소."

십오 성상을 왜구와 싸워온 유림의 거두, 화서학파의 수장 유인석의 말이었다. 아직도 고종을 연해주로 망명시켜 국권 회복을 도모해보려는 미련을 버리지 못한 이상설이 길게 한숨을 내쉬고 나서 입을 열었다.

"어찌했거나, 로씨아 헌병대에서는 열심히 추적은 하지 않겠지만 우리를 보면 체포할 수밖에 없으니 당분간 몸을 피하라고 합니다."

"그 당분간이 얼마 동안입니까?"

이상설보다는 다섯 살 아래고 안창호보다는 세 살 위인 엄인섭이 물었다.

"그건 알 수 없소."

엄인섭이 무엇인가 더 물어보려는데 유인석이 먼저 입을 열었다.

"나는 여기에 숨어서 할 수 있는 일이 없으니 만주로 가 국내의 문도를 불러모아보기로 했소. 내가 오늘 보자고 한 것도 이 사실을 도총소 의원들에게 알리려고 한 일이오. 저런 왜놈 총독부의 관보를 같이 듣고자 한 것은 아니니 오해하지 마시오."

"기력도 좋지 않으신데 조금 더 여기에 머무르시는 게 어떨지요? 제가 조금 더 안전한 집을 구해보겠습니다."

영민하고 부지런한 엄인섭이 유인석을 걱정스럽게 바라보며 물었다.

"나는 여기서 할 수 있는 일이 없다고 하지 않았소. 내 걱정은 않아도 되오."

나는 하루가 다르게 쇠잔해져가는 칠십 노인의 주름진 얼굴을 바라보았다. 그는 만주로 가는 것이 옳았다. 청국에는 그가 한자로 필담과 시문을 주고받으며 가르칠 관리들이 있었다.

"언제 떠나실 작정이신지요?"

"내일 아침이오. 다른 사람들이야 다 의지할 데가 있을 터이고, 여천은 어찌할 생각이오? 마땅치 않으면 나와 함께 만주로 가면 어떻겠소?"

"저는 부두 일을 계속해보겠습니다. 조선 청년들도 만나기 쉽고, 벌이도 괜찮습니다."

엄인섭이 생선 비린내에 전 내 회색 작업복을 바라보며 다시 나섰다.

"장군님께서 너무 험한 일을 하셔서 보기가 참 민망합니다. 남들이 알면 저를 욕합니다. 개척리에서 좀 쉬면서 다음 일을 준비할 만한 집을 제가 알아보아드리겠습니다."

나는 고개를 저었다.

"그동안 이미 많은 사람에게 신세를 졌소. 이제는 울라지보스토크도 익숙해졌고, 그냥 내 힘으로 지내는 게 편하오."

개척리에는 팔천 명 가까운 조선 동포가 모여 살았다. 일부 원호들은 잘살았지만 대부분 가난했다. 그런데 찾아오는 애국지사는 너무 많고 성금 모금은 지나치게 빈번했다. 아무런 생계 수단도 가지지 않고 항일운동을 한다며 민폐를 끼치는 애국지사들은 그들에게 큰 짐이었다. 겉으로 보아서 진짜 애국 투사와 연해주를 떠도는 건달이 구별되는 것도 아니었다.

"부디 강건하십시오."

나는 유인석에게 큰절을 올리고 먼저 방을 나섰다. 다른 사람들이 따라 나오지 못하게 하고 혼자 마당까지 나온 유인석이 두 손으로 내 손을 감싸쥐며 부탁했다.

"여천, 서북파니 기호파니 남도파니 하는 그런 파당에 절대 휩쓸리지 마시오. 파당은 언제나 뜬구름과 같아 바람 한번 지나가면 형체도 없이 흩어지는 부질없는 것이오."

"염려 마십시오."

"내 이번 가는 길이 어쩌면 마지막이 될지 몰라 하는 부탁이니 부디 명심하오."

다시, 유인석이 자진을 선택할지 모른다는 생각에 내 등줄기가 서늘했다.

"어인 말씀을 그렇게 하십니까. 행여 낙담하셔서 약한 마음을 가지신 건 아니시겠지요?"

"이미 사라진 나라였다고 여천이 말하지 않았소. 그런데 내가 왜 새삼 낙담한단 말이오."

"선생님이 저희와 함께 계셔주는 것만으로도 얼마나 큰 힘이 되는지 잘 아시지요? 이거 얼마 되지 않지만 노자에 보태십시오."

나는 주머니에 있던 돈을 꺼내 그에게 내밀었다.

"자네가 무슨 여유가 있는가?"

"저는 부두에 나가면 매일 돈이 들어옵니다."

한사코 받지 않으려는 그의 주머니에 억지로 돈을 넣고 나는 도망치듯 돌아섰다.

2

겨울 광산의 추위는 혹독했다. 갱도에서 나오는 나를 향해 딴뜬계곡을 가득 채운 북풍이 사납게 달려들었다. 설화를 매단 자작나무 가지를 매섭게 핥아대는 날카로운 바람소리는 고막을 터뜨릴 기세였다. 광부들은 살을 에는 칼바람을 견디지 못하고 등을 돌린 채 방향을 어림하며 뒷걸음질쳤다. 바람을 가슴으로 받아 안으며 걷는 광부는 오로지 나 하나였다.

등을 보이고 걷지 않는 것은 저격수의 철칙이었다. 더구나 갱도에서 나오는 이 순간은 내가 가장 빠르고 정확하게 주변을 살펴야 하는 찰나였다. 러시아 헌병대가 나를 덮친다면 갱도에서 빠져나오는 이 순간일 수밖에 없었다. 선광을 마친 폐석이 쌓인 노천을 가로질러 대기소로 들어서던 나는 옆에 선 남창일의 팔을 잡아당기며 멈춰 섰다. 놀란 남창일이 돌아서며 달아날 태세를 갖췄다.

"체포한 다음에는 자기들도 풀어줄 수가 없으니 무조건 도망가라는 것이 로씨아 헌병대의 귀띔입니다. 그러니 잡으려 들면 일단 삼십육계, 이게 우리의 지침입니다."

러시아 헌병대와 정보를 주고받는 13도의군 외교부장 이상설이 전달한 지침을 우리는 잊지 않았다.

나는 한눈에 대기실 안에 있는 사람들을 훑었다. 게시판 앞에 모여 웅성거리는 광부들의 절반 이상이 조선인이었다. 다행히 낯선 외부인은 없었다. 나는 경계를 늦추지 않고 게시판을 향해 다가갔다. 게시판에 붙은 러시아어 신문 앞에서 내용을 설명하는 이는 러시아 백인인 아나톨리였다.

딴뚠 금광 노동자회의 핵심인 아나톨리는 내가 앞서 일했던 울라지보스토크 부두의 노동자회 대표 이바노비치의 동지였다. 조선인이 많은 광산으로 가려는 내게 필요한 러시아어 서류를 만들어준 이바노비치가 따로 소개장을 써주며 만나보라고 했던 인물이 아나톨리였다.

아나톨리는 러시아 신문의 기사를 손으로 짚어가며 설명을 계속해나갔고, 그를 둘러싼 조선 광부들은 탄식을 터뜨렸다. 러시아 글을 아는 조선인 광부는 없었지만 말을 알아듣는 이는 많았다. 러시아인과 청국인들도 놀란 표정으로 입을 벌렸지만 내가 알아들을 수 있는 말은 한마디뿐이었다.

리범진.

"리범진이 체포됐다는 거요?"

나는 앞에 선 배문철에게 물었다. 어려서 연해주로 건너온 배문철은 러시아 글은 몰라도 말은 능숙했다.

"자결했답니다."

내가 놀라기도 전에 남창일이 끼어들었다.

"리범진이 누군데, 왜 자결을 해?"

"리범윤 관리사의 형, 리범진 공사도 몰라요?"

핀잔을 주는 배문철에게 남창일이 눈을 흘기며 말했다.

"그러니까, 뭐라고 하는지나 조선말로 통사를 좀 해봐."

배문철이 아나톨리를 향해 고개를 돌렸다. 눈치 빠른 아나톨리는 벌써 상황을 알아차리고 이쪽을 바라보았다. 웅성거림이 가라앉았다. 아나톨리는 다시 신문기사를 한 줄씩 짚어가며 러시아어로 읽어나갔다.

"주로씨아 공사 리범진이 지난 일월 이십육일 오전 열한시 상트페테르부르크에 있는 그의 자택 서재에서 목을 매고 단총 세 발을 쏘아 자결하였다."

배문철이 조선말로 우리에게 옮기면 아나톨리가 이어서 다음 문장을 읽어나갔다.

"대한제국의 충성스러운 관리로 국내에서 법부대신을 지내고 아미리가와 불란서, 오스트리아 공사를 거쳐 로씨아 공사로 일해온 그는 대한제국 병탄의 불법 부당성을 국제사회에 알리며 세계 각국이 이를 인정치 말 것을 주장해왔다."

리범진이 누군지조차 몰랐던 우리 대원들도 이 대목에서 입술을 깨물었다.

"리범진은 대한제국의 외교관리로서 더는 할 수 있는 일이 없기에 그 책임을 지고, 도적 일본의 파렴치한 만행을 영구히 인정치 않기 위하여 자결한다고 밝힌 것으로 알려졌다."

일본, 이런 개새끼들. 대기소 안에 있던 조선인들은 주먹을 움켜쥐며 분노를 터뜨렸다.

"그는 또한, 자신은 여기에서 멈추지만 대한제국의 국민들은 끝까지 일제와 싸워 조국을 되찾기를 바란다고 밝히며, 로씨아 황제 니콜라이 2세와 세계 각국의 지도자들이 도적 일본에 맞서 싸우는 조선인의 투쟁을 지지해줄 것을 죽음으로써 호소한다고 밝혔다."

이 대목에서 나도 모르게 눈물이 뺨을 타고 흘러내렸다. 움켜쥔 주먹으로 눈물을 훔치지 않는 조선인은 없었다. 조선인뿐만이 아니었다. 신문을 읽어주는 아나톨리를 따라 러시아와 청국 광부들도 눈시울을 붉혔다.

나를 숨도 쉴 수 없게 만든 것은 아나톨리가 읽어주는, 리범진이 고종에게 남긴 아주 짧은 유서였다.

> 우리나라는 망했습니다. 폐하는 모든 권력을 잃었습니다. 저는 적을 토벌할 수도, 적에게 복수할 수도 없는 이 상황 앞에서 깊은 절망에 빠져 있습니다. 자결 외에 제가 할 수 있는 일이 없습니다. 오늘 목숨을 끊습니다. —1911년 1월 26일. 리범진

목숨을 걸고 싸우거나, 그러지 않으면 목숨을 끊으면서라도 항쟁을 호소했어야 할 사람은 리범진이 아니라 고종이었다. 고종이 사람이라면 리범진의 유서를 받아들고 나서라도 목숨을 건 항전에 나서야 마땅했다. 물론 나는 고종이 절대 그럴 자가 아니라는 것을 모르

지 않았다. 그 사실을 누구보다 잘 알고 뼈에 사무치게 절감하며 절망했을 리범진이었다. 갑신변란의 와중에 명성황후를 구출했고, 일본이 명성황후를 시해한 다음에는 그 배후를 끝까지 밝히고 응징하려 들었던 리범진이었다. 두 번 모두 목숨을 건 일이었다. 그랬기에 고종에게 보내는 다섯 문장, 그 짧은 유서에는 충성을 다했던 자신의 폐하에 대한 절망과 원망이 파도처럼 출렁거렸다.

리범진이 그의 시신을 처리하게 될 경찰서장 쿠즈네초프 대령에게 남긴 유서도 내 가슴을 찔렀다.

> 쿠즈네초프 대령께. 국권을 빼앗긴 대한제국의 상황은 나에게 목숨을 보전할 마지막 희망과 가능성마저 앗아갔습니다. 적에게 복수할 방법이 없기에 저는 진정 자결을 결심합니다.

유서를 읽어준 아나톨리는 쿠즈네초프 경찰서장이 리범진을 매우 존경하며 예우했었다는 설명을 덧붙였다.

내가 이상설에게 들었던 이야기에 따르면 러시아의 황실과 관리들이 리범진을 존경한 이유는 아주 이상했다. 리범진은 러시아의 말을 잘 듣는 외교관이 전혀 아니었다. 압록강 유역의 삼림 벌채권을 불법적으로 연장하고, 벌채 지역을 마음대로 확대하는 러시아에 가장 강경하게 맞선 인물이 리범진이었다. 그의 반대에도 불구하고 대한제국 정부는 러시아의 압력에 굴복해 압록강변의 용암포까지 내주라는 공문을 상트페테르부르크의 러시아 공사관으로 보내왔다. 하지만 리범진은 이 공문을 러시아 정부에 넘겨주지 않고 끝까지 버티다 직무 유기로 대한제국 정부에 의해 한때 파면까지 당했다.

파면을 무릅쓰면서 조국의 주권과 이익을 지키려는 리범진의 모습은 러시아인들에게 깊은 인상을 남겼다. 아나톨리는, 리범진을 외교관의 표상으로 높이 평가해온 니콜라이 2세가 리범진의 죽음을 깊이 애도하며 그의 장례 비용을 하사했다고 알려주었다.

그날 밤 딴뚠 금광의 조선 광부들은 밤새 제상을 마련했다. 객점에서 술과 제물도 구해왔다. 이튿날 아침, 조선 광부들은 갱도에 들어가기 전에 차례로 그의 위패 앞에 재배를 올렸다. 당황한 광산의 러시아 감독관이 막으려 들었다. 하지만 조선 광부들은 부모 형제와 임금의 상을 치르는 조선의 법도가 이러하다며 그냥은 갱에 들어가지 못한다고 버텼다.

"리공사는 당신들의 부모 형제도, 임금도 아니지 않은가?"

나는 감독관의 말에 대답하지 않을 수 없었다.

"리공사는 우리 부모 형제들의 나라를 지키려다 죽었으니 우리 부모 형제요, 임금도 지지 않은 책임을 지고 죽었으니 우리에게 임금보다 더한 임금이오."

그렇지비, 맞습네다, 옳소, 그러지라. 조선을 떠나 만리 객지를 떠돌아온 거친 목소리들이 한겨울 칼바람을 가로질렀다. 눈 덮인 폐석더미 사이로 줄지어 늘어선 채 눈을 쓸고 다니는 바람도 피하려 들지 않는 팔백오십육 명이나 되는 조선인 광부 앞에서 광산의 감독들도 물러설 수밖에 없었다. 차례로 큰절을 올리며 곡을 하는 조선인들을 청나라와 몽골, 러시아 광부들이 신기한 눈빛으로 쳐다봤다. 아나톨리를 따라 큰절을 하는 러시아 광부도 있었다. 바닥에 엎어지듯이 하는 그들의 이상한 절은 그 와중에도 잠시 웃음을 자아냈다.

보름 뒤 울라지보스토크 정교회 교당에서 리범진의 추모 예배가 열렸다. 딴뚠으로 나를 데리러 온 것은 엄인섭이었다. 안중근의 결의형제였던 엄인섭은 이제 나의 결의형제이기도 했다.

"리공이 온다고 페티카가 같이 보자고 하십니다."

리공은 리범진의 아들 리위종이었고 페티카, 최재형은 엄인섭의 외삼촌이었다.

"페티카는 리관리와 리공사, 그 형제들과 사이가 좋지 않은 걸로 알았는데, 아니오?"

"사이가 좋지 않은 것은 잠시고, 그 나머지 긴 시간에 걸쳐 뜻을 같이해온 분들입니다. 동의회와 대한의군의 창설자금을 제일 많이 낸 분이 페티카고, 그다음으로 많이 낸 분이 리공사였으니까요. 리공사의 죽음을 누구보다 애통해하신 분도 페티카고, 이번에 추모 예배를 마련한 것도 페티캅니다."

"체포령이 내려진 나 같은 사람까지 버젓이 모아서 예배를 열어도 괜찮은 것이오?"

"로씨아 헌병대와 미리 얘기가 된 일입니다. 극동 총독과 헌병대장이 다 리범진 공사의 로씨아 친구들입니다."

3

최재형이 다니는 울라지보스토크의 러시아정교회 교당에서 열린 리범진의 추모 예배에 참석한 리위종은 눈매가 영민하고 몸이 날렵했다. 예배의 마지막 순서로 그가 유족 인사를 했다.

“아버님께서는 나라를 지키지 못한 죄인이니 장례식을 치르지 말라고 하셨습니다. 장의사가 관을 들고 와서야, 선친께서 자진하시기 전날 장의사에 들러 관값을 미리 지불하고 가셨다는 사실을 알았습니다. 이런 예배가 어쩌면 선친의 유언을 어기는 것 같아 몹시 저어하면서도 제가 여기까지 온 이유는 아버님이 언제나 국내 진공 작전의 기지로 여기며 지원한 연해주의 동지들께, 아버님의 마지막 뜻을 전하기 위해서입니다. 아버님의 자결은 팔아먹어서는 안 될 것을 팔아먹은 역적들에 대한 참을 수 없는 분노와 그에 굴복한 대한제국 폐하에 대한 깊은 원망, 그리고 한낱 섬나라의 위협을 견디지 못하고 13도의군의 국내 진공 작전을 좌절시킨 러시아제국에 대한 강력한 항의였습니다. 또한 선친의 자결은 아무도 책임지는 자가 없는 왕실과 관료를 대신하여 대한제국의 국민에게 바친 뼈저린 사죄였습니다. 그리하여 아버님께서는 죽어서도 두 눈을 부릅뜨고 해내외에서 항전을 계속하고 있는 동지 여러분들과 함께하실 것입니다."

리위종이 잠시 말을 멈추었지만 교당을 가득 채운 흐느낌은 그치지 않고 계속되었다.

"끝으로 선친께서 자진하시기 전에 유산을 다음과 같이 분급해두셨기에 알려드립니다. 아미리가의 국민회에 오천 루블, 아미리가의 조선무관학교에 일천 루블, 아미리가의 조선어신문사에 천오백 루블, 하와이의 독립단체에 일천 루블, 울라지보스토크의 독립단체에 이천 루블…… 저희 가족에게는 단 한푼의 재산도 남기지 않고 이처럼 독립단체와 기관에 모두 분급한 이유를 아버님께서는 이렇게 적어두셨습니다. '나는 평생을 나라의 일을 하며 나라의 녹을 받아먹고 살아왔다. 젊어서는 국민에게 하여서는 아니 되는 일을 하고서도 녹을 받아먹었다. 그러함에도 나라를 지키지조차 못했으니 한푼 남김없이 제자리에 되돌려놓고 가는 것이 마땅하다.' 많다면 많고 적다면 적은 아버님의 유산에 담긴 뜻을 부디 동지 여러분께서 잘 헤아려주시기를 부탁드립니다."

이상설에게 들었던 것처럼 리위종은 사람들의 마음을 뒤흔들었다. 리위종의 인사가 끝난 다음에도 사람들은 좀처럼 의자에서 일어나지 못했다. 리범진과 리위종, 리공 부자에 대한 평가는 사람에 따라 같으면서도 달랐다.

"그 아버지에 그 아들이오."

이렇게 얘기하는 사람이 좀더 많았다. 자진한 그 아버지 리범진의 나이 당년 쉰여덟이었다. 대원군의 심복이었던 훈련대장 리경하의 서자로 태어난 리범진의 삶은 파란만장했고, 죽음은 장렬했으며, 유훈은 비장했다.

"그 아들에 그 아버지였던 것도 같소."

하지만 이렇게 얘기하는 사람도 적지만은 않았다. 그 아들 리위종의 나이 당년 스물여섯이었다. 불란서 사관학교 출신인 그는 내 앞에서 수줍어했다.

"전설인 줄로만 알았던 분을 여기에서 뵙습니다. 제가 꼭 뵙고 싶어 모셔달라고 페티카에게 특별히 부탁했었습니다. 와주셔서 정말 고맙습니다. 선친께서 생전에 장군님을 몹시 만나보고 싶어하셨습니다."

나는 비로소 페티카가 왜 딴뚠까지 조카인 엄인섭을 보내 나를 불렀는지 알 수 있었다.

"언젠가 장군님을 모시고 싸울 수 있는 날이 오기를 기다리겠습니다."

많은 사람 앞에서 얘기할 때는 거침이 없었던 리위종이 소년처럼 낯을 붉혔다. 명연설가인 그의 수줍음은 뜻밖이었다.

"그럽시다. 꼭, 서양 사관학교에서 배운 것을 내게 좀 가르쳐주시오."

말끔한 양복에 깃을 세운 새하얀 셔츠, 검은 넥타이를 맨 리위종을 바라보는 내 마음에 잔잔한 파장이 일었다. 차이경이 살아서 공부를 할 수 있었다면 리위종보다 앞서 그와 같은 사람이 되었을 것 같았다. 공부를 좋아했던 내 아들 양순이도 살아남아 그처럼 되었으면 얼마나 좋았을까, 그런 생각도 스쳐지나갔다.

리범진의 죽음은 헛되지 않았다.

러시아 헌병대는 13도의군 지휘부에 내려진 체포령을 거둬들이지 않았지만, 추적하지도 않았다. 일본의 압박과 일본 밀정들의 신고로 어쩔 수 없이 수색에 나서면 미리 정보를 흘려주었다.

딴뚠 금광의 노동자 사이에서도 내가 누구인지는 공공연한 비밀이 되었다. 나는 딴뚠에서 뜻밖에 많은 군자금을 모았다.

"지금까지 연설을 하러 온 애국지사들은 많았지만 갱도에 들어와서 우리와 함께 일한 애국지사는 장군님이 처음입니다."

처음, 러시아 말을 제일 잘하고 부지런해 통사 노릇을 도맡아 하는 배문철은 내게 처음이란 말을 자주 썼다.

"난 애국지사 아니고 포수야."

"이 금광에서 한 달을 넘긴 포수도 장군님이 처음입니다. 작년에 포수가 한 명 들어왔었는데 보름을 견디지 못하고 나갔습니다."

배문철은 여전히 나를 애국지사라고 부르며 처음이란 말을 이어갔다.

"우리 금광에 와서 독립 성금 내라는 말을 한 번도 하지 않은 애국지사도 장군님이 처음입니다. 그런데 이렇게 한 명도 빠지지 않고 얼마씩이라도 십시일반을 내게 만든 것도 장군님이 처음입니다."

나는 광부들에게 성금을 내라고 하지 않았다. 나와 함께 이 금광에서 일하는 저격여단 대원 열여섯 명이 번 돈의 절반은 고향으로 보내고 절반은 모으고 있는데, 그렇게 모은 돈이 쌓이면 무기를 사들고 다시 백두산으로 싸우러 갈 것이라고 입 밖에 낸 것은 남창일이었다. 나와 자기는 번 돈을 모두 성금으로 내놓는다는 남창일의 말이 배문철을 통해 퍼져나가면서 광부들은 누구도 시키지 않았는데 다달이 받은 노임에서 얼마씩을 내놓았다.

십시일반, 광부들은 지금까지 애국지사들에게 걷어준 성금과 달리 우리에게 내는 돈을 '십시일반'이라고 불렀다. 十匙一飯. 열 사람이 한 숟가락씩 덜어 밥 한 그릇을 만들자. 숟가락의 크고 작음은 있었지만 딴뚠의 조선 광부들은 아무도 빠지지 않고 자기가 받은 노임에서 한 숟가락씩을 덜어 십시일반 했다.

울라지보스토크에서는 흩어진 13도의군을 다시 모아 대한광복군을 창건하는 사업이 시작되었다. 나에게도 금광에서 돌아와 광복군 창건에 전념하라는 권유가 이어졌다. 하지만 나는 딴뚠을 떠나지 않았다. 내가 만든 조선노동회에 가입한 광부들로부터 돈이 잘 들어오니까 떠났다는 소리를 듣는 게 두려워서가 아니었다. 울라지보스토크로 가 어렵게 생활하는 신한촌 동포들에게 짐이 되고 싶지도 않았고, 나 하나를 믿고 여기까지 따라온 대원들만 남겨둔 채 나만 먼저 빠져나가고 싶지도 않았다.

그리고 무엇보다, 장기전을 계속해나갈 기반을 어디에 마련해야 하는지를 알아차리기 시작한 나였다. 내가 연해주의 토호가 된 원호들의 후원을 얻을 수 있는가. 친구로 둔 러시아 관리가 있는가. 글 읽은 유림들을 동원할 수 있는가. 나는 살을 에는 겨울 부두와 땀을 뒤집어쓰는 여름 갱도에서 고된 노동으로 번 돈을 내놓으면서도 더 내지 못하는 것을 미안해하는 노동자들을 보면서 몸으로 깨달았다. 내가 있어야 할 자리는 이런 노동자들이 일하는 광산과 공장과 부두와 농장이었다.

4

리범진이 러시아에 남긴 유산은 만만치 않았다. 러시아의 황제 니콜라이 2세는 어떤 큰 나라의 외교관보다 당당하고 강직했던 대한제국의 마지막 공사 리범진의 최후를 깊이 동정했다. 러시아 관리와 군인들은 리범진이 남긴 유언에 큰 충격을 받았다. 자신의 재산을 모두 조국의 독립 자금으로 나눠주고 떠난 그의 파란만장한 생애는 러시아 신문에 오르내리며 새삼 화제가 되었다.

리범진은 젊은 시절 주먹으로 장안을 휘어잡은 파락호였다. 지방 수령으로 있으면서는 제 마음 내키는 대로 권력을 휘두르는 것을 큰 재미로 여겼던 인물이기도 했다. 권력이 자기를 위해 존재하는 줄 알고 그것을 마음대로 휘두르기를 주저하지 않던 그가 완전히 달라진 것은 나라 바깥으로 나간 다음이었다. 아미리가와 불란서, 오스트리아, 러시아 공사를 지내면서 권력이 자신을 위해서가 아니라 나라와 국민을 위해서 사용되어야 한다는 것을 뒤늦게 깨달은 것이었다.

한때 훌륭하고 아름다웠던 인간이 변절하고 추하게 타락하는 경우는 많아도 그 반대는 희귀했다. 모자라고 부족한 인간이 나아지는 것은 보았지만 더러운 인간이 아름답게 변한 것을 나는 한 번도 본 적이 없었다. 러시아인들도 뒤늦게 알려진 리범진의 삶에 놀랐고, 리범진의 죽음에 경의를 표했으며, 리범진이 지키려고 했던 조선을 동정했다.

연해주에 탄생한 권업회는 리범진이 남긴 가장 값진 유산이었다. 권업회의 회장에 추대된 페티카는 나를 집으로 초대했다.

"13도의군도 해산시킨 로씨아가 어떻게 이런 조직을 다 승인해주었습니까?"

내 질문은 자신의 인맥과 자금을 총동원해서 연해주에서 보지 못한 조직을 만들어낸 페티카에게 보내는 찬사였다.

"저걸 좀 이용했소."

페티카는 거실에 나란히 걸린 러시아 황실 훈장 다섯 개를 가리켰다.

"대단한 일을 하셨습니다."

"어디 이게 내가 한 일이겠소. 리공사의 목숨값을 받아낸 것이지요."

페티카는 모든 공을 죽은 리범진에게 돌렸다.

"그래도 도헌이 아니면 누가 리공사의 목숨값을 받아냈겠습니까?"

도헌은 페티카를 공적 지위를 높여 부를 때 쓰는 호칭이었다.

"이 정도로는 리공의 목숨값으로 많이 부족하지요. 나머지는 홍장군이 왜놈들에게 받아낼 거라 믿소."

권업회는 그동안 출신 지역과 배경으로 삼는 나라에 따라 기호파와 서북파, 러시아파와 아미리가파로 갈라졌던 연해주의 독립운동가를 모두 망라한 조직이었다. 고종에 대한 태도와 독립운동의 방략에 따라 서로 등을 돌리고 지내던 복왕파와 공화파, 계몽파와 무장투쟁파도 함께 들어왔다. 권업회가 이전에 만들어졌던 어느 조직과도 다른 것은 서로 경원하던 원호와 여호를 다 포괄하는 조선인 조직이라는 사실이었다.

일찍 연해주에 들어와 자리를 잡고 토지를 불하받아 지주와 사업가로 성공한 초기 이주민의 집안은 스스로 으뜸 원元 자를 붙여 원호元戶를 자임했다. 원호들은 연해주에서 성공하지 못하거나 나중에 들어와 그들의 소작농이나 일꾼으로 살아가는 조선인들에게 남을 여餘 자를 붙여 여호餘戶라 불렀다. 말 그대로 원호는 연해주에서 으뜸가는 터줏대감이었고 여호는 남아도는 무수리였다. 백인 러시아인들처럼 깔끔한 양복에 새하얀 셔츠를 받쳐 입고 넥타이를 맨 원호들은 여호들과 어울리지 않았다.

물과 기름처럼 서로 겉도는 원호와 여호를 하나로 통합한 최초의 조직이 권업회였다. 동의회나 13도의군도 끝내 못한 일이었다.

"홍장군이 부회장을 맡아주어서 내가 참 든든하고 마음이 놓이오."

"성심껏 돕겠습니다."

"돕다니요? 이름이 회장, 부회장이지 나야 사업을 하는 사람이니 심부름이나 하며 길을 내는 것이고 나라의 명운을 건 큰일이야 장군이 하는 것이지요."

페티카가 권업회의 회장에 추대된 것은 조금도 이상하지 않았다. 애초에 그가 없었으면 탄생할 수 없었던 권업회였다. 마다하는 나를 기어코 부회장에 추대한 것은 정무와 군무의 균형을 맞추기 위해서였다. 사업가인 회장 페티카가 행정과 외교의 귀재라면 총을 든 내가 군사와 무장투쟁의 적임자라는 이유에서만은 아니었다.

여호들은 가장 성공한 원호의 대표인 페티카에 맞세울 여호의 대표로 부두와 광산을 전전하며 노동하는 나를 떠올린 것이었다. 어쩌면 나를 밀어주는 파당의 힘이 세어서가 아니라 아예 파당이 없어서 나를 두번째 자리에 앉힌 것도 같았다. 유인석의 충고대로 어느 파당에도 들지 않은 나를 반대하는 사람은 아무도 없었다. 심지어 나를 죽을 지경으로 두들겨팼던 원호인 사포대의 우두머리 문창범도 나를 지지했다. 그가 모시는 리범윤이 나를 자기 사람으로 여겼고, 13도의 군에서 내가 그를 내치지 않았기 때문이었다.

"이제 광산에서 그만 고생하고 나와 함께 권업회의 일에 매진합시다. 군사야 장군을 능가할 사람이 아무도 없으니 이 기회에 행정도 익히고 인맥도 넓혀서 더 큰 지도자가 되시오. 이런 기회는 자주 오지 않소."

나는 고개를 저었다.

"전 총과 몸으로 하는 일 말고는 할 줄도 모르고 관심도 없습니다. 붓과 입으로 하는 일을 해본 적이 없는 저까지 여기에 자리를 차지하고 어슬렁거리면 조직의 꼴이 어찌 되겠습니까. 이미 너무 많은 애국지사가 가난한 동포들에게 신세를 지고 있습니다."

"왜 가난한 레비지에게 신세를 지오?"

나는 잠시 내 귀를 의심했다. 레비지, 원호들이 너무나 흔하게 쓰는 말이었지만 그 말을 페티카에게서 들을 줄은 몰랐다. 여호를 낮춰 부르는 말이 레비지였다. 레비지는 러시아말로 '두루미'를 뜻했다. 하얀 조선옷을 입고 몰려다니는 여호들이 두루미떼 같다는 소리였다.

"레비지요?"

내 반문에 당황한 페티카는 어색하게 웃으며 얼버무렸다.

"아, 가난한 사람들에게 신세질 필요가 없단 말을 한 것이오. 내가 홍장군 하나 책임지지 못하겠소."

페티카도 원호는 원호였다. 여호에게 동정을 베풀고 지원은 하지만 그들을 대등한 사람으로 받아들이지는 않는 선량하고 좋은 원호였다.

"고맙지만, 군사 업무를 개시할 때까지 저는 그냥 광산에 있겠습니다."

나는 새삼 깨달았다. 물을 떠난 고기는 살 수 없었다. 내가 살 수 있는 물은 유림도 원호도 아니었다. 나는 부두와 광산과 공장, 농장, 어장에서 살아남아야 했다.

페티카는 쓸데없는 고집을 부린다는 눈빛으로 나를 쳐다보았다.

"권업회는 우리에게 주어진 마지막 기회일지도 모르오."

"명심하겠습니다."

페티카의 말대로 권업회는 우리에게 마지막 기회일지도 몰랐다.

권업회와 같은 막강한 위력을 가진 조직이 다시 만들어지기는 어려웠다. 연해주와 흑룡강성을 관장하는 극동주 총독 곤다티는 권업회의 창설을 후원하는 데 그치지 않고 아예 권업회의 명예회원으로 이름을 올렸다. 곤다티가 리범진의 사돈이자 리위종의 장인인 토볼주의 총독과 사관학교 동기가 아니었다면 있을 수 없는 일이었다.

페티카의 부탁을 받은 우수리철도 헌병대장도 권업회를 지원해주었다. 극동지역의 정탐과 치안 업무를 총괄하는 우수리철도 헌병대장 세르바코프 대령은 파당이 다른 이상설과 권업회 조직가 이종호를 한자리에 불러 상호 협력을 권유하기까지 했다.

러시아 황실은 권업회에 러시아 국적 취득 업무를 위탁했다. 조선인들의 임시 거주증 발급의 필수 서류로 권업회의 보증서를 지정했다. 권업회가 단순한 조선인의 결사체가 아닌 공사관 업무를 담당하는 국가기관으로 발돋움한 것이었다.

일본과 러시아의 관계를 고려해서 조선인의 농상공업을 권장하는 자치 조직을 표방했지만 권업회가 하려는 일은 말할 나위도 없이 조선 독립이었다. 당연히 우리가 진정으로 창설하려고 했던 조직은 나라를 되찾기 위한 대한광복군이었고, 그 근거가 될 임시정부였다. 스스로 제 나라를 팔아넘긴 왕에게 돌려주어야 할 조선은 이제 더이상 없었다. 그 사실을 만천하에 선언한 것이 고종에게 보낸 리범진의 통렬한 유서였다.

'우리나라는 망했습니다, 폐하는 모든 권력을 잃었습니다.'

권업회의 최종 목표는 무장력을 보유한 '대한광복군 정부'의 수립이었고, 연해주에서 그 정부의 실체가 될 대한광복군을 창설하고 훈련하는 일이 나의 임무였다.

국내의 대한광복군 창설은 울산 출신의 박상진이 맡았다. 박상진은 대한제국 최초의 사법고시에 합격한 수재였다. 그가 판사 시험에 합격한 것은 일본이 조선을 완전히 병탄하기 직전인 1909년이었다. 이듬해, 일본이 대한제국의 현판을 떼어간 경술년에 평양법원의 판사로 발령받은 박상진은 부임을 거부하고 울산에 있던 일천 마지기에 달하는 전답을 팔아 대한광복군 창설에 나섰다.

국내의 대한광복군 총사령 박상진을 생각하면 늘 조강록과 양순의 얼굴이 함께 떠올랐다. 13도창의군의 군사장이었던 허위의 수제자로, 한양 진공 작전의 선봉에 섰던 허위가 서대문형무소에서 처형된 다음 감히 아무도 거둘 엄두를 내지 못한 그의 시신을 수습하고 삼년상을 치른 박상진은 항일연합포연대의 도검사였던 조강록과 함께 양정의숙에서 법학을 공부한 동기였다. 나는 내 아들 양순이를 양정의숙에 보낼 수 없었지만 조강록은 기어코 미국으로 유학을 보냈다. 나는 실패하더라도 누군가는 살아남아 또 싸워야 하고 내가 알지 못했던 방법으로 더 잘 싸워야 했다. 나에게는 다시 기회가 없더라도 우리에게는 다른 기회가 남아 있어야 했다.

페티카의 말대로 권업회의 탄생은 대한광복군을 창설할 놓칠 수 없는 기회였다. 하지만 권업회는 대한광복군의 창설을 먼 미래의 일로 여겼다.

내가 비밀결사를 조직한 것은 군대의 창설을 앞당기기 위해서였다.

나는 딴뚠 금광으로 돌아오기 전에 시베리아 횡단열차를 타고 바이칼호수가 있는 이르쿠츠크로 갔다. 이르쿠츠크에는 엄인섭이 모은 비밀 조직원 스무 명이 기다리고 있었다. 평안도 철산에서 맹활약한 의병장 유상돈은 나를 보고 반가워서 어쩔 줄 몰랐다. 나는 그들과 함께 21의형제가 되어 생사를 같이하기로 맹세하고 혈서를 썼다.

우리들 이십일 인은 지성과 열혈과 정의를 좋아하는 남자로서 서약한다. 우리 이십일 형제는 서로 제휴하고 서로 급한 어려움을 구하여, 모두 함께 업신여김을 막고 격한 탁류를 맑게 하며, 퇴폐한 풍속을 바로잡고 완고함을 고치며 약한 것을 바로 세워, 남의 웃음거리가 되지 않고 죽음에 이르도록 변하지 않는다. 혹 누설하는 자 있어 신으로부터 수치를 받는 자 있으면 신이 이를 죽인다.

21의형제동맹은 대한광복군을 창설하여 갑인년인 1914년에 독립전쟁에 나서는 것을 목표로 정했다. 1914년은 갑甲 자가 들어가는 해였다. 갑 자가 들어가는 해마다 일본은 전쟁을 일으켰다. 갑오년인 1894년에는 청나라와 전쟁을 벌이고 갑진년인 1904년에는 러시아와 전쟁을 벌였다. 우리는 대한제국을 먹어치운 일본이 갑인년인 1914년에 청나라나 러시아를 넘보는 전쟁을 벌일 것으로 확신했다. 바로 그때가, 우리가 선전포고를 하고 일본과 전쟁에 나설 절호의 기회라는 판단에 21의형제 누구도 이견이 없었다. 선전포고를 하고 전쟁에 나서려면 실체를 가진 대한광복군 정부가 필요했다.

이르쿠츠크까지 갔지만 나는 그 유명한 겨울 바이칼호를 밟아보지 못했다. 사람 한 길 깊이로 언 빙판 위로 승용차와 여섯 마리 흰말이끄는 마차가 오가는 바이칼호를 멀리 바라만 보고 딴뚠으로 돌아왔다. 세계에서 가장 깊고 바다처럼 넓다는 호수를 유람할 여유가 내게는 없었다.

금광에서 노동을 하며 광복군 창설을 준비해오던 내가 딴뚠을 떠난 것은 두 해 뒤였다. 광복군 창설 준비가 진척되면서 한 달에 한두 번 오가던 전령이 사흘이 멀다 하고 오가야 할 정도로 분주해진 것을 본 조선노동회에서 아예 나에게 떠나라는 결의를 했다.

"우리를 그렇게 못 믿으시는 겁니까? 여기는 노동회가 알아서 할 거니까 걱정하지 마시고 나가서 군대 창설에 전념하십시오. 이건 우리 노동회의 결의입니다."

나를 뺀 회의에서 내린 노동회의 결정을 전달하는 배문철은 사뭇 단호했다.

"내가 떠나든 그러지 않든 그걸 왜 노동회가 결정을 하오? 내 의견은 듣지도 않고서 말이오."

"홍범도 회장은 딴뚠 금광을 떠난다. 이건 우리 노동회가 만장일치로 정한 공식 결정이니까, 아무리 장군님이라도 민주주의에 따라야 합니다."

배문철은 조선노동회를 도와주는 아나톨리에게서 배운 민주주의란 말을 요즘 입에 달고 살았다.

"대장, 민주주의 하시오. 여긴 우리 대원들이 남아서 책임질 테니 나가서 하루라도 빨리 군대를 창건해서 우리를 불러주시오. 대원들이 민주주의 하자고 하지 않소?"

배문철이 얼마나 민주주의를 떠들어댔는지 이제는 남창일까지 덩

달아 민주주의였다. 나는 그들의 결의를 받아들였다. 전령인 용환이와 진포가 사흘이 멀다고 다녀가는 여비가 내가 받는 노임보다 많을 지경이어서 옮기긴 옮겨야 했다. 그렇다고 노동에서 손을 뗀 것은 아니었다. 나는 전령이 오가기 쉽고 시간을 빼기 좋은 추풍의 농장에서 일하기로 했다.

추풍으로 떠나는 내게 노동회 유사 배문철이 건네준 돈이 천사백 루블이었다. 나와 대원들이 벌어서 모은 돈과 조선 광부들이 낸 십시일반이었다. 이 군자금은 모두 총과 탄환이 되었다. 나는 오연발 소총 한 정에 탄환 백 발을 묶어 구원씩에 사들였다. 추풍의 다아재골짜기에 있는 최의관의 비밀 창고가 나의 무기고였다. 나는 총기가 나오는 대로, 군자금이 마련되는 대로 총기를 사들였다.

나는 노동회 조직을 확대하고 군자금을 마련하기 위해서라면 어떤 일도 마다하지 않았다. 쿠르바트 금광과 비얀코 금광, 얀드리스크 금광에서 일했고, 연해주 북부의 니콜라옙스크 어장에 가서 넉 달 동안 고기잡이배도 탔다. 나는 그렇게 모은 군자금으로 사들인 총기로 무기고를 채워나갔다. 마침내 갑인년, 1914년에는 무기고가 세 개로 늘어났다.

그리고 우리가 예견한 대로 전쟁이 일어났다.

5

러시아군 총사령부는 지난해 십일월 일일로 예정되었던 만기제대 군인의 전역일을 갑인년인 올 일월 일일로 연기했다. 전례 없는 일이었다. 만기제대자의 전역을 미루는 조치는 전시가 아니면 취하지 않는 법이었다. 러시아 군대는 일월 일일로 연기한 전역일을 오월 일일로 다시 연기했다.

전쟁을 확신한 나는 대한광복군 정부의 수반인 이동휘를 만나러 양군호로 향했다. 바로 가면 금방이었지만 나는 인적이 드문 아무르강 쪽으로 난 체레바노스카야 거리로 돌아서 갔다. 미행이 붙었는지 확인하기 위해서였다. 양군호는 하바롭스카야와 서울스카야가 교차하는 대로변에 자리잡은 제법 큰 잡화점이었다.

간판에 러시아어와 한자, 조선어가 함께 적힌 양군호에는 오늘도 손님이 많았다. 손님은 모두 러시아와 서양 사람이었다. 러시아 말로 손님을 상대하던 용환이가 나를 보고 모르는 사람처럼 인사를 했다.

"어서 오세요."

나는 녀석에게 고개를 끄덕이며 계산대로 걸어갔다.

"주문하신 물건 찾으러 오셨나요?"

진포가 잡화점 안에 있는 손님들을 살피며 내게 물었다.

"그렇소."

"따라오세요."

진포는 나를 잡화점 뒤에 붙은 창고로 안내했다. 밀가루와 쌀, 콩, 소금, 설탕, 가죽가방과 신발, 장갑, 털모자가 잔뜩 쌓인 창고 반대편 사무실에는 이동휘와 함께 반가운 얼굴이 기다리고 있었다.

"강건하셨습니까?"

황병길이 환하게 웃으며 내게 인사를 했다. 사 년 전 안중근이 하얼빈 작전을 완수한 직후에 훈춘으로 떠난 그였다. 나도 너무나 반가워 손을 마주 내밀었다. 황병길은 허리를 굽히며 내가 내민 손을 두 손으로 마주 잡았다. 나는 그의 왼손 약지를 살폈다. 잘라낸 한 마디가 돋아났을 리 없었다. 황병길은 안중근이 가장 아꼈던 단지동맹의 젊은 맹원이었다.

"숙경씨는 잘 지내오?"

내 인사에 이동휘가 먼저 빙긋이 웃었다. 이동휘도 숙경씨를 아는 모양이었다. 숙경씨는 황병길의 아내였다.

"네. 숙경씨가 훈춘에 학교를 아홉 개나 열었습니다. 연통라자의 서골, 하다문, 신풍, 마천자, 전선촌……"

"훈춘에 간 지 몇 년이나 되었다고 벌써 학교를 그렇게 늘렸소?"

"숙경씨 아닙니까."

"아내 자랑하는 팔불출은 여전하오. 숙경씨의 황선생."

황선생은 그의 아내 김숙경이 황병길을 부르는 호칭이었다. 안중근을 따라 들른 황병길의 집에서 나는 그들 부부가 서로를 부르는 낯선 호칭에 놀랐었다. 아내가 '황선생' 하고, 부르면 황병길은 '네, 숙경씨'라고 깍듯하게 대답했다. 난생처음 보는 풍경이었다. 나는 불란서나 아미리가 유학이라도 다녀온 개화쟁이인 줄 알았다. 돌아오는 길에 안중근에게 물어보았더니 유학은커녕 서당에도 다녀본 적이 없는 소작농의 자식들이라고 했다. 황병길은 서당에 다니는 아이들 어깨너머로 글을 깨쳤고, 까막눈으로 시집온 아내는 황병길에게 배워 조선말을 읽고 쓴다고 알려주며, 안중근이 덧붙였다.

"어리지만 배울 게 많은 부붑니다."

"어리지도 않소."

대답은 그렇게 했지만 젊은 부부가 살아가는 모습이 내 뇌리에서 오래 지워지지 않았다. 내가 안중근과 함께 그들을 처음 만났을 때, 그들의 나이 스물셋이었다. 열셋에 결혼한 그들에게는 갓 돌이 지난 딸이 하나 있었다. 어려서부터 독립운동에 뛰어든 황병길이 만주로 연해주로 나돈 탓이었다.

"정선이는 잘 크오?"

"글을 읽고 씁니다."

반달 모양의 눈웃음이 서글서글한 그의 얼굴을 더 환하게 만들었다. 말솜씨가 빼어나지도 입성이 화려하지도 않았는데 이상하게 황병길이 있는 자리는 어디나 환했다.

"인사가 끝났으면 이제 사무를 좀 봅시다."

황병길은 전보를 받고 만주에서 달려온 것이었다. 나와 마찬가지로 전쟁이 임박했다고 확신한 이동휘가 만주의 무장 세력을 동원하기 위해 친 전보였다.

황병길이 보고한 만주의 사정도 좋았다. 크고 작은 무장 부대뿐만 아니라 네 개의 무관학교 재학생과 졸업생이 건재했다. 백오십 개가 넘는 조선학교도 든든한 기반이었다. 나라를 빼앗기고 국경을 넘어온 조선 사람들은 어디를 가나 학교부터 먼저 지었다. 나는 이동휘에게 대일 선전포고문 준비를 요청했다.

"이왕이면 아주 명문장으로 준비해주시오."

"명문장가인 서적부장이 지금 만주 출장중인데 어떻게 하지요……"

대한광복군 정부의 문서와 격문, 교육을 담당하는 서적부장은 대한매일신보 주필을 지낸 신채호였다. 잠시 생각하던 이동휘가 입을 뗐다.

"비록 무디긴 하지만 제가 한번 써보겠습니다."

이동휘의 눈과 입매는 웃고 있는데 이상하게 표정은 강인함을 잃지 않았다. 윗입술에 맞춰 짧게 다듬은 콧수염과 넓은 이마를 받치고 있는 두껍고 짙은 눈썹, 함부로 움직이는 법이 없는 눈동자 앞에서 위축되지 않는 사람이 드물었다. 하지만 나는 사교적이지 않은, 그의 강인한 표정이 좋았다.

"왜놈들의 간담이 서늘해지게 써보시오."

"말과 행동으로 하라면 왜놈들 간담을 아주 깡깡 얼려놓겠는데 말입니다."

한양의 사관 양성소를 나와 참령으로 강화진위대장을 지낸 이동휘는 타의 추종을 불허하는 실행력을 가진 인물이었다. 문무를 겸비한 그가 지나간 마을마다 학교 하나와 운동장 하나가 생긴다는 소문을 몰고 다니는 이동휘였다. 연해주로 건너와 대한광복군 정부의 수반을 맡은 이동휘의 해박한 지식과 명쾌한 판단력, 거침없는 실행력은 눈부셨다. 내가 놀란 것은 그의 뛰어난 능력이 아니라 그 뛰어난 능력을 자신을 위해서는 손톱만큼도 쓰지 않는다는 사실이었다.

사람들의 문제는 어디서나 지식과 능력이 모자라서가 아니라 그 지식과 능력을 자기를 위해서만 쓰는 데서 비롯되었다. 그러니 지식과 능력이 뛰어난 사람이 많은 조직일수록 분란은 끊이지 않았다. 권업회도 바람 잘 날이 없었다. 같은 일을 두고도 자기 파당의 이익에 따라 어제는 저 이유를 들어 반대했다가 오늘은 이 이유를 내세워 찬성하며 상대를 비난하기 일쑤였다. 아무리 그럴듯한 명분을 내세워도 희생과 책임은 피하고 이익과 세력은 챙기려는 의도가 감춰지는 것이 아님에도 그랬다.

이동휘는 달랐다. 자기 파당의 유불리를 염두에 두고 주판알을 튕기는 일이 일절 없었다. 그가 연해주에 오기 전의 대한광복군 정부와 그가 온 다음의 대한광복군 정부는 완전히 달랐다. 나보다 다섯 살이나 아래였지만 우러러보였다. 대한광복군 정부의 수반으로 조금의 모자람도 없었다. 든든했다. 나는 그가 아주 마음에 들었고 전적으로 신뢰했다. 그도 내가 여전히 노동회를 늘려나가며 비밀리에 군대를 조직하도록 지원을 아끼지 않았다. 우리는 눈빛만으로도 서로의 뜻을 금방 알아차리는 사이가 되었다.

"장군님."

이동휘와 황병길이 먼저 뒷문으로 나간 다음, 잡화점 앞문으로 나가려고 창고를 나서는 나를 최원세가 불렀다. 청년사업가 최원세는 잡화점 양군호의 총경리였다.

"무슨 일 있소?"

"왜, 저에게 알려주지 않으셨습니까?"

원망스러운 눈빛으로 최원세가 내게 되물었다.

"뭘 말이오?"

"용환이가 아드님이란 걸 저한테는 말씀해주셨어야지요."

"그 아이가 일을 잘못했소?"

최원세가 경영하는 울라지보스토크의 양군호와 훈춘의 해도호는 권업회의 재정사업 기관이자 대한광복군 정부의 비밀 연락사무소였다. 진포와 용환이는 양군호의 점원이자 대한광복군의 연락원이었다.

"일은 지나치게 잘하지요."

"그럼 뭐가 문제요?"

"말씀을 하셨으면 제가 학교에 보냈죠."

"야학당에 다니지 않소."

용환이의 나이 벌써 열일곱이었다. 녀석은 부두에서 일하는 노동자를 대상으로 러시아정교회에서 운영하는 야학당에 나가 공부를 했다.

"정규학교에 보내야지요."

"내 아들이 아닌, 다른 점원들도 정규학교에 다닐 수 있소?"

최원세는 대답하지 못했다.

"아니지 않소. 그러니 지금 들은 이야기는 못 들은 것으로 하겠소. 총경리도 저 아이가 누구의 아들인지 모르는 것으로 합시다."

점포를 거쳐서 문을 나서는 내 등을 향해 용환이가 인사를 했다.

"안녕히 가세요."

나는 돌아보지 않고 오른손만 들어보였다. 돌아보면 눈물이 쏟아질 것 같았다. 어쩌면 녀석의 눈시울도 이미 젖어 있는지 몰랐다. 녀석이라고 남들이 다니는 학교에 왜 다니고 싶지 않겠는가. 나라고 왜 남들 자식이 다니는 학교에 보내고 싶지 않겠는가. 호랑이언덕이 바라보이는 길을 따라 걸어가는 내 발길이 허공을 딛는 것만 같았다.

그날 밤 나는 용환이의 미래를 생각하며 오래 잠들지 못했다. 먼저 떠나보낸 큰아들 양순이와 아내 수경까지 떠올라 몸을 뒤척이는 사이 허름한 부두 노동자 합숙소의 창밖으로 여명이 밝아왔다.

6

마침내 전쟁이 시작되었다. 그런데 내가 바라던 전쟁이 아니었다. 7월 31일 러시아군은 총동원령을 내렸다. 러시아가 선전포고를 한 상대는 일본이 아닌 오스트리아제국이었다. 나는 양군호로 달려갔다. 이동휘는 책상 위에 펼쳐놓은 만국지도를 들여다보고 있었다.

"여기가, 우리가 오지리라고 하는 오스트리아-헝가리 제국입니다."

이동휘가 지도에서 짚은 나라는 러시아제국의 서쪽 끝에 붙어 있었다. 러시아의 극동에 있는 연해주와는 정반대 편이었다.

"이 밑에 있는 나라가 세르비아인데, 오스트리아-헝가리제국이 이 나라를 쳐들어간 겁니다. 원래 앙숙인데 '젊은 보스니아'란 조직의 세르비아계 청년이 오스트리아-헝가리제국의 황태자 부부를 암살했거든요."

"그런데 왜 로씨아가 싸워야 할 일본하고는 안 싸우고 오지리와 싸우겠다는 것이오?"

"로씨아의 아우 나라인 세르비아에 쳐들어오니까, 형님 나라가 아우 나라를 지켜준다는 것이지요. 하지만, 사실은 부동항 때문입니다. 로씨아에서 사계절 입출항이 가능한 부동항이 여기 울라지보스토크에 하나 있긴 하지만 여기도 완전한 부동항은 아니잖습니까. 겨울에는 쇄빙선이 얼음을 깨고 드나들어야 하는데, 그것마저 눈앞에 있는 일본이 수시로 넘보니까 로씨아로서는 함대가 자유롭게 드나들 지중해 방면의 부동항을 반드시 지켜야 하지요. 지중해로 가는 길목에 있는 세르비아가 오스트리아한테 넘어가면 로씨아는 지중해 방면의 부동항으로 가는 길이 완전히 막혀버리니까요."

"그러니까 더욱이 일본을 박살내서 다시는 이 울라지보스토크 항구를 넘보지 못하게 해야지 왜 엉뚱한 데서 전쟁을 벌이오?"

"그러게 말입니다."

"그러려면 울라지보스토크란 이름을 왜 지었다는 거요?"

러시아어로 울라지는 '정복하자', 보스토크는 '동방'이었다. 동방을 정복하자, 울라지보스토크는 청나라로부터 연해주를 빼앗은 러시아가 붙인 이름이었다.

"문제는 오지리의 동맹국인 독일이 로씨아에 선전포고를 한 것입니다. 오지리 정도야 로씨아가 쉽게 이길 수 있는데 독일은 일본보다 센 나랍니다. 로씨아가 독일과 싸움에서 힘을 빼버리면 일본과 싸울 여력이 없어지니 우리에게는 그게 큰일이지요."

우리는 날마다 러시아 서부전선의 전황에 촉각을 곤두세웠다. 불란서가 독일에 선전포고를 했다는 소식에 우리는 안도했다. 러시아의 협정국인 불란서의 참전은 러시아의 승전 가능성을 높여주는 일이었다. 이어서 벨기에가 독일에 선전포고를 했다. 벨기에가 큰 나라는 아니었지만 러시아의 편에 선 것이니 나쁘지 않은 일이었다.

무엇보다 우리를 환호하게 만든 것은 영국이었다. 미국을 식민지로 거느렸던 제국 중의 제국인 영국이 독일에 선전포고를 했다는 소식이 러시아 신문의 1면을 장식했다. 서양의 오래된 대제국인 불란서에 이어 영국이 러시아 편이 되었으니 독일을 이길 것이 분명했고, 러시아가 승전을 거두면 그 여세를 몰아 일본과의 전쟁에 나서리라는 예측은 어렵지 않았다. 극동군 사령관을 비롯한 러시아의 지휘관들은 누구나 일본에 당한 패배를 치욕스럽게 여겼다. 우리는 서부전선에서 승리를 거둔 러시아가 일본과 설욕전에 나설 것이란 기대에 부풀었다.

하지만 우리의 부푼 기대는 한 달이 채 지나지 않아 완전히 무너졌다. 일본이 독일에 선전포고를 한 것이다. 상상도 해본 적이 없는 일이었다. 일본이 저 먼 러시아 서쪽에서 벌이는 전장에 끼어든 것도 뜻밖인데, 러시아와 한편이 되었다니, 믿기지 않았다.

"일본과 영국의 동맹이 이렇게 우리의 뒤통수를 칠 줄은 몰랐습니다."

이동휘는 굳은 표정으로 생각에 잠겼다. 언제나 강인한 구릿빛이 감도는 얼굴에 머금은 옅은 미소를 잃지 않던 이동휘였다. 영국이 독일에 선전포고를 했으니 영국의 동맹국인 일본도 동맹의 의무를 다하기 위해서 참전한다는 것이었다.

"조선은 운이 없어도 왜 이렇게 없습니까?"

늦게 도착한 엄인섭이 탄식을 했다. 일본의 고립을 고대했던 우리에게는 날벼락이었다. 완전히 고립된 것은 일본이 아니라 우리였다.

일본 육군장관, 데라우치 조선 총독은 연합국이 된 러시아에 권업회의 해산을 요구했다. 러시아는 일본의 요구를 수용했다. 힘의 질서는 냉혹했다. 서부전선에서 전쟁을 벌여야 하는 러시아로서는 극동지역의 불안을 원치 않았다.

권업회는 해산당했고, 독립을 주창하던 권업신문은 폐간당했다. 울라지보스토크에서 찍어 국내로 반입하던 권업신문은 단순한 신문이 아니었다. 권업신문의 비밀 배포망이 바로 대한광복군 정부의 국내 연락망이었다. 국내로 통하던 임시 군사정부의 혈로가 막혔다.

권업신문사 활판인쇄소에서 조판한 대일 선전포고문의 지형은 고스란히 압수당했다. 대한광복군 정부 수반 이동휘가 직접 쓴 대일 선전포고문은 끝내 세상의 빛을 만나지 못했다.

데라우치는 대한광복군 정부 지도부의 체포와 추방도 요구했다. 추방. 나는 다시 연해주를 떠나야 했다.

7

힘센 나라들의 전쟁은 길어만 가고 우리의 전쟁은 멀어만 갔다. 어느새 밀산에서 맞는 세번째 가을이었다. 추풍의 다아재골 기지를 떠나 북만주의 밀산으로 올 때까지만 해도 이렇게 전쟁이 커지고 길어질 줄은 몰랐다.

밀산농장은 이른 아침부터 분주했다. 송장도 일손을 거들어야 한다는 추수철이기도 했지만, 올해는 더 유난했다. 오늘도 제일 먼저 들판에 나온 사람은 황아바이였다.

"아이구, 좀더 주무시지 않고 이렇게 일찍 일어나오셨어요?"

황아바이를 밀산농장에 모시고 온 것은 이태 전 겨울이었다. 벌써 두 해째 벼농사에 실패를 본 농장에서는 애써 일군 논을 밭으로 바꿀 의논을 했다. 물길을 끌어오고, 끌어온 물이 고루 퍼지게 바닥을 고르고, 둑을 쌓는 일은 밭을 개간하는 일보다 곱절 힘이 들었다. 광복군 대원들이 입쌀을 보겠다고 두 해 동안 허리가 휘어지도록 한 고생이 모두 수포로 돌아가는 순간이었다. 연해주와 서간도에서는 잇따라 벼농사에 성공을 보았지만, 북만주 밀산에서는 안 되는 일로 결론을 내릴 참에 내가 떠올린 사람이 황아바이였다.

연해주의 광복군 기지였던 다아재골에서 만났던 황아바이는 최고의 농사꾼이었다. 황아바이가 기른 감자와 호박은 굵기와 빛깔부터 달랐다. 그가 지은 입쌀은 원호들이 값을 더 쳐주고 다투어 사갔다. 연해주에서 난 입쌀은 조선 입쌀과 달리 무른데 황아바이가 지은 입쌀은 아주 야물었다.

"이것 한번 씹어보시오."

황아바이가 손에 들고 있던 벼이삭을 내밀었다. 나는 한 알을 떼어 입에 넣고 이빨로 조심스레 껍질을 벗기고 입쌀을 씹어보았다. 조금 물렁했다.

"이 정도면 연해주에서 나는 입쌀과 다를 바 없습니다."

황아바이는 고개를 가로저었다.

"하늘이 닷새만 더 도와주면 입쌀이 단단히 야물 텐데…… 해가 사흘만 쨍쨍해도 이리 물렁하진 않을 테고."

"그럼 타작을 좀 늦추지요."

황아바이는 희부윰하게 밝아오는 하늘을 올려다보았다.

"겹으로 깔린 저 구름을 보고서도 내일모레의 날씨를 모르겠소, 범포수라면서?"

씨비리에서 떠나온 기러기가 화살 모양의 편대를 유지하며 남으로 날아가는 하늘에는 낮고 높은 구름이 겹으로 깔려 있었다. 하얗지도 시커멓지도 않게 희뿌윰한 구름 아래로 낮게 날아가는 기러기를 바라보며 신포수는 내게 말했었다. 사흘 뒤에 비가 올 거야. 그리고 비는 정확하게 사흘 뒤에 내렸다.

나는 하늘을 바라보며 말했다.

"사흘 뒤에 비가 내리겠네요."

"장군인지 소제원인지는 몰라도 범포수인 건 맞는 거 같소. 오늘 내일 이틀은 구름이 해를 가리고 별빛은 흐릴 것이오. 모레는 달이 뜨기 전에 비가 내릴 거요."

모레 즈음 비가 오리란 것은 나도 짐작했다. 하지만 오늘내일 아침 저녁의 날씨가 그의 말대로 맞을까, 나는 알 수 없었다.

들판에서 마을로 이어지는 길을 따라 올라가는 우리를 향해 정선이와 영선이가 토끼처럼 깡충깡충 뛰어내려오며 합창하듯이 인사를 했다.

"아침 드셨어요?"

"이제 먹으러 간다. 그런데 너희들은 책보자기도 없이 어딜 가는 거냐?"

"오늘 학교에 못 가요. 입쌀 지키러 가요."

여덟 살 정선이에 이어 일곱 살 영선이가 후렴을 했다.

"새 쫓으러 가요."

나는 두 아이를 돌려세웠다. 아이들의 아버지는 충청도 의병 출신인 광복군 대원 노일만이었다. 마당에 가마니를 깔고 앉아 지붕으로 쓸 울로초를 엮던 노일만이 일어서며 인사를 했다. 나는 내 눈을 피하는 노일만을 나무랐다.

"공일이 아닌데 어째서 아이들을 학교에 보내지 않고 들판으로 내

보낸단 말이오?"

"정호와 정철이는 갈 겁니다."

정호와 정철이는 정선이와 영선이의 오빠들이었다. 나는 내 손을 하나씩 잡은 채 제 아비가 무서워 내 뒤로 숨는 정선이와 영선이를 돌아보며 물었다.

"여자라 아니 보내는 것이오? 보내시오. 학교에 보내는 건 밀산농장과 이 마을의 규약이고, 아이들을 가르치는 것은 광복군의 의무고, 부모된 도리요."

밀산의 십리와 골짜기에서 훈련을 거듭해온 대원들은 국내 진격작전의 선봉대가 될 정예 병력이었고, 밀산농장은 그런 대원들의 의식주를 해결하기 위해 만든 둔전이었는데 가족들이 하나둘 이사를 오면서 큰 마을을 이루게 되었다. 충청도 서산에 살던 노일만의 아내가 아이들을 데리고 밀산으로 찾아온 것도 지난해 봄이었다.

김성무와 내가 광복군 훈련에 못지않게 농장과 학교에 정성을 기울인 것은 우리가 전쟁에 나간 다음에도 대원들의 가족이 자식들을 공부시키며 살아갈 터전을 마련해두기 위해서였다.

"워낙 바쁜 가을이라…… 계집애들도 입쌀을 거두고 나면 다시 보내겠습니다."

"지금 계집아이라고 했소? 그래서 학교에 아니 보낸다고, 광복군 대원이?"

그렇게 말한 건 내가 아니고 황아바이였다. 노일만이 당황했다. 나한테는 벌써 몇 번 꾸지람을 들은 적이 있었지만, 황아바이가 질책할 줄은 몰랐던 모양이었다.

"수레가, 두 바퀴가 다 돌아야 굴러가지 한 바퀴만 돌아서 굴러가오? 여자도 남자와 같이 배우고 몫을 해야 권리가 생기오. 권리가 있어야 사람값을 하는데, 여자라고 권리를 빼앗아서 되겠소?"

황아바이의 말에 놀란 건 노일만이 하나가 아니었다. 나는 새삼스러운 눈빛으로 황아바이를 쳐다봤다. 내 뒤에 숨었던 정선이와 영선이는 무슨 말인지 아는지 모르는지 황아바이와 나를 번갈아 쳐다보며 눈을 반짝였다. 작은방 문을 빼꼼히 열고 내다보던 정호와 정철이는 나와 눈이 마주치자 후다닥 방문을 닫았다. 부지깽이를 들고 부엌에서 밥솥에 불을 때던 노일만의 아내가 입을 가리며 웃었다.

"입쌀 심은 논의 새는 내가 보아줄 터이니 너희들은 아침 먹고 학교에 가라."

황아바이는 정선이와 영선의 머리를 쓰다듬어주고 마당을 나섰다.

"아니, 수레바퀴 얘기는 대체 어디서 들었습니까?"

"서당개 삼 년이면 풍월을 읊는다는데 학교 소제원을 삼 년이나 하고서 그것도 모른단 말이오? 그 학교 교육에 문제가 좀 있는 것이 아니오?"

황아바이는 밀산학교 청소를 도맡아하는 나를 교장이 아니라 잔심부름하는 소사보다 못한 소제원이라고 불렀다.

"전 삼 년째 들어섰지 아직 삼 년이 차진 않았습니다."

"난 십 년 풍월이오."

"십 년 풍월이라면…… 아, 숙경씨."

황아바이가 등에 꽂아두었던 빈 곰방대를 뽑아 입에 물고 빽빽 빨면서 소리내어 웃었다. 안중근 참모중장이 아주 각별히 여겼던 단지

동맹의 맹원 황병길의 아버지가 황아바이였다. 평생 소작농으로 살다 독립군이 된 아들을 따라 연해주로 건너온 황아바이에게 글과 풍월을 가르친 것이 황병길의 아내 숙경씨였다. 황병길이 어깨너머로 배운 글을 까막눈이었던 아내에게 가르치고, 그의 아내 숙경씨는 제 남편에게 배운 글을 시아버지인 황아바이에게 가르친 것이었다. 먼저 깨친 사람이 나중 사람을 깨쳐야 한다, 항일연합포연대의 도검사였던 조강록이 태백준령의 산중에서 군대학교를 열면서 내세운 말이 이제는 만주의 조선인 마을 어디에서나 통했다.

8

밀산농장의 총경리 김성무는 오늘도 책상 위에 문서를 잔뜩 펼쳐 놓고 주판알을 튕겨가며 장부를 정리하느라 분주했다.

"날마다 무엇이 그리 바쁘오?"

"오늘도 두 집이 이사 들어옵니다. 이러다가는 밀산의 광야가 온통 하얗게 뒤덮이고 말겠습니다."

검은 옷을 입는 만주족과 달리 흰옷을 입는 조선족은 들판에서도 금방 분간이 되었다.

밀산농장으로 조선 사람들이 몰려드는 데는 이유가 있었다. 밀산농장에서는 광복군 대원과 가족들에게 개간할 토지를 나누어주고 소출의 2할을 후원금으로 내게 했다. 후원금 2할도 처음부터 다 받지 않았다. 개간해서 농사를 짓기 시작한 첫해에는 한푼도 받지 않았다. 두 해째에는 1할, 삼 년째부터는 2할 고정이었다. 더구나 빈손으로 찾아드는 사람들에게는 집을 지을 때까지 지낼 곳을 제공하고 농기

구를 빌려주었다. 첫 소출을 거둘 때까지는 양식도 무이자로 빌려주었다.

한족과 만주족 지주들의 땅을 개간해 5할, 심하면 6할의 소작료를 내며 온갖 횡포를 당해온 조선 사람들에게 이보다 더 좋을 수는 없었다. 대원들은 조선에 남은 가족들을 불러들였고, 그 가족의 이야기를 전해들은 친척과 이웃이 찾아들었다.

"두 집 다 우리 대원의 가족이오?"

"한 집은 최창의 대원의 가족이고, 한 집은 아닙니다. 그래서 오늘은 한족 지주와 교섭을 해야 합니다."

몇 년 사이에 너무 많은 사람이 몰려들어 밀산농장이 보유한 둔전 중에는 개간할 만한 땅이 얼마 남지 않았다. 밀산농장 사무실 뒤쪽 토지는 광복군 훈련장이어서 농장으로 내놓을 수 없었다. 지난해부터는 김성무가 나서서 우리 대원의 가족이 아닌 이주민에게 인근에 있는 한족과 만주족의 토지를 주선해주었다.

"아직도 5할을 내놓으라는 지주들이 있소?"

"홍장군이 마적떼를 격멸한 다음부터 그런 놈들은 없어졌습니다. 지금은 개간 첫해에 1할, 둘째 해에 2할, 셋째 해부터 3할로 고정시켰습니다."

내가 밀산에 와서 가장 먼저 한 일이 마적 소탕이었다. 그뒤로 우리 농장 근처에는 얼씬도 못하던 마적떼가 십리와 너머 한족 마을을 습격한 게 지난해 겨울이었다. 구원 요청을 받은 나는 대원들을 이끌고 가 마적단 마흔세 두를 그날 밤으로 섬멸해버렸다. 조선에서뿐만 아니라 만주에 살던 동포들이 밀산농장으로 몰려오는 가장 큰 이유가 안전이었다. 마적떼에게 이른 봄부터 늦은 가을까지 피땀 흘려 지은 양곡을 모두 빼앗기고 가족마저 잃은 동포가 한둘이 아니었다. 몹쓸 짓을 당한 여자도 많았다.

"입쌀을 거둬들이면 떡도 하고 이밥도 해서 성대하게 잔치를 하겠습니다. 입쌀 한 톨 섞이지 않은 조밥과 귀밀밥에 다들 질렸는데, 저렇게 누렇게 익은 벼가 넘실거리는 들판만 바라봐도 다들 벌써 군침이 돈답니다."

아침을 먹으러 가던 김성무는 굵은 목젖이 오르내리게 침을 꿀꺽 삼키며 내게 물었다.

"멧돼지는 몇 마리나 주시겠습니까?"

"멧돼지를 맡겨둔 것 같소이다."

"우리 농장의 감자와 무를 파먹었으니, 우리가 키운 것과 진배없지요."

김성무는 너스레를 떨며 내게 사냥을 요구했다. 나는 군영 식당으로 가는 길목에서 그에게 물었다.

"대체 전쟁은 어찌되어가는 것이오?"

"지지부진합니다."

힘센 나라들이 꼬리에 꼬리를 물고 참전하며 세계대전으로 번진 전쟁은 여름이 세 번이나 지나가도 끝날 기미를 보이지 않았다.

"영국은 하늘을 나는 전투기로 공군을 창설하고, 불란서는 영국보다 가벼운 무쇠 전차를 선보이더니, 이번에는 독일에서 다시 무제한 잠수함 작전에 나선답니다."

"로씨아가 이기긴 이길 것 같소?"

"이제는 전쟁이 어떻게 되느냐보다, 혁명이 일어난 로씨아의 권력을 누가 잡느냐가 더 관심거리지요."

러시아에서 혁명이 일어난 것은 지난봄이었다. 전쟁중에 황제가 쫓겨나고 아미리가와 같은 공화정으로 바뀌었지만 러시아는 하던 전쟁을 계속했고, 일본은 여전히 러시아의 연합국이었다. 우리에게 달라진 것은 아무것도 없었다.

"이미 혁명을 일으킨 자들이 정권을 잡았는데. 새삼 누가 잡고 말고가 어디 있소?"

"황제를 몰아낸 혁명정부 안에서 흰파와 붉은파, 두 파가 다투고 있답니다."

"파가 다 파랗지 흰 파가 어딨고 붉은 파가 어딨소?"

"로씨아에는 흰 파도 있고 붉은 파도 있는 모양입니다."

김성무는 내 농을 농으로 받아넘기며 슬며시 내 팔을 잡아끌었다.

"이동휘 선생이 혁명정부에 체포되었답니다."

"황제 정권도 잡아넣지 않은 조선광복군 정부 수반을 혁명정부가 왜 잡아넣었다는 거요?"

"현양사 밀정들이 이동휘 선생을 독일 첩자라고 음해공작을 한 모양입니다."

"왜놈 밀정들에게 놀아나는 정부가 무슨 놈의 혁명정부란 거요?"

"그러게 말입니다."

앞서가던 황아바이와 거리가 벌어졌다. 김성무는 목소리를 낮추며 덧붙였다.

"임시 혁명정부의 총리가 케렌스키 아닙니까. 그를 따르는 부자와 관료들이 흰파고, 가난한 노동자와 군인들이 지지하는 파가 붉은파인데, 일본이 흰파를 밀어주는 모양입니다."

"그럼 붉은파는 일본 편이 아니오?"

"연해주에 나가봐야 분명히 알 것 같습니다. 전 로씨아 조선족 총회를 연다는 통문이 새벽에 왔습니다. 같이 가보시지요."

"나는 추수가 끝나면 훈련에 들어가야 하니 총경리께서 누가 우리 편인지 잘 알아보고 오시오."

"아닙니다. 저야 가도 그만 안 가도 그만인 것 같고, 장군님이 꼭 참석해야 한다는 통문입니다. 이번에 모여서 새로 만들 전 로씨아 조선족 조직의 군사 책임자로 장군님을 내정했답니다."

"나한테 물어보지도 않고, 총회를 한다면서 총회를 하기도 전에 그런 걸 마음대로 정하는 게 말이 되오? 주동자가 누구요?"

"연해주의 원호 문창범입니다."

"문창범?"

유인석과 리범윤이 만든 13도의군에서 내가 문창범이와 함께한 것은 국내 진공 작전을 성사시키기 위해서였지 그의 시커먼 속을 몰라서가 아니었다.

"대한광복군 정부의 수반인 이동휘는 갇혀 있다고 해도 페티카가 있는데 어째서 그자가 감히 조선 민족 대표라는 거요?"

"권력욕이 별로 없는 페티카는 중립인 모양입니다."

"그럼 문창범, 그자는 무슨 파요?"

"부자인 연해주의 원호들은 아무래도 흰파를 지지하는 것 같습니다."

"난 가지 않겠소."

"자리가 마음에 들지 않아서 그러십니까?"

김성무는 박기만이 항일연합포연대의 무기 구매 자금을 잘라먹고, 문창범이 나를 죽이려 했던 일을 알지 못했다.

"내가 감투에 관심을 가진 작자로 보이오?"

"아니면 흰파가 마음에 들지 않아서 그러십니까?"

"난 흰파든 붉은파든 검은파든 상관없소. 일본과 싸우는 파가 내 파요. 가서 문창범이에게 물어보고 오시오. 흰파와 붉은파 중에 누가 일본과 싸우는가? 흰파와 붉은파 중에 누가 우리에게 일본과 싸울 무기를 지원해줄 것인가? 문창범이 일본과 싸우는 파와 손을 잡으면, 나는 기꺼이 그자의 밑으로 들어갈 것이오."

"알았습니다. 타작을 하기 전에 돌아오겠습니다."

아침을 먹은 다음 김성무는 전 러시아 조선족 총회가 열리는 소왕령으로 떠났다.

나는 마을을 돌며 집에 남아 있던 아이들을 데리고 학교로 갔다. 몸이 성한 아이들은 앞세우고, 다리가 불편한 아이는 업고 입쌀이 일렁이는 들판을 가로질렀다. 황아바이는 논둑을 오가며 입쌀을 노리는 새를 쫓고 있었다. 학교로 올라가는 얕은 언덕길에는 분홍색 구절초꽃이 샛노랗게 질어가는 국화에 어깨를 기댄 채 시들어가고 있었다. 황아바이의 말대로 구름이 해를 가린 하늘에는 씨비리에서 날아온 기러기가 조선을 향해 떼 지어 남하해갔다.

9

황바이의 말대로 사흘간 구름은 해를 가리고 별빛은 흐렸다. 그리고 가을비가 내렸다.

"점쟁이세요?"

내 물음에 황아바이는 시큰둥하게 대답했다.

"농사의 절반을 해와 달과 바람이 짓는데 어떻게 하늘의 기분을 살피지 않을 수 있겠소. 농사꾼은 날마다 하늘을 바라보는 게 일이오."

"그래도 어떻게 비 오면 화승총을 못 썼던 포수보다 더 잘 아실 수가 있어요?"

신포수도 황아바이만큼 정확하지는 않았었다.

"포수와 농사꾼이 같소? 오늘 못한 사냥이야 내일 하면 되는 일 아니오. 하지만 농사는 올해 실패하면 내년까지 한 해를 기다려야 하오."

비가 지나간 다음 기온이 뚝 떨어졌다. 서리가 내렸고, 황금빛 들판을 흔드는 쌀쌀한 바람은 곧 닥칠 북만주의 칼바람을 예고했다. 북만주의 가을은 묘했다. 바람은 차갑고 햇볕은 따가웠다. 하지만 바람과 햇볕이 서로 간섭하지 못했다. 차가운 바람이 따가운 햇볕을 가리지 못하고, 따가운 햇볕이 차가운 바람을 누이지 못했다.

황아바이의 지휘에 따라 벼베기가 시작됐다. 흰옷에 흰 수건을 쓴 사람들이 열일곱 개의 논배미에서 동시에 벼를 베었다. 논배미마다 하얀 띠를 이룬 사람들이 앞으로 나아가며 황금빛으로 일렁이는 벼를 줄여나갔다.

인근에서 구경온 만주 사람들은 노래를 불러가며 벼베기를 하는 조선 사람들을 신기하게 지켜보았다. 벼농사를 짓지 않는 만주 사람들에게 처음 보는 풍경은 벼베기만이 아니었다. 그들은 삼백에 가까운 사람들이 낫질을 하며 나란히 줄을 맞춰 앞으로 나아가는 모습을 본 적이 없었다. 손으로는 낫질을 하면서 입으로는 끊임없이 노래를 이어가는 조선 사람들을 따라 만주 사람들은 뜻도 모른 채 아리랑을 흥얼거리고 어깨를 들썩거리기도 했다.

날 좀 보소 날 좀 보소 날 좀 보소
동지섣달 꽃 본 듯이 날 좀 보소
아리아리랑 쓰리쓰리랑 아라리가 났네
아리랑 고개로 날 넘겨주소

밀양아리랑이었다. 선소리는 경상도 사람이 많은 네번째 논배미에서 매겼다. 아리아리랑, 아리랑은 논배미를 넘어가며 조선 팔도로 이어졌다. 다섯번째 논배미로 올라선 아리랑은 강원도아리랑이었다.

울타릴 꺾으면 온다더니
초가삼간 다 무너져도 왜 아니 오나
아리아리 쓰리쓰리 아라리요
아리아리 고개로 넘어간다

어깨를 출렁거리게 하고 웃음을 터뜨리게 만들던 아리랑이 옆 논배미로 넘어가면서 애달프게 변했다.

여기는 내 고향 아니건만, 물 설고 바람 선 여기로 왜 왔음둥, 구슬프게 선소리를 매기는 것은 경남 양산 출신의 백발영감이었다. 대대로 물려받은 논밭이 하루아침에 동양척식회사로 넘어간 것을 알고 따져들다가 유치장에서 달포를 치도곤 당하고 거지 신세가 되어 만주로 떠나온 그는 나이가 이제 갓 오십 줄에 들어섰는데도 머리가 하얗게 세어 백발영감으로 불렸다.

황아바이가 내 옆에서 낫을 갈며 백발영감이 매기는 선소리를 따라 흥얼댔다. 황아바이의 손을 따라 비스듬히 세운 숫돌을 오르내리는 무쇠 낫은 시퍼렇게 날이 섰다. 나는 황아바이를 따라 아리랑 가락에 맞춰 낫을 숫돌에 문질렀다. 황아바이는 내가 벼린 낫을 받아들고 오른손 엄지로 쓱쓱 문질러보았다. 딱딱한 볏단도 단번에 넘겨버리는 시퍼런 날을 보지도 않고 손가락으로 문지르며 황아바이는 만족스럽게 웃었다.

"옳게 갈았소."

낫질이 서툰 나를 논배미에서 빼내 낫갈이를 시킨 황아바이였다.

"바꾸러 갑시다."

황아바이는 벼린 낫을 양손에 한 움큼씩 움켜쥐고 일어섰다. 논배미에 들어선 황아바이는 벼린 낫의 주인을 귀신같이 찾아내 무뎌진 낫과 바꿔주었다.

"낫의 주인을 어떻게 외우세요?"

"장군은 총의 임자를 외어서 알아맞히오? 낫질 하는 습관이 낫에 남지 않고 볏단으로 갔을 리가 있겠소?"

오늘도 나는 그에게 깨끗하게 1패를 당했다.

낫을 바꿔주는 사이 아리랑이 넘어갔다. 백발영감이 구슬프게 만든 아리랑을 받은 것은 옆 논배미의 광복군 대원들이었다.

우리네 부모가 날 찾으시거든
광복군 갔다고 말 전해주소
아리아리랑 쓰리쓰리랑 아라리가 났네
광복군 아리랑 불러나보세

무뎌진 낫을 바꿔들고 나오며 황아바이가 구경 나온 만주 사람들을 둘러봤다.

"꼭 까마귀떼가 둘러 서서 백로를 지켜보는 본새요."

들판을 둘러싸고 구경을 하는 만주 사람들이 정말 까마귀떼처럼 보였다. 새카맣게 물을 들인 옷을 입은 만주 사람들은 흰옷을 입고 벼베기를 하는 들판의 조선 사람들과 선명하게 대비되었다. 남자들이 입은 두루마기처럼 생긴 긴 다부산즈와 여자들이 입은 치파오, 만주 사람의 옷은 남녀를 가리지 않고 검정색이었다. 앞머리와 옆머리를 파랗게 밀어버리고 남은 머리를 땋아 뒤로 늘어뜨린 남자들의 변발을 바라보는 황아바이의 눈길이 곱지만은 않았다.

밀산현에서는 수시로 우리에게 변발흑복을 요구했다. 중국인이 되자고 일본놈의 게다짝 소리를 등지고 떠나온 사람은 아무도 없었다. 그렇다고 광복군을 도와주는 흑룡강성 성장과 밀산현 현장이 겪는 곤란을 뻔히 알면서 막무가내로 변발흑복을 거부하기도 어려웠다. 농장을 총괄하는 김성무가 어쩔 수 없이 내놓은 타협책이 관청과 교섭하는 대표들의 변발흑복이었다. 그러함에도 벼베기를 하는 들판에 변발한 이는 있어도 흑복을 한 이는 없었다. 농장의 대표로 뽑힌 사람들도 관청에 출입할 때만 검은 옷으로 바꿔 입었다. 나라 없는 서러움은 어디를 가도 피할 길이 없었다.

조와 밀, 콩, 옥수수, 감자와 같은 밭농사만 지어온 만주 사람들은 물을 채운 논에서 키워낸 누런 벼보다 때로 애절하게, 때로 낭창낭창하게, 때로 시원스럽게 선소리를 매겨가며 끝없이 노래를 이어나가는 조선 사람을 신기하게 지켜보았다.

마을이 들어서기 무섭게 학교부터 짓는 조선 사람들에게 놀랐던 변발흑복들은 광복군 대원과 온 마을 사람이 나와 누구의 논인지를 가리지 않고 함께 일을 줄여나가는 모습에 또 한번 놀란 모양이었다.

소왕령에서 돌아온 김성무는 약속대로 잔치를 열었다. 밀산학교 운동장에서 열린 잔치는 단순한 잔치가 아니었다. 학생들과 광복군

대원, 밀산농장과 인근 마을의 주민이 모두 참석한 잔치는 아이들의 체력을 뽐내는 운동회였고, 독립 강연장이었고, 광복군 무력시위의 날이었다. 집집이 형편이 닿는 대로 만들어온 술과 부침개와 감주로 명절보다 더 흥성거렸다. 떡과 부침개 중에서는 미나리부침개가 가장 인기였다. 제피와 산초 잎이 들어간 미나리부침개의 짜릿한 향내가 혀와 코를 자극하며 향수를 불러일으켰다. 만주에서 무엇보다도 귀한 간장과 된장도 이날 하루만큼은 모자라지 않았다. 나는 김성무에게 약속한 세 두가 아닌 일곱 두의 멧돼지를 내놓았다.

잔치 이튿날부터 추수철에 멈추었던 군사훈련을 재개했다.

서리가 내리고 기온이 뚝 떨어졌다. 울라지보스토크의 연락 거점 양군호에서 일하는 진포가 찾아온 것은 빈 들판에 찬바람이 몰아치기 시작할 무렵이었다.

"혁명이 일어났습니다."

"로씨아에서 혁명이 일어난 거야 벌써 지난봄의 일 아닌가?"

"이번엔 진짜 혁명입니다."

"그럼 지난번 혁명은 가짜란 건가?"

"네. 황제를 몰아내고 권력을 차지한 부자들을 쳐부수고 쏘비에트 정권이 들어섰습니다."

진포의 목소리는 들떠 있었다.

"쏘비에트 정권?"

흰파와 붉은파는 많이 들어왔다. 혁명을 한 나라는 모두 황제와 임금이 다스리는 군주제 정권에서 공화제 정권으로 바뀌었다. 신해혁명으로 황제를 끌어내린 청나라도 군벌이 할거했지만 이름만큼은 중화민국, 공화정이었다. 하지만 쏘비에트 정권이란 말은 처음 듣는 소리였다.

"레닌이 이끄는 노동자 농민, 인민의 정권이 쏘비에트 정권입니다."

"죽은 전봉준이 살아서 돌아왔는가. 세상에 그런 정권이 어디 있단 말이야?"

"있습니다. 동학보다 낫습니다. 여자도 장관이 되는 그런 나랍니다."

"여자가?"

"하바롭스크에 들어선 극동 쏘비에트 인민정부의 외무장관이 여잡니다. 그것도 조선 여잡니다. 이름이 김알렉산드라입니다."

신기한 일이었다.

10

김알렉산드라를 만난 것은 이듬해 봄, 하바롭스크에서였다. 하바롭스크 중심부에 있는 극동인민정부 청사로 찾아간 우리 일행에게 완전무장을 한 경비병이 총구를 겨누며 용건을 물었다.

"김알렉산드라를 만나러 왔소. 나는 대한광복군의 홍범도요."

광복군 통사인 권감찬이 내 말을 러시아어로 옮겼다. 경계하던 앳된 백인 러시아 병사가 눈빛을 바꾸며 경비 전화를 돌렸다. 러시아 병사가 경비 전화를 내려놓고 얼마 지나지 않아서 인민정부의 높은 현관문이 열리며 조선 여성 하나가 나왔다. 머리를 짧게 자른 젊은 여성이었다.

"와주셔서 고맙습니다. 김수라입니다."

그녀는 고개를 숙이며 내게 인사를 했다. 외교부 장관실에서 일하는 여성인 모양이었다. 장관이 조선인 여성이니 조선인 직원이 있는 게 이상할 것도 없었다.

"들어가시지요."

그녀는 우리를 청사 이층의 외교장관실로 안내했다. 우리에게 안쪽 자리를 권한 그녀는 맞은편 자리에 앉았다. 곧 키가 큰 러시아 여성이 김이 피어오르는 사모바르를 들고 들어와 내 잔에서부터 차를 따랐다.

"드시지요."

김수라라고 한 조선 여성은 우리에게 차를 권했다.

"장관님은 안 계신가요?"

진포가 실망스러운 눈빛으로 비어 있는 상석을 바라보며 물었다.

"아뇨."

"그럼 왜……"

김알렉산드라를 만나는 걸 누구보다 고대했던 진포였다.

"여기 있잖아요."

"우리는 김알렉산드라 외교장관님을 만나러 왔습니다."

"제가 알렉산드라 페트로브나 김입니다. 장관이 너무 어려서 실망하셨습니까."

"아니…… 아까 김수라라고 하지 않았어요?"

"제 조선 이름이 김수라입니다. 진포 대장님."

"제 이름은 또 어떻게……"

"대한광복군의 제일가는 여대장이자 저격수인 진포씨 이름 정도는 알아야 쏘비에트 정부의 외교장관이지요."

진포도 자신이 흠모했던 인물이 이처럼 젊은 줄은 몰랐던 모양이었다. 진포를 '진포씨'라고 말하는 그녀의 표정 어디에서도 거만함의 흔적은 찾아볼 수 없었다. 짐작과 달리 그녀의 표정은 너무나 밝았고 입매는 부드럽기 그지없었다.

"그럼, 장관님이 저 자리로 앉으셔야지요."

권감찬이 일어서며 알렉산드라에게 비어 있는 상석을 가리켰다.

"당치 않는 말씀을요. 감히 대장님들 앞에 마주앉는 것만으로 큰 영광입니다. 차 드십시오."

러시아 과실차의 새콤한 향이 코끝을 간지럽혔다.

"저쪽에서도 오라고 했을 텐데 우수리스크로 가지 않고 하바롭스크로 와주셔서 얼마나 고마운지 모르겠습니다."

그녀가 말한 저쪽은 흰파를 지지하는 원호들이 소집한 회의였다. 우수리스크, 소왕령에서 열리는 원호들의 회의를 소집한 것은 문창범이었다. 내가 소왕령으로 가지 않고 하바롭스크에 온 것은 문창범이 싫어서가 아니었다. 흰파가 부자들의 편이고 붉은파가 가난한 노동자와 농민, 병사들의 편이라고 해서도 아니었다. 나는 누구든 그가 내세우는 말을 곧이곧대로 믿을 만큼 순진하지는 않았다.

"저쪽은 대한광복군 정부의 수반을 잡아 가두고, 이쪽은 빼내왔는데 내가 어찌 저쪽으로 가겠소."

독일 첩자로 몰려 체포된 이동휘가 일본군의 손아귀에 넘어가기 직전에 구출해낸 것이 극동인민정부의 외교장관 김알렉산드라라는 걸 모르는 사람은 없었다. 물론 이동휘 한 사람의 일로 내가 흰파가 장악하고 있는 소왕령 대신 하바롭스크로 오지는 않았다.

초대장을 먼저 보내온 것은 흰파의 문창범이었다. 나는 두 가지에 대한 답을 먼저 달라고 요구했다. 첫번째는 조선 광복군에게 필요한 무기 지원과 독립적인 활동 보장, 두번째는 사관학교의 설립 지원이었다.

문창범은 와서 의논하자는 답을 인편으로 보내왔다. 그 무렵에 붉은파에서도 자기네의 회의에 참석하라는 서찰을 보내왔다. 김알렉산드라와 이동휘가 나란히 수표한 서찰이었다. 나는 문창범이에게 한 것과 똑같은 요구를 붉은파에도 했다.

김알렉산드라와 이동휘는 내 요구를 모두 수락한다는 극동인민정부의 결정문을 내게 보내왔다. 심지어 극동인민정부가 광복군 사관학교에 배당한 건물 두 개의 사용승인서까지 붙은 회신이었다. 나는 참모회의에서 두 파와 주고받은 문서를 모두 공개했다. 나와 진포, 권감찬을 붉은파의 회의에 전권위원으로 파견하기로 한 참모회의의 결정은 대원총회에서 만장일치로 통과되었다. 권업회의 대표로 양쪽에서 초대받은 김성무도 하바롭스크행을 택한 우리와 동행했다.

"로씨아는 인민혁명을 완수했습니다. 강력한 인민정부, 쏘비에트 연방이 들어섰습니다. 하지만 황제 정권의 복위를 꾀하는 귀족과 흰파의 마지막 발악이 곳곳에서 벌어지고 있습니다. 특히 제국주의 침략국의 함대가 진출해 있는 우리 극동지역의 상황이 제일 나쁩니다. 일본과 영국, 아미리가의 해군이 흰파와 체호슬라비크 포로들의 반란을 지원하고 있습니다."

알렉산드라는 러시아 전역에서 밀려난 흰파 반란군의 마지막 집결지가 씨비리와 연해주로 이어지는 극동지역이라고 했다.

"일본과 영국, 아미리가는 로씨아와 연합국인데 왜 반란군을 지원합니까?"

진포가 고개를 갸웃거렸다.

“일본과 잉글랜드는 다 황제 정권 아닙니까. 로씨아에서 황제 정권이 쫓겨난 불씨가 제 나라에 옮겨붙는 것을 좋아할 리 없지요.”

“그럼 아미리가는 민주공화정인데도 왜 반란군을 지원하는 것이오? 아미리가의 유명한 대통령이 인민의, 인민에 의한, 인민을 위한 정부를 주창하지 않았소.”

그렇게 물은 건 아미리가의 조선국민회와 교섭을 많이 해온 김성무였다.

“아미리가가 말하는 인민에는 가난한 노동자와 농민, 원주민과 흑인, 여성은 포함이 되지 않지요.”

“아미리가에서는 대통령을 직접 뽑는다고 들었는데, 여자는 권리가 없다는 것입니까?”

진포가 눈을 동그랗게 뜨고 물었다.

“없지요. 아미리가 여성은 백인도 투표권이 없습니다. 이 지상에서 노동자와 농민, 여자의 권리를 인정하고 모든 억압과 침략에 반대하는 진정한 민주공화정은 인민정권, 쏘비에트뿐입니다. 일본과 영국, 아미리가의 역사에 장관 한 사람 여성인 적이 있었습니까. 지방수령 하나, 군수 하나, 하다못해 이장 하나 여성인 적이 있었나요. 쏘비에트는 그렇지 않습니다.”

알렉산드라의 목소리는 부드러웠지만, 확신에 차 있었다. 알 수 없는 전율이 내 등줄기를 지나갔다. 그녀가 방금 한 말의 증거가 바로 눈앞에 있는 그녀였다. 노동자와 농민, 여자의 권리. 모든 억압과 침략에 반대하는 진정한 민주공화정…… 만국의 노동자와 농민의 단결, 제국주의 침략 세력을 분쇄하는 국제주의와 연대투쟁, 모든 나라의 자유와 주권을 옹호하는 인민의 정부 쏘비에트…… 꿈과 현실을 가늠하기 어려운 말들의 진위를 내가 가리는 것은 불가능했다. 나는 그녀의 말에 귀기울이는 대신 그녀의 눈동자와 손끝을 번갈아 바라보았다. 그녀는 눈동자를 이리저리 굴리지 않았다. 손끝이 떨리지도 않았다.

알렉산드라는 우리와 얘기를 나누는 중간에 몇 차례나 걸려온 전화를 받고 유창한 러시아어와 중국어, 조선어로 지시를 내렸다. 그녀는 그때마다 우리에게 양해를 구했다. 흔들림 없는 목소리에서는 진심이 묻어났다. 달라지지 않는 그녀의 태도는 믿을 수 있는 사람이란 걸 알려주었다. 로씨아혁명의 지도자 레닌이 왜 그녀를 신뢰하고 칭송했는지 짐작할 수 있었다.

"우리 외교부의 연락원이 머무르실 숙소로 모셔드리겠습니다."

들어올 때처럼 갈 때도 그녀가 현관 밖까지 나와 배웅을 했다. 인사를 하고 돌아서는 내 팔을 잡아끈 것은 진포였다.

"저것 좀 봐요."

진포의 손가락이 가리킨 것은 로씨아 경비병이었다. 파란 눈의 로씨아 경비병이 현관으로 들어가는 김알렉산드라에게 깍듯이 거수경례를 붙였다.

"세상 오래 살고 볼 일이네. 같은 기찻간에도 못 앉게 하던 로씨아 놈들이 조선 사람에게 경례를 다 붙이고……"

김성무가 씁쓸한 웃음을 지으며 돌아섰다. 씨비리 철도와 동청철도에서 조선인과 중국인은 러시아인과 같은 칸에 타지 못했다. 나는 갈 일이 한 번도 없었지만 백인 러시아인들이 드나드는 고급 식당에도 조선인은 들어가지 못했다.

숙소로 가는 길거리에는 러시아인과 중국인, 조선인은 물론이고 군복을 입은 파란 눈의 러시아인과 오스트리아인, 헝가리인, 체호슬라비크인들이 오갔다. 우리의 안내를 맡은 외교부 연락원은 수시로 눈이 파란 병사들과 인사를 주고받았다.

"따바리씨!"

그가 팔을 치켜들며 '따바리씨'를 외치면 상대도 '따바리씨'라고 대답을 했다.

"어째 모두 따바리씨요? 모두 이름이 '따바리'요?"

나의 농담에 외교부 연락원 양용배가 대답하기 전에 권감찬이 아는 체를 했다.

"동무, 동지라는 말입니다."

"저 병사들이 다 이쪽 편이라는 거요?"

나는 서로 다른 낯선 군복을 입은 오스트리아와 헝가리, 체호슬라비크 병사들을 가리키며 연락원 양용배에게 물었다.

"합동민족여단 소속의 적위병들입니다. 포로로 잡혀온 병사들인데 국적은 달라도 다 로씨아 인민의 정권, 쏘비에트를 지키겠다고 합동민족여단에 지원한 병사들입니다. 저 사람들을 우리 편으로 넘어오도록 하는 데 가장 큰 역할을 한 사람이 바로 김알렉산드라 외교장관이란 말입니다."

양용배는 말끝마다 자신이 모시는 알렉산드라에 대한 칭송을 빠뜨리지 않았다.

"저 넘쳐나는 밀가루도 김알렉산드라의 업적이오?"

지나가는 거리의 상점마다 잔뜩 쌓여 있는 밀가루 포대를 보고 던진 농담이었는데, 연락원 양용배는 냉큼 대답했다.

"그럼요. 김알렉산드라 장관이 중국과 통상교섭을 해서 정권이 안정된 다음에 로씨아 수산물로 지급하기로 하고 받아온 밀가루들입니다. 반란군의 발호가 가장 드센 극동이지만 식량 사정은 제일 좋습니다. 외교장관님 덕분이란 말입니다."

"양연락원은 어떻게 김알렉산드라를 그리 잘 아오?"

"우랄 벌목장에서 일할 때부터 지켜보아왔으니까요."

알렉산드라가 사범학교 출신의 통역관으로 혁명운동에 뛰어들었다는 사실은 들어서 알고 있었지만, 벌목장에서 일했다는 얘기는 처음이었다.

"아니, 여성이 씨비리의 벌목장에서 일했단 말이오?"

"우랄 벌목장의 영웅이었단 말입니다."

11

우리를 숙소로 데려다준 외교부 연락원 양용배는 우리에게 우표처럼 생긴 전표를 열다섯 장씩 나누어주었다.

"사흘 치 전푭니다. 어느 식당에서나 먹을 수 있고, 어느 가게에서나 식료품과 바꿀 수 있습니다."

"회의에 참석한 사람들에게만 주는 거요?"

"하바롭스크 시민과 공무원, 합동민족여단의 군인도 모두 똑같단 말입니다."

말입니다, 그가 버릇처럼 쓰는 그 말은 아주 오래전 평양에서 만났던 한 사람의 목소리를 자꾸만 떠올리게 했다.

"고향이 평양이오?"

"네."

나는 청사로 돌아가려는 양용배를 붙잡았다.

"거기 잠시 앉아보오."

"제가 바로 돌아가야 한단 말입니다……"

"사범학교를 나와 선생을 하던 이가 어떻게 해서 우랄 벌목장의 영웅이 되었는지는 얘기해주고 가야 할 것 아니오?"

김알렉산드라 얘기가 나오자 서두르던 양용배의 표정이 풀어졌다.

"외교장관님이 사범학교에 간 것은 나중의 일이고, 어려서부터 로씨아어와 중국어를 잘했단 말입니다. 아버지가 동청철도의 통사였잖습니까."

나는 모르는 일이었다.

"김 표트르 세묘노비치를 모르십니까. 조선 이름으로 김두서 말입니다. 조선 노동자들에게는 떼인 노임을 다 받아내준 '철도 노조의 전설'이고, 중국인들에게는 로씨아 군대에 붙잡힌 의화단을 구해준 '조선인 천사'로 불렸단 말입니다."

"의화단이 무엇이오?"

진포가 물었다.

"중국의 동학 비슷한 겁니다. 조선에 일본군이 들어와 동학난을 진압했듯이 중국에서는 로씨아군이 들어와 의화단의 난을 진압했지요. 로씨아군 통사로 징집된 김표트르가 로씨아군에 잡혀 죽게 된 중국인을 조선 옷으로 갈아입혀 구해낸 게 수백 명이 넘었단 말입니다…… 그분은 평생 그렇게 조선 사람 중국 사람 가리지 않고 어려운 노동자들을 돕다가 갑자기 과로로 쓰러져 허망하게 돌아가셨지요."

김알렉산드라를 사범학교에 보내준 사람은 아버지의 절친한 친구였던 폴란드계 러시아인 스탄케비치였다. 알렉산드라는 열여덟 살에 스탄케비치의 아들과 결혼했다. 친구였던 아버지들처럼 그들은 어려서부터 친했다. 알렉산드라는 황인종을 차별하지 않는 다정한 청년의 사랑을 받아들였다. 하지만 청년은 그녀의 남편이 된 다음 점점 다른 사람이 되었다. 평생을 한결같이 약자들과 함께했던 그녀의 아버지 김두서와 달랐고, 동정심 많던 그의 아버지 스탄케비치와도 달랐다. 아내는 물론 아이도 돌보지 않았다. 술과 도박에 빠져 사는 남편과 갈라선 그녀는 어린 아들을 안고 빈손으로 하얼빈을 떠났다. 아버지가 통사로 일했던 동청철도를 타고 그녀는 울라지보스토크로 돌아왔다. 그녀는 통역 일을 하며 혼자 아이를 키웠다. 아버지의 도움을 받았던 이들과 도움을 주고받으며 다시 사랑하고 결혼했으며, 아이를 낳았다. 사범학교를 졸업하고 교사로 일하던 그녀를 시베리아의 벌목장으로 보낸 것은 울라지보스토크 한인회였다.

"우랄 벌목장은 지옥이었고, 타타르, 우크라이나, 바시키르, 중국, 조선에서 온 외국인 노동자는 죄수와 다름없었습니다. 통행의 자유는커녕, 죄수들에게도 허용되는 편지 왕래마저 금지였어요. 밀린 임금을 떼이는 건 예사고, 톱날에 손목이 잘려나가도 남은 팔에 매단 갈고리로 통나무를 찍어 날라야 했어요. 이 정도는 아무것도 아니죠……"

양용배는 감아쥔 엄지로 감추었던 왼손을 펼쳐보였다. 검지에서 약지까지 남은 손가락이 없었다.

"집채만한 나무에 깔려 허리가 부러져도 치료조차 받지 못하고 쫓겨났단 말입니다. 항의하면 황제 경찰이 덮쳐서 거주증이 없다고 모조리 잡아다 가두고 때리고…… 로씨아어로 어떻게 적혀 있는지도 모르는 채 감언이설에 속아 노예 계약서에 지장을 찍고 벌목장으로 끌려온 조선 노동자들은 속수무책이었습니다. 지푸라기라도 잡는 심정으로 울라지보스토크 한인회에 구원을 요청했는데, 보내온 사람이 김알렉산드라였단 말입니다."

"울라지보스토크 사람들이 심했소. 네 살짜리 아이가 딸린 여자를 어떻게 그 험한 씨베리 벌목장에 보낸단 말이오."

권감찬이 혀를 끌끌 찼다.

"우리도 그랬지요. 독립 성금을 거두러 온 지사들도 사흘을 견디지 못하고 내빼는 여기에 어쩌자고 여자를 보냈나. 그런데 한 달도 되지 않아 모두 생각이 바뀌었습니다. 알렉산드라는 밤잠을 자지 않고 로씨아어로 된 계약서를 하나하나 조선어와 중국어로 옮겨가며 바로잡아주었어요. 그런데요, 알렉산드라가 바로잡은 허위 계약서는 다 알렉산드라의 사촌오빠인 통사 김병학이 로씨아 감독관과 짜고 만든 거였지요."

"김병학 통사, 그자가 알렉산드라의 사촌이었단 말이오?"

김병학은 나도 아는 악명 높은 통사였다.

"한 할아버지에서 나온 같은 핏줄인데도 김알렉산드라와는 정반대의 인간이지요. 김두서 통사의 신망을 등에 업고 통사가 된 놈이 로씨아 경찰과 짜고 조선 사람 등가죽을 벗겨먹는 일만 했단 말입니다."

세계전쟁이 오래 계속되면서 러시아는 조선인과 중국인 노동자들을 참호를 파는 노무자로 전선에 동원했다. 김병학은 조선인을 모집해 전선으로 보내는 청부업을 하면서 조선인들이 받을 임금의 2할을 수수료로 떼고도 모자라, 선급금 전액을 사전 수령해 모두 가로채기까지 한 악행으로 유명했다. 전선으로 보낼 인부의 숫자를 채우지 못하면 러시아 경찰이 신한촌을 급습해 거주증이 없는 조선인 청년들을 모조리 잡아갔다. 가족들은 어쩔 수 없이 러시아 경찰과 한패인 김병학을 찾아가 빼내달라고 머리를 조아렸다. 그러면 김병학은 거드름을 피우며 경찰서로 가서 유치장에 갇힌 조선인을 빼내주었다. 대신 그들은 전선의 노무자 모집 지원서에 도장을 찍고 시베리아 횡단열차를 타야 했다. 그들이 받을 이 년 치 노임의 2할이 김병학의 주머니로 들어갔다.

"사실은 통사들 대부분이 김병학이 같은 놈들이고 김 표트르 세묘노비치와 알렉산드라는 아주 희귀하지요. 김알렉산드라는 영하 사십도의 눈보라를 뚫고 종일 재판소로 뛰어다니며 떼인 노임을 청구해 받아줬지요. 알렉산드라가 노예였던 우리를 일으켜세운 것은 열일곱 살 조선 청년이 굴러내려온 나무에 깔려죽은 날이었습니다. 늘 그래왔던 대로 거적에 말아 묻어버리려는 감독관을 막아선 것이 알렉산드라였습니다. 그날 알렉산드라는 로씨아 감독이 아니라 우리 노동자들을 향해 처음으로 화를 내며 소리쳤지요. '목숨은 누구나 하나고, 똑같이 소중해요. 저기 시체로 누워 있는 열일곱 살 찬수가 당신이고, 나고, 우리예요. 스스로 싸우지 않는 자에게 차례질 권리는 없단 말입니다. 스스로 지키지 않는 자의 권리를 지켜줄 사람은 아무도 없어요……' 눈물을 쏟으며 조선말과 중국말로 소리치는 알렉산드라를 따라 조선 노동자와 중국 노동자가 함께 외치며 들고 일어났지요. 우리는 짐승이 아니다. 사람 목숨은 다같이 하나다. 그래서 찬수는 우랄 벌목장에서 관을 짜서 묻은 첫번째 노동자가 되었고, 그 녀석의 이름을 딴 우랄 찬수노동조합이 생겼단 말입니다."

"노조원이었소?"

진포의 물음에 양용배는 러시아 사람처럼 어깨를 으쓱했다.

"우랄 찬수노동조합의 선전부원이었단 말입니다."

손목에 찬 시계를 확인한 양용배는 서둘러 숙소를 떠났다. 양용배가 모습을 감춘 다음 진포가 고개를 가로저었다.

"아무리 가라고 한다고 사랑하는 사람과 애 둘을 두고 벌목장에 갈 수 있을까?"

"알렉산드라에게 직접 물어봐."

"그렇게 바쁜 사람과 다시 얘기할 기회가 오겠어요?"

"조선 최고의 여대장이자 저격수인 진포씨가 보자면야 언제든지 만나주겠지."

권감찬이 내 말에 맞장구를 쳤다.

"그럼요, 곧 조선 최고가 아니라 세계 최고의 저격수란 걸 알게 될 거예요."

그럼그럼, 김성무도 맞장구를 쳤다.

"에이, 놀리지 마세요."

진포가 우리를 둘러보며 눈을 흘겼다. 그러면서도 자신을 알아준 김알렉산드라에 대한 호감을 감추지는 못했다.

"한 번이라도 더 만날 기회가 오면 좋긴 하겠네요."

모두 자기 방으로 돌아간 다음 나는 침대에 누워 연락원 양용배가 알려준 알렉산드라의 이력을 곰곰이 되새겨보았다. 철도 노조의 전설 김두서의 딸, 열다섯 살에 아버지 대신 통사가 된 소녀, 사범학교를 졸업한 여교사, 우랄 벌목장의 영웅, 우랄 빼르미 공단 노동자의 대변인, 조선인 최초의 사회주의 혁명가……

스스로 싸우지 않는 자에게 차례질 권리는 없단 말입니다. 말입니다, 김알렉산드라가 했던 말 위로 아주 오래전 다른 한 사람이 내게 했던 말이 메아리처럼 겹치며 귓전에 울렸다. 부디, 당신이 양반과 침략자, 남자의 편에 서지 않기를 바랍니다. 조선에서 양반보다 더한 계급이 남자입니다. 양반이나 아니나 다 그 더러운 계급의 혜택을 누린단 말입니다. 말입니다, 백무아가 조선을 떠나며 남긴 그 말을 들은 가을로부터 얼마나 많은 계절이 바뀌고 해가 지나간 다음, 나는 메아리가 되어 돌아온 그녀의 말을 듣고 있는가. 모든 차별과 억압, 침략에 반대하는 진정한 인민의 권력. 참된 민주공화정…… 나는 자리에서 일어나 나의 분신과 같은 소총을 꺼내들고 가늠자를 들여다봤다.

가늠자의 정중앙에 들어찬 가늠쇠의 삼각 꼭지점 위에 세 개의 단어를 하나씩 차례로 올려놓았다. 차별, 억압, 침략. 이 세 개의 목표물을 격파하면 진정한 인민의 권력이, 자유와 독립이, 참된 민주공화정이 찾아올까. 아니면 진정한 인민의 권력, 참된 민주공화정이란 것이 들어서야 차별, 억압, 침략이 사라질까. 나는 알 수 없었다. 하지만 분명한 사실은 단 하나였다. 나는 총을 든 자였고, 내가 할 수 있는 일은 내 앞에 있는 표적을 저격하고 격파하는 일이었다. 그것이 총을 든 자의 운명이었고 소명이었다. 아닌 것을 부술 뿐, 무엇을 만들고 세우는 일은 나의 몫이 아니었다.

탄환을 채운 소총을 머리맡에 세워두고 다시 침대에 누웠다. 태어나서 한 번도 누워본 적이 없는 안락한 침대였지만 하바롭스크의 밤이 깊어가도록 나는 잠들지 못했다.

12

진포가 기대했던 기회는 뜻밖에 빨리 찾아왔다. 알렉산드라가 숙소로 찾아온 건 '전 로 조선정치망명자 대회'가 예정된 전날 저녁이었다. 청사에서 만났을 때와 달리 군복을 입은 그녀는 허리에 단총까지 차고 있었다.

"아직 도착하지 못한 대표들이 많아 회의를 사흘 연기하게 되었습니다. 죄송합니다. 반란군들의 발호로 이동이 쉽지가 않습니다."

표정은 여전히 밝고 목소리는 부드럽고 상냥했지만, 목까지 꽉 채운 군복 단추 때문일까, 지난번과 같은 여유는 느껴지지 않았다.

"무장이 잘 어울리세요."

진포의 목소리에는 소녀 같은 부러움이 묻어났다.

"조선 여자에게 잘 어울린다는 칭찬이겠죠. 진포 대장님."

"네, 아주 멋지세요."

"그럼, 진포씨도 한번 입어보세요. 선물이에요."

알렉산드라는 직접 들고 온 보자기를 풀었다. 군복이었다. 빰을 붉히며 좋아하는 진포에게 알렉산드라는 입어보라고 했다. 자기 방에서 군복을 갈아입고 돌아온 진포를 보고 우리는 누가 먼저랄 것도 없이 박수를 쳤다. 알렉산드라가 입은 것과 똑같은 러시아 군복이었다.

"이거 눈이 아주 부시오."

김성무가 손바닥으로 눈을 가리며 감탄했다. 나는 군복을 입고 나란히 선 두 사람을 번갈아 쳐다봤다. 정말 눈이 부셨다. 알렉산드라를 따라온 사진사가 사진 찍을 자리를 잡았다. 서로 앞자리 가운데를 양보했다. 한참 실랑이 끝에 군복을 입은 알렉산드라와 진포를 의자에 나란히 앉히고 내가 뒷줄 가운데 섰다. 내 왼쪽에는 김성무가, 오른쪽에는 권감찬이 섰다.

사진기의 단추를 쥔 손을 높이 든 러시아인 사진사가 하얀 이빨을 드러내 보이며 웃으라는 신호를 보냈다. 우리를 웃게 만든 건 사진사의 우스꽝스러운 몸짓이 아니라 알렉산드라의 한 마디였다.

"해방된 조선의 새날을 생각하며, 웃겠습니다."

찰칵, 그 순간 진포가 뒤에 선 우리의 표정을 살피느라 살짝 고개를 돌리는 바람에 사진을 한번 더 찍었다. 알렉산드라와 손을 잡고 앉은 진포의 볼우물이 도드라졌다.

"상황이 좋지 않은 모양이오."

사진사가 나간 다음, 내가 알렉산드라에게 물었다.

"어떻게 아셨습니까?"

"국방장관이 아닌 외교장관이 군복을 입고 무장을 하지 않았소."

알렉산드라는 얼굴의 웃음기를 지우며 대답했다. 지금까지 애써 감추었던 긴장이 선연했다.

"아미리가 군함 버지니아호에서 제국주의 간섭국들과 흰파 반란군 우두머리가 회의를 열었습니다. 곧 아미리가와 영국, 일본 해군이 흰파 반란군을 지원하는 포격에 나설 것 같습니다. 가장 큰 문제는 일본 육군의 대대적인 상륙입니다."

"그럼, 드디어 로씨아와 일본이 붙게 되는 것이오?"

김성무가 반색하며 물었다. 지금까지 한편이었던 러시아와 일본의 격돌은 우리가 기다리고 기다리던 상황이었다.

"네. 그런데 문제는 일본만이 아니라 아미리가, 영국 간섭군과도 싸워야 한다는 거지요."

"우리가 일본군하고만 싸우는 방법은 없습니까?"

진포의 물음에 알렉산드라는 고개를 가로저었다.

"로씨아에서 일본과 다른 나라의 간섭군은 한몸입니다. 그러니 지금은 우리도 합동민족여단의 일원으로 일본과 간섭국 군대, 흰파 반란군과 싸워야 합니다. 이미 합동민족여단에 조선인 청년들이 꽤 들어와 있습니다. 하지만 아직 수가 많지 않고, 장군님 부대원들처럼 사격술에 능한 대원이 드뭅니다."

진포가 다시 물었다.

"우리가 합동민족여단에 들어가 일본과 간섭국들을 물리치면 로씨아 혁명군이 우릴 돕습니까?"

"물론입니다. 일본과 간섭국, 그들의 지원을 받는 반란군을 물리치고 로씨아가 혁명을 완수하면 조선 독립전쟁을 대대적으로 지원할 수 있습니다."

"그걸 어떻게 장담하나요?"

"혁명의 지도자 레닌 동지가 벌써 약소민족 해방을 주창해왔고, 지원을 약속했습니다. 하바롭스크에 조선광복군 사관학교 건물과 부지도 내주지 않았습니까. 쏘비에트는 억압과 착취에 반대하는 노동자 농민, 인민의 권력이고 차별과 침략에 반대하는 세계 약소민족의 벗입니다."

"들어가지요. 합동민족여단."

진포가 나를 쳐다보며 말했다. 그녀의 마음은 이미 쏘비에트, 아니 알렉산드라에게 넘어가 있었다.

"우리는 개인이 아니고 대한광복군의 대표요. 아무리 전권대표라고 해도 합동민족여단에 들어가든, 독립부대로 참전하든, 국경을 넘어가 조선에서 단독으로 일본군과 싸우든 광복군 참모회의의 결정과 대원총회의 승인을 받아야 하오."

진포를 자중시킨 나는 눈길을 알렉산드라에게 돌리며 덧붙였다.

"나도 진포의 말에 반대하지 않소. 그가 누구든 나는 일본과 싸우는 군대의 편에 설 것이오. 그렇지만 절차가 필요하오. 그리고 당장 우리 몇 명이 합동민족여단에 합류한다고 얼마나 큰 힘이 되겠소. 우선 추풍의 기지와 만주의 밀산과 장백현에 주둔하고 있는 우리 대원들을 연해주로 집결시키겠소."

"그럼, 대장님은 남아서 회의에 참석하시고 우리는 밀산과 장백현으로 가서 대원들을 데리고 오겠습니다."

진포가 옆에 선 권감찬에게 눈길을 주며 내게 말했다. 나는 고개를 저었다.

"부대 이동 군령을 집행하려면 내가 가야 하오. 그러니 회의에는 진포와 권감찬 참모가 남아서 참석하오."

난처한 표정으로 만류한 것은 김성무였다.

"그건 안 됩니다. 홍대장이 남아서 직접 회의에 참석해야 광복군의 발언권이 생기고, 홍대장이 맡을 자리도 확실해집니다."

"내가 회의에 나가야 발언권과 자리가 차례진다는 거요? 그런 발언권과 자리는 좋아하는 사람들이나 나눠 가지라고 하오. 나는 그런 걸 좋아하는 사람이 아니오. 내게 필요한 건 적과 싸울 기회뿐이오."

"하바롭스크를 벗어나면 사방에 반란군이 널렸는데 장군님이 혼자 가기에는 너무 위험하지 않겠습니까?"

알렉산드라가 걱정스럽게 나를 바라봤다. 하바롭스크 남부의 극동 지역은 쏘비에트 인민정부에 저항하는 반란군의 최대 근거지였다.

"세상에서 가장 위험한 곳이 어딘지 아오? 자기 집 안방이오. 거기서 사람들이 가장 많이 죽소. 나는 그렇게 안전하게 죽고 싶은 사람이 아니오."

"그럼 총경리님과 진포가 남고 제가 대장님을 수행하겠습니다."

광복군의 참모이자 통사인 권감찬이 기어코 나를 수행하겠다고 나섰다. 결국 나는 권감찬을 데리고 떠나기로 했다.

"장군님의 무운을 빕니다."

알렉산드라는 내게 악수를 청했다. 나는 손을 마주 내밀었다. 따뜻한 손이었다.

나는 그날 밤으로 광복군의 무기를 은닉해둔 추풍의 다아재골 기지로 향했다.

13

초여름의 다아재골 기지는 총기를 손질하는 대원들로 분주했다. 남창일은 장전 손잡이를 당겨 노리쇠 뭉치를 빼내는 시범을 보이는 중이었다. 노리쇠 뭉치를 빼내는 그의 손동작은 느렸지만 절도 있었다. 분리한 노리쇠 뭉치를 쥔 양손을 높이 들어 보이며 남창일이 물었다.

"잘 봤습니까?"

"예."

대원들의 대답이 우렁찼다.

기름칠을 한 노리쇠 뭉치를 다시 조립하는 그의 손길은 분해할 때와 마찬가지로 절도 있고 정확했다.

"자, 그럼 해봅시다. 장전 손잡이를 당기고 노리쇠 뭉치를 뺍니다."

"장전 손잡이를 당기고 노리쇠 뭉치를 뺍니다!"

남창일의 말을 복창하며 대원들이 장전 손잡이를 끌어당겼다. 모신나강 소총의 몸통을 분해해 유포로 닦는 대원들의 손놀림에 제법 속도가 붙었다. 모신나강 소총은 세계전쟁에 참전했던 체호슬라비크 군단으로부터 사들인 것이었다. 서부전선을 장악한 독일과 오스트리아 군대를 피해 시베리아 횡단열차를 타고 울라지보스토크까지 온 체호슬라비크 군단은 무기를 아무한테나 헐값에 팔아넘겼다. 울라지보스토크 항구를 떠나기 전에 급전을 마련하려는 체호슬라비크 군인들의 무기는 먼저 보는 사람이 임자였다. 그런데도 돈이 없어 그 헐한 무기를 양껏 손에 넣지 못하는 것이 한이었다. 그나마 최원세가 모금해온 돈과 금붙이와 은붙이로 성능 좋은 모신나강 소총 백삼십 정을 손에 넣을 수 있었다. 집안의 마지막 의지처인 금반지와 은반지, 구리 비녀를 내놓은 동포 부인들 덕분이었다.

"조립을 완료한 대원은 총구를 하늘로 향하게 하고 높이 듭니다."

소총을 높이 들어 보이는 대원들을 향해 남창일이 물었다.

"총기는 뭐라고 했소?"

애인이요, 각시요. 안까이요. 대답들 사이로 웃음이 터졌다.

"그렇소. 총은 저격수에게 애인보다 귀하고, 목숨보다 중한 것이오. 자, 그럼 지금부터 한밤중에 눈을 감고도 분해와 조립이 가능해질 때까지 반복 연습합니다. 분해 조립 실행!"

"분해 조립 실행!"

대원들은 복창을 하며 손에 든 모신나강 소총을 분해하기 시작했고, 남창일은 멀찌감치 떨어져 지켜보던 내게 다가오며 경례를 붙였다. 훈련대장다운 절도 있는 동작이었다.

"어제 합류한 대원이 몇 명이오?"

"스물여섯입니다. 지급할 소총이 모자랍니다."

"대원 다섯만 선발해줘, 삽과 괭이를 잘 다루는."

나는 다른 대원들이 듣지 못하게 목소리를 낮췄다.

"왜?"

남창일도 목소리를 낮춰 반말로 받았다.

"모자란다며?"

"총이 모자라는데 웬 삽질?"

"꺼내오게."

"아직도 남은 게 있어?"

남창일이 활짝 웃다 말고 내게 눈을 부라렸다.

"그걸 지금까지도 나한테 말 안 한 거야?"

"세 군데 알려줬었잖아."

나는 그동안 총기를 한 곳에 스무 정 이상 은닉하지 않았다. 총기를 확보할 때마다 다아재골 인근에 분산 은닉했고, 그 장소는 나 아닌 다른 한 사람만 알게 했다. 세 사람 이상이 아는 비밀은 오래 유지되기 어려웠다. 그렇다고 나 혼자만 알고 있을 수도 없었다. 내가 어디선가 갑자기 죽더라도 대원들이 총기를 꺼내 쓸 수 있어야 했다. 무기 은닉 장소를 알고 있는 한 사람에게 문제가 생기면 무기를 옮기고 다른 한 사람에게 그 장소를 공유했다. 그것이 항일연합포연대 시절부터 이십 년 넘게 내가 지켜온 무기 은닉의 원칙이었다.

"치사하다 야."

"세 곳이나 아는 사람은 지상에 셋뿐이야."

"나머지 둘은 누군데?"

"말 못하지."

한 사람이 아는 곳은 둘을 넘지 않았는데, 남창일과 다아재골의 최의관, 엄인섭은 세 곳을 알았다. 그만큼 믿을 수 있는 사람이었다.

괭이와 삽을 든 대원 다섯을 데리고 다아재골 너머 능선에 도착한 나는 잡초가 우거진 무덤을 가리켰다.

"팝시다."

대원들은 어리둥절한 표정으로 나와 무덤을 번갈아 쳐다봤다.

"뭘 파라는 것인지요?"

나는 허물어졌지만 형태가 분명한 봉분을 다시 가리켰다.

"파자구."

"파묘를요? 누구 무덤인데요?"

"누구 무덤인지 파보자구."

깃털같이 흰 열매가 달린 할미꽃 세 뿌리를 삽으로 떠 멀찌감치 옮겨 심은 대원들이 무덤을 파들어가기 시작했다. 시베리아 광산 갱부 출신인 임종철과 박두현의 괭이질은 맛깔스러웠다. 삽을 잡은 임영진과 하동완, 이태일은 괭이로 찍은 흙을 따박따박 떠냈다. 회령의 머슴 출신인 그들의 한 삽은 보통 사람의 세 삽이었다.

관으로 위장해둔 널빤지 안에 든 베르단 소총을 꺼냈다. 소총 열아홉 정을 다섯 명의 대원들과 나눠 메고 기지로 돌아왔을 때는 해가 기울고 있었다. 막사에는 만주의 장백현에서 마지막으로 출발한 광복군 6진이 도착해 있었다.

밀산과 장백현의 대원들이 모두 도착한 만큼, 참모회의에서는 그동안 결정을 미뤄온 붉은파 합동민족여단과의 연합 문제를 내일까지 매듭짓기로 했다. 의견이 팽팽하게 갈려서 결정을 미뤄온 일이 아니었다. 변화된 정세를 이용해 단독으로 국내 진공 작전에 나서자는 의견보다는 합동민족여단과 제휴해 극동인민정부를 지원하자는 의견이 훨씬 우세했다. 노동자 농민의 정부라는 붉은파의 깃발보다도 알렉산드라를 지키자는 주장이 힘을 얻은 탓이었다. 연해주의 조선인들 사이에서 알렉산드라는 이미 전설이었고, 광복군 대원들 사이에서도 조선인 여성을 외교장관으로 발탁한 극동인민정부를 지켜내야 한다는 분위기가 대세였다.

그런데도 합동민족여단과의 연합을 쉽게 결정하지 못한 것은 바로 눈앞에 둔 조선 땅 때문이었다. 당장이라도 두만강을 건너 국내로 진격하고 싶지 않은 광복군 대원은 아무도 없었다. 나도 예외가 아니었다. 일장기가 펄럭이는 두만강변의 일본군 병영을 짓부수고 태극기를 올려달고 싶은 마음이 하루에도 몇 번씩 꿈틀거렸다.

연해주와 만주의 대원들이 총집결한 다아재골 기지의 밤이 깊어갔다. 이제 남은 선택은 단 하나였다. 단독으로 국내 진공 작전에 나설 것인가, 아니면 하바롭스크로 이동해 합동민족여단과 연합할 것인가. 내 마음은 벌써 두만강을 넘었고, 내 총구는 적을 향해 불을 뿜었다. 하지만, 그래도 반란군에게 포위되고 있는 알렉산드라의 극동인민정부를 먼저 지켜내야 하는 것이 아닐까.

14

새벽안개를 뚫고 다아재골 기지에 도착한 진포는 넋이 나간 표정이었다.

"하바롭스크가 함락되었습니다."

"알렉산드라는?"

"떠났습니다."

"떠나다니, 어디로?"

진포는 대답 대신 여명이 밝아오는 하늘을 올려다보았다. 진포의 눈에서 솟구친 눈물이 귀밑을 타고 가녀린 목덜미로 흘러내렸다.

"혹시……"

"네, 갔습니다. 장렬하게……"

진포는 말끝을 맺지 못하고 참았던 울음을 터뜨렸다. 그녀의 동반자였던 청년중대의 이정재가 전사했을 때도 소리 내어 울지 않았던 진포였다.

내 아들 양순이와 함께 이정재를 잃었던 정평의 바배기골이 떠올랐다. 진포는 이정재의 얼굴이 흥건하게 젖도록, 싸늘하게 식은 그의 시신을 껴안고 눈물을 쏟았다. 대원들은 그토록 오래, 그토록 많은 눈물을 뿌리는 그녀의 슬픔에 가슴 아파했고, 그토록 뜨거운 그녀의 사랑을 받으며 떠나간 이정재를 부러워했다. 대원들의 부러움을 아는지 진포의 눈물이 씻겨낸 이정재의 얼굴은 믿기지 않도록 환했다. 피범벅이 되었던 이정재의 얼굴이 생전의 모습을 드러내고, 환하게 웃어 보이는 것을 보고 놀라지 않은 대원이 없었다. 그런 편안한 주검의 표정은 나도 본 적이 없었다. 진포의 눈에서 떨어진 뜨거운 눈물이 흘러들어가자 이정재가 감았던 눈을 스르르 뜨고 한참 동안 진포를 바라보다 웃으며 다시 눈을 감았다고 주장하는 대원들도 여럿이었다. 그래도 이정재를 묻을 때까지 이를 악물고 울음을 참아냈던 진포였는데, 알렉산드라의 죽음 앞에서는 통곡을 참지 못했다. 진포는 어깨를 들썩이며 목놓아 서럽게 울었다.

"내가 지켰어야 하는 데, 바보같이 내가 지키지 못했어요. 바보같이……"

"적위대와 합동민족여단은 뭘 하고 반란군에게 하바롭스크를 내줘? 더구나 외교장관인 알렉산드라가 왜?"

"반란군이 문제가 아니었어요. 하바롭스크는 일본과 아미리가, 영국과 불란서의 간섭군에게 완전히 포위됐어요. 그 선봉에 갈아먹고 싶은 일본이 있었는데……"

"아무리 그래도 국방장관도 아닌 외교장관인 알렉산드라, 김수라가 왜?"

"알렉산드라는 통역 없이 인민정부의 철수 지침을 전달할 사람은 자신밖에 없다고, 배정된 철수선을 타지 않았어요. 다국적 합동민족 여단과 인민정부를 지지하는 하바롭스크의 조선인, 중국인, 우크라이나인들이 영문도 모른 채 적들에게 당하게 내버려두고 떠나선 안 된다고…… 알렉산드라는 적위대가 퇴각하고 시민들이 피난하는 것까지 확인한 다음에야 화물선 바론꼬르프호에 올랐습니다. 마지막 철수선이었는데, 나포당했어요."

"호위 병력은 뭘 하고?"

"제가 호위 병력이었어요……"

진포가 알렉산드라의 호위를 맡은 줄 까맣게 몰랐던 나였다. 하지 말았어야 할 말을 했다는 것을 깨달았지만 이미 늦은 다음이었다.

"철수선을 호위하기로 되어 있던 로씨아 함정이 우리가 탄 화물선 바론꼬르프호를 나포하고, 신원 확인을 한다는 구실로 우리의 무장을 해제시켰어요. 놈들이 우리를 흰파 반란군에게 넘길 줄은 꿈에도 몰랐지요. 함장이 흰파를 지지하는 코사크족인 줄 어떻게 알았겠어요. 우리가 죽더라도 알렉산드라를 반드시 지켰어야 했는데, 우릴 살리고 알렉산드라가 죽었어요."

흰파 반란군에게 넘겨지는 과정에서 알렉산드라는 진포와 조선인 대원들에게 붉은파 인민정부와의 관계를 부인하라고 시켰다. 자기가 누군지도 모른다고 부인하라고 했다. 그날 진포와 조선인 대원들은 그녀의 말대로 붉은파 인민정부와 알렉산드라를 세 번 부인했다.

'우리는 김알렉산드라를 모른다.'

'우리는 붉은파 볼셰비키가 아니다.'

'우리는 인민정부를 지지하지 않는다. 돈벌이하러 온 조선인일 뿐이다.'

알렉산드라는 반대였다. 흰파 장교들은 진포에게는 인정하라고 요구한 것을 알렉산드라에게는 부인할 것을 요구했다. 진포는 그들이 인정을 요구하는 세 가지를 모두 부인했고, 알렉산드라는 그들이 부인을 요구하는 세 가지를 모두 인정했다.

알렉산드라를 직접 취조하고 고문한 흰파 반란군 사령관 칼미코프는 비열한 웃음을 베어물며 그녀에게 붉은파 볼셰비키가 아니라는 확인서에 지장을 찍으라고 요구했다. 잔인무도하기로 악명 높은 칼미코프는 미인에게 약한 인물로도 소문난 자였다.

"지금 죽기에는 당신의 젊음과 아름다움이 아깝지 않느냐. 붉은파 볼셰비키가 아니며 극동인민정부를 반대한다는 것을 인정하면 너를 살려주겠다."

진포와 조선인 대원들에게 그들이 요구한 것과는 정반대였다. 볼셰비키가 뭔지도 모른다는 진포에게 볼셰비키를 지지하는 붉은파 합동민족여단의 단원이라는 것을 인정하라고 고문을 거듭한 그들이 알렉산드라에게는 볼셰비키가 아니라고 부인하라며 고문했다. 흰파 반란군은 알렉산드라의 목숨보다 정치적 생명을 빼앗는 쪽을 선택한 것이었다. 알렉산드라의 존재 자체를 지우는 것보다 그녀가 극동의 노동자 농민들에게 각인시킨 인민정부의 황홀한 이상을 그녀 스스로 부인하게 만들기 위해 칼미코프는 직접 채찍을 휘둘렀다.

"나는 모든 침략과 억압, 착취에 반대하는 붉은파 인민정부를 열렬히 지지한다. 나는 국적과 민족, 계급 차별에 맞서 싸우는 볼셰비키 혁명가다. 잠시 당신들이 우리 인민의 정부를 공격할 수는 있겠지만 억압과 차별에서 벗어나려는 세계 인민의 열망은 결코 꺾을 수 없을 것이다."

진포가 지켜보는 눈앞에서 흰파 사령관 칼미코프는 난로에 쇠꼬챙이를 달구며 끝까지 붉은파 혁명가임을 고수하는 알렉산드라에게 물었다.

"좋다, 그러면 조선 독립을 위해 로씨아의 극동인민정부를 이용했을 뿐, 노동자 농민, 병사의 권력을 참칭하는 볼셰비키는 아니었다는 것만 인정해라. 조선인이 로씨아의 붉은혁명에 가담할 아무 이유가 없지 않은가?"

의자에 묶인 알렉산드라는 단호하게 고개를 가로저었다.

"천만에. 나는 조선인이기에 볼셰비키다. 침략과 차별, 착취에 시달리며 살아온 조선인이기에 누구보다 투철한 국제주의자가 된 것이다."

칼미코프가 마지막으로 파고든 것은 여성, 어머니가 가진 모성이었다.

"당신은 여자고 어머니다. 가정을 지키고 아이를 돌봐야 할 의무를 저버렸다. 지금이라도 잘못을 뉘우치고 여자와 어머니로 돌아가 가정과 아이를 돌보며 살겠다고 약속하면 풀어주겠다."

"당신은 지금 내게 인간으로 살기를 바라는 전 세계 여성들을 배신하라는 것인가. 감히 나와, 이 세상의 절반인 여성들을 모욕하지 마라. 내 아이들을 돌봐야 할 의무? 나는 내 아이들을 위해 지금까지 싸워왔고, 내 아이들은 물론 당신의 아이들도 당신과 같은 차별주의

자들이 지배하는 세상에 살지 않도록 싸우다 죽을 것이다."

화가 난 칼미코프는 손에 든 쇠꼬챙이를 그녀의 허벅지에 들이댔다.

"살 기회를 세 번이나 주었는데, 내 호의를 거부했다. 마지막으로 한 번만 묻겠다. 살고 싶지 않나?"

"당신이 정녕 군인이라면 나를 깨끗하게 죽여라."

그녀의 허벅지를 지지는 쇠꼬챙이에서 피어오르는 연기를 바라보며 옆에 섰던 칸지우로프 소위가 소리쳤다.

"장군님께서 한 가지만 받아들이면 살려주겠다고 하잖아요. 단 한 가지만이라도 받아들이세요. 살아서 가족에게 돌아가야지요."

아직 뺨에 솜털이 남은 칸지우로프 소위는 동정심이 많은 청년이었다. 진포와 조선인 대원들이 알렉산드라와 무관하지 않다는 걸 알면서도 넘어가준 젊은 장교였다. 흰파에도 사람은 있었다. 칸지우로프 소위는 부하들을 보호하고 의연하게 죽음을 선택한 알렉산드라에게 칼미코프 사령관 몰래 경의와 안타까움이 교차하는 눈길을 보냈다. 하지만 알렉산드라는 흔들리지 않았다.

"혁명가는 목숨을 구걸하지 않는다. 살기 위해 인민의 이상을 배반하지 않는다. 죽여라."

칼미코프 사령관은 알렉산드라와 인민정부 간부들의 총살을 명령했다.

진포는 알렉산드라가 처형장으로 끌려가기 전에 자기에게 두 가지 부탁을 남겼다고 내게 알려주었다.

"저의 두 손을 잡은 알렉산드라는 이렇게 말했어요…… 진포, 내 아이들을 만나면 꼭 전해줘요, 엄마가 정말로 사랑했다고."

진포는 말을 잇지 못하고 알렉산드라가 마주잡았던 자신의 손바닥을 펼쳐들고 뚫어지게 내려다보았다.

"그리고 마지막으로 저에게 부탁했어요…… 진포, 살아서 내가 못한 일을 계속해줘. 부탁이야, 라고."

진포는 울먹이며 힘겹게 말을 이었다.

"그게 알렉산드라가 제게 한 마지막 말이었어요. 그리고 하바롭스크공원으로 끌려갔지요."

알렉산드라와 극동인민정부의 러시아인 간부들은 아무르강이 내려다보이는 하바롭스크공원에서 총살당했다. 흰파 반란군은 주변을 오가던 하바롭스크 시민들을 공원으로 강제로 몰아넣고 인민정부 간부들의 처형을 지켜보도록 했다. 처형 대상에서 빠진 진포와 조선인 대원들도 총살 장면을 지켜보아야 했다.

"사형 집행관들은 먼저 극동인민정부의 사회사업위원 치신과 하바롭스크인민법원 재판장 네표도프의 눈을 흰 수건으로 가리고 처형했어요. 그리고 알렉산드라의 눈을 흰 수건으로 싸맸는데, 알렉산드라가 그 수건을 벗어던지며 소리쳤어요. '내가 죽을 자리는 내가 정하겠다.' 그리고 열세 걸음을 걸어 바위 위에 올라선 다음 공원을 가득 채운 시민들을 둘러보며 말했지요. '제가 방금 걸어온 열세 걸음은 제 심장에 새긴, 빼앗긴 조국 조선의 13도입니다. 조선 동포 여러분, 연해주에서 태어나고 자란 제가 밟아보지 못한 조선 13도에 여러분이 평등의 씨앗을 심고 해방의 꽃을 피워주십시오.' 그렇게 말하고 나서 알렉산드라는 군중의 맨 앞줄에 서 있던 저를 바라보았어요.

저는 눈물을 흘리며 고개를 끄덕였습니다. 알렉산드라에게 약속했습니다. 반드시 그렇게 하겠다고…… 저의 약속을 확인한 다음 알렉산드라는 다시 입을 열었습니다. '러시아와 중국, 몽골, 만주, 우크라이나, 체호슬라비크 인민 여러분, 우리 조선 13도에서 피워낸 해방의 꽃을 전 세계 피압박 민족에게 전할 수 있도록 연대해주십시오. 노동자, 농민의 자유와 권리를 위해 일해온 극동인민정부의 외교장관으로서 저의 마지막 인사를 여러분께 전합니다. 볼셰비키 혁명 만세! 조선 독립 만세!!'…… 그게 알렉산드라의 유언이었어요."

진포는 유언을 끝낸 알렉산드라가 다시 흰 수건으로 눈을 가리려는 사형 집행관의 손길을 뿌리쳤다고 했다.

'가리지 마라. 나는 내 최후를 똑똑히 지켜볼 것이다.'

흰파 반란군 사형 집행관 율리네크는 그녀의 요구를 들어주었다. 한 번도 보지 못한, 이토록 당당한 조선 혁명가가 선택한 최후를 그는 방해하려 들지 않았다.

다섯 개의 총구에서 동시에 불을 뿜었고 알렉산드라는 서 있던 바위 위에 쓰러졌다. 바위를 피로 물들이며 아무르강으로 떨어진 그녀의 시신은 강물 속으로 사라졌다.

"저는 이제 혁명가로 살아갈 거예요."

진포는 내게 선언했다. 진포는 이제 어제의 진포가 아니었다. 낯선 눈으로 바라보는 나를 향해 그녀는 덧붙였다.

"알렉산드라의 목숨을 지키지는 못했지만, 알렉산드라와 한 약속은 반드시 지킬 거예요."

15

대원들이 모두 도열해서 김알렉산드라가 수장된 하바롭스크의 아무르강을 향해 두 번의 절을 올리는 것으로 대한광복군의 추념식은 끝이 났지만 이어진 참모회의의 분위기는 여전히 침통했다. 무거운 침묵을 깬 것은 철혈광복단의 임국정이었다.

"연해주와 씨비리까지 먹어치우려고 눈알이 시뻘건 왜놈들이야 그렇다 치고, 불란서와 영국, 아미리가가 왜 로씨아를 공격합니까?"

참모들의 눈길이 일제히 진포를 향했다. 임국정은 연해주와 만주의 청년들이 만든 비밀 결사대인 철혈광복단이 광복군에 파견한 대원이었다.

"혁명에 성공한 로씨아의 붉은파가 전쟁에서 발을 뺐으니까요. 로씨아가 독일과 휴전하고 제국주의 연합국의 전선에서 이탈하니까 불란서와 영국, 아미리가가 로씨아를 잡으려 드는 거지요."

진포의 대답에 스물다섯 열혈 청년 임국정이 다시 물었다.

"로씨아는 왜 전쟁에서 발을 뺀 겁니까?"

"전쟁은 제국주의자들이 일으키고 전쟁터에서 개죽음을 당하는 것은 가난한 노동자 농민의 자식들이지요. 이 전쟁에서 로씨아 병사들이 얼마나 죽었는지 아세요? 무려 백칠십만 명이 이미 전사했어요. 엄청난 민간인 희생자는 차치하고, 제국주의자들이 몰아넣은 이 전쟁터에서 전사한 각국의 병사들만 구백만 명이 넘어요. 죄 없는 병사와 노동자들이 얼마나 더 죽어야 해요? 침략전쟁에 반대하는 로씨아 인민정부가 자기들을 지지하는 병사와 노동자들을 더 개죽음당하게 내버려둘 이유가 없잖아요. 발을 빼야죠."

"그런다고 이 먼 극동까지 와서 남의 나라를 공격해요?"

"제국주의자들의 이권 싸움이지요. 불란서와 영국은 로씨아의 붉은파 정권에 대항하는 흰파를 지원하고, 로씨아 변방을 사이좋게 나눠먹기로 이미 합의했어요. 불란서가 우크라이나를, 영국이 캅카스와 카스피해를 차지하기로 말이에요. 제국주의는 두 개의 빨대를 가진 거머리예요. 한쪽 빨대로는 식민지를 만들어 약소민족의 피를 빨고, 다른 한쪽 빨대로는 제 나라 노동자 농민의 피를 빨지요."

"불란서와 영국은 그렇다 치고, 제국주의 나라 영국에서 독립한 아미리가가 영국과 손을 잡고서 왜 로씨아를 쳐요?"

궁금한 게 많은 임국정이었다.

"노동자 농민의 권력인 로씨아 인민정부를 아미리가라고 좋아할 리가 없잖아요. 아미리가도 새로 나타난 제국주의 나라일 뿐이에요. 말만 민주공화정이지 부자와 인종차별주의자들이 지배하는 나라에요."

참모들은 진포의 말에 실망과 놀라움을 감추지 못했다. 나도 놀랐다. 하지만 내가 놀란 것은 진포가 한 말의 내용이 아니라 그렇게 말하는 진포였다. 쉬운 말도 길고 어렵게 하는 희한한 재주를 가진 거룩한 지사들과 달리 진포는 어려운 말을 수포수가 내리뛰는 토끼 잡듯이 간단히 해치웠다. 알렉산드라와 보낸 지난 두 계절은 진포를 완전히 다른 사람으로 만들어놓았다. 난 체하지는 않았지만 확신에 찬 그녀의 표정과 말투에서 나는 비슷하면서도 전혀 다른 두 사람의 모습을 동시에 보았다.

내 심장을 뒤흔든 바람이었던 백무아와 뜨거운 신념의 불꽃이었던 알렉산드라, 두 사람은 만날 수 없는 다른 계절과 같았다. 백무아가 세상의 모든 더러운 것을 순백의 눈으로 뒤덮어버릴 겨울을 기다리는 가을이라면 김알렉산드라는 찬란한 봄을 확신하고 기다리는 겨울이었다.

"아미리가가 무슨 식민지를 가지고 있소? 식민지 하나 가지지 않은 아미리가가 어째서 제국주의란 거요?"

진포의 말에 이의를 제기한 건 엄인섭이었다. 엄인섭은 연해주에서 손꼽히는 조선인 지도자였고 대한광복군의 감찰관이었으며 나의 의형제이기도 했다. 하지만 진포는 조금도 움츠러들지 않았다.

"아미리가가 바로 아미리가의 식민지지요. 아미리가 대륙의 원주민을 노예로 삼아 만든 식민지 나라가 아미리가인 걸 모르신단 말씀인지요?"

"아미리가도 제국주의라면. 그 나라 대통령 윌슨이 말한 민족자결주의란 대체 뭐란 말이오?"

되묻는 엄인섭의 목소리가 올라갔다. 예기치 않은 진포의 반박에 당황한 기색이 역력했다. 윌슨이 아미리가 국회 연설에서 밝힌 14개조에 담긴 민족자결주의 원칙을 모르는 대한광복군 참모는 아무도 없었다. 러시아 붉은파 지도자 레닌의 식민지 독립운동 지원 약속에 이은 아미리가 대통령 윌슨의 민족자결주의 선언에 잔뜩 들떠 있던 참모들이었다.

"아미리가 대륙에서 대대로 살아온 원주민을 사냥하고 식민지로 만든 자들이 떠드는 민족자결주의를 순진하게 믿는단 말입니까?"

졸지에 물정 모르는 순진한 사람이 되어버린 엄인섭의 얼굴이 벌겋게 달아올랐다.

"그럼 연합국의 승리와 식민지 나라들의 독립은 무관하다는 소리요?"

엄인섭이 화를 냈지만 진포는 물러서지 않았다.

"아미리가가 포함된 연합국이 이기면 패전국인 독일과 그 동맹국들의 식민지는 아미리가 대통령의 말대로 독립을 할 수도 있겠지요."

진포의 말에 임국정이 낙담한 표정으로 물었다.

"조선은 아니라는 거예요?"

"일본은 불란서와 영국의 연합국인데, 이긴 놈이 왜 제가 먹어치웠던 걸 토해내겠어요. 일본의 식민지인 조선은 물론이고 불란서의 식민지인 월남, 영국의 식민지인 인도는 달라질 것이 없어요. 일본은 조선을 내놓기는커녕 로씨아까지 삼키려고 벌써 칠만 두의 병력을 연해주와 씨비리에 상륙시켰잖아요."

"로씨아 붉은파가 하는 그따위 헛소리 집어치우시오. 눈앞으로 다가온 연합국의 승리로 조선이 독립할 것이라는, 조선 인민의 부푼 기대에 함부로 재를 뿌리지 말란 말이오."

엄인섭이 고함을 치면서 분위기가 험악해졌다. 나는 손바닥을 펼쳐들고 두 사람을 제지했다.

"그만하시오."

물러설 기미가 없는 진포와 엄인섭을 차례로 쳐다보며 내가 물었다.

"그래서 차이가 뭐요?"

둘 다 의아한 표정으로 나를 바라보았다. 지금까지 다 듣지 않았느냐는 눈빛이었다.

"진포, 그래서 어째야 한다는 거요?"

"싸워야지요."

"누구와 싸우오?"

"일본이지요."

나는 엄인섭에게 똑같이 물었다.

"엄감찰은 어떻게 해야 한다는 거요?"

엄인섭이 머뭇거렸다. 안중근 참모중장과 의형제였고, 나의 결의형제이기도 한 그가 요즘 들어 연해주의 미국파 원호들과 자주 어울린다는 소문이 나돌았다. 일찍이 러시아 군대에서 세운 공로로 훈장을 받은 그가 러시아파와 가까이 지내온 것은 이상한 일이 아니었다. 하지만 소문난 러시아파인 그가 아미리가파와 손을 잡았다니, 사람들의 눈빛이 고울 리 없었다. 기회주의자, 이 한마디로 모아지는 엄인섭을 둘러싼 나쁜 소문을 나도 모르지 않았다. 그래도 나는 지금까지 살아온 그의 삶을 믿었기에 그를 배척하지 않았다. 오늘도 나는 못마땅한 마음을 감추며 엄인섭에게 다시 물었다.

"아미리가가 우릴 독립시켜주길 기다리면 된다는 거요?"

"그건 아니지요."

"그럼 어찌해야 한다는 것이오?"

"싸워야지요."

엄인섭은 진포와 같은 대답을 했다.

"누구와 싸우오?"

"그야, 일본이지요."

역시 진포와 같은 대답이었다. 나는 두 사람에게서 눈길을 거두고 지켜보던 참모들을 향해 말했다.

"잘 들었소? 우리는 일본과 싸우면 되는 것이오. 로씨아가 조선 독립을 위해 싸워주오? 아니면 아미리가가 조선 독립을 위해 싸워주오?"

나는 다시 진포와 엄인섭을 차례로 바라보며 말했다.

"없는 차이를 만들지 마시오."

경고였다.

"남의 근력이 아무리 세면 뭐하오. 남의 근력이 내 근력이 되는 걸 보았소? 우리에게 필요한 건 우리의 힘이오. 일본과 싸울 병력과 무기란 말이오."

전함 이와미호를 울라지보스토크에 투입한 것을 필두로 극동 러시아에 상륙한 일본 육군과 해병대 병력은 무려 칠만이었다. 시베리아에서 연해주로 이어지는 러시아의 극동지역을 먹어치울 절호의 기회를 놓칠 일본이 아니었다.

칠만. 조선을 되찾자면 그것보다 더 많은 일본군과 싸워야 했다. 우리 광복군의 형편은 어떤가. 기관포 한 문 없는 우리였다. 그렇다고 또다시 기약 없는 다음을 기다릴 수는 없었다.

다시 돌아오마, 맹세하고 압록강을 넘은 지 어느새 십 년이었다. 기다리고 또 기다렸다. 더 얼마나, 무엇을 기다린단 말인가. 내 나이도 쉰을 넘겼다. 나는 직감했다. 아무리 더 기다려도 지금보다 더 나은 기회는 오지 않을 것이다. 무기만 있다면 싸우겠다는 대원은 얼마든지 모을 수 있었다. 연해주와 만주를 떠돌며 싸울 날만 기다리는 조선의 의병과 청년이 대체 얼마인가. 일만 명을 모으는 것은 조금도 어려운 일이 아니었다. 손에 쥘 무기가 문제였는데, 지금은 무기도 문제가 아니었다. 돈만 있으면 체호 군단의 무기를 얼마든지 구할 수 있었다. 기관포와 대포도 손에 넣을 수 있었다. 구할 수 없는 것은 오로지 돈이었다.

나는 대한광복군 재무총장인 청년 사업가 최원세와 함께 우수리스크로 페티카를 찾아갔다.

"군자금이 필요합니다."

나는 용건부터 말했다.

"얼마가 필요하오?"

"백만 루블이면 해볼 만합니다."

백만이란 숫자에 함께 간 최원세가 먼저 놀랐다. 내가 그렇게 세게 부를 줄은 몰랐던 모양이었다. 하지만 정작 놀랄 줄 알았던 페티카

최재형은 다른 것을 물었다.

"왜 나요?"

"연해주와 만주, 아니 조선 13도 전체에서 왜놈 편이 아닌 조선 사람 중에 가장 부자가 페티카이지 않습니까."

"그건 아니지요. 나보다 부자는 많지요."

"이회영 형제 말입니까."

이회영의 집안은 삼한갑족으로 불린 조선 최고의 명문가였다. 양주에 살았던 그의 형 이석영은 양주에서 한양으로 올 때, 동대문까지 팔십 리 길을 남의 땅을 밟지 않았다고 할 만큼 대단한 부자였다. 조선이 망한 다음 이회영의 여섯 형제는 만주로 이주했고, 그들이 재산을 급매해 들고 온 돈이 황소 만삼천 마리 값이었다. 만주의 조선족 항일기지 경학사와 신흥무관학교 설립자금이 그들에게서 나왔다. 그들은 그 많은 재산을 조금도 아끼지 않고 항일운동 자금으로 모두 내놓았고, 십여 년 만에 빈손이 되었다.

"그들에 비하면, 나는 운이 좋아 어쩌다 재산을 좀 모았을 뿐 아무것도 아니지요."

"그들은 이제 부자가 아닙니다."

나는 페티카가 자기를 낮춰 내 요구를 거절하려는 것으로 여겼다. 큰 기대를 품고 온 것은 아니었지만 실망스러웠다.

"그들은 재산을 다 항일운동에 털어넣었습니다."

"그러니까, 그들이 제일 부자지요."

나는 말을 잘못 들은 줄 알고 옆에 앉은 최원세를 바라보았다. 최원세도 의아한 눈빛으로 나와 페티카를 번갈아 쳐다보았다.

"홍장군."

페티카는 단벌로 유명한 양복의 단추를 풀며 나를 불렀다. 연해주 최고의 갑부였지만 그의 양복은 춘하, 추동 각 한 벌이 전부였다. 가을이 깊어가고 있는데도, 그는 아직 춘하복을 입고 있었다. 잘 손질해 깨끗했지만 닳아서 더 얇아진 그의 양복 소매를 보며 나는 부질없는 기대를 했구나, 싶었다.

그런데 아니었다.

"홍장군. 가지고 있는 건 자기 재산이 아니오. 자기가 쓴 것이 진짜 자기 재산이지요. 그러니 우당 이회영 선생 형제들이야말로 얼마나 큰 부자들이오?"

나는 그의 다음 말이 궁금했다.

"쓰기 전엔 아무 가치도 없는 것이 재산이오. 쓰지 않은 재산은 자신의 것이 아니지요. 그러니 잘 써야겠는데, 홍장군이 나를 부자로 만들어주겠다는 걸 내 어찌 거절하겠소."

"그럼, 백만 루블을 주시겠다는……"

놀라서 묻는 최원세에게 손바닥을 들어 보이며 페티카는 금고로 향했다. 육중한 금고를 연 페티카가 루블화 뭉치를 내 앞으로 내밀었다.

"우선 이것으로 잡을 수 있는 대로 무기를 잡아두시오. 무엇이든 미리 잡아야 값이 헐하오."

나는 하마터면 눈물을 쏟을 뻔했다. 돈 때문에도 눈물이 날 수도 있다는 걸 나는 처음으로 알았다.

"나머지는, 보름 뒤에 오시오."

페티카 최재형은 보름 뒤 백만 루블을 채워주었다. 나는 대한광복군 전 대원을 완전 무장시키고 꿈에 그리던 기관포를 손에 넣었다. 기관포를 씌운 유포를 벗겨낸 순간 대원들의 환호가 하늘을 찔렀다.

나는 이제 무엇도 두렵지 않았다. 더이상 우리를 막을 수 있는 건 아무것도 없었다.

15장

철혈광복단

1

세계대전은 독일의 항복으로 끝났다. 삼천팔백칠십팔만 명의 사상자를 내며 사 년 사 개월 동안 계속된 이 전쟁에 참전했던 나라들이 무엇을 얻었는지 나는 알 수 없었다. 다만 확실한 것은 일본이 승자라는 사실이었다.

세계대전의 최대 승자는 일본이었다. 일본은 서양의 제국들이 서부전선에서 싸우느라고 아시아에서 한눈을 파는 사이 중국의 독일 점령지를 모두 먹어치웠다. 자신의 권력을 지키기 위해 일본과 뒷거래에 나선 위안스카이는 청나라를 무너뜨리고 자신이 세운 중화민국의 영토를 일본에 떼어주었다.

"조선 총독놈들끼리 잘들 해처먹었어."

일본이 위안스카이가 상납한 산둥성 칭다오와 함께 독일이 지은 칭다오 맥주 공장도 먹어치웠다는 소식을 들은 이병채가 한 말이었다. 중화민국의 초대 대총통이 된 위안스카이는 청일전쟁에서 패배

할 때까지 조선에서 총독처럼 군림했던 청나라 공사였다. 그를 협박하며 중국과 거래에 나선 인물은 조선 총독 데라우치였다.

만성적인 무역 적자와 불황에 시달리던 일본은 군수물자 수출의 폭증으로 무역 흑자국으로 반전했고, 서양 참전 국가가 선박을 건조할 수 없는 틈을 타 조선과 해운 강국으로 약진했다. 일본이 거둔 이런 눈부신 성과는 고스란히 세계대전 참전을 주도한 조슈군벌에게 귀결되었다. 총리가 된 조슈군벌의 일인자 데라우치는 재무장관과 외교장관을 겸직하는 일본의 절대 권력자가 되었다.

"덕분에 하세가와도 다시 조선을 해처먹을 총독이 되었다고 봐야죠."

진포의 말대로 일본의 절대 권력이 된 데라우치는 사츠마군벌을 제압하고 조슈군벌을 결집시키기 위해 몰락한 조슈군벌의 이인자 하세가와를 조선 총독으로 임명하는 아량을 베풀었다. 승자는 패자와 경쟁하지 않고 패자는 승자에게 절대 복종하는 사무라이 윤리에 충실한 데라우치와 하세가와였다.

"병사들만 불쌍하지요."

김알렉산드라가 못다 간 길을 가겠다고 한 진포가 귀환하는 부상병들을 바라보며 덧붙인 말은 틀리지 않았다. 세계대전의 패자는 참전한 모든 나라의 병사들이었다. 승전국 러시아의 병사도 예외는 아니었다. 생존 병사들은 빈손으로 귀환했다. 다리와 팔, 눈을 잃은 병사들이 얻은 것은 목발과 지팡이가 전부였다. 연해주로 귀환하는 병사와 노동자 중에는 조선인도 헤아릴 수 없이 많았다. 러시아 군대에 징집되었던 조선인 병사는 연해주에서 태어난 조선인 2세와 귀화

한 조선인이 대부분이었다. 군수품을 나르고 참호를 파는 노동자로 전선에 동원된 조선인은 돈을 벌기 위해 목숨을 내걸었던 청년들이었다.

우리에게도 나쁜 일만 있지는 않았다. 대한광복군에 입대하겠다는 귀환 병사와 노동자들이 줄을 이었다. 신입 대원의 심사와 훈련을 맡은 남창일은 오늘도 광복군 지원자 명단을 들고 왔다. 나는 감찰관 엄인섭과 함께 명단을 유심히 살폈다. 밀려드는 지원자들 틈에 끼어들 밀정을 막아야 했다.

가브릴 최—최정인, 프로이센 독일 전선 기관포 사수, 사 년 복무

그리고리 이—이준희, 프로이센 독일 전선 기관포 조수, 삼 년 복무

스테판 김—김희정, 오스트리아-헝가리 전선 소총수, 삼 년 복무

차도열—북서부전선, 참호 노무자, 이 년 복무

류연웅—북서부전선, 전차 조수 겸 정비공, 사 년 복무

밀정으로 의심되는 인물은 없었다. 흡족한 표정을 짓는 나를 바라보며 남창일이 걱정스럽게 물었다.

"지급할 무기가 없는데 이대로 더 받아들일 거야?"

"구하면 되지."

나는 귀환 병사들을 놓치고 싶지 않았다. 러시아 정규군으로서 그

들이 치른 고지전과 참호전의 경험이 우리에게는 없었다.

"페티카가 준 자금은 이미 다 썼잖아?"

"다른 데서 구하면 되지."

"임국정이? 한상호? 그 어린애들을 믿어?"

철혈광복단원인 임국정과 한상호는 특별 임무를 띠고 열흘 전에 회령으로 떠났다. 철혈광복단원들은 비상한 방법으로 군자금을 마련해 항일 무장투쟁을 지원하겠다는 청년들이었다. 임국정과 한상호는 우리 부대의 군자금과 군의관 확보책을 자임하고 회령으로 갔다.

"스물다섯, 스무 살이 적어?"

"많아?"

되묻는 남창일에게 내가 말했다.

"우린 열다섯 살에 군대에 들어갔어."

남창일이 강하게 고개를 저었다.

"우리라니? 난 열여섯 살이었어."

"그래, 나이 많아서 좋겠다."

"떠난 지 열흘이 지났는데도 감감무소식이잖아. 믿을 걸 믿어야지, 풋내 나는 애들을 믿어?"

바로 그 순간, 호랑이도 제 말 하면 온다더니 한상호와 임국정이 지휘소에 들어섰다.

"아이고, 풋내야……"

나는 엄지와 검지로 내 코를 잡으며 남창일을 놀렸다. 그런데, 내 농담을 어리둥절하게 받아들여야 할 임국정이 인사도 건너뛰고 소리쳤다.

"터졌습니다. 터졌어요."

"터지긴 자네 바짓가랑이가 터졌구만."

나는 자기 바짓가랑이가 터진 줄도 모르고 숨을 몰아쉬는 임국정에게 농담을 던졌다.

"정말 터졌습니다. 조선 13도가 난립니다."

2

3월 1일, 한양에서 독립선언서를 발표했다는 소식은 나도 이틀 전에 전해들었다. 하지만 나는, 서른세 명이 연명으로 발표한 독립선언이 삽시간에 조선 13도의 만세운동으로 번질 줄은 몰랐다. 임국정과 한상호는 벌써 두만강 연안의 회령까지 몰아친 만세운동의 기세를 앞다퉈 설명했다.

"하세가와는? 그자가 손놓고 있을 놈인가."

데라우치의 자리를 물려받은 하세가와는 전임 총독 데라우치의 헌병정치도 그대로 물려받았다. 하지만 데라우치처럼 영리하지 않았다.

조슈군벌의 일인자인 데라우치는 조선을 군인이 통치하는 식민지로 만들기 위해 '조선헌병령'을 공표했다. 전국에 헌병대를 설치하고, 경찰 대신 헌병에게 정보와 치안 업무를 맡기는 법령이었다. 이 정책은 일본 육군을 장악한 조슈군벌의 장교와 하사관들에게 열광적인 지지를 받았다. 기회의 땅 조선을 지배하는 헌병은 모두 조슈군벌이 차지한 일본 육군에서 차출했다. 꽃보직이 쏟아졌고, 조슈군벌은 승진 적체를 일거에 해소했다.

그러나 데라우치는 교활했다. 헌병정치에 반발하는 조선인을 회유하기 위해 전임자였던 소네 아라스케의 치부를 십분 활용했다. 전임 소네 아라스케는 물욕이 지나친 자였다. 그가 석굴암의 소탑과 다보탑을 지키는 작은 사자 석상 두 개를 훔쳐간 사건은 조선의 승려와 불자들의 조롱거리로 회자되었다.

데라우치는 조선 유물을 보호하고 해외 반출을 금지하는 법령을 공표했다. 석탑을 훔쳐간 소네 아라스케의 무간지옥행을 기도하던 조선 불자들의 마음을 단박에 사로잡는 법령이었다. 데라우치는 거기에 그치지 않았다. 이름뿐인 조선의 왕보다 조선 총독이 조선을 더 사랑한다는 것을 그는 보여주었다. 갓을 쓴 그는 기모노 대신 한복을 입은 부인과 함께 찍은 사진을 관사에 내걸었고, 총독의 식탁에 올리는 식재료는 모두 조선에서 난 농수산물만 쓰도록 했다. 커피라는 서양탕국 애호가인 고종과 달리 그는 조선의 꽃차와 작설차만 마셨다.

고종과 순종이 캐딜락과 오버랜드를, 이완용과 송병준이 포드와 쉐보레를 타고 으스댄 날 정작 그들에게 그 승용차를 선물한 데라우치는 한복을 입고 가마를 탄 사진을 신문에 내보냈다. 자신의 월급을 떼어 총독부에 일하는 하급 직원 자녀들의 장학금을 주었다는 미담도 함께 뿌렸다.

하지만 데라우치와 달리 하세가와는 총과 칼만 믿었다. 후쿠자와 유키치처럼 조선인을 개돼지로 여기는 그는 조선의 민심 따위는 아랑곳하지 않았다. 데라우치가 헌병정치의 필수 예산으로 책정해둔 엄청난 정보비와 정치공작금을 헌병대에 내려보내지 않고 기밀비란 구실을 달아 제 주머니에 집어넣은 하세가와에게는 3·1만세운동을 잠재울 공작 능력이 없었다.

"일본군을 총동원해서 무차별 사격을 퍼붓고 있지만, 만세운동의 기세가 더 거세지고 있습니다."

잔뜩 흥분한 한상호의 말에 남창일이 찬물을 끼얹었다.

"맨손으로 그깟 만세를 부른다고 하세가와 그놈이 눈이나 깜빡해?"

하지만 스무 살 한상호도 물러서지 않고 되받았다.

"맨손으로, 왜놈의 총탄에 쓰러지면서도 만세를 부르는 사람들이 총을 들고 싸우지 못하겠습니까?"

"만세운동에 참여한 청년의 1할만 무장시켜도 일본을 이깁니다."

임국정의 말에 지금까지 잠자코 지켜만 보던 엄인섭이 쏘아붙였다.

"무슨 돈으로 수만 명을 무장시키나?"

갓 스무 살이 된 한상호가 발끈했다.

"우리가 구해온다고 하지 않았습니까?"

"입으로야 맨손으로 씨베리 호랑인들 못 잡겠나?"

엄인섭이 차갑게 되물었다. 한상호는 연해주의 거물인 엄인섭에게 감히 더 대들지 못하고 얼굴을 붉히며 입술만 깨물었다. 나는 무표정하게 엄인섭을 바라보았다. 엄인섭이 말한 내용은 남창일이 한 것과 비슷했지만 느낌은 전혀 달랐다. 남창일의 말은 걱정이었고, 엄인섭의 말은 비아냥이었다. 나는 요즘 들어 부쩍 심해진 그의 비아냥거리는 말투와 태도가 눈에 거슬렸다.

"그만하오."

엄인섭이 주춤했다. 그 순간 내 눈길을 피하는 그의 눈빛이 흔들렸다. 이상했다. 본능적으로 내 눈길은 그의 손끝으로 옮겨갔다. 미세하게 떨리는 그의 손끝이 내 눈에 들어왔다. 배반자들에게 나타나는 첫번째 신호였다. 아주 이상했다. 지금까지 그가 내 눈을 피하고 손끝을 떨었던 적은 없었다. 설마.

나는 관심을 임국정과 한상호에게 돌렸다.

"그래, 갔던 일은 어찌 되었소?"

"군자금 공작은, 확실한 협력자를 확보하긴 했는데, 시간이 좀 걸릴 것 같습니다……"

임국정은 말끝을 흐렸다. 엄인섭은 그것 보라는 눈빛을 나에게 던지고 나서 임국정에게 물었다.

"그 믿을 만한 협력자가 누군가?"

임국정이 주저하며 감찰관 엄인섭과 나를 번갈아 쳐다봤다.

"누군지를 말해야 믿을 만한 협력자인지 아닌지 알 것 아닌가?"

군자금 공작은 비밀 사업이고, 협력자는 보안에 부치는 것이 당연했다. 그걸 모를 리 없는 감찰관이 엄인섭이었다.

"그건 엄감찰은 물론 나도 알 필요가 없는 일이오."

엄인섭은 내 눈길을 다시 피했다. 몹시 이상했다.

3

나는 어깨가 처진 한상호에게 눈길을 돌렸다. 말 한마디에 어깨가 머리 위로 올라가기도 하고 허리 아래로 처지기도 하는 나이였다. 철혈광복단 단원들을 풋내기로만 여기는 엄인섭은 한상호에게 함부로 하대하고서도 사과할 기미가 없었다. 나는 한상호에게 말을 올리며 물었다.

"군의관은 어찌되었소?"

세계대전에 참전했던 병사와 노동자들로부터 전장의 실상을 전해 들으며 내가 가장 중요하게 받아들인 것은 전술과 무기의 성능, 야전병원이었다. 세계대전에 참전한 군대는 피아를 가리지 않고 전선마다 야전병원을 운영했다.

아무리 잘 싸워도 전사자와 부상자는 생길 수밖에 없었다. 어차피 죽음을 무릅쓴 전쟁이긴 하지만 살릴 수 있는 대원들이 속수무책으로 죽어가는 것을 지켜보는 것만큼 괴로운 일은 없었다. 일본군은 부상자들을 후방의 병원으로 이송했지만 우리는 이송할 후방의 병원조차 없었다. 나는 지금까지는 기동전과 저격전을 해왔기 때문에 그나마 부상자가 적었다. 하지만 일본군과 정규전을 감행하려면 속출하는 부상자를 돌볼 군의관이 반드시 필요했다.

"잘됐습니다. 의사를 한 사람 구했습니다."

"의원이 아니고 양의사를 구했단 말이오?"

"예."

"장하오."

진심이었다. 나는 거액의 군자금을 확보했다는 소리 못지않게 반가웠다. 훈련 기간인 지금도 부상자와 환자가 발생하지 않는 날이 없었다. 아직은 진포와 노병관이 부상자를 어지간히 감당했다. 근육을 다쳐 엎어진 채 꼼짝을 못하는 대원들이 진포의 침 한 방에 멀쩡히 일어서는 일이 허다했다. 전주에서 뼈를 잘 만지기로 유명한 한의원이었던 노병관은 부대 바깥에까지 소문이 나서 러시아 환자들도 찾아왔다. 하지만 전쟁이 시작되면 두 사람의 침과 한의술로는 역부족일 게 뻔했다. 러시아군 야전병원의 의사들은 배를 가르고 옆구리에 박힌 탄환을 빼낸 다음 감쪽같이 도로 꿰매놓는다고 했다. 너덜거리는 팔과 다리를 그 자리에서 붙이는 것 정도는 예사라고도 했다. 야전병원 의사들의 얘기를 들으며 나는 갑신변란의 와중에서 우영장 민영익의 집을 지키던 새벽을 생각했다. 치명상을 입고 사경을 헤매던 민영익을 살려낸 미국인 알렌은 수술하는 외과의사였다.

"외과의사요?"

"예."

"수술도 할 수 있는 의사요?"

"그럼요. 그것도 조선에서 둘째가라면 서러워할 의삽니다."

"조선 사람으로 그런 의사가 있단 말이오?"

"박서양이라고, 제중원 의학교를 1회로 졸업한 조선인 최초의 양의사입니다."

제중원은 민영익을 살린 알렌이 세운 조선 최초의 서양 병원이었고, 제중원 의학교는 알렌이 불러들인 에이비슨이 가르치는 조선 최초의 의학교였기에 나도 들어서 알았다. 한상호는 군의관으로 오기로 한 양의사 박서양이 에이비슨의 수제자라고 했다.

"야전병원에 필요한 모든 장비와 약품도 박의사가 준비하겠답니다."

나는 임국정과 한상호의 어깨를 두드려주었다. 이제 야전병원까지 갖출 건 다 갖추게 된 셈이었다.

"조금만 더 기다려주시면 저희 철혈광복단이 연대 병력은 더 완전무장시킬 수 있는 군자금을 마련해오겠습니다."

나는 두 주먹을 불끈 쥐어 보이며 다짐하는 임국정의 어깨를 다시 한번 두드려주었다. 처졌던 그의 어깨가 제자리를 찾았다. 군자금을 마련하기 위해 그들이 세운 비상한 계획은 일본이 운영하는 조선은행을 터는 것이었다.

"좋아. 철혈광복단은, 자네들은 해낼 걸세."

옆에 선 한상호의 등을 두드리며 나는 덧붙였다.

"자네들이 자네들의 일을 할 동안 우리는 우리의 전쟁을 시작할 걸세."

"아무리 장군님이어도 지금의 병력과 무장만으로 왜군과 건곤일척의 한판 싸움을 하기에는 역부족입니다. 조금만 더 기다려주십시오."

임국정은 당장 조선은행을 털어올 기세였다.

"그렇지 않네. 싸움은 말이야, 힘이 충분할 때 하는 게 아닐세. 아무리 힘이 충분해도 잘못 싸우면 힘이 사라지고, 아무리 힘이 부족해도 잘 싸우면 힘이 강해지는 것이네."

아직 우리의 군세는 일본군에 비할 바가 아니었다. 하지만 우리에게는 일본군과 비교가 되지 않는 투지가 있었다. 우리의 뒤에는 두만강과 압록강을 넘어 연해주와 만주로 번지는 이천만 조선 동포의 뜨거운 분노와 열망이 있었다. 왜놈들과 대회전을 기다리며 조선과 연해주, 만주의 국경지대를 누비며 싸워온 지 몇 해인가. 세 나라 국경지대의 지형과 조건을 왜놈들이 우리보다 더 잘 알 길은 없었다. 지금 싸우지 않는다면 대체 언제 일본과 싸운단 말인가. 부족한 것은 전술로 이겨내는 것이 전투가 아닌가.

"우린 전쟁을 시작할 걸세. 두고 보게. 우린 잘 싸울 것이네. 나는 우리 대원들과 대한광복군을 믿네. 그러니 자네들도 자네들과 철혈광복단을 믿게."

4

지령문을 가지고 온 것은 전일이었다. 전일은 대한국민의회 군무총장 이동휘의 비서였다. 항일 비밀결사조직 광복단 단장을 지낸 전일은 책임감이 강하고 입이 무거웠다. 광복단의 가장 위험한 임무는 자신이 직접 맡고, 반드시 필요한 말이 아니면 하지 않는 인물로 유명했다. 나는 참모회의를 잠시 멈추고 전일을 맞았다. 그는 아무런 설명도 않고 품에서 꺼낸 지령문을 내밀었다.

"보시지요."

지령문은 짧았다.

나는 지령문을 전일에게 도로 내밀었다.

"직접 발표하시오."

작전회의장에 들어온 전일은 자신의 말 한마디도 앞자락에 깔지 않고 지령문을 읽었다.

군무 지령 1호. 대한광복군 대장 홍범도를 대한독립군 총사령관으로 명한다. 대한독립군 총사령관은 만주에 주둔하는 제 무장 부대를 통합하여 대일 선전포고 즉시 독립전쟁을 개시한다. 군무총장 이동휘.

사흘째 국내로 진격할 경로를 압축해들어가던 참모들은 전일이 발표한 지령에 환호했다. 대한국민의회는 대한독립군 정부의 수반인 이동휘와 전로한족총회 의장인 문창범이 함께 참여한 임시정부였다. 연해주에서 조선 독립을 내세우며 활동하는 흰파와 붉은파를 망라한 대한국민의회의 주도권을 잡은 것은 문창범이었다. 군무총장으로 추대된 이동휘는 대한국민의회의 의장을 자임한 문창범을 반대하지 않았다. 흰파인 문창범에게 임시정부의 의장 자리를 내주고 이동휘는 군무를 지킨 것이었다.

문창범의 본색을 아는 나는 씁쓸했다. 재물과 자리 욕심이 그악스럽고, 제 패거리 지키는 데는 물불을 가리지 않는 그가 임시정부의 대표라니. 하지만 개의치 않기로 했다. 중요한 것은 우리에게도 대일 선전포고를 할 정부가 생겼다는 사실이었다.

나는 부대의 이름과 체계를 대한독립군으로 개편하고 선발대를 간도로 파견했다. 만주에 산재한 주요 독립군 부대들로 연락원을 보내 연합을 추진하는 사이 가을이 왔다.

마침내 그동안 머물렀던 연해주를 떠나는 날이 왔다. 다아재골 기지를 감싼 산마루를 넘어서기 전에 잠시 행군을 멈추었다. 추풍의 산야가 한눈에 굽어보이는 산정에서 최의관은 내게 손을 내밀었다.

"장군, 나는 여기서 돌아가겠소. 부디 대업을 완수하시오."

처음부터 지금까지 다아재골 기지를 관리해온 최의관이 아니었다면 추풍의 독립군 기지는 유지될 수 없었다. 온갖 풍파와 시련 속에서도 그는 기지를 둘러싼 산처럼 다아재골 기지를 묵묵히 지켜냈다. 지난 십여 년, 부대가 주둔했을 때나 떠났을 때나 언제나 그는 한결같이 기지를 최상의 상태로 관리했다. 최의관 소유의 다아재골 농장에서 나오는 모든 소득은 기지 관리 비용으로 쓰였다. 남다른 인품으로 추풍의 조선인들뿐만 아니라 러시아 관헌들로부터도 존경을 받는 최의관이 있었기에 연해주의 무장 세력이 숨을 쉬며 머무를 기지가 건재했던 것이었다.

"우리와 함께 떠나시지 않고 끝내 여기에 남으시겠습니까?"

"장군은 장군의 일을 해야 하고, 나는 내 일을 해야지요. 장군의 일은 나라를 되찾는 것이고 나의 일은 여기 기지를 지키는 일이지 않소."

최의관과의 작별을 가장 안타까워한 것은 용환이었다.

"아바이, 같이 가오다. 혼자 남았다가 왜놈들이라도 들이닥치면 어쩌오?"

용환이의 눈에는 눈물이 그렁그렁했다. 연해주로 온 내가 사처로 나다닐 동안 어미도 없는 어린 녀석을 맡아 가르치고 보살피며 어엿한 독립군 소대장으로 키워준 이가 최의관이었다. 용환이에게 최의관은 아버지보다 나은 큰아버지였고, 할아버지였다.

"우리 소대장. 내 걱정은 말고, 잘 싸우시오."

최의관이 용환이를 가슴에 안았고, 녀석은 참았던 눈물을 쏟았다.

"장군, 다시 돌아올 날이 있겠소?"

"없어야겠지요."

"그래야겠지요. 그래도 이 기지는 내가 잘 관리하고 있겠소. 지난 십 년을 그랬듯이 앞으로도 이 기지는 장군의 것이란 걸 잊지 말아주시오."

최의관은 마지막으로 내 옆에 섰던 작전참모장 이병채에게 부탁했다.

"우리 장군을 잘 보필해주길 부탁하오."

양반의 나라 조선의 마지막 관리 출신인 최의관이 포수 출신의 사령관인 나를 위해 유림의 거두였던 작전참모장 이병채에게 하는 당부였다. 나는 이 말이 최의관이 내게 주는 마지막 선물인 줄은 몰랐다.

"여부가 있겠습니까."

이병채의 대답을 들은 최의관은 용환이의 등을 두드려주고 발길을 돌렸다. 나는 올라온 길을 되짚어 내려가는 최의관의 뒷모습을 오래 지켜보았다.

"저놈들은 조선으로 바로 날아가는군요."

작전참모장 이병채가 하늘을 쳐다보며 혼잣말처럼 중얼거렸다. 뭉게구름 높이 흐르는 새파란 하늘을 가르고 남하하는 기러기떼의 대오는 정연했다. 간도로 가는 우리는 서북 방향으로 멀리 우회하는데 기러기떼는 거침없이 남으로 직행했다. 이병채는 지난봄 시베리아로 올라가 낳고 기르고, 훈련시킨 새끼들을 데리고 남하를 감행하는 철새의 대오를 부러운 눈빛으로 바라보았다.

"저놈들은 모레 아침을 고흥에서 맞겠네요."

이병채는 회갈색 쇠기러기보다 체구가 더 크고 새하얀 노랑부리저어새의 대오를 가리켰다.

"고흥이 저어새의 서식지요?"

"네, 고흥만에서 순천만까지 이어지는 고흥반도가 노랑부리저어새의 서식지입니다. 겨울 고흥반도는 우아한 자태를 뽐내는 저어새들로 장관이지요."

전라도 고흥이 고향인 이병채는 을미사변 직후에 의병을 일으킨 인물이었다. 나보다 일곱 살 아래였지만 경상도의 허위와 어깨를 나란히 하는 호남의 맹장으로 이름을 날렸다. 을사늑약이 체결된 다음에는 천 명의 의병을 이끌고 한양의 남산골에서 일본군과 대치한 대담무쌍한 의병장이기도 했다.

"우리에게도 저놈들처럼 마음껏 조선 13도를 활개치고 다닐 날이 오겠지요?"

나는 웃으면서 이병채에게 되물었다.

"언제, 한 번이라도 우리에게 기약할 내일이 있었소?"

"기약할 내일은 없어도 싸워야 할 내일은 있지 않습니까. 내일 아침에도 제가 살아서 눈을 뜨기만 한다면 저에게 싸울 날이 하루 더 생기는 것이니까요."

선이 굵으면서도 섬세한 이병채의 말은 듣는 사람에게 투지를 불러일으키는 묘한 힘이 있었다. 이병채를 참모장으로 내게 추천하며 이동휘가 했던 말이 떠올랐다.

'대한독립전쟁은 허위가 감행했던 한양 진공 작전을 다시 시작하는 것입니다. 하지만 우리가 다시 세워야 할 나라는 왕의 나라가 아니라 인민이 주인이 되는 민주공화정입니다. 그렇기 때문에 우리는 허위가 지녔던 조선 유림의 위엄과 안중근이 지닌 공화주의자의 기개, 김알렉산드라가 꿈꾸었던 인민주의자의 이상을 함께 계승해야 합니다.'

이동휘에게 이병채는 그 세 사람의 유산을 다 물려받은 인물이었지만 내게는 나한테 없던 것을 채워주었던 또다른 김수협이었다.

산정에서 잠시 휴식을 취한 다음 이병채는 쩌렁쩌렁한 목소리로 대오를 정비했고, 우리 부대는 추풍과 작별 인사를 했다.

"연해주의 항일전선에서 앞서간 동지들을 생각하며, 부대 묵상."

나는 연해주에 뼈를 묻은 수많은 영혼을 생각했다. 뼈조차 남기지 않은 두 사람의 얼굴이 먼저 눈앞에 어른거렸다. 한 줌의 재가 되어 극동의 바다에 흩어진 이상설과 아무르강에 수장된 김알렉산드라, 그들이 남긴 유언이 바람소리에 섞여 내 귓가를 맴돌았다. 이 년 전 우수리스크에서 최후를 마친 이상설은 흔적조차 남기기를 거부했다.

'광복을 이루지 못하고 죽은 자가 무슨 낯으로 혼인들 조국에 돌아갈 수 있겠소. 나는 실패한 인간이니 내 몸과 유품은 남김없이 불태우고 그 재도 바다에 날리시오. 아무도 내 제사를 지내지 마시오.'

실패한 인간, 이 한마디는 아직도 비수가 되어 내 가슴에 박혀 있었다. 실패한 나라에서 실패하지 않을 수 있는 인간이란 대체 누구일까. 이상설의 실패는 마흔여섯에 끝이 났다.

"부대 바로."

나는 고개를 들어 아득한 극동의 바다가 자리하는 방향을 바라보았다. 실패한 인간이라고 했던 이상설의 생애는 그의 유언대로 한 줌 재가 되어 강을 타고 저멀리 동해로 흘러갔다.

'내 운명은 실패였지만, 내 조국은 실패가 되지 않을 것이다.'

하지만 그는 실패를 자신의 것으로 받아들였으나 결코 우리의 것으로 인정하지는 않았다. 그의 거듭된 실패 앞에 남겨진 길을 따라 우리는 걷고 또 걸었다. 아흐레간의 행군 끝에 나는 김알렉산드라가 수장된 아무르강변에 도착했다.

5

예정보다 닷새가 더 걸렸다. 이틀은 러시아 빨치산을 구출하느라 빼앗겼다. 일본군의 지원을 받는 흰파 반란군과 싸우는 붉은파 빨치산을 그냥 내버려둔 채 지나칠 수 없었다. 우리의 참전으로 살아남은 러시아 빨치산 장교 셋은 우리와 함께 일본군과 싸우겠다며 우리 부대에 합류했다.

사흘은 밀정을 가려내는 데 쓰였다. 대한독립군으로 재편하면서 대원들이 급증하고 여러 개의 소부대가 합류했다. 그 과정에서 가려내지 못한 밀정을 찾아내기 위해 나는 단위별로 밀정들이 탐낼 만한 정보를 던지고 적의 반응을 살피며 매일 이동 경로를 갈지자로 바꾸었다.

지금까지 내가 던진 정보를 냉큼 문 밀정 셋을 찾아내 공개 처단했다. 밀정에게는 관용이 없다는 사실을 똑똑히 보여주어야 했다. 어떻게 밀정을 찾아냈는지 눈치채지 못한 남은 밀정 둘이 제 발로 도망쳤다. 그렇다고 부대 안에 밀정이 더는 없다고 누구도 보장할 수 없었다. 일천 명의 적보다 더 해로운 것이 내부의 적 하나였다. 만주로 건너가기 전에 밀정을 완전히 솎아내야 했다.

"더는 없는 것 같아?"

내 물음에 진포는 고개를 갸웃거렸다.

"하급 밀정들은 다 미끼를 물었고, 겁쟁이 밀정은 도망을 쳤는데……"

"고급 밀정과 대담한 밀정은 남았다?"

"대담한 고급 밀정이겠지요."

진포가 의심하는 건 엄인섭이었다.

"아직도 그를 의심해?"

내가 엄인섭의 이름을 입에 올리지 않았는데도 진포는 고개를 끄덕였다.

"생각이 다르다고 밀정이 되는 건 아냐. 그가 알고 있는 무기 은닉 창고는 하나도 털린 게 없었어."

"그런 건 하급 밀정들의 몫이죠."

"내 목에 걸린 현상금이 얼마야? 그가 밀정이었으면 여태 내가 무사했겠어."

"그건 저도 좀 궁금해요."

"그럼 아닌 것이지."

"아뇨. 아닌 것이 아니라 이유를 모를 뿐이에요. 왜 밀정이 되었는지, 왜 여태 대장님을 해치지 않았는지……"

"대체 근거가 뭐야?"

"감이요."

"감으로 사람을 밀정으로 몰아?"

나는 헛웃음을 터뜨리면서도 개운치 않았다. 내 마음의 한편에서도 그런 느낌이 떠나지 않았기 때문이었다.

"제 감이 틀린 적은 없어요."

진포는 확신했고, 엄인섭을 데리고 만주로 가는 것을 반대했다. 나 역시 엄인섭이 찜찜했다. 그렇다고 해서 분명한 근거도 없이 그를 내칠 수는 없었다. 나는 진포를 내보내고 엄인섭을 불렀다.

"감찰관, 우리 부대에 침투한 밀정은 다 색출이 된 것 같소?"

"송구스럽습니다. 제가 일을 잘하지 못했습니다."

엄인섭의 표정이 어두웠다. 나는 밀정을 색출하기 위해 단위별로 다른 정보를 주면서 엄인섭에게도 진위를 알려주지 않았다. 그것을 감찰관인 그에 대한 불신임이라고 받아들이지 않으면 이상했다.

"만주에는 연해주보다 더 많은 밀정이 널렸소. 왜놈의 앞잡이와 밀정이 우리에게 침투하기 전에 우리가 먼저 밀정들을 답새겨야겠소."

"어떻게……"

"동족을 잔해하고 섬나라의 이종에게 충성하려면, 아무리 철면피한 자라도 양심의 가책을 조금은 느낄 것이 아니오. 일본군 밀정과 경찰 보조원에게 보낼 경고장을 감찰관이 한 장 써보시오. 회개치 않으면 비참한 죽음과 자손만대에 걸친 치욕을 피할 수 없을 것이라고, 추상같이 말이오."

"언제까지……"

“저 아무르강을 건너기 전에 연해주의 밀정들에게도 마지막 경고를 남겨야지요.”

도강을 감행할 저녁까지는 네 시간이 남아 있었다.

엄인섭은 세 시간 만에 ‘연해주와 간도, 국내의 경찰 보조원 및 밀정에 보내는 경고문’을 러시아어와 조선어로 써서 들고 왔다. 그는 러시아어를 조선어보다 더 잘했다.

“급히 달려오다 발을 접질렸습니다.”

대원들의 부축을 받으며 지휘소에 들어선 그가 내민 경고문은 달필이었다.

> 자기 조국과 동족을 잔해하고 이종에 충성을 바치는 자는 하늘과 사람 모두의 분노를 초래함은 물론이오, 자기 역시 깊은 밤 잠자리에 들 때나 맑은 새벽에 일어날 때면 상당히 생각되는 바 있고 죄를 느낄 것이다. 오호! 천하에 어찌 이족을 위해 동포를 잔해하는 것이 인생의 본분이며 사명일 것이냐. 우리는 지금 섬나라 원수를 몰아내고 조국을 되찾으려고 일어섰다. 이때를 당하여 당신이 만일 회개치 않는다면 적과 동일하게 여길 것이다. 우리 어찌 동포를 처단하는 일을 좋아서 할 것인가……

명문이었다. 내가 한 몇 마디를 고스란히 살리면서도, 배반자의 양심을 예리하게 저격했다. 마치 내 속에 들어왔다 나온 사람같이 내가 하고 싶었던 말을 글로 옮겨놓은 경고문이었다. 엄인섭의 문장은 아무나 쓸 수 있는 수준이 아니었다. 밀정이 된 자가 쓸 수 있는 글은 더욱 아니었다. 그를 한동안 미심쩍게 여겨온 게 미안스러웠다.

"이런 문장을 써내는 사람을 보면 정말 신기하오."

"무슨 말씀을요. 저야 대장님이 하셨던 말에 그저 조금 분칠이나 했을 뿐입니다."

"아니오, 엄감찰관이 아니면 누가 이런 글을 쓰겠소. 이대로 부대에 발표하고, 독립군 정부에 넘겨 연해주의 왜놈 앞잡이들과 순사 보조원에게 보내도록 하시오."

"그렇게 하겠습니다. 그리고 저는 연해주에 남았으면 합니다."

"왜 갑자기 그러오?"

"이 발로는 당분간 걷기가 어렵습니다."

그가 걷어 보이는 발목은 어느새 퉁퉁 부어올라 있었다.

"진포에게 침을 맞으시오. 뼈가 부러진 게 아니면 오래가지 않을 거요."

엄인섭은 대답하지 않았다.

"왜, 진포가 대침을 아프게 찌를까 두렵소?"

내 농담을 엄인섭은 씁쓸한 웃음으로 받으며 대꾸했다.

"로씨아어를 하는 제가 만주로 가도 할일이 많지 않을 것 같습니다."

그는 자신을 의심하는 사람과 함께 일하지 못하겠다고 말하지 않았다. 그의 자존심이 그렇게 말하는 걸 허락지 않았을 터였다.

나는 엄인섭을 붙잡지 않았다. 마지막 도강선에 오르기 전에 나는 엄인섭에게 손을 내밀었다.

"아우."

그는 나의 결의형제였다. 혹한이 몰아치던 이르쿠츠크에서 21의 형제동맹을 맺은 지 어느새 십 년이었다. 생사를 같이하기로 맹세하고 스물한 명이 이어가며 썼던 혈서가 떠올랐다. 남의 웃음거리가 되지 않고 죽음에 이르도록 변하지 않는다. 혹 누설하는 자 있어 신으로부터 수치를 받는 자 있으면 신이 이를 죽인다……

"웃음거리가 되지 않고, 살아서 다시 만납시다."

"장군님의 무운을 빕니다."

그는 나를 형님이라고도 언니라고도 부르지 않았다. 원망이었을까. 나를 바라보는 엄인섭의 눈빛은 복잡했다.

6

대한독립군은 뜨거운 환영을 받으며 훈춘에 들어섰다. 고구려의 옛 땅 훈춘의 남쪽으로 흐르는 두만강을 건너면 경원과 온정이었다. 지금도 훈춘 주민의 대부분은 경원과 온정에서 넘어온 조선 사람들이었다. 행군 대오가 지나가는 길목마다 흰옷 입은 사람들이 구름처럼 몰려나왔다. 군복을 갖춰 입고 군모를 쓴 채 총을 멘 대원들을 맞이하는 조선 사람들의 뺨에는 눈물이 흘러내렸다. 박수와 환호가 쏟아졌다. 독립군가를 부르는 대원들의 목소리가 절로 올라갔다.

신대한국 독립군의 백만용사야
조국의 부르심을 네가 아느냐
삼천 리 삼천만의 우리 동포들
건질 이 너와 나로다
나가 나가 싸우러 나가

나가 나가 싸우러 나가
독립문의 자유종이 울릴 때까지
싸우러 나가세

부대의 선두에 선 나보다 더 사람들의 눈길을 끈 것은 진포와 여성 대원들이었다. 군복을 입고 당당하게 어깨에 총을 멘 그들이 지나갈 때마다 환호성이 터져나왔다. 대오를 오가며 지휘하는 참모장 이병채는 독립군가의 2절을 여성 대원들만 부르게 했다.

원수들이 강하다고 겁을 낼 건가
우리들이 약하다고 낙심할 건가
정의의 날쌘 칼이 비끼는 곳에
이 길이 너와 나로다

수는 적었지만 카랑카랑한 여성 대원들의 노랫소리는 훈춘의 하늘을 뒤흔들었다. 여성 대원들 못지않게 사람들의 눈길을 끈 것은 행군 대오에 낀 러시아 빨치산 세 명이었다. 장교로 세계대전에 참전했던 그들은 러시아 정규군 복장이었다.

나가 나가 싸우러 나가, 거리를 메운 사람들은 키가 껑충한 러시아인이 입을 벙긋거리며 독립군가를 따라 부르는 것을 신기하게 바라보았다.

독립군가의 3절을 맡아 부른 것은 대오의 마지막에 선 노포수들이었다.

너 살거든 독립군의 용사가 되고
나 죽으면 독립군의 혼령이 됨이
동지야 너와 나의 소원 아니냐
빛낼 이 너와 나로다

백발이 성성한 노포수들은 오와 열이 하나도 맞지 않았지만, 여유만만이었다.

대한독립군이 벌인 훈춘 행군의 효과는 대단했다. 다음날 날이 밝기도 전부터 지원자와 성금이 밀어닥쳤다. 훈춘애국부인회는 소와 돼지를 잡아 대원들을 먹였다.

"여성과 노포수, 로씨아인까지 조선 독립을 위해 총을 들었는데 우리가 어찌 가만히 보고만 있겠습니까."

훈춘애국부인회 회장은 황병길의 숙경씨, 김숙경이었다.

"숙경씨, 덕분에 우리가 큰 호사를 합니다."

"제 덕분이라뇨. 우리 부인회원들 덕분이지요."

청명한 가을하늘보다 환하게 웃으며 김숙경이 덧붙였다.

"하룻밤 사이 독립군 후원 기금으로 부인회원들이 내놓은 금가락지와 은가락지, 은비녀와 구리 비녀가 산더미처럼 쌓였습니다. 대대로 내려온 은수저를 내놓은 집도 한둘이 아닙니다."

내가 대꾸를 하기 전에 김숙경의 말을 잇는 사람이 있었다.

"머리채를 잘라 내놓은 부녀도 헤아릴 수가 없소."

김숙경의 시아버지, 황병길의 아버지 황오섭이었다.

"밀산에 계셔야 할 황아바이가 어인 일이십니까?"

"추석을 구실로 잠시 손녀들도 보고, 콧바람이라도 쐬고 가려고 왔소."

손녀의 손을 잡고 선 황오섭은 마파람이 불어오는 남쪽으로 고개를 돌리며 코를 큼큼거렸다. 두만강 너머 경원이 그의 고향이었다.

"내, 한 해 동안 못 맡았던 고향 냄새를 맡으니 이제 좀 살 것 같소."

황오섭의 손에 매달린 손녀가 그를 따라 코를 큼큼거리고 나서 말했다.

"내 고향 냄새를 맡으니 이제 좀 살 거 같소."

주변에 섰던 사람들이 모두 폭소를 터뜨렸다. 나는 황오섭의 손에 매달린 아이를 번쩍 들어올렸다.

"이름이 뭐냐?"

"정신이, 황정신. 여섯 살."

"엄마가 누구냐?"

"숙경씨."

여섯 살 정신이는 김숙경을 손가락으로 가리켰고, 다시 폭소가 터졌다.

"집에서 황선생이 그렇게 부르니까, 아이들까지 저런답니다."

김숙경이 얼굴을 붉히며 변명을 했다.

"거, 수레바퀴 두 개가 나란히 굴러가는 모범 가정이오."

나는 김숙경에게 농담을 던지고 나서 황오섭에게 물었다.

"올해 밀산농장의 농사는 어떻습니까?"

황오섭은 억실억실한 대원들을 흐뭇하게 바라보며 대답했다.

"홍장군이 지은 사람 농사만은 못하지만, 난들 놀기만 했겠소. 밀산의 벼농사도 아주 풍년이니, 걱정하지 마오."

7

저녁에는 아주 반가운 이가 찾아왔다. 야전병원을 맡기로 한 박서양이었다.

"용정에서 소식을 듣고 달려왔습니다."

"추석에 와서 여태 있었던 것이오?"

한양의 세브란스병원 의사이자 세브란스의전 교수인 그가 해마다 설과 추석 명절을 용정에서 보낸다는 건 나도 알고 있었다. 남들이 고향을 찾고 조상들에게 차례를 올리는 명절에 그는 용정을 찾아 치료받기 어려운 환자들을 돌보았다. 설과 추석 명절이 아니어도 그가 북간도에 온다는 통문이 돌면 병중인 독립운동가와 부상당한 독립군들이 용정으로 모여들었다.

"명절마다 북간도로 오면 집안의 차례를 어떻게 하오?"

"다행히 전 지내야 할 차례가 없습니다."

"지내야 할 차례가 없다니, 장손이 아니어도 차례와 제사에는 참례를 하지 않소?"

"제가 우리 집안의 장손입니다."

"그런데 어찌 지낼 차례가 없소?"

"저희 조상은 워낙 훌륭하신 분들이어서 죽은 조상 대신 산 동포를 살피라고, 차례도 마다하십니다."

의아한 표정으로 바라보는 내게 그가 말했다.

"천민에게 지내야 할 차례와 제사가 어디 있겠습니까. 제를 지내고 싶어도 지방에 적어 붙일 조상의 이름이 있어야지요."

"이름이 없다면……"

"제가 백정의 자식이란 걸 모르셨던 모양입니다. 양반 귀신들하고 달라서 백정 귀신은 제를 차려 올리지 않아도 스스로 아주 잘 찾아 드십니다."

박서양은 해맑게 웃었다. 조선에서 백정은 성도 이름도, 호적도 없는 천민 중의 천민이었다. 여자보다 못한 유일한 존재가 백정이었다. 경주 김씨, 전주 이씨…… 여자는 이름은 없어도 성은 있었다. 백정은 성마저 없었다. 존재하되 완벽하게 존재하지 않는 사람 취급을 받는 존재가 백정과 백정의 자식이었다.

"그런 것들은 다 옛날 얘기가 되지 않았소?"

"그렇지요. 이름도 성도 없는 '봉주리'였던 저에게도 호적이 생겼으니까요."

대대로 백정이었던 봉주리의 아버지는 돈으로 자기 아들 하나의 호적을 사는 대신 갑오개혁으로 시행되던 신분차별철폐법을 백정에게도 확대할 것을 요구하는 탄원에 앞장섰다. 백정 아버지의 노력으로 이름과 호적을 얻었던 소년은 조선 최초의 서양식 병원인 제중원의 서양인 의사 에이비슨의 조수가 되었다.

"처음부터 에이비슨의 조수는 아니었습니다. 병원 청소와 잡일을 도맡아 하는 일꾼이었지요."

노임도 없는 그 일을 새벽부터 밤중까지 쉬지 않고 해낸 끝에 소년은 인정을 받았고, 에이비슨은 그에게 글을 가르치고 제중원의학교 1기생으로 입학시켰다.

1908년 유월, 박서양은 세브란스의전으로 이름이 바뀐 의학교를 졸업하고 동기생 여섯 명과 함께 조선인 최초의 양의사가 되었다. 백정의 아들이 거둔 대단한 성취였고 영광이었다.

"과연 대단하오."

박서양의 이야기를 들으며 내가 진정으로 대단하게 여긴 것은 그가 자신의 노력으로 얻은 성취와 영광을 성공한 지금의 그가 아닌 불우했던 어제의 그를 위해 사용해왔다는 사실이었다. 자신은 신분을 바꾸고 영광을 얻었지만 다른 사람들도 모두 그럴 수 있는 건 아니었다. 여전히 봉주리로 살아가는 사람들을 그는 잊지도 외면하지도 않았다.

"야전병원을 맡으면 한양의 병원과 의전은 어떻게 할 생각이오?"

"이미 그만두었습니다."

고종의 진료를 맡으며 모두가 부러워하는 세브란스의전 교수가 되었던 박서양이었다. 얻기도 어렵지만, 얻기보다 더 어려운 일이 내려놓는 일이었다.

"후회하지 않겠소?"

누구보다 어렵게 조선에서 얻은 자신의 모든 것을 내놓고 만주로 온 박서양이 내게 대답했다.

“후회는 지킬 게 있는 사람들이 하는 것이지요. 성도 이름도 없었던 제게 지킬 무엇이 있어 후회를 하겠습니까.”

“그래도 이건 전쟁이고, 전쟁은 목숨을 내걸고 하는 것이오.”

“저는 사는 게 날마다 전쟁이었습니다.”

나는 그에게 손을 내밀었다.

“내 이 손은 적을 죽이느라 전쟁을 했는데, 그래도 당신의 손은 사람을 살리느라 전쟁을 했으니 얼마나 다행이오.”

상서로운 해, 서양. 박서양이 마주 잡은 우리의 손을 내려다보며 물었다.

”우리의 두 손이 함께 할 전쟁은 언제 시작하는지요?”

“대병력이 일시에 국내로 진공하려면 두만강이 얼어야지요.”

8

말 그대로, 물밀듯이 대한독립군 지원자들이 밀려들었다. 어제 하루에만도 한 개 소대가 늘었다. 훈춘애국부인회는 하루 스물네 시간 재봉틀을 돌려 군복을 만들었다. 문제는 다시 무기였다.

"대한독립군 가지고 만세운동이나 벌일 거야?"

남창일은 두 손을 번쩍 치켜들었다. 신입 대원들에게 쥐여줄 무기가 없다는 훈련대장의 투덜거림이었다.

"빼앗아오고 있잖아."

대한독립군이 그사이 펼친 여섯 차례의 국내 진공 작전은 총진공 작전에 앞선 탐색전인 동시에 무기 노획전이었다.

우리가 주로 노린 지역은 훈춘 인근의 두만강 유역이었다. 내가 직접 한 개 대대 병력을 이끌고 두만강을 넘었던, 온성 진공 작전은 대승을 거두었다. 총독부의 어용신문 매일신보가 호들갑을 떨어준 덕분에 독립군을 찾아오는 지원자가 더 폭증했다.

압록강 도강 작전은 일본군의 허를 찌른 쾌거였다. 두만강변을 지키느라 여념이 없었던 일본군은 우리가 훈춘에서 수백 리나 떨어진 압록강을 건너 공격할 줄은 꿈에도 예상하지 못했다. 압록강을 도강한 대한독립군은 강계와 만포진의 일본군 진지를 공략했다. 사흘 동안 공방전을 벌이며 우리가 사살하거나 사로잡은 적이 일흔 두를 넘었다. 소총 예순두 정과 기관포 두 정, 기마대 군마 여덟 필도 노획했다.

마적들로부터 노획한 무기도 상당했다. 일본군과 협력하며 약탈과 강간, 살인을 일삼는 마적의 무장은 일본군 못지않았다. 그래도 악착같이 무기를 빼앗기지 않으려는 일본군과 달리 위기에 처하면 무기를 아무렇게나 내팽개치고 도주하기에 급급한 마적들은 상대하기가 한결 수월했다.

하지만 일본군과 마적들로부터 노획한 무기만으로는 몰려드는 신입 대원들을 감당할 수가 없었다.

"그걸로는 언 발에 오줌 누기야. 철혈광복단에서는 소식이 없어?"

남창일도 나 못지않게 철혈광복단의 거사를 은근히 기다린 모양이었다. 사단 병력을 무장시킬 자금을 노획해오겠노라고 호언장담했던 철혈광복단은 여태 감감무소식이었다.

"젖비린내 나는 애들이라며?"

"혹시 알아? 소가 뒷걸음질치다 쥐라도 잡을지."

연합 얘기를 다시 꺼낸 건 작전참모장 이병채였다.

"총력전을 벌이려면 무장이 괜찮은 부대들과 다시 연합을 추진해 보아야 하지 않겠습니까?"

남창일이 되물었다.

"지금까지 해봐도 되지 않는 일이었잖습니까?"

연해주에서 출범한 임시정부의 군무총장 이동휘로부터 대한독립군 총사령관에 임명되어, 만주에 주둔하는 독립군 부대를 통합, 지휘하라는 지령을 받고 간도로 온 나였다. 하지만 규모가 작은 무장단은 우리 부대에 합류해왔지만, 규모가 큰 부대는 통합은커녕 연합조차 하려 들지 않았다.

중국령인 북간도와 서간도에 포진한 무장 부대들은 러시아령 연해주에서 만들어진 대한국민의회를 임시정부로 아예 인정하려 들지 않았다. 연해주에서 임시정부가 처음 만들어진 다음 상해와 한양에서도 잇따라 정부가 출범했고, 북간도와 서간도에서도 독자적인 군사정부가 출현했다.

북간도의 지도자 서일은 대한정의단을 대한군정부로 개편하고 서른의 김좌진을 사령관으로 임명했다. 세력이 강력한 민족종교인 대종교 지도자 서일의 전폭적인 지원을 받는 김좌진 부대의 무장은 우리 부대보다 나았다. 그들은 대포까지 갖출 만큼 군자금이 풍부했다.

이회영 형제와 함께 서간도의 조선인 거주지를 개척하고 신흥무관학교를 만들어 독립군을 배출해온 이상룡도 군정부를 세우고 일본 육사 출신인 지청천을 사령관으로 발탁했다. 해마다 수백 명의 졸업생을 배출해온 신흥무관학교의 졸업생과 이십오만 명이 넘는 서간도의 조선인들로부터 추앙받는 이상룡이었다. 이상룡이란 이름 석 자 자체가 지청천 부대의 막강한 배경이었다.

김좌진과 지청천 부대의 배경과 군자금 동원 능력은 내가 따라갈 수 없는 영역이었다. 내가 이끄는 대한독립군이 그들보다 나은 것은 그동안의 전과와 대원들의 전투력이 전부였다.

우리가 제안한 연합 제안은 번번이 무시당했다. 그럴 때마다 자존심에 상처를 입었던 참모들의 긴 침묵을 깬 건 진포였다.

"그래도 그동안 우리와 협동작전을 한 최진동 부대와 한번 더 협상을 해보면 어떨까요. 최진동 부대에는 무기 여유도 좀 있다던데."

최진동은 왕청현의 대지주였다. 왕청현에서 그가 조직한 군무도독부의 군세는 김좌진 부대와 지청천 부대 못지않았다. 우리와 함께한 두만강 도강 작전에서 보여준 부대원들의 전투력도 괜찮았다.

"참모장이 한번 더 해보겠소?"

"최의관님이 장군님을 잘 보필하라고 하셨지 않습니까."

이병채가 웃으며 앞으로 나섰다.

"제가 다시 봉오동으로 가보겠습니다."

지주와 부자, 유림을 다루는 데는 이병채만한 인물이 없었다.

"자리를 원하면 다 내준다고 하시오."

"장군의 대한독립군 사령관 자리를 내주겠다는?"

나는 이병채에게 되물었다.

"싸우다 죽을 자리 외에 내게 필요한 자리가 있소?"

조선은행 현금 탈취 사건이 일어난 것은 이병채가 봉오동으로 떠나고 이틀 뒤였다. 조선은행 회령지점에서 용정출장소로 가던 현금 수송대가 털리고 호위하던 일본 경찰이 사살당했다는 기사가 신문에 났다. 괴한들이 빼앗아간 현금이 십오만원이란 소문이 삽시간에 북간도를 떠들썩하게 만들었다. 철혈광복단의 거사가 분명했다.

"소가 쥐를 잡은 것 같은데."

나는 농담을 던지며 남창일을 골렸다.

"이 자식들, 털었으면 얼른 가지고 와야지. 왜 연락이 없는 거야?"

"젖비린내 나는 애들이라며?"

"아, 무기가 급하다고, 요. 무기가. 젖비린내가 나는 돈이든 왜놈 냄새가 나는 돈이든…… 십오만원이면 정말 한 개 사단 병력을 무장시킬 수 있는데."

"곧, 연락이 오겠지."

그런데 연락이 오지 않았다. 철혈광복단은 열흘이 지나도록 소식이 없었다. 나는 그들이 찾아갔을지도 모를 연해주 다아재골 기지로 용환이를 파견했다. 하지만 용환이가 가지고 돌아온 건 나쁜 소식이었다.

"최의관님이 자결……"

용환이는 말끝을 맺지 못하고 울먹거렸다. 내가 연해주와 만주를 누비고 다니는 동안 용환이를 맡아 제 자식보다 더 애틋하게 가르치고 보살펴준 최의관이었다. 내가 지칠 대로 지쳤을 때 찾아가 쉴 수 있었던 유일한 곳이 다아재골이었고, 언제나 따뜻하게 나의 옛 대원들과 우리 부대를 품어주었던 최의관이었다. 그런 최의관이 우리 부대가 떠난 다음 들이닥친 밀정들의 정보 제공 요구를 거부하고 자결한 것이었다. 용환이는 나보다 더 의지하고 따랐던 최의관의 죽음을 전하며 눈물을 쏟았다.

나쁜 일은 그것만이 아니었다. 철혈광복단이 밀정에게 당했다는 소식이었다.

"밀정이 어떤 놈이야?"

"엄인섭이라는 소문이 돌고 있습니다."

"뭐, 엄인섭?"

나는 믿기지 않았다.

내 마음은 참으로 힘들었다. 최의관은 내 자식을 보살펴주고 나를 지켜주고 자신의 재산과 토지를 우리 부대에 내주었는데, 나는 그를 지켜주지 못했다. 나는 사흘 동안 곡기를 끊고 대한독립군의 깃발을 한 폭 내려 달게 했다. 그것이 연해주 기지에 홀로 남아 우리의 뒤를 목숨으로 지켜낸 최의관에게 내가 바칠 수 있는 경의와 애도의 전부였다.

엄인섭, 그를 생각하면 마음이 너무나 무겁고 복잡했다. 어떻게 제 인생을 스스로 그토록 더럽힐 수 있단 말인가. 그의 이름은 연해주에서 얼마나 빛났고, 지식과 문장은 또 얼마나 대단했던가.

단 두세 시간 만에 엄인섭이 써낸 '연해주와 간도, 국내의 경찰 보조원 및 밀정에 보내는 경고문'이 떠올랐다. 가슴을 찌르는 그런 명문장을 써낸 그가 밀정이었다니, 대체 그 문장은 누가 누구를 향해 쓴 것이었을까.

9

믿기지 않고, 믿고 싶지 않았지만 모든 것은 사실로 드러났다. 최계립이 찾아온 건 사흘 뒤였다. 최계립은 임국정과 한상호를 우리 부대로 파견해 사격훈련을 받게 한 철혈광복단의 조직책이었다.

"작전은 완벽했습니다. 용정 서남쪽 이십 리 밖에 있는 재바위골에 들어선 조선은행 수송대를 단숨에 제압했습니다. 장군님에게 사격술을 배운 임국정과 한상호가 먼저 무장한 순사들이 손쓸 틈을 주지 않고 정확하게 저격했습니다."

"셋이서 해치운 것이오?"

"아닙니다. 여섯 명이 매복했습니다. 임국정이와 한상호는 아실 테고, 김준과 윤준희, 박웅세가 함께했습니다."

"턴 돈이 십오만원이나 되었다는데, 사실이오?"

"네. 조선총독부에서 용정의 일본영사관으로 보내려던 십오만원이었습니다. 십원짜리 지폐 오천 장과 오원짜리 지폐 이만 장, 모두

빳빳한 신권이었습니다."

"어쩌다 적에게 걸려든 것이오?"

"노획한 십오만원을 가지고, 저와 한상호, 윤준희, 셋은 무기를 구매하려고 울라지보스토크로 직행했습니다. 임국정은 우리의 이동 방향을 감추기 위해 우편 마차를 몰고 울라지보스토크와 반대 방향으로 달려갔고요. 모든 것이 계획대로 착착 진행됐습니다."

용정 삼십 리 서남쪽 골짜기에 말과 돈다발을 싸는 보자기 두 장, 돈다발을 묶는 띠지 따위를 버린 임국정은 최계립과 한상호, 윤준희와 합류했다. 이틀 만에 말과 돈다발을 싸는 보자기를 발견한 경찰은 돈을 나눠 가진 범인들이 서남쪽으로 도주했다고 추정하고 백두산 방면을 샅샅이 수색해나갔다. 닷새가 지나서야 교란책에 빠진 것을 눈치챈 경찰은 울라지보스토크 방향의 모든 도로를 차단하고 검문과 수색에 나섰다. 극비리에 움직이는 현금 수송대가 털린 것은 내부 협력자가 있었기 때문이라고 확신한 경찰은 조선은행 용정출장소 직원 전홍섭을 체포해 혹독하게 고문했다. 전홍섭은 보름 가까이 지독한 고문을 당하면서도 견뎌냈지만, 소용없는 일이었다.

"울라지보스토크 신한촌에 도착한 임국정이 의형제인 엄인섭을 만나 무기상을 소개해달라고 부탁했는데, 그놈이 밀정일 줄 어떻게 알았겠습니까. 한밤중에 일본군의 급습을 당해 저만 담을 넘어 탈출에 성공했고, 임국정과 한상호, 윤준희는 체포당하고 말았습니다."

"엄인섭이 임국정의 의형제였소?"

"네."

"그자는 의형제도 참 많소."

거액의 군자금을 도로 빼앗기고 단원들마저 잃은 최계립은 울분을 참지 못했다.

"김준이 하루만 더 울라지보스토크에 빨리 왔더라도 엄인섭한테 당하지 않았을 텐데…… 엄인섭이 이놈은 반드시 제 손으로 처단하고야 말겠습니다."

"김준은 엄인섭이 밀정이란 걸 알았다는 것이오?"

"십오만원이 든 현금 자루와 함께 운반하던 우편 행낭 네 개가 있었는데, 우리가 그건 봉인을 뜯지도 않고 거사 현장에 버렸습니다. 돈만 노린 강도로 보이게 하려고요."

"그런데?"

"그 행낭과 별도의 대외비 문서 하나를 김준이 챙겨갔는데, 총독부 경무국에서 일본영사관으로 보내는 극비 문서였습니다. 엄인섭의 정보가 의심스러우니 엄인섭에게 감시원을 붙이라는 지시였습니다. 그걸 들고 울라지보스토크로 달려온 김준을 제가 만난 건 한상호와 임국정, 윤준희가 잡혀간 다음날이었습니다."

엄인섭은 안중근 참모중장의 결의형제였고 나의 결의형제였다. 그가 의형제의 결의를 맺은 이십대 새파란 청년 임국정을 팔아넘긴 밀정이었다는 사실은 나를 견딜 수 없게 만들었다.

"나이를 참 더럽게 처먹었소."

"제가 뭐랬습니까?"

진포는 자신의 말을 믿어주지 않은 나를 원망스럽게 쳐다보았다.

"중로 국경에서 그자가 실수로 발을 접질린 것 같아요? 우리가 의심한다는 걸 눈치채고 제 발을 일부러 접질린 거예요."

나는 할말이 없었다.

"대체 대장님은 그자를 왜 끝까지 믿은 거예요?"

"근거가 없었지 않나."

정보망은 나에게도 있었다. 울라지보스토크 일본영사관에서 조선총독부로 보내는 보고서가 내 손에 들어온다는 사실은 참모들도 몰랐다. 나와 관련된 적의 정탐 보고서를 내게 보내주는 것이 누구인지는 진포에게도 말할 수 없었다. 백무아, 그녀의 이름을 나는 누구에게도 말하지 않았다. 그녀가 보내준 총독부의 기밀문서에는 나를 정탐한 밀정의 이름이 여럿 등장했지만, 엄인섭이란 이름은 한 번도 없었다.

다른 참모들이 다 나가고 진포와 나만 남자 최계립이 목소리를 낮추며 물었다.

"혹시, 장군님은 엄인섭에 대해 뭘 좀 알고 있었습니까?"

"알다니?"

"사실은 영사관으로 보내는 총독부의 문서에서 의심스럽다고 한 내용이 무엇인가 하면, 장군님이 대한독립군을 이끌고 로씨아 경외로 무사히 빠져나가도록 엄인섭이 방조한 정황이 보인다는 것이었습니다."

"나를 감시하고, 또 빠져나가게 방조한 밀정이 엄인섭이라고 적혀 있었소?"

"아니요. 의심스러운 건 '아정탐'이라고 적혀 있었습니다. 그런데, 그래서 감시하라는 것이 엄인섭이면 엄인섭인 거 아닌가요?"

"아정탐?"

나는 비로소 깨달았다. 아정탐我偵探, 그가 엄인섭이었다. 이름이 없었던 일본의 '우리 정탐'.

내가 왜 놀라며 '아정탐'이란 말을 곱씹는지 알 리 없는 진포가 나를 쳐다봤다. '아정탐에 의하면', 나의 동향을 총독부에 보고한 울라지보스토크 주재 일본영사관의 보고서에 몇 번이나 등장하는 구절이었다. 나는 그것이 여러 밀정에 따르면, 이라는 것인 줄 알았는데, 아니었다.

일본영사관의 밀정 명부에 이름이 없는 단 한 명, 총독부 경무국과 조선주차군 사령부로 보낸 보고서에 나오는 아정탐이 바로 엄인섭이었던 것이다. 아정탐은 우리 편 정탐이란 보통명사가 아닌 엄인섭을 가리키는 고유명사였다.

연해주에 특임대를 파견하기로 결정했다. 최의관을 자결하게 만든 밀정들과 일본의 아정탐, 엄인섭을 처단하는 것이 특임대의 임무였다. 나는 연해주로 떠나는 특임대장 서국선에게 엄인섭이 쓴 '연해주와 간도, 국내의 경찰 보조원 및 밀정에 보내는 경고문'을 건네주었다.

"밀정들을 지옥으로 보내기 전에 반드시 그 경고문을 읽게 하시오. 엄인섭에게는 십 년 전 이르쿠츠크에서 그가 피로써 한 맹세를 집행하는 것이란 사실도 반드시 통보하시오."

나는 혹한이 몰아치던 씨비리에 모였던 21형제들의 얼굴과 피로 이어 썼던 맹서를 떠올렸다.

'남의 웃음거리가 되지 않고 죽음에 이르도록 변하지 않는다. 혹 누설하는 자 있어 신으로부터 수치를 받는 자 있으면 신이 이를 죽

인다.'

이미 지난 십 년 사이에 21형제의 절반이 넘는 열한 명이 저세상으로 갔다. 참혹하게 죽기도 하고, 장렬하게 전사하기도 하고, 어이없이 숨을 거두기도 했다. 하지만 단 한 사람도 남의 웃음거리가 되지는 않았고, 변하지도 않았으며, 신으로부터 수치를 받아 죽지도 않았다. 나는 신이 아니었지만 신의 이름으로 우리가 했던 맹세를 집행할 의무가 있었다.

"대체 엄인섭은 언제부터, 왜 밀정이 된 것일까요?"

특임대를 떠나보낸 다음 진포가 내게 물었다. 알 수 없었다. 짐작도 할 수 없는 일이었다.

"왜 대장님은 해치지 않았을까요? 엄이 치려면 얼마든지 칠 기회가 있었는데."

"나 대신 철혈광복단을 쳤잖아."

"개들보다 대장님이 값이 덜 나가요?"

"십오만원이었다지 않아."

"실망이네요. 전 대장님의 값이 섬나라 일본과 바꾸고도 남는 줄 알고 지금껏 따라다녔는데."

"지금 바꾸러 갈까."

"그깟 섬나라 통째로 줘도 안 바꾼다니까요."

나를 흘겨본 진포가 다시 물었다.

"왜일까요. 그래도 대장님과 맺은 의형제의 의리는 지키려고 해서였을까요?"

"의를 저버린 자에게 의리가 어디에 남아?"

내가 여전히 궁금했던 것은 따로 있었다. 일본영사관의 밀정 명부와 총독부 보고서에 있었어야 마땅한 엄인섭의 이름은 왜 그동안 없었을까.

진포와 내가 지녔던 의문의 일부를 풀어준 건 이병채였다. 최진동을 만나고 돌아온 이병채도 엄인섭이 밀정이었다는 사실에 몹시 놀랐는지 머리를 뒤로 젖히고 눈을 감으며 짧은 한숨을 내쉬었다.

"엄이 왜 대장님을 해치지 않았을까요?"

진포는 내게 던졌던 질문을 이병채에게 다시 던졌다.

"장군이 살아 있어야 그의 가치가 살아 있지요. 장군의 활약이 커질수록 밀정으로서 그의 가치도 올라가겠지요. 토사구팽. 장군을 죽이면 자기도 죽게 된다는 걸 모를 정도로 미련한 자가 아니지 않소."

왜놈들이 이름조차 기록하지 않고 지금까지 그자를 보호해준 것도 그 이용 가치 때문인 셈이었다.

"엄은 어쩌다 변절자로도 모자라 밀정이 된 걸까요?"

진포도 나 못지않게 이해가 되지 않는 모양이었다.

"세상을 바꾸려 덤벼들었으나 세상이 어디 그리 호락호락 바뀝니까. 세상보다 훨씬 바꾸기 쉬운 자기를 바꿔 적에게 빌붙는 자가 변절자고, 변절자 중에서 제 능력으로는 차지할 수 없는 것을 차지하려고 동지를 파는 자가 밀정이지요. 단순한 변절자는 저를 팔아 원하는 것을 얻지만, 밀정은 남을 팔아 제 것이 아닌 것을 차지하려 들지요. 저 하나만 팔아먹은 놈은 몰라도, 저 하나로 모자라 팔지 말아야 할 동지를 팔아넘긴 배반자는, 처단해야지요."

이병채의 결론은 단호했다.

"이미 특임대가 떠났소."

앞에서 달려드는 적은 물러서면 용서하지만 뒤에서 칼을 치켜든 배반자에게는 용서가 없는 법이었다. 그러나 나는 여전히 알 수 없었다. 이병채의 말대로 엄인섭이 나를 죽이지 않은 이유가 밀정으로 자신의 가치를 높이며 살아남기 위해서이기만 했을까. 오직 분명한 것은 그와 나는, 그가 먼저 죽든 내가 먼저 죽든 이제 다시는 사람으로 만나지 못할 사이가 되었다는 사실이었다.

"참모장의 말이 맞는지는 내 저세상에 가서 그자에게 물어보겠소."

배반자는 가고 남은 우리는 적과의 전쟁을 시작해야 했다.

"최진동 부대와의 얘기는 어떻게 되었소?"

"장군이 대한독립군 사령관 자리를 걸었는데, 잘 안 될 리가 있겠습니까."

16장

보급대장 김성녀

1

최진동의 농장이 자리잡은 봉오동 계곡에 들어서는 순간 나는 전율했다. 농장이 들어설 자리가 아니었다. 천혜의 요새였다.

"이 마을이 강촌이고, 저 건너편이 호박골입니다."

앞장서 걷던 최진동의 참모 최운산이 걸음을 멈추고 계곡 건너편 산기슭을 가리켰다. 이미 내 눈길은 그가 가리키는 마을이 아니라 그 뒤편에 치솟은 험준한 산줄기로 향했다.

"지나온 마촌에서부터 박촌, 여기까지가 중촌입니다."

논밭은 완만한 계곡을 따라 이어졌고, 농가는 가파른 산기슭에 등을 붙이고 있었다. 농가의 굴뚝에서 피어오르는 연기가 능선을 타고 올라갔다. 아직 해가 남았는데 굴뚝에 연기가 피어오르지 않는 집이 없었다. 지난해 가뭄으로 간도 전역이 흉년이었는데도 이 마을엔 끼니를 거르는 집이 없다는 뜻이었다.

"저 집은 무엇이오?"

나는 연기가 나지 않는 유일한 집을 가리키며 최운산에게 물었다.

"공립 제3학교입니다."

최운산의 대답에 우리 부대의 보급과 숙영지를 담당하는 치중과장 왕규식이 반색을 했다.

"이 깊은 골짜기에 학교가 있을 줄은 몰랐습니다."

"저건 중국식 작은 공립학교고 최장군이 지은 큰 봉오동학교는 조금 더 올라가면 나옵니다."

"우리가 쓸 수 있소?"

왕규식이 눈을 반짝이며 최진동에게 물었다. 대부대가 된 대한독립군의 숙영 대책을 세워야 하는 치중과장다웠다.

"저 공립학교도 최장군이 지어 기부한 학교지만, 공립학교여서 함부로 쓰지 않습니다."

내 뒤에서 섰던 안국환은 지나온 계곡 양편에 붙은 논밭을 내려다보며 최진동의 참모 최운산에게 조심스럽게 물었다.

"이 마을의 논밭도 다 최진동 장군의 것이오?"

저격여단의 백두산 밀영을 지키던 연락도감 도주 안국환은 지난달 만주로 건너와 대한독립군의 정찰부장을 맡았다.

"그렇소."

"최장군의 집안이 큰 부자였나 봅니다."

안국환은 놀랍고 부러운 모양이었다.

"아니오. 장군의 아버님은 이 지역 도태를 지냈지만 가난했습니다."

"도태가 뭡니까?"

"연변 일대는 예전부터 조선인들이 들어와 살았고, 나라에서 도태라는 직책의 관리를 파견했습니다. 최장군의 아버님이 마지막 도태로 이 지역을 관리했는데, 나라의 힘이 없으니 청나라가 쫓아냈지요. 그래도 이 지역을 지키려고 버티던 최장군의 아버님은 청나라에 체포당했고, 재산도 모두 빼앗겼지요."

그래서 최진동은 배울 기회가 없었다고 했다. 안국환은 궁금한 것이 많았다.

"그런데 어떻게 이렇게 큰 부자가 됐습니까?"

"의협심이 강하고 영특한 소년 최진동을 알아본 사람이 있었지요. 최장군 아버님의 중국인 친구 허춘빈이라고."

자식이 없었던 중국인 대지주 허춘빈은 최진동을 양자로 삼았다. 허춘빈은 최진동을 총애했고, 어딜 가나 데리고 다녔다. 허춘빈이 데리고 다니는 최진동은 어디에서나 눈길을 끌었다. 대지주의 양아들이었음에도 언행이 반듯하고 겸손한데다 중국말에 조선말까지 능란한 그는 왕청현 현장의 눈에도 들었다. 왕청현 토지담당관의 통사로 임용된 최진동은 통사 이상의 통사가 되었다.

중국 정부는 개간을 원하는 주민들에게 황무지를 방方과 정井 단위로 불하했다. 북간도에서 황무지를 개간해 농사를 짓는 주민 열의 아홉은 조선 사람이었는데, 정작 조선 사람은 토지를 불하받을 수 없었다. 중국으로 귀화 입적하지 않으면 불하를 받을 자격이 없었고, 귀화 입적을 해도 방과 정 단위의 큰 토지를 불하받을 재력을 지닌 농민이 없었다. 불하의 최소 단위인 일 정이 사방 일 리, 마을 하나 크기였다. 조선 이민자들은 여러 집이 돈을 모아 중국으로 귀화 입적한 사람의 명의를 빌려 겨우 토지를 불하받아 나누어 가졌다.

"그러다 명의를 빌려준 사람이 딴마음을 먹으면 어쩌오?"

평생 땅 한 평 가져보지 못한 안국환이 눈을 반짝였다.

"그러면 인간이 아니지요. 그래도 그런 일이 아주 없진 않았는데, 최장군은 그 반대였지요."

양아버지 허춘빈으로부터 물려받은 재산으로 최진동은 봉오동 일대의 토지를 사들이고, 파격적인 조건으로 토지가 없는 동포들에게 소작을 주었다. 가진 돈을 조금씩 모아 토지를 불하받으려는 동포들을 위해 기꺼이 명의 지주가 되어주었고, 모자라는 돈을 무이자로 빌려주었으며, 개간을 해 소출이 나올 때까지 세금도 대신 내주었다.

"최장군은 비록 작지만 봉오동에서 우리가 되찾으려는 나라가 어떤 나라고, 그 나라의 지도자는 어떤 사람이어야 하는지를 보여주었습니다."

봉오동과 봉오동의 지도자가 어떤 사람인지를 설명하는 최운산 참모의 목소리에는 봉오동에 대한 자부심과 최진동에 대한 깊은 신뢰가 묻어났다. 최운산은 우리가 되찾을 나라의 미래가 바로 지금의 봉오동이라고 믿는 것 같았다. 나라의 미래를 생각하며 자기 대장을 보좌하는 최운산을 나는 새삼스러운 눈길로 물끄러미 바라보았다. 이런 참모를 둔 것도 부럽고, 이런 참모의 신뢰와 존경을 받는 것도 부러웠다. 최진동을 부러워하며 나는 생각하지 않을 수 없었다. 나는 어떤 대장인가. 내가 되찾으려는 나라는 어떤 나라인가.

"최장군은 마적들로부터 동포들을 지키기 위해 사재를 털어 사포대를 조직하고 무장시켰습니다. 그렇게 칠 년을 키운 사포대가 오늘의 군무도독부고, 이 봉오동 골짜기 전체가 군무도독부의 둔전입니다."

"하촌에서 여기까지 십일 리 반의 토지가 전부 최장군의 것이란 말이오?"

안국환은 봉오동 입구에서부터 여기까지의 거리를 십일 리 반이라고 정확하게 말했다.

"아직 가야 할 길이 한참 더 남았소. 그런데, 십일 리도, 십이 리도 아니고 십일 리 반이란 걸 어떻게 아오?"

최운산은 의아한 눈빛으로 안국환에게 물었다. 안국환은 제 다리를 내려다보며 대답했다.

"이게 남의 발이 아니고 제 발인데, 제 발로 걸어온 거리를 어찌 모를 수가 있겠습니까."

고개를 갸웃하며 나를 쳐다보는 최운산에게 내가 일러줬다.

"안부장 발이 자보다 정확하오."

최운산은 반신반의하는 표정이었다. 나는 들판 너머로 보이는 공립 제3학교 뒷산을 바라보며 물었다.

"저 산의 이름이 어떻게 되오?"

"봉오동을 둘러싼 저 산줄기 전체를 고려령이라고 합니다."

"마을 이름도 호박골에 강촌, 박촌, 산 이름도 고려령, 조선에 온 것 같소."

"지금은 여기가 조선과 다름이 없지만, 최장군이 들어와 농장을 열기 전에는 마을도 없었고, 이름도 없었던 골짜기입니다."

"왜 조선령이 아니고 고려령이오?"

"여기가 원래 고구려 땅이었잖습니까. 양반들이 팔아먹은 조선이라는 나라를 생각하면 좀 서글프기도 하고요."

"고구려, 고려령이라……"

나는 봉오동 골짜기를 둘러싼 고려령 정상을 가리키며 안국환에게 물었다.

"저기까지 오르려면 얼마나 걸리겠소?"

"못 올라갑니다."

"못 올라갈 산이 어딨소?"

"양쪽 능선에서 쏠 거잖아요?"

호박골을 둘러싼 고려령의 높이를 눈대중으로 가늠하던 안국환이 몸을 돌려 우리가 멈춰선 강촌 뒷산을 가리켰다. 내가 머릿속에 어떤 작전을 그리는지를 벌써 알아차린 안국환이었다. 십 년 넘게 떨어져 지냈는데도 우리에게는 긴말이 필요치 않았다.

"아직 녹슬지 않았어, 정찰부장."

나는 안국환의 등을 두드렸다. 대한독립군 정찰부장 임무를 받은 안국환은 저격여단의 도주가 되었을 때 못지않게 기뻐했다. 정찰부장, 안국환은 아이처럼 해맑게 웃으며 최운산보다 앞에 섰다. 총상을 입었던 한쪽 다리를 조금 절기는 해도 뒤따르는 우리가 쫓아가기 벅찬 속도였다. 허벅지를 관통당했던 그가 다시 걷고 뛸 수 있으리라고 여긴 사람은 아무도 없었다. 전선에 복귀하기 위해 지난 십여 년 동안 그가 기울인 노력은 가히 초인적인 것이었다. 훼손된 근육과 신경을 스스로 되살려내며 터득한 그의 재활 치료술은 여간한 의원을 능가했다.

내가 다시 걸음을 멈춘 곳은 계곡이 동남 방향으로 갈라지는 협곡이었다. 인가도 논밭도 없는 협곡의 폭은 백 보 남짓이었다. 서북 방면은 고려령으로 이어지는 높고 가파른 산이 겹겹이 막아섰고, 두 계곡 사이로 솟은 동북 방면의 봉우리는 높지도 낮지도 않았다.

"저 봉우리 이름은 무엇이오?"

"봉오봉입니다."

개활지에 진입하는 적을 조준 사격할 수 있는 최적의 사거리가 나오는 높이였다.

"어떠오?"

나는 사면을 둘러보며 동행한 러시아군 장교 바실리 티모페예비치에게 물었다.

"쌈 루우취이!"

바실리 티모페예비치는 내 눈길을 따라 개활지를 둘러싼 사방을 돌아보며 엄지를 치켜들었다. 최고랍니다, 권감찬이 바실리의 말을 옮겼다. 바실리는 흰파 반란군들에게 포위당했던 러시아군 대위 출신의 빨치산이었다. 자기들을 구출해준 우리 부대에 합류한 바실리와 그의 동료 장교 이반 콘스탄티노프, 칼리메니치는 교관 겸 전술 고문으로서 역할을 톡톡히 해냈다. 나는 세계대전에 참전했던 바실리를 통해 현대전의 전술, 특히 진지전의 정형을 완전히 터득할 수 있었다.

"저 고지를 먼저 장악해야 한답니다."

권감찬이 봉오봉을 가리키며 바실리의 말을 옮겼다. 바실리도 봉오동이 진지전의 최적지임을 바로 간파했다. 최진동은 어떻게 이런 계곡에 농장을 열었을까. 나는 최운산에게 물었다.

"개활지가 넓지 않은 협곡이어서 농사에는 그리 유리하지 않은데, 어떻게 이런 계곡을 사들일 생각을 하였답니까?"

"농사를 아무리 잘 지으면 뭘 하겠습니까? 마적떼가 한 번만 달려들면 일 년 내내 피땀 흘려 거둔 소출이 흔적 없이 사라지고, 사람까지 상하는걸요. 그래서 형님이 이 골짜기를 사들이고 사포대를 키운 겁니다."

"방금 형님이라고 했소? 최장군의 아우인 것이오?"

그러고 보니 성이 같았다.

"최장군은 우리 군무도독부 군사 모두의 큰형님이지요."

2

최진동의 군무도독부 기지는 봉오동 가장 상부, 상촌에 자리잡고 있었다. 기지 입구에 나와서 기다리던 최진동은 내게 반갑게 손을 내밀었다.

"제가 직접 마중을 나가지 못해 죄송합니다."

최진동은 열흘 전의 전투에서 입은 부상으로 거동이 어려웠다.

"천만에요. 다리는 좀 어떻소?"

"보내주신 양의사 덕분에 제법 걸을 만합니다."

그의 부상 소식을 들은 나는 바로 군의부장 박서양과 그의 제자인 황하백을 봉오동으로 파견했다.

"도움이 되었다니 다행이오."

"그 귀한 외과의사를 어디서 둘이나 찾아 보내셨는지요?"

"말을 아니 하던가요? 우리 군의부장과 군의인데, 실력이 괜찮았소?"

"아, 의술이 보통 신통방통하지 않았습니다. 저도 저지만, 총상에 동상까지 겹쳐 가망이 없던 대원들의 발을 찢고 썩어들어가는 살을 파내, 살게 만들어놓고 돌아갔습니다."

"우리가 전쟁을 시작하면 그들이 여기에 야전병원을 차리겠답니다."

"이런, 제가 괜히 고마워했습니다. 야전병원 자리를 보라고 보낸 걸 저는 저와 우리 부대원을 치료하러 보낸 줄 알았습니다."

최진동은 한바탕 호쾌하게 웃고 나서 물었다.

"어떻습니까? 대한민국임시정부 군대의 군영이 될 만해 보이던가요?"

연해주와 상해, 한성에서 만들어진 임시정부가 마침내 하나로 통합을 결의하고, '대한민국'의 깃발 아래 뭉쳤다. 통합 임시정부의 대통령은 외교파인 이승만이었고, 국무총리는 무장투쟁파인 이동휘였다. 이승만 대통령은 통합 임시정부의 청사가 있는 상해로 오지 않고 미국에서 활동했다. 무장투쟁파 이동휘가 이끄는 상해의 임시정부는 올해를 '독립전쟁의 해'로 선포했다. 군대가 없는 정부는 있을 수 없고, 군영이 없는 군대는 있을 수 없었다. 최진동은 자신의 영지인 봉오동을 대한민국임시정부의 군영으로 내놓겠다고 내게 알려왔다.

"여기가 지형으로는 최고인데……"

나는 군무도독부를 둘러싼 완벽한 지형을 둘러보고 나서 말을 끊었다.

"지형은 최고인데, 뭐가 문제입니까? 삼천 군사가 삼 년을 싸울 급양과 보급은 우리가 보장할 수 있습니다."

나는 긴장한 눈빛으로 나를 바라보는 최진동과 그의 참모 최운산을 번갈아 쳐다보고 나서 다시 입을 떼었다.

"그것도 더할 수 없이 좋소. 그런데 나는 이 기지보다 최장군과 최장군의 참모가 더 마음에 드오."

하하핫, 잠시 마음을 졸였던 최진동이 카이저수염을 쓸어올리며 폭소를 터뜨렸다.

"저야 뭐, 워낙 이 인물이 출중하지만 제 못난 동생이 장군님의 마음에 드셨다니 큰 다행입니다."

"친동생이오? 아까 물었을 때 왜 그렇다고 하지 않았소?"

나는 서로 닮지 않은 두 사람을 번갈아 바라보며 최운산에게 물었다. 체격이 다부지고 성격이 화통한 호남형의 최진동과 달리 최운산은 키가 훤칠하고 성격이 차분한 미남형이었다.

"넌 내가 부끄럽냐?"

최진동은 껄껄 웃으며 동생에게 농담을 했다.

"우리 모두의 형님이라고 했지 제 형님이 아니라고는 하지 않았습니다."

빙긋이 웃으며 서로를 바라보는 두 사람의 눈빛에는 진심어린 신뢰가 교차했다. 보기 좋은 형제였다.

"그럼, 지금 이 순간부터 이 봉오동이 대한독립전쟁을 수행할 대한민국임시정부의 총군영입니다."

나는 최진동이 내미는 손을 굳게 잡았다.

"좋소. 해봅시다."

나와 함께 온 정찰부장 안국환과 치중과장 왕규식, 수행원이자 통사인 권감찬, 러시아 빨치산 장교 바실리 티모페예비치가 박수를 쳤다. 최진동의 뒤에 섰던 군무도독부의 참모들도 환호하며 일제히 박수를 쳤다.

"자세한 이야기는 들어가서 저녁을 들며 합시다."

부축을 받으며 걸음을 떼어놓던 최진동이 갑자기 멈춰서며 나를 돌아보았다.

"아, 가장 중요한 간부를 소개하지 않았습니다."

최진동이 가리킨 건 장정 셋을 데리고 커다란 맷돌을 돌리던 삼십대 초반의 여인이었다.

"우리 대원들이 입고 먹는 군복과 급양을 모두 책임지고 있는 보급대장입니다. 김성녀 보급대장에게 밉보이면 오늘 저녁도 없습니다."

시원한 이마를 가진 여인은 입가에 가벼운 미소를 띠며 최운산을 바라보았다. 최운산은 자신과 닮은 눈빛을 지닌 여인을 다시 소개했다.

"저의 아내, 보급대장 김성녀입니다."

군무도독부 보급대장 김성녀는 내게 고개를 숙여 보였다.

"잘 오셨습니다. 장군님."

보급대장 김성녀의 몸가짐은 조심스러웠으나 목소리는 아주 또렷했다.

"그런데, 저 큰 맷돌은 뭐하는 데 쓰는 것입니까?"

정찰부장 안국환의 호기심은 끝이 없었다. 하긴 지름이 어른 키만큼 큰 맷돌이 나도 궁금했다.

"저녁 드셔야지요. 콩을 갈고 있습니다."

"와, 제 평생에 소를 매서 돌리는 맷돌은 처음 봅니다."

안국환은 벌린 입을 다물지 못했다.

"칠백이나 되는 군사가 먹으려면 이 정도는 되어야지요."

김성녀는 눈도 깜빡하지 않고 대답했다.

3

마침내 전쟁의 서막이 올랐다. 출정식에 맞춰 통합 임시정부의 국무총리 이동휘가 북간도로 왔다.

"준비 상황은 어떻습니까, 장군님."

"대한민국 정부의 총공격 결정만 기다리고 있었소, 총리."

두만강이 녹기 전에 감행하려고 했던 총공격을 진달래가 봉오동까지 밀려올라오는 지금껏 미룬 것은 임시정부의 요청 때문이었다. 대한민국 임시정부는 무장투쟁파인 이동휘 총리와 노백린 군무총장의 주도로 올해를 '독립전쟁의 해'로 선포했지만 아직 전쟁에 나설 때가 아니라는 반대가 만만치 않았다. 총을 든 우리는 도무지 이해할 수 없었지만 근거지와 출신 지역, 노선에 따라 갈라진 상해파와 연해주파, 서북파와 기호파, 외교협상파와 무장투쟁파의 논쟁이 끝나기를 기다려야 했다.

"서로 바탕이 다른 부대의 연합을 이렇게 성사시켜내셨다니, 정말 대단하십니다."

군무총장 자격으로, 나를 대한독립군 사령관에 임명하며 만주의 무장 부대를 통합 지휘하라는 지령을 내리고는 아무런 뒷받침도 해주지 않은 이동휘는 미안한 마음의 표시를 나를 추어주는 것으로 대신했다. 그가 연해주와 상해를 오가며 얼마나 많이 시달리며 임시정부의 통합을 지원하고, 무장투쟁을 임시정부의 방침으로 관철해냈는지를 어렴풋이나마 아는 나는 그에게 섭섭한 내색을 하지 않았다.

"싸워야 할 적이 참 많은 정치하는 양반들도 통합을 이뤄냈는데, 싸워야 할 적이 하나뿐인 군대가 힘을 합치지 못할 이유가 없지요."

내가 이끄는 대한독립군과 최진동이 이끄는 군무도독부가 연합전선을 구축하고 임시정부가 '대한독립전쟁의 해'를 선언하자 그동안 합류를 주저하던 무장 부대들의 태도가 급변했다. 내가 잘나서도, 대한독립군 총사령관이어서도 아니었다. 가장 오래, 가장 많은 전과를 쌓아온 저격수와 전투력을 보유한 부대가 대한독립군이란 사실만은 누구나 인정했다. 우리와 연합한 군무도독부는 가장 안정된 기지와 조직력, 최강의 보급 역량을 가진 부대였다. 두 부대의 연합은 가장 오래 싸워온 부대와 가장 강력한 조직력을 가진 부대가 명운을 걸고 대한독립전쟁의 제1회전을 맡겠다는 선언이었다. 만주의 무장 부대들이 속속 우리와의 연합을 결의하고 봉오동으로 집결했다.

"독군부의 군단장을 최진동 장군에게 맡겼다는데, 사실입니까?"

이동휘는 걱정스러운 표정으로 내게 물었다. 대한북로독군부는 대한독립군과 군무도독부, 신민단, 광복단, 의군단, 대한국민회 군대로 구성된 연합군단이었다. 나는 군단의 총사령관인 대한북로독군부의 부장으로 최진동을 추대했다. 그다음 자리는 대한국민회 군대의 사령관인 안무에게 맡겼다. 나는 그들 밑에 있는 북로제1군사령부를 맡았다.

"이 연합에 공이 가장 큰 사람은 내가 아니고 최진동 형제요. 이 군단에 가장 많은 것을 내놓은 사람도 그들이오. 최진동 형제는 자신의 가산과 토지, 만주에서 이룬 모든 것을 다 내놓았소. 거기에 비하면 내가 내놓을 것이라고는 언젠가는 반드시 내가 거두어 떠나게 될 이 목숨 하나뿐이 더 있소."

"이건 이전에 했던 작은 전투들과는 다릅니다. 전쟁입니다, 장군. 연합에 기여가 크다고 총사령관을 아무에게나 넘기면 전쟁이 제대로 되겠습니까?"

"총리께서는 아직 최진동 형제를 잘 모르오. 최진동과 그의 형제들은 절대 아무나가 아니오."

"날으는 홍범도, 홍범도 장군을 모르는 사람이 조선에 있습니까? 대한민국임시정부는 몰라도 홍범도, 이름 석 자는 다 압니다. 그렇지만 최진동과 안무를 누가 압니까. 아무리 훌륭하고 북간도에서 신망이 높아도 상해와 연해주, 조선 13도에서 그들의 이름을 알 사람이 대체 몇이나 되겠습니까?"

"마음이 놓이지 않소, 총리? 걱정 마시오. 내 최진동 총사령관과 안무 부관을 잘 모시고, 제1군사령관으로서 최고의 전과를 보여주겠소."

"하긴 뭐, 어차피 전 병력이 1군사령관인 홍장군님의 지휘 아래 있으니 걱정은 않겠습니다만, 나이로 보나 경력으로 보나 아무리 명목상의 총사령관이라고 해도 마음이 편치 않습니다."

이동휘가 바라보는 조직도에는 대한북로독군부 예하 부대가 북로제1군사령부 하나뿐이었다. 2군사령부도, 3군사령부도 없었다. 결국, 전 병력이 내가 사령관인 북로제1군사령부에 편재된 조직표를 보고 이동휘는 내가 최진동을 바지 총사령관으로 앉혀둔 것으로 판단한 모양이었다.

"명목상의 총사령관이라니, 아니오. 나는 이 봉오동에 와서 세 번 놀랐소. 그게 뭔지 아시오?"

이동휘가 눈을 빛내며 나를 바라보았다.

"처음에 내가 놀란 건 이 지형이었소. 총리도 보셨겠지만 봉오동은 천혜의 요새요. 그다음에 내가 놀란 건 최진동, 최운산, 최치홍 형제와 그 가족들이었소."

최진동보다 더 대단한 인물은 최운산이었다. 나는 최운산이 최진동보다 더 많은 땅을 가진 재력가이자 군사 전문가라는 사실을 뒤늦게야 알았다. 만주를 지배하는 군벌인 장작림 부대에 근무하면서 장작림의 목숨을 구해준 인연을 가진 최운산은 한양 도성 면적의 몇 배나 되는 막대한 땅을 할양받아 농장과 목장을 경영했다. 사업 수완도 뛰어나 콩기름 공장과 양조장, 성냥 공장, 비누 공장을 운영하며 러시아로 곡물과 육류를 수출했다. 최진동이 사포대를 조직하고 봉오동에 군영을 만들어 포대까지 설치해도 아무도 손을 댈 수 없었던 것은 최운산의 군벌 인맥 때문이었다. 그럼에도 최운산은 늘 형인 최진동에게 모든 공을 돌리고, 자신을 내세우는 일은 한사코 피했다.

최운산의 아내 김성녀는 울라지보스토크에서 사들인 여덟 대의 재봉틀로 군복을 지어 대한북로독군부 대원들을 번듯한 군인 태가 나게 입혔다. 이미 귀화 입적해 중국 국적을 가진 그들은 자기들만 잘 살기로 하면 군벌 가문 못지않게 대대로 만주에서 떵떵거리며 살 수 있는 사람들이었다.

"지난 십여 년에 걸쳐 키운 사포대를 독립군으로 바꿔놓는 게 아무나 할 수 있는 일이오? 이 계곡에 부는 아침바람과 저녁바람의 방향이 어떻게 바뀌는지를 그보다 잘 아는 지휘관은 없소."

"장군께서 놀란 세번째는 무엇입니까?"

"봉오동의 마을과 사람들이오. 내일 아침에 일어나 운무 속에서 고려령 능선 아래로 모습을 드러내는 마을들을 한번 지켜보면 알 거요. 마을의 풍경을 완성하는 건 여명 사이로 피어오르는 여유로운 굴뚝 연기와 함께 하루를 시작하는 부지런한 마을 사람들이니, 군영만 살피지 말고 마을도 한번 돌아보시오. 그러면 최진동과 그의 형제들이 무엇을 만들어놓았는지 알게 될 거요."

"봉오동이 그렇게 대단한 줄은 몰랐습니다."

"총리, 나라를 되찾으면 말이오, 이 봉오동 같은 나라를 만들어주시오. 넉넉하고 바르고, 아름답고 여유로운 사람들의 나라 말이오."

"가진 이들은 져야 할 책임을 질 줄 알고, 없는 사람도 비굴하지 않게 사는 나라 말씀이지요? 그런 나라를 만들게 시원하게 한번 이겨주십시오."

"이겨줄 테니, 내가 부탁한 것이나 내놓아보시오."

"부탁한 것이라면……"

"내가 부탁한 것이 여러 가지였소?"

"아, 그것이야 찍어왔지요. 돈을 찍어오라는 것도 아닌데."

이동휘의 수행원 전일이 메고 온 가죽가방을 열었다. 가방 안에는 연활자로 찍은 인쇄물이 가득했다. 전일이 인쇄물을 꺼내려는 순간 1군사령부 부관 주건이 지휘소로 들어왔다.

"출정식 준비를 완료했습니다."

철혈광복단 출신의 주건과 이동휘는 반갑게 악수를 나눴다. 서로 아는 사이인 모양이었다.

"나갑시다."

전일은 꺼내려다 만 인쇄물과 나를 번갈아 쳐다봤다.

"가지고 갑시다. 총리께서 직접 대원들에게 나눠주시지요."

나는 단상으로 향하던 이동휘와 갈라섰다. 단상 아래로 걸어가는 나를 이동휘가 불렀다.

"장군님, 어디로 가십니까?"

나는 팔을 뻗어 이동휘에게 단상으로 올라가라고 손짓하고 나서 대답했다.

"내 자리는 이쪽이오."

나는 성큼성큼 걸어가 오와 열을 맞춰 도열한 대원들 앞에 섰다.

4

단상에 선 이동휘와 최진동, 안무가 단상 아래에 선 나를 곤혹스러운 표정으로 내려다보았다. 그들 중에 나보다 연장자는 없었다. 나는 대원들을 향해 돌아선 다음 우에서 좌로 고개를 돌리며 대오를 훑어보았다. 왼쪽 끝에 정렬한 훈련대대 대원들 앞에 선 남창일은 나와 눈이 마주치자 잔뜩 인상을 쓰며 입을 벙긋거렸다.

'씨팔, 지금 뭐하는 거야.'

남창일의 입모양이 하는 말을 모르는 척하고 나는 좌에서 우로 고개를 돌리며 대원들을 훑어보았다. 참모진의 전열에 선 진포도 입을 삐쭉거렸다. 대한독립군 출신의 지휘관들은 코를 벌렁거리며 불만을 터뜨렸다. 저격여단의 백두산 밀영에서 지내다 안국환과 함께 두만강을 넘어온 노포수 정창교와 방인우가 들고 있던 소총의 개머리판을 땅바닥에 탕탕 치며 불만을 터뜨렸다. 앞서거니 뒤서거니 두만강을 건너 나를 찾아온 노포수들이 정창교를 따라 개머리판으로 땅바닥을 두드리며 가세했다. 나는 입을 굳게 다물고 정창교와 노포수들을 가리켰다. 내가 손가락을 내리지 않고 한참을 노려본 다음에야 노포수들은 소총을 도로 어깨에 멨다. 나는 손을 거둬들이고 군령을 내렸다.

"군단, 대한민국 총리와 총사령관님께 받들어 총!"

왼쪽 어깨에 총을 멘 대원들이 오른손을 들어 경례를 붙이며 외쳤다.

"독립!"

독립, 잔뜩 인상을 쓰고 있던 남창일과 중대장들도 '독립'을 외치지 않을 수는 없었다. 경례를 붙인 군복 소매마다 가지런히 붙은 흰 띠가 연병장을 가득 채웠다. 일심, 대원들이 입은 회색 군복에 붙은 흰 줄 하나는 보급대장 김성녀가 이끄는 봉오동애국부인회 부녀들이 한 땀 한 땀 정성 들여 바느질한, 오직 대한독립에의 일념으로 싸우는 백의민족의 전사라는 표식이었다. 나는 한 사람도 빠짐없이 경례를 붙인 것을 확인하고 갓 훈련대대에서 나온 신병처럼 절도 있게 돌아선 다음 단상을 향해 경례를 붙였다.

"독립!"

내 경례를 받은 이동휘와 최진동, 안무의 머리 위로 광목에 쓰인 글씨가 봄바람에 펄럭였다.

대한독립전쟁 출정식

"독립!"

이동휘와 최진동, 안무가 나란히 내 경례를 받았다. 연단 왼쪽 아래에 자리잡은 의무소대장 박서양이 임석 상관들에게 경례를 붙이고 있는 나를 향해 빙그레 웃었다. 자신에게 주어진 의무대대장 직책을 한사코 사양한 박서양이었다.

"겨우 의사 둘에 간호부 다섯, 의무지원병 일곱인 의무대를 대대라고 하면 웃음거리가 됩니다. 의무대에 이렇게 큰 갓을 씌우면 의무대원들이 무거워서 숨이나 쉬겠습니까. 열네 명짜리 의무대를 대대라고 하면 연합군단이 거두는 전과마저 거품이라고 여깁니다."

"그럼, 의무대대라는 이름 쓰지 말고 그냥 야전병원이라고 하고, 병원장의 직급만 대대장으로 합시다. 의무대장의 직급이 대대장급은 되어야 다른 지휘관들과 격이 맞지 않소?"

최진동까지 나서서 절충안을 냈지만 박서양은 물러서지 않았다.

"제가 대대장이면 의무대는 자동으로 대대가 됩니다. 우리 의무대 병력이 열넷이니 제 직급은 분대장이 적당합니다."

"그건 말이 되지 않소. 군사학교를 갓 졸업한 새파란 대원이 소대장을 맡는데 세브란스의전 교수가 분대장이라니, 겸양도 지나치면 오만이 되는 것이오. 정 그러면 의무중대장으로 합시다."

내가 정색을 하고 나서자 박서양은 한걸음 물러섰다.

"그럼 의무소대장으로 해주십시오."

그렇게 의무소대장이 된 박서양은 내가 임석 상관들을 향해 경례를 붙인 손을 내릴 때까지 입가에 붙은 미소를 거두지 않았다. 치사에 나선 이동휘는 연단 아래에 선 내가 마음에 걸렸는지 먼저 내 얼굴에 금가루부터 잔뜩 뿌렸다.

"항일 무장투쟁의 전선에서 가장 오래 싸우고 가장 크게 이겼던 백전노장 홍범도 장군과 노병들의 경례를 받자니 아무 이룬 것 없는 저는 몸 둘 바를 모르겠습니다. 홍장군님과 여러분이 방금 한 경례는 이 단상 위에 서 있는 우리가 아니라 여러분의 승리를 애타게 기다리는 이천만 동포들에게 바치는 필승의 맹세라고 저는 생각합니다."

이동휘는 자기를 한껏 낮추고 항일전선에서 머리가 희게 센 노병들을 잔뜩 추어올렸다. 명연설가답게 그는 술렁거리던 대원들을 단번에 휘어잡으며 목소리를 높였다.

"조국해방 전쟁에 당당히 참전한 대한민국의 남녀 군인 여러분. 사천 년 역사를 지닌 우리나라를 하루아침에 섬나라의 이리떼에게 빼앗긴 이래로 지난 십 년간 처참한 핍박을 받고 치욕스러운 멸시를 당하면서도, 피눈물을 머금으며 구차한 목숨을 이어온 것은 바로 오늘 같은 날을 기다렸기 때문이었습니다. 그렇지 않습니까, 여러분!"

"그렇소!"

대원들의 대답이 봉오동 계곡을 뒤흔들었다.

"이십세기, 오늘의 시대적 요구인 자유와 평등, 민주의 깃발을 높이 들고 독립을 외치며 진군하는 우리 대한민국 군대를 그 누가 막을 수 있겠습니까. 이천만 동포의 부름을 받아 총을 잡고 일어선 우리가 무엇을 두려워하며 무엇을 주저할 것입니까……"

이동휘의 사자후는 대단했다.

"인간의 도리에 따라, 인간의 도리를 지키기 위해 야수와 싸우는 우리의 앞에는 오직 승리가 있을 뿐입니다. 그렇지 않습니까, 여러분!"

"그렇소!!"

대원들의 호응도 대단했다.

"저는 오늘, 대한의 이천만 남녀가 여러분의 뒤를 따라 최후의 일인까지 분연히 일어서 조직적으로, 통일적으로 불퇴전의 항일 무장투쟁에 나설 것을 호소하는 임시정부 군무부의 포고문 1호를 가지고 왔습니다. 제가 오늘 출정식에 하마터면 늦을 뻔하면서까지 이 포고문을 찍어온 것은 이 포고문에 호응하여 대한독립전쟁에 나선 대원 여러분께 반드시 한 장씩 지급해달라는 홍범도 장군의 부탁이 있었기 때문입니다."

단상 옆에 섰던 이동휘의 수행원 전일이 가방에서 활판으로 찍은 인쇄물을 꺼냈다. 중대장들의 손을 거쳐 포고문 1호가 대원들에게 모두 배포되자 이동휘는 포고문을 읽어나가기 시작했다.

"충용한 대한의 남녀여, 혈전의 시각, 광복의 계절이 도래하였도다. 너도 나아가고 나도 나아갈지라. 정의를 위하야, 자유를 위하야, 민족을 위하야 철과 혈로써 조국을 살릴 때가 이때가 아닌가. 혼 있고 피 있는 대한의 남녀여. 선조를 위하야, 후손을 위하야, 무도한 왜적에게 학살을 당하는 너의 부모 형제자매를 위하야 최후의 희생을 바칠 때가 이때가 아닌가……"

대한민국임시정부 군무부 포고문 제1호를 다 읽은 이동휘는 기어코 나를 단상 위에 세우려 들었다.

"우리 대한민국 국군이 어떻게 싸워야 하는지는 제가 따로 말씀드릴 필요가 없습니다. 홍범도 장군께서는 지금 장군께서 서 계신 저 자리를 통해서 대한민국 군인이 어떤 마음과 자세, 결의로 싸워야 하는지를 똑똑히 보여주고 계십니다. 빼앗긴 나라의, 있지도 아니한 자리를 놓고 다투는 정객들, 대적 전쟁은 미뤄둔 채 작은 차이를 큰 차이인 것처럼 내세우며 싸우는 이들은 홍장군이 서 계신 저 자리를 보고, 대오각성해야 합니다. 그러니, 항일 무장투쟁의 영웅 홍범도 장군의 말씀을 들어보지 않고 이 출정식을 끝낼 수 있겠습니까, 여러분!"

나는 꼼짝 않고 내가 선 자리에서 버텼다. 내가 선 연단 아래 이 자리가 1군사령관인 내 자리였다. 그러나 나를 부르는 대원들의 연호는 쉽게 사그라들지 않았다. 홍장군, 홍장군. 점점 커지는 연호를 잠재우기 위해서는 연단으로 올라가지 않을 수 없었다.

"대한독립전쟁의 제1회전에 참전한 대원 여러분! 우리는 부패한 나라 조선도 아니고, 허울뿐이었던 대한제국도 아닌 대한민국이 소집한 군대에 발을 들여놓은 첫 군인들이오. 그 군대의 제1군사령관인 내가 따로 여러분에게 할말은 없소. 존경하는 최진동 총사령관이 내건 이 한마디를 모두 마지막 숨이 멎는 순간까지 명심해야 하오. 모두 따라 하시오."

대원들은 나에게 근사한 말을 듣기를 바랐지만 나는 근사해지고 싶지 않았다. 근사해져야 할 것은 내가 아니고 우리 부대였고, 부대가 근사해지려면 부대원들이 총사령관을 근사하게 여겨야 하는 법이었다.

"우리가 힘을 내야!"

대원들이 내가 외친 구호를 받았다.

"대한이 힘을 낸다!"

대원들의 외침이 고려령에 메아리쳤다.

"그렇소. 우리가 힘을 내야 대한이 힘을 내오. 우리가 이겨야 대한이 이기오. 이깁시다. 반드시 이겨 보입시다."

5

밤낮을 바꾸어가며 실전 연합 전술훈련을 병행했다. 연합 전술훈련장은 봉오동 전역이었다. 기습 타격전은 험준한 고려령에서, 매복 섬멸전은 봉오봉에서, 진지 방어전은 시루봉에서 펼쳐졌다. 부대별로 훈련장을 돌아가며 연합작전의 유형과 전술 체계를 익히면서 전투력은 하루가 다르게 강화되었다. 봉오동은 모든 유형의 전술훈련이 가능한 지형이었다. 봉오동의 다양한 지형지물을 이용하는 방법이 대원들의 몸에 붙기 시작했다.

전투력은 머리에서 나오는 것이 아니고 몸에서 나오는 것이었다. 전투행위가 본능이 되어야 군인이었다. 몸으로 익히지 않고 머리로 배운 지식은 전장에서 아무 쓸모도 없었다.

"훈련에서 땀 한 방울을 더 흘리면, 전투에서 피 한 방울을 덜 흘린다. 더 빨리, 더 빨리!"

전투력 강화 훈련을 맡은 훈련대장 남창일의 목소리가 한밤의 봉오동 골짜기를 쩌렁쩌렁 울렸다.

"그렇지, 그렇게!"

남창일의 호령 사이로 바실리 교관의 목소리가 들렸다.

"하라쇼, 하라쇼! 오친 하라쇼!"

잘한다, 잘한다. 정말 잘한다. 이제는 대원들도 알아들을 만큼 바실리는 대원들에게 칭찬과 격려를 아끼지 않았다.

"프세 야뽄스키 부지트 우메리치!"

이제 일본놈들 다 죽었어. 바실리는 이 말을 대원들이 얼마나 좋아하는지 알았다. 지쳐 주저앉았다가도 이 말을 듣고 다시 일어서 내달릴 대원들이 눈에 선했다. 봉오봉에서 제3중대와 제4중대를 직접 지휘하고 있던 나는 1, 2, 5, 6중대에 작전 명령을 내렸다.

"봉오동 골짜기 3지점에 들어선 적을 공략하고 있는 제1중대는 제4지점을 거쳐 제5지점까지 천천히 퇴각하며 적을 유인하고, 고려령 1고지에 매복중인 제2중대는 적이 봉오동 골짜기 제4지점을 통과하는 순간 2부 능선으로 내려와 적의 퇴로를 차단한다. 적이 5지점에 완전히 들어서면 봉오봉에 매복중인 제3중대와 제4중대가 조준 사격을 개시한다. 제3중대와 제4중대가 공격을 개시한 다음 제1중대는 돌아서서 반격에 돌입한다. 교란전을 맡은 저격중대는……"

정찰부장 안국환은 각 중대로 달려갈 정찰대원들에게 차례로 작전 명령을 확인했다.

"봉오동 골짜기 3지점에……"

내 명령을 정확하게 반복한 정찰대원들이 하나씩 달려나갔다.

정찰대원 이진하가 급보를 가지고 달려온 것은 대항군 역할을 맡은 백두산중대가 봉오동 골짜기 제4지점을 통과해 5지점으로 다가오고 있을 때였다.

이진하는 오늘 새벽 강양동으로 실전훈련을 나간 신민단 부대에 파견한 정찰대원이었다. 실전훈련에 투입된 부대는 두만강을 건너가 훈련 정도에 따라 주어진 탐색, 기습, 교란, 점령전을 수행하고 돌아왔다. 오늘 동원한 신민단 부대의 실전훈련 유형은 습격전이었다.

"작전 계획대로 새벽 다섯시에 삼툰자에서 두만강을 건너 강양동의 일본 헌병대를 급습해, 적을 완전 소멸하고 종성 일대에서 선전전을 펼치며 군자금을 모금한 다음 저녁에 삼툰자로 돌아왔습니다."

삼툰자는 봉오동에서 삼십오 리 서남쪽에 있는 두만강변의 조선인 마을이었다. 삼툰자를 감싸고 흐르는 두만강 건너편 마을이 종성군 강양동이었다.

"그런데?"

"적 추격대가 따라붙었습니다."

"삼툰자로 퇴각했다면서?"

삼툰자와 강양동 사이로 흐르는 두만강은 장정들이 헤엄쳐서 너끈히 오갈 만큼 가까웠다. 하지만 삼툰자는 엄연히 중국 땅이었다. 아무리 조선을 제 마음대로 먹어치우고 중국을 우습게 여기는 일본이라 할지라도 아직은 중국의 승인 없이 삼툰자로 넘어오지 못했다.

"두만강을 사이에 두고, 아라요시가 이끄는 남양수비대와 두 시간째 교전을 계속하고 있는데, 일본군이 인근의 나룻배를 모두 징발한다는 첩보입니다."

안국환이 이끄는 정찰대는 두만강을 오가는 모든 포구에 첩보망을 구축하고 있었다.

"적 19사단이 두만강을 도강한다는 것인가?"

일본군이 이렇게 갑자기 나룻배 징발령을 내린 것은 처음이었다. 지금까지 일본군 추격대가 퇴각하는 아군을 따라 중국 국경을 넘지 않았다고 앞으로도 그런다는 보장은 없었다.

"단정할 수는 없지만 도강할 준비는 다 갖췄습니다."

방심할 일이 아니었다. 나는 훈련 종료를 명령했다.

뚜— 뚜— 철수를 알리는 나팔소리가 봉오동 계곡에 메아리쳤다. 나는 우선 고려령 1고지에 매복중이던 2중대를 삼툰자로 출동시켰다. 기동력이 뛰어난 2중대에게 맡긴 임무는 일본군 남양수비대와 교전중인 신민단 부대가 두만강을 도강해 우회하는 적에게 배후를 내주지 않도록 방어하는 것이었다.

지원 작전을 지시하고 봉오봉에서 하산하면서 나는 능선 아래로 펼쳐진 마을을 굽어보았다. 멀리 불빛이 가물거리는 마을이 상촌이었다. 온통 어둠에 잠긴 능선 아래로 빛나는 불빛은 아득하고 따뜻했다. 가족과 일상의 따뜻한 온기가 갑자기 온몸의 신경을 파고들었다. 떠나온 지 너무나 오래되어 잊어버린 줄 알았던 아주 낯선 감각이었다. 저 호롱불 아래 새근새근 잠들었을 아이들의 숨소리와 함께 한때 가정을 이루고 양순이와 용환이를 키웠던 시절이 떠올랐다. 거짓말처럼 아득한 기억이었다. 내가 지켜주지 못했던 수경과 내 아들 양순이의 일상과 꿈은 너무나 아득해서 마치 거짓말 같았다. 그들을 지켜주지 못했던 나는 지금 누구의 무엇을 지키고 있는 것일까. 나를 따라 총을 들고 나선 내 작은아들 용환이는 가슴에 어떤 불빛을 밝히고 있을까. 녀석의 꿈이 무엇인지, 나는 몰랐다. 녀석의 꿈을 물어볼 수 없는 나를 슬퍼하며 걸음을 옮겼다.

산에서 내려오며 나는 다시 눈앞에 보이는 마을의 내일을 걱정해야 했다. 드문드문 불을 밝힌 초가 사이로 잠든 이 봉오동 사람들의 내일 저녁을 과연 지켜줄 수 있을까.

6

연합군단 군영 작전실에는 나팔소리를 들은 사령부 요원들이 대기하고 있었다.

"무슨 일입니까?"

최진동의 옆에 서 있던 최운산이 먼저 물었다.

"강양동을 공략한 신민단 부대를 쫓아온 일본군 추격대가 두만강을 도강할 기미를 보이고 있소."

나는 삼툰자의 전황을 보고했다. 최진동이 내게 물었다.

"만약 일본군이 두만강을 넘어와 삼툰자를 공격하면 어찌될 것 같습니까?"

"삼툰자는 지형이 단순합니다. 남쪽이 이렇게 완전히 열려 있어서 무장력이 우세한 적을 방어하기 쉽지 않습니다."

나는 말을 끊고, 앞에 있는 작전지도에서 삼툰자의 최촌을 짚으며 정찰부장 안국환에게 물었다.

"적을 공략하려면 이 삼툰자 골짜기 안으로 깊숙이 끌어들여야 하는데, 적의 지원군이 계속 증강될 경우 아군의 퇴로 확보가 어렵지 않소?"

"네, 그렇습니다. 열려 있는 퇴로는 여기 원골과 범진령 사이에 있는 동북 방면의 골짜기 하나인데 적의 지원군이 도문 방면으로 우회해 이 골짜기를 밖에서 봉쇄해버리면 아군이 도리어 독 안에 든 쥐가 됩니다."

"삼툰자의 주민들은 믿을 만하오?"

"작은 마을 세 개가 있는데 우리 부대가 오갈 때 삶은 감자 하나씩이라도 쥐여주려 애씁니다. 우리 첩보원도 있고요."

"그럼 삼툰자에서 작전을 전개해도, 정보를 팔아넘길 밀정은 없다고 판단해도 되오?"

"그건……"

만주로 건너온 지 오래되지 않은 안국환은 그것까지 자신하지는 못했다.

"그건 걱정하지 않아도 됩니다."

그렇게 말한 건 최진동의 참모이자 동생인 최운산이었다.

"바로 강 건너 강양 땅에 살던 김, 박, 최 씨 세 집이 들어와서 한 마을씩을 이뤄, 세 개 마을이 되었다고 삼툰자라는 이름이 붙은 계곡입니다. 세 마을을 다 합쳐도 스무 가구가 되지 않고, 서로 형제 아니면 사촌이고 멀어야 팔촌입니다. 밀정이 발붙일 틈이 없는 마을입니다."

"어찌 그리 잘 아오?"

"그 근처에 제 명의로 된 토지가 조금 있습니다."

최운산이 이럴 때 쓰는 '조금'이라는 말은 '거의 다'라는 뜻이었다.

"그럼, 삼둔자로 가서 적을 맞이해야……"

나는 하던 말을 멈추고 말꼬리를 얼른 바꿨다.

"하지 않겠습니까?"

제1군사령관인 나는 총사령관인 최진동에게 물어야 했다.

"조금 전에 삼둔자는 지형이 단순하고, 포위될 위험이 큰 지형이라고 하지 않았습니까?"

최진동이 되물었다.

"그렇지요. 그렇지만 삼둔자에서 격파하지 못하면 적은 바로 이 봉오동으로 밀고 들어올 것이오."

"설마, 중국의 허락도 없이 일본군이 여기까지 제 마음대로 밀고 들어올 수야 있겠습니까?"

최진동은 내게 자리를 권하며 마주앉았다. 군단 사령부 작전실의 자리는 상석인 총사령관을 중심으로 왼쪽으로 안무부터 앉고, 오른쪽으로는 나부터 앉게 배치되어 있었는데 최진동은 한 번도 상석인 총사령관의 자리에 앉지 않고 나의 맞은편에 앉았다.

"국경을 넘는 것이 문제지, 한번 넘은 다음에야 삼둔자에서 불질을 하나 여기에 와서 불질을 하나 무엇이 다르겠습니까. 삼둔자에서 여기까지 고작 삼십오 리, 기마대로 한 식경 거리입니다."

"그럼, 대한독립전쟁 제1회전을 삼둔자에서 벌이자는 것입니까?"

"적이 우리 연합군단의 군영을 공격해온다면 맞서 싸워야지 첫 대결부터 피할 수는 없지 않습니까?"

"일본군이 정말 국경을 넘어온다면 우리가 대적하기에 삼툰자가 유리합니까, 봉오동이 유리합니까?"

"그야 말해 무엇 하겠습니까. 천혜의 요새인데다 만반의 준비까지 갖췄고, 우리 대원들이 눈을 감고도 달릴 수 있을 만큼 지형을 익힌 이 봉오동이 열 배 유리하지요."

"그런데 왜 이 봉오동 기지를 두고 삼툰자에 나가서 싸우자는 것입니까?"

그렇게 물은 건 최운산이었다.

나는 최운산과 최진동, 보급대장 김성녀를 차례로 물끄러미 바라보고 나서 물었다.

"정말 몰라서 묻는 것이오?"

그들은 침묵으로 내 말을 재촉했다.

"여기서 싸우면 이 봉오동은 완전히 끝장이 나는 거요. 우리가 이긴다고 해도 일본군이 여길 가만히 둘 것 같소? 최장군의 일가와 봉오동 주민들이 십수 년 동안 가꾼 이 마을이 모두 잿더미가 될 것이란 말이오. 그걸 어떻게 감수하겠소."

"감수하겠다면요?"

최운산은 내가 아닌 형 최진동과 아내 김성녀를 바라보며 되물었다.

"감수하지 않으려면 애초에 군대를 일으키지도, 봉오동에 군영을 세우지도 말았어야지요."

김성녀의 목소리는 단호했다.

"나는 그러고 싶지 않소. 그렇게 못하오. 저기를 보시오."

나는 능선 아래로 이어진 마을을 가리켰다. 이 늦은 시각까지 불을 밝힌 집들이 어둠에 잠긴 마을을 지켰다. 군복을 짓고, 군모와 각반을 만드는 재봉틀 소리가 들려오는 것 같았다. 내일 아침 대원들을 먹일 국거리를 써는 칼도마 소리가 불빛을 타고 새어나오는 것도 같았다.

"주제넘게 내가 최장군 집안의 토지 문서가 불타는 것을 걱정하지는 않겠소. 허나, 봉오동 주민들이 이룬 모든 것을 잃게 할 수는 없소. 황무지를 개간해 옥답으로 만든 저 소작인들의 봉오동에 대한 애착이 토지 문서를 가진 이들의 애착보다 덜하지 않을 것이오."

"삼툰자에서 싸우면 그 마을 사람들은 무사합니까?"

김성녀는 또박또박 책을 읽듯 물었다.

"삼툰자는 스무 집이 되지 않고, 봉오동은 이백 집이 더 되고 주민만 이천이 넘소."

"숫자가 작은 마을 사람의 삶은 없어져도 되고 숫자가 많은 마을 사람의 삶은 없어지면 아니 되는 것인가요?"

김성녀의 질문에 대답할 능력이 내게는 없었다.

"봉오동은 여러 촌락 중의 하나가 아니오…… 쉽게 다시 만들 수 있는 마을이 아니란 말이오."

내가 어디에서도 보지 못했던 사람들의 마을이 봉오동이라는 말을 나는 겨우 이렇게 했다.

"그럼, 마을 사람들에게 물어보지요."

지잉— 지잉— 징소리가 심야의 정적을 갈랐고, 횃불이 봉오동학교 운동장을 밝혔다. 한동안 술렁거리고 잠시 우왕좌왕하던 주민 공회에서 나를 불렀다.

“장군님, 우리가 봉오동을 내놓으면 일본군을 이깁니까?”

내게 따지듯 물은 건 봉오동애국부인회의 나이 많은 회원인 길선주였다. 나는 대답하지 않았다.

“이깁니다.”

대답한 건 저격중대장 진포였다.

“그렇습니까, 장군님? 봉오동을 내놓으면 우리가 이깁니까? 대한이 이깁니까?”

나는 더 대답을 피할 수 없었다. 남편과 하나뿐인 아들, 며느리까지 일본군에게 빼앗기고 어린 손녀 둘을 혼자 키워온 길선주였다.

“반드시 이겨야지요.”

길선주는 운동장을 메운 주민들을 둘러보며 말했다.

“들었소? 우리 여대장이 이긴다고, 우리 홍장군님이 이겨보겠다고 하지 않소. 봉오동을 내어놓소. 대한이 이겨야지비.”

7

밤새 정찰대를 통해 올라온 보고는 세 개였다.

—교전중인 적 남양수비대(대장 아라요시 중위) 두만강 도강 시도 격퇴

—남양 주둔 적 73연대 제10보병중대(중대장 가미다니 대위), 기관포부대(포대장 시야마 준위) 기지 출발

—회령 주둔 적 75연대 제2보병중대(중대장 모리 대위) 삼툰자 대안 방면으로 이동중

적 73연대와 75연대는 적 19사단 예하 부대였다.

"전 부대 기상시킬까요?"

당직사령인 이병채가 물었다. 대원들의 기상 시각은 한 시간 뒤였다.

"더 재우시오."

나는 최악의 상황이 아니면 대원들을 반드시 네 시간 이상 재웠다. 군인에게는 언제나 최상의 전투력을 발휘할 수 있는 보급이 필요했다. 총기와 탄환, 피복과 급양과 달리 수면은 자금이 들지 않는 보급품이었다. 내가 언제나 보장해줄 수 있는 유일한 보급품을 아껴야 할 이유가 없었다. 며칠이 걸릴지 모르는 격전을 앞둔 상황에서는 더욱 그러했다.

"저격중대와 백두산중대만 삼십 분 뒤에 기상시키시오."

저격중대는 진포가 이끌었다. 국내 진격 작전의 선봉 부대인 백두산중대는 신흥무관학교 출신인 김종천이 이끌었다. 김종천 중대장은 대원들의 투지를 불러일으키는 재주를 타고난 것 같았다. 그의 중대원들은 백두산 정상에 가장 먼저 태극기를 꽂겠다는 투지와 패기가 넘쳤다.

저격중대와 백두산중대를 이끌고 삼툰자에 도착한 나는 곧장 봉화마루로 올라갔다. 삼툰자를 감싸고 치솟은 일광산에서도 시계가 가장 좋은 곳이었다. 백두산 발원지로부터 흘러내려오는 두만강 상류와 경흥으로 빠져나가는 두만강 하류가 한눈에 들어왔다. 두만강은 말이 없었고, 두고 온 내 나라의 유월 하늘은 시리게 푸르렀다. 짙푸른 강물에 빨아 넌 것처럼 새파란 하늘에 펄럭이는 것은 일본 국기였다.

"보시지요."

정찰대장 안국환이 천리경을 내밀었다. 삼툰자 벌판 앞으로 흐르는 두만강 이쪽 강안에 포진한 아군이 천리경 가득 들어왔다. 훈련받은 대로 적탄을 방어할 엄폐물을 착실히 확보했고, 참호 간의 거리도 적당했다.

"정찰부장이 보고했던 대로네. 이 고지를 적에게 넘겨주면 꼼짝없이 당하겠어."

나는 목을 파악하는 안국환의 예리한 눈썰미에 새삼 감탄했다.

"저야 있는 그대로 말씀드렸을 뿐입니다."

앞 못 보는 포수를 데리고 나가도 멧돼지는 잡게 해준다고 소문이 났던 최고의 몰이꾼다웠다. 뛰어난 몰이꾼은 사냥의 공을 절대 자기의 몫으로 돌리지 않았다. 유능한 몰이꾼은 어디로도 빠져나갈 길이 없는 목으로 사냥감을 몰아넣어주고서도, 도저히 잡을 수 없었던 사냥에 성공한 것처럼 떠벌리는 허술한 포수의 허풍에 고개를 끄덕거려주었다.

나는 천리경을 천천히 들어올렸다. 넘실거리며 흐르는 두만강을 건넌 천리경의 바깥 유리알 위로 강양동 강안에 포진한 적진의 장교가 포착되었다. 나는 천리경을 안국환에게 돌려주고 어깨에 멘 소총을 벗어들었다.

"사정거리 밖인 거 아시죠."

진포가 저격용 천리경에 눈을 붙이고 조준하는 나를 바라보며 피식 웃었다.

"진포가 해보겠어?"

"아까운 탄환을 물고기밥으로 줄 일 있어요?"

그러면서도 진포는 내가 내민 총기에 부착된 천리경에 눈을 붙였다. 언제나 그렇듯 어깨에 개머리판을 견착한 진포의 사격 자세는 빈

틈이 없었다.

"강안으로 내려가면 저격이 가능하겠네요."

진포는 내게 총을 돌려주면서 입맛을 다셨다. 안국환이 적진 너머를 가리키며 말했다.

"적진만 살피지 마시고, 그 뒤도 좀 보시지요."

일본군 진지 뒤쪽으로 솟은 고지에 보이는 것은 깃발 하나뿐이었다.

"왜놈들 깃발은 봐서 뭐해?"

"다시 잘 보시라니까요."

안국환이 들고 있던 천리경을 내게 다시 내밀었다.

"어……"

천리경 유리알 안에 들어온 깃발의 문양은 태극이었다.

"어떻게 된 것이오?"

"정찰대가 정찰만 하지는 않습니다."

"어이, 김종천 중대장. 선수를 뺏겼어."

내가 넘겨준 천리경을 받아든 김종천 중대장은 늘 눌러쓰고 다니던 팔각모자의 챙을 들어올렸다.

"와아, 과연 정말이네요. 그렇지만 백두산 정상에는 우리가 먼저 꽂을 겁니다."

그가 내 앞에서 이마를 환히 드러낸 것은 처음이었다. 분명 익숙한 이마였다. 김종천이 우리 부대에 합류해왔을 때부터 나는 그의 서글서글한 눈빛을 어디선가 보았다는 느낌을 떨칠 수 없었다. 어디서 우리가 만났었나? 내가 물었지만 웃기만 했던 청년 장교 김종천의 이마에 그어진, 나이에 어울리지 않는 굵은 줄 하나가 누군가의 이마와 퍼뜩 겹쳤다.

"김중대장은 왜 선봉 중대를 맡았소?"

"제 아버님이 못다 한 일을 해보려구요."

"아버님이 누구신데?"

"아실지 모르겠습니다. 김 자, 수 자, 협 자인데."

"뭐?"

나는 챙을 들어올린 그의 모자를 벗겼다. 김수협의 그 곱슬머리였다.

"김수협 참모장님의 아들이란 말이야?"

나보다 진포가 더 놀랐다.

"왜 진작 말하지 않았나?"

"말씀드렸으면 저에게 선봉 중대장을 맡겨주셨겠습니까?"

물론이었다. 알았다면 절대 그에게 선봉 중대장을 맡기지 않았을 것이다. 내가 어떻게 김수협의 하나뿐인 아들을 내 뒤가 아닌 앞에 세운단 말인가.

폭우가 쏟아지던 철원의 능선에 제대로 묻지도 못한 채 두고 온 김수협의 제삿날을 일러주러 그의 집을 찾아갔던 날을 어찌 잊을 것인가. 제 엄마의 치맛자락에 매달려 있던 세 살배기 아이가 지금 내 앞에 중대장이 되어 서 있었다.

"이번달이네."

관통상을 입은 김수협이 두 발의 탄환만 남은 무라타를 들고 바위에 기대앉아 혼자 적을 기다렸던 날이 이즈음이었다. 아군을 공포에 빠뜨렸던 적의 저격수를 제거한 그가 떠난 지 어느새 이십사 년이었다.

"네. 과연 그러네요."

과연, 김수협이 입버릇처럼 달고 다녔던 그 '과연'을 나는 이십사 년 만에 만주에서 다시 듣고 있었다. 과연, 세상은 이렇게도 이어지며 또 계속되는 것이었다. 김수협이 일본군에게 당했던 것이 이십사 년 전 이때라는 사실이 더욱 내 마음에 걸렸다.

"두 중대의 임무는 양격 양퇴요. 공격하는 것처럼 하다가 퇴각하고, 퇴각하는 것처럼 하면서 유인하는 거요. 두 중대장의 임무는 적을 봉오동까지 데리고 오는 것뿐만 아니라 단 한 명의 아군도 희생시키지 않고 복귀하는 것이오. 두 사람을 포함해서 말이오. 승부는 봉오동에서 볼 것이니 반드시 명심하시오."

나는 삼툰자를 진포와 김종천에게 맡기고 봉오동으로 귀환했다.

8

봉오동의 피난 행렬은 길었다. 무쇠솥을 지게에 진 노인과 양식을 머리에 인 여인들을 따라가는 아이들이 등에 멘 책보자기가 내 눈을 찔렀다. 아이들은 이렇게 많은 사람과 함께 이동하는 것이 재미있는지 앞뒤로 뛰어다니며 장난을 쳤다. 전쟁이 무엇인지 알 리가 없는 아이들이었다.

하얀 책보자기를 등에 멘 아이 둘이 쫓아왔다. 길선주의 손녀들이었다. 나는 녀석들을 마주치면 늘 그랬던 것처럼 동생부터 번쩍 안아 올렸다. 내 어깨에 올라앉은 강희라가 내게 물었다.

"장군님, 일본 이기고 나서 우리 학교에 다시 다닐 수 있지요?"

"그럼…… 그럼, 그래야지."

나는 처음으로 아이에게 거짓말을 했다.

"너희들은 앞으로 대한에서 대학까지 다녀야지."

나는 이 말만은 거짓말이 되지 않기를 바랐다. 봉오동의 아이들은 누구나 우리말로 하는 우리 교육을 받았다. 주민들이 가장 뿌듯하게 여기는 것 중 하나가 최진동과 그의 형제들이 세워 무상으로 운영하는 봉오동학교였다.

"거봐, 다시 학교 다닐 수 있다고 하시잖아."

희라는 의기양양하게 언니 희다를 쳐다보며 혀를 낼름 내밀었다.

"정말이에요? 장군님."

강희다가 내게 물었다. 나는 차마 더 거짓말을 할 수 없었다.

"우리가 이길 거야."

두 녀석은 아이들 무리로 폴짝폴짝 뛰어가며 소리쳤다.

"우리가 이긴대."

"학교 다시 다닐 수 있대."

녀석들보다 조금 더 큰 아이들이 재잘재잘 노래를 부르며 걷는 어린아이들의 발걸음을 재촉했다.

우리들이 땀 흘려 문명 부강 이루고 우리들이 피 흘려 독립 자유 회복하세

도탄의 쓰라림 다가와도 난관이 길 막아도 우리의 강용한 마음 추호도 변치 말자

아이들이 부르는 보국가는 오래전 연해주에 세운 한민학교에서 만든 노래였다. 가슴이 아팠다. 아이들이 부를 노래가 아닌 노래를 아이들이 불렀다. 꽃과 새를 재잘거려야 할 아이들이 피와 땀을 노래했다. 못난 어른들을 둔 죄였다. 강용한 마음 추호도 변치 말자, 지나치

던 우리 대원들이 아이들의 노래에 가세했다. 보국가는 우리 부대에서 부르는 군가이기도 했다.

주민들이 내어주고 떠난 마을에 어둠이 깃들었다. 달도 뜨지 않은 밤이 지나갔다. 제1군사령부가 포진한 고려령 제1고지에 새벽이 왔다. 어느 집에선가 남겨두고 간 닭이 길게 울었다.

적이 봉오동 계곡에 진입했다는 정찰대의 보고가 끝나기 무섭게 진포가 들어섰다.

"적은?"

"십 분 뒤에 백두산중대를 따라 빨려들어올 거예요."

진포는 대답하며 손목에 찬 시계를 들여다보았다. 진포의 시계는 김알렉산드라가 아무르강변에서 처형당하기 전에 풀어준 것이었다. 나의 시간은 여기서 멈추지만 당신의 시간은 계속되어야 해요, 진포는 시계를 볼 때마다 김알렉산드라가 가닿고 싶어했던 시간을 생각한다고 했었다.

"적이 의심 없이 여기까지 따라 들어올까?"

"적이 의심할 리가 없죠."

일본군은 우리의 매복 습격작전에 한두 번 당하지 않았다.

"왜놈들이 바보는 아니잖아. 양격 양퇴를 의심하지 않을 리가 없지."

기습 타격전 다음으로 많이 사용하는 아군의 전술이 매복 습격전이었다. 공격하는 척하며 후퇴하고, 후퇴하는 척하며 유인해서 공략하는, 양격 양퇴는 너무나 흔하고도 오래된 전술이었다.

"안 하죠. 양격 양퇴가 아니라 맹격 맹퇴를 했으니까요."

"맹격 맹퇴?"

"백두산중대는 사정거리 밖에서 공격하는 양하고 퇴각한 것이 아니라 백병전을 벌일 기세로 맹렬하게 공격하고 맹렬하게 퇴각했어요. 적도 맹렬할 수밖에요."

더 듣지 않아도 상황이 눈에 선했다. 백두산중대의 맹공을 필사적으로 방어한 다음 맹렬하게 추격하는 적을 저지한 것은 저격중대였을 것이었다. 백두산중대의 엄호를 맡은 저격중대 역시 엄호 이상의 저격으로 적을 살상했을 것이 뻔했다.

나는 군복 윗주머니에서 회중시계를 꺼내 들여다보았다. 서간도의 지도자 이상룡이 보내준 시계였다. 이상룡은 그가 조직한 서로군정서를 봉오동으로 보내, 우리와 함께 독립전쟁 제1회전에 나서게 해달라는 내 마지막 서찰을 들고 간 이병채 참모장에게 답서와 함께 긴 줄이 매달린 회중시계를 보내주었다.

마침내 독립전쟁을 개시한다니 이 늙은이는 벅찬 심장을 가눌 길이 없소. 붓을 들고 있는 이 순간에도 당장 달려가 홍장군과 함께 적진으로 돌진하고 싶은 심정에 엉덩이가 들썩거리오. 서로군정서의 무장이 갖춰지는 대로 달려가 기껍게 연합군단에 합류하겠소. 전쟁에 져서 빼앗긴 나라는 있어도 국무를 맡은 자들이 문서에 도장을 찍어 팔아넘긴 나라는 동서고금에 없었소. 나라 없는 노예로 전락한 죄인들이 나라를 되찾자는 전쟁에서 무슨 자리, 조건, 노선 따위를 따지려 든단 말이오. 내가 지녔던 시계를 먼저 보내는 것은 아무 이룬 일 없이 조국 산천이 있는 남녘 하늘만 하염없이 바라보는 이 늙은이의 못난 시간이 아니라 조국해방 전쟁의 선두에 선 장군의 위대한 시간에 우리 민족과 나라의 운명적인 시간이 놓여 있기를 바라서이니 받아주시오.

이병채는 이상룡이 부족한 무기를 구입하러 러시아로 보낸 부하들을 기다리며 군세를 늘리고 있다고 했다. 회중시계의 분침이 진포가 말한 십 분을 지나고 있었다.

"김종천이는 왜 안 와?"

바로 그 순간이었다.

"왔습니다!"

김종천이 중대원들을 이끌고 뛰어올라왔다.

"양격을 하랬더니 맹격을 했다고?"

"맹격보다 나은 양격이 과연 어디 있겠습니까."

과연, 김수협의 능청스러운 피를 물려받은 김종천이었다.

"아군 피해는?"

"부상 두 명입니다."

"부상자는?"

"황하백 군의관이 바로 처치해서 야전병원으로 이송했습니다."

"둘 다 두 달 정도 치료하면 될 부상입니다."

한 걸음 늦게 도착한 황하백은 적십자 표식을 한 띠를 왼팔에 두르고 있었다.

"적이 들어서고 있습니다."

정찰부장 안국환의 말대로 계곡에 들어선 적이 내려다보였다. 분대 병력의 척후였다. 미명이 밝아오는 들판을 지나 그들이 통과하는 마을을 살피던 나는 깜짝 놀랐다.

"저건 뭐요?"

"무지개 처음 보십니까? 봉오동에는 무지개가 자주 뜹니다."

내 옆에 섰던 최운산이 봉오동 하늘에 떠오른 선명한 오색 무지개를 바라보며 빙그레 웃었다.

"무지개가 아니라 저 연기 말이오. 대체 어떻게 된 일이오?"

나는 집집이 굴뚝에서 연기가 피어오르는 마을을 가리켰다.

"날이 밝아오는데 아침밥을 해야지요."

최운산은 여전히 태평스러웠다.

"대체 무슨 소리를 하는 것이오. 주민들은 전원 피신시키라고 하지 않았소?"

"아무리 맹격을 당해 눈이 먼 적이라고 해도 아침에 밥 짓는 집 하나 없는 마을을 보고서 따라 들어오겠습니까?"

내가 미처 생각하지 못했던 일이었다.

"그런다고 주민들을 적의 수중에 내버려두면 어쩌자는 것이오?"

"그건 봉오동노인회에서 결정한 일이니 최참모장에게 뭐라고 할 일은 아닌 듯싶소."

최운산을 두둔하고 나선 건 황오섭이었다. 밀산농장에서 벼농사를 이끌고 있던 황아바이, 황오섭을 모셔오게 한 것은 나였다. 북만주에서 벼농사를 성공시켰으면 성공시킨 거지 농사꾼 아바이를 부대에 왜 부른 거야, 참모들이 의아스러워하며 그렇게 수군거리는 줄 알면서도 나는 이유를 설명하지 않았다.

"밥 짓는 일을 노인들이 합니까?"

"아이들을 앞세우겠소, 아니면 부인네들을 왜구 앞에 내놓겠소? 우리 같은 늙은이들이야 살면 얼마나 더 살겠소."

나는 더 할말이 없었다.

"김종천 중대장, 중대원 전원을 세 시간 동안 재우시오."

"곧 전투를 시작하지 않습니까?"

"밤새 사십 리를 맹격 맹퇴하면서 이동하느라 중대원들이 지칠 대로 지치지 않았소. 지금 대원들의 눈이 감기는 게 안 보이오? 이틀 동안 자지도 쉬지도 못했으니 당연하오."

"그건 적들도 마찬가집니다."

김종천은 백두산중대가 여기까지 유인해온 적을 직접 섬멸하고 싶은 모양이었다. 진포가 동그랗게 눈을 뜨고 동생을 타이르듯 김종천을 나무랐다.

"중대장님, 그러니까 눈을 붙이라는 겁니다. 이틀 밤낮을 백두산중대와 저격중대에 시달린 적들은 지금부터, 그동안 충분히 쉬신, 여기, 우리 이화일 대장이 아주 잘 모실 거예요."

진포는 최운산 옆에 서 있던 2중대 3소대 1분대장 이화일을 가리켰다. 분대장 이화일을 부를 때 '분'자를 빼는 것은 진포만이 아니었다. 대장급 분대장이 이화일이었다.

"자라고 한들, 과연 전투중에 잠이 옵니까?"

그래도 고개를 갸웃거리는 김종천의 말문을 진포가 막았다.

"과연, 고집은 김수협 참모장님보다 더하시네. 과연, 장군님 말은 안 들어도 이 누나 말은 들어야 한다고 했어, 안 했어?"

함께 있던 최운산과 황아바이, 이화일 분대장이 웃음을 터뜨렸다.

"저격중대도 세 시간 동안 눈을 붙이시오."

"넵."

진포는 대답과 함께 절도 있게 팔을 치켜들고 손목에 찬 김알렉산드라의 시간을 확인했다. 전투원, 특히 저격수들에게는 언제나 최소한의 수면이 필요하다는 것을 누구보다 잘 아는 진포였다.

9

나는 이화일 분대장에게 작전 지시를 내렸다. 스물여덟 살의 이화일 분대장은 두려움을 몰랐다. 이화일이 이끄는 2중대 3소대 1분대는 지금까지 국내 진격 작전에서 가장 대담한 유인 매복전으로 혁혁한 전과를 거둔 특임분대였다.

"맹격을 퍼부어야 하오."

"양격이 아니고 맹격입니까?"

옆에 섰던 최운산이 의아한 눈빛으로 나를 쳐다봤다.

"적도 지금쯤 수면과 휴식을 취하며 전열을 정비한 다음 공격에 나서려 할 것이오. 양격 정도로는 따라 들어오지 않을 거요. 더군다나 백두산중대에 맹격을 당하며 여기까지 쫓아온 적이지 않소. 계속 맹공을 퍼부어야 체력이 바닥난 적이 쉬지 못하고 반격에 나설 거요."

"알겠습니다. 장군님."

이화일이 경례를 붙이고 돌아섰다. 이화일 분대는 가파른 비탈길을 거침없이 달려내려갔다. 그들의 팔각 군모 위로 떠오른 다섯 빛깔의 무지개가 선명했다. 봉오동 하늘을 동그랗게 덮은 무지개를 올려다보던 황아바이가 혼잣말처럼 물었다.

"오늘 아침 무지개가 아주 좋지 않소?"

"봉오동의 무지개만큼 아름다운 무지개는 세상에 없을 겁니다."

최운산은 자기가 띄워올리기라도 한 것처럼 봉오동의 무지개를 자랑했다.

"두 분은 참 낭만적이십니다."

지금이 무지개 이야기 할 때인가. 하지만 내 핀잔에도 황아바이와 최운산은 무지개 이야기를 멈추지 않았다.

"무지개가 뜨고 나면 비가 오지 않았소?"

"글쎄요. 오기도 하고 오지 않았던 것 같기도 합니다."

"십중팔구 아침에 무지개가 뜬 날은 비가 왔을 거고, 저녁에 무지개가 뜬 날은 비가 오지 않았을 것이오. 편서풍이 부는 계절의 아침 무지개는 서쪽에서 비가 내린다는 뜻이오. 아마 지금 저쪽 서간도에는 제법 센 비가 내리는 중일 거요."

"아침에 무지개가 뜨면 서쪽에서 비가 내린다고요?"

"해와 반대쪽에서 비가 내려야 무지개가 뜨오. 오늘 해가 서쪽에서 뜨지 않는 이상 동쪽에서 비가 내리지는 않았겠지요."

나는 비로소 황아바이가 무지개가 아닌 비 이야기를 하고 있다는 걸 깨달았다.

"그래서, 여기도 비가 올 거라는 거예요?"

"날이 저물기 전에는 그렇게 되지 않겠소."

"무지개를 보고 그걸 안단 말이에요?"

최운산은 믿지 못하겠다는 표정이었다.

"낮게 내려앉은 저 두꺼운 구름의 하단은 어째서 저렇게 컴컴하고 무거워 보이겠소?"

고려령에 걸린 구름의 밑부분은 암흑색이었다. 최운산도 나도 대답하지 못했다. 황아바이는 대답을 원하지도 답을 가르쳐주지도 않았다.

"새벽에 내려가 들판을 둘러보고 돌아왔소. 물비린내가 심하고 논둑에는 기어나온 지렁이가 여럿이었소. 공기가 무거워지고 땅이 습해서요. 새벽 별은 심하게 흔들렸고, 청개구리의 요란한 울음소리는 여기까지 들렸을 거요. 별이 흔들리는 것은 높은 하늘의 공기가 빨리 움직이기 때문이고, 청개구리가 우는 것은 세게 밀려내려오는 공기의 압력을 받아 숨이 차기 때문이오."

황오섭을 바라보는 최운산의 눈빛이 조금 전과 달랐다.

"아바이는 그걸 어떻게 그리 잘 아오?"

"평생 밤낮으로 땅과 하늘만 바라보며 살아온 농사꾼이 그것도 모르면 뭘 알겠소."

"농사꾼이라고 그걸 다 아는 건 아니잖소?"

"총을 들었다고 다 포수고, 서책을 읽었다고 다 선비요?"

나는 어디까지 이어질지 모를 두 사람의 대화를 끊고 물었다.

"오후에 오는 비가 셉니까?"

"저 굴뚝의 연기가 똑바르게 위로 올라오오? 옆으로 퍼지면서 번

지오?"

황아바이가 되물었다. 굴뚝 연기가 바로 올라가면 날이 맑고, 옆으로 퍼지면 비가 온다는 말은 아이들도 알았다. 봉오동 마을의 굴뚝에서 피어오르는 연기는 거칠게 퍼지면서 흩어졌다. 나는 대답 대신 다시 물었다.

"바람은요?"

"새벽녘의 별빛이 흔들리면 강풍이 분다. 왜 그렇겠소? 별을 흔든 높은 하늘의 거센 바람이 지상으로 내려오는 데는 한나절이 걸리오."

"그러고 보니 제비가 낮게 나는군요."

"제비가 낮게 날면 비바람이 온다는 건 어찌 아오?"

"제가 열두 살에 총을 잡은 명색이 포숩니다."

아침에 개미가 대열을 이루어 바삐 이동하고, 제비가 낮게 날면 사냥을 나가지 말아야 한다. 비바람이 치기 전에 먹이를 찾아 서두르는 것이다. 천둥번개가 엇갈려 치면 강을 건너지 말아야 한다. 폭우로 물이 불어 돌아올 수 없다. 열두 살의 나에게 신포수가 가르쳐준 것들이었다.

오늘 오후, 해가 지기 전에 폭우가 쏟아지고 강풍이 분다.

나는 지도를 펼치고 내가 포진시킨 아군의 위치와 병력, 예상되는 적의 작전 정형을 차례차례 따져보았다. 쉬운 싸움은 아니었다. 적은 잘 훈련된 '무적 황군'이었다. 지금까지 우리가 거둔 승리는 모두 비정규 유격전이었다. 월강추격대 대장 야스카와는 하세가와와 함께 일본 군신 노기 마레스케 밑에서 러일전쟁을 수행하고 세계전쟁에 출병해 수많은 정규전을 치른 전공자였다.

"폭우와 강풍이 얼마나 이어질 것 같습니까?"

황아바이는 봉오동 하늘의 두터운 구름과 편서풍에 일렁거리는 고려령의 참나무숲을 번갈아 쳐다봤다.

"비바람이 오락가락하겠지만 거센 폭풍우는 짧게 몰아칠 것이오. 길어야 두 식경이오."

나는 적을 몰아넣을 목으로 잡은 협곡을 내려다보며 최운산에게 물었다.

"폭풍우가 한꺼번에 몰아치면 저 계곡이 어떻게 되오?"

"폭우 땐 순식간에 무섭게 물이 불어 큰 소도 빨려들면 헤어나지 못합니다. 비바람까지 불면 물안개에 앞도 보이지 않지요."

나는 1군사령관 수행 전령인 류진철을 불렀다. 류진철은 택견 실력이 뛰어난데다 입도 무거웠다. 남창일은 우랄 광산 노동자 출신인 그를 나의 경호원으로 추천했었다. 혼자서 맨손으로 흉기를 든 마적 넷을 간단히 제압한 류진철은 몸이 무기였다. 두 차례나 밀정들에게 피습을 당한 내가 한사코 경호원을 마다하자 남창일은 정찰부장 안국환과 짜고 내 수행 전령을 류진철로 슬쩍 교체했다. 그렇게라도 내 옆에 경호원을 붙여두려는 둘의 모의를 나는 모르는 척했다.

"동쪽 계곡 안쪽에 포진한 라근형 소대로 가서, 즉시 시루봉 아래 5부 능선으로 이동해 홈채기에 매복하라고 전해."

"넵. 명령 전달하겠습니다."

류진철이 떠나고, 잠시 후 무지개가 걷혔다. 요란한 총성이 봉오동 계곡을 흔들었다. 이화일 분대가 유인 작전을 개시한 것이었다. 이화일 분대장이 이끄는 특임분대는 맹격을 가했다. 대대급 분대로 자임하기에 충분한 이화일 분대였다. 적의 척후 분대는 병력의 절반을 잃고 전멸의 위기에 빠졌다. 척후 분대를 구출하기 위해서는 적의 본대가 공격에 나서지 않을 수 없었다.

적은 오전 내내 교전을 하면서도 우리의 포위망 속으로 호락호락 끌려들어오지 않았다. 일본군 사상자가 무려 삼만에 달했던 뤼순 공방전에서 살아남은 야스카와 소좌가 봉오동이 지닌 지형의 위험성을 한눈에 파악하지 못했을 리 없었다. 적은 점심 무렵이 되어서야 상대가 한 개 분대에 불과하다는 사실을 깨달았다. 고작 한 개 분대 병력에 농락당했다고 판단한 월강추격대는 화력을 쏟아부으며 진격을 감행했고, 이화일 분대는 최강의 특임분대답게 분대원들이 응사와 엄호를 능수능란하게 교대해가며 퇴각했다.

적의 본진이 고려령 제1고지 아래를 지나 우리의 포위망 안으로 들어서기 시작한 것은 정오가 조금 지나서였다. 내가 포진한 고려령 제1고지는 봉오동 계곡의 서쪽 능선이었다. 계곡 건너편 남산에는 신민단 부대가 나의 공격 신호를 기다렸다. 동산의 봉오봉 고지에는 최진동 총사령관의 직할대가 포진했고, 강상모가 이끄는 2중대가 그 곁에 대기했다.

적의 본진이 완전히 포위망 속으로 들어선 것을 확인한 나는 무라타 소총을 어깨에 붙였다. 말을 타고 선두에 선 장교를 겨냥했다. 놈의 누런 군모에 붙은 금색 별이 구름 사이로 잠시 지나가는 햇빛을 받아 반짝였다. 가늠쇠 위에 놈의 머리가 올라온 순간 방아쇠에 건 검지를 가볍게 당겼다.

탕. 어깨로 받아낸 반동이 명치로 전해왔다. 명중이었다. 언제나 명중을 가장 먼저 확인시켜주는 것은 앞으로 날아간 탄환의 행로가 아니라 그 탄환이 치고 나간 반동을 받아내는 어깨의 타격감이었다. 옆으로 넘어갔던 놈의 머리가 가늠쇠 위로 돌아왔다. 상체가 한 번 휘청한 다음 놈은 가늠쇠 위에서 사라졌다. 놈의 머리에서 떨어져나간 군모가 몸보다 먼저 땅에 떨어졌다. 가장 마지막으로 땅에 내려앉은 건 무릎 아래까지 올라오는 군화였다.

나의 일격을 신호로 저격중대의 저격이 시작되었다. 저격중대에는 진포를 비롯한 일격필살의 저격수들이 수두룩했다. 세 시간을 자고 일어나 봉오동 주민들이 준비해둔 미숫가루를 물에 타 요기를 한 저격중대원들은 최상의 체력으로 소총을 잡았다.

"일격!"

진포의 선창을 저격중대원들이 거총을 하며 받았다.

"필살!"

진포의 총열은 수레를 탄 기관포 사수를 향했다. 탕. 말이 끄는 수레에 거치한 다이쇼 삼년식 신형 기관포를 잡고 있던 적이 가슴을 틀어쥐며 넘어갔다. 진포는 검지를 세운 손을 머리 위로 치켜들었다. 하나. 대포를 실은 수레에 탄 적을 잡고 번쩍 손을 치켜든 건 2소대장 정창교였다. 번개같이 둘을 잡은 것이었다. 수포수 중의 수포수다웠다.

저격중대원들의 손가락이 다투어 하늘을 찔렀다. 그들이 펼친 손가락의 숫자만큼 계곡의 적들이 넘어갔다. 저격중대원들의 가늠쇠 위에 올라선 적이 탄환을 피할 수 있는 길은 없었다. 고려령 1고지로부터 내려꽂히는 정확한 탄환에 이틀 동안 눈을 붙이지 못한 적들은 맥없이 옆으로 넘어가거나 앞으로 고꾸라졌다.

하지만 적은 곧 훈련된 군대답게 대오를 정비하며 우리가 포진한 고려령 1고지를 향해 반격을 개시했다. 사수를 잡았는데도 수레에 장착한 적의 중화기는 건재했다. 예비 사수까지 충분히 준비해둔 적이었다. 적은 수레에 탑재한 기관포를 난사하며 고려령 1고지로 진격해왔다.

"말을 잡아! 복부를 쏴!"

말이 죽지 않고 날뛰게 만들어야 했다. 내 명령이 떨어지기 무섭게 진포와 정창교가 선두에서 기관포를 탑재한 수레를 끌던 말을 저격했다. 복부를 두 발이나 맞은 말이 미친듯이 이리저리 뛰며 도망쳤다. 저격당한 말이 날뛰자 적의 포대는 엉망이 되었고 뒤따르던 보병중대도 혼란에 빠졌다.

때를 놓치지 않고 3부 능선에 매복하고 있던 백두산중대가 공격에 나섰다. 고지에 있는 우리만 바라보고 반격에 나섰던 적들이 돌아서서 도망치기 시작했다. 선두에 섰던 적 73연대 보병중대와 기관포부대는 동쪽 봉오봉 기슭을 향해 필사적으로 내달렸다.

봉오봉 정상에서 기다리던 최진동과 안무가 적 73연대 보병중대를 맞이했다. 뒤에서 날아가는 저격중대의 탄환과 앞에서 날아드는 최진동 부대의 탄환에 넘어가고 주저앉는 적들이 즐비했다.

10

꼼짝없이 매복에 걸려든 적의 저항은 결사적이었다. 겨우 동쪽 봉오봉 기슭에 달라붙는 데 성공한 적 73연대는 기관포를 앞세우고 산비탈을 기어올라갔다. 고려령 제1고지에 포진한 우리 저격수들의 사격 각을 피한 적은 불리한 지형을 기관포를 앞세운 화력으로 만회하며 최진동과 안무의 부대를 공격했다. 악착같았다. 하지만 기관포로 봉오봉 고지를 장악하려던 적의 시도는 4부 능선에서 철퇴를 맞았다. 적들은 바로 등뒤로 우뚝 솟은 시루봉 아래 홈채기에 내가 긴급히 이동시킨 라근형 소대가 매복중일 줄은 까맣게 몰랐다.

라근형 소대가 일제사격을 개시했다. 등을 내놓고 능선을 기어오르던 적 기관포 사수들이 근거리에서 날아오는 탄환에 맥없이 나가떨어졌다. 뒤늦게 지옥에 들어선 걸 깨달은 적들이 기관포를 뒤로 돌려 시루봉에 매복한 라근형 소대를 향해 무차별 사격을 퍼부었지만, 소용없는 일이었다. 몸을 완전히 노출한 채 봉오봉의 4부 능선에 매달린 적은 시루봉 5부 능선의 홈채기에 몸을 숨기고 빽빽한 참나무 사이로 사격을 하는 라근형 부대의 완전한 밥이었다. 기관포를 안고 4부 능선에서 2부 능선으로 굴러떨어지는 적을 보며 백두산중대 대원들은 안타깝게 소리쳤다.

"야, 저 아까운 기관포 다 부서진다."

이미 우리 것인 양 대원들은 적의 기관포를 걱정했다.

"야, 인마. 기관포는 놓고 떨어져야지!"

적의 저항은 세 시간 넘게 계속되었다. 병력 손실이 계속되자 적 73연대 예하 보병중대와 기관포부대는 봉오봉 점령을 포기하고 2부 능선으로 퇴각해 지구전에 돌입했다. 작은 홈채기 둘을 확보하고 틀어박힌 놈들을 끌어내기 위해 봉오봉 고지의 최진동 사령관과 시루봉의 라근형 소대는 맹렬하게 몰사격을 퍼부었지만 적은 꼼짝하지 않고 버텼다. 최진동 부대가 봉오봉에 설치한 맥심 기관총까지 동원했지만 사격 각이 나오지 않았다.

"대포만 있으면 저것들 한 방에 다 잡는데……"

최운산은 러시아에서 구매하려다 실패한 대포를 못내 아쉬워했고, 진포는 탄환을 걱정했다.

"너무 쓰는 것 같습니다."

나도 같은 걱정을 했다.

탕 타다탕 탕탕…… 근접 교전이 이어지며 피아를 식별하기 어려운 총성이 계속되었다. 나는 정찰대를 보내 각 중대의 남은 탄환을 파악하고, 탄환을 최대한 아끼라고 명령했다.

단독 기동에 나섰던 이화일 특임분대가 일본군 포로 셋을 잡아왔다. 헌병 오장 하나와 병사 둘이었다. 나는 헌병 오장을 따로 심문했다.

“사실대로 말하면 살려준다. 가져온 기관포와 소총의 탄환이 얼마냐?”

“모른다.”

“헌병 오장이 모른다? 용기가 좋군.”

나는 옆에 있던 진포를 향해 손을 내밀었다. 진포가 허리에 차고 있던 단총을 뽑아 내 손바닥에 올려놓았다. 단총의 노리쇠를 당겼다 놓았다. 철컥, 탄환이 장전되었다.

“네가 말했다는 것을 일본군이 알 길은 없다. 다시 묻지 않는다. 가져온 탄환이 얼마냐?”

나는 헌병 오장의 인중에 단총을 겨누었다.

“살려준다는 말을 어떻게 믿나?”

“내가 홍범도다.”

강인해 보이는 사각턱을 가진 헌병 오장이 흠칫했다. 나와 제 인중을 겨눈 단총을 번갈아 쳐다보던 헌병 오장은 잠시 망설이다 입을 뗐다.

“대포 오십 발, 기관포 삼만 발, 소총 십이만 발이다.”

예상했던 양의 두 배였다.

“오늘 해가 지기 전에 증원군 두 개 여단이 두만강을 넘을 것이다.”

놈은 묻지 않는 말을 했다.

“사실이 아니면 죽는다.”

각 중대로 파견했던 정찰대가 돌아왔다. 탄환 보유량은 예상했던 것의 절반도 되지 않았다. 최진동 부대와 이화일 분대는 이미 탄환을 거의 소진한 상태였다.

두만강에 나가 있는 정찰대로부터 적 19사단 예하의 37여단과 38여단이 이동중이라는 보고가 들어왔다. 헌병 오장의 말이 사실일 가능성이 컸다.

봉오봉으로 도망친 적 73연대가 2부 능선에 틀어박혀 라근형 소대에 호되게 당하면서도 끈질기게 버티는 동안, 대오의 뒤에 섰던 적 75연대 예하의 보병중대는 고려령 제1고지와 제3고지 사이의 홈채기에 파고들어 기어나오지 않았다.

고려령 2고지에 병력을 배치해 2고지 아래 홈채기로 적이 파고드는 것을 저지하지 못한 게 실수였다. 75연대가 73연대처럼 출로가 있는 동쪽 골짜기를 돌파하려고 시도하거나, 진입했던 길로 퇴각하려고 시도하지 않고 퇴로가 없는 고려령 제2고지 기슭으로 도망친 건 의외였다.

이미 많은 병력을 잃은 73연대 예하 부대와 달리 고려령 2고지 기슭에 틀어박힌 75연대 예하의 보병중대는 아직 전투력이 건재했다. 대포까지 가진 놈들을 적의 지원군이 오기 전에 제압할 길이 보이지 않았다.

"저놈들을 어떻게 끌어내죠?"

한 시간 넘게 더 계속되는 지루한 공방전을 지켜보던 진포가 물었다. 나도 방법이 떠오르지 않았다.

"열려 있는 것은 계곡뿐입니다. 우리가 내려가 붙어보겠습니다."

김종천은 정면에서 75연대를 상대해보겠다고 나섰다.

"그쪽이 적에게만 열려 있나?"

대포까지 가진 75연대와의 정면 대결은 무모했다. 아군의 희생이 불을 보듯 뻔했다.

"그러면 어떻게 합니까? 저 가파른 낭떠러지를 타고 내려가 뒤를 칠 수도 없고……"

"한번 타고 내려가보지."

고려령 제2고지에서 봉오동 계곡으로 깎아내린 능선은 바위투성이었다. 나는 가파르고 험준한 능선을 바라보았다.

"저 낭떠러지를 적탄을 피해가며 어떻게 타고 내려갑니까? 길도 없는데."

내 시선을 좇아 고려령 2고지의 능선을 바라보던 최운산이 고개를 저었다.

"갔던 길만 길이겠소. 길이 없다면 우리가 만들면 되는 것 아니오."

나는 75연대의 배후를 칠 결사 특임분대원 일곱 명을 선발하라는 지시를 내렸고, 진포는 저격중대원을 집합시켰다. 오와 열을 맞춘 대오 앞에 선 진포의 목소리는 차분했다.

"돌아오기 어려운 임무지만 누군가는 맡아야 할 임무다. 지원자 일 보 앞으로."

오와 열은 변하지 않고 그대로였다. 진포가 한번 더 같은 말을 되풀이했다.

"지원자 일 보 앞으로."

오와 열은 여전히 그대로였다.

"마지막이다. 지원자 일 보 앞으로."

역시 오와 열은 그대로였다. 다만, 대오 전체는 처음 서 있던 자리에서 삼 보 앞으로 이동해 있었다. 세 번 다 저격중대원 전원이 일 보 앞으로 이동한 것이었다.

나는 결사대 일곱 명을 선발했다. 사람의 길이 아닌 짐승의 길을 따라 다녀본 포수들만 골랐다. 그들의 경험과 사격술이 필요해서만은 아니었다.

"다 살 만큼 산 사람들이구만."

저격여단에서부터 호좌의진, 항일연합포연대, 대한독립군을 거쳐 여기까지 나와 함께 온 수포수 정창교였다. 함께 선발된 대원들을 둘러보는 그의 나이 쉰하나였다. 항일연합포연대에서부터 함께한 임영탁은 마흔여덟이었고, 역시 항일연합포연대때부터 함께한 오항식은 저격여단에서부터 함께했던 최용석과 마흔다섯 동갑이었다. 연해주에서부터 함께한 최능수와 이재범, 권호상은 서른 중반이었다. 결코, 누구도 살 만큼 살았다고 할 수 없었다.

"결사대의 분대장은 누군가? 그동안의 전공으로 보나 인물로 보나 아무래도 내 몫인 것 같은데."

정창교가 분대장을 맡겠다고 너스레를 떨며 무거운 공기를 깨트렸다.

"소대장이 어떻게 분대장을 합니까? 분대장은 어디까지나 분대장이 하는 것이죠."

오항식은 저격중대의 1소대 3분대장이었고, 정창교는 저격중대의 2소대장이었다.

"그 자리 탐내지 마."

내 말에 오항식이 짐짓 발끈했다.

"여기, 저 말고 분대장이 누가 있다고 그러십니까?"

"내가 간다."

"뭐라고요?"

"분대장은 내가 맡는다."

1군사령부에 있던 모두가 반대했다.

"차라리 제가 가겠습니다."

진포가 가장 완강하게 반대했다.

"중대장이 중대를 두고 어딜 가오?"

"사령관이 가는데 중대장이 왜 가지 못합니까?"

진포는 마지막까지 반대했다. 그러나 아무도 나를 이기지는 못했다. 진포와 함께 끝까지 반대했던 남창일은 조건을 걸었다.

"사령관의 특임분대가 적의 배후로 내려가는 동안 훈련대대가 정면에서 적을 치겠소. 그래야 적의 시선이 뒤로 향하는 것을 지체시키고, 화력도 분산시킬 수 있지 않겠소."

"훈련대대에 무슨 병력이 있소?"

독립전쟁의 첫 대회전을 앞두고 훈련중이던 신입 대원을 모두 중대로 배속시킨 다음이었다. 훈련대대에는 남은 병력이 없었다.

"신에게는 아직 배가 열두 척이나 남아 있사옵니다. 교관단 아홉 명이 있고, 고문단의 로씨아 동지도 셋이나 있단 말이오."

남창일은 조선 친군영 시절 박한 초관에게 배운 이순신의 어록까지 들이대며 훈련대대의 참전을 주장했다.

"어떻게 싸워야 하는지를 다 가르치지 못하고 신병들을 중대에 배치했으니, 훈련장에서 못다 가르친 것을 우리가 전장에서 마저 가르치겠다는 것이오. 실전에서는 어떻게 싸워야 하는지 제대로 시범을 보여주겠소."

남창일이 내 결심을 꺾을 수 없다는 걸 아는 것처럼 나도 그의 고집을 꺾을 수 없다는 걸 알았다. 더 언쟁할 시간도 없었다. 어차피 전력을 총동원해야 하는 전쟁이었다. 가장 노련하고 유능한 전투원을 2선에 대기시켜야 할 명분도 없었다. 나는 남은 작전 지시를 내리고, 제1군사령관의 지휘권을 이병채에게 넘겼다.

고려령 1고지를 떠나기 전에 나는 결사 특임분대 여덟 명의 분대장으로 남은 지휘관들에게 마지막 인사를 했다.

"나라가 망한 이래로 우리가 의병이 되어 목숨을 내걸고 싸운 것은 반드시 이길 수 있을 것이라 믿어서는 아니었소. 이기고 지고를 떠나 오직 의로써 싸워왔소. 그렇게 싸우다가, 저격여단의 창설자 김수협과 항일연합포연대의 청년중대장 현창하, 부중대장 이정재, 대한의군 참모중장 안중근이 전사했소. 박한과 리범진이 스스로 목숨을 내던지며 항거했고, 허위와 박상진이 장렬하게 형장의 이슬로 사라졌소. 그들이 싸워왔기에 오늘의 싸움이 있소. 오늘 싸워야 내일의 싸움도 있소. 이번에 싸우지 않으면 다음 싸움도 없소. 우리가 포기하지 않아야 언젠가, 대한의 누군가가 못다 한 우리의 이 싸움을 이어갈 것이오. 그렇지 않소?"

나는 움켜쥔 주먹을 들어 보였다. 결사 특임분대원들과 남은 지휘관들이 어금니를 깨물고 주먹을 머리 높이로 들어올렸다.

"그러나 오늘, 나는 이기려 하오. 이겨 보이려 하오. 기어이 이길 것이오. 그러니 우리, 끝내 이깁시다. 대한이 이길 수 있다는 것을 보여줍시다. 오늘 우리는 죽을 수는 있어도 져서는 아니 될 독립전쟁의 첫번째 대회전을 벌이고 있소. 반드시 이겨서, 지울 수 없는 승리의 이정표를 이 봉오동에 새겨두어야 하오."

결사 특임분대원들은 자신의 고향집 주소를 최운산에게 남기고 고려령 제2고지로 향했다. 돌아오지 않겠다는 뜻이었다.

"대장님마저 의리 없이 먼저 가기 없깁니다."

진포의 가슴에는 먼저 떠나보낸 어린 연인 이정재와 김알렉산드라가 묻혀 있었다.

"정창교가 살 만큼 살았으면 난 살 만큼 살고도 한참 더 산 거야."

"그래도 장군의 최후가 분대장이면 그건, 너무 근사하니까. 안 돼요."

농담을 하는 진포의 눈가에 물기가 번졌다.

11

고려령 제2고지에 대피해 있던 봉오동 주민들이 우리를 맞았다. 길선주의 손녀 강희다와 강희라가 가장 먼저 달려와 내 다리에 감겼다.

"우리 이제 집에 가는 거예요?"

"그럼……"

그러나 나는 다시 아이들에게 거짓말을 할 수는 없었다.

"너희들은 대한으로 돌아가야지."

아이들의 뒤를 따라온 보급대장 김성녀는 군복 차림이었다.

"어떻게 된 것이오?"

"우리가 입으면 안 될 옷을 입었습니까?"

김성녀의 뒤에 선 주민들도 모두 군복 차림이었다. 대부대였다. 군모까지 쓴 길선주가 앞으로 나섰다.

"우리 군사의 숫자라도 늘려보려고 차려입었습니다. 날도 흐린데

멀리서 보면 총을 들었는지 안 들었는지야 보이겠습니까."

이 군복의 임자는 원래 그들이었다. 이들이 나눠 입은 여벌 군복은 모두 봉오동애국부인회가 밤낮으로 지은 것이었다.

"저기 쌓아둔 돌덩이들은 무엇이오?"

고려령 2고지 낭떠러지 끝에는 크고 작은 돌덩이가 아이들 키 높이로 쌓여 있었다.

"이왕 군복을 입었으니 이렇게라도 한번 싸워보려고 합니다."

김성녀의 입매가 다부졌다.

"이거야말로 행주대첩보다 더한 봉오동대첩이 되겠소."

내 뒤에 섰던 정창교의 입 끝이 귀에 가 걸렸다. 나는 김성녀에게 우리가 내려가고 삼십 분 뒤에 2고지 좌우로 돌덩이를 굴리라고 했다. 우리는 2고지 가운데를 타고 내려갈 작정이었다.

"그러다 돌이 가운데로 잘못 굴러가면 어쩝니까?"

"여기 있는 특임분대원들은 날아오는 총알도 다 피해서 지금까지 살아남은 사람들이오. 명이 고래 힘줄보다 질긴 사람들이니 걱정 마시오. 시계 가진 사람은 있소?"

김성녀가 군복 윗주머니에서 회중시계를 꺼내 뚜껑을 열어 보였다.

"좋소."

하강로를 찾아낸 것은 짐승의 길을 가장 오래 쫓아다닌 정창교였다.

"분대장님. 여기 이쪽이 길입니다."

정창교가 바위 사이의 숲을 가리켰다.

"여기 길이 어디 있어요?"

따라온 김성녀가 숲을 살피며 물었다.

"길, 여기 있는데."

길선주의 옆에 붙어 섰던 희라가 소리쳤다.

"거기 길이 어디 있다고 그러니?"

김성녀는 잡목이 우거진 숲을 내려다보며 다시 물었다.

"있어요."

동생 희라의 눈높이로 무릎을 굽힌 희다가 숲 아래로 난 토끼길을 가리켰다.

"근데 장군님이 토끼예요? 토끼길로 가게."

희라가 물었다.

"응, 토끼보다 빠르지."

"토끼보다 빠르게 어디로 가는 거예요?"

"길을 만들러."

"무슨 길요?"

이번에는 희다가 물었다. 무슨 길?

말문이 막힌 나 대신 김성녀가 대답했다.

"장군님과 독립군 아저씨들은 우리가 대한으로 돌아갈 길을 만들러 가신단다."

정창교가 맞장구를 쳤다.

"맞았어. 우리가 그 길을 만들러 가는 거지."

고려령 2고지 가운데로 난 토끼와 노루의 길을 타고 8부 능선까지 내려갔을 즈음 고려령 1고지의 1군사령부에서 부는 나팔소리가 들렸다.

뚜뚜뚜, 뚜뚜뚜. 남창일의 돌격을 알리는 신호였다. 소강상태에 빠졌던 교전이 다시 격렬해졌다. 8부 능선에서 7부 능선 사이는 은폐할 숲이 없는 바위투성이의 암벽이었다. 우리가 75연대 배후의 고려령 8부 능선을 통과하는 동안 적의 시선을 빼앗기 위해 남창일이 이끄는 훈련대대 교관단이 적의 정면에서 격렬한 양격에 나선 것이었다. 탄환이 충분한 적이 훈련대대를 향해 무차별 응사를 해대는 사이 우리는 7부 능선까지 내려가는 데 성공했다. 우리가 수풀이 전혀 없는 노출 구간을 무사히 통과한 건 적의 턱밑까지 돌격해 맹격을 퍼부은 훈련대대 교관단 덕분이었다.

6부 능선까지 내려왔을 때 빗방울이 후둑후둑 떨어지기 시작했다. 암벽이 젖어 들었다. 이상룡이 보내준 회중시계를 꺼내보았다. 하강을 시작한 지 삼십 분에 막 다가서고 있었다.

고려령 제2고지 정상에서 요란한 징소리와 북소리가 울려퍼지면서 돌덩이가 굴러내려오기 시작했다. 방향을 잃은 돌덩이들이 우리의 좌우로 낙하했다.

"야, 오른쪽!"

"왼쪽!"

"위에 봐, 위!"

우리는 돌덩이를 피해가며 갈지자 대형으로 하강을 계속했다.

"사격 개시!"

내가 적진을 향해 제1격을 날린 건 5부 능선에서였다. 후방을 감시하던 적 하나가 가슴을 맞고 넘어갔다. 나의 일격을 신호로 특임분대원들이 사격을 개시했다. 머리 위에서 굴러내려오는 돌덩이 사이로 하강하며 우리는 사격을 계속했다.

쉼없이 굴러내리는 돌덩이와 그 사이로 날아드는 탄환에 적은 일대 혼란에 빠졌다. 북과 징을 두드리며 고려령 정상에 늘어선 대규모 병력에 놀란 적은 내려올 수 없을 줄로만 알았던 낭떠러지를 타고 내려오는 우리를 보고 더욱 공포에 사로잡혀 대포까지 쏘아댔다. 적 75연대 예하의 포대가 마구 쏘아올린 포탄을 맞은 암벽이 무너져내리며 우리의 머리 위로 쏟아졌다.

내 바로 옆에서 몸을 피하던 정창교가 나를 향해 다급하게 소리쳤다.

"피해요!"

건너뛸 자리를 찾지 못한 채 낭떠러지에 매달린 내게 정창교가 팔을 뻗었다.

"잡아요!"

나는 정창교의 손에 매달려 그의 뒤쪽으로 건너뛰었다. 내가 낭떠러지 틈을 비집고 나온 소나무에 착지하며 정창교를 돌아보았다. 이번에는 내가 그의 손을 잡아 옮겨주어야 할 차례였다. 돌덩이가 정창교의 머리를 덮치기 직전이었다.

"잡아!"

정창교가 내 손을 잡은 것과 동시에 돌덩이가 그를 내리쳤다. 피투성이가 되어 내 손에 매달린 정창교가 나를 올려다보았다.

"놔요!"

돌덩이는 계속 떨어져내렸고, 나는 있는 힘을 다해 그를 잡은 손을 그러쥐었다. 그러나 정창교는 나를 올려다보며 소리쳤다.

"놓지 않으면 다 죽어요!"

그가 마주 그러쥐었던 손을 놓았다. 나는 온 힘을 다했지만 그가 풀어버린 손은 스르르 내 손아귀에서 빠져나갔다. 정창교는 쏟아져내리는 돌덩이와 함께 날아갔다. 찰나의 순간이었다. 수직으로 낙하하는 굵은 빗발이 그의 모습을 지워버렸다.

정창교가 날아내려간 낭떠러지를 타고 우리는 3부 능선으로 내려갔다. 적이 쏘아올린 포탄이 무너뜨린 암벽은 우리만 위협하지 않았다. 머리 위로 더 큰 돌덩이가 쏟아져내리자 적은 어쩔 수 없이 틀어박혔던 산기슭에서 봉오동 계곡으로 빠져나갔다.

포탄을 쏘아대며 적 75연대 예하의 보병중대가 계곡으로 나서고 얼마 지나지 않아 천둥번개와 함께 거센 비바람이 몰아쳤다. 황아바이의 예측은 틀리지 않았다. 시커먼 구름이 뒤덮은 하늘에선 굵은 우박이 쏟아져내렸다. 고려령은 비구름에 잠겼고, 봉오동 계곡은 순식간에 장대처럼 쏟아지는 폭우와 포연으로 자욱했다. 한 치 앞을 식별할 수 없는 상황에서 고려령 3고지와 북쪽 골짜기에 포진했던 1중대와 3중대가 계곡을 타고 내려와 적 75연대 예하 병력을 공격하며 유인했다.

남산과 고려령 1고지를 지키던 신민단 부대와 백두산중대가 봉오동 계곡의 남서쪽 퇴로를 차단하고 적 75연대를 적 73연대가 틀어박힌 동산 쪽으로 밀어올렸다. 입구에서 깊숙한 골짜기까지 봉오동 계곡은 한 시간 넘게 총성과 포성, 뇌성으로 가득찼다.

총성은 봉오동 입구와 북단 골짜기에서부터 잦아들기 시작했다. 고려령 2고지에서 울려퍼지던 징소리와 함성도 잦아들었다. 교전이 끝나지 않은 곳은 동산의 기슭으로 이어지는 상동 계곡이 유일했다.

폭풍우가 그치고 피아를 식별할 수 없었던 계곡이 거짓말처럼 제 모습을 드러냈다. 그때까지 교전을 계속하던 자들은 눈앞에 펼쳐진 광경에 기가 막혀 벌린 입을 다물지 못했다. 동산 기슭과 계곡에서 서로 기관포를 마주 겨누고 있는 것은 누런 군복을 입은 일본군이었다. 그들 사이에 즐비하게 엎어져 있는 군복들도 누런색이었다. 회색 군복은 그들의 앞과 뒤, 옆, 그 어디에도 보이지 않았다.

나는 고려령 제1고지에서 천리경으로 패주하는 적을 지켜보았다. 아주 긴 하루가 저물어갔다.

12

봉오동에서 대승을 거둔 우리는 왕청현에서 연길현으로 서진했다. 상해에서 발행한 유월 이십이일자 독립신문을 가득 채운 '독립군 승첩'을 나는 유월 마지막날에야 연길현 의란구에서 받아보았다.

> 유월 칠일 상오 일곱시에 북간도에 주둔한 아군 칠백 명이 북로사령부 소재인 왕청현 봉오동으로 향하는 적군 삼백을 발견한지라 아군을 지휘하는 홍범도, 최진동 두 장군은 즉시 적을 공격하여 급사격으로 적에게 백이십여의 사상자를 출케 하고, 패주하는 적을 추격하여 목하 전투중이다.

중국 신문도 봉오동에서 당한 일본군의 참패를 크게 보도했다. 상해에서 발행하는 상해신문보와 길림에서 발행하는 길장일보는 봉오동전투의 자세한 전개 과정과 함께 우리에게 사살당한 일본군의 숫자를 백오십 두로 보도했다.

봉오동에서 의란구로 서진하는 내내 우리는 동포들의 열렬한 환대를 받았다. 지나가는 마을마다 다투어 환영연을 베풀고, 군자금을 내놓았다. 그럴 때마다 나는 답례 연설에 나서야 했다. 많이 익숙해졌지만 연설은 여전히 나에게 전투보다 힘든 일이었다.

'우리 대한의 독립군은 최후의 한 사람까지 용맹하게 적을 격멸할 것이오. 나와 우리 대원들은, 우리가 죽은 후에만 총을 내려놓는다는 것을 분명하게 말할 수 있소……'

사령관의 연설에서는 슬픔과 회한이 끼어들어선 안 되었다. 오직 불퇴전의 결의와 승리에의 약속만이 나의 몫이었다. 한 달이 지나가도록 내 가슴을 가득 채운 슬픔은 조금도 줄어들지 않았다. 하지만 나는 누구에게도 그 슬픔을 표시할 수 없었다. 나와 함께 가장 오래 싸워온 정창교와 열다섯 살에 만난 친구 남창일을 봉오동에 묻었다.

남창일은 자신이 훈련대대에서 가르친 대로 싸우다 죽었다.

"공격할 때 가장 앞에 서고 퇴각할 때 맨 마지막을 지키는 것이 야전지휘관이다."

그는 내가 완전히 노출된 고려령 2고지의 7부 능선 구간을 통과하는 동안 나와 특임분대원을 지키기 위해 적의 맨 앞에 섰고, 나와 특임분대가 7부 능선을 통과한 다음 맨 마지막에 퇴각하다 적 기관포의 먹이가 되었다.

그들 덕분에 나는 죽지 않았고, 우리는 승리했다. 야전병원장 박서양이 총상을 입고 젊은 의사 황하백이 죽었다. 황하백은 팔에 찬 하얀 적십자 표식 때문에 적의 표적이 되었다. 그들과, 그들과 함께 야전을 누빈 한의원 신홍균, 간호부장 조경숙, 백선희, 최지애 같은 간호부원들 덕분에 많은 부상자가 목숨을 건졌다.

패퇴하는 일본군과 마지막 결전을 벌인 신민단 한 개 분대는 적에게 치명상을 입히고 전멸당했다. 1군사령부 예하의 별동부대였던 그들은 나의 퇴각 명령을 거부하고 최후까지 적과 격전을 벌이다 장렬하게 최후를 마쳤다. 군령을 위반한 그들의 용맹으로 거둔 전과와 희생 앞에 나는 침묵할 수밖에 없었다. 희생은 더 있었다. 희생 없는 승리란 어디에도 없다. 그러나 가장 뼈아픈 희생을 당한 건 봉오동이었다. 우리는 봉오동을 바쳐 봉오동에서 이겼다.

유월 십오일 사카이 간도 총영사대리가 본국의 외무장관과 조선총독부 경무국장에게 보낸 비밀 보고서는 어느 쪽, 누구의 죽음에 대해서도 기록을 남기지 않았다.

> 월강추격대에 반항하여 교전한 불령단은 봉오동전투에서 비상한 대승리를 얻고 아군을 조선측으로 격퇴한 것처럼 선전하고 있다. 또한 이를 독립전쟁의 제1회전이라 칭하며, 계속될 전투에 대비해 양식의 준비, 간호대의 조직, 병력의 모집에 더욱 힘쓰고 있다. 또한 이를 기회로 하여 각 단체간의 결속을 굳게 하고 있다. 이번 추격전은 도리어 나쁜 결과를 후에 끼칠 것으로 관찰된다.

'무적 황군'은 우리에게 당한 패배의 설욕을 봉오동 주민들에게 했다. 월강추격대의 참패가 미칠 나쁜 영향을 막기 위해 봉오동은 불탔고 복귀한 주민들은 무참히 학살당했다. 일본군은 전투에서 거두지 못한 전과를 학살한 봉오동 주민들의 머릿수로 채웠다. 그들이 수레에 포개 싣고 간 일본군은 무적 황군일 수 없었다. 길선주와 그녀의 손녀, 희다와 희라가 어떻게 되었는지 나는 알지 못했다. 아무도 그들의 운명에 대해서 묻지 않았다.

상해 임시정부에서 내려온 특사 이용은 독립전쟁 제2회전을 위해 동북지역과 연해주 전역의 독립군을 세 개 제대로 재편하라고 통보했을 뿐이었다. 동도군정서와 동도독군부, 동도파견부가 그것이었다. 동도군정서는 북로군정서를 재편한 것이었고, 동도독군부는 우리의 대한북로독군부를 재편한 것이었다. 동도파견부는 러시아에 잔류하던 독립군을 통합한 것이었다.

어쩌자고 임시정부는 동도군정서의 사령관으로 김좌진을, 동도독군부의 사령관으로 나를 선임하면서 최진동을 동도독군부의 제3대대장으로 선임했는지 알 수 없었다. 그러지 않아도 봉오동 승전 이후 연합한 부대 간에 잠복해 있던 갈등이 터져나오고 있던 참이었다.

다행히 최진동은 의연했다.

"우리 형제가 무슨 자리를 바랐으면 진작 돈가방을 들고 상해로 갔지 이 만주에서 무장투쟁에 나섰겠습니까. 장군님이 사령관을 맡으니 저야 아주 홀가분합니다."

최진동은 내가 생각했던 것보다도 더 큰사람이었다. 하지만 내가 최진동을 북로독군부의 총사령관으로 추대했을 때 대한독립군 부대원들이 반발했던 것보다 최진동 부대원들의 반발은 훨씬 격렬했고, 기어이 사고가 터졌다. 두 부대원은 총격전 직전까지 가는 난투극을 벌였다.

나와 최진동은 난투극에 앞장선 대원을 잡아오게 했다. 붙들려온 대원은 넷이었다. 내가 먼저 물었다.

"어째서 그런 짓을 했나?"

"저 개자식들이 우릴 거지새끼라고 지랄을 하는데 어떻게 가만둡니까?"

그렇게 말한 것은 저격중대 1소대 3분대장 오항식이었다.

"거지라니?"

"오갈 데 없는 우리 부대를 자기네가 먹여주고 입혀줬더니 공을 우리가 다 가로챘다고…… 나, 참. 정창교 소대장과 남창일 훈련대장이 어떻게 죽었는데 그따위 개소리를 합니까?"

고려령 제2고지를 함께 타고 내려갔던 특임분대원으로 정창교의 최후를 지켜본 오항식이었다.

"그게 사실인가?"

최진동이 라근형 소대의 이원근에게 물었다.

"지주 잘 만나서 입에 풀칠이나 하고 산 소작쟁이 주제에 총을 쥐여주니까 눈에 뵈는 게 없느냐고 주둥아릴 놀리는데 우린들 어떻게 가만히 있겠습니까."

이원근도 봉오동전투에서 수훈을 세운 라근형 소대의 선임분대장이었다.

"우리는 전쟁중이다. 전시에 아군에게 무기를 휘두르면 즉결처분이다. 싸움을 말려도 시원치 않을 분대장들이 앞장서 개머리판을 휘두르고, 아군에게 중상을 입혔으니 그 죄가 더 무겁다. 더 할말 있나?"

최진동이 앞에 선 대원들을 향해 호통을 쳤다.

아무도 대답을 하지 않자 최진동은 옆에 선 두 중대장을 향해 물었다.

"중대장들이 뭐라고 말해보시오."

"우리 분대장과 대원들을 처단하시려면 중대장인 저부터 처단해 주십시오."

저격중대장 진포였다. 내가 나서지 않을 수 없었다.

"일단 돌아가 대기하시오. 중대장들도 돌아가시오."

나와 최진동은 오래 얘기하며 걱정했다. 일본과 싸우려면 우리가 더 크게 뭉쳐야 하는데 어렵게 힘을 모은 부대에서 분란이 끊이지 않고, 이제는 난투극까지 벌이고 있으니 큰일이었다.

"최장군은 군율대로 하자는 생각이시오?"

"군율은 기강을 확립하고 대원들의 사기를 일신하는 데 도움이 되어야 하는데, 결과가 그럴 것 같지는 않습니다. 더구나 중대장들까지 문책해야 하는데…… 그렇다고 그냥 덮고 갈 수도 없으니 어떻게 하면 좋겠습니까?"

최진동은 내게 되물었다.

"일단 다음 작전까지 부대를 분리합시다."

최진동도 알고 있는 답을 내가 먼저 말했다. 최진동이 잠시 망설이다 동의했다.

"떨어져서 싸워보면 저놈들도 곧 서로 그립고 간절해지겠지요."

의란구에서 우리는 최진동 부대와 헤어지기로 했다. 그것이 서로 부대원을 지키고 전력을 보존하는 유일한 방법이었다. 나는 청산리 방면으로 계속 서진하기로 했다. 우리가 청산리로 향한 것은 장작림의 부장 맹부덕의 제안에 따른 것이었다.

봉천군벌 장작림은 봉오동에서 대패한 일본군으로부터 우리를 토벌하라는 요구에 시달렸다. 장작림은 부장 맹부덕을 우리에게 보내 청산리 일대의 험산준령으로 들어가 은둔하면 추적하지 않겠다고 제안했고, 우리는 받아들였었다. 만주에서 일본군과 싸워야 하는 우리가 그들에게 맞설 수는 없었다. 우리와 분리하기로 한 최진동은 최운산을 장작림에게 보내 동북지역을 거쳐 밀산으로 가는 길을 보장받았다.

최진동은 군무도독부 대원들을 이끌고 떠나기 전에 내게 주머니 하나를 내밀었다.

"무엇이오?"

"쓰십시오."

"장군도 넉넉지 않지 않소?"

나는 그들 형제가 그동안 무기를 확보하고, 병사들을 먹이고 입히기 위해 얼마나 많은 돈을 썼는지 잘 알고 있었다. 최진동이 얼마나 많은 토지를 헐값에 처분했는지, 최운산이 경영하는 목장의 소가 살이 붙기도 전에 얼마나 많이 팔려나갔는지, 최치흥의 곳간이 얼마나 줄어들었는지 짐작할 수 없었지만, 천 명이 넘는 대원들의 보급을 매일매일 감당할 수 있는 사람은 연해주와 만주 전역에서 그들 형제 말고는 아무도 없었다. 그러면서도 단 한 번 힘든 내색을 한 적이 없었다. 생색을 낸 적도 없었다.

"장군님보다야 제가 그래도 낫지 않겠습니까."

"이 마음 잊지 않겠소."

더 커지지 않으면 이길 수 없는 싸움인데, 우리는 다시 갈라지고, 더 작아지고 말았다.

나는 장작림이 제안한 청산리 방면으로 서진을 계속했다. 내가 장작림의 제안을 흔쾌히 받아들인 것은 청산리 일대가 백두산에서 가장 가까운 험산준령이기 때문이었다. 나는 그곳에서 국내 진격의 기회를 노리기로 했다.

17장

청산리의 그늘

1

백무아가 청산리 배후의 무산간도로 나를 찾아온 건 만주의 가을이 깊어가던 구월 하순이었다.

"반격이 만만치 않죠?"

"보복이 만만치 않소."

봉오동에서 참패를 당한 일본군의 보복은 잔악했다. 두만강 양안의 마을마다 아침저녁으로 주민들이 죽어나갔다.

"두만강은 어떻게 건넜소?"

일본군은 두만강의 모든 나루터를 봉쇄했다. 회령에서 삼봉까지 변경지대를 오가는 경편철도의 일반 열차도 운행을 전면 중단했다. 특별 군용열차만 부지런히 오가며 군대와 대포를 두만강 대안의 종성, 동관, 창수, 삼봉에 부려놓았다.

"두만강 정도는 원하면 하루에 열 번도 더 오갈 수 있단 말입니다."

있단 말입니다, 백무아의 평양 말투는 여전했다. 사람의 마음을 들여다보는 듯한 눈빛도 변함이 없었다. 눈가의 잔주름만 세월을 일러주었다.

"하필 이렇게 험한 때 여기까지 직접 왔소?"

"아미리가로 가는 길에 들렀소."

"이번에 가면 얼마나 있다 오오?"

백무아가 그동안 아미리가에 다녀온 것은 세 번이었다.

"모르오."

"오래 걸릴 모양이오."

우리는 만나자마자 이별을 이야기하고 있었다. 짧게 자른 그녀의 단발머리가 가을바람에 흩날렸다.

"내 명이 일본보다 길다면 돌아오겠지요."

"무슨 소리요?"

"내가 누구인지 일본이 눈치챘소. 아주 오래 버틴 것이오. 엄인섭이보다 내가 훨씬 더 오래 활약하지 않았소."

"당신도 엄이 '아정탐'인지 알고 있었소?"

"나도 이번에 알았소."

"철혈광복단 일로?"

"아니오. 아정탐은 그보다 앞서 일본의 보호 대상에서 제외되었소. 그가 당신의 이동 일정과 경로를 조작했기 때문이오. 그러지 않았으면 당신은 지금 살아 있지 못했을 가능성이 크오."

"그렇다면……"

나는 류진철에게 철혈광복단이 현금 십오만원과 함께 탈취한 우편 행낭에 들어 있었던 문서와 특임대장 서국선이 보내온 서찰을 가져오라고 했다.

아정탐이 불령선인단의 수괴 홍범도가 로씨아 경외로 빠져나가기 전에 포살하는 특무공작을 교란한 혐의가 있음. 엄인섭을 감시하는 망원을 보강할 것.

총독부에서 일본영사관으로 보내는 대외비 문서를 본 백무아가 고개를 끄덕였다.

"이 문서가 사실이란 말이오?"

"그럴 거예요. 추풍의 최의관을 노린 일제 특무들의 목표는 최의관이 아니고 당신이었지요. 아정탐은 철혈광복단을 물어다주고 의심을 피하려고 했지만 실패했소. 총독부는 한번 의심한 자는 끝까지 의심한단 말입니다."

나는 류진철이 들고 온 서찰을 건네받아 백무아에게 내밀었다.

"이 서찰도 그렇소?"

백무아는 엄인섭이 내게 남긴 짧은 서찰을 펼쳐보았다.

나의 운명을 원망하고 우리의 인연을 슬퍼합니다. 나를 찾지 마십시오. 나는 이제 죽은 사람입니다. 장군의 무운을 빌겠습니다. 엄.

내가 보낸 특임대가 자신을 추적하는 것을 알고 몸을 피하면서 남겨둔 엄인섭의 서찰이었다.

“그렇소. 쫓을 필요가 없소. 일본 특무가 그를 없앨 것입니다. 그는 이제 신분이 드러나 밀정의 생명은 끝났는데, 알고 있는 것은 너무 많단 말입니다.”

“밀정은 끝까지 추적해 반드시 우리의 손으로 처단하는 것이 원칙이오.”

“엄은 그걸 알기 때문에 이 서찰을 보낸 것입니다. 그는 당신이 보낸 특임대의 뒤를 일본 특무대가 쫓고 있다는 것도 알고 있을 것이오. 당신의 특임대가 엄을 잡는 순간 일본 특무가 당신의 특임대를 잡는다는 사실도 그는 아는 것이오. 그러니 특임대를 철수시켜야 한단 말입니다.”

우리의 특임대가 엄을 쫓는 일본 특무대의 길잡이 역할을 하고 있다는 말이었다. 하지만 나는 특임대를 철수시킬 수 없었다. 시베리아 끝까지 쫓아가서라도 밀정을 처단하고서야 돌아와야 할 임무를 지닌 특임대의 추적 경로를 나는 알지 못했다. 특임대는 나에게 연락을 취할 수 있지만 내가 그들에게 연락을 취할 방법은 없었다.

“일본군은 다음달에 대토벌 작전을 시작할 거예요. 당신이 상상하는 것보다 훨씬 엄청난 병력을 투입할 것입니다.”

“여긴 중국령이오. 중국과 전쟁을 벌이지 않는 한 일본이 연대급 이상의 병력을 투입하기는 어렵소.”

나는 그렇게 믿었기 때문에 백두산이 바라보이는 청산리 일대에 진을 치고 국내 진공의 기회를 노렸다. 독립전쟁 제2회전은 백두산에서 치르고 싶었다. 김종천의 손으로 백두산에 펄럭이는 욱일기를 끌어내리고 태극기를 거는 것을 보고 싶었다.

아직은 중국 정부와 만주를 지배하는 군벌 장작림이 우리 편이었다. 장작림의 부장 맹부덕은 우리를 항일 동지로 여겼다. 우리를 토벌하지 않으면 간도에 군대를 출병시키겠다는 일본의 거듭된 협박에도 장작림은 여전히 시늉만 했을 뿐 일본에 협조하지 않았다. 어쩔 수 없이 토벌에 나설 때마다 맹부덕은 우리에게 사전에 출동 경로와 시각을 알려주었다. 이동할 시간을 벌어준 다음 뒤늦게 들이닥친 맹부덕은 우리가 버리고 간 기지를 소각하는 게 고작이었다. 우리를 친 다음 일본이 칠 나라가 어느 나라인지 중국이 모를 리 없었다.

"아미리가의 정보와 분석이 더 정확할 것이오."

"당신은 아미리가를 믿소?"

"아미리가가 아니라 아미리가의 명이 일본과 중국, 로씨아보다 길 것이라고 믿소."

"어째서 그렇소?"

"아미리가는 일본이 경성에 세운 전봇대의 숫자와 간격을 알고 있소. 일본이 어디에서 무엇을 하려는지 손금 보듯이 알고 있는 나라는 세계에서 아미리가뿐이오."

"아미리가에 가서도 해군성에서 일하오?"

"아마."

"이제 그림은 그리지 않소?"

"가끔 그리오. 총령에서 당신이 보내준 돈으로 산 붓은 지금도 아껴 쓰고 있소."

"난 당신이 그림만 그리며 살았으면 좋겠소."

"그런 호사스러운 날이 올 것 같소?"

나는 대답하지 못했다. 그런 나를 바라보는 백무아의 눈길이 잠시 아득했다. 씁쓸한 미소를 지으며 백무아는 말을 돌렸다.

"그런 날이 오도록 살아남으려면 이걸 잘 보아두어야 한단 말입니다."

백무아가 내민 문서는 '간도지방 불령선인 초토화 계획'이었다. 1단계는 무장 부대의 완전 소탕이었고, 2단계는 무장 부대를 지원하는 촌락을 초토화하는 것이었다. 물고기를 잡고, 물고기가 살 수 있는 물까지 완전히 말리기 위해 이만오천 두의 병력을 투입한다는 계획이었다.

"이건 총력전인데, 중국이 가만히 있질 않을 것이오."

"중국이 가만히 있을 수밖에 없게 만들 거예요."

"일본이 무슨 수로?"

"무슨 수를 만들겠지요. 그보다…… 내가 걱정하는 건 일본군 이만오천이 아니라 하세가와가 비밀리에 양성한 여섯 명의 특무예요."

"하세가와 총독은 일본으로 돌아가지 않았소."

하세가와는 군인으로서의 능력은 전임자인 데라우치보다 뛰어났지만 식민지를 지배하는 정치수완은 이토와 데라우치에 형편없이 못 미쳤다. 하세가와는 이백만 명이 넘게 참여한 3·1만세운동도 군사작전 하듯 진압했다. 확인된 조선인 사망자만 칠천오백 명이 넘었고 부상자도 오만 명에 육박했다. 들불처럼 번진 국내의 만세운동이 상해의 대한민국임시정부를 탄생시키고, 임시정부가 항일 독립전쟁의 해를 선포하자 일본은 하세가와에게 그 책임을 물었다. 하세가와는 전임 총독처럼 총리로 금의환향하는 꿈을 이루지 못하고 일본으로 돌아갔다.

"하세가와는 돌아갔지만 하세가와가 양성한 저격수와 특무전단은 남아 있단 말입니다."

하세가와는 조선 총독이 된 뒤에도 조선주차군을 실질적으로 지배했고, 토벌대와 별도로 정탐, 살해, 방화, 교란을 전담하는 특무전단을 만주에 투입했다. 그중의 하나가 내 목을 노리는 악명 높은 특무분조였다.

"나를 노리는 자들은 늘 있었소."

"이들은 달라요."

백무아가 내민 명단의 특무 다섯은 사진이 있었다.

"헌병군조와 일본 낭인, 저격수, 백정으로 불리는 살인 전문가, 통사, 밀정으로 이루어진 특무분조예요."

밀정 하나의 사진만 없었다. 적의 보호를 받는 또하나의 '아정탐'이었다.

"당신의 뒤를 좇은 지 벌써 일 년이 넘은 자들이에요. 최의관을 덮친 것도 이들이었고, 철혈광복단을 덮친 것도 이들이었어요. 엄인섭을 쫓고 있는 당신의 특임대를 뒤따르는 것도 이들이에요. 이들을 끌고 다니는 것은 헌병군조가 아니라 바로 이 '아정탐'이에요. 이자의 접근을 조심해야 하오."

"얼굴도, 이력도 모르는 '아정탐'을 어떻게 알고 조심하오? 아정탐이라고 써붙이고 다니는 것도 아닌데 말이오."

"하긴 그렇소……"

나는 저녁을 먹고 백무아와 함께 군영 뒷길을 걸었다. 하늘에는 초승달이 낮게 떠 있었다. 그녀의 눈썹을 닮은 둥글고 매끈한 달이 참나무 가지 사이로 지나갔다. 초승달이 지나간 하늘 멀리 그녀의 별, 북극성이 빛났다.

"만주에도 별이 뜹니다."

"오늘은 별이 둘이나 되오."

"내 별 말고 다른 별이 생겼소?"

백무아는 북극성을 올려다보며 물었다.

"여기에도 하나 있지 않소."

나는 백무아를 쳐다보며 말했다.

"어째서 많고 많은 별 중에 저 별이 내 별이 되었소?"

"밤하늘에 변하지 않는 별이 있듯 세상에도 그런 사람이 있지 않소."

"실없는 소리를 하는 것 보니 아직 늙지 않았소."

"우리에게 언제 나이들 틈이 있었소?"

"그러면서 가락지는 어째서 없앴소?"

"아, 이거……"

보통강변에서 그녀가 가락지를 끼워주었던 왼손 약지는 비어 있었다.

"어떤 여자에게 주었소?"

"그럴 리가 있소. 총으로 바꿨소."

훈춘애국부인회는 우리의 무기 구매 자금을 대기 위해 금붙이와 은붙이는 물론이고 구리 비녀까지 내놓았다. 그것을 들고 온 어떤 여인의 손가락에도 가락지가 남아 있지 않았다. 그것을 받아드는 내 손가락에 남은 은가락지를 나는 차마 그대로 끼고 있을 수가 없었다.

"내 지난봄까지 끼고 있었소."

그녀가 이렇게 올 줄 알았으면 그것만은 내놓지 말걸 그랬나 싶었다. 백무아는 자신의 왼손 약지에 낀 은가락지를 내려다보았다. 달빛을 머금은 가락지의 은빛은 여전히 은은했다.

"단총은 가지고 있소?"

"그거야 잘 가지고 있소."

나는 자신 있게 품고 있던 단총을 꺼내 보였다.

"내 아미리가 말을 좀 배웠소."

그녀가 눈을 동그랗게 뜨고 나를 쳐다봤다.

"화이트 뽀 레드, 화이트 뽀 지저스."

WFR, WFJ. 그녀가 단총에 새겨둔 여섯 글자는 여전히 선명했다. 홍을 위한 백, 하느님을 위한 백. 그녀가 처음 활짝 웃었다.

"좋소. 잘 간직하오."

군영으로 돌아오는 길목에서 그녀가 앞서 걷던 나를 불러 세웠다.

"이보라요."

걸음을 멈춘 백무아는 물끄러미 나를 바라보았다.

"왜 그러는 것이오?"

그녀는 무언가 말하려 달싹거리던 입을 다물었다.

"발이라도 삐었소?"

"그렇소. 발을 삔 것으로 하고 나를 한번 업어줄 수 있겠소?"

나는 의아하게 그녀를 쳐다보았다.

"어렵겠소?"

"어려울 것이야 무엇이 있겠소만……"

"내래 오마니 아바지를 모르고 자라서리…… 당신한테 업혀본 게 처음이었단 말입니다. 그런데 연화산에선 얼떨결에 업혀서 그 기분이 잘 기억이 아이 나서리, 그래서 내 꼭 한 번은 더 누군가에게 업혀보고 싶었소. 그게 오늘이었으면 좋겠는데, 여기 당신밖에 없단 말입니다."

나는 보통강가에서 내 머리꼭지를 싹둑 잘랐던 열일곱 살의 백무아를 물끄러미 바라보았다.

"그냥은 어렵겠소? 내 발목이라도 부러뜨리면 되겠소?"

"그건 아니 되겠소. 발목을 부러뜨리면 너무 여러 날을 업고 다녀야지 않소."

나는 그녀에게 등을 내밀었다. 생각보다도 더 가벼웠다.

"아, 맞소. 업히는 기분이 이런 것이었소."

"좋소?"

"좋은지는 모르겠으나 내 이 느낌을 이제는 잊어버리지 않을 것 같소."

남은 길이 너무 짧았다. 초병의 모습이 멀리 보였다.

"잊지 마시오."

백무아는 등에서 내리기 전에 내 귀에 대고 말했다.

"당신은 나보다 절대 먼저 죽어서는 안 되오."

"당신도 살아서 돌아오시오."

"대한이 해방되는 그날이 오면 나도 돌아올 수 있겠지요."

"언젠가는 그날이 오지 않겠소."

그녀는 다음날 아침 군영을 떠나며 내게 말했다.

"그날은 밤의 도둑처럼 올 것이다."

무슨 말인지 몰라 그녀의 다음 말을 기다렸다.

"구약성경에 나오는 말씀이란 말입니다."

"내 야소교는 믿지 않아도 그 말은 믿겠소."

2

일본영사관이 습격당했다. 대대 병력의 독립군이 훈춘의 일본영사관을 짓부수고 일본인 거류지를 불태웠다는 급보를 받은 건 시월 초이틀이었다. 작전회의를 하던 도중에 소식을 들은 참모들은 자리를 박차고 일어서며 일제히 환호성을 질렀다. 나도 주먹을 치켜들며 일어섰다. 하지만 나는 곧 도로 자리에 앉았다.

어떤 부대가 훈춘 시가지를 완전히 장악할 수 있을까. 훈춘은 중국의 치외법권 지역이었다. 중국에 강요한 이십일 개조 협약에 따라 일본은 훈춘에 거류민촌을 만들고 경찰로 이름 붙인 일본군 한 개 중대를 주둔시켰다. 일본군 한 개 중대가 상주하는 훈춘 시가지를 단독으로 습격할 수 있는 무장력을 지닌 부대는 내가 이끄는 대한독립군과 서일의 북로군정서, 이상룡의 서로군정서, 허영장의 의군부, 최진동의 군무도독부밖에 없었다. 북로군정서와 서로군정서, 의군부 모두 청산리로 오는 중이었다. 청산리에서 총력전을 벌이기로 합의한 그들이 도중에 단독 작전에 나섰을 리 없었다. 최진동의 군무도독부는 훈춘과 반대 방향인 밀산을 향해 동북진중이었다.

"어느 부대라고 하던가?"

"그건 아직 확인되지 않았습니다만, 중국말을 쓰는 병사와 조선말을 쓰는 독립군의 연합부대였다고 합니다."

"반일 마적단과 독립군의 연합부대였다?"

"대한독립을 외치며 태극기를 흔들고 다녔다고 합니다."

나는 고개를 저었다. 영사관을 불태우고 일본인을 살해하는 걸 보고만 있을 정도로 허술한 일본군이 아니었다. 사망자는 모두 심부름과 청소를 하는 하급 노무자와 주거지의 일본 민간인이었다.

"일본인을 살해하며 아침부터 오후까지 훈춘 시가지를 마음대로 휘젓고 다닐 동안 일본군 한 개 중대는 어디 있었을까? 지휘관들이 다 총살당할 일이 벌어졌는데 무적 황군은 어디에도 없었다?"

"그럼…… 이게 일본군의 공작이라는?"

백두산중대장 김종천이 벌린 입을 다물지 못했다.

"적대 행위를 하지 않은 민간인을 살해하는 독립군도 있었나?"

정찰대의 보고에 따르면 그들은 일본 민간인 아홉을 살해하고, 중국인 상가 수십 채도 불태웠다. 아무리 일본인이어도 적대 행위를 하지 않는 민간인은 해치지 않는 것이 독립군의 철칙이었다. 일본 특무전단의 수였다. 백무아가 말한, 중국이 가만히 있을 수밖에 없도록 만드는 일본의 '무슨 수'가 바로 이것이었다.

다음날로 불령선인과 마적, 러시아 볼셰비키가 합작해 일본인을 살해하고 중국인 상점을 약탈한 사건으로 중국 신문에 도배가 되었다. 피살당한 일본인 부녀자의 사진이 실린 중국 신문을 가지고 온 것은 의군부를 이끌고 막 무산간도에 도착한 허영장이었다.

“어떤 놈들이 한 짓이오?”

“일본 특무의 끄나풀인 동동과 왕사해가 아니면 장강호란 놈의 마적단으로 보입니다.”

“출병의 구실을 만들려고 중국 마적떼를 시켜 제 나라 부녀자들까지 살해한단 말이오?”

“그러니까 일본이지요.”

삼백이 넘는 의군부 군사를 영솔하는 허영장의 본래 이름은 허근이었다. 해산당한 대한제국 군대의 영장 출신이어서 허영장으로 불렸던 것인데, 지금은 아예 그의 이름이 되었다.

“대한독립을 지껄이며 약탈에 앞장선 놈들은 누구요?”

“조선인 밀정과 조선말을 제법 하는 왜놈 특무들인 것 같습니다. 이번에 장군을 노리다 잡힌 밀정과 특무 같은 놈들일 겁니다.”

하세가와 총독 밑에서 3·1만세운동을 무자비하게 진압한 조선주차군 사령관 우쓰노미야 다로는 만주 출병에 앞서 특무전단을 간도에 대거 투입했다. 헌병과 순사, 밀정, 낭인으로 이루어진 특무분조는 정탐은 물론 주민들을 상대로 약탈과 살상도 서슴지 않았다. 봉오동 승전으로 값이 두 배씩 치솟은 독립군의 목을 노리는 상금 사냥꾼들도 특무전단과 한패가 되어 설치고 다녔다. 상금이 제일 많이 걸린 내 목을 탐내는 사냥꾼도 부나방처럼 꼬였다. 독립군에 가담하려는 조선인으로 위장하고 부대 주변을 맴돌다 밤중에 내 목을 가지러 왔던 일본 특무는 조선말을 간도 태생의 조선인만큼 잘했다.

"상처는 좀 어떠십니까?"

허영장이 자상을 입은 내 팔을 바라보며 물었다.

"다행히 왼팔이오."

"큰일날 뻔했습니다."

내가 잠든 숙소에 칼잡이와 총잡이가 잠입한 것은 열흘 전이었다. 칼잡이는 손놀림이 민첩하고 대담했다. 잠결에 인기척을 느끼고 몸을 날리지 않았으면 놈의 칼이 내 심장에 박혔을 것이었다. 팔을 다친 내가 유술을 하는 놈을 잡을 수 있었던 것은 류진철이 바로 달려와주었기 때문이었다.

총소리가 날까, 방아쇠를 당기지 못하고 주춤거리는 총잡이를 류진철은 발차기 두 번으로 끝냈다. 그사이 나는 칼잡이의 심장을 쏠 수 있었다. 쓰러졌다 일어서며 나를 쏘려고 한 총잡이의 명치를 찌른 건 류진철의 발끝이었다. 그의 발끝은 칼보다 예리했다.

내가 놀란 건 심야의 습격이 아니라 그들의 얼굴이었다. 불빛 아래 드러난 그들의 얼굴은 백무아가 주고 간 특무분조의 살인 전문가와 저격수였다. 엄인섭을 쫓는 우리 특임대의 뒤를 따른다던 놈들이 어떻게 여기로 온 것일까. 백무아가 말한 대로 우리 특임대가 엄인섭을 잡자, 이들이 우리 특임대를 잡고, 내 목을 떼러 온 것일까. 그래서 서국선이 이끌고 간 특임대는 아무 소식이 없는 것일까. 이미 숨이 끊어진 놈들에게 물어볼 수도 없었다.

나는 내가 보낸 특임대원들의 운명을 알 길이 없었다. 엄인섭과 나를 쫓아온 일본 특무분조의 남은 넷의 행방도 알 길이 없었다.

"비무장의 주민들이 당하는 참상은 차마 눈뜨고 보기가 가련합니다."

왕청에서 무산간도로 오는 동안 부모와 집을 잃은 아이들을 수없이 보고 온 허영장이었다.

"아이들이 보는 앞에서 아비를 쏘아 죽이고 찔러 죽이는, 그런 그악한 인간 백정들이 어딨습니까. 산 사람의 목과 허리를 베는 짓도 서슴지 않았답니다. 몇 되지 않는 특무분조의 악행이 이러한데, 사단급 병력이 계속 들이닥치면 우리 동포들이 얼마나 더 가련하게 당하겠습니까?"

일본은 그동안 독립군을 참칭하는 불령선인을 토벌하지 않는다고 중국에 강력하게 항의하며 일본군의 출병 승인을 요구했다. 중국 정부가 승인하지 않았지만, 일본은 아랑곳하지 않고 간도 출병을 감행했다. 자신들이 살해한 자국민을 보호한다는 구실이었다.

제일 먼저 간도에 발을 들여놓은 부대는 이소바야시 군단이었다. 육군 소장 이소바야시가 이끄는 19사단 예하의 보병 38여단과 78연대, 75연대 기관포대와 특종포병대, 27연대 기병대, 25연대 야포대와 산포대, 공병 19대대는 두만강을 건너 훈춘으로 진입했다. 구천두에 달하는 대병력이었다.

백무아가 주고 간 '불령선인 초토화 계획'에 적힌 대로 일본군은 간도를 동서남북에서 에워싸기 시작했다.

이소바야시 군단이 두만강을 넘어 밀고 올라오는 사이 동쪽 방면에서는 시베리아 주둔 11사단과 13사단, 14사단의 예하 부대가 북간도로 치고 들어왔다. 포시예트항을 거쳐 중러 국경을 넘어온 14사단의 병력만 사천 두였다. 북쪽 방면에서는 북만주 주둔 관동군 53연대의 세 개 보병중대와 네 개 기관포대, 한 개 기병대가 밀고 내려왔다. 서쪽에서는 관동군 73연대가 출동했다. 경성의 용산 기지에서 증파한 20사단 예하의 지원군까지 포함하면 이만오천 두의 일본군이 간도를 사면으로 에워쌌다. 늦가을의 간도 산천이 황군의 누런 군복으로 뒤덮였다.

3

“이것들이 참빗작전이 뭣이당가, 참빗작전이. 우리가 이여, 서캐여, 뭐여.”

이병채 참모장이 잘 쓰지 않던 남도 사투리를 썼다. 일본군은 불령선인 초토화 계획을 참빗작전이라고 떠들었다. 촘촘한 참빗으로 머리를 빗겨 이를 잡듯이 우리를 샅샅이 잡아 없애겠다는 것이었다.

하지만 일본군이 참빗질로 잡아 없애는 것은 우리가 아니라 무고한 동포들이었다. 일본군의 약탈과 방화, 강간과 살상은 잔혹하고 집요했으며, 무엇보다도 계획적이었다. 그들은 잔학 행위를 숨기려 하지 않았다. 부모 앞에서 자식을 유린하고, 형제를 가둔 집에 지른 불이 타오르는 것을 자매들에게 지켜보게 했다. 시체도 감추지 않았다. 공포를 전염병처럼 확산시켜 항거의 의지를 완전히 꺾는 것이 ‘불령선인 초토화 계획’의 목표였다.

우리는 싸워야 했고, 싸우기 위해 뭉쳐야 했다. 흩어져서 참빗질을 당할 수는 없었다. 동북행을 택한 최진동 부대를 제외한 독립군 대부대들은 청산리 일대에 총집결하기로 합의했다. 의군부에 이어 서일이 보낸 북로군정서 병력 육백 명이 청산리 인근에 도착했다. 북로군정서 사령관은 서일이 발탁한 서른한 살의 젊은 장군 김좌진이었다. 윤기가 나는 흑갈색 군마를 탄 그는 스물한 대의 마차에 무기와 보급품을 싣고 왔다. 그가 이끄는 북로군정서는 지휘체계가 잡히고, 훈련이 아주 잘된 부대였다. 무장력도 일본군에 뒤지지 않았지만 장거리 행군을 한 대원들은 많이 지쳐 보였다.

우리가 상대해야 할 적은 아즈마 군단이었다. 37여단 사령부를 중심으로 보병 73연대와 74연대, 25연대, 특종포병대, 기관포대, 야포대, 공병대, 헌병 특무대로 편성된 아즈마 군단의 병력은 오천 두가 넘었다.

청산리 일대에 집결한 독립군 제 부대는 우리가 주둔한 이도구 북하마탕에서 합동 참모회의를 열었다. 백두산이 바라보이는 청산리 일대에서 총력전을 벌이자는 나의 제안에 이견이 없었다. 봉오동을 바쳐 봉오동에서 승리했던 것처럼 청산리에서 승리하려면 청산리를 바쳐야 했다. 주민들을 삶의 터전으로부터 내모는 일은 언제나 내게 전투보다 힘들고 패배보다 쓰라렸다. 주민들의 동의를 얻고, 피신시키는 그 괴로운 일을 국민회 회장 구춘선과 북로군정서 부총재 현천묵이 맡아주었다. 구춘선은 이도구를, 현천묵은 삼도구를 맡았다. 국민회 회원은 야소교 신도들이 대부분이었고, 이도구에는 야소교 마을이 있을 정도로 야소교 신자들이 많았다. 현천묵은 대종교의 지도자인 서일의 분신이었고, 삼도구에는 한 집 건너 두 집이 대종교 신도들이었다. 서로 반목하며 등을 돌렸던 두 종교가 이렇게 힘이 되기도 했다. 일사천리로 진행되던 회의에서 다툼이 벌어진 것은 부대 배치에서였다.

어느 부대도 백두산 방면의 최일선을 양보하려 들지 않았다. 가장 강경하게 양보 불가를 주장한 것은 북로군정서의 젊은 소대장 김훈과 이민화였다. 그중에서도 김훈이 더했다.

"무장력과 전투력이 가장 뛰어난 부대가 최전선을 맡는 것이지, 이건 토의로 결정할 문제가 아닙니다."

"어이, 김소대장. 말조심하라."

북로군정서의 젊은 장교 김훈의 말을 자른 건 백두산중대장 김종천이었다.

"뒤늦게 도착했으면 가만히 뒤에서 앞선 승리의 모범 정형을 분석하면서 부대원들을 잘 가르칠 일이지 여기가 어디라고 나서오?"

김종천이 말하는 앞선 승리의 모범은 봉오동전투였다. 김종천은 북로군정서의 사관연성소 교관으로 복무하다 처음 소대장으로 실전에 나선 김훈을 훈련병이나 가르치는 풋내기로 취급했고, 김훈은 발끈했다.

"중대장이라고 다 같은 중대장이고, 소대장이라고 다 같은 소대장인 줄 아오?"

"억울하면 진작에 야전으로 나왔어야지요, 소대장님."

김종천과 김훈, 이민화는 신흥무관학교 동기였다. 삼총사였던 셋이 틀어진 건 내가 이끄는 대한독립군에 함께 합류하자는 김종천의 강력한 제안을 뿌리치고 김훈과 이민화가 북로군정서 교관으로 갔기 때문이었다. 이회영 형제와 이상룡이 세운 신흥무관학교의 생도들은 대부분 필업과 동시에 서로군정서로 갔고, 일부가 북로군정서로 갔으며 우리 부대로는 거의 오지 않았다.

"아무래도 저 제자들은 선생님께서 좀 맡아주셔야겠습니다. 그러지 않으면 일본군이 올 때까지 부대 배치가 어렵겠습니다."

김좌진은 호탕하게 웃으며 북로군정서의 참모장 이장녕에게 눈길을 돌렸다. 이장녕은 대한제국의 육군무관학교 3기생으로 군문에 들어선 인물이었다. 대한제국 군대가 강제 해산되고, 황실 친위대로 전직하라는 명령이 떨어지자, 이를 거부하고 만주로 건너와 신흥무관학교 창설에 앞장선 그였다. 신흥무관학교에서 김종천과 김훈, 이민화를 가르친 엄격한 교관이기도 했다.

"제군들 셋은 밖으로 나가서 합의를 이룬 다음에 다시 들어오게. 그러면 그 합의에 우리가 따르도록 하겠네."

짧은 머리에 삼각형의 매서운 눈매를 지닌 이장녕은 김좌진의 참모장이었지만 김좌진보다 나이가 훨씬 위였다. 이장녕은 합동 참모회의 참석자들을 둘러보며 깐깐한 목소리로 물었다.

"그렇게 하는 데 모두 찬동하시지요?"

"찬동이오."

각 부대의 참모진은 회의장에서 쫓겨나는 세 젊은 장교의 뒷모습을 보며 일제히 웃음을 터뜨렸다. 양보할 리 없는 세 사람이었다. 내가 정리하는 수밖에 없었다.

"적이 앞으로만 온다고 누가 장담할 수 있겠소. 옆으로도 오고 뒤로도 오는 것이 적이오. 청산리 일대의 삼면이 모두 최전방이오. 백두산 방면의 삼도구는 대종교 신도들이 많기도 하니 북로군정서가 맡고, 두만강 방면의 버들고개는 의군부가 맡고, 북만주 방면의 이도구는 우리가 맡겠소."

이의가 없었다. 무산간도의 세 방면에서 일본군을 대적하면서 언제든지 서로 지원할 수 있도록 한 삼각 포진이었다.

회의를 마치고 나올 때까지 밖에서 김종천과 툭탁거리던 김훈은 회의 결과를 듣고 반색을 했다.

"거봐, 인마. 백두산은 우리가 맡았잖아. 당연히 박격포를 가진 우리가 맡아야지."

"전투는 무기가 하는 게 아니고 사람이 하는 거야, 자식아."

회의장 밖에 나온 이십대의 소대장과 중대장은 서로 반말에 거리낌이 없었다.

"그러니까 더욱 우리가 맡을 수밖에 없었겠지."

"어쨌든 백두산에 태극기는 우리가 꽂을 거니까, 그렇게 알아."

"누구 마음대로?"

"내 허락 없이 백두산에 먼저 들어갔다가는 죽을 줄 알아."

신흥무관학교 삼총사의 하나였던 이민화는 빙긋이 웃으며 두 사람을 지켜보기만 했다. 툭탁거리는 무관학교 동기들을 떼어놓은 것은 김좌진이었다.

"김소대장 가자."

김좌진은 김훈의 뒷덜미를 잡아끌며 김종천을 돌아보았다.

"김중대장도 백두산에 깃발 꽂고 싶으면 따라오던가."

김훈이 김좌진에게 끌려가며 소리쳤다.

"너, 인마. 중대장이라고 까부는데 전투 끝나고 나한테 좀 맞아야 되니까, 절대 죽으면 안 된다."

"너나 조심해, 인마. 중대장 되기 전에는 죽으면 안 된다고 무관학교 교칙에 나와 있는 거나 잊지 말고, 자식아."

김좌진을 따라가는 김훈을 바라보는 김종천에게 내가 물었다.

"무관학교 교칙에 그런 게 있어?"

"있긴요. 저 자식, 고향에 두고 온 약혼자가 있는데, 죽으면 안 되잖아요."

나는 김종천을 물끄러미 바라보았다. 김훈은 알까. 김종천은 자신의 이야기를 하고 있었다. 김수협이 고향에 두고 온 약혼자가 김종천의 어머니였고, 그 약혼자의 아들이 바로 김종천이었다.

"자넨 약혼하지 않았나?"

"제가 왜 그런 어리석은 짓을 하겠습니까."

어머니마저 떠나보낸 그에게는 부모도 형제도, 연인도, 자식도 없었다. 나는 멀어져가는 김훈을 애잔한 눈빛으로 바라보는 김종천의 어깨에 손을 얹으며 말했다.

"김훈은 좋은 동무를 두었네."

4

청산리에서 첫 승리를 거둔 건 북로군정서였다. 삼도구에 포진한 북로군정서를 만만하게 여기고 덤벼들었던 일본군은 작은 평야지대인 백운평에서 참패를 당했다. 여섯 문의 기관포와 두 문의 박격포까지 보유한 북로군정서는 유리한 지형을 선점하고 청산리에 첫발을 들여놓은 일본군 선발대에게 섬멸적 타격을 안겼다. 김좌진은 날아드는 기관포를 두려워하지 않고 말을 타고 네 개 보병중대와 두 개 기관포대, 연성대 사이를 종횡무진하며 전투를 지휘했다. 기는 일본군에 뛰는 김좌진이라는 명성을 실증해준 전투였다.

삼도구 청산리의 백운평 전투 상보는 한 식경 간격으로 이도구에 포진한 우리에게 도착했다. 일본군의 완전 패퇴를 전해들은 부대원들은 환호성을 질렀다. 누구보다 승전을 기뻐한 것은 김종천이었다. 김훈과 이민화가 소대장으로 있는 북로군정서의 연성대는 기동타격대로 나서 맹활약을 했다.

나는 주민들이 피신한 이도구의 빈 마을에 대원들을 분산 숙영시켰다.

내가 잠에서 깬 것은 한밤중이었다. 이도구의 밤은 고요했다. 밖으로 나온 나는 어둠에 잠긴 마을을 굽어보았다. 주민들이 피난을 떠난 마을에는 불빛 한 점 없었다. 시월 하순이었지만 무산간도의 밤바람은 벌써 살을 에는 겨울을 예고했다. 나는 허리로 파고드는 한기를 손바닥으로 털어내며 북극성을 올려다보았다. 백무아는 지금쯤 상해에서 출발한 여객선을 타고 태평양을 건너고 있을 터였다. 두 달이 걸리는 긴 항해라고 했었다. 백무아의 명이 길까, 일본의 명이 길까. 나는 알 수 없었다. 오직 분명한 것은 내 명이 그 둘보다 길 수 없을 것이라는 사실이었다.

망연히 북극성을 바라보고 있는 내 눈에 말리거우 언덕을 넘어가는 새들이 들어왔다. 대오가 정연하지 않은 저공비행이었다. 남행하는 철새 무리가 아니었다. 씨비리와 북만주에서 출발해 백두산을 넘어 황해도로 향하는 기러기는 대오가 정연했다. 재두루미는 밤낮을 가리지 않고 높이 날았다. 강원도를 향해 공기의 흐름을 타고 유영하는 매처럼 날개가 드넓지도 유려하지도 않았다. 날갯짓을 하며 저공비행으로 야간에 이동하는 철새는 없었다. 꿩이 아니면 비둘기였다.

내 뒤에 멀찌감치 떨어져 있던 류진철을 불렀다. 지난번 피습 사건 이후로 류진철은 한시도 나를 혼자 두지 않았다.

“전 대원 기상, 조용히.”

“왜 갑자기……”

내가 수면을 가장 중요한 보급품의 하나로 취급한다는 사실을 잘 아는 류진철은 의아한 표정으로 나를 쳐다봤다.

"전원 완전 군장으로 집합시켜."

꿩과 비둘기는 밤에 무리 지어 이동하지 않는 조류였다. 그들이 밤에 이동하는 것은 비바람이 임박했거나 위험이 닥쳤다는 신호였다. 밤하늘은 청명하고 별빛은 또렷했다. 북극성이 흔들리지도 않았다. 태풍을 앞두고 서둘러 먹이를 찾아나서는 것도 폭우를 피해 새 잠자리를 찾아가는 것도 아니라면 이유는 단 하나, 위험이 닥쳤을 때뿐이었다. 잠자던 꿩과 비둘기를 일제히 깨워 제 서식지를 떠나게 만들 수 있는 것은 무엇일까.

나는 이도구에 포진한 대한독립군 예하의 한민회, 국민회, 신민단, 의민단 대원들까지 모두 기상시켜 말리거우 마을을 둘러싼 산으로 올라갔다. 오랜만에 지붕 있는 집에서 곤히 자다가 영문도 모르고 산으로 올라와 밤을 새우게 된 대원들은 입이 잔뜩 튀어나왔다. 내가 수면 시간을 함부로 빼앗지 않는다는 것을 모르는 다른 부대원들의 불평은 여간 아니었다.

"똥개 훈련도 아니고, 이게 뭐야. 한밤중에."

"남겨놓고 온 똥개가 없는지 잘 살펴보게. 똥개 훈련 작전에 빠진 똥개는 큰일나니까."

부대 배치를 직접 확인하러 다니는 내가 옆에 다가온 줄도 모르고 투덜거리던 의민단 대원은 내 얼굴을 확인하고 깜짝 놀랐다.

적은 새벽녘에 들이닥쳤다. 기관포와 대포를 퍼부으며 마을을 덮친 적은 기세등등했다. 우리는 그렇게 제 발로 기어들어온 적 한 개

대대를 산중턱에 걸어둔 기관포로 영접했다. 추풍낙엽처럼 쓰러지는 적이 부지기수였다. 노획한 총기가 이백사십 정이었고, 포로가 여섯이었다. 무산간도에서 우리는 거짓말 같은 대승을 거두었다. 자다 말고 일어나 똥개 훈련 작전이라고 투덜거리던 대원들은 눈앞에 즐비한 적의 시체와 노획물 앞에서 벌어진 입을 다물지 못했다. 예하 부대의 지휘관들도 어리둥절하기는 마찬가지인 모양이었다.

"잠결에 일어나 이런 대승을 거두다니, 귀신에 홀린 것 같습니다. 대체, 적이 기습할 줄 어떻게 아셨습니까?"

국민회 부대를 이끄는 안무는 눈앞의 승리가 도무지 믿기지 않는 모양이었다.

"안장군은 십 리 밖에서 다가오는 적의 행군 소리도 들리지 않는단 말이오?"

"장군님은 십 리 밖의 행군 소리가 정말 들린단 말입니까?"

"아니, 십 리 밖의 소리도 들리지 않으면 어떻게 전쟁을 하오?"

내 농담 십 리는 다음날 백 리로 늘어나 있었다. 내가 날아다닌다는 뜬소문에 더해 자면서도 백 리 밖을 내다본다는 허황한 소문이 사방에 퍼졌다. 류진철에게 내가 해준 새 이야기는 새처럼 날개를 달고 내가 새의 소리를 알아듣고 새와 이야기를 주고받는다는 소문이 되어 떠돌았다. 날아다니는 장군이니, 새를 정탐으로 부리는 것도 아주 이상하지는 않은 모양이었다.

북로군정서에 지고 싶지 않았던 대한독립군 예하의 부대원들은 이 작전을 '똥개훈련작전'으로 부르며 청산리 백운평에서 거둔 북로군정서의 전과를 압도한다고 뻐겼다. 어깨가 한 뼘이나 올라간 대원들은 '기는 일본군, 뛰는 김좌진'이란 소문에도 한마디를 덧붙였다. '나는 홍범도'.

기는 일본군, 뛰는 김좌진, 나는 홍범도. 나는 말리고 싶었지만 소문이란 원래 말릴 수 없는 생물이었다.

5

우리가 말리거우에서 대승을 거두는 사이 북로군정서는 천수평으로 이동해 다시 적을 격파했다. 연전연승, 정말 뛰는 김좌진이었다. 북로군정서가 거둔 두번째 승리를 확인하고 나는 안심하고 말리거우를 떠났다.

노획한 총기와 보급품을 챙겨 안도현 방면으로 서진하던 우리 부대를 향해 말 한 필이 뽀얀 먼지를 일으키며 달려왔다. 북로군정서에 파견한 정찰대원이었다.

"김좌진 부대가 어랑촌에서 적과 격렬하게 붙고 있습니다."

어랑촌은 일본에게 나라를 빼앗긴 다음해에 함경북도 경성군 어랑면 주민들이 건너와 개척한 마을이었다. 이도구에서는 서쪽으로 십리 밖이었다.

"그사이 또?"

독립군영의 삼각포진 중앙에 있는 어랑촌은 전투 예정지가 아니어서 주민을 대피시키지도 않은 마을이었다.

"삼도구로 철수하다가 적이 어랑촌으로 온다는 정보를 입수한 김장군이 달려가서 혈전을 벌이는 중입니다."

사흘 동안에 세번째 전투를 벌인 북로군정서였다. 대단한 김좌진이었다. 하지만 한편으로는 젊은 장군의 지나친 투지가 걱정스럽기도 했다. 왕청의 서대파에서 무산간도까지 한 달을, 그것도 야간을 이용해 장거리 행군을 해온 군정서 대원들은 피로가 누적된 상태였다. 체력을 회복하지 못한 대원들을 이끌고 쉬지 않고 삼연전을 벌인다는 것은 무리였다.

"전황은?"

"김장군이 어랑촌의 고지를 선점해서, 초반에는 적을 굉장히 많이 때려잡았습니다. 그런데 시간이 지나면서 화력과 병력에서 적에게 점점 밀리고 있습니다."

"퇴로가 있나?"

"고지를 선점해서 전투에서는 유리하지만 적을 패퇴시키지 못하면 역으로 고립 상태에 빠집니다. 군정서 대원들은 아무것도 먹지 못한 채 전투를 하고 있어 시간이 흐를수록 더 지치고, 밀릴 것 같습니다."

쉬지도 먹지도 못한 대원들을 다시 전투에 투입하는 것은 전투의 정형이 아니었다.

"연성대도 포위망 속에 들어 있소?"

그렇게 물은 건 백두산중대장 김종천이었다. 김종천은 무엇보다 이민화와 김훈이 걱정되는 모양이었다. 이민화와 김훈은 서로군정서 사관학교 출신 대원들로 편성된 연성중대 소대장들이었다. 연성중대장은 중국 육군강무학교를 나와 서로군정서 사관연성소 교관으로 있던 이범석이었다.

"군정서 전 부대가 874고지에서 총력전을 벌이는 중입니다."

적의 선공을 받아도 피해야 할 상황에서, 전 병력을 동원해 고립을 무릅쓴 선공에 나선 김좌진의 결정을 나는 이해하기 어려웠다. 하지만 지금 그것을 따질 상황은 더욱 아니었다. 나는 군령을 내렸다.

"전 부대, 어랑촌으로 전속력으로 진격한다."

선두에 선 김종천의 백두산중대는 어랑촌을 향해 전력 질주했다. 선봉중대가 선봉에 서는 것을 막을 길은 없었다. 밀정이 우리를 발견한다고 해도 우리보다 먼저 어랑촌에 도착할 수 없을 속도로 우리는 달렸다.

우리가 어랑촌에 도착했을 때 북로군정서는 어랑촌 874미터 고지에서 사방에서 달려드는 적과 혈투중이었다. 기병연대장 가노가 이끄는 적 기병대와 보병대의 기세는 맹렬했다. 무산간도에서 삼연패를 당하고 잡은 설욕의 기회를 놓치려 할 일본군이 아니었다.

나는 북로군정서가 포진한 바로 옆 고지에 기관포를 거치했다. 전방 5부 능선에는 저격중대를 배치하고 그 아래 4부 능선에 백두산중대를 포진시켰다. 예하의 한민회 부대와 의민단 부대는 저격중대의 좌우로 배치하고, 무장이 좋은 국민회 부대와 기동력이 뛰어난 신민단 부대는 퇴로를 확보하게 했다. 부대 배치를 완료한 나는 적진의 선두에 선 기마장교를 가늠쇠 위에 올려놓았다.

탕. 고삐를 잡고 버티려던 놈이 중심을 잃고 말에서 떨어졌다. 중대장 진포를 필두로 저격중대원들이 저격을 개시했다. 고지에 거치한 기관포도 불을 뿜었다. 배후에서 날아드는 예기치 않은 탄환에 적은 혼란에 빠졌다. 순식간에 적 사상자가 즐비했다. 남은 병력을 정비한 적은 우리를 향해 반격을 시작했다. 적의 기관포와 박격포의 표적은 나와 함께 포진한 저격중대가 아니라 고지에 거치한 기관포였다. 내가 의도한 대로였다. 기관포는 명중률이 높지 않았다. 소총이든 기관포든 맹사는 거의 버리는 탄환이었다. 정확한 조준 사격이 불가능한 기관포는 심리전에는 큰 도움이 되지만 적을 잡는 데는 저격수를 따라올 수 없었다. 우리에게는 난사할 만큼 기관포 탄환이 넉넉하지도 않았다. 기관포는 교란용이었고, 진짜 적을 잡는 것은 5부 능선의 저격중대였다. 그것을 알 리 없는 적은 5부 능선에서 날아간 탄환에 당하는 줄도 모르고 조준 사격이 어려운 산꼭대기를 향해 박격포와 기관포를 퍼부었다.

백두산중대와 저격중대가 포진한 4부 능선과 5부 능선은 빽빽한 원시림이었다. 설해로 쓰러진 아름드리나무 뒤에 엎드린 대원들은 허리 높이로 쌓인 낙엽에 온몸을 묻었다. 대원들이 내밀고 있는 것은 오직 검은 총구뿐이었다. 눈앞에 있는 저격중대의 탄환에 넘어가면서도 산꼭대기의 기관포를 바라보며 달려들던 적은 더 가까운 조준 사격의 표적이 되어 허무하게 쓰러졌다.

'무적 황군'은 허명이 아니었다. 병력 손실이 계속되는데도 일본군은 대오를 재정비하며 반격을 멈추지 않았다. 전투는 길어졌다. 대원들은 마른침을 삼키며 갈증과 허기를 견뎠다. 종일 아무것도 먹지 못한 대원들이었다. 말리거우를 벗어난 다음 급양을 하려고 이동하던 중에 달려오느라 물통조차 채우지 못한 대원들에게는 마실 물 한 방울 없었다.

늦은 오후 주먹밥이 담긴 광주리와 물동이를 이고 올라온 건 어랑촌의 부녀자들이었다. 종일 굶으며 싸우는 우리를 위해 빗발치는 총탄을 뚫고 5부 능선까지 온 부녀자들은 잠시도 총을 놓지 못하는 저격중대원들의 입에 주먹밥을 물려주었다.

"착한 도를 행하여 삼망을 이기고 삼진하소서."

삼망삼진은 대종교의 교리였다. 마음과 기, 몸에 스며드는 욕심을 없애고 바른 성품과 생명, 정기를 지키면 마계에서도 복락을 누릴 수 있다, 대종교 신도들은 누구에게나 그렇게 말했다. 삼도구는 대종교 신도들의 마을이었다.

"삼진하소서."

대원들은 주먹밥을 으적이며 대답했다. 삼도구라고 대종교 신도들만 사는 것은 아니었다.

"형제님, 그날은 도둑처럼 올 것입니다."

구약성경을 읊으며 대원들의 입에 주먹밥을 입에 넣어주는 아주머니와 처녀들에게 대원들은 대답했다.

"아멘."

어랑촌 주민들이 가져온 주먹밥은 대원들이 겨우 한 입씩 베어물기에도 모자랐고, 이고 온 동이의 물은 채 한 모금이 돌아가지 않았다. 고지에 포진한 기관포대에는 아예 올려보낼 것이 없었다. 하지만 어랑촌 부녀자들이 이고 지고, 안고 올라온 것은 그냥 밥과 물이 아니었다. 저격중대원들은 눈물로 흐려진 눈을 껌뻑이며 적을 조준

했다.

가노 연대장이 이끄는 적이 우리에게 공격을 집중하는 사이 874고지의 북로군정서 부대는 맹렬한 반격을 퍼부으며 포위망을 뚫었다. 전투는 계속되었고, 날이 저물었다. 이제 시간은 양쪽 고지를 장악한 우리의 편이었다. 두 고지 사이에서 역포위의 위기에 놓인 적은 남은 병력을 간신히 긁어모아 철수를 시작했다. 4부 능선에 포진하고 있던 백두산중대가 야음을 타고 내려가 패퇴하는 적을 급습했다. 전사자들의 소총을 거두어 퇴각하던 적은 백두산중대의 급습에 놀라 무기를 내던지고 도망치기 바빴다. 무산간도에서 벌인 네번째 전투였고 네번째 승리였다. 북로군정서와 우리가 함께 벌인 첫번째 전투였고 최대의 승리였다.

하지만 대가 없는 승리는 없었다. 적의 포위 공격을 받은 북로군정서 부대의 희생은 컸다. 적 박격포의 표적이 된 기관포대원 여덟 명과 874고지 진입로를 방어하던 한 개 소대가 전멸했다. 우리 부대의 희생도 적지 않았다. 나는 전투가 끝나고 나서야 고지에 포진한 우리 기관포대 대원이 여섯 명이나 전사한 것을 알았다. 기관포 가까이 떨어진 적의 박격포 한 발에 한꺼번에 당한 것이었다. 적에게 저격중대의 존재는 감추고 아군 기관포의 존재는 보여주기 위해 기관포대 대원들이 위험을 무릅쓴 결과였다. 탄환을 아끼면서도 적에게 아군 기관포의 위력을 각인시키려고 기관포대 대원들은 자신들의 위치를 완전히 노출한 것이다. 아군 기관포의 원점을 포착한 적 박격포대의 조준포격에 대원 여섯을 잃은 기관포대는 침통했다.

폭사한 전우들의 옆에 쪼그리고 앉아 건빵을 씹는 기관포대 대원들을 바라보는 내 가슴에 찬바람이 들이쳤다. 종일 적과 싸우고, 허기와 싸워야 했던 대원들이 씹는 건빵은 죽은 일본군의 주머니에서 나온 것이었다.

건빵을 먹는 대원들의 옆에 시체로 누워 있는 전사자들, 나는 그들의 죽음보다 종일 굶으며 싸워야 했던 그들의 허기가 더 슬펐다. 살아남은 자들의 주린 배는 다시 채울 수 있었다. 하지만 죽은 자들의 허기는 영원히 채울 길이 없었다. 엿새를 꼬박 굶으며 빈총을 들고 일본군에게 쥐새끼처럼 쫓겨다녀야 했던 기억을 내 뱃가죽은 이십 년이 넘도록 잊은 적이 없었다. 머리와 가슴이 기억하는 슬픔은 잊혀도 육체가 기억하는 비참과 슬픔은 지워지지 않았다. 죽음보다 더 슬픈 것이 배고픔이고, 배고픔보다 더 슬픈 것은 배고프게 죽는 것이었다.

일본군이 내버리고 간 시체는 헤아릴 수 없었다. 그래도 그들의 주머니에는 더러 건빵이 남아 있었다. 허기진 대원들은 죽은 일본군의 주머니를 뒤지고 다녔다. 나도 류진철이 가져온, 어떤 일본군의 주머니에서 나온 것인지 모르는 건빵을 우적우적 으깨 먹었다. 밤이 어두워 건빵에 묻은 물기가 나의 눈물인지 적의 피인지 분간이 되지 않아 다행이었다. 나와 우리 대원들에게 이 승리는 적의 건빵으로 달랜 배고픔과 깊은 슬픔이었다.

6

승리의 슬픔도 잠시였다. 종무소식이던 특임대의 서국선이 씨비리에서 귀환했다. 왼쪽 다리를 쓰지 못하게 된 그는 목발에 의지해 겨우 걸었다. 인대가 끊긴 오른손도 쓰지 못했다.

"당했습니다."

그는 어금니를 깨문 채 눈물을 쏟았다.

"모두 당했습니다."

특임대원들이 어떻게 되었는지는 이미 홀로 귀환한 그의 참담한 몰골이 모두 말해주었다. 나는 류진철에게 백무아가 넘겨준 특무분조의 사진을 가져오라고 했다.

"이놈들인가?"

"어떻게 아셨습니까……"

서국선은 놀랐다.

"이놈들이 다인가?"

"한 놈이 더 있었습니다……"

"아정탐이겠군. 엄인섭은?"

"두 번을 눈앞에서 놓쳤습니다."

나는 그와 더 긴 이야기를 하지 않았다. 그는 넋이 빠져 있었고, 나는 곧 열릴 회의에 들어가야 했다.

"완전히 거적때기가 되어서 돌아왔네요."

서국선에게 잘 곳을 마련해주고 돌아온 진포는 안타까운 눈빛으로 고개를 설레설레 저었다.

"서국선이를 어떻게 하면 좋아요?"

"오늘밤 회의 끝나고 생각하지."

"오늘밤, 괜찮을까요?"

"괜찮지 않으면?"

진포는 서국선이 밀정일지 모른다는 말을 차마 하지 못했다. 대신 류진철에게 일렀다.

"잘 부탁해."

회의에는 무산간도에 집결한 독립군 부대의 대장이 모두 참석했다. 연전연패를 더는 감추지 못한 아즈마 군단은 지원군을 요청했고, 사방에서 일본군이 몰려오고 있었다.

우리는 이천오백의 병력으로 두 배가 넘는 적과 여덟 번을 싸워 여덟 번 모두 승리를 거두었다. 하지만 적은 줄어드는 것이 아니라 늘어만 갔다. 백 두를 잡으면 천 두가 오고, 이백 두를 잡으면 이천 두가 왔다. 무산간도에서 더 주둔하면서 싸울 것인가, 국내 진공 작전에 나설 것인가, 아니면 무산간도에서 철수할 것인가. 어느 하나를 선택해야 하는 회의였다.

결정은 오래 걸리지 않았다. 짐작한 대로 8전 전승의 전과를 내세우며 더 싸우자는 의견과 백두산을 한번 밟고라도 돌아오자는 의견이 먼저 나왔다. 내가 고개를 저으며 입을 떼려는 순간 김좌진이 먼저 나섰다.

"우리의 전력이 모두 노출되고, 탄환과 포탄도 거의 소진한 지금, 국내 진공 작전에 나서는 것은 지친 대원들을 사지에 몰아넣는 일입니다. 적의 증원군이 도착하기를 기다리는 것 역시 자살행위나 진배없습니다."

내가 하려던 말이었다. 지금까지 가장 전투적인 그였는데, 의외였다. 나는 이야기를 더 끌지 않기로 했다.

"여덟 번 싸워 여덟 번 이겼다고 아홉번째 싸움에서도 이긴다는 보장은 어디에도 없소. 그리고 아홉번째 싸움의 패배는 한 번의 패배가 아니라 아홉 번 전체의 패배가 될 수도 있소. 지금 우리에게 중요한 것은 한번 더 이기는 것보다 적에게 단 한 번의 승리의 기회도 주지 않는 것이오."

가장 많은 희생자를 내며 적을 격파해온 김좌진과 내가 내린 결론에 이견을 내세울 대장은 없었다.

어디로 이동할 것인가, 하는 결정도 오래 걸리지 않았다. 우리가 갈 수 있는 곳은 서간도와 북만주, 아니면 러시아령이었다. 중국 정부의 힘은 만주에 미치지 못했고, 서간도와 북만주를 지배하는 봉천군벌 장작림은 이미 일본에게 굴복하고 있었다. 이만오천 두의 일본군이 무단으로 간도를 휩쓸고 다니는데도, 대항하기는커녕 일본군이 강요하는 대로 우리에게 자신의 관할 지역을 떠나라고 요구했다. 일본 특무의 앞잡이가 된 친일 마적들은 일본군 못지않게 독립군 사냥에 혈안이었다. 마적들이 가져다주는 독립군의 머릿수대로 일본군은 상금을 지급했다.

반면에 러시아의 붉은 정부는 우리에게 군영과 무기와 탄약을 약속했다. 선택의 여지가 없었다. 아무도 러시아행에 반대하지 않았다. 무산간도에 집결한 우리와 러시아 극동의 붉은 정부를 오가며 협상을 벌인 것은 나와 악연이 깊은 문창범이었다. 붉은파와 흰파가 대결했을 때 흰파에 붙었던 문창범은 붉은파가 혁명에서 승리하자, 붉은파 대표로 표변해 설치고 다녔다. 문창범의 꼴을 보는 것이 아니꼬웠지만 나도 찬동했다. 적의 참빗질을 피해 다니며 만주에서 겨울을 나는 것이 어떤 일인지 나는 모르지 않았다. 죽음보다 슬픈 허기와 탄환보다 매서운 추위가 기다리는 만주에서 대원들을 굶겨 죽이고, 얼려 죽일 수는 없었다.

"의외입니다. 왜 로씨아행에 반대하지 않으셨습니까?"

회의를 마치고 나오면서 김좌진이 내게 물었다. 내가 문창범과 악연이 깊다는 걸 모르는 무장은 없었다. 그는 피로 만든 저격여단의 무기 구매 자금을 잘라먹은 놈들과 한패였다.

"나야말로 의외요. 어째서 이처럼 냉철한 장군이 어랑촌에서는 그토록 무모한 전투를 감행했소?"

"그게 무모했던가요? 저도 샘물골 전투에서 적을 격파하고 숙영지로 철수를 하려고 했지요. 그런데 노획한 작전 문서를 보고 적 주력군이 어랑촌 방면으로 진입한다는 사실을 알아버렸는데, 어떻게 합니까?"

"적의 작전 문서를 손에 넣었던 것이오?"

"적은 우리의 작전 계획과 삼각 포진을 정확하게 알고 있었어요. 서로 어깨와 등을 맞대고 진격해오는 적과 맞서 싸우면서 신속하게 측면 지원을 하자는 것이 우리의 작전이지 않습니까. 적은 우리의 삼각포진 가운데 있는 어랑촌 안으로 주력군을 투입해서, 삼각포진을 완전히 폭파하려는 작전을 세운 겁니다. 그러면 우리의 전술은 무너질 거고, 우리 부대들은 하나씩 각개격파당할 텐데, 제가 어떻게 물러서겠습니까."

내가 전혀 몰랐던 적의 작전 계획이었다. 적의 작전대로 어랑촌을 내주었으면 우리에게 남은 건 패퇴뿐이었을 게 분명했다. 내가 그를 구한 줄 알았는데 그가 우리 모두를 구한 것이었다.

"아무리 그래도 우리가 지원을 가지 않으면 어쩌려고 그런 모험을 했소?"

"오시지 않았습니까."

"믿어주어서 고맙소."

"뛰는 김좌진이 뛰어갔으니, 나는 장군님이야 당연히 날아오셔야 하는 것 아니겠습니까."

날아오르는 매의 날개 모양으로 이마에 찍힌 그의 짙은 두 눈썹이 나를 바라보며 웃었다. 그리고 덧붙였다.

"믿지 않으면 어떻게 함께 싸우겠습니까."

나는 그의 서른한 살 나이가 놀라웠고, 서른 살의 그를 북로군정서 사령관으로 발탁한 서일의 안목이 놀라웠다.

7

나는 늦도록 잠들지 못했다. 김좌진이 입수한 적의 작전 문서는 적이 우리의 작전 계획을 정확히 입수하고 있다는 증거였다. 적의 밀정은 대체 어디까지 파고든 것일까. 나를 노렸던 특무들은 우리 특임대원들을 왜 그렇게 잔인하게 살해한 것일까. 아침이 오면 서국선에게 물어볼 것이 많았다. 하지만 이튿날 아침 서국선은 숨이 붙어 있지 않았다. 유서는 짧았다.

저는 특무들에게 굴복했습니다. 그래서 살아 여기까지 온 저를 용서할 수 없습니다. 대원들의 최후는 비참했으나 아무도 부끄럽게 죽지는 않았습니다. 더 늦기 전에 먼저 간 대원들을 따라갑니다. 장군님이 아는 그 특무들을 죽이지 않으면 장군님이 죽습니다. 저를 여기까지 데리고 온, 사진에 없는 밀정은 장원량으로 불립니다.

내가 괜찮다고 먼저 말했어야 했다. 후회해도 늦은 일이었다. 나도 진포도, 류진철도 그가 굴복하지 않고 살아서 돌아올 수 없었다는 것을 모르지 않았다.

하지만 슬픔은 서국선의 죽음으로 끝나지 않았다. 내 직할대 중대장 둘이 하룻밤에 살해당했다. 진포와 김종천이었다.

나는 이틀 동안 아무것도 먹을 수가 없었다. 텅 비어버린 것은 창자가 아니라 가슴이었다. 텅 빈 가슴을 들어치는 건 십 년이 지나도 익숙해지지 않는 간도의 가을바람이었다. 숨을 쉬는 게 너무 힘들었다.

"범인은 내부에 있습니다."

이병채는 단언했다.

"외부인이 한밤중에 정확히 두 사람을 찾아 독침을 꽂을 수는 없습니다."

참모장은 전 대원 금족령을 내리고 이탈자는 무조건 사살하라고 명령했다. 밀정 색출 작업에 나선 이병채는 가장 최근에 현지 입대한 대원들부터 불러 내가 가진 특무분조의 사진과 대조하며 신원을 확인했다. 내 직할 부대에는 없었다. 예하 부대의 현지 입대 대원들을 대상으로 한 조사를 지켜보던 류진철이 내게 달려왔다.

"비슷한 자가 있습니다."

"어떻게 알아?"

"지난번에 왔던 여자 손님이 그린 초상과 닮았습니다."

백무아는 상해로 떠나기 전날 밤 사진이 없는 '아정탐'의 초상을 그려보겠다고 했었다. 하지만 자신이 보았던 문서에 나오는 '아정탐'

의 단편적인 정보를 꿰맞춰 그려보려던 초상은 파지만 여러 장 남기고 실패했다.

"그리지 못했잖아?"

"이걸 보십시오."

류진철은 백무아가 그리다 만 초상화 세 장을 내 앞에 펼쳐보였다. 미완성인데다 얼굴 생김도 서로 달랐다.

"다 다르잖아."

"코하고 귀는 다 비슷하잖아요."

그러고 보니 코는 모두 약간의 매부리였고, 귓바퀴는 아래가 유난히 컸다.

"이런 놈이 있어?"

"네. 열흘 전에 현지 입대한 의민단 소속의 서른네 살 먹은 대원입니다."

나는 류진철을 따라 이병채가 조사소로 쓰는 민가로 갔다. 조사를 마친 의민단 대원들이 막 민가를 빠져나가고 있었다.

"불러 세울까요?"

류진철이 내게 물었다. 나는 검지를 입술 앞에 세워 보이고 나서 천천히 그들의 뒤로 다가갔다.

"장원량."

딱 한 명이 뒤돌아보았다. 아래 귓바퀴가 컸다. 나와 눈이 마주친 놈이 얼른 고개를 돌렸다. 나는 류진철에게 물었다.

"맞아?"

"맞습니다."

나는 다시 불렀다.

"장원량."

놈이 이번에는 돌아보지 않았다.

"야, 장원량!"

내 호통에 무리 지어 걸어가던 대원들이 일제히 돌아보았다. 놈만 돌아보지 않았다. 류진철이 달려나갔다. 놈이 달리기 시작했다. 류진철은 금방 놈을 따라잡았고, 도망치던 놈은 저항했다. 하지만 류진철의 상대가 되지 않았다. 돌멩이를 집어들고 덤비던 놈은 류진철의 돌려차기에 몸이 한 바퀴 돌아가며 나가떨어졌다.

"히라구치 군조는 어딨나?"

"말하면 살려줍니까?"

"그런 일은 없다."

"어차피 죽을 텐데, 왜 말하겠습니까?"

아정탐답게 간덩이가 제법이었다.

"네놈들이 우리 대원들의 인대를 몇 개나 끊었나? 그 숫자만큼 네놈의 인대도 하나하나 끊어주겠다."

나는 류진철을 바라보며 손을 내밀었다. 류진철이 차고 있던 단검을 뽑아 손잡이를 내 손바닥에 올려놓았다. 기둥에 묶인 놈의 얼굴이 비로소 하얗게 변했다.

"나는 같은 말을 두 번 하는 걸 좋아하지 않는다. 깨끗이 죽고 싶으면 대답해라. 히라구치 군조는 어디 있나."

"잠깐만……"

"잠깐만은 없다."

나는 망설이지 않고 놈의 오른 손목 인대를 찔렀다. 놈은 비명을 지르며 묶인 발을 쿵쿵 뛰었다.

"히라구치 군조는 어디 있나?"

내 칼이 놈의 왼손을 향하자 놈은 미친듯이 소리쳤다.

"말하겠다."

나는 칼을 멈추지 않았다. 양쪽 손목 인대를 찔린 놈은 미친듯이 몸을 흔들었다.

"묻는 말에만 대답해라. 어디?"

내 눈길이 뒷무릎에 닿자 놈은 다리를 비틀며 단검을 치켜들기도 전에 소리쳤다.

"고동하, 고동하 아랫마을에 대기중이다."

놈은 내가 묻기 전에 다음 대답을 했다.

"나머지 분조원 둘도 고동하에 있다."

"그게 전부야?"

"중국 마적 여덟이 같이 있다."

고동하 아랫마을은 여기서 십 리였다. 나는 정찰대를 파견했다. 정찰대의 보고는 '아정탐' 장원량의 말과 일치했다. 길림성 감찰단으로 자처하는 열한 두가 고동하 아랫마을에 있는 중국인의 집에 머무르고 있었다. 일본 특무분조원 셋과 그들이 데리고 다니는 장강호 마적단 여덟 두였다. 나는 한 명도 살려두지 않기로 했다.

8

중대장을 잃은 저격중대와 백두산중대를 이끌고 고동하로 갔다. 두 중대를 마을의 아래와 위에 분산 매복시킨 나는 중국말을 잘하는 김창옥과 함께 수포수 한 개 분대만 이끌고 놈들이 진을 치고 있는 집으로 갔다. 회색 중국 군복을 입고 대문을 지키던 놈이 우리에게 총을 겨누며 소리쳤다.

"부준둥!"

서라, 김창옥이 통사를 하지 않아도 모두 알아들었다. 집안에서 총과 칼을 든 놈들이 우르르 달려나왔다. 모두 중국군 군복 차림인데다 귀달이 방한모까지 쓰고 있어 특무분조원을 구별하기가 어려웠다. 중국말을 하는 김창옥이 나섰다.

"워먼 스 라이 터우샹 더."

항복하러 왔다는 중국말을 알아듣지 못하는 놈은 셋이었다. 장강호 마적단의 조장으로 보이는 놈이 나서며 물었다.

"션머 이쓰?"

김창옥이 귀달이 방한모를 쓴 나를 돌아보았다.

"무슨 소리냐고 묻습니다."

"장원량이 보냈다고 전해라."

하지만 김창옥은 중국말로 옮길 필요가 없었다. 중국말을 알아듣지 못하는 놈 중의 하나가 내 말을 바로 일본말로 옮겼다. 일본말을 하는, 특무분조의 조선인 통사 겸 밀정이었다.

"장위안량가 오쿳타토 이이마스."

중국말을 모르는 나머지 두 놈이 반색을 했다.

"요시."

잘했다, 그렇게 말한 놈이 히라구치 군조였다. 왼손으로 대검을 뽑아들고 히라구치를 지켜 선 놈은 일본 육군 오장 출신의 낭인 가와하라일 터였다.

"하잇테 코이."

히라구치 군조의 말을 통사가 옮겼다.

"들어와."

그 순간 오항식이 이끄는 저격분대원들의 총구가 일제히 불을 뿜었다. 죽이지 않은 건 히라구치와 가와하라뿐이었다. 나는 오른쪽 어깨를 관통당한 히라구치에게 먼저 물었다.

"네놈들의 우두머리가 누구냐?"

"키쿠나."

일본인 상점에서 일한 적이 있는 경영호가 일본말 통사로 나섰다.

"묻지 말라고 합니다."

나는 바로 놈의 왼쪽 어깨 인대를 찔렀다. 그리고 왼손이 너덜거리는 가와하라에게 물었다.

"네놈들의 우두머리가 누구냐?"

"시라나이."

모른다. 가와하라가 말을 끝내기 전에 내 칼이 놈의 오른쪽 어깨 인대를 찔렀다. 그리고 다시 특무 군조 히라구치에게 물었다.

"네놈들의 우두머리가 누구냐?"

"코로세."

"죽이랍니다."

"네놈들이 내 대원들을 어떻게 죽였는지 잊었나? 그냥 죽이지 않는다."

내 말이 끝나기 전에 내 칼이 놈의 무릎 인대를 땄다. 그리고 가와하라에게 물었다.

"네놈들의 우두머리가 누구냐?"

"나카노, 나카노."

가와하라는 다급하게 소리쳤다. 역시 나카노였다. 기병대 중위로 제대하고 일본군의 살인청부업자로 변신한 나카노는 악명 높은 살인귀였다. 살인기계로 불리는 나카노는 일본군 대신 두만강과 압록강 대안을 돌아다니며 우리 동포들을 수없이 죽였다. 친일 마적단을 동원해 독립군의 목을 떼어와 일본군에게 넘기는 납품업자 중에서 놈을 능가하는 자는 없었다. 훈춘 일본영사관을 습격해 일본군의 간도 침략의 구실을 만든 장강호의 배후 역시 놈이었다.

"지금 어디에 있나?"

"안도현, 내두산!"

안도현 내두산은 우리와 연합하기로 한 서로군정서 부대의 주둔지였다. 지청천이 이끄는 서로군정서가 위험했다. 나카노는 천오백 두가 넘는 장강호 마적단의 실질적 대장이었고, 가장 포악한 마적 오백 두를 직할대로 끌고 다니며 독립군과 조선 동포를 살육했다. 이상룡이 발탁한 서로군정서 총사령관 지청천은 일본 육사 출신으로 일본군의 전술에는 아주 밝았지만, 간도의 지형에는 익숙지 않았다. 머뭇거릴 시간이 없었다.

"대한독립군과 무고한 주민을 무수히 살육한 죄로 대한독립군 군법 제13조에 따라 총살한다."

나는 타작마당에 집결한 저격중대와 백두산중대의 대원들 앞에서 형을 선고했다. 내 명령이 떨어지기 무섭게 두 발의 총성이 울렸다.

탕, 탕. 나는 노획한 말을 타고 군영을 향해 전속력으로 달렸다. 늦기 전에 안도현에 주둔한 서로군정서 지원에 나서야 했다.

군영에는 뜻밖에도 지청천이 이끄는 서로군정서 병력이 이미 와 있었다.

"나카노놈이 들이닥치지 않았소?"

"우리가 내두산을 떠난 다음에 놈들이 몰려왔다고 합니다. 동포들이 당한 피해가 막대합니다. 비무장의 광복단원과 주민들을 독가스로 살해하는 만행을 저질렀습니다."

우리 부대가 여기를 떠난 다음 일본군과 특무, 친일 마적들에게 당할 무산간도 동포들의 수난을 미리 보여주는 것이었다. 나라 없는 인민의 슬픔이었다. 이겨도 기쁨보다는 슬픔이 더 큰 것이 남의 나라에서 싸워야 하는 우리의 운명이었다.

나는 무장이 부족한 서로군정서에 적으로부터 노획한 총기를 내주고, 남은 탄환도 나누어주었다. 서로군정서는 우리와 함께 북만주의 밀산을 거쳐 러시아령으로 이동하기로 했다. 연합한 두 부대의 총사령관과 부사령관은 나와 지청천이 맡기로 했다. 지청천과 지휘체계를 의논하고 있는데 이병채가 들어왔다.

"장군님, 일이 생겼습니다."

늘 웃고 다니는 참모장 이병채의 얼굴이 어두웠다.

"무슨 일이오?"

"그게……"

이병채가 이렇게 말을 주저한 적이 없었다.

"마을 주민들이 몰려왔습니다."

"왜?"

"마을의 여인네를…… 겁탈한 대원을 처벌해달라고……"

"우리 대원이 그런 짓을 저질렀다는 것이오?"

"네."

"누구요?"

"그게……"

이병채는 문 쪽을 돌아보았다. 늘 서 있던 류진철이 보이지 않았다.

"그게…… 류진철입니다."

눈앞이 아찔했다. 나는 눈을 질끈 감았다. 눈을 뜨면 사실이 되어버릴 것 같아, 나는 한참 동안 눈을 뜰 수가 없었다. 하지만 눈을 감는다고 없어지는 일이 아니었다.

"사실이오?"

"사실입니다. 본인이 자복을 했습니다."

"왜 그랬다고 하오?"

"말을 하지 않습니다."

즉결재판에서 류진철은 처음부터 끝까지 숙인 고개를 들지 않았다. 변명도 없었다. 재판장을 맡은 참모장 이병채가 선고를 했다.

"피고는 해서는 아니 될 일을 했다. 대한의 독립군이 여태 생명을 부지하며 적과 싸워올 수 있었던 것은 모름지기 동포들의 하해 같은 지지와 성원 덕분이었다. 식구들이 먹을 양식을 털어 기꺼이 내주고, 총탄이 쏟아지는 전장으로 주먹밥을 해다 준 동포들이 없었다면 우리는 단 하루도 견딜 수가 없었다. 그러함에도, 피고는 동포의 은혜를 저버리는 중범죄를 저질렀다. 이는 우리를 믿는 만주의 육십만 동포들에 대한 배반일 뿐만 아니라 우리 대한 군대의 존립을 위협하는 반역에 해당한다. 피고는 총사령관을 옹위한 공적이 크고 양형에 참작할 이력이 많으나 부녀의 겁탈에 대하여는 감형을 금하고 극형에 처하도록 한 군법 제8조에 따라 사형을 선고한다."

선고가 떨어지는 순간 류진철은 고개를 더 깊숙이 떨구었다. 이를 지켜보고 있던 용환이는 간절한 눈빛으로 나를 바라보았다.

"모두 나가 있소."

마지막 남은 용환이 내 앞에 무릎을 꿇었다.

"아버지. 제발, 진철이 목숨만 살려주세요. 제가 이렇게 빌게요."

류진철은 내 아들 용환이의 단짝이었다.

"나가 있으라."

류진철과 나, 둘만 남았다.

"진철아, 너는 나를 살렸는데, 나는 너를 죽여야 하는구나. 우리 군법에서 8조의 죄는 왜 감형을 금지시켰는지는 너도 잘 알지 않느냐. 그러지 않으면 우리가 왜놈들과 다를 것이 없기 때문에 그렇다."

나는 차고 있던 단총을 뽑아 총열을 밀었다 당겼다. 철컥, 탄환이 장전되었다.

"너를 살피지 못한 책임이 내게 있다. 너에게 내려진 사형은 내가 받은 사형이기도 하다. 나를 먼저 쏘든, 너를 먼저 쏘든 네가 쏘아라."

류진철은 내가 내민 단총을 받지 않았다. 나는 단총을 그의 앞에 놓고 돌아섰다. 뒷문을 열어두고 그를 등진 채 말했다.

"나는 네가 아니었으면 이미 죽었다. 나를 쏘고 이 문으로 달아나도 좋다. 누가 살아남더라도 우리는 사형수로 살아가게 될 것이다."

단총을 집는 소리가 등뒤에서 들렸다. 나는 돌아보지 않았다.

탕. 밖에 있던 참모들이 앞문을 박차고 달려들어왔다. 나는 천천히 돌아섰다. 류진철이 피를 흘리며 쓰러져 있었다. 나는 영원히 덜어낼 수 없는 또하나의 죄업을 더했다.

나는 류진철에게 다가갔다. 피투성이가 되어 쓰러진 녀석이 자신의 품에 손을 넣었다. 그의 손에 딸려나온 건 종이 한 장이었다.

"대장님만 보아……"

녀석은 말을 맺지 못하고 손을 떨어뜨렸다. 감지 못한 녀석의 눈이 나를 바라보았다. 나는 무릎을 꿇고 녀석의 두 눈을 감겼다. 내 전투복 윗도리를 벗어 녀석을 덮어주었다. 대원들이 녀석의 주검을 들고 나간 다음 나는 녀석이 남긴 종이를 펼쳤다.

대장님의 이름을 더럽혀 너무나 죄송합니다. 그러나 대장님께서만은 저를 여염집 여성을 겁탈한 놈으로 기억하지 않기를 바라는 마음 간절해 이 글을 남깁니다. 저와 그 여인은 옳지 않았으나, 서로 사랑하였습니다. 겁탈을 한 것은 결코 아니었습니다. 그러나 만약 우리의 사랑이 밝혀지면 그 여인이 죽어야 합니다. 그러니 이 비밀을 대장님이 지켜주실 것으로 믿습니다. 이것이 제가 사랑한 그 여인을 지키는 마지막 방법이기에 후회는 않겠습니다. 다시 태어난다면 그때는 대장님을 끝까지 잘 지키겠습니다. 용서를 바랍니다.

나는 그 자리에 주저앉고 말았다. 내게는 손가락 하나 움직일 힘이 남아 있지 않았다. 나는 청산리에서 또 한번의 승리를 거두었지만 내가 모든 것을 걸고서라도 지켰어야 할 진포와 김종천을 잃었다. 그것으로도 모자라 류진철을 죽여야만 했다. 내 아들로부터 하나뿐인 단짝을 빼앗았다. 류진철은 남은 날들을 사형수로 살아가는 일을 나에게 남겼다.

9

서로군정서 사령관 지청천은 일본 육군사관학교 출신이었다.

"일본군은, 장군이 예상했던 것보다 훨씬 빨리 추격해올 것입니다."

"병력 손실이 워낙 많아서 전열을 정비하려면 시간이 좀 걸리지 않겠소?"

"그렇기 때문에 더 서두를 겁니다. 아즈마 소장이 상부로부터 문책을 피하려면 어떤 무리를 해서라도 전과를 만회해야 하니까요."

일본 육사를 26기로 졸업하고 견습사관으로 세계대전에 참전했던 지청천만큼 일본군의 작전 정형을 정확히 아는 독립군 지휘관은 없었다.

우리는 다음날 아침 일찍 무산간도에서 퇴각하기로 했다. 나는 정찰대를 먼저 출발시키고, 나머지 대원들을 이른 저녁에 취침시켰다. 정찰대의 임무는 철수 경로를 미리 답사하고, 숙영지와 급양책을 마련하는 일이었다. 우리가 철수하면서 확보해야 하는 것은 우리의 안전만이 아니었다. 우리가 지나간 다음 주민들이 입을 피해를 줄여야 했다.

“우리가 이 지점을 지나간 정보를 입수하면 적은 저 지점을 차단하고……”

지도를 사이에 두고 나와 마주앉아 예상되는 적의 대응을 설명하던 지청천이 갑자기 말을 끊고, 내게 물었다.

“누가 오기로 했습니까?”

내가 또 문 쪽을 쳐다본 모양이었다. 퇴각로를 표시한 지도에 집중해야 할 내 눈길이 자꾸만 문 쪽으로 향했다. 류진철이 거기 서 있을 것만 같았다. 녀석이 저지른 일도, 녀석이 스스로 집행한 사형도 여전히 믿기지가 않았다.

“아니오……”

“어디 편찮으십니까?”

지청천이 저 문 앞에 누가 늘 서 있었는지를 알 리 없었다. 숨이 잘 쉬어지지 않았다.

“아니오, 계속합시다.”

숨을 쉬는 일이 이렇게 힘이 들었던 적은 없었다. 우리는 청산리에서 연전연승을 거두었지만 나는 이틀 새 내게 가장 소중했던 사람 셋을 잃었다. 적의 기관포 탄환이 빗발치는 전투에서도 끄떡없이 살아남았던 진포와 김종천을 우리 군영 안에서 허무하게 잃었다. 그림자처럼 나를 따라다니며, 나를 살려주었던 류진철을 내가 죽여야 했다.

아군의 행군 속도와 적의 예상 추격로를 계산하며 퇴각 일정을 간신히 확정했을 무렵에 이병채 참모장과 함께 정찰대원이 달려들어 왔다.

"적이 고동하로 오고 있습니다."

말을 타고 밤길을 달려온 정찰대원은 가쁜 숨을 몰아쉬었다.

"목적은?"

"특무분조를 처단한 우리 부대를 쫓는 것 같습니다."

"병력은?"

"한 개 중대 정도 되어 보입니다."

"지휘관은?"

"아즈마라고 합니다."

옆에서 듣고 있던 지청천이 고개를 갸웃거렸다.

"아즈마라고?"

청산리 방면으로 출병한 일본군 군단장이 아즈마였다.

"육군 소장인 군단장이 중대 병력을 이끌고 출동한다? 있을 수 없는 일입니다."

지난봄까지 일본 육군 10사단의 현역 장교였던 지청천이었다. 일본군의 부대 편제와 지휘체계가 그사이 달라졌을 리 없었다.

"아즈마의 얼굴을 아는 우리 정탐이 직접 보았다고 합니다."

"정말 아즈마라면 둘 중 하나입니다. 첫번째는 주력군이 뒤에 따라오고 있는 경우입니다. 군단장인 장성의 직할대는 중대가 아니고 대대입니다. 최소한 한 개 대대는 함께 움직입니다. 두번째는 직할대대가 그동안 전투에서 병력을 너무 많이 잃어 한 개 중대만 남은 경우입니다."

"한 개 중대면 나가서 붙어볼 만하지 않소?"

내 물음에 지청천은 대답을 피하며 눈길을 이병채 참모장에게 돌렸다. 이병채는 반대였다.

"이미 북로군정서와 다른 부대들이 퇴각하고 우리만 남았습니다. 잘못하다가는 우리만 완전히 고립될 위험이 있습니다."

"청산리전쟁의 첫 전투는 북로군정서가 맡았고, 가장 큰 싸움은 북로군정서와 우리가 함께 해냈으니 마지막 전투는 우리가 맡아야 맞는 것 아니오?"

"지금은 우리가 한번 더 승리하는 것보다 적에게 한 번도 승리할 기회를 주지 않는 것이 중요하다, 장군님이 합동 참모회의에서 그렇게 말씀하지 않으셨습니까?"

이병채는 의아한 표정으로 물었다.

"내가 한번 더 이기고 싶어 그러는 것 같소?"

"아니시면?"

"우리가 이대로 퇴각하면, 지장군의 말대로, 적은 맹렬한 추격전에 나설 것 아니오. 기마대를 앞세운 적에게 먼저 퇴각한 북로군정서와 다른 부대들이 따라잡히는 건 시간문제일 텐데, 탄환이 얼마 남지 않은 아군이 견딜 수 있을 것 같소?"

"우리도 남은 탄환이 넉넉지 않습니다."

"그렇소. 일본군도 그런 정보를 가지고 있소. 지금, 우리가 얼마 남지 않은 탄환을 지니고 북만주 방면으로 퇴각한다는 걸 확신했기 때문에 군단장이 추격전의 최일선에 나선 것 아니겠소? 그런데 우리가 예상을 깨고 적을 역습해서 치명적인 일격을 가하면 어떻게 되겠소? 적을 교란하고 추격을 지연시키는 것이 뒤에 남은 우리의 임무가 아니오?"

듣고만 있던 지청천이 입을 떼었다.

"그건 장군님의 말씀이 맞습니다."

지청천은 신중하면서도 결정의 순간에 머뭇거리지 않았다. 지휘관의 첫째가는 자질이었다. 이병채도 동의했다. 우리는 적을 역습하기로 했다. 고동하곡, 고동하 계곡 안쪽 골짜기에 백두산중대의 제2소대를 먼저 내보냈다.

적은 밤늦게 고동하 아랫마을에 도착했다. 섬멸당한 특무분조와 마적들을 확인한 적은 백두산중대 2소대가 피운 불빛을 따라 고동하 골짜기 안으로 쳐들어왔다. 한 개 중대의 적이 백두산중대 제2소대를 포위했다. 하지만 포위당한 건 그들이었다. 이미 고동하 계곡을 둘러싼 산등성이에 포진하고 있던 우리가 선제 사격에 나섰다. 유리한 지형을 선점하고 적을 역포위한 우리는 초반에 큰 전과를 올렸다. 쓰러지는 적이 수두룩했다.

하지만 남은 병력을 정비한 적은 끈질기게 맹사를 퍼부으며 저항했다. 탄환이 부족한 우리는 적처럼 맹사로 응전하지 못했다. 야간이라 조준 사격도 어려웠다. 초반전에 많은 병력을 잃은 적은 우리가 포진한 산 사이의 빈 언덕 하나를 용케 찾아내 악착같이 기어올라갔다. 여간한 부대였으면 전멸을 면치 못했을 텐데, 언덕 위에 올라간 적은 날이 밝을 때까지 버텼다. 군단장의 직할대다운 전투력이었다.

"이제 신속하게 철수하시지요."

이번 전투에서 단단히 한몫을 해낸 지청천 사령관은 아침과 함께 모습을 드러내는 고동하 계곡을 둘러보며 덧붙였다.

"적은 지난밤에 입은 병력 손실이 치명적인데다, 우리의 매복 여부를 확인하지 못할 것이기 때문에 한나절 동안은 추격에 나서지 못합니다."

우리는 즐비한 적의 주검 사이에서 아군 전사자 둘을 수습했다. 미안하지 않고, 아프지 않은 아군의 죽음은 나에게 없었다. 나는 적을 유인하기 위해 투입하였던 백두산중대 2소대원 육민규와 이재범의 이름을 직접 적었다. 이제는 나 대신 전사자의 이름을 기록해줄 류진철이 내 곁에 없었다.

노획한 탄환은 지난밤 우리가 사용한 것보다 많았다. 적은 아군의 본대가 고동하 계곡을 유유히 빠져나가는 것을 지켜보면서도 고개조차 내밀지 못했다. 고개를 내미는 놈은 여지없이 매복시켜둔 수포수들의 저격 표적이 되었다.

"김좌진 장군이, 우리가 북로군정서의 뒤를 방어하기 위해 밤새 혈투를 벌이다 저렇게 된 걸 알기나 할지 모르겠습니다."

이병채는 들것에 실려가는 두 전사자를 바라보며 말했다. 서로군정서 사령관 지청천이 들으라고 하는 말이었다. 나는 지청천에게 김좌진이 어랑촌에서 한 일을 바르게 알려주어야 했기에, 이병채를 나무랐다.

"북로군정서는 어랑촌에서 한 개 소대가 전멸당했소, 우리 모두의 뒤를 지키려다가 말이오. 김좌진 장군이 그걸 누구에게 알아달라고 단 한마디라도 먼저 말한 적이 있었소?"

"그래서 북로군정서가 어랑촌에서 모험을 벌였던 것이군요."

지청천은 내 말을 금방 알아들었다.

"그 빚을 우리가 갚는 데 서로군정서가 큰 몫을 해주어 고맙소."

"오히려 저희가 고맙습니다. 부족한 무장을 장군님이 넘겨주셔서, 우리 대원들이 잘 싸울 수 있었고 사기가 충천합니다. 청산리 전쟁의 마지막 전투에서 일익을 담당할 수 있어 영광이었습니다."

일본 육사를 거친 야전지휘관답게 지청천은 전쟁과 전투를 정확하게 가려서 말했다.

10

준비된 퇴각로를 버리고 갑자기 방향을 바꾸자고 한 것은 지청천이었다.

"안도현으로 퇴각하는 것이 어떻겠습니까?"

이병채 참모장의 표정이 일그러졌다. 퇴각로를 바꾸면 모든 작전계획을 뒤엎어야 했다.

"장군님이, 북로군정서에 진 빚을 완전히 갚으려면 우리가 조금 더 수고를 하는 게 좋을 것 같아서입니다."

"빚을 갚으러 반대 방향으로 가다니, 그게 무슨 말이오?"

"북로군정서가 적의 추격으로부터 벗어날 시간을 충분히 벌어주려면 우리가 북로군정서와 반대 방향으로 가주어야 합니다. 그러면 적은, 이게 뭐지, 할 겁니다. 그러면 우리와 북로군정서의 이동 경로를 재확인하고 분석하느라 이틀이 더뎌집니다."

이동 경로를 바꾸는 것은 어려운 일이었다. 정찰대가 확보해둔 길을 버리고 안전이 확인되지 않은 길로 가야 했다. 더 심각한 문제는 급양이었다. 정찰대가 어렵게 조직한 급양처를 모두 포기해야 했다. 하지만 나는 지청천의 말대로 퇴각로를 바꾸었다. 서진이었다.

안도현에 도착한 나는 무장선전대를 촌락으로 보내 보급품과 의연금을 모집하며, 곧 압록강을 넘어 국내 진공 작전에 나설 것이라는 연설을 하고 다니게 했다. 당장의 급양을 해결하고 적을 압록강 대안으로 돌리기 위한 교란책이었다.

이틀 뒤 폭설이 내렸다. 온 세상이 흰 눈으로 뒤덮였다. 적은 우리의 턱밑까지 추격해왔다. 그사이 북로군정서는 적의 포위망을 완전히 벗어났을 것이었다. 나는 최단 거리로 밀산을 향해 동북진하기로 했다. 그러려면 우리를 추격해오는 적을 마주 뚫고 지나가야 했다.

"이 폭설을 뚫고 길도 없는 이곳에서, 저렇게 많은 적을 돌파하고 동북으로 가는 것은 불가능합니다."

천리경으로 눈 쌓인 내두산 계곡에 포진한 적진을 살피던 지청천은 고개를 저었다. 처음으로 내 의견에 반대하는 지청천에게 내가 물었다.

"길 앞에 서서 길이 없다고 하면 어떡하오?"

"길이 어디 있다고 그러십니까?"

온통 눈으로 뒤덮인 사방을 둘러보며 지청천이 내게 되물었다.

"눈앞에 있는 길이 보이지 않소?"

지청천은 발뒤꿈치를 들어 더 멀리 내다보려고 애썼다.

"이 눈밭이 모두, 어디로든 갈 수 있는 길이란 말씀이신가요?"

지청천은 의아한 표정이었다.

“길이 보이지 않으면 몸을 좀 낮춰보시오.”

고개를 갸웃거리며 지청천은 무릎을 굽혔다.

“몸을 더 낮춰보시오.”

지청천이 허리를 굽히며 쪼그려앉았다.

“뭐가 보인다고 그러십니까?”

“길이 보이지 않으면 그건 아직 몸을 덜 낮춰서 그런 것이오.”

나는 쪼그려앉은 그의 옆에 손을 짚고 엎드렸다. 지청천이 나를 따라 엎드렸다.

“보이오?”

나는 눈 덮인 잡목 아래로 난 토끼길을 바라보며 내 옆에 네 발로 엎드린 지청천에게 물었다.

“이건 일본 육사의 교범에 없는 모양이오. 몸을 낮춰야 보이는 것이 길이오. 많이 배운 사람들일수록 길을 밟고 서 있으면서도 길이 없다고 하오. 길은 허공에 있지 않고 땅바닥에 있는데, 허공만 쳐다보면 길이 어떻게 보이겠소.”

내 옆에 나란히 엎드린 지청천의 표정이 바뀌었다.

“길이 보이지 않는 것은 몸이 너무 높기 때문이오. 기어서라도 한 걸음 앞으로 나아가야 하는데 날아서 가려고만 하니 발밑에 놓인 길이 보이겠소? 짐승의 높이로 낮아지면 길은 어디에나 있소.”

지청천은 이제 무릎을 완전히 땅에 붙였다. 손바닥으로 눈밭을 짚고 나를 따라 기어오며 그가 말했다.

“날으는 장군은 그동안 이렇게 네 발로 날아다니셨군요.”

“나와 같이 날아보시겠소?”

"좋습니다."

지청천이 나를 따라 기어오면서 환하게 웃으며 물었다.

"그런데, 한 명도 다니기 힘든 이 길로 어떻게 두 개 대대 병력이 이동할 수 있겠습니까?"

"한 명이 갈 수 있는데 왜 열 명은 못가고, 백 명은 못가며, 천 명인들 못가겠소. 한 사람이 갈 수 있는 길이라면 열 사람도 갈 수 있고, 백 사람도 갈 수 있고, 천 사람도 갈 수 있소."

우리는 눈앞에 포진한 적진 사이의 능선을 그렇게 기어서 돌파하고 동북행을 감행했다. 적의 포위망에서 벗어난 나는 지청천과 함께 지나온 길을 돌아보았다. 온통 하얀 눈으로 뒤덮인 능선 어디에도 발자국 하나 남아 있지 않았다.

"이제 우리 부대원들이 모두 날아다닌다는 소문이 날 것 같습니다."

소년처럼 해맑게 웃는 지청천에게 내가 되물었다.

"지장군은 왜 일본군에서 탈영해 이쪽으로 넘어왔소?"

"잘못 왔다는 말씀은 아니시지요?"

"내 지금까지 이쪽에 있다가 저쪽으로 넘어가는 자들은 숱하게 봤어도, 저쪽에 있다가 이쪽으로 넘어오는 자를 보기는 처음이오."

"저한테 나쁜 버릇이 하나 있어서 그렇습니다."

"무슨 버릇이오?"

"술김에 한 약속이라도 한번 한 약속을 지키지 않으면 불편해서 스스로 견디지 못하는 버릇입니다."

"그것과 탈영이 무슨 상관이오?"

"제가 대한제국 육군무관학교의 마지막 생도였습니다. 대한제국의 군대가 해산되고, 무관학교도 폐교가 되었지요. 그때 나라에서 무관학교 재학생들을 일본 육사로 유학을 보내주었습니다. 국비로 말입니다. 그런데, 대한제국이 일본에 먹혀버렸지요. 나라가 망했다는 소식을 듣고, 우리는 동경의 아오야마 공원묘지에 모였습니다. 다들 통곡하면서 당장 자퇴하고 조선으로 돌아가자고 했지요. 그때 누군가 이렇게 말했습니다. 이왕 일본 육사에 들어왔으니 배울 것은 끝까지 배우고 소위로 임관해 전투 실무까지 익히자. 그런 다음 중위가 되면 일제히 무기를 들고 탈영해 독립군을 일으키자, 손자병법에서도 지피지기면 백전백승이라고 하지 않았느냐, 고 말입니다."

그렇게 말한 그 '누군가'가 바로 지청천이었다. 그리고 중위로 진급한 그는 아오야마에서 한 맹세대로 근무하던 일본군을 탈영해, 독립군 간부를 양성하는 신흥무관학교로 온 것이었다.

"그게 '아오야마 묘지의 맹세'였습니다."

"술을 마시며 한 맹세는 아닌데 그러오?"

"술을 마시면서 한 약속도 있었습니다. 아오야마 묘지의 맹세를 전해들은 김경천 선배가 저와 홍사익, 이응준을 요코하마의 술집으로 불렀습니다. 우리 동기들보다 삼 년 먼저 일본 육사에 입학했던 김경천 선배는 우리의 정신적 지주였습니다."

일본 육사에서 삼총사로 불리던, 최우등생 후배 셋을 부른 김경천은 '아오야마 맹세'를 칭찬하며 말했다.

'조선이 다시 떨쳐 일어날 날이 반드시 올 것이다. 그날이 오면 내가 전보를 칠 테니 지체 없이 일본군을 탈출해서 집합해라.'

김경천을 우상으로 여기던 지청천과 홍사익, 이응준은 요코하마의 술집에서 피를 섞은 술을 나눠 마시며 그렇게 하기로 맹세했다.

"전보는 받았소?"

"대한민국임시정부가 독립전쟁의 해를 선포하고 나서 전보가 왔습니다."

"셋 다 모였소?"

"홍사익과 이응준은 오지 않았지요."

"혼자였다…… 아오야마 묘지의 맹세에 함께했던 무관학교 출신의 육사 생도는 몇 명이었소?"

"스물여덟 명이었습니다."

"그중에 몇 명이 그 맹세를 지켰소?"

"아직은 저 하나입니다."

"어쩌다가 둘도 아니고 한 사람뿐이 가지 않는 길을 선택해 참 고생이오."

이틀 동안 우리 대원들이 먹은 것은 찐쌀 한 움큼이 전부였다. 나와 지청천에게 지급된 양도 다르지 않았다.

"한 명이 간 길은 열 명도 갈 수 있고, 백 명도 갈 수 있고, 천 명도 갈 수 있다고 하지 않으셨습니까. 하나가 갔으니 언젠가는 또 이 길로 가는 사람이 열이 되고 백이 되겠지요."

북만주로 가는 우리의 머리 위로 눈보라가 휘몰아쳤다. 해가 보이는 낮에는 조각 잠을 자고, 해가 지면 밤새 걸었다. 대원들에게 지급되는 급양은 사흘에 볶은 콩 한 움큼으로 줄었다. 뱃가죽이 등에 달라붙은 대원들은 아끼고 아낀 콩가루를 비벼 뭉친 눈덩이를 으깨 먹으며 밤길을 걷고 또 걸었다. 나는 행군 대오를 오가며 소리쳤다.

"졸지 마라. 잠들면 죽는다."

북만주의 겨울은 움직이지 않는 것을 용서하지 않았다. 움직이지 않는 모든 것은 얼음덩어리가 되었다. 지청천은 나보다 부지런히 뛰어다니며 눈을 감고 걷는 대원을 어깨를 두드려 깨웠다.

"졸지 마라. 아침이 온다."

하지만 북만주의 밤은 길었고 아침은 더디게 왔다. 우리는 영하 45도가 넘는 혹한의 포위망을 뚫고 눈보라와 싸우며 행군했다. 내 곁으로 다가와 가쁜 숨을 몰아쉬는 지청천에게 물었다.

"독립이 되면 뭘 하고 싶소?"

"따뜻한 아랫목에서 실컷 자고 싶습니다."

"잠이야 죽으면 실컷 자는 것 아니오. 요코하마의 삼총사를 불러 모아 다시는 남의 나라에서 쫓겨다니지 않는, 누구에게도 지지 않는 대한의 군대를 만드시오."

"장군님은 독립이 되면 뭘 하고 싶으십니까?"

말문이 막혔다. 나는 한 번도 이 전쟁에서 살아남아 독립을 볼 것이라는 생각을 해본 적이 없었다. 나에게는 살아서 머무를 집이 없고 죽어서 묻힐 무덤이 없다, 나를 포수막에서 떠나보내며 신포수가 했던 말을 잊은 적이 없었다. 그것이 그의 운명인 동시에 나의 운명이란 것을 그때는 몰랐다. 내가 낙명시킨 짐승들의 먹이가 되겠다, 이왕이면 범의 먹이가 되었으면 좋겠지만 삵이라도 괜찮다, 신포수의 그 말은 내가 살아 있는 무언가를 향해 방아쇠를 당길 때마다 내 심장을 고요하게 만들어주었다. 짐승의 먹이로 사라졌을 신포수의 길을 따라갈 기회는 내게 주어지지 않을 것이다. 그래서는 안 되었다. 노루를 향해 방아쇠를 당기지 못해 산을 내려온 나는 얼마나 많은 사람의 목숨을 거두었나. 비록 적이라 할지라도 사람이었다. 그리고 나와 함께했던 얼마나 많은 사람을 먼저 떠나보냈는가. 신포수가 포수로 지은 죄업을 홀로 산에 묻었듯이 나는 군인으로 지은 죄업을 이 전장에 묻고 끝내야 마땅했다.

"장군님도 독립이 되면 하시고 싶은 일이 있지 않겠습니까?"

나에게는 그런 날이 오지 않을 것이오, 라고 나는 그에게 말하지 못했다.

"포수는 표적을 향해 방아쇠를 당기는 자요. 무엇을 만드는 자가 아니오. 나는 부술 것만 확실히 부숴주고 갈 테니, 지사령관은 독립하는 그날이 오면 다시는 아무도 넘볼 수 없는 나라를 만드시오."

"그런 날이 언제나 올까요?"

"그날은 밤의 도둑처럼 올 것이오."

"그 도둑이 오늘밤에 왔으면 좋겠습니다."

그렇게 말한 지청천은 대오의 앞으로 달려나가며 다시 소리쳤다.

"졸지 마라. 잠들면 죽는다."

얼음덩어리가 되지 않으려면 걷고 또 걸으며 앞으로 나아가야 했다. 오직 움직이는 것만이 살아남을 수 있는 북만주의 밤이었다. 다시 아침해가 떠오를 때까지 우리는 잠들지 말아야 했다.

극장 수위

그의 마지막 직업은 극장 수위였다. 그의 유해를 한국으로 돌려보내기로 한 카자흐스탄 정부는 그동안 공개하지 않았던 문서 한 장을 공개했다. 카자흐스탄 국립중앙문서보관소에 보관중이던 그의 '취업 명령서'였다.

> 홍범도, 1939년 3월 25일부터 월 1백 루블의 봉급을 받고 고려극장의 수위로 근무한다.

그가 연해주에서 중앙아시아로 강제 추방당한 것은 1937년이었다. 예상되는 일본의 침략에 대비하는 스탈린의 결정에 따른 것이었다. 일본인과 외모가 비슷한 고려인을 연해주에 그대로 두면 일본 첩자의 침투를 막기 어렵다는 이유였다. 한마디로 고려인들은 잠재적인 일본 첩자라는 것이었다. 17만 명의 고려인들이 하루아침에 화물칸에 실려 중앙아시아로 추방당했다. 그가 버려진 곳은 남카자흐스탄의 사나리크였다. 주거지도 가재도구도, 양식도 없이 버려진 그가 크질오르다 시내로 나와 겨우 취업한 일자리가 고려극장의 수위였다.

고려극장은 전용 극장이 없는 극장이었다. 그가 일한 고려극장은 정확하게 말하면 고려극장의 무대 도구를 보관하는 창고였다. 그는 당시 소련 노동자들의 평균 임금 이백 루블의 절반인 백 루블을 받는 늙고 남루한 수위일 뿐이었다. 그가 누구인지 아는 사람은 거의 없었다.

1941년 소련이 일본의 동맹국인 독일과 전쟁을 시작했고, 그는 수위 제복을 입고 군대에 찾아가 자원입대 신청을 했다. 연령 초과로 입대를 거절당한 그는 백 보 거리에서 병뚜껑을 쏘아 명중시켰다. 모두 눈을 의심하며 경악했지만 73세인 그의 입대를 승인하지는 않았다.

그는 다시 극장으로 돌아와 삼 년 넘게 수위로 일했다. 극장 창고를 지키는 늙고 남루한 수위인 그를 알아본 사람이 있었다. 극작가 태장춘이었다. 태장춘이 그의 이야기를 연극으로 만들어 고려극장의 무대에 올렸다. 그는 수위 제복을 입고 극장 뒷자리에 앉아 그 연극을 보았다. 막이 내린 뒤 배우들이 그에게 연극을 본 소감을 물었다.

"너무 추네, 너무 추어올려……"

그는 너털웃음을 터뜨렸을 뿐 더는 말하지 않았다. 그런 그에게 태장춘은 기어코 한마디만 해달라고 했다. 끝내 물러서지 않는 태장춘에게 그는 조용히 한마디를 했다.

"내 이야기 말고 그들의 이야기를 무대에 올려주시오."

그는 태장춘에게 태백준령과 연해주, 만주에 뼈를 묻은 그토록 많은 이들의 이야기를 들려주었는데, 태장춘은 그들의 이야기가 아닌 그의 이야기를 무대에 올렸다. 다음 연극에서는 반드시 그가 아닌 그들의 이름을 불러주겠다고 태장춘은 그에게 약속했다. 그러나 그가 극장에서 연극을 본 것은 그날이 처음이자 마지막이었다.

고려극장이 크질오르다에서 우슈토베로 옮겨가면서 그는 수위의 자리를 잃었고, 1943년 가을에 몸져누웠다. 그는 최후가 다가왔음을 예감했다. 극장 수위로 일하며 모아둔 돈을 털어 잔치를 열었다. 그는 살아남은 많지 않은 옛 동지와 부하들을 불렀는데, 살아남은 그들이 먼저 간 이들까지 불러와서 잔치는 한층 흥겨웠다. 김수협, 임창근, 이정재, 진포, 맹포, 현창하, 지담, 괴수도깝, 장진댁, 금희 동생 은희, 태양욱, 최재형, 김숙경, 남창일, 황아바이, 류진철, 양순이, 박서양, 최진동…… 가을 해가 지도록 불려온 수많은 이들이 술자리에 함께했지만 준비한 음식은 부족하지 않았다. 먼저 간 그들과 남은 그들 사이에서 그가 보낸 흥성한 하루였다.

그리고 열흘 뒤인 1943년 10월 25일 그는 눈을 감았다. '크질오르다 정미공장 일꾼 일동'이 그의 부고장을 냈다. 크질오르다 정미공장은 고려극장 수위 자리를 잃은 그가 죽기 전에 몇 달 동안 품팔이를 했던 곳이었다.

그들

최재형과 그의 가족

연해주에서 가장 성공한 사업가이자 자산가로 홍범도에게 군자금을 제공한 최재형은 1920년 4월 7일 일본군에 의해 처형되었다. 그의 다섯째 딸 올가는 당시의 상황을 이렇게 회상했다.

"엄마와 언니들은 아빠에게 피신하라고 했다. 아빠는 말씀하셨다. '내가 도망가면 일본군이 너희를 모두 끌고 가 나를 찾아내라고 고문할 것이다. 살아갈 날이 얼마 남지 않은 나는 죽더라도 살아갈 날이 많이 남은 너희들은 살아야 한다.' 다음날 새벽 일본군에 끌려가는 아빠의 뒷모습을 창문 너머로 보았다."

그렇게 일본군에게 끌려간 최재형은 연해주의 왕바실재 산기슭에서 무참하게 처형당했다. 그의 나이 59세였다. 가족들은 그의 시신을 찾아 헤맸지만 끝내 찾지 못했다.

최재형이 목숨으로 지켜내려고 했던 가족들은 일본군이 아니라 스탈린에 의해 희생당했다. 러시아혁명에 참여하고 한인 최초로 러시아 해군 장교가 되었던 최재형의 둘째 아들 파벨과 딸 류보프, 사위 네 명은 스탈린 정권에 의해 총살당했다. 스탈린은 그 많던 재산과 목숨을 항일 투쟁에 바친 최재형의 아들과 딸, 사위를 일본 간첩으로 몰아 죽였다. 나머지 자식들도 스탈린의 대숙청 과정에서 체포, 구금되었다. 1937년 다른 한인들과 함께 중앙아시아로 강제 추방당하면서 뿔뿔이 흩어진 열한 명의 자식(4남 7녀) 중에 살아남은 사람은 셋째 아들 발렌틴과 넷째 딸 소피야, 다섯째 딸 올가, 여섯째 딸 류드밀라, 막내딸 옐리자베타, 다섯뿐이었다.

최재형의 수난은 해방 후에도 이어졌다. 냉전 체제가 무너진 다음인 1995년에야 처음으로 조국을 방문한 막내딸 옐리자베타는 아버지를 모신 허묘가 있다는 말을 듣고 동작동 국립서울현충원을 방문했다. 참배를 마친 옐리자베타는 어처구니없는 사실을 알게 되었다. 30여 년 가까이 가짜 후손이 유족연금을 받아 챙긴 것이었다. 2009년 다시 한국을 찾은 유족들은 더 어처구니가 없는 일을 당했다. 연금 수령 사기 사건의 진상을 규명하고 바로잡아야 할 정부가 어떠한 조치도 취하지 않은 채 최재형의 허묘만 흔적도 없이 없애버린 것이었다. 유족들에게 말 한마디 없이.

일본군은 그의 시신을 없앴고, 러시아는 그의 가족들을 일본 간첩으로 몰아 살해했고, 대한민국 정부는 묻힐 시신조차 남기지 못한 채 외로운 영혼으로 돌아온 그의 허묘마저 없애버렸다.

이상룡과 그의 아들 이준형

지청천이 이끄는 서로군정서를 홍범도에게 보내 조건 없이 연합하게 한 서로군정서 총재 이상룡은 1932년 음력 5월 12일 서간도의 길림성 서란현에서 세상을 떠났다.

5백 년을 누려온 조선 최고 명문가의 대궐 같은 집 '임청각'을 버리고 만주로 가 무장기지를 마련했던 이상룡은 생의 마지막 순간까지 정객들이 오가며 권력을 논하는 상해의 임시정부로 나가기를 거부하고 서간도의 무장투쟁을 지도했다. 죽음을 앞둔 이상룡이 그와 더불어 싸워온 젊은 후배들에게 남긴 유언은 짧았다.

'작은 공로도 남기지 못하고 이렇게 쓰러지니, 눈을 감지 못하는 귀신이 될까 참으로 마음이 아프네.'

외아들이자 그의 동지였던 이준형에게는 '나라를 되찾기 전까지는 내 유골을 조국으로 가져가지 마라'라는 유언을 남겼다. 그의 유언대로 이상룡을 서간도에 가매장한 이준형은 아버지의 유골 대신 아버지가 남긴 유고를 안고 귀국했다. 이상룡의 유고를 정리하는 아들 이준형의 가슴에 이 한 문장이 파고들었다.

—의로움과 생명, 두 가지를 다 가질 수 없을 때는 의로움을 택하라.

공자와 맹자를 읽던 봉건 유림으로 고향을 떠나던 아버지 이상룡의 문장이었다. 하지만 이상룡은 자유를 주창하는 민주공화주의자의 문장으로 생을 마감했다.

—자유의 반대는 노예이다. 자유를 보장받고 싶은가? 그러면 노예의 습관을 고쳐라.

이준형이 아버지의 피와 혼이 담긴 글을 정리하는 동안 일제는 끊임없이 변절과 배반을 강요했다. 반복되는 체포와 구금, 고문을 견디며 석주 이상룡의 문집 정리를 마친 다음 이준형은 스스로 목의 동맥을 끊었다. 그는 그렇게 일제의 강요를 영원히 거부했다. 그의 67세 생일날이었다. 그가 남긴 유언은 아버지보다 더 짧았다.

'일제 치하에서 하루를 더 사는 것은 하루의 치욕을 더 보탤 뿐이다.'

리위종

1911년 자결한 아버지 리범진의 장례를 치른 후 리위종은 러시아 블라디미르육군사관학교에 입학했다. 세계대전이 진행중인 1916년 육군사관학교를 졸업하고 장교로 임관한 그는 동부전선에 배치받았다. 그의 러시아인 부인 놀켄 여사는 1917년 리위종의 전사 통지서를 받았다.

하지만 그는 1918년 모스크바에 생환했다. 1918년 5월 적백내전이 치열해지자 그는 볼셰비키 당원이 되어 '제3국제연대'에 자원 재입대했다. 고종의 특사였던 그의 선택은 많은 사람을 놀라게 만들었다. 우랄 기관총연대의 지휘관으로 참전한 그는 코사크 백군을 격퇴하고 이르쿠츠크를 탈환하는 전투에서 큰 공훈을 세웠다. 이르쿠츠크를 탈환한 다음 군대에서 제대한 그는 크라스노야르스크와 치타 지역에서 사회주의혁명의 전위로 활약했다.

일본 밀정의 정탐 보고서에 의하면 그는 '모스크바에서 이르쿠츠크에 이르는 모든 재러시아 한인의 두목'이었다. 러시아인 부인 옐리자베타 놀켄을 비롯한 가족과도 연락을 끊고 오로지 혁명활동에만 전념했던 그의 행적은 1924년을 끝으로 완전히 사라졌다.

부러울 것이 없는 양반 가문의 자식으로 태어나 24세에 고종의 특사로 헤이그 외교 무대에서 활약했던 그가 어떻게 사회주의 혁명가가 되었고, 언제 어디에서 최후를 마쳤는지를 아는 사람은 아무도 없다.

윤준희, 임국정, 한상호와 창동학교

사단 병력 하나를 무장시킬 수 있는 거금 15만원을 엄인섭의 밀고로 일본 헌병대에 빼앗기고 체포된 철혈광복단원 윤준희와 임국정, 한상호는 블라디보스토크에서 요코하마와 원산을 거쳐 청진감옥으로 압송되었다. 심문 과정에서 그들은 생사를 넘나드는 혹독한 고문을 당하며 수없이 정신을 잃었다.

함흥지방법원 청진지청에서 윤준희와 임국정은 사형, 한상호는 무기징역을 선고받았다. 1921년 2월 12일 경성복심법원에서 2심 재판이 열렸다. 그들 중에서 가장 어린 한상호의 최후 진술은 시종 당당했다.

"나는 조선인으로서 마땅히 해야 할 일을 하였기에 아무 여한이 없다. 정의를 지키고 인간의 도리를 다하기 위한 우리의 행동은 죄가 될 수 없으며, 따라서 이 재판의 결과에 복종할 수 없다."

그의 굽힘 없는 최후 진술 때문이었을까. 2심 재판장은 1심에서 무기징역을 선고받았던 한상호에게 사형을 선고했다. 그들의 상고는 모두 기각되었다.

그해 8월 25일 윤준희와 임국정, 한상호는 서대문형무소에서 교수형을 당했다. 윤준희는 스물아홉, 임국정은 스물여섯, 한상호는 스물한 살이었다.

임국정과 한상호, 최계립을 배출한 길림성 와룡동의 창동학교는 1935년 문을 닫았다. 일본군이 학교에 주둔하려고 하자 주민들과 졸업생들은 학교를 불태우고 자진 폐교를 선택했다. 그리고 불탄 학교 자리에 기념비 하나를 세웠다. 1907년부터 1935년까지 민족 교육에 몸 바쳤던 스승들의 이름을 일일이 새긴 '사은기념비'는 지금도 임국정과 한상호, 최계립이 공부했던 그 자리에 우뚝 서 있다.

—창동중학 원장 오상근 이병휘 남성우, 은사 신홍남 김종만 홍우만 이진호 김이택 송창희 서성권 문경. 심혈을 기울여 우리를 교양하셨다. 위대하도다. 스승의 은혜, 아름다워라 창동이여! 창동학교에서 배운 이백여 제자들은 잊지 못할 스승의 그 은공을 이 비에 새겨 칭송하노라.

전홍섭

조선은행 용정출장소 서기 전홍섭은 '15만원 탈취 사건'을 감행한 철혈광복단 단원들에게 정보를 제공한 용의자로 사건 당일 밤에 바로 체포되었다. 철혈광복단 단원들이 무사히 러시아로 빠져나갈 수 있는 시간을 벌어주기 위해 보름 동안의 지독한 고문을 견뎠다.

경성복심법원에서 15년 징역형을 선고받았다. 함께 재판을 받은 윤준희와 임국정, 한상호가 수감중이던 서대문형무소에서 교수형을 당하자 전홍섭은 '나 혼자 살 수는 없다. 따라 죽겠다'며 단식을 거듭했다. 극도로 쇠약해진 그는 입안을 물어뜯어 흥건해진 피를 토해 폐병을 가장했다. 졸도와 토혈을 반복한 끝에 마침내 회복 불능의 악성

폐병이라는 진단을 받아냈다. 형무소에서는 폐병 환자의 시신을 치우는 것을 기피했다. 병보석으로 출감한 그는 두만강을 넘어 러시아로 탈출해 대한의용군에 합류했다. 그후의 생사는 알려지지 않는다.

엄인섭

홍범도와 '21의형제동맹'을 맺었던 밀정 엄인섭은 정체가 완전히 드러난 다음 일본으로부터도 용도 폐기되어 연해주와 만주를 떠돌았다. 목숨을 부지하기 위해 신분을 감추고 도망다닌 그의 행적은 알 수 없다. 안중근의 결의형제이자 연해주의 페티카 최재형의 외조카였던 그가 왜, 언제부터 일본의 밀정이 되었는지도 끝내 밝혀지지 않았다.

다만 1936년 훈춘에서 병에 걸려 피를 토하며 죽는 것을 보았다는 증언이 있다. 15만원 탈취사건에 참여했지만 헌병대의 급습을 피해 살아남은 최계립의 회고에 따르면, 엄인섭의 비참한 최후를 목격한 사람은 훈춘의 정포수였다. 어디에도 발붙이지 못하고 떠돌던 엄인섭은 눈을 감는 마지막 순간에 '내가 어떤 놈의 말을 듣다가 천추만대의 왜놈 정탐배로 죽는다'고 탄식했다고 한다.

최진동

홍범도와 함께 봉오동전투를 이끌었던 최진동은 1920년대 중반 들어 만주에서 무장투쟁이 어려워지자 중국 정부에 보호를 요청했다. 연길도윤공서는 일찍이 중국에 귀화해 중국 관리들과 가까이 지내며 지역 경찰서장을 지낸 경력이 있는 최진동을 가야하 파출소장에 임명했다.

일본이 함부로 건드릴 수 없는 중국인 관리로 봉오동에 복귀한 그는 온건 자치운동으로 방향을 전환하였다. 그러나 그가 누구보다 총애하던 큰아들 최국신은 아버지의 온건 노선을 따르지 않고 무장투쟁을 고수하는 조선공산당에 참여했다. 1929년, 그와 갈등하던 큰아들 최국신의 사망은 그에게 큰 충격이었다. 더구나 며느리인 최국신의 아내마저 최국신이 사망한 날 스스로 목숨을 끊었다.

총애했던 큰아들 부부의 죽음을 자신의 탓으로 자책하며 심한 우울증에 시달리던 최진동은 아들 부부의 묘지를 날마다 바라보아야 하는 봉오동을 떠났다. 새 거주지는 아직도 그의 토지가 남아 있는 도문 시내였다. 그러나 도문으로의 이사는 더 큰 화를 불러일으켰다. 일본 헌병대는 도문에 있는 그의 토지를 군용 비행장 부지로 헌납하라고 강요했다. 그는 거부했다. 나라를 팔아먹은 자들 때문에 우리 민족이 이 지경이 되었는데, 내가 왜 내 땅을 일제에 헌납한단 말인가. 헌병대에 끌려가 고문을 당하고 초주검이 되어 돌아오기를 반복했다. 그의 목숨이 경각을 다투자 가족들은 토지 문서를 일제에 내주었다. 하지만 헌병대에서 풀려난 그는 집으로 돌아온 지 나흘 만인 1941년 11월 25일 사망했다.

최진동의 아내는 비단 모본단 두 필을 사서 그가 떠나는 마지막 길에 깔았다. 비단옷 한번 입어보지 못하고 떠나는 남편의 죽음이 원통하고 안타까워서였다. 만주 제일의 갑부였으면서도 정작 자신에게는 너무나 인색했던 최진동이 가진 옷은 춘추복과 동복 한 벌씩에 의례용 코트와 턱시도가 전부였다. 그는 자신뿐만 아니라 가족들의 사치도 절대 용납하지 않았다. 스스로 노력하지 않고 손을 벌리는 친척들에게는 원성을 사는 줄 번연히 알면서도 절대 지원해주지 않던 그였다. 그러면서도 독립운동에는 언제나 아낌이 없었던 그는 죽은 다음에야 비단 모본단을 밟아보았다.

최운산과 그의 아들 최봉우

자신을 내세우지 않고 형 최진동의 뒤에서 그림자처럼 일했던 최운산은 홍범도와 함께했던 봉오동전투 이후에도 여섯 차례나 투옥되었다. 그는 여덟 개의 이름을 바꾸어 쓰며 독립운동을 이어갔다. 원래 이름은 최명길이었고, 중국인을 상대할 때는 최풍이었다. 장사꾼으로 위장해 첩보활동을 할 때는 최복이었고 러시아에 가 무기를 밀매입할 때는 최고려였다. 사업가로 활약할 때는 최만익이었으며 무장투쟁을 할 때는 최문무와 최빈, 최운산이었다.

1925년 4월 10일자 동아일보와 매일신보, 조선일보에는 일제히 '최문무'란 이름으로 무장활동을 하다 체포된 한 '악한'의 재판 기사가 실렸다. 매일신보의 기사 제목은 '무장단의 괴수, 8년 징역에 불복 항소'였고, 부제는 '부하 수십 명과 각처로 다니며 구천여 원을 위협 강탈한 악한'이었다. 이 악한 최문무가 바로 최운산이었다.

최운산은 1945년 7월 5일, 광복을 41일 앞두고 평양에서 세상을 떠났다. 고문 후유증으로 시달리던 몸을 이끌고 최운산이 평양으로 간 것은 그와 마찬가지로 고문을 당한 다음 도피한 아들 최봉우의 생사를 확인하기 위해서였다. 간신히 아들의 생존을 확인했지만, 그의 건강은 회복 불가능했다. 그가 아들에게 남긴 유언은 짧았다.

'내 평생 의를 구하고 조국을 위해 부끄러움 없이 살았다. 동포들을 위해 일했고, 다행히 많은 사람들의 목숨을 구할 수 있었다. 이제 우리나라가 곧 해방될 것이다. 시대가 어려워 너희가 고초를 겪고 있지만 모두 바르게 살아왔으니 내 자식들이 크게 잘못되는 일은 없을 것으로 믿는다.'

그가 예견한 대로 해방이 되었다. 하지만 남은 가족의 고초는 끝나지 않았고, 그는 30년 동안이나 서훈 대상자가 되지 못했다. 1960년대 박정희 정부가 독립유공자 서훈 업무를 시작할 당시 담당 부처는 총무처였다. 최운산의 아들 최봉우는 아버지가 서훈 심사위원회를 통과했으니 총무처로 오라는 통보를 받았다. 총무처로 찾아간 최봉우는 어처구니없는 일을 당했다. 서훈을 주는 조건으로 뇌물을 요구했다. 자신의 모든 것을 독립운동에 바친 아버지의 삶이 뒷거래의 대상이 되어 있었다. 그것이 아버지 최운산과 어머니 김성녀, 큰아버지 최진동, 작은아버지 최치흥을 비롯한 그들 가문이 멸문지화를 당하며 되찾은 나라 대한민국이었다. 고문 후유증으로 숨을 거둔 아버지의 최후를 생생하게 기억하는 최봉우는 모욕감으로 치를 떨었다.

분노를 참지 못한 최봉우는 뇌물을 요구하는 총무처 직원의 얼굴에 주먹을 날렸다. 서훈은 취소되었다. 그의 한 방에 날아간 것은 불의가 아니라 아버지의 서훈이었다. 대한민국 정부는 최운산의 아들이 날린 주먹을 16년 동안이나 용서하지 않았다. 이의신청과 재신청, 탄원도 소용없었다. 최운산의 아들이 날린 주먹 한 방의 죄를 씻는 데는 16년이 걸렸다. 1977년에야 박정희 정권은 최운산에게 대통령 표창을 주고 독립유공자로 인정하는 은혜를 베풀었다. 훈장이 아니고 표창이었다.

최봉우는 서훈 신청 30년 만인 1990년에야 아버지 최운산의 서훈을 받아냈다. 애족장, 건국훈장 5등급 서훈의 최하위 등급이었다. 최운산에게 주어진 최하위 등급의 서훈은 지금까지 유지되고 있다. 그것이 부산의 면적 일곱 배가 되던 만주의 토지와 목장, 공장을 모두 독립운동에 바치고 여섯 번의 투옥과 고문 끝에 숨진 봉오동 영웅에 대한 대한민국의 보답이었다.

김성녀

봉오동전투에서 병참보급대장 역할을 맡았던 최운산의 아내 김성녀는 해방된 뒤 평양방송국 아나운서로 취직한 큰아들 최봉우를 찾아갔다가 6·25를 만났다. 그녀는 큰아들 가족을 데리고 남한으로 내려가기로 했다. 두 살짜리 손자를 업고 2천 리를 걸어서 거제도 피난민 수용소로 갔다. 봉오동의 병참보급대장이 아니면 엄두도 내지 못할 강단이었다.

그녀가 죽기 전에 하고 싶었던 일은 단 하나였다. 남편의 공훈을 역사에 남기는 일이었다. 서훈조차 받지 못한 채 저세상에 가면 남편을 볼 면목이 없을 것 같았다. 하지만 아들 최봉우의 주먹 한 방으로 취소된 최운산의 서훈 신청은 번번이 반려되었다. 그녀는 대한민국의 초대 국무총리 겸 국방부장관을 지낸 이범석을 찾아갔다. 최운산이 만주에서 무엇을 했는지 누구보다 이범석이 잘 알았다. 김성녀는 한동안 봉오동 집에서 같이 거처했던 이범석의 부인을 잘 알았다. 만주 시절의 이범석 부부와 최운산 부부는 비교의 대상이 될 수 없었다. 누구보다 자존감이 높은 김성녀가 남편 최운산의 서훈 문제를 해결하려고 세 차례나 이범석의 집을 찾아갔지만 그를 만날 수 없었다.

김성녀는 1969년에 낸 진정서에서 '독립운동을 하시고 생존해 계시는 분들의 양심에 호소'한다며 이렇게 물었다. 북만주 지역에서 독립운동 당시 누가 거처와 모든 장비, 피복, 식량, 군자금을 제공하였는가요? 도독부, 독군부에서 사재를 투입하여 서대파에 군정서 겸 군사교련소를 창설한 사실을 알고 계시며, 창설 당시 자금은 누가 조달하였는가요?

서대파의 서로군정서 군사교련소의 교관이었던 이범석이 대답해야 할 질문이었다. 그러나 이범석은 대답하지 않은 채 1972년 사망했다. 김성녀도 남편 최운산이 서훈을 받는 것을 끝내 보지 못한 채 1975년 세상을 떠났다.

지금도 대한북로독군부 기지였던 봉오동 상촌에는 백 년 전에 썼던 지름 1.5미터가 넘는 거대한 맷돌이 남아 있다. 기네스북에 오를 크기다. 그녀가 1천 명이 넘는 독립군을 먹이기 위해 소를 매서 그 큰 맷돌을 돌렸던 시간을 봉오동은 기억하고 있다. 하지만 대한민국에서 그녀는 어떤 서훈의 대상자로도 거론된 적이 없었다.

박서양

우리나라 최초의 외과의사로 봉오동전투에 군의관으로 참전한 박서양은 연길의 국자가에 정착해 구세의원을 운영했다. 한해 1만 명에 달하는 환자를 보았는데 3분의 1은 무상 진료 환자였다. 이름 그대로 세상을 구하는 병원이었다. 그의 구세의원은 독립운동가들과 가난한 동포들의 목숨을 지키는 등불이었고, 독립운동의 연락 거점이었다.

박서양은 교육운동에도 힘을 기울여 숭신학교를 설립해 1923년에 첫 졸업생 스물여덟 명을 배출했다. 1924년에는 간도의 48개 학교가 참여한 연합 대운동회를 개최했다. 간도 전역에서 모인 학생과 학부모의 열기와 기세에 놀란 일본총영사관의 탄압이 시작되었다. 1929년 광주학생운동이 일어나자 숭신학교 학생 120여 명이 연길에서 연대 시위를 벌였고, 20여 명이 연행되었다. 1932년 윤봉길 의사의 홍커우 의거가 일어나자 일제는 숭신학교를 불온 교육의 온상이라며 기어코 폐교시켰다.

박서양은 일제에 의해 학교를 폐교당하고 병원 운영이 불가능해지자 귀국을 선택했다. 1936년 백정이었던 선대들이 살았던 황해도로 가 의원을 열었다. 그는 조용히 가난한 사람들을 돌보며 살다 1940년 12월 고요하게 세상을 떠났다.

김숙경과 그의 딸, 아들

김숙경이 동지이자 남편인 황병길을 잃은 것은 1920년 음력 4월이었다. 언제나 남편을 따라다니던 풍산개가 밤중에 혼자 달려와 끙끙거렸다. 그녀는 말을 타고 풍산개를 따라 밤길을 달려갔다. 마적달 골짜기의 은신처에 불덩이가 된 남편이 누워 있었다. 무장활동중에 일본군의 기습을 당한 것이었다. 황병길은 아이들이 자라면 주라며 마우저 권총 한 정을 그녀에게 넘겨주고 숨을 거두었다. 늘 아내를

'숙경씨'라고 불러주었던 황병길의 나이 36세였다. 청산리 전쟁에서 패배한 일본군 토벌대가 몰려와 황병길이 소지했던 무기를 내놓으라며 그의 무덤까지 파헤쳤지만, 그녀는 굴하지 않았다. 남편의 몫까지 맡아 싸우던 그녀는 자상하면서도 엄격한 어머니였다.

용정의 명신여고에 다니던 맏딸 정선에게 유학의 기회가 찾아왔다. 영국인 여교장은 비용을 모두 대겠다며 인물도 좋고 성적도 뛰어난 정선의 영국 유학을 권유했다. 김숙경은 딸에게 조용히 물었다.

"정선아, 망국노 신세에 박사가 대수일까? 우리가 아버지의 원수를 갚고, 아버지의 뜻을 이어가는 것이 더 옳지 않을까?"

정선은 유학을 포기하고 반일지사들이 운영하는 대황구의 3·1학교 교사가 되었다.

김숙경은 1927년 여름, 정신을 잃고 쓰러졌다. 희미하게 의식이 돌아온 그녀는 황병길의 마우저 권총을 어디에 두었는지 말했지만, 가족들은 알아들을 수 없었다. 그녀는 42세의 나이로 세상을 하직했다.

어머니가 세상을 떠나자 객지로 나갔던 둘째 딸 황정신이 집으로 돌아와 할아버지 황오섭을 모시고 동생을 챙기며 훈춘현 연통라자 항일유격대에서 활동했다. 그녀는 1934년 설날 유격대 근거지를 포위한 일본군에 맞서 최후까지 싸우다가 전사했다.

셋째 딸 황정일은 연통라자 항일 근거지에서 부녀사업을 했다. 1935년 동녕현에서 일본군에 체포되었다. 그녀는 1988년 무렵 사망했다.

김숙경의 외아들 황정해는 동북항일연군에 들어갔다. 항일연군

제1로군 패장으로 활약하던 그는 1941년 사망했다. 그의 나이 24세였다.

황오섭

땅 한 평 없는 소작농 출신으로 최고의 농사꾼이었던 황아바이, 황오섭은 먼저 떠난 며느리와 아들의 뒤를 묵묵히 지켜냈다. 어머니 김숙경과 아버지 황병길을 따라 독립운동에 뛰어든 손자와 세 손녀의 할아버지로서 역할을 마친 그는 1928년 조용히 세상을 떠났다. 연통라자의 산기슭에 며느리와 아들과 나란히 묻혔다.

나운규

용정의 명동중학에 다니다 3·1운동으로 수배자가 되었던 나운규는 1920년 홍범도가 이끄는 대한독립군 모연대를 찾아왔다. 몰려드는 지원자로 총기가 부족했던 대한독립군에서는 '군대보다 공부를 하라'며 열일곱 살의 나운규를 돌려보냈다.

하지만 홍범도와 연합했던 대한국민회에 가입하고, 비밀 행동조직인 도판부에 참여한 그는 청회선(청진-회령) 터널 폭파 미수 사건으로 체포되어 청진형무소에서 2년간 복역했다. 출옥 후 회령에서 지내던 그는 순회극단 예림회에 가입해 배우가 되었다. 그가 만든 영화 〈아리랑〉은 '경성에 폭탄을 던진 듯한' 큰 반향을 불러일으켰다.

이동휘

임시정부 초대 국무총리로 군무총장 노백린과 함께 무장투쟁파의 중심이었던 이동휘는 1921년 국무총리에서 물러난 다음 상해파 고려공산당 창당에 나섰다. 그는 조선에서도 소련에서처럼 사회주의 혁명이 필연적이라고 보았다. 따라서 독립한 다음에 사회주의혁명을 하려면 우리 민족끼리 피를 흘려야 하므로 일본을 상대로 한 독립 투쟁 과정에서 사회주의혁명을 이루어내야 한다고 믿었다.

그의 이러한 생각은 우파 민족주의자들의 반발과 이르쿠츠크파 공산주의자들의 공격에 직면했다. 우파 민족주의자들은 사회주의 자체를 반대했고, 이르쿠츠크파 공산주의자들은 혁명적 국제주의에 어긋난다고 공격했다. 이르쿠츠크파가 러시아에서 활동하던 상해파 독립운동가들을 탄압하고 구속하는 것을 보고 이동휘는 격분했다.

이동휘는 러시아의 지도자 레닌과 담판하기 위해 1921년 6월 상해를 떠나, 4개월 만에 모스크바에 도착했다. 그는 레닌을 면담하고 약소민족 독립운동의 중요성을 강조하며 감옥에 갇혀 있던 상해파 독립운동가와 자유시 참변으로 구금된 독립군 80명 전원의 석방을 요구했다. 레닌은 이 요청을 받아들여 구속된 한인들을 석방했다.

그는 독립을 위해 싸우다 고통받는 투사를 외면하는 주의·주장은 모두 허위에 불과하다며 수감된 항일 투사를 지원하는 활동에 혼신을 다했다. 1935년 1월, 구속된 항일 투사와 가족들을 위한 모금을 위해 혹한을 무릅쓰고 연해주의 탄광지대를 순회하던 그는 과로로 쓰러졌고, 다시 일어나지 못했다. 그의 나이 62세였다.

홍용환

대한독립군의 간부로 활동한 홍범도의 둘째 아들 홍용환은 대한독립군이 밀산을 거쳐 러시아로 이동하는 과정에서 몸살과 영양 부족으로 심하게 앓았으나 치료를 받지 못했다. 러시아에 도착한 다음에도 고열과 오한에 시달리다 상태가 갑자기 악화해 사망했다. 이로써 홍범도는 혈육이라고는 단 한 명도 없는 사람이 되었다.

김훈

신흥무관학교를 졸업하고 스무 살에 북로군정서 소대장으로 청산리 전쟁에 참전한 김훈은 백운평과 만록구, 어랑촌 전투에서 용맹을 떨쳤다. 1921년 상해로 간 그는 임시정부의 추천을 받아 중국의 최고 군사학교인 육군강무학교에 입학했다.

육군강무학교에 재학한 3년 동안 김훈은 매일 어둠이 걷히지 않은 신새벽에 일어나 철봉과 높이뛰기, 검술, 기마술을 혼자 연습했다. 밤에는 복도의 희미한 등불 아래에서 공부했다. 야외훈련에 나가면서, 짐을 조금이라도 줄이려는 동료들과 달리 그는 배낭에 벽돌을 잔뜩 채웠다. 그러면서도 매번 1등이었다. 일본인 총검술 교관과 총검술 대결에서 이긴 것은 육군강무학교의 전설이 되었다. 강무학교 교장은 '김훈이야말로 진정한 이상과 포부, 열정이 있는 생도의 표상'이라고 격찬했다.

중국인 생도들을 제치고 최우등으로 강무학교를 졸업한 김훈은 중국 국민당과 공산당이 합작해 설립한 황포군관학교 교관으로 발탁되었다. 황포군관학교는 항일 군사 간부 양성학교로 국민당의 장제스가 학교장이었고 공산당의 주은래가 교수부장이었다. 이 학교에는 중국인뿐만 아니라 뒷날 베트남 총리가 된 팜반동을 비롯한 아시아

각국의 청년들도 입학했다. 한국인 학생도 의열단 단장 김원봉을 비롯해 2백여 명이 졸업했다. 김훈은 황포군관학교에서 국민당과 공산당이 서로 자기편으로 데려가려는 교관이었다.

학창 시절의 연인이었던 김금주가 황포군관학교로 찾아온 것은 1924년 가을이었다. 김훈을 총애한 교수부장 주은래는 그들을 혼인시키고 함께 모스크바 동방대학으로 가도록 추천했다. 모스크바에서 그와 김금주는 동방대학과 보병학교에서 3년 동안 함께 공부하고 핀란드와 독일, 프랑스, 지중해, 인도양을 거쳐 중국으로 돌아왔다. 중국 홍군으로 복귀한 그는 제1군 참모장을 맡아 혁혁한 전공을 세웠다. 1936년 2월 22일, 중국 홍군 제15군단 제75사 참모장으로 황하 도하 작전중에 전사했다.

노기 마레스케

러일전쟁 당시 무려 3만 명의 일본군이 전사한 최악의 돌격 작전을 감행해 끝내 여순항 점령에 성공함으로써 일본의 군신이 되었고, 이 작전의 선봉에 선 하세가와 요시미치를 일본 육군의 신화로 만들었다. 메이지 일왕은 이 무모한 작전에서 노기 마레스케의 두 아들이 전사한 사실을 높이 평가하여 그를 왕세자인 히로히토의 스승으로 초빙했다. 노기 마레스케는 3만 명의 병사를 잃은 자신을 신임해준 메이지 일왕이 당뇨병으로 죽자, 그의 장례식이 열린 1912년 9월 13일 아내와 함께 할복자살했다. 조슈군벌은 '무사가 지킬 충성의 모범'으로 치켜세우며 일본은 물론 서울의 남산에도 노기신사를 짓고 군신으로 우상화했다.

하세가와 요시미치와 조슈군벌

2대 조선주차군사령관과 2대 조선 총독을 지내며 조선의 독립운동을 탄압했던 하세가와는 3·1운동을 무자비하게 진압하는 데 성공했지만 국제적 비난의 표적이 되어 일본으로 소환당한 뒤 재기하지 못했다.

하세가와의 실패는 하급 무사의 아들로 태어난 그를 일본 육군의 신화로 만든 조슈군벌 전체의 패퇴를 불러왔다. 초대 조선 통감 이토 히로부미, 초대 조선 총독 데라우치 마사타케, 2대 조선 총독 하세가와까지 조슈군벌이 독점해온 조선 총독 자리를 사츠마군벌이 장악한 해군에게 빼앗긴 것이 하세가와였다. 하세가와의 후임은 해군 출신의 사이토 마코토로 두 차례에 걸쳐 최장기 조선 총독을 지내고 일본 총리가 되었다.

하세가와는 1924년 도쿄에서 죽었지만 조슈군벌은 다시 일본 군부와 내각을 장악하는 데 성공했으며, 그들이 지금까지도 일본을 지배하고 있다. 2022년에 피살당한 아베 전 총리도 야마구치현에 기반을 둔 조슈군벌 출신이다.

나카노 다스

1919년 조선총독부의 사주를 받아 특무전단을 조직한 나카노 다스는 압록강과 두만강 양안에서 살인기계로 악명을 날렸다. 기병 중위 출신인 나카노는 1920년 7월 친일 마적단 두목 장강호와 함께 경성으로 와 조선호텔에서 총독부 경무국 야마구치 고등과장, 마루야마 참사관, 치바 경기도 경찰부장을 만나 '불령선인' 살육 계획을 협의했다.

야마구치 고등과장은 1천5백원의 공작금을 주면서 '불령선인을 포박해 일본 관헌에게 넘기면 실로 재판 등의 뒤처리가 귀찮고 곤란하니 당신들이 즉결 처리하고 증거품과 인적사항만 가까이 있는 일본 관헌에게 남겨라'라고 지시했다. 총독부에서 지시받은 대로 나카노는 장강호와 함께 5백여 명의 정예 마적들로 편성한 특무전단을 이끌고 홍범도 부대와 서로군정서 부대가 주둔한 안도현으로 쳐들어가 무차별 살육과 방화를 저질렀다. 40호가 사는 내두산의 한인촌을 모두 불태우고 주민을 독가스로 살해한 일을 자랑스럽게 글로 발표했다. 그러면서 정작 홍범도한테는 덤비지도 못하고 도망치면서 밀정을 보내 암살을 시도했다.

나카노는 자신이 쓴 『천락각서』에서 '안도현 대사하자에 잠복중인 홍범도를 공격해 일거에 무찌르려고 행군을 개시했으나, 반일적인 중국 관병과 연합한 1천2백여 명의 부대로 대항할 태세여서 애석하게도 홍범도를 놓쳐버렸다'고 변명했다.

1922년 7월 나카노는 마적들로 구성한 특무전단이 불령선인을 격살하는 큰 공적을 세웠음에도 조선총독부가 약속을 어기고 부대 운영비 4만여원 중 3천5백원만 지급했다고 항의했다. 총독부는 계산이 달랐다. 그들이 불령선인이라고 떼어오는 머리의 수대로 이미 상금을 지급했기 때문에 나카노의 요구는 이중 청구였다.

나카노는 '불령선인 소탕'에 앞장선 장강호 마적단의 정예 단원을 일본이 중국에 넘겨줘 총살당하도록 만들었다며 배반이라고 성토했다. 사실이었지만 일본 정부도 사정은 있었다. 일본으로서는 선교사들이 사진을 찍어 보내는 바람에 외국 언론에 보도된 민간인 살육의 책임을 누군가에게는 떠넘겨야 했다. 2만 5천 명이 넘는 일본군이 만주를 휩쓸고 다니며 저지른 만행을 속수무책으로 지켜보아야 했던 중국 정부의 체면을 세워주고 장작림도 달래야 했다. 가장 만만한 희생양이 충분히 이용한 나카노와 장강호의 마적들이었다. 일본은 일본의 포상을 잔뜩 기대하고 기다리던 장강호의 정예 마적들을 몽땅 체포해 중국에 넘겨주었다. 토사구팽이었다. 장작림은 넘겨받은 마적 90명을 총살하는 것으로 체면치레를 했다.

지청천과 요코하마 삼총사

홍범도와 함께 북만주의 밀산을 거쳐 러시아령으로 들어간 지청천은 고려혁명군관학교 교장으로 독립군 간부를 양성했다. 1933년 그가 이끄는 한국 독립군(2천5백 명)은 중국의 길림구국군(2천 명)과 연합하여 대전자령에서 일본군을 대파하고 군복 3천 벌, 군수품 2백 마차, 대포 3문, 박격포 10문, 소총 1천5백 정, 담요 3백 장을 노획하는 전과를 올렸다.

1940년 대한민국임시정부 광복군 총사령관을 맡아 광복이 될 때까지 항일전선에서 싸웠다. 광복 이듬해인 1946년 귀국한 그는 제헌국회의원 선거에 출마해 전국 최고 득표율(75.21퍼센트)로 서울 성동에서 당선했다. 1957년 급서한 그는 동작동 국립현충원 임시정부 요인 묘역에 잠들어 있다.

지청천과 요코하마 맹세를 함께 했던 삼총사의 한 명이었던 홍사익은 일본 육군사관학교를 거쳐 조슈군벌이 설립한 육군대학을 졸업했다. 왕족이 아닌 한국인이 일본 육군대학에 들어간 것은 그가 최초였다. 1941년 소장으로 승진하여 북지파견군 여단장으로 조선의용대와 중국 팔로군을 공격했다.

지청천이 홍사익에게 서신을 보내 '요코하마의 맹세'를 상기시키며 독립군에 합류할 것을 권유했지만 '자네가 기억하는 요코하마의 나는 지금의 내가 아니다'라며 거절했다. 그러나 뇌물을 받지 않아 가난했으면서도 자신의 월급을 쪼개 만주로 가 독립군이 된 동기의 가족을 도왔다. 죽을 때까지 창씨개명을 하지 않았고, 일본어를 쓰면서도 조선식 억양을 바꾸지 않았다. 일본인이 그의 조선식 발음을 지적하면 '내 출신이 조선이다'고 당당하게 대답했다. 일본의 학교를 다니며 조선인이라고 당하는 멸시에 괴로워하는 아들 홍국선에게도 그렇게 말하라고 가르쳤다.

'나는 조선인 홍국선입니다, 라고 말해라. 조선인이라는 말을 절대 생략해선 안 된다.'

태평양전쟁이 절정으로 치닫던 1944년 필리핀 주둔 남방총군 병참감으로 임명받은 그는 연합군 포로수용소를 총괄 관리했다. 일본이 패전한 뒤 한국인으로 유일하게 B급 전범으로 재판에 회부되었다. 미군 포로를 야만적으로 학대한 혐의로 사형을 선고받고, 1946년 9월 26일 마닐라 전범수용소에서 교수형을 당했다. 그가 남긴 유품은 두 개였다. 일본 육군대학을 졸업하면서 일왕에게 받은 은회중시계와 대한제국의 순종 황제가 일본 육사로 유학가는 육군무관학교 학생들에게 주었던 '군인칙유'였다. 37년간 그가 간직한 군인칙유는 충절과 예의, 무용, 신의, 검소, 과묵이었다. 그는 이 다섯 개 칙유를 준수

한 군인이었다. 다만 그 충절의 대상이 순종에서 일왕으로 바뀐 것이었다.

미군은 홍사익의 시신을 화장해 필리핀 바닷가에 뿌렸고, 그의 위패는 야스쿠니신사에 합사되었다.

삼총사의 다른 한 명이었던 이응준은 일본 육사를 졸업한 다음 중국 전선의 여러 전투에 참전했고 정보 수집과 선무공작, 병참, 수송 업무를 수행한 공적으로 두 차례 훈장을 받았다. 1943년 8월 3일자 매일신보와 회견에서 그는 다음과 같이 주장했다.

'조선의 징병제 실시에 의하여 조선 청년에게도 국가 방위의 숭고한 병역 의무가 부여된 것은 말할 것도 없이 무상의 광명이며 명예다. 대원수 폐하의 고굉(팔과 다리)으로, 황군의 일원으로 한 번 죽음으로써 그 책무를 완수하는 것이야말로 명예를 완수하는 길이다.'

일본군 대좌로 승진해 함경도 원산에서 근무하다 일제가 패망하자 혼자 서울로 빠져나와 전조선임시군사준비위원회 위원장과 미군정청 국방사령관 고문으로 변신했다. 일본군과 만주군 출신 친일파 군인들을 주축으로 대한민국 국군 창건 작업을 주도하고 초대 육군 참모총장이 되었다. 1955년 육군 중장으로 예편한 뒤 이승만 정권에서 체신부장관을 지냈다. 1985년 사망해 국립현충원 장군묘역에 묻힌 그의 묘비에는 대한민국 '국군의 아버지'라고 새겨져 있다. 그의 발아래 40미터에 광복군 총사령관 지청천의 묘지와 대한독립군무명용사위령탑이 있다.

작가의 말

나는 이 이야기를 혼자 쓰지 않았다

나는 어떤 소설도 나 혼자서 쓴 일이 없다. 나와 함께 이 소설을 쓴 건 이 소설에 등장하는 인물들이었다. 나는 그들과 수많은 대화를 나누면서 이 소설의 한 장면 한 장면을 썼다.

『범도』는 13년 전부터 준비해온 이야기다. 자료를 뒤지고, 주인공의 발자취를 따라 만주와 중앙아시아, 러시아 답사를 다녔다. 오로지 이 소설의 집필에 매달린 지 꼬박 세 해가 지났다. 매주 50매의 원고를 꼬박꼬박 썼다. 세상의 일이란 동전처럼 다 양면이 있는 것이어서 때마침 들이닥친 코로나19도 서재에서 나가지 못하도록 나를 도와주었다. 한 줄도 쓰지 못한 채 며칠을 보내기도 했지만 한 달 평균 2백 장은 어김없이 썼다. 더러 지치기도 했다. 그래도 물러서지 않고 이 작품에 매진할 수 있었던 것은 홍범도와 그의 사람들이 지닌 도저한 매혹 때문이었다.

『범도』는 내가 등장인물들과 함께 매일 울고 웃으며 총을 들고 싸운 기록이다. 신포수와 백무현, 백무아, 남창일, 차이경에서부터 김수협과 장진댁, 금희네, 진포, 박한과 정파총을 거쳐 최재형과 김알렉산드라, 리위종, 엄인섭, 김종천, 류진철, 지청천에 이르기까지…… 그들과 이야기를 나누며 가야 할 길을 선택하고, 함께 행동했다. 소설가란 직업에 부여된 고단한 의무이자 매력이고, 소설가만이 누릴 수 있는 특권이었다.

19세기 후반 조선의 봉건사회에서 최하층민으로 태어나 포수가 되었고, 일본의 침략에 맞서 가장 오래 싸우고, 가장 크게 이겼던 홍범도와 함께 나는 조선과 만주, 연해주, 중앙아시아의 산천을 누비고 다녔다. 나는 우리 세대가 살아보지 못한 백 년 전의 비를 맞고 바람을 맛보았다.

홍범도를 위대한 장군으로 그릴 생각은 조금도 없었다. 나는 홍범도를 통해 한 시대의 가치가 어떻게 새롭게 출현하고, 그 가치가 어떻게 낡은 가치를 돌파하면서 자신의 길을 가는지를 알고 싶었다. 홍범도는 이 소설의 주인공이면서 주인공이 아니다. 여러 주인공 중 하나인 동시에 관찰자다. 이 소설의 진정한 주인공은 홍범도와 함께했던 신포수와 백무현, 백무아, 남창일, 차이경, 김수협, 장진댁, 금희네, 진포, 박한, 정파총, 안국환, 태양욱, 최진동…… 『범도』에 등장하는 모든 인물이다. 홍범도는 그들 모두를 연결해내며 그들의 비애와 희열, 도전과 좌절을 함께 겪어낸 관찰자다. 그래서 나는 어떠한 인물도 마네킹처럼 세워두지 않으려고 했다. 누구도 자신의 꿈과 욕망 없이 『범도』의 시간을 함께하지 않았으므로. 그들 모두를 심장이 뜨거운 인간으로 되살리고 싶었다. 독자들이 만난 인물 누구 하나라도 심장이 미지근했다면 전적으로 나의 책임이다.

76주년 광복절에 대한민국으로 귀환한 그는 대전 현충원에 안장되었다. 나는 수위로 최후를 마친 그의 무덤 앞에 무릎을 꿇고, 파란만장했던 그의 삶과 그와 더불어 살았던 이들의 생애를 생각했다. 그리고, 일어선 나는 친일파 장군들이 묻힌 묘역을 올려다보았다. 일본 육사와 만주군관학교를 나온 그들은 그가 만주 벌판에서 일본군과 혈전을 벌일 동안에도, 중앙아시아에서 극장 수위로 치욕의 시간을 견디는 동안에도, 그가 끝내 보지 못한 해방된 조국에서도 승승장구했다. 뇌수까지 일본인이 되자고 외쳤던 자들이 그의 윗자리를 차지하고 내려다보았다. 숨을 쉬기 어려웠다. 나는 그에게 끝내 절을 올리지 못하고 돌아섰다. 그에게 절을 하면 그의 윗자리에 있는 친일파 장군들이 절을 받았다. 그럴 수는 없었다.

대전에서 돌아오는 길에 동작동 현충원에 들렀다. 그와 함께 싸웠던 이들을 기리는 대한독립군무명용사위령탑에 먼저 국화꽃 세 송이를 바쳤다. 그와 함께 눈보라가 휘몰아치는 만주 벌판을 종단했던 지청천 장군의 묘지에도 국화꽃 한 송이를 바치고 무릎을 꿇었다. 하지만 나는 대전 현충원에서 그랬듯 동작동 현충원에서도 절을 올릴 수 없었다.

무명용사위령탑과 광복군 총사령관 지청천의 묘지 바로 윗자리를 차지한 장군은 이응준과 신태영이었다. 지청천 장군의 일본 육군사관학교 26기 동기로 요코하마 맹약을 함께 했던 이응준은 일본이 패망하는 마지막 날까지 일본군 대좌로 충성을 다 바쳤다.

지청천과 아오야마 공원묘지의 맹세를 함께 했던 일본 육군사관학교 26기 동기 신태영은 어떻게 살았나. 1942년 용산정차장 사령관이 된 그는 '조선인들은 한시바삐 제국의 신민이 되어 동아시아를 개척해야 한다. 내 첫 출진의 목표는 야스쿠니신사다'라고 당당하게 경성일보에 썼다. 자신이 밝힌 포부대로 제국의 신민이 된 그는 일본이 패망하는 날까지 일본군 중좌로 충성을 다 바쳤다. 그랬던 그가 자신이 언명한 필생의 목표인 일본 야스쿠니신사가 아닌 대한민국 현충원에, 그것도 일본이 패망하는 마지막날까지 대한민국임시정부 광복군 총사령관으로 일본과 싸웠던 지청천과 대한독립군 무명용사의 바로 윗자리를 차지한 이유를 나는 알 수 없었다. 세계 어느 나라에 이런 경우가 있었는지도 알지 못한다.

이 소설의 주인공이 대단했던 것은 가장 많이 싸우고 가장 크게 이겼기 때문이 아니었다. 그는 승리 앞에서 오만했던 적이 없고, 패배 속에서도 비굴했던 적이 없었다. 그가 진정으로 대단했던 것은 순정함이었다. 헌신은 무한했으나 바란 대가는 전무했다. 그는 그와 함께 한 모든 사람을 오직 사람으로 대했다. 노선과 이념, 계급으로 사람을 가르고 상대한 적이 한 번도 없었다.

짐승들이 그러한 것처럼 포수들도 자기의 최후를 직감적으로 안다. 그도 그러했다. 생의 마지막 순간에 그는 수위로 일하며 모아둔 돈을 털어 잔치를 열었다. 누구에게도 대접받아보지 못하고 살아온 동지들에게 술과 음식을 대접하고 홀연히 떠났다.

그가 자신을 위해 일생에 단 한 번이라도 무엇을 한 적이 있었던가. 어떤 자리를 탐한 적이 있었던가. 나는 13년 동안 그의 삶을 추적하고 쓰면서 그러한 단서의 흔적조차 찾아볼 수 없었다.

나는 안다. 그 무엇으로도 뼈가 시리게 고독했지만 단 한 번도 아름답지 않은 적이 없었던 그의 삶을 모욕할 수 없고, 그 어떤 방법으로도 그를 그가 아닌 다른 것으로 만들 수 없다. 그와 더불어 싸운 이들을 어디에 어떻게 모신다고 해도 그들을 그들이 아닌 다른 무엇으로 만들 수 없다는 것도 나는 안다.

그에게 승리는 짧았고 패배는 길었다. 그에게 승리는 언제나 승리하는 그날, 단 하루였고 남은 모든 날이 패배였다. 그는 싸워서 이긴 그 하루의 힘으로 남은 모든 날의 패배에 맞서야 했다. 그것이 단독자로 살았던 그의 운명이었고 어떤 모욕과 패배에도 무너지지 않은 그의 힘이었다. 싸우다 죽을 수 있는 자리, 그가 원했던 자리는 그 하나가 유일했다.

하지만 나는 그가 아니어서 대전과 동작동에서 모욕감을 견디기 어려웠다. 백 년 전, 그와 백무아가 억압과 차별, 불의를 향해 발사한 마지막 한 발의 탄환은 아직 탄착점에 도착하지 않았다. 일격필살의 저격수였던 그들의 탄환은 빗나간 적이 없으므로 반드시 표적의 정중앙을 관통할 것이다.

만주와 중앙아시아, 러시아 답사 여정을 함께 해준 박영희, 최석, 이미하일 선생과 일본의 자료를 확인해준 곽형덕 교수, 긴 원고를 꼼꼼히 살피고 조언해주신 역사학자 반병률 교수님과 강태형 선배, 깊은 관심과 신뢰를 보내준 홍범도장군기념사업회의 여러분들, 그리고 공들여 책을 펴내준 이상술, 김영수, 여승주 선생께 감사드린다.

2023년 5월

방현석

문학동네 장편소설
범도 2

1판 1쇄 2023년 6월 7일
1판 8쇄 2024년 8월 26일

지은이 방현석
책임편집 김영수 | 편집 여승주 이희연
디자인 이보람 유현아 | 저작권 박지영 형소진 최은진 오서영
마케팅 정민호 서지화 한민아 이민경 안남영 왕지경 정경주 김수인 김혜원 김하연 김예진
브랜딩 함유지 함근아 박민재 김희숙 이송이 박다솔 조다현 정승민 배진성
제작 강신은 김동욱 이순호 | 제작처 천광인쇄사

펴낸곳 (주)문학동네 | 펴낸이 김소영
출판등록 1993년 10월 22일 제2003-000045호
주소 10881 경기도 파주시 회동길 210
전자우편 editor@munhak.com | 대표전화 031) 955-8888 | 팩스 031) 955-8855
문의전화 031) 955-2696(마케팅) 031) 955-2679(편집)
문학동네카페 http://cafe.naver.com/mhdn
인스타그램 @munhakdongne | 트위터 @munhakdongne
북클럽문학동네 http://bookclubmunhak.com

ISBN 978-89-546-9328-8 03810
978-89-546-9329-5 (세트)

www.munhak.com